U0106509

插圖本

中國古典小說十二講

楊義 著

插圖本

中國古典小說十二講

楊義 著

責任編輯　崔　衡
書籍設計　劉桂洪

書　名　中國古典小說十二講
著　者　楊義
出　版　三聯書店（香港）有限公司
香港鰂魚涌英皇道一〇六五號一三〇四室
JOINT PUBLISHING (H.K.) CO., LTD.
Rm. 1304, 1065 King's Road, Quarry Bay, Hong Kong
發　行　香港聯合書刊物流有限公司
香港新界大埔汀麗路三十六號三字樓
SUP PUBLISHING LOGISTICS (HK) LTD.
3/F, 36 Ting Lai Road, Tai Po, N.T., Hong Kong
印　刷　深圳市森廣源（印刷）有限公司
深圳市福田區天安數碼城五棟二樓
版　次　二〇〇六年六月香港第一版第一次印刷
規　格　正十六開（178×254mm）三六四面
國際書號　ISBN-13: 978 · 962 · 04 · 2447 · 2
ISBN-10: 962 · 04 · 2447 · 6

Published in Hong Kong

序言

中國古典小說名著，多是民間智慧書。它們以出神入化的奇筆，牽繫着市井與江湖，情場與戰場，在人類文學中自成文化敘事的系統。

明清時代人，稱小說名著為「奇書」。因為它們講的並非「聖賢中國」，而是「民間中國」，聖賢難免古板，民間殊多奇觀。魯迅深知古代小說，指稱社會上還有「三國氣」和「水滸氣」，點出民間學問，多靠小說，甚至還靠從小說中編出來的戲文。研究古典小說，很大程度上是解讀中國民間的氣質、信仰和知識形態。

因此，不深得中國文化之三昧，難以深刻地把握古典小說名著的讀法。照搬西方文學概論的話頭，也許只得古典小說名著的皮毛。《三國演義》、《水滸傳》、《西遊記》的主要人物群體，為何都重複着「主弱從強」的結構模式？《紅樓夢》為何一開頭就寫女媧煉石補天的三萬六千五百零一塊石頭，而且偏偏追蹤着那塊未入補天體制的多餘石頭的行事、夢思和惹禍？《西遊記》為何在大鬧天宮後寫了九九八十一難，並且在取經大功告成後，偏在未足的一難中讓通天河的老黿把經書翻入水中，留下完滿中的缺陷？古典小說名著留下太多的文化之謎，需要我們創造「中國新讀法」予以破解。吃中國菜是不能拘泥於西方營養學教科書而對號入座的，否則你可能失去對中國菜色香味的別具情趣的享受。讀中國古典小說，也應有這種文化覺悟和文化情懷。

本書十二講，應合着中國古人觀察日月運行的周天十二宮之數。由此衍化成十二地支，及其相對應的由子鼠到亥豬的十二生肖，直至衍化出《紅樓夢》的金陵十二釵的正冊、副冊、又副冊。《水滸傳》一百單八將，無論三十六員天罡星，七十二員地煞星，都有十二作為基數。十二之數溟濛渺遠地散佈於天地萬象，形成一個神秘而有序，流動着生命動靜資訊的數理系統。對於這個神秘而奇異的系統，我們應該操持現代意識、開放視野和創新精神，入乎其裏而探其神髓，出乎其表而悟其通則，從中解放出豐富多彩的民間生命、文化智慧和敘事妙招，若能如此，庶幾可以開拓中國古典小說解讀的峰迴路轉、閱盡奇觀的精神歷程。

目錄

導言

中國古典小說的本體闡釋和文體發生發展論

第一講

文人與話本敘事典範化

第二講

《三國演義》的悲劇結構和經典性敘事

第三講

《水滸傳》的整體生命和敘事神理

第四講　「剪燈三話」的文化意識和敘事謀略

第五講　《西遊記》：中國神話文化的大器晚成

第六講

《金瓶梅》：世情書與怪才奇書的雙重品格

第七講

李漁小說：程式化和個性化的審美張力

第八講 《聊齋志異》充滿靈性的幻想和敘事方式

第九講 《儒林外史》的時空操作與敘事謀略

第十講

《紅樓夢》：人書與天書的詩意融合

第十一講

《紅樓夢》與五四小說

第十二講
《閱微草堂筆記》的敘事智慧

結論
中國敘事學：邏輯起點和操作程式
——對兩千年小說敘事的綜合考察

導言

中國古典小說的本體闡釋和文體發生發展論

一、本體認定和「小說」語義分析

中國小說在其自古及今的漫長發展中，文體形態異常豐富和複雜，甚至令人感覺到：小說一門幾乎成了文學領域眾多不登大雅之堂的拉雜文體的「收容隊」，它出入於典籍和民間，收容了志怪、傳奇、筆記、話本和章回，甚至收容了許多雜事、異聞、瑣語，給人以海納百川，有容乃大之感。那麼如此令人眼花繚亂的文體形態，是否有一個與之相對應的本質存在？只有從本體論上解決這個問題〔一〕，才能使我們的小說研究不致偏離中國小說的本來意義及其歷史發展的本來面目。研究必須返回本體，返回所研究對象的本原和本性，才能原原本本地恢復中國小說發展的真實過程，而不是被某種外來觀念肢解割裂了的過程。換言之，中國小說研究必須進行自身的本體認定，才有可能形成切切實實屬於它的博大精深的學術體系。這就是「文化原我」意識。

根據「文化原我」意識，必須對中國小說觀念進行本質還原，返回到中國小說的本我，以此作為我們的學術邏輯的起點。這一點非常重要和必要，它意味着中國小說認知的一次革命。五四新文學運動以來，中國學者對古典小說的研究，大多採用西方的小說觀念，這對於小說評論脫離古老的、零碎的評點狀態，形成比較深廣的理論形態，無疑是有着歷史意義的。但是這種研究模式，實際上隱藏着某種理論視角的錯位。事實很清楚，中國小說文體概念的出現，已有兩千年的歷史，它的命名和耶穌一樣古老，它不需要採用西方千百年後才出現的小說觀念來規範自己的想像力和表現形式。毋須懷疑，我們需要西方現代小說觀念作為研究的參照系，這是絕對必需的；但是參照系不能代替本體認定，這也同樣不容懷疑，不然就可能造成研究偏離本體，影響它的科學品格。魯迅打破中國小說「自來無史」的局面，著成開創性的《中國小說史略》，是借鑒了西方的小說觀念和文學發展觀的，但他也感覺到講中國小說史，不能不追蹤中國小說的命名，首先介紹《漢書．藝文志》：

> 小說家者流，蓋出於稗官，街談巷議，道聽途說者之所造也。孔子曰：「雖小道，必有可觀者焉，致遠恐泥。」是以君子弗為也，然也弗滅也。閭里小知者之所及，亦使綴而不忘，如或一言可採，此亦芻蕘狂夫之議也。

要進行中國小說的本體認定，對於「小說」作為目錄學概念首次進入正史的這段話，必須建立兩點認識：第一，這個術語不是班固個人的創造，而是兩漢之際一批極有成就的文獻學者對積如丘山的各種書籍進行討論辨析，鄭重地確定下來的文體命名。中國人是非常重視命名的，有名的「正名說」強調「名不正則言不順，言不順則事不成」，因此我們對中國小說的最初命名，決不能採取輕忽的態度。自從秦始皇焚燬詩書百家語和秦以外的諸國史書之後，經過漢高祖、武帝兩朝的收集整理，「百年之間，書積如丘山」[二]，這就刺激了兩漢之際校讎整理群書的工作和學問的產生。劉向典校經傳、諸子、詩賦，提要結集為《別錄》，劉歆子承父業，分類而奏上《七略》。《漢書．藝文志》就是汲取劉向父子的成果，對《七略》「刪其要，以備篇籍」的。當時文獻學者群中另一個值得注意的人物，是桓譚。他與劉歆同時，稱讚劉向父子是「通人」，「尤好古學，數從劉歆、揚雄辯析疑異」[三]。他的《新論》說：「若其小說家，合殘叢小語，近取譬論，以作短書，治身理家，有可觀之辭。」[四]這番議論不應孤立對待，甚至不應看做桓譚個人的意見，而應該看做是一個文獻學者群數經「辯析疑異」之後他個人的領會。它可資與《漢書．藝文志》關於「小說家」的論述相互參照，是一個博學家群體的創造。只有認識到「小說」命名過程的這種整體性和鄭重性，我們才算真正瞭解中國「小說」這門知識是怎樣發生的。

第二，「小說」這個目錄學術語的語義學內涵是非常豐富而深刻的，毫不誇張地說，甚至比許多語種千百年後創造的同類術語的內涵還要豐富和深刻，只不過我們長期以來沒有加以深入的挖掘和發現而已。《漢書．藝文志》的小說概念之所以重要，是因為它的採用，經過了鄭重的語義學的選擇。對這種基本概念進行語義學分析，是返回中國文化原點的重要手段。「小」字有雙重意義：一種屬於文化品位，它所蘊涵的是「小道」；一種屬於文體形式，它的表現形態是「殘叢小語」。值得注意的是漢代的書籍制度，按漢尺計算，六經、國史等「大冊」，簡長二尺四；《孝經》等書，簡長一尺二；至於諸子、傳記書籍，則只有八寸了。尺寸的短長是視書籍的性質和價值而定的，因此小說也只能是桓譚所說的「短書」，這大概也是它被稱為「小」的另一個原由。這裏自然含有某種對小說歧視的成分，但是以「小道」視之，從另一個角度看是否可以容納更多的作者不受聖經賢傳約束的個性？

擊鼓說唱俑（成都天回山出土的東漢明器）

「說」字的語義就更為微妙，起碼可以從三個層面加以闡釋。首先是文體形態層面，有說故事或敘事之義。《韓非子》有「儲說」、「說林」的篇目，王先慎《集注》說：「索隱云：說林者，廣說諸事，其多若林。」這些篇目之下是收集了不少故事的，應了古語所謂「物有本末，事有始終」〔五〕。劉向對於這層意思心領神會，他典校群書之日，對「事類眾多，章句相溷，或上下謬亂難分別次序」的部分進行清理，「除去與《新序》複重者，其餘者淺薄不中義理，別集以為《百家》。後令以類相從，一一條別篇目，更造新事十萬言以上，凡二十篇，七百八十四章」〔六〕，這就是他編撰的《說苑》。《說苑》的命名是與《韓非子》的「說林」有淵源關係的，它的「事類眾多」也和「說林」的「廣儲諸事」相通。順理成章，被《說苑》刪落的「淺薄不中義理」的別集《百家》也就成了小「說」，這也是《七略》或《漢書．藝文志》的「小說家」部分按年代最後著錄「《百家》百三十九卷」的緣由。

其次的語義屬於表現形態，「說」有解說而趨於淺白通俗之義。《說文解字》曰：「說，釋也。」就是這層意思。考慮到《説文解字》的作者許慎與劉向父子年代相續，與班固同時，因此《七略》和《漢書．藝文志》為「小説家」立名之時，是不能擺脱這種語義學上的糾纏的。

其三的語義屬於功能形態，「説」與「悦」相通，有喜悦或娛樂之義。段玉裁《説文解字注》：「説釋，即悦懌。説，悦；釋，懌，皆古今字。許書無悦懌二字。説釋者，開解之意，故為喜悦。」段氏作注時，是考慮到《詩經．小雅．頍弁》有「既見君子，庶幾説懌」之句，因而把「説」解釋為喜悦了。

由此可見，「小説」名目的確立，是一個博學的學者群進行精心的語義選擇的結果。它包容了這種文體基本特徵的故事性、通俗性和娛樂性，開始是在短小的篇幅中，展示了為聖賢「大道」所鄙視的思維結果，以及不為經史典籍的文體規範所約束的美學個性。由於這種文體處於正統文學總體結構的邊緣地位，它沒有受到認真的重視和嚴格的界定，在其發展的過程中必然精蕪混雜，界限模糊，收容了不少在嚴格意義上不屬於它的雜色文字。但也由於它的界限模糊，較少清規戒律，也容納了許多不受規範束縛、不拘傳統格套的，因而是新鮮的或充滿野性的才華。加上它的故事性、通俗性和娛樂性等基本特徵，又聯繫着人類好奇、樂生的天性，聯繫着人類宣洩苦悶、表現自我的內在慾望，它那種為正統文學觀所排斥的文體價值，卻在人類本性和智慧上獲得了更帶本質意義的肯定和説明。因此可以説，「小説」名目確立的學者辯釋過程及其深刻的語義學蘊涵，為中國小説的本體認定打下了堅實的基礎。

二、小説發端於戰國及其互體形態

學術的原發點，決定了學術思維在其後的逐層展開中的生命形態。如果承認《漢書．藝文志》的「小説」概念具有本體認定的意義，那麼我們就不能輕視該志所著錄的古小説文獻在小説發生學上的價值。而且由這些古小説文獻可以進一步推論：中國小説發端於戰國。當然，這種發端是有其特殊的歷史契機和特殊的文體淵源的。

公元前五世紀到前三世紀的戰國時期，是中國民族災難深重的時期，但也是文化思想充滿着創造活力的時期。諸子蜂起，百家爭鳴，思想家們借助人物的或動物的故事，真實的或虛構的故事，隱喻着和論證着各自別出心裁的思想體系。史學已經趨於成熟，神話幻想卻沒有消退，反而被一些思想家用以建構自己的宇宙模式。諸子祖述黃帝、堯、舜，借時間幻想來建立道統；各國諸侯攀援顓頊、稷、契，從血緣系統上論證自己的正統。其時思想尚未定於一尊，諸子說理不能依恃空言，必須含玄理於生動形象的故事情節之中，從而刺激了文學敘事的譬喻性。降至戰國中晚期，在一些思想家思考富國強兵的實用政術的同時，另一些思想家則參悟天道，思考宇宙構成和運行的模式。莊周之外，鄒衍「深觀陰陽消息而作怪迂之變」，時人稱為「談天衍」〔七〕。「易傳」思想形成於戰國中晚期，卻借助「伏羲作八卦」的神話以增加其神聖感和神秘感。儒、道、陰陽家之外，被稱為雜家的《呂氏春秋》取《禮記》之《月令》為其「十二紀」的結構框架，春令多言生而冬令多言死，夏令多言樂而秋令多言兵，「因四時之序而配以人事，則古者天人之學也」〔八〕。

除了文化思潮之外，士這個階層的動態也值得注意。客卿、遊士現象的出現，說明群雄逐鹿環境中對人才的重視和對思想控制的鬆弛。顧炎武《日知錄》說：「士、農、工、商謂之四民，其說始於《管子》（原注：《穀梁》成公元年傳亦云）」，「春秋以後，遊士日多」，「戰國之君遂以士為輕重」〔九〕。尤其是縱橫家者流，朝秦暮楚地以謀略遊說人主，有所謂「皆高才秀士，度時君之所能行，出奇策異志，轉危為安，運亡為存，亦可喜，皆可觀」〔十〕，其傳奇的行為和雄辯的談風，本身就有小說意味。如果承認古文獻專家余嘉錫考證的小說所出自的「稗官」就是「士」〔十一〕，那麼戰國時期就具備了這種文體產生的極好條件。因此無論從思潮的還是人才的歷史契機而言，戰國文化都是孕育中國古小說的合適的母體。

這一點可以在《漢書．藝文志》著錄的古小說文獻中得到具體的例證。「漢志」著錄小說十五家，明顯地分為兩部分或兩種類型：《封禪方說》至《虞初周說》五家，大體注明為漢武帝、宣帝時的作品，《四庫全書總目》據此稱「小說興於武帝時矣」〔十二〕。「漢志」按時代順序編錄，此前的《伊尹說》至《黃帝說》九家，多注稱「依託」或「古史官記事」，當是戰國遊士之風至漢初黃老之風的產物，因為這些時期的風氣比漢武「獨尊儒術」之後更有利於小說家滋生。《百家》本是亂簡，不排除有相當部分是先秦至漢初的遺物，經劉向整理出的《說苑》，材料來源便如此。這就意味着「小說興於武帝時」的說法，有必要前推到戰國。

這些古小說中保留較完整者，是《呂氏春秋．本味》篇轉錄的《伊尹說》故事：

有侁氏女子採桑，得嬰兒於空桑之中。獻之其君，其君令烰人（即庖人）養之，察其所以然，曰：其母居伊水之上，孕，夢有神告之曰：「臼出水而東走，毋顧。」明日視臼出水，告其鄰，東走十里，而顧其邑盡為水，身化為空桑，故命之曰「伊尹」。

這是一個小說與神話的互體，它包含着一個「空桑生伊尹」的異生神話，和古老傳說中「姜嫄踐巨人跡而生稷」，「簡狄吞玄鳥卵而生契」可資參照，只是帶點兒水災和蠶桑業出現的痕跡而已。接下來的敘述就帶點兒戰國遊士的氣息了。伊尹是作為陪嫁的奴隸而成為商湯王的臣子的。他用烹調術遊說湯王，認為必須備足珍禽異獸，掌握調料火候，精通「陰陽之化，四時之數」，才能做出至味佳餚，這是與「聖王之道」相通的。這番遊說之辭排比鋪陳，誇飾異方奇物，曲談天道人道，是帶點戰國縱橫家和陰陽家的口吻的，可以看做小說與子書的互體。《說文》禾部釋「秏」字，《史記．司馬相如傳》索隱引應劭語，在轉述這其間的一些文字時都稱為「伊尹曰」或「伊尹書」，可以推斷它極可能就是「漢志」所載的《伊尹說》。《呂氏春秋》著於秦王政八年（公元前二百三十九年）前後，因此《伊尹說》最遲也是戰國晚期的作品了。如果承認這是現存最早的一部小說書的片斷，那麼我們就不難窺見最早小說出入於民間口頭傳說和士人風習，兼容着神話

湯聘伊尹於莘野（錄自明刊本《新刻按鑒編纂開闢通俗志傳》）

二桃殺三士（河南安陽出土漢代石畫像拓片）

和子書的互體形態了。最早的小說不是先有文體定義才去寫作的，而是已經在寫小說卻不知自己寫的是小說的自在狀態中，開始了自己文體發生學的最初行程。

小說發生學最初行程的這種自在狀態，不僅使得小說家不知自己寫的就是小說，而且使得後世的目錄學家也難作判斷，往往把某些早期小說列入其他文本系統。比如《晏子春秋》並非晏子自著，乃是後人假託晏嬰之名，收集軼事編成。一種依據民間傳聞的假託之作，當然富於虛構性，稱它為小說集是最符合實際的。它成書很早，《史記．管晏列傳》已著錄《晏子春秋》。(十三)但它的命名很怪，「晏子」是子書之名，「春秋」是史書之名，來了一個子、史合璧的「四不像」。這本是小說發生初期難以避免的現象，甚至是小說家按照當時的文體價值觀想通過對子、史文體的依附來提高自己的身價也有可能。但是歷代目錄學家對文體發生初期的這種混沌狀態和自在狀態渾然不加辨析，時而把此書列入子部，時而把此書列入史部傳記類，使中國最早的一部短篇小說集長期離鄉背井。

其實，只須認真地研究《晏子春秋》的文本就不難發現，它的許多篇章已經具備小說敘事的必要成分，已經毫無遜色地位居於最早的短篇小說精品之列，《內篇．諫下》有一則「二

二桃殺三士（山東嘉祥出土漢代石畫像拓片）

桃殺三士」，寫了三位以「勇力搏虎」而聞名的武士，只因晏子從面前經過時不起立致敬，有點不恭吧，就被晏子在齊景公那裏奏了一本：「君之蓄勇力之士也，上無君臣之義，下無長率之倫，內不可以禁暴，外不可以威敵。此危國之器也，不若去之。」這裏似乎表現了晏子察微知著、防患於未然的政治家敏感。他以兩個桃子，讓三位武士「計功食桃」，毫不費力地殺掉他們，也顯示了這位政治家的智謀過人。接下去的描寫就使全篇的格調為之一變，充滿着激昂慷慨的情感，充滿着機會不多、謀之者眾的沉重的人間悲劇感。第一位武士自覺有搏虎之功，不受桃是無勇；第二位武士認為「吾仗兵而卻三軍者再」，有「開疆之功」，理所當然可以吃桃。第三位功勞最大，他像河神一樣在黃河中和巨黿搏鬥，有救駕之功，但已經沒有吃桃的機會了，只好拔劍要前兩位交出桃子來。功大桃小，形成某種略含荒誕感的對照，而小小的兩個桃子，竟能夠在片刻間殺死三個山上猛虎、河裏巨黿、陣前三軍都無法奈其何的超級武士，這就在巨大的反差之間顯示了非常可觀的描寫力度。前兩位武士感到功勞不及第三位，不讓桃是「貪」，不死是「無勇」，都自殺了。第三位也感到「獨生不仁」，同歸於盡。在這三位武士勇於事功，慷慨殉義的行為面前，晏子的奇謀未免有些殘酷，他不能引導三武士成為國家棟樑之材，反因他們的些微不禮而置之死地。進一步深思可以發現，三武士之死既是晏子計謀的完成，又何嘗不是他的計謀的反諷？「二桃殺三士」成了後世形容追求者眾而機會少的情景的帶悲憫性典故，概源於此。從其描寫力度，從其對傳奇性、反諷性和悲劇性的融合，這篇早期小說已經甚為可觀了。

《晏子春秋》和《伊尹說》片斷，代表着中國小說發生初期的兩種命運，一者被人誤認而依附處於正統文學結構中心的子、史文體傳世，一者依然處於正統文學結構邊緣而散佚，也是被子書改造吸收，才得以留存。在冊籍刊寫和保存異常艱難的時代，被視為「小道」的文體沒有資格獲得更好的命運。不然，小說發端於戰國，也就不必我們這代學者作為文體發生學的一個重要問題加以探索和強調了。

三、多祖現象之一：子書與小說

與文體發生學存在着深刻的內在關係，又深刻地影響着其後歷代小說的發展形態的另一個重要命題，乃是中國小說的「多祖現象」。小說根源於現實生活和人性人智，但它在發生發展的過程中，又和經、史、子、集各種文體有過千絲萬縷的依附、滲透和交叉。任何新的文學方式的產生，都不可能脫離固有的現實文化結構的制約，它須在變通中求發展，在寄生中汲取資源。從小說文體自身發展的角度來看，它早期和文體「史前期」與其他文體沒有分離、獨立的狀態，就是多祖現象。考察戰國秦漢思潮和文化形態，小說的多祖現象，小說和其他文體的接觸點存在於三個方面：（一）小說與子書；（二）小說與神話；（三）小說與史書。

先看小說與子書。從《漢書．藝文志》開始，小說一直歸入子部；再從上述《晏子春秋》和《伊尹說》的情形看，小說作為整體或片斷寄生於子書——可見小說有某種和子書相近的文體形態，大概是不須質疑了。同時，中國人說理好用故事，形成一種獨特的「事—理」思維結構，一些想像力特別發達的子書，深刻地影響了小說的思維方式。這裏最值得注意的是《莊子》。明代綠天館主人《古今小說序》固然值得注意：「史統散而小說興。始乎周季，盛於唐，而浸淫於宋。韓非、列禦寇諸人，小說之祖也。」宋代黃震的說法也許更值得深思：「莊子以不羈之才，肆跌宕之說，創為不必有之人，設為不必有之物，造為天下必無之事，用以眇末宇宙，戲薄聖人，走弄百出，茫無定蹤，固千萬世詼諧小說之祖也。」〔十四〕對「小說之祖」的說法，有必要略加考究。如果把「祖」字解釋為還不是小說本身，而是以其思維方式、表現方式和審美趣味影響、甚至造就一代代小說家，再由這些小說家創造各種各樣的小說，即是說，把「小說之祖」解釋為小說的「父之父」，那麼這是非常適當的論斷。《莊子》一書最早把「小說」二字組合成詞：「飾小說以干縣令，其於大達亦遠矣。」〔十五〕意思是粉飾瑣碎淺陋的道理去求取高大的名聲，離開明達遠大的境地就很遠了。這裏的「小說」和作為文學樣式的小說，不是一回事。應該重視的倒是它藉以發揮這番道理的那個想像奇麗的故事：

任公子為大鉤巨緇，五十犗以為餌，蹲於會稽，投竿東海，旦旦而釣，期年不得魚。已而大魚食之，牽巨鉤陷沒而下，騖揚而奮鰭，白波若山，海水震盪，聲侔鬼神，憚赫千里。任公子得若魚，離而臘之，自制河以東，蒼梧以北，莫不厭若魚者。已而後世輇才諷說之徒，皆驚而相告也。夫揭竿累，趣灌瀆，守鯢鮒，其得於大魚難矣。飾小說以干縣令，其於大達亦遠矣。是以未嘗聞任氏之風俗，其不可與經於世亦遠矣。

這種形象含理，而非邏輯說理的思維方式，是與小說相通的。先秦諸子中，莊子是對中國人的審美心理世界開拓疆域最多的一人，即便這則短短的任公子巨鉤釣魚的寓言，也寄玄理於「謬悠之說，荒唐之言，無端崖之辭」，展現了一個「人與大海」的蒼茫泓闊、又瑰麗奇異的思維方式和幻想世界。它那種和天地精神相往來的文章風範，實在是對一味講究中和、講究實錄的詩教標準的極大挑戰。更不必說它追求逍遙的自由心態和放言齊物的時空幻設了。那些文采飛揚的文字，引導人們以審美的態度親近自然，以遊戲的態度對待歷史，這對於生活在禮教體制密網中、生活得非常沉重的中國人，應該看做是一份難得的精神調適和思想啟蒙。一部《莊子》的字裏行間，處處可以發現導向虛構敘事和奇思異想的心靈通路，歷代小說家的不少創意中都可以或濃或淡地發現《莊子》的影子。

莊子（錄自明萬曆刊本《有像列仙全傳》）

《莊子》的一些行為語言，成了後世一批文學家，尤其是小說家的人生風範和精神原型。以《莊子》為精神源頭之一的魏晉玄風，拓展了志怪、志人小說的思維空間。比如，莊周濠上論魚的風度，就成為六朝文人追慕的逍遙人生形態和志人小說追求的一種審美境界。更為深刻地影響小說家的精神世界的，是《齊物論》中的一句話：「予嘗為女（汝）妄言之，女以妄聽之。」這種嗜談怪異的文化趣味，為宋代文豪蘇東坡所繼承，逐漸成為歷代筆記小說家在疏離儒家「不語怪、力、亂、神」的聖訓時，半是自嘲、半是自得的某種精神原型。宋代葉夢得《避暑錄話》說：「坡翁喜客談，其不能者強之說鬼，或辭無有，則曰姑妄言之，聞者絕倒。」〔十六〕其後的文人在落魄或閒暇之時，往往從莊周到蘇東坡的這一精神脈絡中，找到一個近在身邊，可以怡情養性的「精神桃花源」。比如著《夷堅志》的洪邁，著《聊齋志異》的蒲松齡，著《閱微草堂筆記》的紀昀和著《新齊諧》（初名《子不語》）的袁枚，都在自己的筆記小說前言或詩詞中表達過對莊生蘇翁的嚮往，都在一定程度上是這一精神脈絡中人。因此說《莊子》是「小說之祖」，說它「汪洋自恣以適己」的精神方式和文體方式是千百年間小說作家的靈感源泉之一，洵不為過。

四、多祖現象之二：神話與小說

神話對小說的影響和子書的影響不同，後者偏重於文人氣質，前者偏重於民間信仰和趣味，偏重於題材形態。對於神話是「小說之祖」，前人也有論述。明代胡應麟說：《山海經》是「古今語怪之祖」；又認為在同時期神話和巫術氣氛中出現的《汲冢瑣語》「當在《莊》、《列》前。《束皙傳》云：諸國夢卜妖怪相書——蓋古今小說之祖」。〔十七〕神話攜帶着民間信仰和神誅崇拜，刺激了小說寫作中山妖水怪、花精狐魅的幻想，與其後的宗教思潮相混合，使志怪書代不絕篇，並且衍化成神魔鬥法的奇觀。中國小說中最有幻想力的作品，是可以追蹤到它們的神話祖先的。

作為由神話到小說的中間產品者，是先秦時代的奇書《穆天子傳》。這部汲冢文獻既可以當做小說多祖性的說明，又可以當做小說發端於戰國的例證。它以相當可觀的篇幅描寫周穆王以造父為馭者，以河伯為副車，驅策八駿巡行三萬餘里的盛舉。造父是趙國的祖先，有關他的傳說，當是晉三卿之一的趙氏對其祖先的神化。據《史記》「六國年表」和「滑稽列傳」，河伯信仰是魏國的風俗，在此書中河伯的地位高於造父，說明全書是起於趙人之口而成於魏人之手的，是長期流傳和寫作中吸收了神話和民間信仰的產物。西王母這個神話人物，已經脫離了《山海經》中那副虎齒豹尾的怪模樣，而變成婉轉多情地迎賓賦詩的殊方女主，從而使神話人物小說化了。據《左傳》「僖公二十四年」的封藩記載，盛姬是姬姓，她和周穆王是同姓之婚，但這裏以三十六「哭」寫盛姬之喪，也是先秦文學中最濃重的言情筆墨之一。全書以日繫事，歷述周穆王數年間的行事，形式近於史籍編年體，也可以看做從《春秋》到《左傳》史學記事由魯而晉的重心轉移的影響所致。總之，一旦確立小說發端於戰國的小說史系統，對《穆天子傳》的評價將大為提高，它代表着神話向小說的過渡，在吸取某些史學敘事方式之時形成長達六卷的篇幅，開了多少年以後英雄傳奇小說的先河。

對志怪和神魔小說產生更深刻影響的《山海經》，主體部分成於戰國中期，時代比《穆天子傳》略早。但它還是神話和巫書，它對志怪小說的直接影響，是在西漢末年劉歆校訂《山海經》，從而激起一股託名東方朔的志怪潮流的時候。舊署東方朔撰的《神異經》和《十洲記》，就屬於《漢書．東方朔傳》所點破的「後世好事者因取奇言怪語附著之朔」的範圍，這些作品連書名和結構方式都留有《山海經》的某些影子。降至魏晉南北朝，郭璞為《山海經》作注，志怪潮流也成了虛構敘事文學的強宗。一些作者受巫術和宗教思潮的影響，或本身就是方士，寫作宗旨有「發明神道之不誣」的成分，但在採訪近世傳聞之時，必然也搜集到一些流傳民間的神話片斷。干寶《搜神記》的「盤瓠」傳說，張華《博物志》的殊方異物，任昉《述異記》關於盤古為「天地萬物之祖」和黃帝蚩尤之戰的記載，即便雜有後人解說，也依稀可辨初民對天地創生、人類和種族來源的信仰，以及對古史和殊方的神秘幻想。

中國神話有一個歷史化和宗教化的過程，神話人物被逐漸納入帝王家譜和宗教神譜。反映着神話被宗教化的過程，中國小說史上有一種由神話過渡到「仙話」的現象。這種情形在男女愛情母題上，表現得至為明顯。《搜神記》中有一則「人化蠶」，描寫「太古之時，有大人遠征」，家中女兒向公馬戲言：「爾能為我迎得父回，吾將嫁汝。」公馬接受這一承諾，掙斷韁繩，果然把她的父親接回來了，然後不食草料，喜怒奮擊，就等着成其好事。父親問明情況，覺得有辱家門，就把公馬射死了。這類戲言成真和恩將仇報，是帶點神話的命運感力量的。接着出現的變異就更加驚心動魄，被剝下來的馬皮晾在庭院裏，少女在皮上遊戲，用腳踹馬皮說：「汝是畜生，而欲取人為婦耶？

招此屠剝，如何自苦？」馬皮突然直立起來，捲起少女跑到大樹上化作大蠶，結出巨繭。這是有關男耕女織的古農業社會中蠶神崇拜的傳說，它是以少女奉獻生命作為象徵的。大概由於蠶的形體，看起來類乎馬首女身吧，「太古之民」竟然幻想出如此一個奇特的、充滿原始野性的人獸組合的世界，在這個世界中承諾就是命運，畜類也解愛情，人畜可以化合成新物種，天地萬物似乎還沒有消退創世紀時期的神秘力量。

初民社會有一種自發的性崇拜，文明社會則講究貞操了，這種性意識的變遷，折射在六朝志怪小說上，就帶來了敘事模式的變異。大體而言，天地萬象、禽獸牲畜與人間女兒的結合，往往帶有濃郁的原始野性，甚至帶有某種圖騰崇拜的遺留，因而與神話幻想較為接近。另一種情形，人間男子和超自然女性，比如和天上或山中仙女，和飛禽走獸變幻的美女以及塚間婦鬼的戀情，則帶有更多的文明社會的風流，帶有更多的受禮法社會壓抑的性慾望，因而具有仙話色彩了。

舊題陶淵明撰的《搜神後記》有一則「白水素女」，就是寫得很精妙的仙話。它描寫農家孤兒謝端辛苦種田，拾到一枚大螺。每天下地回來，卻發現有人做好熱飯熱湯，他懷疑是鄰居的好意，鄰居卻笑他藏婦為炊。這是限知視角的寫法，使人們在一種審美懸念和生活親切感中展示了一個清新奇特的世界。謝端為了揭開謎團，便「雞鳴出去，平旦潛歸」，在籬笆外窺見「一少女從甕中出，至灶下燃火」。他堵住少女回到甕中螺殼的歸路，使少女不能不講出實情：「我天漢中白水素女也。天帝哀卿少孤，恭慎自守，故使我權為守舍炊烹。十年之中，使卿居富得婦，自當還去。而卿無故竊相窺掩，吾形已現，不能復留，當相委去。雖然，爾後自當少差，勤於田作，漁採治生。留此殼去，以貯米穀，常用不乏。」一種農耕社會的生活理想通過白水素女清新優美的形象和委婉動人的言談，寫得非常務實而充分了。仙話表達的是人間的慾望和理想，不像神話那樣充滿着對天地萬物的神秘感和恐怖感，它以優美風格代替神話的壯美風格了。還應該強調的是，神話敘事視角是全知的，仙話或比較講究的志怪小說則往往採用限知視角。因為寫得好的仙話和志怪小說在情節趣於曲折之時，為了真幻錯綜、以假亂真，令人見怪不知怪而領略到更多人間味，往往需要借助限知視角，以製造閱讀過程中由親切到驚奇的心理效應。由全知到限知的視角調節暗示一個問題：中國古老的小說藝術一方面汲取着神話幻想，一方面又開始脫離神話心態。

五、多祖現象之三：史學與小說

從小說發生學着眼，神話和子書的作用相當顯著；從小說長期演變和成熟上看，史書影響則更為深遠。考慮到中國作為史學大國，從《春秋》，尤其是《左傳》開始的史學作為「小說之祖」的身份，是不應該忽略的。新生文體總是要從固有的優勢文體中尋找自己的慾望和智慧的表達的可能性的。小說家多從史籍中討教敘事的章法，已經成為中國古代的重要傳統。如果不嫌過於簡單化，「小說文體三祖」的關係好有一比，神話和子書是小說得以發生的車之兩輪，史書則是駕着這部車子奔跑的駿馬。

歷史不僅是小說血緣上的祖先，而且是小說智慧上的老師。一些器識卓然的學者已經發現史書和小說書的文心相通之處了。錢鍾書《管錐編》指出：「《左傳》記言而實乃擬言、代言，謂是後世小說、院本中對話、賓白之椎輪草創，未過也。」[十八]最有意味的是他舉了《孔叢子．答問》篇中陳涉讀史的掌故——陳涉讀《國語》驪姬夜泣事，顧博士曰：「人之夫婦，夜處幽室之中，莫能知其私焉，雖黔首猶然，況國君乎？余以是知其不信，乃好事者為之詞！」陳涉讀史確實有一種未為俗儒所謂「人君外朝則有國史，內朝則有女史」的曲說所蔽的眼光，足可證明錢氏「史有詩心、文心」的見解。司馬遷《史記》對《左傳》《國語》的詩心、文心又有所發揚，漢人揚雄已指出「子長好奇」[十九]，宋人黃震又說：「遷以邁往不群之氣，無辜受辱，激為文章，雄視千古，嗚呼，亦壯矣！」卻又指出：「今遷之所取，皆吾夫子之所棄，而遷之文足以詔世，遂使里巷不經之說，間亦得為萬世不刊之信史。」[二十]所謂「里巷不經之說」是古人用來貶責小說的套話，可見黃氏認為《史記》在信史中，間或夾雜某些小說。今人郭沫若說得更明白：「司馬遷這位史學大家實在是值得我們誇耀。他的一部《史記》不啻是我們中國的一部古代的史詩，或者就是一部歷史小說集也可以。那裏面有好些文章，如《項羽本紀》、《刺客列傳》、《貨殖列傳》、《廉頗藺相如列傳》、《信陵君列傳》等等，到今天還是富有生命的。」[二十一]中國小說向被稱為「稗史」、「野史」，說明了史籍詩心，深刻地影響了中國小說的敘事方式和形態。

漢代幾部最重要的小說，都和史書有不解之緣。《燕丹子》的情節框架，可以和《戰國策．燕策》、《史記．刺客列傳》所記荊軻事相參照，而增加了《漢書．地理志》所謂「賓養勇士，不愛後宮美女，民化為俗」的「燕丹遺風」所養成的強悍的想像。比如荊軻稱讚彈琴美人的手，燕丹就砍下她的手，裝上玉盤奉上了，離開「燕丹遺風」無以解釋這種好客的殘酷。

《吳越春秋》以「春秋」為名，攀援史籍的用心就更加顯露。它的題材，出入於《史記》的《吳太伯世家》、《越王勾踐世家》、《伍子胥列傳》和《仲尼弟子列傳》。既然要把多篇歷史人物傳記重新組合，就必須重新設計敘事結構。此書是以前五卷記吳事，為「內傳」；以後五卷記越事，為「外傳」，形成了內外對應的兩大板塊式的結構，這是以往敘事文學中所未見的。由歷史變為小說的過程中，大量的民間傳說摻雜進來了，這就導致情節豐富生動而時見怪誕，還出現了時空錯亂。第十卷寫越王勾踐滅吳稱霸之後，孔子帶弟子去會他，自稱「能述五帝三王之道，故奏雅琴以獻之大王」。越王歎息道：「越性脆而愚，水行山處，以船為車，以楫為馬，往若飄然，去則難從，悅兵敢死，越之常也。夫子何說而教之？」孔子只好不答而辭了。粗知歷史就不難發現，孔子死於魯哀公十六年（公元前四七九年），勾踐滅吳在魯哀公二十二年（公元前四七三年），這番越王稱霸後的會面完全是杜撰。但是小說就這麼寫了，它讓歷史上的孔子死而復活，在時空錯亂中和春秋五霸之一的勾踐同台表演了一齣文化劇，從而在歷史理性的角度上檢討了越王勾踐的霸業，檢討了以他為代表的強悍尚武的越文化和孔子代表禮樂教化的周孔文化的異質性。民間傳說的介入和改寫了歷史，使小說的文化隱義更豐富了。

伍子胥（近人關良作）

以上是從小說的角度看史學，它師法史學，甚至想攀附史學以提高身價；從史學的角度看小說，情形又如何？在一個經史為尚的國度裏，史學是以優勢文體的地位歧視小說，把小說視為小道末技的。它有一點大文體主義，總覺得小說最好像我這樣。唐代史學家劉知幾把小說視為史學的「外傳」和「偏記」，稱為「偏記小說」。他把小說和史學雜著分為十流，即偏記、小錄、逸事、瑣言、郡書、家史、別傳、雜記、地理書、都邑簿，以史學的實錄標準衡量其價值，從而取消小說的獨立價值。他雖然承認「街談巷議，時有可觀，小說卮言，猶賢於已，故好事君子，無所棄諸」；但對於較典型的志人志怪小說，則多有貶詞：「逸事者，皆前史所遺，後人所記，求諸異說，為益實多。乃妄者為之，則苟載傳聞而無銓擇，由是真偽不別，是非相亂。如郭子橫之《洞冥》、王子年之《拾遺》，全構虛辭，用驚愚俗，此其為弊之甚者也。瑣言者，多載當時辨對，流俗嘲謔，俾夫樞機者借為舌端，談話者將為口實。及蔽者為之，則有詆訐相戲，施諸祖宗，褻狎鄙言，出自床第，莫不升之記錄，用為雅言，固無益風規，有傷名教者矣。」[二十二]小說和歷史的文體不分，缺乏獨立品格，無論小說冒充歷史，還是歷史貶抑小說，都可能導致兩敗俱傷。

文體發展的危機，往往不在於位卑而保持着活性，而在於位高而趨向於僵化。小說如海，位低而納眾。它的文體活性表現在抱着一種「你有的我也應該有」的態度，胸懷坦蕩地汲取史學敘事的智慧。中國小說喜歡講史，自《三國演義》取得巨大成功之後，講史之作，動輒數十上百萬言，這在世界文學史上也堪稱奇觀。它們在借用歷史題材的時候，往往把歷史敘事智慧也點化過來了。對於這個文學史過程，以小說為對象的「擬史批評」也起了推波助瀾的作用。

在古代小說批評領域，「擬史批評」長期具有可觀的勢力和實效性。唐代李肇《唐國史補》說：「沈既濟撰《枕中記》，莊生寓言之類；韓愈撰《毛穎傳》，其文尤高，不下史遷。二篇真良史也。」《枕中記》以夢幻倒影人生歷史，比作莊生寓言頗中肯綮；《毛穎傳》為毛筆作傳，是對史的戲擬，比作史遷未免有點不倫不類。如果它們和所謂「真良史」有何等關係，那就是把良史所寫的人變成物、變成幻影，創造出一種「反歷史筆法」的虛擬或戲擬謀略。「擬史批評」方法在對古代最重要的幾部章回小說的評點中，達到了極致。評點家們已經不太滿足於把其所喜歡的那些小說依附於某部史書，而是紛紛把它們凌駕於正史的開山《史記》之上。明人李開先《一笑散》認為：

「《水滸傳》委曲詳盡，血脈貫通，《史記》而下，便是此書。且古來未有一事而二十冊者，倘以奸盜詐偽病之，不知序事之法，學史之妙者也。」但這些話不及金聖歎的話為世人所知，金氏說：「《水滸傳》方法，都從《史記》中來，卻有許多勝似《史記》處。若《史記》妙處，《水滸》已是件件有。」[二十三] 金聖歎的這種見地，為毛宗崗評點《三國演義》和張竹坡評點《金瓶梅》所沿用。毛宗崗說：「《三國》敘事之佳，直與《史記》彷彿。而其敘事之難，則有倍難於《史記》者……殆合本紀、世家、列傳而總成一篇。」[二十四] 張竹坡說：「《金瓶梅》是一部「史記」。然而《史記》有獨傳，有合傳，卻是分開做的。《金瓶梅》卻是一百回共成一傳，而千百人總合一傳，內卻又斷斷續續，各人自有一傳，固知作《金瓶梅》者必能作《史記》也。」[二十五] 毛、張多從結構方式立論，戚蓼生的《石頭記序》則多從敘事神韻着眼：「第觀其蘊於心而抒於手也，注彼而寫此，目送而手揮，似譎而正，似則而淫，如《春秋》之有微詞，史家之多曲筆。……噫！異矣。其殆稗官中之盲左、腐遷乎？」這種擬史批評雖有牽強附會之處，但它以史學為參照系而論小說，權衡異同，溝通文史，開跨文體的敘事理論之先河，自有其獨到之處。

晚清開始引進西方理論，輪番關懷着小說的政治價值和審美價值，但是擬史批評作為一種小說批評的傳統，依然延續下來了。這種批評方法的好處和缺陷，都在於直觀，在於簡單明瞭，但未免簡單化了。姑不論林紓以史、漢筆法翻譯和解讀司各德、狄更斯，黃小配也在《洪秀全演義．例言》中自稱：「讀此書勝似讀《史記》。《史記》以文運事，是書以事成文。蓋以文運事，即史公高才，仍有苦處。今以事成文，到處落花流水，無不自然。」這些話到底也只是拾金聖歎的牙慧，金聖歎《讀第五才子書法》說：「某嘗道《水滸》勝似《史記》，人都不肯信，殊不知某卻不是亂說。其實《史記》是以文運事，《水滸》是因文生事。以文運事，是先有事生成如此如此，卻要算計出一篇文字來，雖是史公高才，也畢竟是吃苦事。因文生事即不然，只是順着筆性去，削高補低都由我。」黃小配改動金聖歎的地方，主要是他的取材多依史實，而《水滸》十九都是虛構。金聖歎開創的擬史批評方法，在史貴於文的文化價值系統中給小說以相當崇高的地位，是對傳統文學價值觀的極大挑戰。他也並非憑空亂說，其批語方法的潛在依據是史學也是「小說之祖」的一員。在這種意義上，前人所謂「千古小說祖庭，應歸司馬（遷）」[二十六]，不能說毫無道理。

任何新文體的發生，都存在着特殊的歷史文化語境的因緣，在特殊的歷史文化語境中產生智慧的漂移和凝聚，產生形式的變異和重構。中國小說在發生的過程中，面臨的並非西方小說從神話、悲劇、羅曼司以來的歷時性語境，而是神話（巫風）、子書、史書的共時性語境。神話、子書、史書以及民間傳說的多角關係和交互作用，使之游離出奇幻與沉實、世情與哲思等多種多樣的文化基因或「小說素」，在不同配比的凝聚組合中形成了中國小說的豐富複雜的特質和煙波萬頃的生命過程。惟此方知中國小說的「文化原我」。

六、多祖因素和文人詩學靈性的融合

從文體發生學的角度看，中國古典小說存在「多祖現象」；然而「多祖」所遺傳的基因，從小說藝術構成形態着眼，則是多重文化和文體因素的共構。仔細研究就不能不承認，西方小說多少年後刻意探索的怪異、荒誕、時空錯亂、限知視角，甚至意識流、變形術和反諷、戲擬，元小說之類的敘事謀略，在中國都以獨特的方式被古老的「多祖現象」帶入古典小說的構成形態中來了。這裏並非要把中西小說的敘事謀略作簡單化的比擬，而是說類似的某些敘事謀略作為人類智慧之一種，在中西方相對獨立的文學發展歷史過程中，是在不同的時代、以不同的方式進入各自的小說本體的。

到了唐代，小說構成形態開始了相當自覺的多重文化和文體因素的融合。所謂唐人「始有意為小說」，主要是指這種文體構成形態融合的自覺程度和成功程度。因為魯迅在做出這個判斷的開頭，說了一句話：「小說亦如詩，至唐代而一變。」[二十七] 他講的只是「變」，並不否定唐前有相對獨立的小說發展史，正如並不否定唐前有相對獨立的詩歌發展史一樣。但是唐代小說，即傳奇，已是多種文化和文體合力的共同創造，已不像六朝時期那樣志怪和志人分支發展，多種文化和文體因素還不甚融合，或融合得還不夠成熟。宋代趙彥衛《雲麓漫鈔》談論唐傳奇，說

「此等文備眾體，可見史才、詩筆、議論」。他用「文備眾體」來概括這種融合形態，揭示了唐傳奇融合史學、子書和詩賦多重文體因素的秘密。也就是說，從戰國到六朝的小說在多祖現象的作用下，在千年左右的漫長歷史中，經歷了相互間表現形式相去甚遠的分頭發展，到了富有詩人才情的唐傳奇作家手中出現了對「多祖」因素進行融合的歷史性轉機。細讀唐傳奇文本，是不難發現這種從多祖到融合的內在蹤跡的。唐傳奇文本往往並不那麼純粹，以傳奇文本既含志怪和志人，又含史傳和神話，在一個文本中嫁接多種文體成分，這是唐人寫小說的一大本事。

《柳毅傳》寫人神之戀，是一則「仙話」無疑。但它寫錢塘龍君的威猛暴烈，一戰而吃掉涇川龍子，殺傷六十萬，傷稼八百里，就令人由他一怒造成堯時九年洪災，聯想到「洪水神話」。龍女放牧的羊群，竟是「雨工」或「雷霆之類」，也關聯着天象神話；但龍女邂逅落第書生柳毅時，「凝聽翔立，若有所伺」的羞澀之態，「噓唏流涕，悲不自勝」的哀戚之容，都似乎在呈現一個人間棄婦的悲哀。那些「儀鳳」、「開元」一類唐朝的年號，引進了歷史記年；但在龍宮鼓樂宴席上，無論洞庭龍君、錢塘龍君，還是柳毅，都興致勃勃地即席賦詩，當然是為了把唐人的詩才詩興和詩酒風流的士人風尚引進小說中。龍女拜託柳毅傳書，進入龍宮的方法是在「社桔」樹叩擊三下，帶有巫術的味道；但她離開龍宮，化名與柳毅成婚時，自稱為范陽盧氏女，母為（滎陽）鄭氏，未能避免當時民間以崔、盧、李、鄭四姓為「甲族」的世俗心理。柳毅傳書救出龍女之後，不願蒙受殺婿納妻的惡名，不願接受錢塘龍君粗暴地為侄女逼婚，頗有點民間的俠義肝膽；但他最終還是回到洞庭龍宮，得道成仙，以至《聊齋志異．織成》篇末記錄了他接受洞庭龍君的遜位，在書生白面上戴着鬼面具去懾服水怪。由此可知，這卷傳奇把神話和仙話，歷史和詩歌，俠義行為和甲族聯姻的世俗心理相互滲透，綿密交織，融為一體，形成了一個富有人間真情和幻想力度的絢麗的詩情世界。它是「仙話」，但已是具有複雜的文化和文體要素的、因而具有陽剛之美的仙話，它的魅力在於能融合多重要素而化之。

柳毅傳書銅鏡（黑龍江阿城出土的金代文物）

唐傳奇在描寫「進士與妓女」的母題，在拓展玄怪思維和開創武俠門類諸方面，都取得了引人注目的成就。但是敘事謀略非常奇特，甚至可稱是唐傳奇的「奇文中之奇文」者，當推李復言《續玄怪錄》中的《薛偉》，又名《魚服記》。它描寫一位縣主簿熱病昏迷，靈魂策杖出遊到江潭，心思游水圖個涼快，即被河神把它變成一條赤鯉。這點靈感是來自莊子在濠梁觀魚，稱讚「魚之樂」，並且非常瀟灑地反問「子非我，安知我不知魚之樂」嗎？不得而知，因為我不是李復言。作品從這條赤鯉被殺了作膾，主簿驚醒後責備同僚吃膾，並講述赤鯉來歷寫起，主要部分是他自述為魚的心理感受，這就形成主敘事內含一個倒敘式的亞敘事的結構方式。饒有意味的是，人變為魚之後，思想感覺還是人的，而且是縣主簿老爺的。它飢腸轆轆，見釣餌知危險，但又思量漁夫豈能奈我何？被穿了腮又被縣上衙役購買提走，它還想發官老爺的威風：「我為汝縣主簿，化形為魚游江，何得不拜我？」被提入縣門，看見縣吏、同僚在下棋賭博，呼救無效，又埋怨道：「我是公同官，今而見擒，竟不相捨，促殺之，仁乎哉？」這簡直是出現在公元九世紀的一篇《變形記》。人心魚身的荒誕組合，使作品翻轉一面看人生。人魚之間語言不通，使有官意識而無官形貌又失去官場運作機制者，徒喚奈何，任人宰割。其間把人際關係、官場心理、怪異變形，以及莊子式玄思融合在一起了。它以變形的敘事謀略，變出一種潛哲學的深度：原來官老爺的威風，是由於它作為整個官僚機構的運作機制的一個環節，才發揮着以勢壓人的作用。它以魚服取代官服而倒過來看世界的敘事智慧，實在是唐傳奇中一絕。

應該看到，唐傳奇是以一點詩心去融合多重文化和文體因素的，一個「詩」字在其間起着消化彼此，貫通神韻的作用。宋人也寫傳奇，又何嘗不想融合多元因素？但它們疏離了詩，過分地以學問、以知識、以理念去組合各種成分，終究組而未合，形跡外露，失去不少唐人神采。由南唐入宋的樂史的《綠珠傳》，也算寫得相當用力了。它描寫晉朝的叛亂者強迫石崇交出絕世美人綠珠，導致綠珠墜樓，石崇棄市。但是作者面對美人殉情這種瞬間永恆，似乎缺乏某種對生命的詩意感覺，只用「勃然」寫石崇，用「泣」字寫綠珠，感覺平庸，對人物深層心理幾無暗示。隨之把興趣轉向輿地方物：

後人名其樓曰「綠珠樓」，樓在步庚里，近狄泉；泉在正城之東。綠珠有弟子宋瑋，有國色，喜吹笛，後入晉

隨（隋）朝窈窕呈傾國之芳容（金代山西平陽版畫，今藏俄羅斯。四美人自右至左為綠珠、王昭君、趙飛燕、班姬）

明帝宮中。今白州有一派水，自雙角山出，合容州江，呼為綠珠江，亦猶歸州有昭君村昭君場，吳有西施谷脂粉塘，蓋取美人出處為名。又有綠珠井，在雙角山下，故老傳云：「汲此井飲者，誕女必多美麗。」里閭有識者以美色無益於時，因以巨石鎮之，爾後有產女端妍者，而七竅四肢多不完具。異哉，山水之使然！

如果要講點好話，那麼這也可以叫做「寫人於人外」的敘事謀略。它以樓之長存，水之遠流，暗示對一個歌舞妓凜然不可侮辱的節操的稱譽，又以井水產美女的怪誕傳說隱含「窒禍源」的道德勸戒，借輿地方物牽合着這兩極意蘊，自可生發出若濃若淡的反諷意味。樂史曾博採群書撰成《太平寰宇記》二百卷，是宋初頗有成就的史地學者，以個人的嗜好入小說，卻未能以詩情加以化解和融合，遂使山水少了一點靈性，隔斷了閱讀中對人物命運的深切同情。唐宋兩代傳奇的同異優劣，說明「多祖現象」所提供的豐富的文化和文體要素，只有同作家的詩學靈性相結合，才能促進小說藝術達到新的境界。小說是一根蠟燭，多祖現象提供了可燃的蠟，作家靈性則以一星火花把蠟點燃，使可能成為現實。

七、小說分類學的產生及其誤區

文體分類學的出現，乃是對一種知識加以整理組合，並賦予它某種結構形態。只有當這種文體的寫作成果在質和量上達到一定程度，並引起社會相當廣泛的注意，它的分類學的創建才可能被提上歷史議事日程。因為既要分類，就得形成一種知識模型，在特定文體成果中分出主次、正變、純雜、優劣，分出各種邏輯層次和處於不同層次的子項目來，這都需要某門知識的總量積累以及由積累形成的內涵的豐富性。比如史學，《漢書．藝文志》繼承劉向、劉歆父子的遺產，分群書為「七略」，史籍就沒有單獨分類，《太史公百三十篇》即《史記》，只好與《左氏傳》、《公羊傳》、《穀梁傳》一道，列於《六藝略》的「《春秋》二十三家」。其後史籍日益繁多蕪雜，到了晉初荀勖、張華整理朝廷圖書，分為甲、乙、丙、丁四部，《史記》之類列於丙部；到東晉李充又晉升為乙部。形成經史子集之序。到了初唐魏徵等修《隋書》，史籍分類學才得以展開和成熟，列於《經籍志》第二，並說：「班固以《史記》附《春秋》，今開其事類，凡十三種，別為史部。」〔二十八〕到了清代《四庫全書》，史部分十五類，每類下面又有子目，如地理類分為十子目，傳記類分為五子目，政書類分為六子目等等，成為四部分類中最繁多者，由此可知，一種文體的分類學的產生、發展和成熟，折射着這種文體的知識總量和在世人心中的分量，折射着它在總體知識結構中的位置和命運，折射着人們對它的知識模型的考察和把握。小說分類學雖然沒有皇朝官方的重視，但它的出現說明這種卑微的文體已引起有識之士的注意，這不能不說是中國小說文體命運史上的一件大事。

唐宋傳奇的興盛提高了小說的審美品位，並且大幅度地拓展了小說的領地，這就促成了北宋初年小說總集《太平廣記》五百卷的編纂工程。這部總集封存近六百年於明嘉靖年間重刻問世之後，引起了中國古代小說觀念的極大變化。最明顯者，是小說分類學的出現。

細微的變化，首先出現在晚於《太平廣記》七八十年的《新唐書．藝文志》。它把《隋書》和《舊唐書》「經籍志」列於史部雜傳類的干寶《搜神記》、劉義慶《幽明錄》、吳均《續齊諧志》等六朝志怪書移出，與唐人傳奇集如牛僧孺《玄怪錄》、李復言《續玄怪錄》、袁郊《甘澤謠》，以及《補江總白猿傳》，並列於子部小說家類了。這一方面說明唐傳奇改變了人們心目中的小說邊界，把原先劃歸其他門類的作品也吸引到自己的門戶裏來了。另一方面又說明，目錄學家開始不能再一味地拘泥於外在形式，而在某種程度上窺見虛構敘事的內在精神，初步把握小說文體的實質了。

更大的變化，發生在《太平廣記》重刻問世的明嘉靖以後不久的萬曆年間，這就是胡應麟《少室山房筆叢》對小說的分類和論述。胡氏認為，小說家一「類」可分六「種」：志怪、傳奇、雜錄、叢談、辨訂、箴規。雖然把箴規、辨訂、叢談併入小說，難免造成文體概念的模糊，但能在「類」中分「種」，就是分類學的有益嘗試，說明這一文體已有自己獨立的領域。因為他已經看到：

> 古今著述，小說家特盛；而古今書籍，小說家獨傳。何以故哉？怪力亂神，俗流喜道，而也博物所珍也；玄虛廣莫，好事偏攻，而亦洽聞所昵也。談虎者矜誇以示劇，而雕龍者閒掇之以為奇；辯鼠者證據以成名，而捫虱者類資之以送日。至於大雅君子，心知其妄，而口竟傳之，旦斥其非，而暮引用之，猶之淫聲麗色，惡之而弗能弗好也。〔二十九〕

這裏把一個儒家正統文化學者面對小說文體的異端魅力時情感和理智的衝突，描畫得窮形極態了。

然而，正統文學總體結構依然故我，小說只是作為一種邊緣的文體和挑戰者存在，已經擁有廣泛讀者的話本、章回小說，還處於正統文化學者視野的盲區。《四庫全書總目》的小說觀念，就比明人胡應麟有所後退。胡氏畢竟還承認傳奇是小說的重要品種，而且對新出現的章回小說《水滸傳》也有某種進退失據的承認：「《水滸》所撰語，稍涉聲偶者，輒嘔噦不足觀，信其伎倆易盡。第述情敘事，針工密緻，亦滑稽之雄也。」〔三十〕《四庫全書》不僅擯除了當時已形成巨大勢頭，或用今日眼光看，已成為最有成就的文學體裁的話本、章回小說，而且它的總纂官紀昀對以傳奇筆寫志怪的《聊齋志異》也不以為然：

《聊齋志異》盛行一時，然才子之筆，非著書者之筆也。虞初以下，干寶以上，古書多佚矣。其可觀完帙者，劉敬叔《異苑》，陶潛《續搜神記》，小說類也。《飛燕外傳》、《會真記》，傳記類也。《太平廣記》，事以類聚，故可並收。今一書而兼二體，所未解也。小說既述所聞，即屬敘事，不比戲場關目，隨意裝點。……今燕昵之詞、媟狎之態，細微曲折，摹繪如生。使出自言，似無此理，使出作者代言，則何從聞見之？〔三十一〕

如此站在虛構之外，談論作為虛構敘事文體的小說，自然可以使紀氏在撰寫《閱微草堂筆記》時，跳出傳統小說家的敘事謀略而滲入學問家的智慧，使其某些作品充滿「虛構圈外論虛構」的元小說(metafiction)的氣息，成為中國古典小說的特殊品種。但是以此作為目錄學準則，只談「敘事」而貶斥「虛構」，則會偏離小說之為小說的內在本質。這一點可以作為解讀《四庫全書總目．小說家類》汰選標準的鑰匙：「張衡《西京賦》曰：『小說九百，本自虞初。』《漢書．藝文志》載《虞初周說》九百四十三篇，注稱武帝時方士，則小說興於武帝時矣。故《伊尹說》以下九家，班固多注『依託』也。跡其流別，凡有三派：其一敘述雜事；其一記錄異聞；其一綴輯瑣語也。唐宋而後，作者彌繁，中間誣謾失真、妖妄熒聽者固為不少，然寓勸戒、廣見聞、資考證者亦錯出其中。……今甄錄其近雅馴者，以廣見聞，惟猥鄙荒誕、徒亂耳目者則黜不載焉。」這種文學觀幾乎把小說等同社會歷史資料，棄其詩心，留其史跡。

收入《四庫全書總目．子部．小說家類》的書，(一)屬於「雜事」的有《西京雜記》、《世說新語》等。(二)屬於「異聞」的有《侯鯖錄》、《泊宅編》等。(三)屬於「瑣語」的有《山海經》、《神異經》、《漢武故事》、《漢武內傳》、《拾遺記》、《搜神記》、《甘澤謠》、《夷堅支志》、《太平廣記》五百卷作為「小說家之淵海」，也收入於此。(四)列於存目的有《燕丹子》、《漢雜事秘辛》、《飛燕外傳》、《大業拾遺記》、《海山記》、《迷樓記》、《開河記》，以及《幽怪錄》、《續幽怪錄》等。在傳統中國文化—文學結構中，經史、詩文居於核心部分，小說則居於邊緣地帶。《四庫全書總目》所區分的小說家三派四種目錄，隱藏着內在的價值順序，其順序是由文化—文學結構核心部分向邊緣地帶擴散的。從現代小說觀念看來，它這種小說價值順序基本上是倒置的。它擴散所未及的話本、章回部分，恰好是小說價值最高者，而列於三、四的瑣言和存目部分，在總體小說價值上也高於列入一、二的雜事和異聞部分。古代官方目錄學在「小説家類」的這種價值顛倒和悖謬，説明中國古代小説的命運是沉重的，它作為目錄學現象產生千餘年後還受到如此待遇，又説明它的文體活力是帶野性的，是堅韌而強大的。

八、民間口傳小説和外來宗教文化的撞擊

野性活力源於民間，如果要強調中國小説多祖性，那麼這種民間活力和根源於這種活力的説故事行為，乃是始終伴隨着小説行程的一個最重要的「潛在之祖」。與小説文體的野性活力相適應，一種來自民間的小説觀念開始是戴着面具，後來乾脆摘下面具，與正統目錄學的小説觀念分庭抗禮了千餘年。這是我們談論中國小説本體論時，不能不注意的。

中國最早用「小説」做書名，是六朝時期的《殷芸小説》。在以小説為小道末技的時代，如此起書名是有幾分直率和大膽的。此書十卷在《隋書．經籍志》已有著錄，注曰：「梁武帝敕安右長史殷芸撰。」姚振宗《隋書經籍志考證》卷三十二説：「案此殆是梁武作通史時，凡不經之説為通史所不取者，皆令殷芸別集為小説，是小説因通史而作，猶通史之外乘。」因此它是離傳統目錄學的小説規範不遠的，後來的史書「經籍」或「藝文志」毫無例外地把它歸入小説家類。

古人寫小説，恥於或怯於貼上「小説」標籤，就像阿Q諱言頭頂癩瘡疤，致使古籍中以「小説」名書者寥寥。《隋書．經籍志》留有一個謎團：《殷芸小説》條目前，有宋臨川王劉義慶撰《世説》八卷，後有不署撰者的《小説》五卷，這本來是分隔開的。到了《舊唐書．經籍志》在《世説》之外，把《小説》十卷挪了位，署名為劉義慶撰；《新唐書．藝文志》略為謹慎，在「劉義慶《世説》八卷」之後，另行「又《小説》十卷」，恐怕這已是目錄學上找不到原書的謎了。唐人又有《劉餗小説》三卷，以及柳公權《柳氏小説舊聞》六卷，未載於「唐志」，卻被《宋史．

藝文志》著錄了。可見史籍雖然著錄小說書，但對它們的搜集和辨訂，是不甚經心的。

在《漢書．藝文志》小說觀念還根深蒂固之時，上距班固百餘年，下距殷芸二百餘年，也就是公元三世紀初，另一種充滿野性的小說觀念由民間不拘禮節地侵入社會上層：

太祖（曹操）遣（邯鄲）淳詣（曹）植，植初得淳甚喜，延入坐，不先與談。時天暑熱，植因呼常從取水自澡訖，傅粉，遂科頭拍袒，胡舞五椎鍛、跳丸、擊劍、誦俳優小說數千言訖，謂淳曰：「邯鄲生何如耶？」於是乃更着衣幘，整儀容，與淳評說混元造化之端，品物區別之意。然後論羲皇以來賢聖名臣烈士優劣之差，次頌古今文章賦誄及當官政事，宜所先後，又論用武行兵倚伏之勢。〔三十二〕

這裏的「小說」戴着一副「俳優」的面具，尚屬民間「百戲」之列，「數千言」已是篇幅不短的喜劇性調侃和敘事，決非「叢殘小語」的形態。從其後曹植和邯鄲淳談論「混元造化之端」和羲皇以來的人物來看，他們是不避構想虛言的，更何況邯鄲淳是中國最早的笑話集《笑林》的作者。就是這麼一種源自民間的、喜劇性調侃和敘事的「俳優小說」，已經使一代貴冑才子不顧身份地「科頭拍袒」，得意忘形了。

「俳優小說」以古代憑樂舞作諧戲者的伎藝和小說藝術組成複合的術語，它是一種滑稽智慧，帶表演性和口頭性，由於未經目錄學認同，概念是不固定的。其後它又戴着「俳優雜說」〔三十三〕的面具，為隋朝侯白所喜好，而且明顯地帶有口頭敘事成分了：

（侯）白在散官，隸屬楊素，愛其能劇談，每上番日，即令談戲弄，或從旦至晚始得歸。後出省門，即逢素子玄感，乃云：「侯秀才可以（與）玄感說一個好話。」白被留連不獲已，乃云：「有一大蟲欲向野中覓肉……」〔三十四〕

小說作為虛構敘事的一種形式，投合了人的好奇、娛樂和創造的內在慾望。慾望不滅，儘管經歷魏晉南北朝的戰亂、隋唐宋元的改朝換代，這種敘事形式也不會滅的。由於印刷術未興，這種動輒數千言的敘事形式不可能訴諸竹帛，因而長期處於口頭形態。但它在文人小說受到正統文化結構模式和目錄學壓抑之時，卻毫不介懷地汲取民間伎藝和外來文化的影響，在白話文學領域取得了驚人的進展。俳優小說在唐代發生了面具變異，演化為「人間小說」

汴京街市圖（錄自宋張擇端《清明上河圖》）

或「市人小說」。這就是《唐會要》卷四所謂：「元和十年……韋綬罷侍讀。綬好諧戲，兼通人(民)間小說。」以及段成式《酉陽雜俎》續集卷四所謂：「予太和末，因弟生日觀雜戲，有市人小說，呼扁鵲作褊鵲字，上聲。」所謂市人小說，說明這種伎藝已經開始具有市場形態了。

從「俳優小說」到「人間小說」、「市人小說」，演講軌跡是單線的，時隱時顯的，令人感受不到多少聲勢。宋代是一大轉折，口頭小說出現多線發展的景觀，誠開自古未見之局。在這裏有必要交代一下唐宋兩朝城市制度的變化。唐朝的城市實行「坊里制」，長安一百零八坊，洛陽一百零九坊，四周有坊牆包圍，坊門有專人管理，早晚定時啟閉。長安有東西兩市，貿易行業眾多，但中午擊鼓三百下開市，日落前七刻擊鉦三百下閉市，那是很難發展夜市的。雖然中唐以後也有破例臨街開店的現象，但作為一種城市制度是到了宋朝以後才有根本的改觀。宋朝城市實行「街巷制」，坊牆悉皆拆除，坊、市分隔的狀態被打破，臨街設肆，如張擇端《清明上河圖》所展示的生意火爆，車水馬龍。說話人非常活躍的瓦舍勾欄發展起來了，而且有了夜市，如宋人孟元老《東京夢華錄》講到汴梁的「馬行街鋪席」：「夜市直至三更盡，才五更又復開張。如要鬧去處，通曉不絕。」又如南宋周密《武林舊事》卷六寫杭州的諸市、瓦子勾欄，酒樓歌館：「歌管歡笑之聲，每夕達旦，往往與朝天車馬相接。雖風雨暴雪，不少減也。」這種城市制度和市場需要，強有力地刺激了各種門類的伎藝和說書藝術的發展，藝人也逐漸強化了專業性。面對這種局面，民間雜書撇開正史目錄學的保守性，當仁不讓地為之作目錄學和分類學的工夫了。孟元老《東京夢華錄．市井伎藝》記北宋瓦肆說話，已有講史、說三分、五代史、小說、說諢話等科目。耐得翁《都城紀勝．瓦舍眾伎》對南宋說話家數就分得更細了：

> 說話有四家：一者小說，謂之銀字兒，如煙粉、靈怪、傳奇。說公案皆是搏刀趕棒及發跡變泰之事。說鐵騎兒謂士馬金鼓之事。說經謂演說佛書。說參請謂賓主參禪悟道等事。講史書講說前代書史文傳興廢爭戰之事。最畏小說人，蓋小說者能以一朝一代故事頃刻提破。合生與起令隨令相似，各占一事。商謎舊用鼓板吹【賀聖朝】，聚人猜詩謎、字謎、戾謎、社謎，本是隱語。

民間口傳小說由單線演進到多線分支，其間隱隱然存在着一種強大的外來衝擊力，這種衝擊力就是佛教文化，它所派生的俗講或變文。不妨說這是一種「離析」，一種和唐傳奇在多祖因素基礎上與文人文化(詩)向雅方向「融合」相反的「離析」，一種民間文化和宗教文化(變文)在俗方向上碰撞而發生的「離析」。分析宋代說話四家可以看到，原先的「俳優小說」發生裂變，「俳優」性留給合生、商謎、說諢話，「小說」則增加虛構敘事的強度，這種強度包括區分出煙粉、靈怪、傳奇、公案、鐵騎兒等情節類型，包括講小說者「談論古今，如水之流」，「能講一朝一代故事，頃刻間捏合」[三十五]的表現才能。而作為衝擊者一方的俗講，則蛻變為說經和說參請；原先的俳優小說也不排斥歷史題材，受到佛教文學(俗講，變文)雄偉的幻想力和韻散交織的巨大篇幅的刺激，逐漸形成了說三分、五代史一類長篇講史。在這場中外文化撞擊中，民間口傳小說以其自身的活性，大量吸收佛教文化的幻想和文體智慧，實現了中國小說體制的深刻變革，並在市場化的刺激和推動下，形成了前景壯觀的發展勢頭。

九、文人對小說參與和奇書系統

中國小說發展有一個完整的生命歷程。它在多祖現象中發生並形成豐富的文體形態，以史籍目錄學著錄的書面文學為一支，以民間口傳文學為潛在的另一支，齊頭並進。在唐宋兩代又出現了方向相反的融合與離析，以唐傳奇為標誌的與文人文化的融合，以宋說話為標誌的民間文化和宗教文化的碰撞而離析。前者提高了小說的審美檔次，後者拓展了小說發展的元氣、潛力和前景。至此，中國小說的發展，已經具備了大江巨河一般的形勢。

然而，小說發展之元氣淋漓、潛力豐盛，並不等於小說已經成為高品位的藝術品。宋元時代說話藝術的變革局面要最終成熟，小說還需開始其生命歷程中與「離析」方向相反的第二次與文人文化的「融合」。這種合而分之，分而合之的辯證法過程，正是小說生命之所在。沒有一批傑出文人以自己的文學生命來參與宋元以後小說發展，是不可能產生一批傳世不衰的偉大的藝術品的。那種輕視文人在話本和章回小說成熟中的作用的成見，是毫無歷史根據的。正是元、明、清三代一批被正統文化結構模式所排斥的落魄文人，承擔了把說話之風和文人之趣相融合的文學史使命，從而使明清小說和唐詩、宋詞、元曲並舉，成為整整兩個朝代的代表性文體。這一點，只要比較一下《清平山堂話本》和馮夢龍編定的「三言」，比較一下《大宋宣和遺事》、元刊《全相平話三國志》和《水滸傳》、《三國演義》，就會洞若觀火。

明清時代的第二次融合，是一次偉大的融合，其偉大的程度遠超過了唐傳奇的第一次融合。因為它直透俗文化和雅文化的豐富層面，涉及民間文學、文人文學和外來宗教文學，融合的廣度、深度和規模都達到了前所未見的歷史水平。如果我們相信敦煌石室文獻《廬山遠公話》和《韓擒虎話本》是宋元話本的先驅，又以明朝中晚期梓行「四大奇書」和「三言二拍」為一個歷史標誌，那麼這次偉大的離析和融合進程經歷了六百年以上。這六百年的代價是值得的，它幾乎重寫了一部中國小說發展史。《清平山堂話本》是明嘉靖年間洪楩編行的《六十家小說》的殘卷，彙集了宋、元和明初話本，文字於古拙質樸中難免簡陋鄙俚，除了《快嘴李翠蓮》和《簡貼和尚》兩篇之外，其餘是不足稱藝術品的。比如《柳耆卿詩酒玩江樓》把南唐後主李煜詞《虞美人》「春花秋月何時了」，說成柳永醉題粉壁所作。這個柳永又以流氓手段霸佔歌妓周月仙，還作了「柳解元使了計策，周月仙中了機扣。……你是慳慳人，算來出不得文人手」一詞加以調笑，實在如《古今小說·敘》所批評的「鄙俚淺薄，齒牙弗馨焉」。較之以《古今小說》中的《眾名姬春風弔柳七》，寫柳永自稱「奉旨填詞柳三變」，笑傲權相，用真情於青樓名姬，實在無法不承認，二者屬於相距很遠的藝術檔次。而且新話本前面加上唐代詩人孟浩然因「不才明主棄」的詩句，招致唐明皇不悅，任其歸隱的故事，作為「得勝頭回」。從而改變了宋元話本「得勝頭回」或因草率雷同而被刊落的情形，使一個小故事和後面的大故事銜接，形成了話本小說的「葫蘆格」典範性結構，並且使大小兩個故事在同同異異、正正反反的對接中，產生豐富的審美聯想效應。《六十家小說》的散殘和「三言」的傳世不衰，不是以歷史事實有力地證明了在話本小說精緻化和典範化中文人作用至為關鍵嗎？

第二次融合的偉大成功，刺激了明末清初為小說正名的潮流。首先是金聖歎提出一個「才子書系統」。他把《水滸傳》、《西廂記》和《莊子》、《離騷》、《史記》、杜詩，並列為古今「才子書」，出入於子史詩文、小說戲劇，簡直在為一部文學史尋找正宗。他打破了以文體區分才華等級的形式主義，把屬於卑賤文體的《水滸傳》和社會公認的詩文經典名著並列為才華上品，這在當時無疑是驚世駭俗的。金聖歎開風氣之先，但他似乎對有明一代蔚為大觀的小說缺乏一個整體的把握，儘管毛宗崗評點《第一才子書三國志演義》，冒充「聖歎外書」，還假託一篇「金序」，卻也無法證明他對這部章回小說格外留意。

其實《三國演義》和《水滸傳》一樣，是說話人智慧和文人才華相融合的偉大作品。元刊《全相平話三國志》可以看做粗糙簡略的說話底本或記錄本，它把「諸葛」、「糜竺」寫作「朱葛」、「梅竹」，讓關羽、趙雲在赤壁戰前就稱劉備為「先主」這類淺陋之處姑且不說，就是關係全局的結構形態，也可以說它幾無藝術家的魄力和匠心。它開頭寫司馬仲相陰間斷獄，判韓信、彭越、英布投生為曹操、劉備、孫權，三分漢室天下，又判高祖、呂后為獻帝、伏后，承受曹操等的報應凌辱；結尾以五胡十六國的漢劉淵為劉禪外孫，攻陷晉都以報復司馬氏滅蜀，雖然想像有奇特之處，但是平庸的因果報應邏輯是不勝負荷三國對峙興廢的百年戰爭傳奇的歷史分量的。《三國演義》依據儒家正統思想把劉備、諸葛亮「有心扶漢，無力回天」的生命獻祭作為主幹，氣勢磅礴而嚴整綿密地展示了群雄逐鹿和三國對峙的宏偉的歷史畫卷，從而組構了中國小說史上極有力度的，又富於沉重的歷史悲劇感的結構形式。

唐僧取經圖（近人關良作）

同時它還有一個潛隱的結構，以「古今多少事，都付笑談中」的道家清冷超逸的眼光（毛宗崗在這一點上的貢獻值得重視），俯視魏蜀吳戰爭和由漢至晉的歷史更替，對干戈擾攘、是非混濁的人間世發出富於命運感的千古悲慨。它提供了一個難以比擬的雄偉的敘事哲理結構，至於獨出機杼的「三顧草廬」的敘事謀略，以及氣吞山河的「赤壁之戰」的敘事魄力，如此等等均非《全相平話三國志》所能望其後塵。

明代小說在歷史、英雄傳奇、神魔和家庭等多方面題材上開發，使它實際上成為傳統的經、史、子、集四部典籍之外的一個獨立而豐富的藝術世界。因此人們很快就不滿足於金聖歎單獨推崇一部《水滸傳》的做法，開始思考一個能夠包容全部最好的章回小說的術語。這就是繼金聖歎的「才子書系統」而出現的「奇書系統」，後者進一步確認最優秀的章回小說是一個具有奇異魅力的獨立存在了。清順治年間西湖釣叟《續金瓶梅

·序》提出：「今天下小說如林，獨推三大奇書，曰《水滸》、《西遊》、《金瓶梅》。」李漁《三國志演義·序》又拉馮夢龍來助陣：「嘗聞吳郡馮子猶賞稱宇內四大奇書，曰《三國》、《水滸》、《西遊》及《金瓶梅》四種。余亦喜其賞稱為近是。」奇書成為最好的章回小說的代稱，以及《今古奇觀》成為話本小說精品選集，都是以一個「奇」字來標榜小說的最高成就的。

應該補充說明，其後出現的《儒林外史》把作者見聞所及的清前期士林人物上推二百年，置於明中期的環境中去描寫，從而在足夠的時間和心理距離上反省和批判自明代成化年間開始定型的八股取士制度；《紅樓夢》把作者的家世之感和女媧補天時棄而不用的一塊「頑石—靈玉」幻形入世遊歷糅合在一起，又使「詩書簪纓之族，溫柔富貴之鄉」的大觀園和太虛幻境相對應，形成了天書和人書的雙重品格——所有這些也應歸入「奇書系統」。中國古典小說在「多祖現象」中發端於戰國，定名於兩漢之交，以書面的和口傳的兩種形態齊頭並進，又在與其他文化和文學形式打交道的過程中不斷地離析和融合，最終開創出屬於自己的燦爛輝煌的「奇書系統」。中國小說的本體認定應該在這兩千年間由小說被歧視為「小」，到「奇書」最終被舉世盛讚為「奇」的歷史行程中去尋找。惟有抱着實事求是的態度，從本體認定開始，去考察中國小說的文化身份、特質、歷程和命運，考察它的敘事智慧和敘事原理，我們才能在全球文化對話中貢獻出實實在在地屬於中國文學經驗的原創性的學理體系，這已成為中國小說史研究者責無旁貸的歷史課題。

注釋：

〔一〕本體一詞，在中國的本義是指事物之本然或本來狀態。宋明時代張載、王陽明多有此種用法，張岱年《中國哲學大綱》第一篇也已注意到。西方哲學傳入中國，noumenon譯為「本體」，ontology譯為「本體論」，含有宇宙之最究竟者、或終極存在之義，遂使此詞產生多義性。西方近世文藝思潮重提本體，卻變通其義，指文學的根本或實質。此處所謂「本體」，乃是中國原義，對西方變通義略有參照。

〔二〕《全漢文》卷四十一輯《七略》佚文。

〔三〕《後漢書》卷二十八《桓譚傳》第四冊，中華書局校點本，第九百五十五頁。

〔四〕《文選》卷三十一江文通《擬李都尉從軍詩》注引《新論》。

〔五〕《禮記．大學》。

〔六〕劉向：《說苑序奏》。

〔七〕《史記．孟子荀卿列傳》。

〔八〕余嘉錫：《四庫提要辨證》卷十四《呂氏春秋》條。

〔九〕《日知錄》卷七《士何事》。

〔十〕劉向：《戰國策書錄》，收入《戰國策》（下），上海古籍出版社一九八五年版。

〔十一〕《小說家出於稗官說》，收入《余嘉錫論學雜著》上冊，中華書局一九六三年版。（本書中出現的「中華書局」均指北京中華書局。）

〔十二〕《四庫全書總目》卷一百四十「小說家類」序言。

〔十三〕一九七二年山東臨沂銀雀山西漢初期墓葬中出土《晏子》殘簡一百二十枚。內容分屬今本《晏子春秋》七篇，惟缺第四篇。書法已入隸書正軌，可能抄於秦末。這證明《晏子春秋》為先秦著作無疑。

〔十四〕《黃氏日鈔．續諸子．莊子》。

〔十五〕《莊子．雜篇．外物》，《莊子集解》，中華書局一九八七年版，第二百三十九頁。

〔十六〕葉夢得：《避暑錄話》上。

〔十七〕《少室山房筆叢》之《四部正訛（下）》、《二酉綴遺（中）》。

〔十八〕錢鍾書：《管錐編》第一冊，中華書局一九八六年版，第一百六十六頁。
〔十九〕揚雄：《法言》卷一二《君子篇》。
〔二十〕黃震：《黃氏日鈔》卷四七《史感》。
〔二十一〕郭沫若：《關於「接受文學遺產」》。
〔二十二〕劉知幾：《史通．雜述》。
〔二十三〕金聖歎：《讀第五才子書法》。
〔二十四〕毛宗崗：《讀三國志法》。
〔二十五〕張竹坡：《批評第一奇書（金瓶梅）讀法》。
〔二十六〕丘煒萲：《客雲廬小說話》。
〔二十七〕魯迅：《中國小說史略》第八篇「唐之傳奇文（上）」。
〔二十八〕《隋書．經籍志》第四冊，中華書局校點本，第九百九十三頁。
〔二十九〕胡應麟：《少室山房筆叢．九流緒論（下）》。
〔三十〕《少室山房筆叢．莊岳委談（下）》。
〔三十一〕盛時彥：《姑妄聽之》跋。《姑妄聽之》為紀昀《閱微草堂筆記》之一種。
〔三十二〕《三國志．魏志》卷二一《王粲傳》裴松之注引《魏略》。
〔三十三〕《隋書》卷五八《陸爽傳》附侯白。
〔三十四〕《太平廣記》卷二四八引侯白《啟顏錄》。
〔三十五〕吳自牧：《夢粱錄．小說講經史》。

第一講 文人與話本敘事典範化

一、話本和文人互動互補的審美動力結構

話本小說由發生、興盛到定型，凝聚着中近古時代數百年間說話人和文人的雙重智慧。以往的文學史研究對說話人「捷口水注」的辯才和表演家數較多關注，而對文人化俗為雅、點鐵成金的作用卻較少用心，這勢必影響把話本小說作為敘事藝術品進行研究的深度。顯而易見，文人在不同層面和程度上代表着、攜帶着中國豐富悠長的文化傳統，他們對話本藝術的參與，既意味着對正統的叛離，又必然帶來了對村俗的超拔。他們既接受了說話伎藝鮮活潑辣的感染，又使話本滲入了精緻圓融的審美意味，從而逐漸納入了中國書面文學的系統之中。在一定的意義上可以說，沒有文人的介入和參與，就沒有中國話本小說的精緻化和典範化。

文人間接或直接地參與說話藝術，大體有三種形式。其一是話本不僅取材於民間傳聞，更重要的是取材於文人筆記和傳奇，從而以獨特的方式把中國文言系統和白話系統的小說相互溝通了。《醉翁談錄．小說開闢》把這一點講得很清楚：「夫小說者，雖為末學，尤務多聞，非庸常淺識之流，有博覽該通之理。幼習《太平廣記》，長攻歷代史書。……《夷堅志》無有不覽，《琇瑩集》所載皆通。」[一] 把「末學」變得「多聞」，由「庸常淺識」變得「博學該通」，說話人在敷演筆記傳奇的素材的同時，無疑也汲取了這些文人筆墨中的潛在母題和情節模式。這一點，只要對比一下《夷堅志》和宋元話本中寫人鬼之戀，常有道士法師介入的敘事模式的一脈相通之處，就不難明白了。

然而這種文人參與是被動的，他們寫筆記傳奇只為了獵奇娛情或炫耀詞采，並不存在着期待後世藝人把它編成話本的目的性。屬於主動參與的是另一種形式，即書會才人的參與。現在所能看到的元刊講史平話和明刊較原始狀態的話本，大抵可以推測為由於元代「九儒十丐」的社會政策和中斷科舉的文化政策而浮沉市井的才人手筆。他們或錄瓦舍伎藝以備流佈，或採民間傳聞以供表演，在話本成為「本」中充當了關鍵角色。《白娘子永鎮雷峰塔》（《警世通言》第二十八卷）話本保留着這樣的話：「俺今日且說一個俊俏後生，只因遊玩西湖，遇着兩個婦人，直惹得幾處州城，鬧動了花街柳巷，有分教：才人把筆，編成一本風流話本。」這是才人借説話人之口聲明自己的著作權。書會才人是市井知識者，是半伎藝人，《武林舊事》第六卷把他們的書會與小說、演史、影戲、唱賺同列於「諸色伎藝人」的名目之下。即是說，他們不是完全意義上的文人，他們把「說話」由口頭文學過渡到書面文學，卻未能在本質上提高話本藝術的審美層次。《楊溫攔路虎傳》話本透露：「才人有詩說得好：『求人須求大丈夫，濟人須濟急時無。渴時一點如甘露，醉後添杯不若無。』」這種世俗格言式的所謂「詩」，是和瓦舍伎藝處在同一審美層次的。因此，書會才人對話本的參與是主動的，但在相當程度上是附庸性的。

真正給話本小說拓開一個新的境界，並以書面文學形式造成廣泛而深遠影響的，是中晚明文人的第三種形式的參與。這次參與是主動的，大規模的，而且在本質上提高了審美層次。明代嘉靖間人洪楩編印《六十家小說》，對早期話本作了相當規模的彙集保存工作，為其後的文人參與選輯修改提供了便利。從洪刻殘本，即今題《清平山堂話本》的粗糙訛誤之處着眼，這次編印並沒有多少文人精心參與的痕跡。大約二三十年後的萬曆年間，又出現了熊龍峰刊行的話本小說。從今存的四種中可以同《清平山堂話本》相參照的《馮伯玉風月相思小說》來看，它對原本作了一些文字訂正，對一些場面描寫偶爾添改，使在場人物的言談舉止照應得略為周到妥帖。但其去取改削的程度是相當有限的。

論及《馮伯玉風月相思小說》，有必要反過來強調一點：文人虛構言情作品假如沒有經過民間文學的滲透或洗禮，容易帶上一種顧影自憐之態，於綺豔柔靡的風格中顯得境界狹小。這篇作品寫明代洪武年間馮伯玉收養在臨安趙將軍家中，與其女兒雲瓊相戀相悅、遊宦分離、立功冊封而最終夭逝的思戀歷程，當是明初文人的擬話本。作者借這雙有情人的手大作情詩，使幾乎是一帆風順的戀愛變成了一場小心眼的精神磨難，見風是雨，忸怩作態，似乎帶點神經質。這種文人之作增加了心理描寫的深度，卻付出了人生視境的代價，因此馮夢龍編撰「三言」的時候把它刪落了。

話本和文人各自的優勢是互動互補的，缺一就會趨於鄙陋或平庸。話本啟示文人以開闊的人生視野和新鮮的敘事方式，文人彌補話本以精緻的美感和典範性的操作。在這種互補互動的文學存在形態中，比熊龍峰刊行小說晚出二十餘年的馮夢龍的「三言」，取得了令人矚目的成功。「三言」的名目《喻世明言》、《警世通言》、《醒世恆言》，較之《六十家小說》的集名《雨窗》、《長燈》、《隨航》、《欹枕》、《解閒》、《醒夢》，於娛情之餘增加了更多的世道人心的反省，追求着明哲、通達和恆遠，散發着哲理意味和人生感悟。作為編撰者的馮夢龍是洞察歷代小說源流的，認為「大抵唐人選言，入於文心；宋人通俗，諧於里耳」。他是推崇宋以後話本的感人之「捷且深」的，但既然他對整個小說源流已有宏觀把握，便能超越宋元明話本自身的評價體系，借助唐人的「入於文心」反省宋人的「諧於里耳」。因此他在對宋元明話本的選擇、修飾中，能夠站在高出於曾經選入《玩江樓》的洪楩刊行小說，以及曾經選入《雙魚墜記》的熊龍峰刊行小說的審美層面之上，指出「《玩江樓》、《雙魚墜記》等類，又皆鄙俚淺薄，齒牙弗馨焉」[一]。正是這種統觀全盤，因而能博覽約取、厚積薄發的文人修養優勢，使馮夢龍這一流文人能夠富有成效地推進話本小說精緻化的進程，並終於達到典範化的境界。由於相當精緻的典範化話本小說的感召，作家創作有規矩繩墨可遵循，加上書商出版牟利的刺激，馮夢龍之

王安石三難蘇學士（錄自明天啟刊本《警世通言》）

後出現了淩濛初這樣的擬話本大家。在二十年間大約有二十部作家個人的擬話本集問世，形成一個頗為可觀的浪潮。又由於文人作家具有與市井説書人不同的文化素質和優勢，擬話本風潮持續一段時間之後，固有程式已不足以完全容納文人才情，因而出現了李漁的《無聲戲》、《十二樓》，以及艾衲居士《豆棚閒話》一類走出話本的作品。

在話本和文人的互動互補的審美動力結構中，説話人的辯才和文人的文心構成雙向運行的兩極。而這份文心則經歷了走入話本，推動話本典範化，並最終走出話本的易位過程。本文的宗旨是探討易位過程中最為微妙的一段：推動話本典範化。

二、入話和正話的「有意味的錯位」

文人審美素質的介入，使話本小説體制減少了由於現場發揮而變化多端、又難免草率鄙俚的隨意性，從而逐漸形成了體制規整化及其意蘊內在化的審美特徵。對比《清平山堂話本》、《熊龍峰刊行小説四種》和馮夢龍的「三言」，就不難發現，早期話本開頭的「入話」二字，以及篇末的「話本説徹，權作收場」一類説話場上的套數被刪除了。而許多話本的「得勝頭回」被強化、拉長，沒有的也補寫上了。即是説，文人的參與，摒棄了話本小説屬於説話場套數的外在形式，而強化了源於説話場、卻更屬於書面文學的內在形式。這便形成了體制上相當規整的、以小故事牽引和闡發大故事的結構方式。這類乎中國古詩之所謂「葫蘆格」，即作詩用韻，前兩個韻腳用一韻，後四個韻腳用另一韻，形成「先二後四」、小大相繼的葫蘆狀。因此，這類話本體制也不妨稱為葫蘆格。

話本小説這類強化和規整化了的葫蘆格體制，把説書場上的程式轉化和提升為文學祭壇上的特種儀式。把入話故事作為説書場上等候聽眾的熱場手段，對於書面文學已屬多餘，但參與話本的文人不是刪節它，反而強化它、增補它，這就不能不令人設想，他們是想利用這種儀式激發「看官」的哲理思維。他們借助入話故事及其前置詩、後置詩證，引導讀者建立某種心理定勢，並通過與讀者的議論對話，在把入話故事和正話故事進行正反順逆多種方式的牽合中，引發人們對人間生存形態的聯想和哲理反省。《清平山堂話本》之《柳耆卿詩酒玩江樓記》，是被馮夢龍譏為「鄙俚淺薄」的，收入《古今小說》第十二卷改題為《眾名姬春風弔柳七》，已經作過一番點鐵成金的根本性修改。非常值得注意的是原文中作為入話的那首「誰家柔女勝姮娥，行速香堦體態多」的甜俗肉麻的詩，即所謂「柳耆卿題美人詩」，被刪棄了；而換上的是取材於《北夢瑣言》第七卷《孟浩然以詩失意》的入話故事（「得勝頭回」）。入話故事的添換，反映了添換者較高雅的審美趣味和廣博的學識，更具本質意義的是改變或重構了整個話本的敘事焦點。它把兩種不同類型的文人，一個「白首臥松雲」的高士，一個出入秦樓楚館的風流才子，以不協調中求協調的方式牽合在一起。於人物類型反差度極大之間，飾選出「不才明主棄，多病故人疏」一詩，以及「我不求人富貴，人須求我文章」一詞，並在它們同樣觸犯龍顏、造成終生失意這個共同點上，建立了敘事焦點。在懷才與不遇這種荒謬的社會錯位中，傾瀉了江湖山野文人的閒雲野鶴和詩酒風流的鬱悒情緒，及其對自身悲劇命運的不測感。

據史料記載，這種入話故事即所謂「得勝頭回」，乃是宋代說話人的一種程式。郎瑛《七修類稿》第二十二卷說：「小說起仁宗時，蓋時太平盛久，國家閒暇，日欲進一奇怪之事以娛之，故小說『得勝頭回』之後，即云話說趙宋某年。」不過我懷疑初期話本的「得勝頭回」源自佛教俗講的「押座文」，[三]其後衍變為說話人等待聽眾的一種套數，並沒有後來經文人精心增寫改定之後那麼專文專用，饒有深意。比如《醉翁談錄》第一卷的《小說引子》便類乎話本的「得勝頭回」，卻注明「演史講經並可通用」。而且它結尾的兩首詩：「破盡詩書泣鬼神，發揚義士顯忠臣，試開戛玉敲金口，說與東西南北人。」以及「春濃花豔佳人膽，月黑風寒壯士心，講論只憑三寸舌，秤評天下淺和深」。其所謂憑三寸巧舌評說天下忠臣義士，以及佳人膽、壯士心，是足以涵蓋話本的主要題材，因而具有「通用」性質的。不妨推想，由「通用」到「特用」是存在一個衍化過程的。

《清平山堂話本》除了《刎頸鴛鴦會》挪用唐人傳奇作為入話故事，因而造成入話、正話之間一文一白的文體不協調，以及《欹枕集》中有一兩處不甚完整的入話故事之外，只有一篇《簡帖和尚》具有較完整、文體又較協調的

眾名姬春風弔柳七（錄自日本藏明刊本《喻世明言》）

入話故事。但這個入話故事並非舊本所有。考《也是園書目》，把《簡帖和尚》列為「宋人詞話」。篇中的正話寫東京汴州開封府棗槊巷居住的左班殿直皇甫松，被和尚以一封簡帖騙去妻子，最終又破鏡團圓。這種題材當是凝聚着南宋人思念舊京的情結，南宋初期的筆記如《夷堅志》、《東京夢華錄》都不乏這種情結的表露。然而它的入話故事卻不是宋人所為，而是宋人演說《簡帖和尚》話本若干年後，至早由元人寫定的。因為入話故事本於《醉翁談錄》乙集第二卷《王氏詩回吳上舍》，吳仁叔（上舍）為元人，乃是一個元代故事。這番宋元締姻，已是直接或間接的文人參與了。而且兩個故事的接合處除了有兩句對句之外，還有一首七言八句的「入話詩」，大概也是兩個不同時代的故事接榫時留下的痕跡了。

名為《錯封書》的這個入話故事，是饒有意味的人間插曲。宇文綬屢試不第，為妻子王氏作詩詞嘲諷。後來他一舉及第，滯留長安，收到王氏催歸的信後，復函時卻誤封進一幅白紙。當夜夢見妻子啟封在白紙上寫了四句詩：「碧紗窗下啟緘封，一紙從頭徹底空。知爾欲歸情意切，相思盡在不言中。」次日收到妻子回函，果然就是這四句詩。篇中把人物故作矜持而壓抑下來的潛意識中的思歸焦慮，通過夢境釋放出來。又在夢與真的匪夷所思的吻合中，巧妙地表達了夫婦間的心心感應。入話故事的添改者把「錯封書」反而增加夫妻間的理解的故事，和那個因第三者（和尚）的「錯下書」而引起家庭破裂的故事，進行反向組合，從而深化了一則「公案傳奇」的意蘊，令人致慨於家庭的幸與不幸，緣於夫婦間心的相知和隔膜。

正話和入話故事的組合，總不是那麼卯榫相應、渾然一體的，這就造成了某種「有意味的錯位」。錯位之所以有意味，就在於它以不同的時空、不同的人物形態、不同的敘事情調的錯綜，飽含着異常豐富的信息量，給人以自由聯想的開闊天地。這種錯位也許乍看給人稚拙生硬之感，但人的想像力和聯想力並不都是在藝術的圓轉自然之處觸發的，稚拙生硬的外觀有時能給想像力和聯想力的勃發提供更有效的觸媒。

《清平山堂話本》之《風月瑞仙亭》，是寫卓文君私奔到成都鬻酒，又因司馬相如的賦為皇上賞識而發跡變泰的一篇獨立話本。移入《警世通言》第六卷《俞仲舉題詩遇上皇》，卻變成了入話故事。儘管入話、正話都宣洩着歷代文人憑藉文字遭際而平步青雲的榮華夢魘，但二者的敘事情調是有巨大差異的。司馬相如文名遠播，為一代雄主賞識，乃是一幕正劇。俞仲舉科考失敗，落魄於臨安街頭，題詩酒樓以發洩胸間憤懣。只因南宋高宗傳位孝宗，當了太上皇，不甘於「樹老招風，人老招賤」的冷遇，看到俞仲舉的題壁詩詞之後，強使兒子授他為成都太守。這無疑是一幕鬧劇。話本小說通過正劇和鬧劇的悖謬對接，令人感慨多端地展示了文人世界榮辱浮沉的命運感。也許進行這番對接，寄託着對接者蹭蹬場屋之後依稀猶存的「若使文章皆遇主，功名遲早又何妨」的夢幻，但是話本小說亦莊亦諧的敘事情調錯綜本身，已形成了對這種夢幻的反諷。因此，由說話人和文人共同創造、並趨於典範化的話本小說，「葫蘆格」敘事方式，乃足一種「意義結構」，一種具有豐富的哲理意味和比興意味的敘事學儀式，它使中國以平易曉暢、「諧於里耳」著稱的話本文學的意蘊別具一格地深邃化了。

三、由俗趨雅和敘事焦點盲點的調整

以馮夢龍「三言」為代表的十七世紀前期文人對話本小說發展的積極參與，乃是對宋元話本的一度深加工。這番加工幾乎達到了脫胎換骨、點鐵成金的深度，以致相形之下，舊版話本及其結集再也不能聊充完美的文體傳世而逐漸軼散。這就令人不能不注意到，文人參與不是僅僅局限於說話人審美層面的文字修補，而是超越說話人審美層面而深入敘事肌理的精心改造。許多文字修改，實際上觸及了話本小說的敘事意向、情趣，甚至敘事視角和心理深度。即是說，許多改動乃是文人借用說話人的辯才談風，來涵容自己的主體意識和文化修養，從而推進了敘事形態由俗入雅，形成審美精緻化和典範化的新文本。

深入敘事肌理的改動，刪除了早期話本所固有的說話人的市井野性和不時可見的顛倒錯亂的敘事風格，而滲入了文人的儒雅風流的敘事意向和典重蘊藉的風格。這也許就是笑花主人《今古奇觀》序中講到的，馮夢龍「三言」有「欽異拔新，洞心駭目，而曲終奏雅，歸於厚俗」的趣味。只須把宋元話本和經過改動而收入「三言」中的新文本相比較，就不難發現這兩種畸俗畸雅的敘事形態之間非常有趣的差異。《清平山堂話本》之《風月瑞仙亭》重在寫「風月」二字，於大膽描摹之間散發着市井野趣。司馬相如月夜在瑞仙亭上彈《鳳求凰》琴曲，挑逗卓文君來相會，他迎接道：「小生聞小姐之名久矣，自愧緣慳分淺，不能一見。恨無磨勒盜紅綃之方，每起韓壽偷香竊玉之意。」用語在咬文嚼字之間顯得相當大膽，主人公開口就把這番幽期密會稱為「偷盜」女人。磨勒盜紅綃，是唐代裴鉶《傳奇．昆侖奴》中的故事；韓壽逾牆與賈充女相通，見於《世說新語．惑溺》篇。西漢才子援引六朝和唐代的「典故」，這是說話人漫不經心、隨手拈來的時代錯亂。《警世通言》採用這篇話本時把它刪落，改為「小生夢想花容，何期光降」這樣乍驚乍喜的含蓄謹慎的話語了。

還有一處改動更能顯示兩種敘事形態的差別。原本寫司馬相如說：「小姐不嫌寒儒鄙陋，欲就枕席之歡。」卓文君略為告誡他不要「久後忘恩」，兩人就在瑞仙亭上「倒鳳顛鸞，頃刻雲收雨散」了。《警世通言》的新文本，則改為司馬相如欲求枕席之歡，受到卓文君的婉拒：「妾欲奉終身箕帚。豈在一時歡愛乎？」隨即兩人商量私奔的計劃。這樣改動，也許更符合一位富家閨秀的身份，更重要的是它顯示了兩個文本的不同敘事形態：說話人的話本較重肉感刺激，帶有民間野性和直率；文人改動後的話本小說較重詩情昇華，帶有詩書香氣和委婉。

兩種敘事形態的轉換是有得有失的，從審美的角度（而不是從文獻的角度）看當是得大於失，它推動了敘事的規範、完整、繁複和深化，早期話本的隨意、淺陋和粗糙被大為改觀了。熊龍峰刊行的《蘇長公章台柳傳》，把唐代著名傳奇《柳氏傳》中韓翊和章台柳的亂世姻緣轉接在宋代臨安太守蘇軾的身上，其移花接木、錯亂時代的敘事手段是非常獨特的。但其間是少了一點唐傳奇的亂世沉鬱，而多了一點太平時世的未免輕薄的風流。它不能入選於明代文人的話本小說合集，不外是因為這種張冠李戴的大幽默不能得到較典雅的文人的賞識。

《清平山堂話本》之《五戒禪師私紅蓮記》也寫到有關蘇軾的軼聞，並且沿用了《蘇長公章台柳傳》中關於王安石尋了一件蘇軾的「風流罪過」，作為把他貶去黃州安置的話柄。這也許是宋代說話人把複雜的黨爭加以風月化的慣用手法，但已為把此篇編入《古今小說》第三十卷題為《明悟禪師趕五戒》的明代文人所不取。舊文本中採取聚高僧與色相於一箋的悖謬敘事結構，描寫淨慈孝光禪寺的住持僧五戒禪師姦污撿回撫養的少女紅蓮，為師弟明悟禪師點破而坐化。這段情節在新文本中沒有多少改動，因為馮夢龍的《笑府》嘲笑醫生殺人、和尚貪色、教師無文、新娘子富有床笫經驗，也是崇尚這種悖謬的喜劇意味的。

然而當情節敷衍到五戒禪師投胎為蘇軾，明悟禪師也隨之坐化，託生為佛印之後，小說文本便出現了根本性改動和敘事形態的變化。舊本也許只是給說話人提供一個演說提綱，除了佛印以四句詩謁見蘇軾還有點戲劇性之外，其餘情節都只是粗陳梗概。新文本則把這千字篇幅擴充為四千餘字了。它不僅補寫了蘇軾、佛印是同窗密友，而且在交待佛印出家的緣由時，添寫了一個動機和結果相錯位、相悖謬的喜劇性插曲。蘇軾邀佛印來京應考，適值仁宗皇帝修黃羅大醮祈雨，便讓佛印打扮成大相國寺僧人入內庭觀看法事，卻被仁宗看中，欽度為僧，做了大相國寺住持。蘇軾心存歉意，只好捺着性子聽他說佛，「把個毀僧謗佛的蘇學士，變做了護法敬僧的蘇子瞻了」。這就在陰差陽錯、事與願違一類情節調侃之中，輕鬆自如地把人物心靈軌跡間的分分合合寫得相當清晰和綿密了。

明悟禪師趕五戒（錄自明天啟刊本《古今小說》）

寫得更具心理深度的是蘇軾獄中的夢。蘇軾被王安石門生誣陷下獄，問成死罪，遂作頌愚詩以自嘲，悔不聽從佛印棄官修行的勸告。於焦慮絕望之際，夢見佛印邀他去孝光禪寺看「紅蓮」，卻有一個似曾相識的女子求他題詩，還抱住他哀告：「學士休得忘恩負義！」當夜佛印也作了同樣的夢。在蘇軾遇赦去黃州的途中，兩人結伴遊孝光禪寺，路徑門戶一如夢中，蘇軾在夢中為紅蓮所題的詩，也與五戒禪師的《辭世頌》詩意相合。這是全部話本小說中寫得最有特色的夢境之一。今生夢見前生，夢境印證真境，充滿着宗教神秘主義的哲理意味，從而把人物在生存困境中對佛教的心理體悟寫得非常深刻了。從舊話本從頭到尾都稱蘇軾為「學士」，隱喻着市井民眾對一代文豪的崇敬；到新文本在蘇軾屢遭貶謫之後改稱「東坡」，流露了落拓文人的親切感——這種稱謂的變化，體現了文人改寫者的主體情感的投入，他把東坡奇夢寫得如此富有神韻也是理所當然了。

改寫者主體情感的投入，引起了話本小說敘事焦點的轉移和置換。在轉移和置換焦點的過程中，融入了文人的情思雅興，從而使一些「齒牙弗馨」之作，「顛倒成了風流佳話」。顯著的例子是《柳耆卿詩酒玩江樓記》的大幅度改動。原文的敘事焦點如篇題所示，在玩江樓。柳永在餘杭縣宰任上築玩江樓，召歌妓周月仙唱曲侑酒，想霸佔她而受到拒絕。打聽到她每夜乘船去會情人黃員外，遂令船夫把她姦污。再於玩江樓酒席間吟出她被姦污後所作的愧恨詩，使她無地自容而委身柳永。話本修改為《古今小說》第十二卷的《眾名姬春風弔柳七》，其間的人物關係來了個大顛倒：周月仙幽會的是黃秀才，設計姦污她的是劉二員外，縣宰柳永卻出資為月仙除了樂籍，與黃秀才結成夫婦。這種改變，是市井趣味轉向文人趣味的轉變，前者從市井角度看文人，風流可以和品行錯位；後者從文人角度看文人，風流必須和道德相稱。而且這段情節已成了人物風流行為的小插曲，不再處於敘事焦點的位置了。

新的敘事焦點也如篇名所示，是「弔柳七」，或「上風流塚」，也就是眾名姬與柳永之間的一派風流真情。柳永雖然「朝朝楚館，夜夜秦樓」，與京師名妓陳師師、趙香香、徐冬冬往來甚密，但也許他真正視為天涯知己的，惟謝玉英一人。在這個遠離京師千里的名姬雅室，他發現了桌上一冊《柳七新詞》，而且聽到了「妾平昔甚愛其詞，每聽人傳誦，輒手錄成帙」；「他描情寫景，字字逼真」一類知音之言。因此當柳永在餘杭三年任滿，重過江州訪謝玉英未遇時，還作詞懷念她「雅格奇容天與」，懷念那「見說蘭台宋玉，多才多藝詞賦」的一幕。謝玉英讀了這首詞，即到京師與柳永團聚，在他死後又以身殉情。柳永和這位才色雙絕的名姬之間那一絲知音真情，便成為了新文本的敘事焦點。

焦點是與反焦點同在的。柳、謝真情以及柳永對周月仙的俠情之間的關係，是一主一陪的焦點和非焦點的關係。柳永與名姬的風流忘情，以及達官顯宦對柳永的銜恨忌刻之間的關係，則是一正一反的焦點和反焦點的關係。這一正一反，即所謂「可笑紛紛縉紳輩，憐才不及眾紅裙」。宰相呂夷簡求柳永寫祝壽詞，柳永寫了一首《千秋歲》之後又附了一首《西江月》：「我不求人富貴，人須求我文章。風流才子佔詞場，真是白衣卿相。」呂便在仁宗面前貶抑他「恃才高傲」、「留連妓館」，唆使仁宗御筆批他「任作白衣卿相，風前月下填詞」，不再錄用。自此柳永也以「奉旨填詞柳三變」自況。《眾名姬春風弔柳七》便是在改去原話本的「鄙陋淺薄，齒牙弗馨」之處，重造了敘事肌理，使敘事焦點的正、非、反互動互參而形成新的審美生命。

高手敘事，既要善於強化敘事焦點，又要善於控制敘事盲點。盲點是限制敘事角度而形成的，一些突發事件是書中當事人不知緣由的，敘事者特意保留這類盲點，可以造成一些懸念、疑惑和神秘感，增濃行文的審美酵素。《清平山堂話本》之《陳巡檢梅嶺失妻記》，被改編為《古今小說》第二十卷《陳從善梅嶺失渾家》，其改動不算太大，但一些微妙的變化卻涉及敘事盲點的設置。陳從善攜帶妻子張如春到廣東南雄赴任，被化為梅嶺店家的猴精申公攝走妻室。在月夜荒郊中，陳從善不可能知道禍從何來，但原文寫道：「巡檢知是申公妖法化作客店，攝了我妻去。自從古至今，不見聞此異事。」這就把作者所知，不顧情境地誤認為人物所知。於是新文本改為：「陳巡檢尋思：『不知是何妖法化作客店，攝了我妻去？從古至今，不見聞此異事。』」陳述句變作疑問句，知變作不知，正是為了保留敘事盲點，更可以寫出人物的驚惶迷惑。當文人切入話本敘事的肌理時，他精細地安排人物的知點和盲點，以及盲點轉化為知點的順序，這就使得敘事過程更加綿密周到，而且增強其真實感了。

四、韻散交錯的精緻化和審美濃度的增加

韻散交錯，一向被視為話本小說顯著的敘事特徵。把詩詞駢文和樂曲插入散文敘事之中，是說話人對小說文體的重大創造，它可以發揮單一文體所難以起到的作用：（一）調節敘事節奏和聲情，以招徠和吸引聽眾；（二）醒目悅耳，對相關的情節加以強調；（三）中斷敘事時間順序，引發聽者的思考和聯想；（四）使用格言箴語，宣講世俗哲理。因此，這種韻散交錯的文體構成，是與話本小說娛樂性和勸戒性的雙重敘事意向相適應的，它為嗣後的文人改定和擬作話本所沿用。然而文人參與話本，也對韻散交錯的文體作了一番深加工，把詩詞駢文加以簡約化和精緻化，並把敘事注意力由熱鬧的表面渲染不同程度地轉向深刻的內在發掘之上。即是說，這種文體變動，促使火爆熱烈趨於神韻深沉了。

熱鬧火爆，本是瓦舍伎藝所需。話本演說要在能夠容納千百聽眾的瓦子勾欄中「作場」，與百戲伎藝爭一日之長，就不能不增加說唱表演的強度，以聲情助其舌辯，這是早期話本詩詞駢文格外多的一個原因。《清平山堂話本》之《刎頸鴛鴦會》寫杭州府淫蕩女子蔣淑貞兩番出嫁，三度通姦，殘害數條人命，招致殺身之禍的故事，頗有點明人小說以色勸色、以淫勸淫的自為悖謬的流風。其入話有一詩一詞，煞尾有一詞一對句，正話中間插以十篇《商調醋葫蘆》小令，而且前面都有「奉勞歌伴，先聽格律，後聽蕪詞」，或「奉勞歌伴，再和前聲」的引子，大概在演講話本的過程中有伴奏伴歌者。這正是說話人與百戲伎藝爭奪聽者的套數。

瓦舍說話用詩，崇尚平易俗白。《快嘴李翠蓮記》以家常話入詩，自然流動，散發着鮮辣的生活味和幽默感。《張子房慕道記》則多了一點人際的悲涼，人物為了避開韓信等人功高得禍的覆轍，棄官入山修道。但是人物在皇帝面前出口成詩，詞鋒外露，有背一個避禍者的口吻，大概也不能排除說話人照顧聽眾的成分。在瓦舍百藝競長的場合，各種藝術形式相互滲透、相互借用，乃是一種常例，小說戲劇以及詩話詞話相互間的界限並不那麼分明。這

既可以產生邊緣藝術或雜交藝術，又能使話本的表演手段豐富多彩，話本多詩、韻散交錯乃是環境使然。

然而文人的參與使敘事基調發生變化，話本小說從瓦舍走向案頭，火爆俗白的聲響效果的追求，勢必逐漸讓位於對神韻滋味的把卷吟哦。像《柳耆卿詩酒玩江樓》中柳永在金陵玩江樓上，把李後主的「春花秋月何時了」作為自己的題壁之作的張冠李戴的常識性笑話已經不允許出現了。《欹枕集》之《死生交范張雞黍》的粗直簡捷的煞尾詩「義重張伯元，恩深范巨卿」，也在《古今小說》第十六卷《范巨卿雞黍死生交》中，被改寫成委婉而有情致的《踏莎行》詞，供人吟詠那一派「月暗燈昏，淚痕如線」，「黃泉一笑重相見」的生死交情了。

在韻散交錯文體的精緻化過程中，改寫者文人相當注意詩詞的格律、意象和錘字煉句，以解除讀者認為話本詩詞粗率鄙俚的心理障礙，進入較為精妙和諧的欣賞心境。《五戒禪師私紅蓮記》寫長老姦淫紅蓮而毀了多年清行之後，明悟禪師請他去賞蓮吟詩。這本是寫得極有禪趣的片斷，可惜兩人的絕句都有失粘和失對之疵。五戒禪師的絕句：「一枝菡萏瓣兒張，相伴蜀葵花正芳。紅榴似火復如錦，不如翠蓋芰荷香。」《古今小說》把尾聯改為「似火石榴雖可愛，爭如翠蓋芰荷香？」不僅解決了格律上失粘失對的問題，而且使文氣在轉折和反問中多了一點婉曲跌宕。明悟禪師的絕句是：「春來桃杏柳舒張，千花萬蕊鬥分芳。夏賞芰荷真可愛，紅蓮爭似白蓮香？」前聯平仄失對，並引起後聯失粘，於是《古今小說》把前聯改為：「春來桃杏盡舒張，萬蕊千花鬥豔芳。」在解決格律之餘，順手把第一句的桃、杏、柳三個意象過度堆疊的句題也解決了，並且在第二句中以「豔」字代替「分（芬）」字，也把俗花的妖冶顯現出來了。值得注意的是，以意象或典故的堆砌來顯示火爆熱烈，乃是早期話本的一種慣技。而其中常見的濃豔堆疊，也許是半伎藝人的書會先生借詩炫才而不夠圓熟的產物。後來的文人改寫者去其生硬而趨於圓熟，去其堆砌而歸於淡遠，乃是為了引導讀者在相對寧帖的境界與書中人物進行心靈的對話。

既然說書場上倚重聲響，案頭講究雅趣，那麼話本小說由說書場走向案頭，在把一些粗糙的詩詞改得精緻的同時，也把一些蕪雜的、無關宏旨的詩詞痛加刪削。這應該看作是適應小說由說書場走向案頭的環境變化，而對敘事形態和韻散交錯的文體功能做出必要的調整。

當然，話本由說書場走向案頭，重要的還在於提高整個話本的敘事質量。或者說，韻文的刪削必須以敘事質量的提高來補償。《雨窗集》之《錯認屍》原文對敘事觀點的頻繁調動，是很有特色的。喬彥傑外出營商，宿妓不歸，幫工董小二與他的妾周氏私通，後來又姦污他的女兒玉秀。妻子高氏為了遮掩家醜，與周氏一道把董小二殺死，讓長工洪三把屍體沉到河中。屍體浮起後，被一個皮匠的妻子誤認為失蹤的丈夫，無賴王酒酒看破底細，遂向高氏訛詐，捱了一頓臭罵後告到官府。其後話本從七個當事人和非當事人的視點，重述了這樁案情。王酒酒借告發來洩憤，斷言喬家三個女人都和董小二有姦情。洪三酷刑成招，只講了事情的前段和後段，不知董小二被殺的經過，也帶有個人感情地認為殺了董小二是「袪除了一害」。玉秀辯解自己是被調戲和騙姦，對小二的死亡並不知道。三個人都以各自不同的認知角度和情感傾向，賦予這樁公案以各異的描述方式。而高氏和周氏是認知角度最少限制的二人，話本為了避免敘述的累贅，以她們「抵賴不過，從頭招認」一筆帶過了。在這五個人的敘事視點上，重述聚焦的繁簡虛實，都是頗費過斟酌的。

由《錯認屍》改為《警世通言》第二十三卷《喬彥傑一妾破家》，重要的修改發生在另兩個人的重述上。喬彥傑兩年後財盡返鄉，船戶向他講述他的家庭變故，有些地方講得音影模糊，卻特別提到皮匠婦人錯認屍，又有人認出是他家傭工的屍首，告到官府。新文本把「錯認屍」這段重述刪掉了，因為他家對門的古董店主人還要把這番家庭變故告訴他，其他事情盡可以用「如此如此」幾個字代替，惟獨街頭巷尾的人際恩仇不可省略。因此皮匠婦人錯認屍和王酒酒首告的關節，不能不從這位街鄰的嘴中說出來了。可見這兩處改動雖然不大，卻改得非常精當巧妙，把城外船戶的道聽途說進一步虛化，有意留下一片視點空白，以便對門店家的重述能有關照和照應，不是獨具匠心是做不到這一點的。新文本在喬彥傑跳湖自盡之後，添寫了他的冤魂附在王酒酒的身上，讓王酒酒自數毀人家室的罪孽之後，也沉湖而死。雖含因果報應的味道，但這怪異之筆有若奇峰突起，也增加了全文的敘事分量。

話本小說中韻文和散文分量的增減伸縮，只是一種手段，要旨在於增加作品的審美濃度。從《雨窗集》之《戒指兒記》修改為《古今小說》第四卷《閒雲庵阮三償冤債》，其間韻散交錯文體的變動，多圍繞着突出敘事焦點，或增強聚焦的強度，從而使這幕門閥婚姻規範壓抑下的男女愛情散發着更為強烈的悲劇力量。這個話本修改得最具藝術神采的地方，乃是韻散兩種文體雙管齊下，充分發掘作為聚焦意象的「戒指兒」的審美功能。玉蘭讓丫鬟把一枚金鑲寶石戒指兒交給阮三作信物，引他進來未及交談，即被太尉歸府撞散。新文本補寫一些文字，寫阮三「把那戒指兒緊緊的戴在左手指上」，朝思暮想，得了沉重的相思病。其後，這枚戒指兒由朋友轉到閒雲庵尼姑手中，再由尼姑以之為證物，設計把玉蘭引到庵中與阮三相會，在顛鸞倒鳳中致使久病的阮三陽脱喪命。事前，尼姑與玉蘭是避開父母耳目，在廁所商量的。新文本加了「背地商量無好話，私房計較有姦情」的對句進行評議，然後寫道：

〔尼姑一頭説話，一頭去拿粗紙，故意露出手指上那個寶石嵌的金戒指來。小姐見了大驚，便問道：「這個戒指那裏來的？」〕尼姑道：「兩個月前，有個俊雅的小官人進庵，看妝觀音聖像，手中褪下這個戒指兒來，帶在菩薩手指上。……」被我再四嚴問，〔他道：『只要你替我訪得這戒指的對兒，我自有話説。』〕」小姐見説了〔意中之事，〕滿臉通紅。……〔小姐道：「奴家有個戒指，與他到是一對。」説罷連忙開了妝盒，取出個嵌寶戒指，遞與尼姑。尼姑將兩個戒指比看，果然無異，笑將起來。小姐説：「你笑甚麼？」尼姑道：「我笑這個小官人，癡癡的只要尋這戒指的對兒；如今對到尋着了，不知有何話説？」〕

閒雲庵阮三償冤債（錄自明天啟刊本《古今小說》）

上述括號中那些話，是修改成新文本時添加上去的。戒指兒成了打開心靈的鑰匙和溝通心曲的渠道，談話並沒有直露地點破陳、阮愛情，又處處暗示着二人愛情的熱烈。亦驚亦喜，亦羞亦笑，談話者心照不宣，卻語語充滿弦外之音，從而把戒指兒這個聚焦意象作為愛情象徵的功能，極大限度地發揮出來了。這種韻散交錯的文體變動，往往於一塗一抹、一添一改之中，閃爍着文人改寫者富有才華的重新創造。

五、偽書《京本通俗小說》和宋元話本的敘事方式

現在有必要談一談在版本真偽上聚訟紛紜的《京本通俗小說》了。繆荃孫一九一五年刊行此書時附有跋語，說他避難滬上，「閒親串妝奩中有舊抄本，類乎評話」，「搜得四冊，破爛磨滅，的是影元寫本」。但它最大的漏洞是其中的《馮玉梅團圓》，它的本事來自《說郛》第三十七卷所錄宋人王明清的《摭青雜說》，女主人公是呂忠翊之女，並不姓馮。因此只可能是《京本通俗小說》把《警世通言》第十二卷《范鰍兒雙鏡重圓》中的呂氏之女順哥，改名為馮玉梅；而不可能是《警世通言》按照宋人筆記把「宋本」的馮玉梅改成「呂順哥」。更不用說前人已指出，它的入話詞「簾捲水西樓」是元末明初瞿佑的作品（四），不可能在宋元舊本中被採用了。而且《京本通俗小說》中的作品，無論文本體制、敘事形態或韻散交錯的文體形式，都與馮夢龍「三言」中的作品幾乎毫無二致，屬於已經文人深度加工的典範性敘事形態。它與「三言」之間的文體距離，還比不上僅比「三言」早刊行二十餘年的熊龍峰刊本的可資比較的話本。這只能說明，《京本通俗小說》是根據前人書目著錄和「三言」標示的宋本小說，加以謄錄彙集，並把其間的「故宋朝」、「南宋」這類明顯不是宋人口吻的詞語，還原為「我朝」、「我宋」而已。因此，不妨把《京本通俗小說》中的作品看成宋明合璧，看成宋代說話人、元代書會才人和明代文人改寫者在幾個世紀間的共同創造，進而深入地分析其敘事模式和審美奧秘。

前面論及，韻散交錯的敘事文體在由說書場走向案頭的過程中，外在形式上發生了增減損益的變動。那麼這種變動趨於典範化之後，又產生了何種內在審美效應？集中地說，這種審美效應在於以散文和韻文的交替使用，有效地控制讀者的審美心理節律和審美心理距離，從而產生一種間離效果。散文敘事是一種常態，夾進詩詞就出現了異態，二者交錯便是常態、異態並陳，在散文化敘事中間插着歌劇化（或詩劇化）的吟詠，使讀者審美心理在時而沉靜、時而亢奮中實現聯想的跳躍。

《碾玉觀音》的開篇不是一個入話故事，而是一套入話詩系列。如果說它與正話故事組成的還算是「葫蘆格」結構，那就是詩化「葫蘆格」。它首先按時序羅列了三首描寫孟春、仲春、季春景致的詞，然後凝止時序，對人類心理上的悼春歸情結，進行多角度的詠歎和詮釋。它援引王荊公、蘇東坡的詩，指證是東風或春雨「斷送春歸去」；又援引秦少游、邵堯夫的詩，宣稱「柳絮飄將春色去」，或「蝴蝶採將春色去」；隨之平列曾公亮、朱希真、蘇小妹（《警世通言》第八卷作「蘇小小」）的詩，說是黃鶯或杜鵑「啼得春歸去」，或是「燕子銜將春歸去」；在言人人殊、莫衷一是的時候，最終歸結到嚴岩叟的詞，悲涼地歎息「是九十日春光已過，春歸去」。如此旁徵博引，且富有層次感的詩序列，不外乎出於文人的遊戲筆墨。它自然和正話故事有某些聯繫，比如女主人公璩秀秀是咸安郡王遊春時看中、並收入府內為刺繡養娘的；碾玉工匠崔寧和她一同逃離王府，也是在一次遊春之後，王府失火之時。但是這種入話、正話聯繫是鬆散稀薄的，是被虛化和詩化了的。它讓讀者在接觸一對至性至情的平民男女生死不渝的、亦有人味亦有鬼趣的悲劇姻緣之前，先推開浩渺迷茫的審美心理距離，與宋代的詩人詞客進行一番超越時空的、關於花殘鶯老春歸去的心靈對話。它聚集不同時空中的詩人於一箋，讓他們進行別開生面的駁難，充滿妙悟地揭示了對同一自然景象作出多種心理感受的可能性，使讀者在人人對話、人天對話中浮現出清虛空曠的心靈境界。

同樣採用入話詩詞序列的，還有《西山一窟鬼》。該篇寫落第士人與女鬼的姻緣，在當時名氣之盛，竟使得一些茶肆以它做招牌。女鬼與愛情，是古典短篇小說最常見的母題之一，它溝通幽明而打破人間倫理阻隔，以怪異之筆寫盡世間男女真性情。只不過《一窟鬼》又安了一條癩道人作法捉鬼的尾巴，也屬宋以後小說中常見的帶道學味的結構。其間寫人情鬼趣相當細膩逼真，令人如臨其境；又不時插入韻語對句，暗示隱伏着的危機，使人警覺地退回旁觀者的位置，以進行理性的審視和思考。行文採取韻散交錯的文體，操縱着讀者忽近忽遠的審美心理距離，操縱着臨境效果和間離效果的相互交替。它寫吳洪到臨安赴考，插了一個對句「一舉首登龍虎榜，十年身到鳳凰池」，結果卻是「時運未至，一舉不中」。寫吳洪當了學堂教授後娶得鬼婦李樂娘，加上駢語「雲淡淡天邊鸞鳳，水沉沉交頸鴛鴦。寫成今世不休書，結下來生雙綰帶」，結果卻是一路見鬼，膽戰心驚。清明節朋友邀他去西山花園喝酒，夜歸遇雨，到一竹門樓躲避，行文於此插入預示危機的對句：「豬羊走入屠宰家，一腳腳來尋死路。」其後便是一連串怪相：看見野墓中跳出鬼物；逃入山神廟躲避，又有鬼妻鬼婢敲門；下嶺逃入酒店，酒店又化作墓堆子。最後癩道人派遣神將捉鬼，平地颳起一陣風，但見：「無形無影透人懷，二月桃花被綽開。就地撮將黃葉去，入山推出白雲來。」這些詩篇、對句、駢語，攔腰截斷敘事的時序，把讀者從身臨其境的狀態中超拔出來，進入理性反省的心理層面，或從其韻散對接錯位中咀嚼反諷意味，或在其預示危機時激發某種憂慮的期待。即是說，韻散交錯的文體造成了逼真感和陌生感交互對比的審美張力，使讀者獲得了時而沉浸於其間、時而超脫於其上的審美娛悅。

話本小說追求「今古奇觀」的展示，因而常常採用顛倒悖謬的敘事模式，以顛倒悖謬來製造「奇觀」效應。《志誠張主管》中白髮紅顏之婚，《菩薩蠻》中有德行的和尚受了犯色戒之誣，還有《雨窗集》的《花燈轎蓮女成佛記》寫婚慶花轎內少女坐化成佛，無不在常規和異軌、人物和環境錯位如此等等的每相反、偶相成的悖謬模式中，刺激着讀者歎為不可思議的驚奇心理。就以《志誠張主管》而言，行文用各種手段強化悖謬感。東京開封府開線舖的張士廉員外「年逾六旬，鬚髮皤然，只因不伏老，兀自貪色」，託媒人瞞過一二十歲年紀，娶了王招宣府失寵的小夫人。兩人拜堂時，行文為了加強這種白髮紅顏婚姻的悖謬感，特地以一則駢文描繪小夫人青春豔冶的容貌，從而放大了張員外鬚眉皓齒和小夫人「人材十分足色」之間的反差，使日後小夫人的異心成為對「媒人誤我」的心理反撥。接着行文又設置第二個悖謬策略：孤男對怨女的苦苦糾纏，堅拒不沾。小夫人私贈財物給年輕的舖面主管張勝，引起他辭職避嫌。其後小夫人盜了王招宣府一百單八顆「顆顆大如雞豆子，明光燦爛」的數珠，自盡化鬼投奔張勝。行文專門寫了一首詩強調財色誘惑的力量：「橫財紅粉歌樓酒，誰為三般事不迷？」這類着力渲染，也給「小夫人屢次來纏張勝，張勝心堅似鐵，只以主母相待，並不及亂」這種超出常情的行為，造成敘事模式上的悖謬感。不少話本小說便是在這種以悖謬求驚奇的敘事模式中，完成了令人亦喜亦愕的藝術生命體制的。

「無巧不成書」，也是話本小說最常見的一種敘事模式。它在以曲折離奇的情節刺激讀者亦驚亦喜的快感的同時，透視了或隱喻着人心叵測的生存危機感和世事浮沉的命運播弄感。在一定意義上可以說，它以喜劇性的輕鬆描寫悲劇性的沉重，是一種深知世故三昧的表現方式。

巧合是作者在情節多種發展可能中，作出高度隨機性的選擇。《錯斬崔寧》收入《醒世恆言》第三十三卷，取題《十五貫戲言成巧禍》，就是由於它在多種可能的情節發展中所作出的選擇非常機巧。事情的起因是相當微末的：劉貴得丈人資助十五貫錢開店，乘着酒意戲說這是典賣小娘子的身價。小小的起因卻釀成三條人命的大禍，因果之間大小不稱的悖謬全在於一連串中間環節的巧合。小娘子離家時只把門拽上，當夜恰好有賊人入門偷錢，劈死劉貴；小娘子次晨回娘家討主意，半路上恰好遇上賣絲得錢十五貫的崔寧，與她結伴同行，兩人被告到官府，恰好遇上問官糊塗，重刑逼供，率意斷獄，斷送兩條無辜生命。三樣巧合，缺一難成奇禍；在不可盡數的種種可能性中竟然三項巧合聚頭，這就令人不能不致慨於命運捉弄人。巧合過分而產生的神秘感還在於其後大娘子被靜山大王劫為壓寨夫人，他改行從善後，竟向大娘子懺悔他若干年前盜劫十五貫的罪孽，導致自己的頭顱獻上劉貴、小娘子和崔寧的祭台。這項巧合的隱性邏輯是因果報應，它已經成為混合着神秘感和道德感的宗教邏輯了。由此可知，文人參與話本小說發展，與同時代的正統文人參與王綱建設有明顯的區別，他們不是闡明道統，而是把儒學倫理世態化，並以佛道幻想作為世俗道德的神秘的心理力量。因此，他們在促進話本小說敘事形態典範化的同時，也顯示了自己不同於正統文人的另一種文人精神形態。

注釋：

〔一〕羅燁：《醉翁談錄．小說開闢》，古典文學出版社一九五六年版。

〔二〕綠天館主人：《古今小說敘》，載商務印書館訂正明天許齋本。

〔三〕按照佛教講經儀軌，在俗講正式開始之前，率先唱誦一段啟發性文字，通常由七言韻語組成，間雜一些說白，此為「押座文」。編號P3849、S4417的敦煌遺書，便記述開講《溫室經》、《維摩詰經》之前，先有「說押座」的儀軌：「夫為俗講，先作梵了；次念菩薩兩聲，說押座了，素唱《溫室經》……講《維摩》，先作梵，次念觀世音菩薩三兩聲，便說押座了；便索（素）唱經文了……」押座文的功能是對初經聚集的聽眾起到安定情緒，鎮靜場面，以便專心聽講的作用。或如向達《唐代俗講考》所說：「今按押座之押或與壓字義同，所以鎮壓聽眾，使能靜聆也。」押座文和講經文之間並無專文專用的關係，可以相互挪用，甚至編成押座文專集隨機備用。當佛教俗講為市場化的說話逐漸取代之時，押座文儀軌也就蛻變為入話或「得勝頭回」的靜場套數。

〔四〕孫楷第：《中國短篇白話小說的發展》，《滄州集》，中華書局一九六五年版。

第二講

《三國演義》的悲劇結構和經典性敘事

一、悲劇態勢的形成和民間心理原型

明人高儒《百川書志》卷六說：《三國志通俗演義》「據正史，採小說，證文辭，通好尚，非俗非虛，易觀易入，非史氏蒼古之文，去瞽傳詼諧之氣，陳敘百年，該括萬事。」它講了這部講史巨著的敘事操作準則，即內容上以正史吸附小說家的想像，以小說家的想像生發和昇華正史的精魂。在形式上又揚棄、折中歷史家的「蒼古之文」和說書人的「詼諧之氣」，用一種淺白而不失典重的文言文體，豎立起一座氣勢恢弘、又工細嚴整的囊括百年征戰的歷史浮雕。自然後人可以挑剔它對宋元說話人口語的新鮮活潑之處汲收不夠充分，但這種「易觀易入」的文言文體，在當時卻有助於講史章回小說品位的提高。無論在內容或形式上，《三國演義》都代表了中國歷史章回小說在文言敘事典範化方面的最高成就。

所謂典範化，是牽涉到敘事作品的審美品位的概念。它要求一部歷史章回小說展示一個即便極有學識的歷史學家也承認它「七實三虛」，實際上包含着豐富多彩的藝術想像的敘事世界；而且提供一整套超越前人、啟迪後人，並具有傳世不衰的魅力的結構形態和敘事操作方式，因而它給人一種在總體上難以企及的經典感。只要參照一下由宋代講史名目「說三分」逐漸衍化成的《元至治新刊全相三國志平話》就可以知道，這種總體上的經典感或典範化，乃是《三國演義》融合史籍和平話之長，別開創意，從而達到的一個嶄新的藝術境界。

元至治刊本《三國志平話》

作為宋元講史留傳下來的底本的《三國志平話》，是缺乏這種藝術境界的。它存在着過多的不是由於審美需要，而是由於才學荒疏造成的職官地理、稱謂行事方面的混亂和訛謬，除了按時間順序敷衍情節之外，也幾乎沒有佈局穿插、詳略虛實上的匠心可言。一些敘事，未脫民間野性。比如開宗明義寫了一則「司馬仲相斷獄」，說這位東漢光武中興時候的秀才被請到陰司審理西漢初期誅殺功臣的冤案，分派韓信、彭越、英布轉生為曹操、劉備、孫權，高祖、呂后轉生為獻帝、伏后。這個故事也見於大概成書於元代的《五代史平話》，又被馮夢龍編入《古今小說》卷三十一，其借用歷史巧合和因果報應對歷史作了一番怪誕的翻案文章的審美趣味，也許在當時說書場上頗為流行。但是對於一部典重的講史章回小說，未免過於離譜了。經過歷史的選擇和文人的參與而形成的流行本《三國演義》把它棄置不用，改為一首卷頭詞，於「古今多少事，都付笑談中」之中融入了對歷史爭戰的超脫感和悲涼感；又講了一番「天下大勢，分久必合，合久必分」的歷史哲學，在歷史循環觀念中滲進了天理天數自然運行，借助人力、又非人力所能挽回的神秘感。換言之，它把《三國志平話》那種聳人視聽的怪誕想像，換作對歷史運行的深沉蘊藉的哲理體驗，從而開宗明義地奠定了全書的典範化格調了。

同時，開卷格調的這番轉換，也增強了全書的悲劇力度。道理很清楚，如果鼎足三分的是非功過只能從西漢初年韓信等三傑無辜受誅中獲得解釋，那麼劉備、諸葛亮紹漢討曹的舉措也就失去了歷史實踐的合理性根據了。這也是與平話偏重蜀事，對魏、吳事語焉不詳，甚至加了一條把匈奴族的劉淵稱為蜀漢支裔，讓他復漢伐晉的尾巴，在總體旨趣上扞格不合，因而失去整體性了。論者翻來覆去地談論《三國演義》崇劉抑曹的傾向，立論多從歷史和文學錯位的角度，但更重要的似乎是弄清楚這種思潮傾向的歷史淵源和它對講史文本所發生的審美功能。

明萬曆版《重刊杭州考證三國志傳序》說：

> 《三國志》一書，創自陳壽，厥後司馬文正公修《通鑑》，以曹魏嗣漢為正統，以蜀、吳為僭國，是非頗謬。迨紫陽朱夫子出，作《通鑑綱目》，繼《春秋》絕筆，始進蜀漢為正統，吳、魏為僭國，於人心正而大道明，則昭烈紹漢之意，始暴白於天下矣。然因之有志不可汩沒，羅貫中氏又編為通俗演義，使之明白易曉，而愚夫俗士，庶幾知所講讀焉。

崇劉抑曹的思潮顯然與宋代理學闡明正統有關，又深刻地聯繫着南宋至元代南北矛盾激化時期的民間民族情緒，講史說話人成了這種民間民族情緒的代言人。這種情緒甚至可以上溯到北宋。李商隱《驕兒詩》有「或謔張飛胡，或笑鄧艾吃」之句，可知唐人對邊患還未失去自信，故能採取輕鬆的遊戲態度對待三國各方。北宋長期有遼、金邊患的困擾，正統歸南方和思慕北伐的民族情緒也就滲入了「說三分」的民間伎藝。儘管司馬光還沿襲舊說，在《資治通鑑》中把正統歸魏，但是蘇軾的《東坡志林》已透露了民間民族憂患情緒使得歷史評述當代化的進程：「塗註中小兒薄劣，其家所厭苦，輒與錢令坐聽說古話，至說三國事，聞劉玄德敗，顰蹙有出涕者，聞曹操敗，即喜唱快。以是知君子小人之澤，百世不斬。」

重要的在於這種傾向的確立，對於敘事文本意味着描寫重點或焦點的調整和轉移。陳壽《三國志》六十五卷，魏佔三十卷，蜀佔十五卷，吳佔二十卷。在《三國演義》中情形有了巨大變化，百二十回的二百四十個對句，就有一百四十個對句直接關係着蜀主、蜀將和蜀事，佔百分之六十左右。這便形成了三足鼎立，以蜀漢為敘事中心的新格局。這種調整和轉移具有實質性的審美功能，因為三國之中以蜀方站穩腳跟最晚，國力最弱，以它作為代表道義一方的描寫中心，無疑能夠造成一種「扶漢有志，回天無力」的悲劇態勢，並給其間注入一股悲劇性的倫理力量和情感力量。倘若以曹魏為正統、為描寫中心，就徒然見其「挾天子以令諸侯」，馳騁中原而驕橫得志的正劇態勢，卻減少了內蓄的倫理情感力度了。

描寫中心的轉移，是足以改變一部作品的敘事形態的。作品竭力描寫劉備的皇叔之貴和仁者之心，雖然他行仁德於亂世而柔懦不合時宜，但他能在亂世行仁德，卻又在超越亂世哲學中顯得鶴立雞群。因此即便他由於三讓徐州、兩讓荊州，失去最初的立足點，卻能在奸邪肆虐、禮法蕩然的糜爛局面中，交關、張以義，託諸葛以信，以至於他攜民渡江，貽誤戰機，白帝託孤，難以排遣對扶漢滅曹事業的身後迷惘，也被人體認為落魄英雄的行為了。

作為蜀漢勢力的代表，劉備的悲劇在於道德與世態的悖離，諸葛亮的悲劇在於智慧與國力的錯位。他才智蓋世，未出茅廬即知道以劉備的實力，最佳結果也是鼎足三分，即便有「漢室可興」的設想，但已明白了對曹操「誠不可與爭鋒」。他「受任於敗軍之際，奉命於危難之間」，施展神機妙算，借赤壁戰機，掩有荊益，平定南蠻，其後又實行聯吳伐魏的政策以平穩危局，不能不承認他是一個傑出的戰略家。然而在其後六出祁山諸戰役中，他雖然處處出奇制勝，卻於戰略上幾無建樹，這只能在他第一流的智慧和第二流的國力之間無法解決的矛盾中獲得說明。荊州之失，猇亭之敗，上庸之陷，街亭之挫，在《三國演義》的描寫中，這一系列的戰略失敗都為諸葛亮事先預測到，卻沒有足夠的謀臣良將和兵力運用於千鈞一髮之機。這便完成了一個「鞠躬盡瘁，死而後已」，不計成敗利鈍去實施興漢滅魏大業的千古良相形象，以及一個「出師未捷身先死，長使英雄淚滿襟」的千古悲劇。論者常常為中國傳統文學「缺乏悲劇意識」而感到遺憾，殊不知《三國演義》在汲取民間民族憂患以調整敘事中心之時，已經創造了一個典範化的悲劇。

典範化還表現在，《三國演義》是中國古典小說中凝聚着最豐富的帶有某種類乎神話原型味道的民間心理行為模式的作品。這部講史書很擅長於製造「名目」，這些名目既概括了民間心理行為模式，又反過來深遠地影響着民間心理行為模式。比如「桃園結義」的名目，把宗法社會中非血緣性的人際關係蒙上血緣意味的習俗加以儀式化了，它對中國民間社會、尤其是江湖社會的影響是驚人的。又比如「三顧草廬」的名目，把中國古代人才制度中思賢若渴和禮賢下士的心理行為加以儀式化了，它對歷代勵精圖治的當權者的啟迪也是相當深刻的。這些名目往往是史籍沒有記載、或輕描淡寫過去的，一經小說極力渲染和以精當的語言標示，就格外醒目，使之上升到某種原型的形態而浸染人心，其審美穿透力是非常強的。

桃園祭天地結義（日本歌川國貞作於天保年間，公元一八三〇——一八四三年）

民間心理行為原型的概括，在關羽身上體現得尤為突出。毛宗崗《讀三國志法》稱：「吾以為《三國》有三奇，可稱三絕：諸葛孔明一絕也，關雲長一絕也，曹操亦一絕也。」[二]其中關羽凝聚着濃郁的民間崇拜情結，在中國近古社會已同孔夫子一道被偶像化為「文武二聖」。值得注意的是，這個民間崇拜情結原型的塑造，有一個歷史過程。從元刊《三國志平話》到《三國演義》，描寫重心有一個由突出張飛到突出關羽的變化，反映了民間情緒由崇拜剛猛驍勇到崇拜神威儒雅，由崇拜人間血性到崇拜超人間神性。元刊平話極寫張飛的勇猛，稱之為天下「第一槍」。虎牢關三英戰呂布之後，又寫了「張飛獨戰呂布」，寫得「張飛如神，呂布心怯」，戰得呂布撥馬敗逃，閉關不出。徐州之役，張飛又引十八騎撞破

劉關張桃園結義（錄自明萬曆刊本《三國志傳評林》）

呂布鐵桶似的戰陣，直至最後生擒呂布，連曹操也欣稱「張飛勇冠天下」。其後在古城與趙雲交鋒，又戰得趙雲「氣力不加」，甚至連劉備去江東迎親，以及截江奪阿斗的首功都不歸趙雲、而歸張飛。至於長坂橋喝退曹軍和入川途中義釋嚴顏一類重要情節，在元刊平話中也大體具備了。

對三國時期齊名的關、張二將的畸輕畸重的敘事操作，反映了平話與演義之間追求傳奇化或典範化的不同審美趣味。到了《三國演義》，關羽傳的完整性已上升到僅次於諸葛亮的位置。史載斬華雄為孫堅之功，平話對此未述及而加了張飛獨戰呂布的尾巴。演義截去了屬於張飛的尾巴，把斬華雄之舉移給關羽，作為他「威鎮乾坤第一功」。不僅移植了，而且以孫堅之敗，以十八鎮諸侯在華雄的驍勇面前挫盡銳氣，來反襯卑微尚是馬弓手的關羽自信的冷笑。斬華雄又以曹操灑下的一杯熱酒尚溫作反襯，使之生色不少。它不直接寫兩將交鋒，而從眾諸侯耳聞的視角渲染其聲勢，「聽得關外鼓聲大震，喊聲大舉，如天摧地塌，嶽撼山崩，眾皆失色」。這便借一杯溫酒，借一陣交戰鼓鼙的反應，實行了以虛寫實、把實置於虛之上，從而獲得更高程度的真實的敘事策略，終於形成了在千軍萬馬之中置關羽於虛實掩映、需仰視才見的仰視角了。

關羽形象典範化，更帶本質意義的是給他注入一種忠義蓋世、儒雅絕倫的道德內涵。它不僅寫關羽斬顏良、文丑的戰場得意，而且寫關羽失下邳後「降漢不降曹」的堂堂正正的投降。可以說，沒有這番逆境的描寫，就沒有秉燭待旦、掛印封金所表現出來的關羽不為財色名利所動的道德的心理深度。千里走單騎，在平話中只不過是「獨行千里尋先主」一句話，演義卻把關羽對

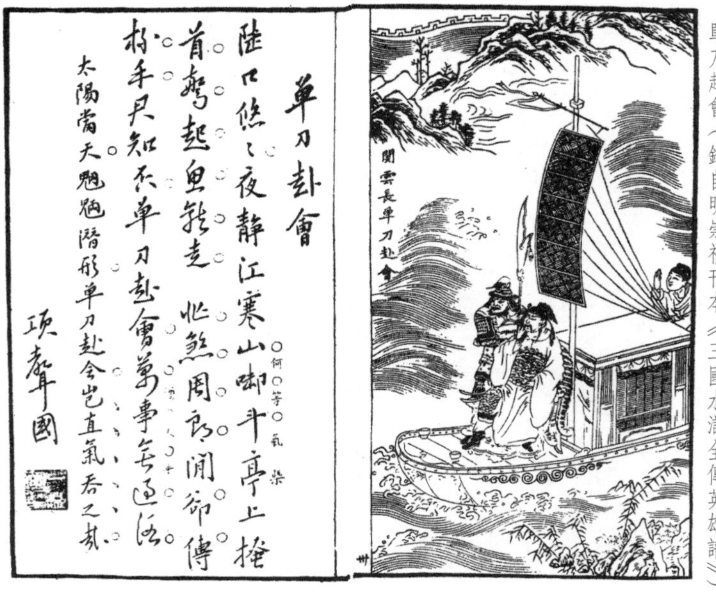

單刀赴會（錄自明崇禎刊本《三國水滸全傳英雄譜》）

舊主的忠義情節，融合在過五關斬六將的艱難曲折、波詭雲譎的具象描寫之中，給人一種義不反顧、慷慨遠行的史詩般的崇高感。忠義儒雅的道德內涵使敘事操作出現了超越人間規矩法度的「超常規性」。比如華容道義釋曹操，超越了將令常規；單刀赴會，超越了主將臨戰的常規；刮骨療毒，超越了醫術常規；連玉泉山顯聖，也可以看作超越生死界限的常規。超常規是一種特殊形態的「陌生化」，一種帶有超凡入聖意味的「陌生化」。這便在某種層面上判別了關、張的高下，難怪關羽要由荊州入川與馬超比試武藝時，看到諸葛亮回書稱「孟起雖雄烈過人，亦乃黥布、彭越之徒耳。當與翼德並驅爭先，猶未及美髯公之絕倫超群也」，引之為「孔明知我心」之論。也難怪書中記錄的「赤面秉赤心，騎赤兔追風，馳驅時無忘赤帝；青燈觀青史，仗青龍偃月，隱微處不愧青天」的對聯，與關羽形象相伴走入神廟。——《三國演義》的典式化敘事既創造了千古悲劇，其極致又創造了凝聚着民間崇拜情結的神。

二、「戰爭與人才」母題以及兵、道互滲模式

戰爭與人才，是《三國演義》的基本母題。當典範化的敘事方式用於這個母題之時，它既要依憑歷史自身複雜曲折的形式，充分利用歷史名人盛事的審美效應，又要馳騁奇幻的、往往是超常規的文學想像，大幅度地容納和汲收數代說書人和文人的創造。加以作品的才力足以駕馭奇才與奇才相剋相用，足以把握「同樹異枝、同枝異葉、同葉異花、同花異果」的相近相殊的變化筆墨，因而出現了百十戰役無一重複，謀臣武將、經師說客、帝胄蠻主、高僧術士各具面目，於亂世中各盡其用的敘事奇觀。可以說在古典文學領域，實在難以找出第二本書像《三國演義》那樣展示如此豐富多彩、勝境迭見的人才形態和戰爭形態，它可以被看作形象的武經和精彩的智慧書，以致在中華民族近古的才智建設中曾經發揮不可代替的歷史作用。對此，該書的評點者毛宗崗已經意識到，如第三十回回評談到對袁曹官渡之戰的描寫，稱「《三國》一書，直可作武經七篇讀」。晚清邱煒萱《菽園贅談》還透露了它的才智建設

作用已超越民間和超越了國界：

《三國演義》尤好縱談兵略，不厭權謀，筆致雪亮，引針伏線，起落分明，以視《東周列國演義》文尚繁縟奇倔，宜於學子，不宜於武夫商人之披尋者，迥不侔矣。按國朝康熙朝，嘗有詔飭印《三國志演義》一千部，頒賜滿洲、蒙古諸路統兵將師，以當兵書。又聞日本國前未明治維新變法之時，亦嘗以為兵書。

然而這部審美的「兵書」，是以人作為敘事的中心和靈魂的。文學作品與歷史書對戰爭的着眼點不同，從歷史看戰爭，就看這場戰爭對歷史局面的分合、推移所發生的作用；從文學看戰爭，就看是否從戰爭中寫出人的性格、命運和神采。官渡之戰是決定曹操稱霸中原的著名戰役，但活動其間的人物描寫缺乏足夠的神采，遂使讀者對之印象淡薄。相反，劉備在當陽長坂的潰退，對於歷史進程是微不足道的，卻由於有趙雲、張飛的神采照耀，至今還震撼着讀者心靈。

劉備攜民渡江，於當陽長坂為曹操的精騎追及時，已潰不成軍，「看手下隨行人，止有百餘騎。百姓老小，並糜竺、糜芳、簡雍、趙雲等一干人，皆不知下落」。在此七零八落，線索紛雜難以統理之際，行文從容裕如地把握着敘事視角，快刀斬亂麻地把筆墨直指趙雲、張飛身上。先是劉備視角，當他正為十萬生靈遭難而悲戚悽惶之時，糜芳帶箭而來通報：「趙子龍反投曹操去了也。」這便為趙雲的出場，製造了一個信任與疑惑相交織的心理張力場。劉備信任趙雲是患難之交，「非富貴所能動搖」，張飛卻懷疑趙雲勢窮變節，引二十餘騎到橋頭防備。這個心理張力場其實是對趙雲的「未寫之寫」，在一個虛擬的問號上轉向趙雲視角。先透視趙雲內心，他因為失散劉備託付的家小幼主，無意生還，重闖入亂軍中尋覓。其次展示生靈塗炭的戰場。趙雲於荒草間發現簡雍，於難民群中找到甘夫人，於敵將手中救出糜竺。這些紛紛雜雜的線頭以不同的場合形式統歸於趙雲的線索，亂軍之所謂「亂」，以及趙雲尋找和救出幼主之艱難，都在不言中了。趙雲在橋頭重遇張飛，本是他脫險歸隊的機會，但他返身殺入重圍，奪取曹操佩劍將士的寶劍，在斷垣旁目睹糜夫人投井殉難之後，攜幼主殺透重圍而出。趙雲是以生命來完成他的忠勇形象的，直到劉備把酣睡的阿斗擲在地上，說「為汝這孺子，幾損我一員大將」，以汝、我二字判分感情歸屬的時候，原先那個心理張力場才圓滿地消失了。

趙雲單騎救主，是敘事者帶着讀者追隨趙雲視角寫出的。到了寫張飛獨退曹軍時，敘事視角又轉移給曹軍了。這種視角轉移推開了一段審視距離，使張飛成了屹立在長坂橋頭的一尊雕像，一尊先聲奪人而又莫測底裏的雕像。如果換作張飛視角，他在從騎馬尾拴上樹枝，揚塵以作疑兵的計謀，簡直成了兒戲。正由於視角歸於曹軍，這尊雕像的獨立橋頭就給人以豐富的時空聯想內涵，可以聯想到諸葛亮的伏兵之計，可以聯想關羽曾稱他「於百萬軍中，取上將之首如探囊取物」。因此他的一聲大喝「我乃燕人張翼德也，誰敢與我決一死戰」，便可遏止曹軍精騎追襲的氣勢，使曹將肝膽俱裂，跌死馬下，曹軍敗退如山崩，自相踐踏。敘事視角的轉換在這裏出色地調節了讀者的審美心理，使讀者追隨趙雲闖陣突圍的動態身姿之後，照顧到久讀躍馬交鋒、槍來劍往的場面易生厭倦的閱讀心理，換了一番筆墨，寫張飛不需交鋒，就可以使敵軍聞風喪膽的神威。由於視角調度得當，使趙雲於動態中連接亂軍裏的空間，從而有聲有色地塑造了趙雲死戰有死戰之勇的動的戰神，張飛不戰有不戰之威的靜的戰神。

《三國演義》戰爭描寫的典範化表現在兩個方面：一是戲曲與文學的締緣，以中國戲曲的象徵性突出戰將個人在交戰中的作用；二是兵家與道家的相互為用，渲染主要謀臣運籌帷幄時的神機妙算。後者使它成為中國古典小說寫戰爭謀略的集大成者。它比任何一部書都更捨得花費篇幅寫謀略，或施展謀略於重大戰役之前，或運用謀略於具體戰爭行為之間，總之使謀略作為決勝要素貫穿和滲透戰爭全過程。而且它的謀略是具有高智慧比值的，運用之妙往往出人意料，高人一籌，又能活用兵書，式樣翻新。一些寫得最好的事例往往參天地之玄機而不失其實用價值，富有文學意味而不流於虛玄。赤壁之戰是全書寫得最精彩的一個戰役，它的精彩不在於較力，而在於鬥智，諸葛亮、周瑜、曹操三方會戰，加以魯肅、龐統、闞澤諸人的推波助瀾，出現了計中有計、強中更強的變幻莫測的景觀。整個戰役佔書八章，其中只有「三江口周瑜縱火」、「諸葛亮智算華容」等一兩章寫正面攻擊和沿路埋伏，前面六章都是展示計謀的。「智戰群儒」和「智激周瑜」，寫孫劉聯盟的決策過程的輿論準備和心理準備。「蔣干中計」則是寫對曹操新近擁有的荊州之眾的離間。「草船借箭」寫南軍的軍需準備。「連環計」則寫對北軍不諳水戰的弱點的利用。黃蓋的「苦肉計」則是故意暴露南軍老將新帥的矛盾以餌敵。經過諸葛亮和周瑜一計套一計的苦心籌措，已使驕橫不可一世的百萬曹軍陷入處處掣肘的陌生的戰爭圈套中而渾然不省。當諸葛亮和周瑜擬定借自然力以濟人

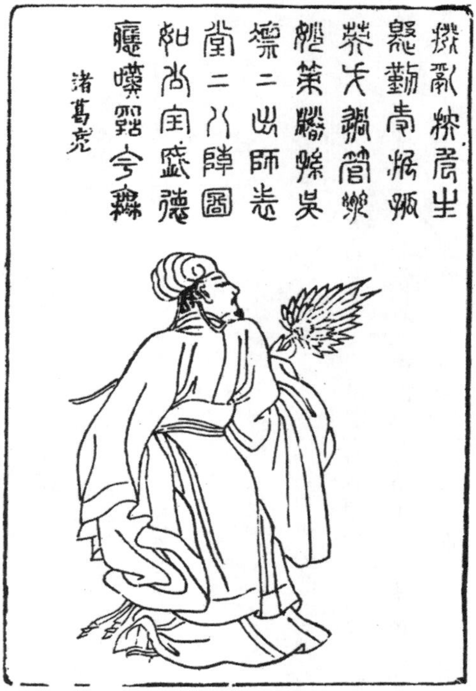
諸葛亮（錄自清順治刊本《第一才子書》）

力的火攻戰術之時，已是「萬事俱備，只欠東風」了。

對具體施計過程的描述，《三國演義》採取限制視角的敘事方式，使人身在計中而莫測高深，從而把兵家的機敏和道家的玄秘結合起來。比如「草船借箭」用的是老實人魯肅的視角。周瑜妒忌諸葛亮的才能，尋事害他，要他在十日內監造十萬枝箭。諸葛亮卻把期限縮短為三日，並立下軍令狀，給人一種自投羅網的幻覺。周瑜之計，諸葛亮向魯肅點破，卻以求「子敬救我」的方式隱瞞自己的計謀，使魯肅為他頭兩日不用工匠和箭料而擔驚受怕，又為他借用船隻、布幔和草束而莫測高深。直到第三日凌晨，諸葛亮邀魯肅到船上酌酒取樂，乘重霧迷江之機，擂鼓開船直逼曹軍水寨，以草束收回曹軍亂射來的十餘萬枝箭，並被魯肅讚為「神人也」之後，才說明此計是三日前就算定今日大霧而制定，並認為「為將而不通天文、不識地理、不知奇門、不曉陰陽、不看陣圖、不明兵勢，是庸才也」。限制視角在奇計抵成的瞬間，發揮了奇特的審美效應，給讀者一種驚異感以及同書中人物一道自愧不如的智慧滿足，這正是《三國演義》把諸葛亮寫成千秋共仰的智慧化身的訣竅之所在。由於視角是限制的，諸葛亮的智慧也就容易蒙上一層道家的神秘主義的迷霧了。

如果說，以戲曲象徵性突出戰將個人在交戰中的神威的敘事方式發展到極致，便出現了《說唐》中好漢排座次的景觀；那麼以道家神秘主義渲染謀臣的神機妙算的敘事方式發展到極致，也就出現了《說唐》中徐茂功和《封神演義》中姜子牙那類謀臣方士化的傾向了。

然而《三國演義》沒有走到這種極端，儘管排座次和方士化可以在當時的民間接受心理中找到某些根據，但它追慕典範化的審美趣味使它以「歷史」二字來節制這類非歷史化的極端膨脹。節制使離奇和神秘歸於人情，使戰爭中的謀略描寫和人的描寫契合起來。有意味的是《三國演義》推崇劉備、諸葛亮，但是寫他們在將士面前摔阿斗、到東吳設祭哭周瑜，卻不甚見真性情，反而見權術和謀略。相反，極受貶抑的曹操雖然一顰一笑都充滿狡詐和殺機，卻因言明它是奸詐，反而流露出真性情。曹操在潼關被馬超的西涼軍殺得割鬚棄袍，退回寨中深溝高壘以自守之後，聞馬超增添二萬羌族生力軍來助戰而大喜，還在帳中設宴作賀。雖然這番大喜受到諸將竊笑，卻出自曹操內衷，直到過了一回書以後挫敗馬超之時，曹操才說明大喜的原由：「關中邊遠，若群賊各依險阻，征之非一二年不可平復。今皆來一處，其眾雖多，人心不一，易於離間，一舉可滅，吾故喜也。」

曹操敗走華容道（錄自清康熙刊本《三國志演義》）

有時候一項計謀並不見奇，而人物的哭哭笑笑卻起了畫龍點睛的作用，哭出奇來，笑出奇來。曹操赤壁喪師之後，帶着殘兵一路悽悽惶惶，卻在烏林的峻嶺叢林間「大笑不止」，在葫蘆口埋鍋造飯時「仰面大笑」，在華容道士兵蹭蹬於泥濘中哭聲不絕時「揚鞭大笑」。三番大笑，先後引出了諸葛亮佈置下的趙雲、張飛、關羽三路伏兵。對潰軍設伏截殺的計謀並不奇，奇的是曹操在水路慘敗之後，還以縱聲大笑的方式顯示自己對陸路用兵的自信；曹操的自信還不十分奇，十分奇的是曹操身臨其境才知道設伏之妙的地方，諸葛亮在運籌帷幄之時已瞭如指掌，這就使曹操譏諸葛、周瑜少智無謀的笑聲落了空。諸葛亮甚至是利用曹操的自信來實施自己的神機妙算的，這就使曹操愈自信就愈幻滅。因此，曹操脫險入南郡後「仰天大慟」，痛哭亡故的謀士郭嘉，與其說是如同毛宗崗評點的「哭死的與活的看」、「哭郭嘉之哭，所以愧眾謀士也」；不如說曹操在哭他自己，哭他自己橫槊賦詩之夕那種驕橫不可一世的平定天下的美夢，在遇到諸葛亮、周瑜更勝一籌的謀略後的幻滅。借描寫戰爭謀略，輔以人物的三笑一哭，從而透露了「古今來奸雄中第一奇人」由驕橫到尚不失自信、到終歸幻滅的心靈歷程，這正是《三國演義》典範化敘事的深刻之處。

三、具有結構價值的探驪效應和數序組合

典範化特徵也體現在《三國演義》的敘事結構和敘事機制上。令人詫異的是，中國章回小說在它最初成型的階段就留下一個如此精湛成熟的巨構。它不是鬆散的而是嚴密的，不是個人傳記式和可以隨意連綴的串珠式的，而是盤根錯節、綱目整然的一個複雜的敘事程序，這簡直堪稱為文學史上的奇跡。這種成功也許令人聯想到數百年間講史藝人「講論只憑三寸舌，秤評天下淺和深」的實踐才能。不過，這類實踐才能或許更多地賦予情節與人物以生動活潑的生命，至於如此完整嚴密的結構大概更多地得益於蔚為大觀的歷史敘事傳統。《三國演義》題署「晉平陽侯陳壽史傳，後學羅本貫中編次」，以及其書名有為史志作傳或演史志之大義的意思，無不透露了它與史籍的因緣。毛宗崗評此書，常把它與《史記》相比擬，說它的一些筆法「逼真龍門」。可以說，不去借鑒我們史書編年、紀傳和紀事本末等豐富體例的敘事經驗，就不會有《三國演義》結構形態的典範化。

話又說回來，《三國演義》最有神采的地方不是實錄史事，而是對史事史筆進行高度審美化的點化、轉化和剪接。官渡、赤壁、虢亭之戰的描寫，類乎紀事本末體而已經作了大幅度的虛構；關羽的投降和單騎尋主，以及鎮守和失陷荊州，類乎紀傳體而實際包含着許多民間傳聞；介於這些戰役敷敘和人物刻畫之間的有關政局變遷的交代，則是類乎編年體的。關鍵在於如何溝通這三者，使之形成一個渾然一體的、富有生命感的敘事體制。《三國演義》在

這裏採用了探聽行為，以探聽使分割的局部成了完整的歷史過程中有價值、有生命的局部。本來，探聽乃是群雄並起、三國鼎峙的歷史環境中把握變動不居的政局戰局信息的必備手段。《三國演義》則利用它來架接時間、空間坐標，把軍事割據時期散處不同地域的共時性事件，兑換為語言藝術的線性時間順序上的縱橫交錯的處理。這便是《三國演義》中極有結構價值的探聽效應。

比如劉備乘赤壁之戰據有荊州，於建安十六年受劉璋之邀入川，被困於葭萌關，得諸葛亮率趙雲、張飛馳援，終於驅逐劉璋而自領益州牧，其時已是建安十九年了。這是蜀漢開國的重大的軍事舉措，無疑應該大書特寫；然而這三四年間吳、魏二地也發生了一些重要的政治軍事變動，為典範化的講史書所不能忽略。元刊《三國志平話》缺乏開闔自如的結構形態和兼顧三方的從容不迫的描寫能力，陷在劉備、諸葛亮西征之中不能自拔了。《三國演義》的結構調度則舉重若輕，於劉備入川，在涪城一次類乎鴻門宴的宴會之後被劉璋支使到北方防備張魯。行義至此，按下蜀事而起用探聽效應，把吳、魏二方照應得非常周密。「早有細作報入東吳」，於是東吳想乘劉備西征，覬覦荊州。想誘使孫夫人帶回阿斗，充當交換荊州的人質。這便發生了趙雲、張飛截江奪阿斗的壯舉。在東吳商議起兵攻取荊州之際，行文再度使用探聽效應，「忽報曹操起軍四十萬，來報赤壁之仇。」於是一方面敘述東吳遷都秣陵，築濡須塢以備曹軍；一方面敘述曹操晉為魏公，加九錫，逼死諫阻的重要謀臣（被曹操稱為「吾之子房」）荀彧。直到曹軍征吳，無功而返，東吳致書劉璋、張魯，製造劉備入川軍旅首尾不能救應的危局之後，行文才重新轉到劉備折了龐統，諸葛亮率趙雲、張飛入川救援的敘寫上來。由於匠心獨具地發揮了探聽行為在敘事結構上的審美效應，《三國演義》靈便自如地切割、牽引和穿插時間空間，於六十回敘劉備入川之後，於六十一回插敘吳、魏，再於六十二回轉回蜀事，顯示了以敘蜀事為主、又能兼顧鼎足三分之勢的典範性敘事風範，並在廣闊的背景中揭示了劉備取蜀的必行、可行的契機和艱難的歷程，給人一種大開大闔、而又轉換自然的整體有機感。

然而探聽效應屬於外在的轉筆或換筆，單憑它來疏通各個龐大的敘事單元之間的關係，未免有些纖弱，或者如一髮繫千鈞的典故所比喻的，包含着整體有機性的危機感。它需要更內在的連鎖關係，這就是伏筆和補筆，即敘事學上的預敘和補敘。在《三國演義》如此線索紛雜，人物、情節縱橫交錯的敘事結構中，敘事者為了保持處在焦點的人物情節的連續性，有必要隨時剪斷那些併行於一時、卻又分枝旁出的非焦點性的人物情節，而經過若干時間、空間轉換之後，這些剪斷的人物情節又有可能回到敘事焦點的視野之中。歷史生活的時間空間本來是多維的，語言藝術要以單維表現多維，必須有取有棄、有斷有續，在參差剪接之間尋找多維時空進程的交接點，這就是伏筆補筆的審美效應。

《三國演義》的評點者毛宗崗對這一點非常重視，他的《讀三國志法》在分析了該書有「隔年下種」的伏筆之後，又說：

> 《三國》一書，有添絲補錦、移針勻繡之妙。凡敘事之法，此篇所闕者，補之於彼篇；上卷所多者，勻之於下卷。不但使前文不沓拖，而亦使後文不寂寞；不但使前事無遺漏，而又使後事增絢染；此史家妙品也。如呂布取曹豹之女，本在未奪徐州之前，卻於困下邳時敘之。曹操望梅止渴，本在擊張繡之日，卻於青梅煮酒時敘之。……武侯求黃氏為配，本在未出草廬之前，卻於諸葛瞻死難時敘之。諸如此類，亦指不勝屈。前能留步以應後，後能回照以應前，令讀者讀之，真一篇如一句。

由於呼應嚴密而把一部作品比擬成一句話，真有點像西方語言學派的敘事學立論。需要說明的是，史載曹豹是徐州牧陶謙的故將，劉備牧徐州之後，因與張飛交惡，獻下邳而從呂布。他為呂布丈人，純屬小說借用倫理人情以增加審美趣味。望梅止渴的典實，見於《世說新語．假譎》篇，只說是「魏武（曹操）行役，失汲道，軍皆渴」，並未標明是征張繡時的事。小說把它用於「曹操煮酒論英雄」的篇章，並順口說出發生於「去年征張繡時」，涉筆成趣，也起了內在地溝通兩個敘事單元的妙用。

究實而言，《三國演義》結構上的接續貫通，遠不止毛氏《讀法》所列舉的東鱗西爪，而是以人物的性格行事作為其內在結構的紐帶或樑柱。比如對魏延人品行蹤的描寫，斷斷續續，卻前後呼應，形成一種完整而鮮明的一致性。史籍對魏延入蜀之前的行蹤並無明文，只講了一句「以部曲隨先主入蜀」。小說第四十一回則虛構了劉備新野潰退，想攜百姓入襄陽而受拒，魏延在城內起事，迎劉備入城不果而自投長沙太守韓玄去了。直到第五十三回他才再度出現，殺韓玄、救黃忠，獻長沙給劉備。篇中為魏延的出場隱伏下一條很長的線索，讓他於十幾回前身影一閃而逝，在這裏才以諸葛亮的權威口吻論定他的品性，認為他「腦後有反骨」，要斬之以絕禍根——這一突兀的論斷和行為，為魏延日後的行為定基調，成為魏延線索承前啟後的扭結。

以數字作為結構手段，也算得上是《三國演義》的一大發明。據說一個人不管學會多少門外語，在夢中用來計數的必定是他的母語，這就說明數字是安排各種結構的元結構的根據。《三國演義》的結構，發揮的就是數字的這份潛能。如七擒孟獲、六出祁山、九伐中原之類，都以數字把一個敘事單元聯結成緊湊嚴密的序列。如果說，前述人物性格的斷續呼應，是在敘事單元與敘事單元之間的聯繫框架上安置鉚釘，那麼這種數字序列就是在各個敘事單元內部聯結起井然有序的柵欄了。毛宗崗《讀三國志法》對此也有發明：

《三國》一書，有橫雲斷嶺、橫橋鎖溪之妙。文有宜於連者，有宜於斷者。如五關斬將、三顧草廬、七擒孟獲，此文之妙於連者也。如三氣周瑜、六出祁山、九伐中原，此文之妙於斷者也。蓋文之短者，不連敘則不貫串；文之長者，連敘則懼其累墜，故必敘別事以間之，而後文勢乃錯綜盡變，後世稗官家鮮能及此。

需要補充的是：這種數字序列具有某種使異體歸同、共構見異的整合和對比的審美效應。比如六出祁山，把諸葛亮伐魏的六、七年間的軍事行為組合成一個完整的序列，雖然其間插敘了吳將周魴與曹軍的鄱陽之戰、陸遜與曹軍的合肥之戰，卻均為六出祁山的序列所整合，形成諸葛亮聯吳伐魏戰略的整體了。其次，由於序列中各項行為共構一個整體，相互聯繫中又追求變化，形成了對比的效果。比如諸葛亮三氣周瑜，一氣於赤壁戰後，讓周瑜先取南郡，功敗垂成，被趙雲、關羽襲取了南郡、襄陽。一氣與二氣之間隔着劉備收取南方四郡，以及孫權、張遼的合肥之戰，情調也由金戈鐵馬轉向洞房花燭：諸葛亮破了周瑜想借婚事謀害或羈縻劉備的計謀，使之「賠了夫人又折兵」。二氣、三氣之間只隔了曹操大宴銅雀台，情節又由婚姻換為軍旅。周瑜詐稱代劉備取西川，取道荊州，行假途滅虢之計，卻被諸葛亮識破而陷重圍，一氣身亡。三氣之間，情節、情調互異，於對比中顯得行文參差跌宕、搖曳多姿，卻又由於數字序列的組合作用，形成了《三國演義》開闊而嚴密，剛健而清雋的結構形態。

四、兩極共構的立體動態審美功能

語言敘事的線性，要在人們的閱讀幻覺中喚起立體性的心理重構，必須創造一種有效的敘事機制，把對立的因素共構組合，激發其相互間的對比、錯位、摺疊和跳躍的動態審美功能。由於《三國演義》結構宏大典重，加上百年戰亂的英雄主義題材，它的敘事格調是近於崇高，散發着陽剛之氣的。但它的行文深得中國文章之道，追求辯證法神理，在風格上講究剛柔相濟，在情調上講究冷熱相襯，在描寫焦點上講究虛實相生。這便以多姿多彩的筆致透入豐富的人間形態和人生境界，在敘事機制上保證了它的陽剛是剛而不脆，它的崇高是高而不傾。深究一層，這種兩極共構互補的敘事機制，是契合中國古代「道分陰陽」、「剛柔相推而生變化」的哲學模式，並以後者為群體潛意識的隱因的，因而它在中國古典敘事文學中也就具有一定程度的普泛性和典範化的意味了。

值得注意的是，《三國演義》的剛柔共構，不僅表現在剛與柔兩種不同的敘事風格的互換，而且更重要的表現在剛與柔兩種對立的敘事因素的互相包容和互相滲透。這種兩極互蘊和互潤的敘事機制的功能，除了外在地體現以「文貴於曲」的那個「曲」字，還體現在文貴於多重折射。毛宗崗在第八回回評中說：「前卷方敘龍爭虎鬥，此卷忽寫燕語鶯聲，溫柔旖旎。真如鐃吹之後，忽聽玉簫；疾雷之餘，忽見好月，令讀者應接不暇。」這是形容第七回描寫了袁紹和公孫瓚磐河大戰，以及孫堅擊劉表而殉難之後，於第八回轉到長安城中，王允用貂蟬巧施「連環計」，離間名為義父義子的董卓、呂布交惡相攻。但是，這番形容比不上同一位評點家在卷首《讀三國志法》所使用的「有笙簫夾鼓、琴瑟間鐘之妙」的形容來得確切，因為它用一個「夾」字、一個「間」字，把剛柔兩極相蘊相潤的機制表達得非常逼真了。

南北諸侯割據攻戰，無暇西顧長安，助長了董卓的驕橫暴戾，以無度的殺戮來脅迫群臣，於是司徒王允只能在後園仰天垂淚了。門下歌妓貂蟬於此時以萬死不辭的決心，接受了使董、呂父子反顏的密計。因此她的溫柔旖旎已不是單純的兒女私情，處處潛伏着「以衽席為戰場」的殺機。但是行文確實是溫柔纏綿，清婉微妙的。貂蟬以兩副面目對付呂布和董卓，在呂布面前她是溫婉的女兒，秋波送情；在董卓面前她是乖巧的歌妓，姿色逢迎。她似乎對自己施行了分身術，把「靈」奉給呂布，把「肉」留給董卓，從而使虎將狼主都一頭栽進了色相迷魂陣。當呂布偷窺董府內室，見她晨妝倩影之時，她「探半身望布，以手指心，又以手指董卓，揮淚不止」；在與呂布約會鳳儀亭之時，她傾訴忍辱偷生之苦，「手攀曲欄，望荷花池便跳」，以明心跡。一系列算盡機關的擒縱推迎，激使董卓在花園中擲戟刺布，呂布在宮廷上持戟誅卓。由此可知，貂蟬在宴席、在內室、在花園中鶯姿燕態的表象，包含着深沉的斬除奸邪的隱因。整段溫柔旖旎的描寫，既襯托着諸侯交戰的外圍框架，又貫注着誅滅虎狼的深度動機，相當出色地構成了一種具有多重折射功能的亦剛亦柔、兩極互蘊互潤的敘事機制。這就難怪第八回回評激賞其「以衽席為戰場，以脂粉為甲冑，以盼睞為戈矛，以顰笑為弓矢，以甘言卑詞為運奇設伏」的「荒謬的深刻」了。

《三國演義》是退出一定的心理距離，來審視那段遙距千年的歷史的，它不是一味地沉浸於彼間的百年戰亂之中，而是不時地以虛靜的人生視境來俯視無謂的人間紛擾。全書卷首詞便自擬為「白髮漁樵江渚上，慣看秋月春風」，反首笑談那些為流水淘盡的「英雄」和轉成空幻的是非成敗，散發着道家的清靜無為的意味。在一定意義上，這也許是本書的主題歌吧？當這首主題歌的意味滲入敘事機制之中，便出現了冷熱映襯、以冷觀熱的複雜情調。這就是《讀三國志法》所說的「《三國》一書，有寒冰破熱、涼風掃塵之妙」。它舉了如「關公五關斬將之時，忽有鎮國寺遇普淨長老一段文字；昭烈躍馬檀溪之時，忽有水鏡莊上遇司馬先生一段文字」等十個例子，稱其間「或僧或道，或隱士或高人，俱於極喧鬧中求之，真足令人躁思頓清，煩襟盡滌」。冷眼觀熱，這便是《三國演義》的超越性和複調性。

所謂「躍馬檀溪」乃是權力爭奪中脱險的象徵。劉備勸阻劉表廢長立幼，引起劉表後妻舅的忌恨，在襄陽設宴伏兵想謀害他。劉備得到密報逃走，於追兵逼近之際，陷在溪中的「的盧」馬忽然湧身一躍三丈，飛上對岸。的盧一躍，實際上跨越了兩個世界：一個爭權奪利的灼熱的世界，一個遠離塵囂的隱逸世界。兩世界一熱一冷的強烈反差，使半生戎馬倥傯的劉備歆羨牛背吹笛的牧童的悠然自得，愧歎「吾不如也」。整段描寫都是從劉備視角着墨的，

劉皇叔躍馬過檀溪（錄自清光緒刊本《圖像三國志》）

以熱人觀冷，又以冷的明鏡折射熱的卑瑣。先見夕陽牧童，再見竹林莊院，忽聞琴聲甚美，彈琴人罷琴而笑：「琴韻清幽，音中忽起高亢之調，必有英雄竊聽。」充滿靈氣的寥寥數筆，點染出水鏡先生的品調和胸襟，點染出一個入於劉備眼中、屬於水鏡先生的清妙的世界。由於限制視角，造成有意味的敘事殘缺，這個世界也就蒙上一層如煙似霧的朦朧。水鏡先生知天達命，預言劉表衰敗，劉備將應天命而崛起，並指點他「伏龍鳳雛，兩人得一，可安天下」。劉備追問誰是伏龍鳳雛，他只用「好好」二字敷衍，並不點透。直到夜間劉備寢不成寐，聽聞「元直」來訪，水鏡先生勸他去投「只在眼前」的英雄豪傑之時，劉備還不知道元直就是徐庶，猜想此人「必是伏龍鳳雛」。限制視角造成的敘事殘缺，產生了一種隔霧看花、撲朔迷離的詩趣，而這種詩趣是與水鏡先生淡泊自處、不願趨炎附勢、不願張揚自我的品性相適應的。水鏡的冷和劉備的熱，代表着敘事者半是入世、半是出世的兩種人生境界的錯綜。

視角限制往往生發出虛實相生的敘事機制。限制的視野之內者為實，視野之外者為虛。敘事者筆在實處，心在虛處，文筆和文心的詩化錯位，釀造出言外意、弦外音。張松獻西川地圖，於魏受冷遇和侮辱，於荊州受善待和巴結，其間冷熱對比的行為顯然包含着諸葛亮的計謀。但是不能明寫計謀，因為張松獻圖雖是擇主而事，畢竟有賣主求榮之嫌，明寫就有諸葛亮誘其賣主、劉備籠絡其賣主的道德瑕疵了。大概一半出自為賢者諱，一半出自在藝術上留點讓讀者聯想的多義性，篇中遮斷了投向出謀劃策的行為動機的視線。只見張松初到關口，即有趙雲率隊迎接，「軍士跪奉酒食」；天晚到荊州界首的館驛，又有關羽率眾灑掃驛庭，酒筵款待；行到荊州郊外，早有劉備帶領伏龍鳳雛親迎，下馬等候。這番「三迎張松」在荊州禮儀上是非常罕見的，其風光之處恐怕只有「三顧草廬」才能相比了。但是篇中並不說明為何如此風光，只是後世評點者夾評一句「非敬張松也，敬西川耳」露了一下底牌，而文本是非常沉得住氣的，只寫其後「一連留張松飲宴三日，並不提起川中之事」。三日間諸葛亮談論劉備借荊州權且安身的困境，龐統大講劉備以漢朝皇叔之尊有佔據州郡的權利，一唱一和，打得啞謎，卻引而不發。劉備則一味謙卑，處處表現出寬仁愛士，擺成海自卑而百川歸之的態勢。

這是以恃才傲物、待價而沽的張松為對手的一場煞是好看的心理戰，戰於心照不宣之中，戰於似有意似無意之中，戰於不寫之寫中。直到劉備在十里長亭垂淚酌酒送別時，這幾滴眼淚才最終滴破張松的心防，主動表白「明公果有取西川之意，松願施犬馬之勞，以為內應」，並獻上西川地理圖本。顯然，行文在言談應對、迎來送往的表層結構背後，隱藏着一種敏感微妙、調度得體的心理戰的深層結構。這種深層的東西由於描寫視角受到限制，作為一種虛有的存在與文本中實有的描寫相對應，疑遠忽近，似無實有，給人一種迷離恍惚的虛實相生的審美趣味。只要把張松的西川地理詳圖，與二十多回前諸葛亮「隆中對」出示的西川略圖相聯繫，就不難明白，這場心理戰乃是諸葛亮籌謀已久的「先取荊州為家，後即取西川建基業」的戰略的具體實施。再看張松赴魏時，「早有人報入荊州，孔明便使人入許都打探消息」；到了十里長亭餞別張松之後，又有「孔明命雲長等護送數十里方回」，就可以知道，諸葛亮對這場心理戰已有周密安排，這種以表層的實寫結構隱藏虛有的深層結構的敘事機制，也就於閃閃爍爍之間有蹤跡可尋了。

在虛實相生的敘事機制中，「虛」發展到極致就是「無」。「無」在中國古代哲學中有着非常豐富玄奧的內涵和功能，或如《老子》所說「天下萬物生於有，有生於無」，成為萬有的根本。受這種哲學體驗的影響，《三國演義》不僅常規地把敘事焦點建立在「有」上，而且超常規地把敘事焦點建立在「無」上。對聚焦於無的妙趣，毛氏第三十七回回評分析「三顧草廬」的描寫，已有所涉及：

此卷極寫孔明，而篇中卻無孔明。蓋善寫妙人者，不於有處寫，正於無處寫。寫其人如閒雲野鶴之不可定，而其人始遠；寫其人如威鳳祥麟之不易睹，而其人始尊。且孔明雖未得一遇，而見孔明之居，則極其幽秀；見孔明之童，則極其古淡；見孔明之友，則極其高超，見孔明之弟，則極其曠逸；見孔明之丈人，則極其清韻；見孔明之題詠，則極其俊妙。不待接席言歡，而孔明之為孔明，於此領略過半矣。

劉備到南陽隆中拜訪諸葛亮，聞農夫作高眠不足，觀世間爭鬥如棋局之歌，又觀賞流連臥龍岡秀雅清幽之景物，叩開柴門，因童子記不得許多官號，只以最簡易的本名通報。俗手寫訪人，至此技盡矣，篇中卻繼之以一連串曲曲折折的「誤認」。一顧回程，誤認軒昂俊爽的崔州平是諸葛亮，聽他講了一番治亂交替，天命天數不可逆挽的歷史哲學。二顧的誤認更多，害得劉備一路拜揖施禮。先是見白面長鬚的石廣元和清奇古貌的孟公威對酒作歌，次是入屋之後見草堂上諸葛均擁爐抱膝作歌，最後是回途中見黃承彥騎驢過小橋而作「梁父吟」，均錯錯落落地被劉備一一誤認為諸葛亮。「誤認」乃是聚焦於無的一種喜劇性手段，既認之，說明劉備心中塞滿了諸葛亮；既誤之，說明劉備眼前未見諸葛亮。在這種一驚喜、一惆悵的情感律動中，行文創造了一個契合中國哲學概念「無」的，即諸葛亮無形可見、又無所不在的妙趣迷離的審美境界。

劉玄德三顧草盧（錄自清光緒刊本《圖像三國志》）

妙趣就在於不須諸葛亮出面，就提供了一個屬於諸葛亮的精神人格世界。這種精神人格無所不在地附着於臥龍岡的自然人文景觀上，不僅附着於他所選擇的山水秀色上，也不僅附着於他點綴草堂的「淡泊以明志，寧靜以致遠」的對聯上，而且已浸潤了臥龍岡人的靈魂，附着於他們的談風、行為和歌喉上。劉備未遇諸葛亮之前，已聞歌五首，一前一後是田夫歌和黃承彥吟出的「梁父吟」，都說明為諸葛亮所作。這兩首歌，一以隱士高眠對應變幻如棋局的世間紛擾和榮辱，一詠瑞雪寒梅的瀅潔獨標，抒情言志，都透露了諸葛亮遺世獨立的清亮胸襟。中間三首為石廣元、孟公威和諸葛均所吟，格調較為激越，或詠史以讚頌古代名臣風雲際遇、功業垂世；或刺世以針砭奸雄竊秉權柄、災祥屢見；或抒情以表達躬耕隴畝、寄情琴書、以待天時的心跡。這三首並未點明為諸葛亮所作，但體其意味，與諸葛亮自比管仲樂毅，甚至為友人方之為呂尚張良的濟世苦心是靈犀相通的，至少可以視為他的借體代言。於是諸葛亮未出現，他那有若「萬古雲霄一羽毛」般高揚的、具有隱逸和濟世雙構的精神世界，已經瀰漫於臥龍岡的山水人文，帶着鮮活的生命感蕩漾於字裏行間了。這種聚焦於「無」，達到了比聚焦於「有」更高級的審美層面，從而在獨具神采地創造一個充滿詩化靈氣的文化人格世界上，成為中國敘事文學史的一大奇觀。

五、敘事時間和歷史時間的疏密張弛

最後補充說明一點：與敘事結構的剪接斷續和敘事機制的疏密張弛相聯繫，《三國演義》在時空操作上也有典範化的處理。前面已經述及預敘和補敘中時間的前移和後置，這是屬於對時間進行微觀的斷續處理。典型的例子還有關羽荊州的敗亡在成都的反應。第七十三回在關羽攻拔襄陽、水淹七軍前，就寫他拒絕孫權為兒子求婚，怒斥「吾虎女安肯嫁犬子乎」；第七十六回他抵擋不住徐晃、曹仁的夾攻，退向荊州時，即派馬良、伊籍星夜赴成都求救；其後為呂蒙襲其後，敗入麥城，又派廖化突圍去上庸求援。所有這些先期發出的信息，都在關羽被害，玉泉山顯聖以及魂追呂蒙、罵孫權、驚曹操之後，才在第七十七回之末，於成都的諸葛亮和劉備那裏補敘和續敘出來。才有諸葛亮聞關羽拒婚而思更換荊州守將，才有劉備片刻間刻聞馬良、伊籍告急，聞廖化哭訴劉封、孟達不發救兵，聞關羽父子被吳將擒獲殉難，而昏絕於地。換言之，第七十七回末的時間，是錯綜接續着第七十三回和七十六回的。行文以時間上的參差、伸縮和摺疊，保持了敘事情節和敘事空間上帶古典意味的完整性。

宏觀的時空安排，變換着敘事時間和歷史時間之間的比例尺度，牽動了敘事節奏的疏密張弛，這也就是西方敘事學之所謂「敘事時間速度」。兩種時間比例的調度，實際上包含了敘事者對歷史人物事件的選擇和評價，這裏重視的不僅是人物事件的歷史價值，而且是人物事件的美學價值。《三國演義》敘事始於漢靈帝建寧元年（公元一六八年），終於晉武帝太康元年（公元二八〇年），時間跨度為一百一十二年。其中以首回和末回時間跨度最大、敘事密度最小，分別佔去歷史時間十六年和十五年。這是由於敘事者認為，漢室之衰起自桓靈之交的宦官專權，而黃巾之亂是其重大轉折點，三國諸主的最初出身都與征討黃巾有關；司馬炎稱帝意味着一個新王朝的開始，而十餘年後晉滅吳才算是三國時代的最終結束。為了完整地展示這個時期由亂而分、由分而合的因果關係和歷史進程，就不能不加大首尾二回的歷史時間跨度，以達到追本溯源和順流入海的效果。

敘事的主幹自然是漢末群雄角逐和三國鼎立。從黃巾起事到蜀漢亡國、晉武篡魏這八十一年，佔有一百一十八回，平均每年幾乎佔有一回半的篇幅。其中王允在南北軍閥混戰的局面中，以貂蟬施連環計誅滅董卓的漢獻帝初平三年；孫策並有吳郡，以及曹操、呂布、袁術互相攻伐的建安二年；馬超起兵攻曹，以及劉備率師入川的建安十六年；諸葛亮統軍征蠻的蜀漢建興三年；諸葛亮首出祁山的建興五年；以及鍾會、鄧艾滅蜀的魏景元四年——都分別以一年的歷史時間佔有三、四回的篇幅。而居全書敘事密度之首的，是建安十三年（公元二〇八年）的赤壁之戰，以及頭年的劉備南陽訪賢，共佔十九回篇幅。其次是發生了曹操破劉備、降關羽，以及袁曹官渡之戰的建安五年（公元二〇〇年），佔八回篇幅；發生了劉備取漢中，關羽取襄陽以致敗亡的建安二十四年（公元二一九年），也佔八回篇幅。從以上的敘事時間和歷史時間的對比度中不難看出，《三國演義》的敘事焦點始終追隨着蜀漢開基及其君臣的命運，以及三國鼎分局面的形成。它由此確定敘事的虛寫和實寫、詳寫和略寫，左右着其敘事的構成和節奏。進一步分析可知，劉備第三次訪諸葛亮以及隆中對策，只不過半天的事情，竟佔了半回；諸葛亮舌戰群儒，以及說服孫權、周瑜聯合抗曹，只不過三、四天的事情，竟佔去兩回。按諸全書的敘事節奏，這些描寫無疑是超常細密的。再看發生在同一年的事，關羽降曹和尋主佔了四回，而關係到曹操稱霸中原的官渡之戰只佔三回。在這個特殊的審美世界中，關羽的風貌和去從的價值，是高於決定兩個北方最有實力的軍事集團的成敗命運的著名戰役了。這就是文學價值觀和歷史價值觀的錯位，正是由於這種錯位以及對錯位的擴大和調整，《三國演義》建立了獨特的敘事結構和機制，容納了非常豐富的戰爭智慧和民間心理行為模式，在中國章回小說成型的初期達到了引人注目的典範化境界。

注釋：

〔一〕毛宗崗：《讀三國志法》，據清乾隆三十四年世德堂本《三國演義》。以下毛宗崗評點均引此版本。

第三講

《水滸傳》的整體生命和敘事神理

中國早期章回小說的講說、整理、成書和流佈，多經歷過一個既有汰選、又有積累的錯綜複雜的歷史過程。所謂作者、版本的考證，以及文獻梳理、本事溯源，都是對這個歷時甚長，原作、改作者甚夥的歷史過程的外在表徵的清理。當我們把眼光從這些外在表徵，轉向考察這個漫長的史程在文本上的內在沉積之時，就會發現，《水滸傳》既彙聚了數代說話人極盡騰挪變化的敘事辯才，又融合了數代文人刻意謀篇行文的審美智慧，二者交互滲透，雅俗互補，最終已經成了一個渾然難辨你我的藝術結晶體了。沒有署名為施耐庵、羅貫中的文人參與，《水滸》也許還是一些零散、粗糙的敘事底本，而很難成為雅俗共賞的英雄傳奇傑構，這幾乎是不須置辯的事實。

重要的在於深入地揭示《水滸》由勾欄瓦肆講說到書面巨帙之間，文人給它增添了何等敘事智慧和審美素質。應該說，金聖歎為《水滸》所作的精心評點，在這方面提供了初步的、卻也是很精彩的思路。他把《水

施耐庵（錄自《月月小說》第一期）

忠義堂（蘇州桃花塢清代年畫）

滸》和《莊子》、屈騷、《史記》、杜詩、《西廂》並列為「才子書」，顯然是側重於這部英雄傳奇傑構所蘊含的文人才華、智慧和意匠經營。儘管他對《水滸》的內容頗多偏見和異議，甚至指責「《水滸》所敘，敘一百零八人，其人不出綠林，其事不出劫殺，失教喪心，誠不可訓」。但他對《水滸》的匠心筆趣獨具會心，推崇備至，至於認為「吾獨欲略其形跡，伸其神理……夫固以為《水滸》之文精嚴，讀之即得讀一切書之法也。汝真能善得此法……便以之遍讀天下之書，其易果如破竹也者，夫而後歎施耐庵《水滸傳》真為文章之總持」。〔一〕這裏提出了外在的形跡和內在的神理，特殊的「為文精嚴」和普遍的「文章之總持」等重要命題，觸及中國文學敘事的一些關鍵，是應該引起認真的思考和辨析的。

所謂敘事神理，乃是敘事中以神通理，肌理含神；乃是文人把零散粗糙的水滸故事底本加以高度熔裁，投入文化智慧和生命體驗，從而貫注於其間的充滿靈氣和妙想的理路。它所探尋的不是如西方某些過分講求「科學主義」，而忽視文學作為文學之特徵的理論那樣，把完整的敘事作品拆卸為支離破碎的敘事函數片斷，而是採取反向的思路，體悟它如何採取充滿着神思妙趣的敘事程序，把千姿百態的敘事片斷組構成一個完整的藝術生命體。換言之，西方崇尚科學主義，把完整之物通過破裂而窺其原理；東方崇尚生命主義，透過表層的形跡而體悟其形成圓融通徹之生命的神理。非破裂而重圓融，則是中國敘事方式的精蘊之所在。

參證中西，使生命的體驗得到科學的昇華，使科學的分析得到生命的貫注，乃是現代中國敘事理論的基本方法。

一、神秘的宇宙意識和參數敘事

敘事學的參證，首先要對中國敘事經驗進行本質的還原。施耐庵、羅貫中一類文人的參與，最為引人注目的是給水滸傳說帶來了一種整體意識。這種整體意識是與中國傳統哲學中「天人感通」的宇宙觀念一脈相承的，設想天道運行的大宇宙和人間治亂的小宇宙可以相互對比和感應，從而以神秘的宇宙意識給予充滿野性強力的梁山泊事業以合理主義的解釋了。

這種整體意識在南宋和元初的說話人那裏，還是不甚具備的。宋代較具整體意識的瓦肆講史，以「說三分」、「五代史」為前驅，對這門伎藝最流行的闡釋，乃是「講說前代書史文傳興廢爭戰之事」（耐得翁《都城紀勝．瓦舍眾伎》）。水滸故事對於南宋人還是本朝的街談巷語，不能與前代興廢相混同。元人羅燁《醉翁談錄》在小說欄目中已開列了一些水滸故事底本，如《石頭孫立》、《青面獸》、《花和尚》、《武行者》之類，卻分別散置於公案、樸刀、桿棒等名目之中。相對於後來形成巨帙的《水滸》而言，它們散落在具有不同特長的說話人口中，充其量只不過是此題材類型分述這些著名好漢的別傳。與這種散落狀態可以互資參證的，是一批以李逵、燕青、武松、宋江等人為主角的元代水滸雜劇，其內容的相互牴牾，也說明了尚缺乏整體的統屬。

最初嘗試着把宋江聚義當作一個完整的情節加以粗略敘寫的，是佚名文人的《大宋宣和遺事》。這裏的梁山泊故事，只是宋徽宗失政（重用蔡京等奸邪）、昏聵（寵信方士林靈素）、荒唐（狎倖名妓李師師）和蒙塵（被金人擄至漠北）之間的一個插曲。即是說，《大宋宣和遺事》側重於朝政，與《水滸》側重於民氣有明顯區別，梁山泊故事在這裏只是朝政糜爛的徵兆。即使這段插曲本身，也寫得相當簡陋，只有楊志賣刀落草，晁蓋劫生辰綱，宋江殺閻婆惜上山，以及對官軍略作抗拒後被誘降而征方臘等有限的幾個片斷，而且沒有正面記述魯智深、林沖、武松、李逵等極有性格特色的水滸人物，描寫上缺乏神采。不過，它以九天玄女書記錄天罡院三十六員猛將的方式，把梁山泊群雄當作符應天機的群機，為《水滸》的成書預示了一條整體性的思路，也就是天道與人道相互契合的思路或神理。

術數之學是相信天人感通的古中國人參究天地玄機的一門方術學藝，一些神秘的數字往往成為他們把握人間的或超人間的宇宙整體性和運行法則的尺度。前儒釋《易》，有所謂象數學派；天文、曆法、占卜等推究時空和吉凶的學問，也滲透着術數的神秘感，即所謂「術數窮天地」。《水滸傳》也是借助於這種宇宙術數思維而形成其神異宏大的整體結構的。據《宋史．侯蒙傳》：「(宋)江以三十六人橫行齊、魏，官軍數萬無敢抗者。」從周密《癸辛雜識續集》記載的《宋江三十六贊》和《大宋宣和遺事》記載的三十六將姓名綽號互異來看，三十六人除宋江外，並非真實的歷史人物，他們的完整名單是說話人在代代傳說中增改變異逐漸完成的。而且從他們能夠如史籍所載「轉略十郡，官軍莫敢攖其鋒」來看，「三十六人」可能是宋江根據術數思維用以表示其符應天命的一種軍事組織體制，有點類乎漢末黃巾起義中「張角自稱『黃天』，其部有三十六方」，與江湖好漢群體排比座次、控制人心的策略存在着聯繫。

問題在於這種術數思維在古中國被視為智性思維，《水滸》把敘事片斷融合成完整的巨製之時，把它強化了。它把「三十六」擴展為「一百單八」，組成了三十六天罡、七十二地煞的完整系列，與天星神座相對應，從而潛伏下一種星宿散聚離合的帶神話意味的結構神理。本來該書第一回是一個「燈花婆婆」的引子，據考證，乃是寫燈花爆裂出一個老婆婆，纏住一家主婦，被高僧擒拿現形，卻是獮猴精作怪。這個引子自然也充滿寓言性和神秘感，但和一百回的綠林傳奇難免有小大不稱、鼠頭虎軀之嫌。一旦《水滸》引首和第一回改作敘寫北宋承五代亂離而掃清天下，並以宋太祖為霹靂大仙下凡，宋仁宗為赤腳大仙轉世，引導出洪太尉奉旨到龍虎山上清宮請張天師祈禳瘟疫，搬倒「遇洪而開」的石碣，誤走一百單八魔君之後，它不僅散發着治久生亂、禳災得難的天道無常感，而且以橫空出世的筆墨增加了結構框架的強度。以至金聖歎腰斬《水滸》之時，也不得不把誤走妖魔的石碣，以及阮氏三雄所居村名的石碣，自天而降、並書有天罡地煞名號的石碣，作為結構上大起大結的標誌，並認為：「三個『石碣』字，

是一部《水滸傳》大段落。」〔二〕

神秘的宇宙意識既給作品以一個玄想的超人間宇宙籠罩着實在的人間宇宙的多層次的結構，又給官逼民反、殺人越貨、揭竿斬木的充滿血肉氣味的藝術描寫，提供了一個超越王朝法度的天理參數。這個參數把民心民氣混合在天理之中（尤其是前半部），對一些越軌行為加以特殊的合理解釋，曲盡敘事法中似非而是之妙。於是搶劫財寶竟成義舉，放走罪犯不失情理，倒戈落草順應天數，血濺宅院和街衢充滿義勇，甚至連開人肉酒店也帶幾分陰鬱的幽默。聰明絕世的金聖歎對這種參數敘事法充滿憂慮和隔膜，反口嗤責：「由今日之《忠義水滸》言之，則直與宋江之賺入夥，吳用之說撞籌，無以異也。無惡不歸朝廷，無美不歸綠林，已為盜者讀之而自豪，未為盜讀之而為盜也。」〔三〕他不明白，當一個王朝陷入不可救藥的腐敗和危機中，正義更多地存在於民間。

洪太尉誤走妖魔（錄自明萬曆刊本《忠義水滸傳》）

參數敘事法這種似非而是的效果，當它把不同的價值系統扭在一起的時候，形成了作品中兩極共構，螺紋推進的複雜主題。前七十回造反與忠義共構，以反抗奸邪的方式替天行道；自七十一回到八十二回，征討與招安共構，奸邪主持征討，忠義接受招安，激烈的造反化作內部的反招安，奸邪的爪牙衍變為外部的阻撓和破壞招安；八十二回以後，替天行道的主題為順天護國所取代，奸邪陷害忠義，受招安後的造反攻殺着不計忠義的造反，最終造成了造反者星隕雲散不可收拾的結局。這種螺紋式推進的主題結構，它的每一個階段都不是單純的而是激盪不安，充溢着史詩或悲劇的力度的。

參數敘事法也塑造了一種史詩性和悲劇性兼備的人生形態，即「義士——罪人」，或流放的好漢。這是由於天

道這個參數為奸邪當道這種世道所堵塞，講求道義的好漢在見義勇為、鋌而走險之時，甚至在安分守己、真誠待人之時，都可以招致毀家殺身之禍。林沖屬於後者，妻子受高衙內覬覦，又被騙入太尉府比看寶刀，以「手執利刃，故入節堂，欲殺本官」的罪名刺配滄州道。武松屬於前者，探明兄長為姦夫淫婦踢傷毒殺之後，拿着兄長酥黑的骨殖和姦夫賄賂的銀兩首告，被貪贓枉法的知縣駁回之後，才大開殺戒，以人頭供祭，並上堂承擔罪名。由此可知，所謂「義士——罪人」的人生形態，乃是社會歷史荒謬感與參數敘事法相結合的產物。「義士」是民間社會的認定，「罪人」是官府體制的裁決，在一個失去正義性的社會中兩種社會價值體系的衝突荒謬地組合成某種獨特的角色身份，這種角色身份充分具有着衝突性和騷動感。因此，「義士——罪人」的發配和逃難歷險，成了《水滸》最有特色的敘事模式。當人們讀到魯達（智深）拳打鎮關西而遠出避難，在五台山出家耍酒，在桃花村裝新娘戲草寇，直至在野豬林搭救林沖威懾差人的時候，都覺得作品在以詼諧寫意的筆墨，點染出一個無罪的罪人和超俗的出家人。當人們讀到武松殺嫂祭兄而受發配，其後在人肉酒店戲弄並結交母夜叉夫婦，在快活林受施恩之託醉打強梁，血濺鴛鴦樓之後逃至孔家莊地面醉打孔亮而重遇宋江的時候，直感到人物在發配逃難的刀光劍影中迸射出大義神勇的光輝，在牢房野店中結識綠林裏俠肝義膽的朋友。這就是《水滸》發配（或逃難）描寫模式的審美效應，它既揭示了「義士——罪人」的人生形態難以逃避的命運，又昇華着山野江湖間充滿野性強力的精魂，這裏確實是草莽英雄追求另一種價值標準和行為方式的世界。一旦發揮了發配（或逃難）效應，人們慣常稱為列傳體的敘事方式，便成為流動的列傳體，而未免虛玄的天人感應的宇宙意識和結構形態，就獲得了一個血氣蒸騰的、富有生命力度的附着物了。

二、心理、社會、玄想三層面的結構張力

《水滸》是中國古代不安分的小說中最不安分者。它的英雄既是妖魔，又屬忠義，既要造反，又受招安，既所向

無敵，又步步走向毀滅。因此它的結構和描寫也是那麼不安分，處處充滿張力。因此，它有必要創造一種既嚴整又奔放的結構，去容納和安置這些張力，包括外之既有超人間宇宙籠罩人間宇宙的參數和張力，內之又有主要人物心理矛盾以及它對環境行為發生輻射的內宇宙和外宇宙之間的張力。宋江雖然不算《水滸》描寫中最有光彩的性格，卻是最見心理張力和心理深度的人物。他上梁山泊之前內心糾結着孝與義的衝突，上山之後由於父親已得安置，內心衝突又衍化為忠與義。他在《水滸》最初出場，便被作了一番介紹：「於家大孝，為人仗義疏財，人皆稱他做孝義黑三郎。」孝義衝突首先在處理晁蓋劫生辰綱一案上表現出來了。「有仁有義宋公明，交結豪強秉志誠。」這位鄆城縣押司把州府捕緝生辰綱案犯的機密，刻不容緩地洩露給心腹弟兄晁蓋，是義大於忠的；當梁山泊的謝函贈金落在閻婆惜手中，而可能危及他的身家性命之時，這位並不莽撞的人物卻莽撞地結果了閻婆惜，這裏就不僅是一個「義」字了，而是顧及老父安全的孝壓倒了極其淡薄的兩性之情。義大於忠，使他不顧王法而疏財仗義，廣交江湖好漢，結果坐上了梁山泊第一把交椅。孝壓倒兩性之情，又使他成了罪人之後，也不願貿然上山落草，而歷盡了避難和發配之苦，並於吃苦中收穫了更多的江湖友情。作品就在宋江的孝、義兩難選擇之中，生發着發配（或避難）效應，溝通了各地好漢，展開了非常廣闊的江湖社會環境，對全書的結構作了異常豐富的充實和拓展。

應該説，這也是《水滸傳》的文人再創作者的一個重要貢獻。據元人雜劇《黑旋風雙獻功》、《燕青博魚》、《魯智深喜賞黃花峪》等劇本中宋江的身世告白，他是在殺了閻婆惜而迭配江州途中被梁山泊好漢截留上山落草的。比如《燕青博魚》道：「某，姓宋名江字公明，綽號順天呼保義。曾為鄆州鄆城縣把筆司吏，因帶酒殺了閻婆惜，一腳踢翻蠟燭台，延燒了官房，官軍捉拿某到官，脊杖了六十，迭配江州牢城營。因打梁山經過，遇着晁蓋哥哥，打開枷鎖，救某上山，就讓某第二把交椅坐了。不幸哥哥晁蓋三打祝家莊，中箭身亡，眾弟兄就推某為首，聚三十六大夥，七十二小夥。」[四] 幾種雜劇雷同於類似的情節，説明這是元雜劇時代對宋江身世行蹤的共認。

宋江上山一舉，實在大費《水滸》成書者的苦心了。殺惜之後他的身份已是「義士——罪人」，在孝與義的兩難選擇中出現了三度可上山而三度未上山的波折，改寫了元雜劇中他一次性上山的經歷。他殺惜之後本來可以投奔梁山泊的，但他在宋太公宅的地窨子裏考慮的是「三個安身之處：一是滄州橫海郡小旋風柴進莊上，二乃是青州清風寨小李廣花榮處，三者是白虎山孔太公莊上」。他在柴進莊院結交武松，由白虎山轉至清風寨，經歷一番波折後收羅花榮、秦明等九將上梁山泊；自身卻因偽稱父喪的家書折回。發配江州途中不願上山，於是沿途歷險，結識揭陽嶺、潯陽江李俊、穆弘諸雄，到江州又結交戴宗、李逵、張順，釀成劫法場和打無為軍等重大的軍事行動，白龍廟聚義後又率領十五個新的好漢上梁山。換言之，宋江從私放晁蓋到最終上山佔了《水滸》第十八回到第四十二回的二十五回書，先後率領包括他自身的二十五將上山，這兩個「二十五」都佔《水滸》回目和一百單八將的四分之一左右。而且從列傳體的角度考察，它以一部宋江傳貫串和包容了全書最有特色的武松傳，以及花榮傳、李逵傳，還由於牽涉到柴進、武松、孔明、孔亮，便為其後的攻打高唐州和三山聚義打青州埋下了伏筆。可以說，宋江心理結構的孝、義兩難的矛盾性，外射而牽動了廣闊的社會生活和軍事行動，成了《水滸》前半部結構的中軸。

結構中軸延伸到宋江上山，尤其是晁蓋陣亡之後，宋江的內心結構發生變異，表現為忠與義的糾結和衝突。變異有一個過程，這就產生了虛構一個與宋江形成對比的晁蓋的必要性。宋江上山之前，梁山泊需要一個眾望所歸的寨主，不容妒賢忌能的白衣秀士王倫式寨主長期尸位誤事，只有這樣，梁山泊才能成為全書敘事的焦點。宋江上山之後，他屢次率師出征，也需要一位壓得住陣的人物坐鎮水泊，因而《水滸》把前述元雜劇記載晁蓋「三打祝家莊身亡」，往後推延十回光景，讓他在曾頭市中箭歸天。在第六十回，宋江在晁蓋靈前被推為寨主，改「聚義廳」為「忠義堂」之後，宋江內心的忠與義的纏繞衝突便表面化了，到了七十一回便愈演愈烈。

在梁山泊特殊環境中，忠與義存在着執意調和而往往調而不和的兩重性，因為這裏的忠是夾雜着反骨的有缺陷的忠，義是並非禮儀化反而高度綠林化的義。宋江以忠義作為「替天行道」的複合性內涵，既存在政治上妥協性的一面，也存在人事上兼容性的一面。他缺乏李逵那種視皇帝將軍為小可，「殺去東京，奪了鳥位」的桀驁不馴的叛逆精神，卻具有某種不應忽視的特殊的「帥才」。面對來自社會各階層的眾兄弟，他不能不玩弄調和忠義的權術加以統馭，一方面以「義」字牽合江湖好漢的野性，一方面以「忠」字補償朝廷降將的心理傾斜。這種忠義雙構的心理形態，成了宋江招降納叛，聯結群雄的精神紐帶，又提供了兩贏童貫，三敗高俅，然後才受招安，進而征遼、討方臘的情節內驅力。

《水滸》不僅設置了宋江心理結構中孝與義或忠與義共構的內在敘事張力，而且設置了宋江與當道奸邪（先是高俅，後又有蔡京、童貫、楊戩）之間的外在敘事張力。這種社會張力和心理張力的對立互動，形成了一個異常廣闊而有深度的敘事世界。《水滸》第一回（金聖歎改為「楔子」）和第二回的存在形態是不甚相同的，第一回「誤走妖魔」以玄幻妖異的形態籠罩全書，第二回卻出現巨大的反差，以高俅報私仇逼走禁軍教頭王進，展開了現實存在形式的描寫。高俅這個以遊樂伎藝邀寵於宋徽宗的幫閒，已經成了官逼民反這種社會荒謬性中「官」的象徵。高俅逼使義士成罪人的方式都是以權謀私，憑藉殿帥府太尉的淫威來報復自己和親屬的仇隙。他逼走王進，是由於自己混跡於東京幫閒之伍時，曾被王進父親一棒打翻。他逼反林沖，是由於自己的螟蛉之子高衙內想霸佔林沖的妻子。至於囚禁柴進，導致梁山泊義師攻陷高唐州，則是由於他的叔伯兄弟高廉的妻舅殷天錫想強佔柴進叔父的花園。

現實形態的敘事不是緊接「誤走妖魔」後從天罡地煞開始，而是從降世後的天罡地煞的對立面高俅開始，其間存在着利用社會張力而進行敘事操作的開闊而深邃的神理。梁山泊聚義過程的正式開始，當在《水滸》第十六和十八回「吳用智取生辰綱」以及「宋公明私放晁天王」。但是由於作為社會張力之另一極的高俅的率先起動，《水滸》敘事便出現了大開端前若干小開端、大聚義前若干小聚義的奇觀。王進的出走，牽涉到他新收的徒弟史進與九華山朱武等人結義；史進尋師，又帶出魯達（智深）拳打鎮關西，在其後避難流徙途中引出了桃花山草寇；魯智深搭救林沖，為後來林沖得柴進的引薦而落草梁山、火併王倫作了伏線；而魯智深本人則與楊志、武松，做了二龍山寨主。如此等等，在智取生辰

通俗水滸傳豪傑一百零八人之一人，花和尚魯智深初名魯達（日本歌川國芳作於文政末期，公元一八二六—一八二九年）

綱之前已經有了若干開端前的開端，交替引出了史進傳、魯智深傳、林沖傳、楊志傳，引出了九華山、桃花山、梁山泊以及後來的二龍山，形成了不斷展開、又不斷摺疊的廣闊的扇面，從而為眾川歸海的敘事流向提供了從容的伏線，充沛的勢能，正如高手下棋，在似不經心投下數着，卻為全書的一盤棋佈下了相互呼應的一些棋眼。

在政治社會上互為敵手的宋江與高俅，在敘事結構上卻是遙相呼應、配合默契的合作者。被高俅諸奸以漂亮的「鴛鴦拐」踢球腳法踢出來的一個個怒氣沖天的「球」，都被宋江以仗義疏財的招式如數沒收了。宋江在私放晁蓋中沒收了一批，在大鬧清風寨和大鬧江州城之後又沒收了兩大批，其後三打祝家莊、三山聚義打青州一類攻城劫寨以及抵禦官兵，還各有一番收穫。可以說，《水滸》第七十一回「忠義堂石碣受天文，梁山泊英雄排座次」，是把天機人事聚於一籛的宋江慶賀收足「球」數的盛典。其後又經過兩贏童貫、三敗高俅，終於把那位發球手也連捉帶請到了忠義堂，展示了宋江待價而沽的收「球」實力。在後二十回中，宋江以忠義的名義，把全部「球」奉給王朝，在奸邪掣肘下，征遼有功無賞，而在征方臘中把十分之八的「球」撒落在一個無底深洞中了。由此可知，《水滸》敘事具有三重結構層面或神理：最外一層是以天人感應模式建構起來的超人間的玄想層面，中間一層是以高俅為代表的奸邪之輩和以宋江為代表的「義士——罪人」兩極對立的社會層面，最內一層是宋江內心的孝義或忠義兩相共構的心理層面。三個層面的相互呼應、制約和運作，形成了《水滸》形散神圓的敘事結構和神理。

三、摺扇式列傳單元和群體性戰役板塊

以三個層面的結構來涵蓋作品，自然是一種創造，但對於一個有精緻的審美趣味的文人作家來說，還不是最終的創造。他必須把諸層面的結構意蘊，渾然不落痕跡地滲透到具象性的敘事神理之中。當《水滸》以三個層面的結構涵蓋先是摺扇式的列傳單元、後是群體性的戰役板塊之時，它前後的藝術並非那麼平衡。前七十回的人物性格描

寫，顯得從容不迫、虎虎有生氣；後三十回則人物過於繁密，群體戰役描寫壓迫得人物性格難以展開，令人有點濃得化不開之感。也就是說，前七十回血脈暢通以見神理，後三十回血脈梗塞而生悖晦。這裏存在着一部作品如何疏通文章理路、安排敘事序列和操縱審美節奏的問題。金聖歎《讀第五才子書法》評述《水滸》作者的「錦繡心腸」，除了揭示其描寫性格的絕技之外，它所列舉的《水滸》文法，諸如倒插法、夾敘法、草蛇灰線法、背面鋪粉法之類，多是講述如何操縱敘事程序的。正是通過這類苦心經營，疏通了全書的血脈經絡，給極有創意的敘事結構框架，充實以耐人尋味的完整的生命的。

《水滸》敘事，善於把握節律強弱、詳略、疏密的調劑配置，於剛柔相間、情調變換中，顯得筆墨搖曳多姿。至為馳名的武松傳單元即「武十回」，便輪換地使用正筆、逆筆一類大筆墨，從或剛或柔的諸多側面摔打搓捏着人物性格，使之在轉折跌宕中閃射出新異的光彩。「武十回」是如何寫武松呢？它除了寫景陽岡打虎之外，實際上寫了武松與五個女人的關係，並在筆墨的一擒一縱、一張一弛中調整敘事神理。景陽岡打虎是剛毅神勇之筆，陽谷縣遇兄即變為柔婉的敘情，其間又出現嫂誘其叔的柔情變軌。殺嫂祭兄是義烈慘厲之筆，隨之則是人肉酒店中戲弄孫二娘的陰森夾着詼諧，張青的調解又使這幕喜劇消解在綠林義氣之中。安平寨拋擲石墩，是別樣威風，卻又在快活林酒店挑逗老闆娘顯出幾分促狹，瞬即在打倒蔣門神的那番「玉環步，鴛鴦腳」中抖擻英雄本色。血濺鴛鴦樓之前，有玉蘭姑娘唱中秋明月的曲兒作其反襯；醉打孔亮之前，有救出被劫掠到蜈蚣嶺的張太公女作其鋪墊。仁義則極仁義，殘酷則極殘酷，真誠則極真誠，神勇則極神勇，篇中把一個不親女色、慣於打殺山間猛虎和人間兇神的「義士——罪人」，和五個或貞或淫、或美或醜的女性相糾結，從而突現出一個硬錚錚的英雄好漢的圓形性格。它不是一路扯着高八度的喉嚨一腔到底，而是善於換腔養氣，顯示出大手筆特有的於力透紙背處見從容裕如。不妨再深思一層：大概施耐庵們是把女色當成「心中之虎」來寫的。武松只有既制伏「山中之虎」，又制伏「心中之虎」，他才成為民間社會廣泛尊崇的一條好漢。這麼一深思，又觸及中國文化強調倫理完善和心性修養的秘密了。

談論文法，向來有「文不厭曲」之說。直線是凝結的形態，曲線是生命的形態。中國繪畫的生命寓於線條的彈性之中，中國敘事生命也是寓於波瀾皺摺之間的。寫李逵既要寫他面對七八十漁人亂竹篙打來，兩手一架，把五六條竹篙「一似扭蔥般都扭斷了」的蠻力；也要寫他被張順賺上船落水，任人在水中提起捺下，浸得眼白的弱點。既要寫他劫法場時掄着板斧向人多處排頭砍將去，又要寫他搠翻剪徑的李鬼後，輕信他訴述家有九十歲老母而軟下心腸。既要寫他坐籮筐下枯井救柴進時，擔心上面割斷繩索的稚拙的慧黠，又要寫他誤認宋江搶劫民女，憤而砍倒「替天行道」的杏黃旗的堂堂正正的魯莽。只有這種多面用墨，曲折多姿的文筆，方能寫出一個樸誠得透明、莽撞得可愛而又富有喜劇意味的好漢子來。金聖歎《讀第五才子書法》說：「《水滸傳》只是寫人粗鹵處，便有許多寫法。如魯達粗魯是性急，史進粗魯是少年任氣，李逵粗魯是蠻，武松粗魯是豪傑不受羈勒，阮小七粗魯是悲憤無說處，焦挺粗魯是氣質不好。」沒有《水滸》曲折多姿的筆墨，是很難寫出極易類同的同是粗魯性格的妙微差異的。所謂妙筆生花，其花乃是生於曲折之處。

在操縱敘事節律以曲盡其妙之中，《水滸》對各個結構單元和板塊間的銜接甚為留心，它所採用的多姿多彩的以小引大、疑斷還續的手法，使這些過渡環節別具魅力。比如，因時遷盜吃酒店的一隻報曉雞，導致三打祝家莊的戰火；因段景住在北邊盜得的照夜玉獅子馬被曾家五虎奪去，導致曾頭市被夷為廢墟。以一雞一馬作為兩大情節的過渡環節，「風起於青蘋之末」，轉折得十分自然，由它們牽引出打祝家莊和曾頭市的巨大戰役，實在頗有一些舉重若輕的運筆風度了。

以一髮而懸千鈞的續斷筆力，是《水滸》第六十二回燕青打鵲求卦而與石秀、楊雄遇合這個細節。金聖歎對此激賞備至，特把這個細節所體現的匠心，寫入《讀第五才子書法》：「有鸞膠續弦法。如燕青往梁山泊報信，路遇楊雄、石秀，彼此須互不相識，且由梁山泊到大名府，彼此既同取小徑，又豈有止一徑之理。看他便順手借如意子打鵲求卦，先鬥出巧來，然後用一拳打倒石秀，逗出姓名來等是也。都是刻苦算得出來。」從盧俊義被吳用扮作算卦先生賺上梁山，到宋江率師攻打大名府搭救盧俊義，《水滸》從第六十一到六十三回的這三回書，確實有點像以梁山泊和大名府為兩個端點的充滿着張力的強弓。但是盧俊義回大名府後被誣陷流放，為燕青救出，又被追回判斬；梁山泊派楊雄石秀取小徑赴大名府打探消息，這兩條線索恰似從弓的兩端引出的難以接續的弦。作品匠心獨具地寫燕青失落盧俊義後，單身出走，於樹林中射鵲充飢，並祈禱「若是救得主人性命，箭到處靈雀墜落」。不料追尋墜落的鵲兒時，發現兩個行色匆匆的大漢（楊雄、石秀），想劫走他們的包裹作為上梁山泊求援的盤纏。結果「不打不相識」，三個好漢在打鬥中講出姓名，便把從大名府和梁山泊拉出的這兩根弦接續上了。金聖歎由此想到《十洲記》記述鳳凰洲有仙家煮鳳喙麟角為續弦膠，漢武帝射虎斷弦，以膠續之，牢固異常的故事，稱小說情節過渡中這種牽合無跡的手法為「鸞膠續弦法」。這種過渡方式確實玲瓏剔透，散發着靈氣，又有一點內在的韌勁兒。

一個完整的藝術生命體，不僅需要敘事單元與單元之間、板塊與板塊之間剛柔相濟，筋脈貫通，而且需要每個單元、板塊內部的因果關係和時空配置，有生機蓬勃而又綿密周到的安排和照應。整體是分體的組合，必須分體也有生命機能才能組合成更高程度的生命整體。作為全書的一個分體，三打祝家莊是寫得最有敘事神理的一個戰役。宋江對手的形勢誠若李家莊的管家杜興所說：「此間獨龍岡前面有三座山岡，列着三個村坊：中間是祝家莊，西邊是扈家莊，東邊是李家莊。……這三村結下生死誓願，同心共意，但有吉凶，遞相救應。」杜興受過楊雄的恩惠，引楊雄、石秀結交李應，馳書搭救時遷不果之後，李應又在交戰時中箭，於是祝、李生死盟約破裂。在三打祝家莊中，扈三娘被林沖擒獲而充了人質，使扈家莊不再救應祝家莊。即是說，在空間調度中作品先按捺住三莊聯盟的兩頭，除去祝家莊的羽翼，在錯落有致的敘寫中逐漸把敘事焦點集中在梁山泊與祝家莊的決戰。

空間上的巧妙聚焦，使敘事者能夠從容地騰出手來對時間進行穿插摺疊。宋江雖然削去祝家莊的兩翼，但在與祝家莊的兩次交戰中連失了楊林、鄧飛諸將。吳用帶着新入夥的登州提轄孫立來助戰，由於孫立是祝家莊武術教師欒廷玉的同門師兄弟，又與楊林、鄧飛「至愛相識」，他到祝家莊詐降，就成了東方式的不須木馬的「木馬計」了。然而孫立的入夥，有一個與宋江初打祝家莊同時的、發生在登州的「大劫牢」的故事，這就需要中斷三打祝家莊的時序，回敘另一個共時性的異故事的情節，即說話人之所謂「花開兩朵，各表一枝」。《水滸》第四十九回是具有自覺的時間摺疊回敘意識的。吳用對宋江說，孫立「特獻這條計策來入夥，以為進身之報，隨後便至。五日之內可行此計」。這便留下五日的時間空檔，截斷原來的時間順序。隨之敘事者出面交代：「看官牢記這段話頭，原來和宋公明初打祝家莊時，一同事發，卻難這邊說一句，那邊說一回。因此權記下這兩打祝家莊的話頭，卻先說那一回來投入夥的人乘機會的話，下來接着關目。」這番回敘，寫解珍、解寶打虎被混賴誣陷入獄，顧大嫂聯結孫新、孫立以及登雲山強人劫牢，既交代了孫立落草獻計，從而幫同打破祝家莊的原因；又把三打祝家莊的前兩打和後一打，攔腰截斷，在時空配置的縱橫捭闔之間有效地調解了讀者久看走馬燈式攻戰而生厭的審美心理。時空操作上的大刀闊斧，使人馬調動頻繁的戰役攻守變得錯落有致、神氣爽暢。「三打祝家莊」戰役，前連石秀重朋友義氣而殺嫂，後接雷橫餘侍母至孝而枷打白秀英，如此疏密有致的處理就不至於使它成為這兩個線索較單純的人物傳單元中間的一團枯墨，而變作富有生命韻律的敘事曲線了。

四、似真傳神主義的敘事謀略

由於敘事講究神理，講究曲線的生命韻律和流暢之美，《水滸》的敘事特徵在於「似真傳神」。論者喜歡機械地套用西方的寫實、浪漫一類術語來描述中國古人的敘事方式，這難免有些隔膜的地方。其實中國古人往往是以心運筆寫事的，不可能要求他們遵循西方的模仿説、再現説一類學理。《水滸》以一個「傳」字附在書名上，也許更多想到中國傳記文學「究天人之際，通古今之變」[五]的傳統。它力圖貫通和超越「天人」空間、「古今」時間，以有限去思考和隱喻無限，省悟天理人心之精蘊，昇華出藝術韻味來。對於這種審美理想，與其冠以現實、浪漫之類的名號，毋寧稱為似真傳神主義。

儘管署名施耐庵、羅貫中的文人作家沒有留下甚麼創作經驗談，[六]對於這種似真傳神的追求，還是可以從《水滸》本文以及對它進行深入體悟的金聖歎等評點家的文字中找到不少佐證。把現實、浪漫當作主義的作家，往往不吝筆墨地描寫逼真的、或雄奇的自然景觀。《水滸》於此卻惜墨如金，也許它認為這無助於敘事神理和流動線條的暢通無礙。比如第五十五回寫梁山泊與呼延灼率領的官軍對陣，寫了一句有關天氣風光的話：「此時雖是冬天，卻喜和暖。」明萬曆袁無涯刻本「李卓吾夾評」是：「沒緊要中點出時節。」金聖歎的夾評稱：「偏是忙時，偏有本事作此閒筆。」雖然評點家稱讚作者運筆從容裕如，但既稱閒筆，是不宜濫用的。又比如第十五回，吳用到石碣村遊説阮氏三雄入夥劫生辰綱，中間寫景：「（吳學究）到得門前看時，只見枯樁上纜着數隻小漁船，疏籬外曬着一張破魚網，倚山傍水，約有十數間草房。」寥寥幾筆，就博得了明萬曆袁無涯刻本的「李卓吾眉評」：「好畫。」金聖歎夾評：「寫來入畫。」這裏所謂畫，只能算作文人寫意畫，並非工筆重繪，而是富有跳躍感地捕捉幾個有特徵的景物，傳達出帶點野趣的詩的韻味。不僅寫景，而且寫人物肖像，也是重特徵、重神韻，而不施濃墨重彩的。比如金聖歎刪去第六十九回描寫董平肖像的也稱不上工細的詩行，獨留行文中這麼一句：「又見他箭壺中插一面小旗，上寫一聯道：『英雄雙槍將，風流萬戶侯。』」並作了這樣的評點：「大處寫不盡，卻向細處描點出來，所謂頰上三毫，只是意思所在也。」頰上三毫是取自《世説新語·巧藝》篇的典故，説晉代大畫家顧愷之為裴楷畫像，為了表現他「雋朗有識具」，就在臉頰上加上三根毛，頓覺「神明殊勝」。金聖歎這則評點，把《水滸》的敘事特徵，與顧愷之講究點睛傳神、遷想妙得的畫藝理想聯繫起來了。

傳神寫照的審美追求，也體現在動作描寫上。作者以心運筆，把主體情感移入或滲透到描寫對象身上，令人感到作者與書中人物一道經歷喜怒哀樂，甚至連鳥獸蟲魚的行為也帶目的性和靈氣。在這一點上最為淋漓盡致的，是景陽岡武松打虎。「那一陣風過了，只聽得亂樹背後撲地一聲響，跳出一隻吊睛白額大蟲來。武松見了，叫聲『啊呀！』」整節描寫多用「武松見了」、「聽得」、「定睛看」、「眼見……尋思」一類詞語，顯然作者與武松一道在感受着那個「説時遲，那時快」的驚險世界。更有甚者，作者寫着寫着，似乎有時鑽進老虎的腦子裏去了。「那大蟲又飢又渴，把兩隻爪在地下略按一按，和身望上一撲，從半空裏攛將下來。……大蟲見掀他不着，吼一聲，卻似半天裏起個霹靂」。大蟲也有帶感覺的「見」，按地之時也是「略按」，連「又飢又渴」也是主觀感受，不須在前面加上「大概」、「也許」一類推測之詞。顯然，作者是把大蟲的感受和自身的感受重疊融合在一起了。就連作者從人虎相搏中抽身出來評議：「原來那大蟲拿人，只是一撲，一掀，一剪；三般提不着時，氣性先自沒了一半。」這種「氣性」也是無法測量的，只好由作者設身處地地體驗。難怪金聖歎不能不為這種以心運筆、移情於物的寫法置歎了：「傳聞趙松雪好畫馬，晚更入妙。每欲構思，便於密室解衣踞地，先學為馬，然後命筆。一日管夫人來，見趙宛然馬也。今耐庵為此文，想亦復解衣踞地，作一撲、一掀、一剪勢耶？東坡畫雁詩云：野雁見人時，未起意先改。君從何處看，得此無人態？我真不知耐庵何處有此一副虎食人方法在胸中也。」評點貫通了畫、詩和敘事文的創作心理方式，實在是中國敘事追求似真傳神的極好例證。

作者文心和情感的投入，必然使描寫對象的主要特徵受到選擇、渲染、集中、甚至誇張，形成一種主客觀相結合的有生命的意象。這種意象既然融合了主體意趣，也就不全然是客體的原樣複製，而出現程度不同的變形。魯達拳打鎮關西，按住鄭屠的左手，踢中他的小腹，踏住胸脯，提起醋鉢兒大小拳頭便打。拳頭腳尖在間不容髮的時序中，形成了令人眼光繚亂的動作流。第一拳下去，「正打在鼻子上，打得鮮血迸流，鼻子歪在半邊，卻便似開了油醬鋪：鹹的、酸的、辣的，一發都滾出來。」鼻血「滾出來」，從方向上判斷，似乎是從魯達的角度落筆。迸流的鼻血有鹹、酸、辣多種味道，又只能是鄭屠的鼻腔、口腔裏才能有的感覺。敘事者擾亂了落筆的角度，又把鼻血迸流喻為「開油醬鋪」，這就誇張了形跡而閃爍着神采了。第二拳下去，也用同樣手法：「又只一拳，太陽上正着，卻似做了一個全堂水陸的道場：磬兒、鈸兒、鐃兒，一齊響。」這種誇大了的喧囂，也只能解釋為鄭屠暴亡前的感覺。而且描寫兩次拳擊，用了不少連喻和襯字，顯然受了元曲語式的影響。它在把鋪陳戲曲化的同時，作者代替書上人物寫下感覺，從而使一個打鬥場面出現了「微變形」。

「微變形」乃是似真傳神的一種重要的描寫方式，《水滸》是精於此道的。變形而變得有分寸感，此之謂「微」。變形總不能都像唐代玄怪傳奇《薛偉》（即《魚

景陽岡武松打虎（錄自明萬曆刊本《忠義水滸傳》）

服記》）、或西方卡夫卡《變形記》那樣的大變形，《水滸傳》作為英雄傳奇不乏大誇張，但在處理變形上又往往能夠把握限度以見微妙，這就有一個變形中的擴張和限制的問題。沒有限制，是不能把握微變形的。李逵的率真莽撞是超凡出眾，但是經過微變形處理，他幾乎成了義膽包天、難以羈勒又憨厚可愛的好漢本能的象徵。《水滸》為了約束這種微變形，往往把李逵和宋江合傳，鐵牛要橫，只須宋江一喝即止，因此宋、李合傳形成了好漢本能和江湖規矩之間的衝撞和約束。金聖歎似乎也感覺到這一點，稱之為「背面鋪粉法」，出於社會偏見而解釋道：「要襯宋江奸詐，不覺寫李逵真率。」（《讀第五才子書法》）李逵由於性格帶有微變形處理和高度獨特性，即使與人合傳、甚至在千軍萬馬之中，一旦出場，也為眾目所注，甚至喧賓奪主。他喜歡作為別人的伴當外出，這容易超出宋江的約束之外，於是《水滸》就讓每個帶他外出的人，事先與他約法三章。戴宗帶他去薊州尋找公孫勝，事先和他達成一路吃素之約定，發現他偷偷吃酒肉，就做起神行法使他收不住腳，使他急得百般求饒。吳用扮作算命先生，帶他到大名府智賺盧俊義，也事先約定他扮作不喝酒的啞道童。雖然李逵擔心「閉着這個嘴不說話，卻是憋殺我」，也只好答應：「我只口裏銜着一文銅錢便了！」燕青到泰安州與任原相撲，他偷下山追來，燕青也硬要他裝病蒙頭呆在客店。結果在燕青打倒任原之時，他還是拽倒山棚，把杉杆子撅蔥般拔斷，拿兩條杉木打將起來了。正如沒有「緊箍咒」，就不可能有孫悟空那麼多護主西行、降伏妖怪的神跡一樣，沒有宋江和其他好漢對李逵的約束，他的性格也不可能在磕磕碰碰中生發出如此多的幽默感。只有把性格擴張和限制二者結合起來，才能使微變形藝術產生深湛精緻、耐人咀嚼的韻味來。

自從佛教的傳入和道教的興起，中國小說就逐漸出現了夢中真、真中夢的幻境描寫。《水滸》作者的文心投入，不僅投入感情，而且投入對人生的充滿玄味的想像。諸如公孫勝高唐州鬥法、芒碭山降魔，是當時的從俗之筆。宋江遇九天玄女也無非是製造一種宋江舉義上符天命的迷信。但它寫宋江隨青衣女童出神樹，行至茂林修竹、香風拂拂之處，尋思早不如躲在此地，免受許多驚恐；被女童推跌醒來，知是南柯一夢之後，又發現那些追捕他的官軍，狼狽逃竄，連叫「神聖救命」，背後有李逵裸露着鬼怪般肌肉，捲殺過來。宋江想道：「莫非是夢麼？」這裏又把意想不到的真誤認為夢了。進而言之，真中夢、夢中真的描寫，必須選取特定的情境來展示的，這裏是把玄幻描寫

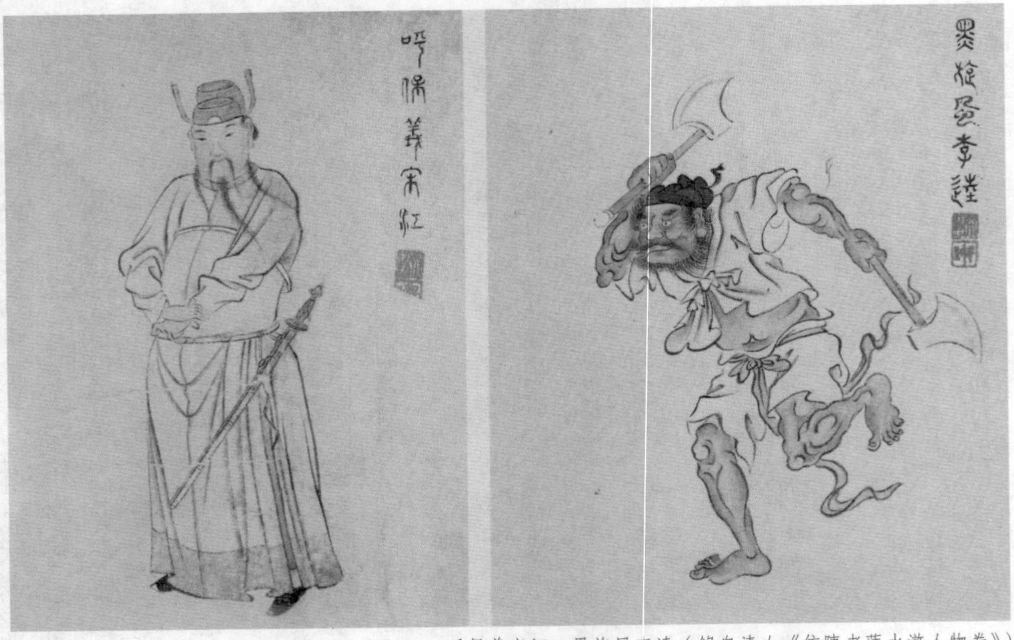

呼保義宋江、黑旋風李逵（錄自清人《仿陳老蓮水滸人物卷》）

和人物驚魂不定的心理狀態交織在一起了。

以玄怪寫夢真也許不甚作難，要在現實情景的描寫中變化出真假錯綜的奇觀妙境來，就須匠心獨具了。我們彷彿感覺到作者以一種津津有味、又有點調皮的眼光看人生。李逵回沂水縣搬取母親，在縣城門看懸賞捕緝他的榜文，被朱貴叫聲「張大哥」，把他引走了。這裏李逵變姓藏名，真李逵成了假張大哥。在荒山野林趕道時，卻有黑墨搽臉、手執兩把板斧的李鬼，口稱「老爺叫做黑旋風」在剪徑，被李逵大喝一聲「我正是江湖上的好漢黑旋風李逵便是」，於是假李逵與真李逵碰頭，並向他撒謊求饒了。李逵母親被老虎吃掉，他力殺四虎，被獵戶擁去領賞時，他自稱「姓張，無名，只喚做張大膽」。懸賞捕緝的罪人，變成殺虎領賞的功臣，於是真李逵也只好冒充假張大膽了。豈料李鬼老婆在圍觀人群中認出他是殺夫仇人，他又被灌醉捆綁，還原為梁山泊黑旋風李逵了。名字只不過是辨認人的符號，李逵既可冒充無實有的張大膽，李鬼便不妨冒充實有之的黑旋風。在這番「假作真來真亦假」的撲朔迷離的描寫中，作品把一個接母喪母、殺虎陷身的嚴重事件寫得輕鬆自如，妙趣橫生了。

在夢與真、真與假的錯綜着墨中，《水滸》遵循古代所謂「鏡中看鏡」的思維方式，以第一層的虛構談論第二層的虛構，又用第二層的虛構反諷第一層的虛構，產生了雙鏡折光的有意味的關係。這就是第五十一回雷橫到勾欄聽白秀英說唱《豫章城雙漸趕蘇卿》話本。金聖歎對這種敘事方式也有慧眼獨到之論，回評中說：「景之奇幻者，鏡中看鏡；情之奇幻者，夢中圓夢；文之奇幻者，評話中說評話。如豫章城雙漸趕蘇卿，真對妙景，焚妙香，運妙心，伸妙腕，蘸妙墨，落妙紙，成此妙裁也。」篇中把雷橫受慫恿上勾欄，勾欄的金字帳額和座位名目，老兒執扇開科，鑼鼓靜場，演員唸唱，聽眾喝彩，以及拿盤子收錢這一系列場面和儀式都作了勾勒。假若這是水滸說話人底本中即有，那就是以一個說話人去評點另一個說話人，故事場面和說話人實有的場面互為映襯，倒是非常有趣的。同時，說唱話本中廬州娼妓蘇小卿被鴇母逼迫另適，不忘書生雙漸的情好，在雙漸成名後復歸團圓的故事，確如白秀英所說，「是一段風流蘊藉的格範」。而在說書場上的白秀英遇到的卻不是這種風流才子，而是只知孝母、不重女色的一介武夫雷都頭，只因她當眾凌辱雷母，而被雷都頭一枷梢打死。因此那個風流蘊藉的故事，竟成了雷、白冤仇相報的反諷。《水滸》這類雙鏡折光的片斷，還有第九十回李逵和燕青到東京桑家瓦子聽評話《三國志》「關雲長刮骨療毒」。《三國志．蜀書．關羽傳》已記載傳主刮骨去毒，「割炙引酒，言笑自若」。《元刊全相三國志平話》又寫明醫者為華佗，他還建議把臂膊固定在柱環上，為關羽一笑婉拒。直到《三國志演義》才齊備了關羽刮骨療毒中華佗、標柱大環、以及「公飲酒食肉，談笑弈棋」諸細節。《水滸》這個片斷細節幾同《三國志演義》，只是「與客弈棋」，只籠統地提到一個「客」字，沒有特指馬良。因此這個片斷，可以看作《水滸》《三國》先後成書的元明時代瓦肆說書情景的藝術轉錄，只不過移為宋宣和年間的小說人物身上去，並借李逵的喝彩，對小說中的小說進行評議了。以鏡中鏡的敘事方式，來牽涉人物的命運和映襯人物的性格，是可以產生頗為獨特的似真傳神的效應的。

五、以局部限知實現整體全知的流動視角

敘事視角是作者引導讀者以特殊方式進入小說世界的通道。也許作者並不現身說法，但他總要通過視角來顯示

自己或隱蔽自己，來安排一個「請你看」的審美世界。讀者又不能不按照視角來調整自己的閱讀思路，以開展同書中人物同情的或反諷的、痛苦的或歡悅的心靈對話。一部篇幅如此宏大的《水滸》，有如此複雜多層的結構，如此精到的神理和似真傳神的審美趣味，它的敘事視角就不可能是單一的、凝止的，而必然追求豐富的視角維度和流動的視角調節。

論者援引西方理論術語，把中國古典小說（自然包括《水滸》）的視角籠統地解釋為全知全能。本人不想截然反對這種概括，只是想提醒一句，這種籠統的套用無助於對中國敘事傳統的精深的體驗和闡釋。平心而論，哪位作家、包括現代主義作家對他筆下的人物和事件不是全知全能的？如果連人物的夢境和紊亂的潛意識都能形諸筆墨，不承認全知全能，是很難自圓其說的。關鍵在於作家運筆之際，如何把全知全能加以分解：單一的或多維的，凝止的或流動的，內向的或外向的，深度的或淺層的。就其敘事角度的多維、流動和哲理深度而言，甚至可以在某種意義上說，《水滸》是超全知全能的。它的引首和第一回，以名儒、方士的詩篇和談笑，評述和預示王朝興廢；又以天仙降生為人主，概述和評議朝政；再以天罡地煞的沖天降世，牽引全書的情節——這些描寫穿透一二百年時間和天上人間的空間，其全知全能當然是超常的。

又比如第九十四、九十五回在宋江率師進逼杭州時，寫西湖風景。它先是俯覽全景：「三面青山，一湖綠水，遠望城郭，四座禁門。」略事點染後，即詩興大作，援引北宋蘇東坡「欲把西湖比西子」的詩，南宋林升「山外青山樓外樓」的七絕，以及後世書會才人的《水調歌詞》和《臨江仙》詞。這些詩詞都非想偷渡杭州水門的浪裏白條張順那時的作品，也非張順所能知道。但是作者意猶未盡，在次回中又作了一篇描寫西湖景物的駢文，引了一首《浣溪沙》古詞，然後列述了從吳越國錢武肅王到宋高宗南渡的二百餘年間杭州城的沿革。行文雜糅韻散、錯亂時空、牢籠湖山的敘事角度，當然是全知全能的。作者興之所至，隨心着墨，是不屑地考究敘事角度的。他處在一種超然於視角之外的創作心態，無非想為張順製造一個葬身得所的場合，因而連張順這個水上好漢也沾染了作者的詩趣了：「我身生在潯陽江上，大風巨浪，經了萬千，何曾見這一湖好水！便死在這裏，也做個快活鬼！」

然而最能體現《水滸》本色的，當是流動視角。它活潑靈便，隨人隨事所宜，讓你讀魯達時化身為魯達、讀林沖時化身為林沖、讀武松時化身為武松，由於中國古典語式中常常省略主語，而堆疊着、跳躍着一連串的意象和動作流，這種化身感就更為真切了。比如第二十九回「武松醉打蔣門神」。武松與施恩約好，沿途每見一酒肆望子，都要喝三碗酒，即所謂「無三不過望」，這使人想起景陽岡酒店的「三碗不過岡」。約莫吃過十來處好酒肆，施恩看武松時，不十分醉。金聖歎於此夾評道：「此句非寫武松面上無酒，只是寫施恩心頭有事。」此處視角瞬間閃回到施恩身上，但整個情節大抵上是採取武松視角的。

敘事者沒有拋棄武松，不像十九世紀西方小說家比如雨果寫巴黎聖母院那樣，往往離開人物，連篇累牘地描寫建築的歷史沿革和場景的各個細部。敘事者讓讀者跟隨着武松的眼光，一道進入快活林那個經驗世界。武松遠遠看見一片林子，走近了才看見一個金剛大漢（蔣門神）在綠槐樹下乘涼。又行不到三五十步，才看見丁字路口大酒店簷前的「酒望子」，寫着「河陽風月」（河南孟縣，在黃河之北，為春秋晉地「河陽」）四個大字。轉過來看時，才看見門前欄標杆上插着兩把銷金旗，寫着「醉裏乾坤大，壺中日月長」。敘事者不用過分累贅的景物描寫，影響武松行進的敘事曲線的流暢性，人們甚至可以想像到當年的說話人如何模仿武松的舉手投足、左右顧盼。武松看不到的地方，讀者也是看不到的。武松走進門去，才又看見一邊廂肉案砧頭，一邊廂蒸作饅頭，裏面擺着三隻大酒缸，各有大半缸酒，正中間櫃檯上坐着一個年紀小的婦人，店裏有五七個酒保。這裏除了敘事者以全知視角介紹那婦人是「蔣門神初來孟州新娶的妾，原是西瓦子裏唱說諸般宮調的頂老」之外，全是武松視角。因為武松豪俠中有精細，看清屋內擺設和對手之後才開始擺開架勢挑逗對打，若是李逵，板斧一揮，許多細節是看不細的。

視角流動的方式是多種多樣的，或兩極對流，或波狀奔流，流轉的頻率有快有慢，總之不拘一格。《水滸》有時故意截斷視角流程，敘事者用當年說話人口吻現身說法，筆鋒突然跳躍，於違例處見才華。比如「血濺鴛鴦樓」的一幕，採用武松視角，寫到武松闖入廚房，把兩個丫鬟嚇呆了。敘事者出面評議：「休道是兩個丫鬟，便是說話的見了，也驚得口裏半舌不展。」又比如宋江在清風山上救了劉高的婦人，又要下山去會花榮，敘事者突然插入，遮斷讀者追隨宋江視角的閱讀思路：「若是說話的同時生，並肩長，攔腰抱住，把臂拖回。便不使宋江要去投奔花知寨，險些兒死無葬身之地。」這種視角的違例，也可以稱作轉換到旁觀者視角，是可以使讀者在沉浸於藝術世界之

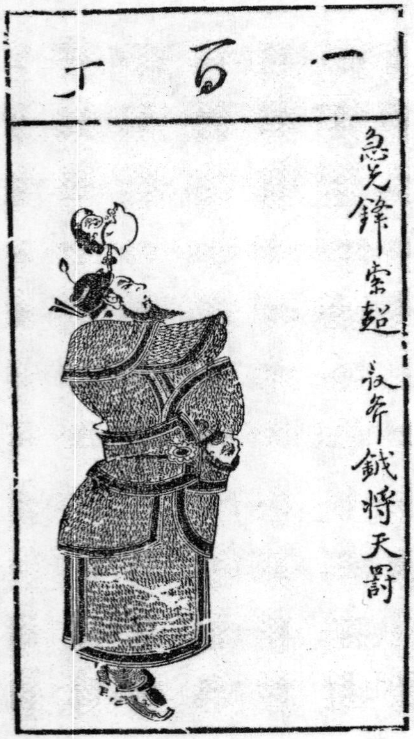

索超（明陳洪綬水滸葉子）

楊志（明陳洪綬水滸葉子）

時突然警醒，從而造成間離效果的。

流動視角的妙用在《水滸》中為數甚多，令人拍案叫絕的也許是環形視角和輻射型視角，前者表現為眾眼注視一事，後者表現為雙眼巡視百相。第十三回「青面獸北京鬥武」，採用了環狀視角。楊志和索超在教場上刀來斧去，鬥到五十餘合，不分勝負，書中寫道：「月台上梁中書看得呆了；兩邊眾軍官看了，喝彩不迭；陣面上軍士們遞相廝覷道：『我們做了許多年軍，也曾出過幾遭征，何曾見這等一對好漢廝殺！』李成、聞達在將台上，不住聲叫道：『好鬥！』」視角遊動教場四周，上及月台、將台，下及兩邊、陣面，懂行而矜持的連稱好鬥，懂行而不矜持的喝彩不迭，不懂行而矜持的看呆了，不懂行而知道比較的議論未曾見過這等陣勢。臉色眼光都符合各人的身份經歷，視角遊動中不失分寸，而九九歸一，展示豐富的視角層次，終歸還是聚焦於教場中心的兩雄鬥勝。

與環形視角相對應的輻射型視角，採取相反的投視方向，不是內聚的，而是外射的。第六十六回寫吳用設計攻克大名府，是從大名府最高長官梁中書倉皇逃難的視角來展示陷城的情景。梁山泊軍乘大名府慶賞元宵之際，派將士潛入城中，又在城外埋伏重兵。

到翠雲樓上舉火為號，已成諸路人馬一齊發作，遍地開花之勢，憑作者一枝筆去一一描寫，是很難做到不顧此失彼的。作者只好借一城之主梁中書來安排敘事視角。一城之主的狼狽逃竄本身，已意味着守城之師兵敗如山倒。作者又偏偏不讓他一兩次奪門，便落荒而去，而讓他在東、西、南、北四門來回奔突七八次，從而把四門一齊陷落、留守司也化作戰場的情景都做了充分的展示。由梁中書和留守司放射到四座城門的流動視角。與楊志、索超比武時的環形視角一樣，都形成一個圓，由此可知，流動視角的特殊形式也隱隱地與中國哲學中圓滿、圓融、圓通無礙等觀念相契合的。

流動視角是以局部的限制性的非全知，組合成整體的全知的。非全知時受盡驚惶和迷惑，全知之後才明瞭前因後果，《水滸》便是利用這種非全知與全知的張力，獲得出人意表之外的藝術刺激性的。宋江躲避官軍追捕而藏身九天玄女廟的神櫥內，視力、聽力不出廟門之外，只見趙能、趙得險象叢生的搜索，以及不久後屁滾尿流地向神靈告饒。直到出了廟門才見黑旋風趕殺官軍，問明劉唐，才知是晁蓋、吳用的悉心救應。吳用智取生辰綱，人們也只看見黃泥岡上販棗客人歇涼，賣酒漢子唱歌，隨後又和楊志一行人鬥口辯解，搶酒分酒。這些描寫都是採取楊志的不知底裏的限制性視角，直到生辰綱被裝在七輛原來裝棗子的江州車兒上推走後，敘事者才現身說法：「我且問你：這七人端的是誰？」然後才交代吳用用計和楊志一行中蒙汗藥的過程。另外，如第十四回「林教頭風雪山神廟」，寫高俅派陸虞侯支使管營、差撥謀害林沖的性命，偏偏不讓林沖在街上碰見，偏偏又讓受過林沖恩惠的店小二接待而起疑，偏偏陸虞侯把店小二支開、店小二又讓老婆隔着板壁偷聽。作者煞費苦心限制視角，只露出了店小二聽到「高太尉」三字，小二老婆聽到差撥答應「都在我兩個身上，好歹要結果了他」，並接過陸虞侯的金銀這麼一些有限的消息。作者限制視角，造成敘事的有意味的殘缺，為林沖的命運蒙上一層莫測感，是可以刺激讀者的好奇心的。

限制視角造成有意味的敘事殘缺的詭計，也被金聖歎感受到了。他在回評中稱之「忽斷忽續，忽明忽滅，如古錦之文不甚可指，斷碑之字不甚可讀，而深心好古之家自能於意外求而得之，真所謂鬼於文、聖於文者也」。金聖歎甚至改動《水滸》一些原文，強化對視角的限制，然後自吹自擂地來一番「戲台上的喝彩」。明萬曆容與堂刻本第二十一回「宋江怒殺閻婆惜」寫道：「（閻婆惜）正在樓上自言自語，只聽得樓下呀地門響。婆子問道：『是誰？』

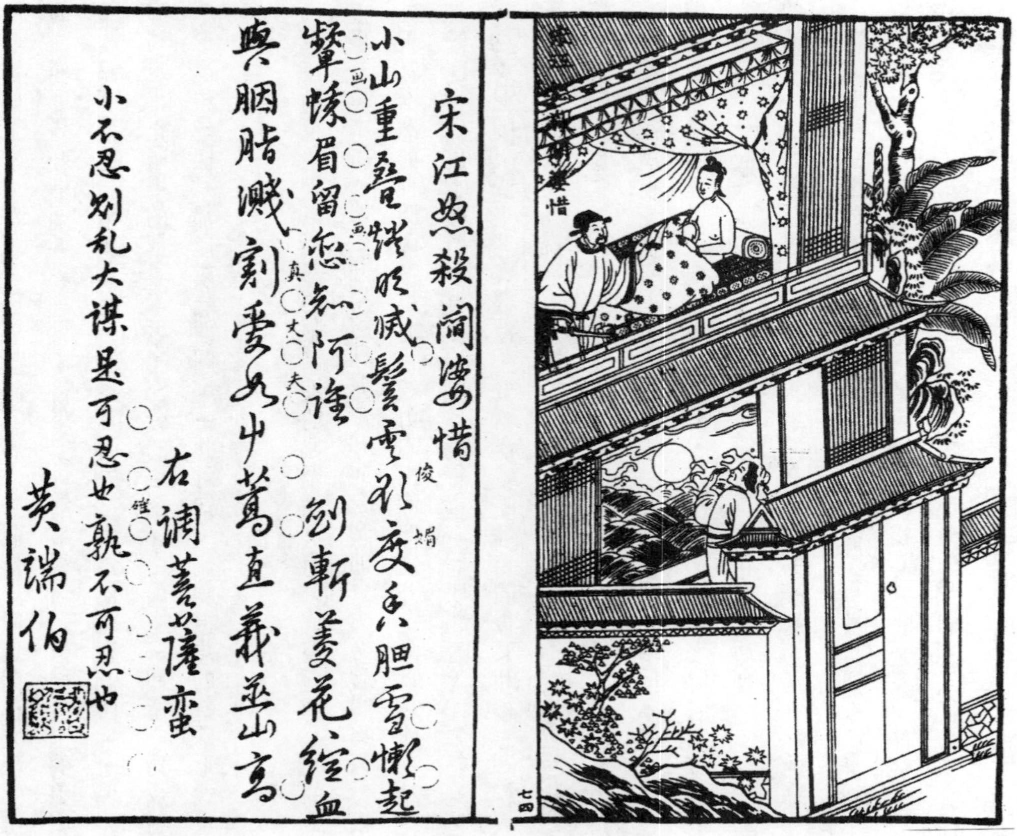

宋江殺惜（錄自明崇禎刊本《三國水滸全傳英雄譜》）

宋江道：『是我。』婆子道：『我說早哩，押司卻不信，要去。原來早了又回來，且再和姐姐睡一睡，到天明去。』宋江也不回話，一徑奔上樓來。」金聖歎把其中的「婆子問道」改作「床上問道」，「宋江道」改作「門前道」，「宋江也不回話」改作「這邊也不回話」。這就把不同人物講出來的話，變作閻婆惜在樓上從門前床上不同方位聽到的話了。把原來相對紊亂的對話場面描寫，略作視角上的限制和調整，就變成了投入正在盤算如何收拾宋江的淫婦的心理信息，並與她要挾宋江，招致殺身之禍的心理態勢統一起來。這種略勝一籌的改動，使金聖歎有理由自讚自賞為：「不更從宋江邊走來，卻竟從婆娘邊聽去，神妙之筆」；「一片都是聽出來的，有影燈漏月之妙。」獨具匠心地遮擋燈光和漏出月光，都是限制視角，製造有意味的敘事殘缺的妙喻，這也適用於上述宋江躲入神櫥和店小二夫婦偷聽密語諸項描寫的。

《水滸》的文人參與成書，是經歷了從施耐庵、羅貫中到金聖歎的歷時數世紀的漫長過程的，最終完成了這部結構多層、視角流動，且又善於把握剛柔節奏、而達到似真傳神效果的英雄史詩的敘事神理。

注釋：

〔一〕金聖歎：《第五才子書水滸傳序三》，明崇禎十四年貫華堂刊本。

〔二〕金聖歎：《讀第五才子書法》，明崇禎十四年貫華堂刊本《水滸傳》。關於金聖歎指責忠義歸水滸的問題，當然出自他正統的儒家忠義理念，同時也由於他不明白水滸故事最初出現之時，是借綠林好漢的反抗行為，隱括北方失土的「忠義人」抗金復國的民間意氣。《宋史·高宗本紀》載，紹興三十一年，「忠義人魏勝復海州，李寶承制以勝知州事」；又有忠義首領孟俊與江州統制李貴「復順昌府」。紹興三十二年，「金人犯壽春府，忠義將劉泰戰死，金兵引去」。《孝宗本紀》：乾道四年「招集歸正忠義以耕」，「兩淮歸正忠義有田產者，蠲役五年」。《宋史·岳飛傳》又載：「（宋高宗紹興）六年，太行山忠義社梁興等百餘人慕（岳）飛義，率眾來歸。……十年，又命梁興渡河，糾結忠義社，取河東、河北州縣。……梁興會太行忠義及兩河豪傑等，累戰皆捷，中原大震。」由此不難領略到，瓦舍勾欄講忠義水滸，是曲折地呼應着中原失土忠義人的抗金行為和精神的。

〔三〕金聖歎：《第五才子書水滸傳序二》。

〔四〕李文蔚：《燕青博魚》，《元曲選》，中華書局一九八九年版，第二二九頁。

〔五〕司馬遷：《報任安書》，《漢書·司馬遷傳》第九冊，中華書局校點本，第二七三五頁。

〔六〕明崇禎貫華堂刊本有古本《水滸傳》序，乃金聖歎偽託施耐庵之詞。

第四講　「剪燈三話」的文化意識和敘事謀略

一、百年亂離對傳奇筆墨之志怪的刺激

明代傳奇小說最為世人所知者，是自成系統、又後先承襲的「剪燈三話」，即瞿佑的《剪燈新話》、李昌祺的《剪燈餘話》以及邵景詹的《覓燈因話》。這個系統斷續蔓延了二百餘年，仿作如《秉燭清談》、《剪燈奇錄》、《剪燭續錄》之類也為數可觀。而其始作俑者瞿佑（一三四七—一四三三）生於元末、著書於明初，與蒲松齡由明入清相似，都是跨朝代人物。這當是一種深刻的啟示，因為朝代更迭造成人事、以至民族關係的錯綜，造成生存危機感和一些新的機會，可以設想，這也就給飽經憂患的人們提供了進行歷史反省和怪異想像的現實刺激。以傳奇之筆志怪，似乎成了時代變亂漩渦中泛起的某種審美泡沫。

瞿佑《剪燈新話序》說：「余既編輯古今怪奇之事，以為《剪燈錄》，凡四十卷矣。好事者每以近事相聞，遠不出百年，近止在數載，襞積於中，日新月盛，習氣所溺，欲罷不能，乃援筆為文以紀之。其事皆可喜可悲、可驚可怪者。」[一]百年擾亂，三個重大朝代的瞬息更替和由此產生的「白骨叢中度歲華」的生存零落感，正是作者與好事者以怪事相聞，並

明宣德刊本《剪燈新話》

明萬曆刊本《剪燈新話》

產生「欲罷不能」的創作衝動的重要契機。《華亭逢故人記》寫全、賈二位士子於元明之交投筆從戎，師潰身死，其後鬼魂與華亭友人石若虛相遇，解裘質酒，傾談逾時。以全、賈為姓，以石若虛為人名，實際上等於告白人物是子虛烏有式的假設。作品就是借這種假設，來談論亂世哲學，也就是鬼魂所說「丈夫不能流芳百世，亦當遺臭萬年」。鬼魂已在亂世付出生命，但他們還不忘借生命來作亂世的投機。這種把成功和道義相剝離的哲學，與《三國志》裴注早已引述、也成書於元明之交的《三國演義》則作了淋漓盡致的渲染的曹操所謂「寧我負人，毋人負我」，異曲同工，可以互為闡釋，都具有亂世人的某種心理特徵。因為亂世給人們造成了朝不慮夕的危機，也給人們提供了前程未定的機會，於是二個鬼魂也就稱讚「漢之田橫，唐之李密，可謂鐵中錚錚者」，而駱賓王為李敬業檄武氏之惡，兵敗後「復能優遊靈隱，詠桂子天香之句」，黃巢擾亂唐室，事敗後又傳說他「乃削髮被緇，逃遁蹤跡，題詩云『鐵衣着盡着僧衣』」，也就成了亂世桀驁的鬼魂的理想了。

然而並非所有靈魂都桀驁，亂世使人摧折埋沒的機會也許比使人流芳遺臭的機會更多。於是《剪燈新話》帶着作者懷才不遇的身世之感，以鬼世界的公道嘲諷人世界的荒謬。《修文舍人傳》寫一位博學多聞，而「命分甚薄，日不暇給」的寒士，客死異鄉後在冥間位居清要，當了修文舍人。他向友人比較陰陽兩界的官場制度：「冥司用人，選擢甚精，必當其才，必稱其職，然後官位可居，爵祿可致，非若人間可以賄賂而通，可以門第而進，可以外貌而濫充，可以虛名而躐取也。」因而他認為人間「治日常少，亂日常多」，就是由於「騏驥服鹽車而駑駘厭芻豆，鳳凰棲枳棘而鴟鴞鳴戶庭，賢者槁頂黃馘而死於下，不賢者比肩接跡而顯於世」。作者把價值理想寄託於冥間，而對人間的價值顛倒發出冷嘲，這意味着他看透了官場積弊，從而產生了不足與謀的悲憤和絕望。僅此一點，也不能把《剪燈新話》排除在憂憤之作的行列之外。這種憂憤正如他在一首詩中所說：「孤燈聽雨心多感，一劍橫空氣尚存。」[二]

《剪燈新話》畢竟成書於明朝洪武年間，社會已開始由亂入治，作者也已經人到中年。他既體驗了亂世不能安居的悲涼，又體驗了剿滅群鬼的人心思定意向，這些社會心理都是以怪異筆墨透露出來的，因而不少篇什在怪異故事的深層隱藏着象徵性的意蘊。人總是要尋找一片清淨地的。《天台訪隱錄》寫採藥者深入天台山，發現巨石門內有居民四五十家，方冠古樸，氣質淳厚，石田茅屋，竹戶荊扉，犬吠雞鳴，桑麻掩映，乃宋末太學生陶上舍避亂隱居百餘年之處。他聽採藥者講述三朝興亡的史跡，作詩詞歎息人間棋局翻新中的黃粱夢，「一片殘山並剩水，幾度英雄爭鹿，算到了誰榮誰辱？」他到底還是慶幸自己避世，「舍下雞肥何用買，床頭酒熟不須萏」，「不向城中供賦役，只從屋底長兒孫」。這裏的隱者姓陶，更深一層地證明了本文受了陶淵明《桃花源記》的影響。但天台桃源卻減少了武陵桃源的詩意濃度，而增加了世俗味。它讓在宋末「以講《周易》為眾所推」的陶隱者談論前宋舊事，詫異三朝興廢，實際是從山水封閉的一種自然人生境界中，透視和反省百年間時移事變、物是人非的浮生變相了。

以怪異之筆對亂世的陰森情調作更為淋漓盡致象徵的，是那篇描寫「恃才傲物，不信鬼神」的吳楚狂士馮大異的《太虛司法傳》。他在中原荒野中為群屍環舞所困，忽有青色夜叉撲噬群屍。他乘夜叉熟睡之機，逃入破廟佛像腹中，佛像鼓腹笑說「今夜好頓點心，不用食齋也」，跨過門檻時被絆倒，土木狼藉。群屍環舞的意象，是隱喻着亂世陰森情調的，但還能在宗教偶像的肚皮裏尋找片刻安寧，儘管這偶像是脆弱的，易碎的。不過，作品還能借佛像鼓腹一笑，透出幾分幽默味。可知作者在由亂入治之後，對百年亂世回首一瞥時，還有一點輕鬆的心情。其後馮大異失足墜入鬼谷，但見赤髮雙角鬼、綠毛雙翼鬼、鳥喙獠牙鬼、牛頭獸面鬼，口吐火焰慶賀捕獲仇人。鬼王引經據典宣說有鬼論之後，問馮要被搗成血漿，抑是想身長三丈。隨後按照馮的選擇而行刑，把他搓粉條般搓成三丈，辱呼其為「長竿怪」。又問他想煮成汁，抑是想身矮一尺，如法把他像按麵糰一般按在石模中，成了螃蟹形，辱呼其為「蟛蜞怪」。最後把他抖成原形，安上撥雲之角、哨風之嘴、朱華之髮、碧光之睛送回陽世，因奇鬼般的相貌羞見世人，悒鬱而死。這類怪異的想像，也是兼備陰森與幽默雙重特徵的，它隱隱地對應着久亂初治時際人們驚魂未定，而畢竟又透了一口氣的特殊心理狀態。久亂初治中歷史所提供的一個難得的機會，受盡鬼的嘲弄的人，終於找到機會懲治鬼，馮大異上告天庭，因稟性正直而榮任太虛殿司法，以漫天風雷把鬼谷陷為巨澤。這種描寫，大概也折射着人心思定，渴望以公正的刑法來平定暴亂吧。清淨之地是在天怒地陷中打掃出來的，是要付出代價的。因此，《剪燈新話》的象徵，不是直線地影射現實人事的象徵，而是更深一層的社會心理的象徵。

二、亂世悲涼淡化後的養性炫才

社會心理是透過作者的心靈，透過作者的才性和趣味，投射到作品中去的。瞿佑詩才早熟，學博才敏，據明人郎瑛《七修類稿》記載，他十四歲時，父執張彥復指雞為題，試他的詩才，他應聲成吟。張繪桂花圖，題詩稱他「天上麒麟原有種，定應高折廣寒枝」，父親為此建了一座傳桂堂。又據清人錢謙益《列朝詩集》乙集載，名列《明史·文苑傳》之首的楊維楨（廉夫）造訪傳桂堂，瞿佑見其《香奩八題》，即席倚和，俊語迭出，楊對瞿的叔祖歎道：「此君家千里駒也。」[三] 一個少年時代深得前輩名流推許，卻終生蹉跎，官階微末，且因詩得禍的人，自然要借詩文、包括傳奇小說來炫耀才學，以自舐心靈創痕，以證明自己偃蹇不遇是由於人間不以才學取士的緣故。

自從李商隱作《李長吉小傳》，稱李賀將死時，見緋衣人駕赤虬，持板書召他為天帝玉樓記室，後世的志怪傳奇書就常有寒士遺才出現於神宮冥府，以寄託奇才不為世所遇、而獨為天所重的反嘲性潛在母題。《剪燈新話》中的《水宮慶會錄》、《龍堂靈會錄》和《修文舍人傳》，都寫世間寒士在龍宮冥界，因詞筆動人而備受禮遇。列於《剪燈新話》卷一之首的《水宮慶會錄》，寫潮州士人被請到龍宮，為新落成的靈德殿作上樑文，參加了龍王的歌舞筵席。它似乎在續寫長爪郎到了白玉樓之後的文酒風流，作者無非想借這個單純得未免平淡的傳奇故事，表達對世間遺落了的才華的推許和自信，同時也炫耀作者本人既會作駢四儷六的仕途文體，又會作豔麗的騷體歌詞和典重的祝頌詩的多面手才能。

假若說《剪燈新話》尚有許多亂世悲涼和個人身世感興需要一吐為快，那麼李昌祺的《剪燈餘話》就帶有更多的炫耀才華、適性自遣的成分，也許後者更近乎純藝術。據《明史》本傳，李昌祺二十八歲中進士，「選庶吉士，預修《永樂大典》，僻書疑事，人多就質」，仕途還算順利。雖然心靈有史籍未嘗明言的憂患和創傷，但這反而強化了他對自己才學的自信。他在《剪燈餘話》序談到創作宗旨，是由於喜歡《剪燈新話》文體，技癢弗已，借著述以代博弈：

> 矧余兩涉憂患，飽食之日少，且性不好博弈，非藉楮墨吟弄，則何以豁懷抱，宣鬱悶乎？雖知其近於滑稽諧謔，而不違卿者，亦猶疾痛之不免於呻吟耳，庸何諱哉？雖然，《高唐》、《洛神》，意在言外，皆閒暇時作，宜其考事精詳，修辭縟麗，千載之下，膾炙人口；若余者，則負譴無聊，姑假此以自遣，初非平居有意為之，以取譏大雅，較諸飽食博弈，或者其庶乎？

他強化了傳奇小說「文備眾體」的審美特徵，以炫耀自己才學上的博識多能。在他筆下，冥官能作四六之文，仙人擅長經籍注解，妓女會吟清豔詩詞，節婦尤其會作博雅而工整的唐宋詩集句。他攪亂了才華與性情結合的特殊情境，而盡情地把自己的才華性情投射到諸色人物身上。一些作品衍化了李賀死後為天上白玉樓記室的故事原型，蘊涵着人間遺才為神靈仙翁所重的潛在母題。《泰山御史傳》寫寒儒宋珪性格嚴毅，經明行修，為岳帝封作泰山司憲御史，於是插入神人宣講的岳帝詔文；其後又綴有一篇宋珪彈劾冥間貪官污吏的奏章。《洞天花燭記》寫名士文信美被華陽丈人請到仙府，為震澤龍子與其女兒議婚寫回書。其後，震澤新婿入門，請他捉刀作催妝詩；洞房合巹，請他應急作撒帳歌詞，歌詞是唐宋詩的集句；最後禮成，還請他獻上一首洞天花燭詩。

唐人傳奇除了《長恨傳》是專為《長恨歌》作傳之外，大抵都是把詩作和詩意滲透在委婉的敘事之中，而明人這些以「傳」、「錄」、「記」為名的作品，則把人物所作的詩文長篇大段地和敘事部分相間插、相游離，而且篇幅每每等於或長於後者。於是它們使唐人傳奇內在意義上的「文備眾體」變得外在化了。人物連篇累牘的詔令奏議、詩詞歌賦的實際捉刀者是作者本人，他借助神怪故事打破自己身份和情境的限制，以遊戲筆墨，顯示自己操作多種文體的神理氣味、格律聲韻的能力。他們在炫耀才華的同時，使傳奇文體發生變異，即「文備眾體」的「備」字由內在轉向外在了。

三、在風流和禮防共構中欣賞人間情慾

當社會心理透過作者心靈投射到作品上的時候，明人特有的習尚和風度也投射進來了。據《明史．儒林傳》，「明初諸儒，皆朱子門人之支流餘裔，師承有自，矩矱秩然」，直至明中葉的陽明學派起來之後，才真正突破這種局面。明代科舉取士，也以宋儒的《四書》《五經》注疏為根本。但是從明初開始，就頗有些才學之士並沒有以性理泯滅性靈，而看不見人間情慾。比如《剪燈新話》、《剪燈餘話》的作者，就是卓文君風流故事以及《西廂記》、《嬌紅記》的極好讀者。他們的心與晚明主張童心性靈的才子們，有相通之處，以欣賞的態度和不作偽的眼光諦視人間的情慾。

大概自從《史記》、《漢書》的司馬相如傳，以及《西京雜記》記述卓文君私奔後當壚賣酒以來，酒肆當壚女就成了編織浪漫傳奇的極好對象。洪邁《夷堅甲志》寫金明池人鬼戀的一則，曾被馮夢龍《情史》改題為《金明池當壚女》，金院本和明傳奇都有《金明池》劇本，當壚女是拋頭露面的良家女子，沒有妓女的卑賤，卻又沾點以美酒待客的風流。

《剪燈新話》中的《渭塘奇遇記》，也是寫士子與酒肆女子的夢裏姻緣。當這位士子舟行入酒肆沽酒時，店主人的女兒或出半面、或露全體，在幕下窺視他，彼此目成久之。士子回舟歸家之後，夢入酒肆內室，與女子歡謔寢宿。他剪燈花時，把蠟油滴在女子的繡花鞋上，不久又相互贈送指環扇墜定情，夢中的交往到次年重會訂婚時加以印證，一一都和人間所見的吻合。夢裏姻緣其實是借助離魂幻想，寫相思之情。既然夢中事與人間事相契合，既然夢中媾

和有人間婚姻相彌補，它就以怪異的幻想溝通了真與幻，也溝通了禮防與風流。士子仿效元稹《鶯鶯傳》中的「會真詩」，賦詩記事云：「偷香渾似賈，待月又如崔。箏許秦宮奪，琴從卓氏猜。」可見它是續上文君聽琴和西廂待月的風流韻事的系列了。

偷香竊玉而後洞房花燭，把風流和禮防異相共構，這是《剪燈新話》的重要敘事形態。它已經接受了由《鶯鶯傳》彌補缺陷而衍化為《西廂記》的文化心理，而且它的某些篇什寫男女豔情比《西廂記》更大膽。《聯芳樓記》寫蘇州富商之女薛蘭英、蕙英姊妹，都聰明秀麗，詩名遠播。她們仿楊鐵崖（維楨）《西湖竹枝曲》，作《蘇台竹枝曲》十首，這一點折射着作者少年時代和楊鐵崖《香奩八題》的趣味。既是商家女也就沒有詩書之門那麼禮防森嚴，楊鐵崖看到她們詩稿，也就不妨拿古代詩妓相比擬：「錦江只說薛濤箋，吳郡今傳蘭蕙篇。」她們是比崔鶯鶯更帶野氣了，與世家子弟從商的鄭生定情的方式，是鄭生夏天在船上洗澡，她們從樓窗窺見，投下一雙荔枝。幽會方式也很出格，從樓上垂下竹籃，把鄭生吊上去。二女共一男，還要翻來覆去地吟詩，「嬌姿未慣風和雨，分付東君好護持」，「風流好似魚游水，才過東來又向西」，簡直有點肉感挑逗了。但作品最後還要來一個曲終奏雅，讓薛氏二女講了一番鑽穴踰牆違禮數而合情性的理論，又讓鄭家三媒六禮、問名納采，完成婚禮的儀式。作品是肯定婚姻中的情慾因素的，它甚至以情慾嘲弄了禮教，把禮教化作徒有儀式的外殼來包裹着情慾的內核。它寫了「商女＋才女」的類型，以商肆市民趣味，重新省視了被宋儒扭曲了的人間倫理，從而形成了明人小說不同於唐人的豪情飛揚、宋人的理念凝重，卻是更為正視人間情慾的審美思路。

然而，風流和禮教並非那麼容易溝通的，有缺陷的人生總是悲劇多於花好月圓。元人傳奇小說《嬌紅記》已打發它的主人公雙雙殉情，合葬後同住碧瑤之宮。《剪燈餘話》最長的一篇《賈雲華還魂記》(四)，不僅汲取了《西廂記》的風流餘韻，而且感染了《嬌紅記》的悲劇氣氛，只好打發它的女主人公死後借屍還魂，以了結人間姻緣。它記述世家子弟魏鵬求學杭州住在賈家，與賈氏之女娉娉詩書往來，密約幽合。幾個人物以《西廂記》張珙、崔鶯鶯、紅娘，和《嬌紅記》中純、王嬌娜互為比擬，而且娉娉還嘲笑魏鵬案頭的《嬌紅記》「壞其心術」，並為此戲題情詩，這都可以看出作品在前代文學中尋找何種精神系統。甚至可以說，它對幽會隱情的欣賞，超過了《西廂記》。到了

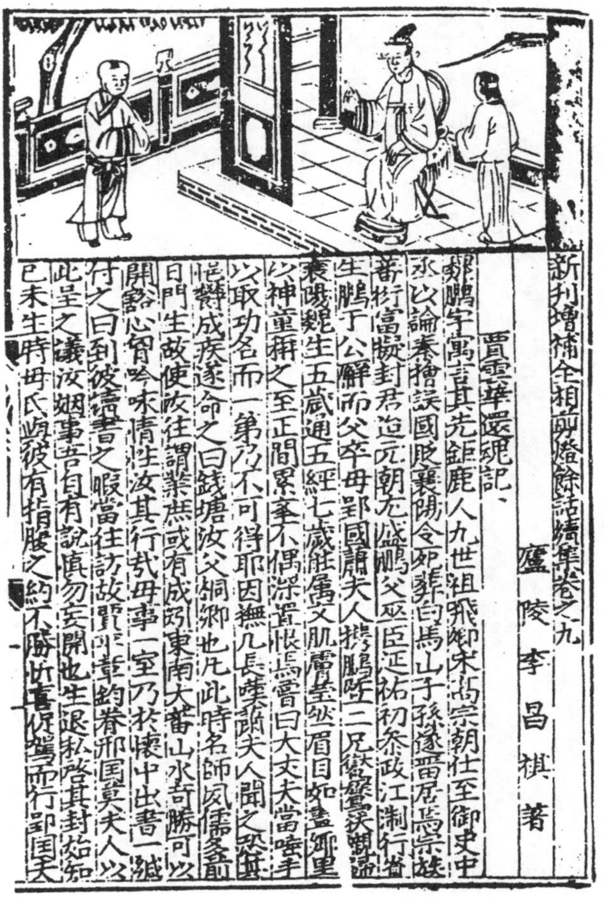

新刊增補全相剪燈餘話續集卷之九

廬陵 李昌祺 著

賈雲華還魂記

魏鵬字寓言其先鉅鹿人九世祖飛卿宋高宗朝仕至御史中丞以論秦檜誤國貶襄陽令卒葬白馬山子孫遂留居焉宗族蕃衍富擬封君迨元朝左丞鵬父巫臣延祐初參政江浙行省生鵬于公廨而父卒母鄆國韓夫人携鵬暨二兄護喪歸襄陽鵬生五歲通五經七歲能屬文肌膚瑩然眉目如畫鄉里以神童稱之至正間累舉不偶深置恨焉嘗曰大丈夫當唾手以取功名而一第乃不可得耶因撫几長嘆韓夫人聞之亟慰悟鬱成疾遂命之曰錢塘汝父同鄉也凡此時名師夙儒多萃日門生故使汝往謁業焉或有成則東南大都山水奇勝可以開豁心胸吟咏情性汝其行哉母事一室乃於懷中出書一緘付之曰到彼請書之暇當往訪故賈平章的眷邢國莫夫人以此呈之議汝姻事吾自有說慎勿妄開也生退私啟其封始知已未生時母氏與彼有指腹之約不勝欣喜促裝而行即國夫

賈雲華還魂記（錄自明正德刊本《剪燈餘話》）

魏鵬連科報捷，由翰苑外放為江浙儒學副提舉，也因賈母要把兒子、女兒攏在身邊，不願女兒外嫁，使她們幽期如故，終至生離死別，這已經有悖於情理了。作者大概想借這樁風流案的不幸下場，來滿足寫淒豔感傷的詩傷的意興吧，最後只好使用超現實的幻想，來完成團圓的結局。

《剪燈餘話》的作者似乎不甚愛惜羽毛，道學氣稀薄，也缺乏翰苑清貴和地方重臣的矜持莊重，在相當一部分作品中透露了他作為人、作為風流才子的潛在趣味和性情。他喜歡對男女豔遇、人情人慾作詩，詩過多反而落入俗趣。他甚至有一種戀鬼情結。《江廟泥神記》寫謝璉寄居花園時，竟有四個自稱「東鄰花氏之女」的妖魅逐夜媾歡，輪番獻詩。謝也因兼擁四美而作長詩自慶。父母召回家完婚之後，還在夢中與四女相會，吹簫和歌，起舞度曲。小說的結尾可能受過吳均《續齊諧記．清溪廟神》的影響：謝父到花園附近的花蕊夫人廟卜籤，發現東廊有四位巫山神女像，拿四女贈給謝璉的、已化為泥之物的首飾去對接，竟一一吻合。同寫人與廟中泥神之戀，吳均之作以音樂溝通心靈，如詩似夢，頗得《九歌》餘韻。李昌祺之作把泥神由一個變為四個，輪番在肉慾後作詩，以詩助肉慾，就帶有點市井勾欄味了。明代傳奇小說正視情慾，堪稱開通，但開通過火，就難免有肉麻之弊。

四、在玄怪幻想和時空錯亂中反省歷史

自藝術淵源而言，明人傳奇小説承襲唐代傳奇而傾於玄怪。唐人採取史傳筆墨，繪寫人間旖旎的兒女之情，創造了一種與六朝志怪相對峙的新小説文體。這類作品多以「傳」字作為篇名，如《鶯鶯傳》、《李娃傳》之類。到了《玄怪錄》、《續玄怪錄》等傳奇集，以「錄」字命名，就有記錄異聞的意味，開了以傳奇筆墨轉而志怪的風氣。「剪燈三話」許多重要篇什，走的正是這條路子。

《剪燈餘話》中的《武平靈怪錄》，以萬有皆靈的原始信仰，寫日常用品化為人形吟詩作賦，實際上是借妖物之口，吟誦着語義雙關的詠物詩謎。這種幻想方式可以溯源到《玄怪錄》中的《元無有》，它寫元無有宿於荒村，聞月下有人吟詩「以展平生之事」，次晨依其詩的暗示，發現這「四人」乃是故杵、燈台、水桶和破鐺。《武平靈怪錄》把側面描寫換作正面描寫，筆墨鋪排，且更多戲劇性。主人公由元無有變作「齊諧」，借古代志怪者之名以遊戲筆墨，時間為元末，與中唐戰亂後具有類似的荒涼感。豪俠不羈的齊諧，於元末戰亂中四處漂泊，數年後歸宿故人墓庵。在與老僧閒談之時，有石子見、毛原穎、金兆祥、曾瓦合、皮以禮、上官蓋、木如愚諸客來訪，談論佛義，賦詩言志。隨後又有清風先生羅本素與老僧同賦長歌。遠雞唱曉之後，眾人四散，老僧乃是空庵中的泥像，「復過別室，惟敗硯支門，禿筆委地……又有爛絮被一番，舊羅扇一握，甑生塵而欲破，銚無柄而半穿，壁倚棺蓋」。這就把諸客原是日用雜物的底細披露出來，於字形拆合、字音相諧之間，依稀可辨諸客姓名。諸客閒談中説及齊諧「早晚與上官公同載」，齊諧也就染重病半月而辭世了。利用漢字特點進行拆字、諧音和製作詩謎，是士大夫文人借文藝以助興的特殊方式，但在助興之時帶出了人的生死和家族的興敗，甚至帶出棺材蓋的意象，足見明初人的心境比中唐人還要黯淡幾分。

玄怪幻想常常附帶着時空錯亂，以時空錯亂寄託歷史的反思，成為明初不少別具意味的傳奇的一大特色。其幻

想形式也可以溯源到《玄怪錄》的作者牛僧孺，在中唐牛李黨爭中，李黨人士假託牛僧孺作《周秦行紀》以行政治陷害，但這篇作品卻開了寫當代文士與前朝后妃宮人幽明豔遇的先河。

見於《剪燈餘話》的《秋夕訪琵琶亭記》，也是寫詩書並佳的少年與前朝宮人之遇，開頭卻給人以白居易《琵琶記》一般的蕭清氣氛。明朝初年的沈韶為逃避鄉人薦舉他做孝廉，以巨舟載價值萬億的貨物，遨遊於襄漢間，流連於匡廬、彭蠡。偶於秋日探訪白居易作《琵琶記》的故地，吟詠着《琵琶記》詩篇，於月明風細之時，忽聞有乍遠乍近的歌聲，議論着或許是商人婦善解人意，出來相會。然而在奇香縹緲中出來相會的，不是「老大嫁作商人婦」的教坊樂妓，而是漢主陳友諒的婕妤鄭婉娥；她談論的也不是個人身世淪落的悲涼，而是「離離禾黍，歎江山似舊，英雄塵土；石馬銅駝荊棘裏，閱遍幾番寒暑」的元末政局變異。其後兩人只談風月，又因鄭婕妤學得太陰煉形之術，死而復生，效皇宮的娛樂方法，享受四年幽冥姻緣之期。從男主人公作詩，謂「自慚不是牛僧孺，也向雲階拜玉容」來看，它受《周秦行紀》的影響是非常明顯的。它把元末宮人和明初文士以怪異的方式相配合，在時空錯亂的幻想中滲入時代思考，把對元末群雄興滅原因的剖析寄託在幽明豔情之中，觸及了政局如煙、愛情難死的潛在母題，形成了傳奇與志怪相錯綜的審美形態。

以時空錯亂的幻想方式，與歷史、歷史人物進行對話，或發言，似乎是明初傳奇的興趣所在，早在瞿佑寫《剪燈新話》時，這種歷史反省意識就相當濃郁了。《龍堂靈會錄》大概是由宋代周密《齊

琵琶行（近人傅抱石作）

東野語》記載的吳江地區有祀奉越國范蠡、晉人張翰和唐末陸龜蒙的「三高祠」，而觸發歷史評議的興會的，它描寫吳下才子聞子述看見吳江龍王堂的龍捲風奇觀，欣然賦詩，隨即被龍王邀至水晶宮。同時到達的客人是「吳江三高」：范、張、陸。正當龍王因「詩人遠臨，貴客偕至」而大擺酒筵之時，吳大夫伍子胥勃然闖席。伍君怒斥范蠡是吳國仇人，以誨淫敗吳，挾美人離棄越君，又聚斂積財，有三大罪惡，皆因吳俗無知，妄把他列入「三高」之內。又自誇有孝、忠、智三德，當仁不讓地坐了筵席的首位。這實際上是作者有感於「三高祠」名目的荒謬不倫，以呼喚歷史亡靈現形的方式，評論歷史和地域風俗。並以伍子胥坐首席的場面，肯定了這位悲劇英雄在三吳歷史上的重要地位。其後他們排定座次，行酒作樂。伍子胥撫劍擊盤而歌，「以洩千古不平之氣」；范蠡持杯而詠，誇耀自己「功成身退，辭榮避位」的明智；張翰倚席吟詩，表現出思慕松江鱸魚而離開煙塵皇都的晉人風度；陸龜蒙離席陳詩，抒寫着筆床茶灶、蕭條一舟的隱居生涯。作品以龍宮盛會的超自然場面，把不同時代、不同人生模式的歷史人物聚集在一起，鋪陳着打破時空界限的文酒風流。作者作為元末亂世的過來人，除了企慕伍子胥雄風之外，(五) 似乎沒有甚麼特定的人生理想追求。他所追求的也許只是這個可以評議歷史、表現詩才的場面，也即是聞子述在最後的記事韻文中所說：「胥山之神余所慕，曾謁神祠拜神墓；相國（范蠡）不改古衣冠，使君（張翰）猶存晉風度；座中更有天隨生（陸龜蒙），口食杞菊骨骼清。平生夢想不可見，豈期一旦皆

薛濤塑像（四川成都望江樓公園薛濤墓園塑像）

相迎。」

明初傳奇到底仰慕唐人風流，仰慕而不可及，遂把唐代詩妓以時空錯亂的幻想，與明初才子搭配在一起，這就是《剪燈餘話》中的《田洙遇薛濤聯句記》。它描寫洪武年間的嶺南才子田洙隨父宦遊成都，因在大姓人家坐館，得以浪遊山川。於二月花晨，遇自稱「文孝坊薛氏女」者於一處桃林。兩人同居半年，賞花玩月，舉杯弄琴，以「落花」為題作聯句，以四時為題作回文詩。值得注意的，是兩人談論歷代女詩人時，重點品評薛濤——

洙因曰：「蜀中山水奇勝，自昔以來，多產佳麗。若昭君、文君、薛濤輩，以夫人方之，迨亦有優劣乎？」美人曰：「昭君遠嫁胡沙，卓氏當壚可恥，貌美命薄，俱受苦辛。使子遇薛濤，亦不啻如今日也。由是言之，固為優矣。」洙曰：「濤妓女，何敢上擬夫人。但其才貌，亦可謂難得者。……」美人曰：「…… 若其『水國蒹葭夜有霜，月寒山色共蒼蒼，誰云萬里自今夕，離夢杳如關塞長』之作，可以伯仲杜牧；而尤善製小箋，至今蜀人號薛濤箋。而予以妓女薄之，非知濤者也。」

作品對敘事的視角有所限制，使讀者和當事的男主角不知美人即是薛濤，從而做了一篇薛濤自論以及當着薛濤論薛濤的別開生面的文章。在這裏，作者恃才遊戲的心態不僅表現在製作聯句、製作回文詩上，而且表現在通過限制視角和錯亂時空，調動作者、讀者、人物及其所談論的古人的關係，做了一篇才情不羈、且散發着幾分幽默感的「詩話」。在錯亂時空以觀世論人這一點上，明初傳奇是取法唐人而又有所超越了。超越之處在於明人更多歷史的酸澀感和情慾的開通態度，從而把唐人詩化的青春夢變得更多世俗味了。這就是説，唐人傳奇傾於詩，明人傳奇小説傾於俗，這就是他們不同的時代格調了。

五、意象敘事與話本趣味的影響

由於宋元説話藝術在民間的長期發展，明代傳奇小説的相當一部分作品也在意識、腔調、手法諸方面受其浸染。不少作品追求男女姻緣於悲歡離合之後的團圓結局，在一些散文與韻語交錯的敘事文字中，韻文趨於俗白，夾雜着一些話本套語。《剪燈新話》中的《牡丹亭記》寫人鬼之戀，法師派黃巾甲士擒拿女鬼，女鬼作供詞道：「燈前月下，逢五百年歡喜冤家；世上民間，作千萬人風流話本。」這種話本與傳奇藝術趣味的潛在對流，在晚明浮升到表層，頗有些「剪燈三話」中的故事被改編進《拍案驚奇》一類擬話本集子中了。

話本影響明代傳奇小説最有審美價值者是意象敘事方式。即採取家庭生活中的日常用品、或男女間的定情物作為中心意象，牽動着人物的深層情感，穿插於小説的曲折情節之間。從《醉翁談錄》記載的宋代説話名目《鴛鴦燈》、《紫香囊》，到馮夢龍「三言」的頭兩卷《蔣興哥重會珍珠衫》、《陳御史巧勘金釵鈿》，都是以特定的意象來貫穿敘事的。其好處是以富有特色的意象，牽連着多方的感情絲縷，纏繞着豐富的人間波折，從而釀造着集中的、因而也是強烈的審美效應。

《剪燈新話》中的《金鳳釵記》，曾被淩濛初改編入《初刻拍案驚奇》卷二十三，題為《大姊魂遊完宿願，小姨病起續前緣》。它記述崔興哥和吳興娘自小由父母議定婚約，以金鳳釵為信物。興哥隨父遠遊十五年後重訪吳家，興娘早已思念感疾而死，以金鳳釵陪葬。清明日，吳家舉家上墳，即有美人坐轎入門，墜釵於地，晚間挽興哥共寢。陪葬的金鳳釵的出現，已暗示了這是一番人鬼之戀，隨之作品用了話本腔調：美人因怕父母發現，導致「閉籠而鎖鸚鵡，打鴨而驚鴛鴦」，勸他一道私奔。於是兩「人」到異鄉隱居一年，美人勸興哥持金鳳釵回去向父母謝罪。吳家父母驚其怪異之際，興娘已附魂於她久病的妹妹慶娘身上，向父母辯白：「興娘不幸，早辭嚴侍，遠棄荒郊，然與崔家郎君緣分未斷，今之來此，意亦無他，特欲以愛妹慶娘，續其婚耳。」妹續姊婚的儀式之後，興哥賣掉金鳳釵，買回香燭紙錢以建醮超度興娘的亡靈。金鳳釵意象，在這裏簡直成了藝術感應的神經，它牽涉着幾個人物情感、命運和相互間的關係，結情、續情、了情，都以它為關節，使整個作品得珠聯璧合之妙。可以說，失去這個意象，就會使全文黯然無光，因為全文的神采都是由它撥亮、或點醒的。

即使明顯受唐代傳奇《鶯鶯傳》影響，帶有自敘傳色彩，並自謂「記其始末，以附於古今傳奇之後」的瞿佑《秋香亭記》，也採取了意象敘事藝術。商生與表妹楊采采的愛情，是與秋香亭以及雙桂樹的意象聯繫在一起的：「秋香亭上，有二桂樹，垂蔭婆娑，花方盛開，月色團圓，香氣穠馥，生、女私於其下語心焉。」如果說前述「金鳳釵」意象帶有更多的情節性，那麼這裏的亭與桂的意象則帶有更多的心理性了。采采年紀稍長後，商生寫絕句表達傾慕之情：「秋香亭上桂花芳，幾度風吹到繡房，自恨人生不如樹，朝朝腸斷屋西牆！」其後因元末戰亂，雙方離散十年，采采早已配給太原王氏，且生了孩子。商生得其哀怨悔恨的書箋後，作詩自遣：「秋香亭上舊因緣，長記中秋半夜天。……惟有當時端正月，清光能照兩人邊。」所有這些愛情抒情詩，都是圍繞着秋香亭和桂樹意象的，在這個中心意象中散發着始是溫馨、終為感傷的感情色彩。

前人已經指出這篇傳奇帶自敘性，凌雲翰在《剪燈新話》序中說：「至於《秋香亭記》之作，則猶元稹之《鶯鶯傳》也。」田汝成《西湖志餘》也說：「或謂《秋香亭記》乃宗吉（瞿佑字宗吉）事，使其果然，亦元微之《會真》意也。」它也如同《鶯鶯傳》（即《會真記》）於結尾處以元稹評論張生一樣，作者瞿佑親自出面，勸解商生，並做《滿庭芳》詞記載其事。這就把作者和作為其自傳化身的主人公一分為二，一者代表理智，一者代表情感，並以理智的「我」去評議情感的「另一個我」。評議的歸結，依然是亭與桂的意象，即《滿庭芳》詞所說：「回首秋香亭上，雙桂老，落葉飄搖。相思債，還他未了，腸斷可憐宵！」它借意象生發、深化和歸結感情之時，使話本小說擅長的意象敘事藝術由俗返雅了。

《芙蓉屏記》見於《剪燈餘話》，也被凌濛初改編入《初刻拍案驚奇》，為卷二十七《顧阿秀喜舍檀那物，崔俊臣巧會芙蓉屏》。這篇傳奇小說以詩畫為中心意象，審美趣味不失精緻；卻於悲歡離合、破鏡重圓的故事中貼近無巧不成書的套數，帶有把傳奇話本化的傾向。崔英帶妻子王氏赴任，被舟子謀財害命，王氏乘舟子醉飲之時，逃入佛院，落髮為尼。故事至此，是存在着繼續發展的極其豐富的可能性的。但作品在操縱各種可能性的線索時，惟獨選擇了不是冤家不碰頭的巧合性線索，這就使它的情節結構方式近乎話本。舟子把劫得的芙蓉畫軸施捨給王氏落髮的尼院，王氏默記舟子姓名，面對丈夫手澤，百感交集，在畫軸上題了《臨江仙》詞。而這個畫軸幾經轉手，獻到退休的高御史手中，高公聘請的西席夫子又恰恰是落水未死的崔英。他由自己所繪的芙蓉畫軸上，認出了妻子的手跡。一樁謀財害命，造成夫婦離散的公案，由於各種人事線索的巧合性安排，已具備勘破的一切條件。隨後高公把王氏從尼庵中接來陪夫人誦佛經，命門生搜捕兇手，把委任狀一類贓物發還給崔英。在崔英赴任之日，高公宴集郡中名士，託稱為崔英作媒，使這雙夫婦出乎意外地享受了大悲大喜的團圓。在這個巧合性故事中，世界實在顯得太狹窄了，各種人事流動變化都在一隻無形的手的操縱下，圍繞着和奔集於一幅尺寸有限的芙蓉畫屏。在破鏡難圓的困境中，竟然處處天從人願，作者以這種思路應合着話本式的世俗理想。

成書於明代中後葉的《覓燈因話》雖然文筆簡拙，但受話本的世俗觀念和表現手段的影響更為深沉。作者在書前所作的「小引」，已體現了與當時流行話本的序言相近的志趣：「道耳聞目睹古今奇秘，累累數千言，非幽冥果報之事，則至道名理之談。怪而不欺，正而不腐，奸足以感，醜可以思。」[六]《桂遷夢感錄》曾被馮夢龍改編入《警世通言》，為第二十五卷的《桂員外途窮懺悔》。它描寫的是話本常見的交友以義的母題。桂遷從商破產，受蘇州施濟的資助，被安置在施家桑棗園中。他從園中掘得巨額藏金，遷到會稽當起團團富翁，對破落後前來投奔的施家孤兒寡母視若路人。但桂遷卻落入同里劉生的圈套，劉生聲稱要到京城替他謀官，騙走他五千銀子，自己買個軍官來當。

這類世態炎涼、冤冤相報的故事，本屬話本的長項。難得的是它寫了一個怪異的夢，表現出獨到的敘事才華。桂遷暗懷利刃，想刺殺劉生，卻於月光黯淡中，疲極而夢入一處高堂。堂上高坐着故人施濟，他化為犬形向前認罪，被施濟叱他「胡自吠其主」！他又銜着施濟兒子的衣衫，施濟兒子踢他：「胡自囓其主！」到廚房向施母求食，施母命令用棍棒把他打出去。他逃到後庭看見妻室兒女也和自己一樣變作犬形，肚子太餓了，就吃小兒糞。作品插寫了這則夢中的「變形記」，以富人變犬，對忘恩負義者實行冥冥中的報應，其寓言的意味是很濃的。夢醒後，桂遷以懺悔之情訪得施濟的兒子，並把女兒配給他。劉生後來因貪下獄，糞食乞哀之情，宛若桂遷昔日夢中故態。作品結尾以對比性的敘事方式，寫了忘恩負義之徒的兩種下場，迷途知悔者昌，怙惡不悛者凶，也是應合着該書小引所謂妍醜對比，使人感之思之的勸懲宗旨的。

同書的《姚公子傳》承襲浪子回頭的母題，同樣旨在勸懲。值得注意的是，話本藝術不僅影響了其觀念，而且深刻地影響了其語言腔調。這類腔調其實早在明初《剪燈餘話》中就有了，比如那篇《連理樹記》有這樣的詩句：「與君相見即相憐，有分終須到底圓，舊女婿為新女婿，惡因緣化好因緣。」詩之俗白甜膩是帶話本風的，只不過到了《姚公子傳》，影響程度更深、更明顯了。前尚書府的姚公子不務生計，整日飛鷹逐犬，被小人所包圍，蕩盡產業，賣妻鬻身，淪為乞丐了。他沿街乞食時，自作長歌：

> 人道光陰疾似梭，我說光陰兩樣過。昔日繁華人慕我，一年一度易蹉跎！可憐今日我無錢，一時一刻如長年！我也曾輕裘肥馬載高軒，指麾萬眾驅山泉，一聲圍合魑魅驚，百姓邀迎如神明。今日啊！黃金散盡誰復矜？朋友離群獵狗烹。晝無饘粥夜無眠，落得街頭唱哩蓮。一生兩截誰能堪？不怨爹娘不怨天。早知到此遭坎坷，悔教當年結妖魔。而今無計可奈何，殷勤勸人休似我。

這篇傳奇曾被淩濛初改編入《二刻拍案驚奇》，為卷二十二的《癡公子狠使噪脾錢，賢丈人巧賺回頭婿》。這段乞兒唱的蓮花落，和前面姚公子揮霍田產時所作的七言八句詩，都被淩氏擬話本挪用，只改動了兩三個字，個別地方還是淩氏覺得過於俗白而刪改的。可見這篇出現於明代中晚期的傳奇小說之與擬話本，已經帶有一些「你中有我，我中有你」的表現方式和語言腔調了。當然，傳奇與擬話本之間，在觀念上猶存距離。淩氏擬話本中，姚公子的丈人通過中間人安置了女兒，收容淪為乞丐的姚公子為看門人，備受僕役之苦，自我約束，不再親近小人。最後還讓他夫婦團圓，成家立業，溫飽而終。《覓燈因話》卻對團圓結局有所疏離，它多少知道本性難移的複雜性，留下了一個有缺陷的結局：「於是公子謹守戒言，雖飽食暖衣，不無弋獵之想，而內憂外懼，甚嚴出入之防。竟不知妻之未嫁，終其身，不敢一面，老死於斗室云。」從明初到明中晚葉「剪燈」系統的傳奇小說，上承唐宋傳奇的餘韻而雜入志怪的幻想，在吟詠人與人、人與鬼之間的歷史悲涼和愛情淒豔之時，表現了明人重情慾的趣味，也汲取了明代話本的養分。在傳奇、志怪、話本的多種文學風氣的錯綜之間，明代傳奇既為擬話本提供了素材，又充當了六朝志怪、唐宋傳奇到清初《聊齋志異》以傳奇筆志怪的文體形式變遷的中間物。

注釋：

〔一〕《剪燈新話》，上海古籍出版社一九八一年周楞伽注本。此序作於明洪武十一年（一三七八）。

〔二〕瞿佑：《旅事》詩，見明人郎瑛《七修類稿》卷三十三。

〔三〕這兩則軼事，可參看瞿佑《歸田詩話》卷下「折桂枝」條及「香奩八題」條，《歷代詩話續編》（下），中華書局一九八三年版，第一二七五、一二八一頁。

〔四〕此記收入《綠窗女史》卷六時署宋陳仁玉，但所記為元末至正年間事，後人又臆斷為元代陳仁玉作。其實李昌祺在《剪燈餘話序》中，說明他早年寫《還魂記》，是模仿睦人桂衡的《柔柔傳》，並把它附於《餘話》之末。

〔五〕宋周密《齊東野語》卷七，已載有時恨人譏評三高祠的詩句：「可笑吳癡忘越憾，卻誇范蠡作三高」；「千年家國無窮恨，只合江邊祀子胥」。這可看作瞿佑之作的靈感來源。瞿佑《歸田詩話》卷中也有「三高亭」條：「吳江三高亭，祠越范蠡、晉張翰、唐陸龜蒙，或題一詩於上云：『人誚吳癡信不虛，追崇越相果何如？千年家國無窮恨。只合江邊祀子胥。』自後過者擱筆。」

〔六〕邵景詹：《覓燈因話小引》，上海古籍出版社一九八一年版《剪燈新話》附刊本。

第五講

《西遊記》：中國神話文化的大器晚成

一、「三教歸心」情結和超宗教自由心態

這個民族厚德載物的器量和品性，使整個文化思潮在宋元、尤其是明中葉以後，趨向儒、佛、道三教歸一。三個在淵源、本質、地位、命運上互異的宗教流派，於爭執正統和教理互借之中，都在「心」字上大做文章，都講究性命之學，並認為心性問題是三教的「共同之源」。這種排除華夷之辨、正統異端之爭的多教共源論，實在是西方世界歷盡宗教戰爭之苦難的人們所難以想像的。而當我們從文化角度探討《西遊記》之時，是絕不應忽視這種民族器量和思潮流向的。

三教互滲而殊途同歸地探討心性，實際上反映了一種疏離繁瑣的教理和詞章考據，返回到主體本性，而又以這種主體本性去契合天地玄秘的內在要求。它依然是一種天人合一論，只不過是以「心」為中心的天人合一論。最早反映這種文化潮流的趨向的，是唐代禪宗六祖慧能的《壇經》以及他的兩首「得法偈」：「菩提本無樹，明鏡亦非台，佛性常清淨，何處有塵埃。」「心是菩提樹，身為明鏡台，明鏡本清淨，何處染塵埃。」他是從「即心是佛」的角度來契合中國人的天人合一的宇宙觀的，所以說他把佛教深度地中國化了。明代大儒王陽明把自己的心學體系歸結為「四句教」：「無善無惡是心之體，有善有惡是意之功，知善知惡是良知，為善去惡是格物。」他是以「致良知」這個心學精蘊，去闡釋着和實踐着孟子之所謂「盡其心者知其性也，知其性則知天矣」[一]的古訓的。

三教圖（明丁雲鵬作）

在禪宗和心學兩股潮流刺激下，道教也以心性修煉，去叩擊「眾妙之門」。明代的道教，以正一、全真二派為盛。全真派不必說，它講究內丹命術，因而多言心性，有所謂「以心觀道，道即心也；以道觀心，心即道也」（《中和集》）的話頭。受明代皇室扶植的正一派是個符籙派，拿手把戲是建醮設齋、扶乩降仙，但他們的首領明初的正一天師就為本派辯解道：「近世以禪為性宗，道為命宗，全真為性命雙修，正一則唯習科教。孰知學道之本，非性命二事而何？雖科教之設，亦惟性命之學而已。」[二]值得注意的是，全真教在創教伊始的金代，便主張「心中端正莫生邪，三教搜來做一家」，把《孝經》、《心經》和《道德經》作為其徒眾的諷誦經典。這一點，只要比較一下唐玄宗主張「三教並列」時，自注《孝經》、《道德經》和《金剛經》頒佈天下，就可以明白它以《心經》取代《金剛經》，適可成為「三教歸一」實際上是「三教歸心」這股潮流的極好象徵了。

這種三教歸一，借發掘自我的生命根性去體悟天地玄奧的真諦的文化思路，也是《西遊記》作者汲取當時的文化思潮而創造神話世界的基本思路。由於這部神話小說是以唐僧取經作為貫穿線索的，行文間對佛教的褒揚似乎多於道教。不過在車遲國與虎力大仙等的鬥法，貶抑的是道教的符籙派，在比丘國識破白鹿精以一千一百一十一個小孩心肝作海外秘方的藥引，貶抑的是道教的外丹派。對於主張性命雙修的內丹派，作者反而是認同的，這不僅表現在它多用心猿意馬、金公木母、嬰兒姹女、靈台方寸一類比喻性術語，而且它的一些詩詞也取自道禪融合的典籍。比如第十四回的卷首詩：「佛即心兮心即佛，心佛從來皆要物。若知無物又無心，便是真心法身佛。」便是點化了宋代道教內丹學集大成者張伯端的《禪宗詩偈》中的《即心是佛頌》：「佛即心兮心即佛，心佛從來皆妄說。若知無佛亦無心，始是真如法身佛。」

然而《西遊記》畢竟是才子書，而非學者書，作者吳承恩似乎對民間傳說和道教方術，比對佛教典籍更加熟悉。比如佛祖釋迦牟尼在派觀音菩薩到東土尋找取經人，以及唐僧到達取經終點雷音寺時，兩度談到佛門的「三藏真經」：「我有《法》一藏，談天；《論》一藏，說地；《經》一藏，度鬼。三藏共計三十五部，該一萬五千一百四十四卷，乃是修真之經，正善之門。」如此解釋「三藏」，是不符佛教本意的，以之談天說地度鬼，倒有一點民間道教的氣味。佛說授經勸化東土的原因，在於那裏的人們「不忠不孝，不義不仁，瞞心昧己，大斗小秤，害命殺牲，造下無邊之孽」，則以儒學的標準評判是非了。至於孫悟空在獅駝山與獅、象、大鵬三怪交鋒受挫，到靈山求援的時候，如來佛如此解釋大鵬的來歷：「自那混沌分時，天開於子，地闢於丑，人生於寅，天地再交合，萬物盡皆生。萬物有走獸飛禽。走獸以麒麟為之長，飛禽以鳳凰為之長。那鳳凰又得交合之氣，育生孔雀、大鵬。」這便是一派道教的宇宙生成論了。

在三教教義混雜漫漶之中，《西遊記》關注的一個焦點是《般若心經》。這一點是有玄奘本傳、佛教史籍和志怪傳奇諸方面的根據的。比如慧立、彥悰的《大唐大慈恩寺三藏法師傳》寫道：

> 莫賀延磧長八百餘里，古曰沙河，上無飛鳥，下無走獸。（玄奘）是時顧影唯一，心但唸觀音菩薩及《般若心經》。初，法師在蜀，見一病人，身瘡臭穢，衣服破污，愍將向寺施與衣服飲食之直。病者慚愧，乃授法師此《經》，因常誦習。至沙河間，逢諸惡鬼，奇狀異類，繞人前後，雖唸觀音不得全去，即誦此《經》，發聲皆散，在危獲濟，實所憑焉。

值得注意的是《西遊記》第十九回寫唐僧西行在浮屠山上受《心經》，把本是心性修持的行為，幻想為奇遇烏巢禪師的情節了。浮屠即梵文 Buddha，亦稱「佛陀」，以此命名受《心經》之山，可見此經之關鍵。《心經》講究破除眼、耳、鼻、舌、身、意所感知的「六塵」即「六賊」，以達到心無掛礙的「五蘊皆空」的精神境界，被小說稱為「乃修真之總結，作佛之會門」。那位在香檜樹的柴草窩上修行的禪師跳下來授經，聲稱「路途雖遠，終須有到之日，卻只是魔瘴難消。我有《多心經》一卷，凡五十四句，共計二百七十字。若遇魔瘴之處，但唸此經，自無傷害」。

應該看到，這是《西遊記》神話思維的一個精神扭結。明白了這一點，就可以把西行取經的艱難歷程，當作是對人的信仰、意志和心性的挑戰、應戰和昇華的歷程來解讀，解讀出這個紐結是整部神話小說的隱喻所在。唐僧在西行的第一站法門寺，與「眾僧們燈下議論佛門定旨，上西天取經的原由」，聽眾僧談及水遠山高，毒魔惡怪難降。「三藏箝口不言，但以手指自心，點頭幾度」，然後說：「心生，種種魔生；心滅，種種魔滅。」其後從第十四回到第二十二回，為收伏孫悟空、豬八戒、沙僧和龍馬三徒一騎。而收伏孫悟空之始，即遇上眼看喜、耳聽怒、鼻嗅愛、舌嘗思、意見慾、身本憂六位剪徑大王，隱喻着《心經》所謂破除「六賊」之義。在收伏豬八戒與收伏沙僧之間，遇烏巢禪師授《心經》，同時還做了一篇偈子，對心與法的關係作了強調和解釋：「法本從心生，還是從心滅。……只須下苦功，扭出鐵中血。絨繩着鼻穿，挽定虛空結。拴在無為樹，不使他顛劣。莫認賊為子，心法都忘絕。」在這種反復鋪墊、反復強調的敘述，以及放射性的神話隱喻之中，可以理會到，唐僧西行取經的第一步驟，是外之收伏三徒一騎，內之服膺《心經》。三徒一騎以及《心經》，組構成一個完整的神話哲理體系，具有持心伏妖、降伏外魔和內魔的功能，而且在這個體系中，《心經》起了精神統攝的作用。整部小說在行文中不斷地呼應着這個精神紐結，比如第四十三回到達黑水河，第四十五回車遲國鬥法，第八十回黑松林遇難，第九十三回臨近舍衛城祇樹給孤園。其間值得注意的是唐僧聞黑水河水聲而心驚，孫悟空勸他記取《心經》「祛褪六賊」，方能「西天見佛」；以及快到給孤園時，孫悟空自稱「解得」《心經》，唐僧說「悟空解得是無言語文字，乃是真解」。也可以說，正是由於「解得」《心經》在這個神話結構中的位置，前人說：「《西遊》凡如許的妙論，始終不外一個心字，是一部《西遊》，即是一部《心經》。」〔三〕

對於中國近古這個愈寫愈大的大寫的「心」字與《西遊記》的關係，古今論者不乏某種默契。《李卓吾先生批評〈西遊記〉》在第一回猴王尋訪到須菩提祖師的住處「靈台方寸山」時，夾批「靈台方寸，心也」，又旁批：「一部《西遊》此是宗旨。」隨之夾批「斜月三星洞」，謂「『斜月』像一勾，『三星』像三點，也是心。言學仙不必在

烏巢禪師（錄自清乾隆刊本《西遊真詮》）

遠，只在此心」。在第十三回唐僧說出「心生，種種魔生；心滅，種種魔滅」之處，旁批「宗旨」二字，並在回批中說「一部《西遊記》只是如此，別無些子剩卻矣」。這些評點的獨到之處，就是揭示小說的「宗旨」在「心」字。魯迅沒有讀到李評本，但他的意見與此不謀而合：「假若勉求大旨，則謝肇淛（《五雜俎》十五）之『《西遊記》曼衍虛誕，而其縱橫變化，以猿為心之神，以豬為意之馳，其始之放縱，上天下地，莫能禁制，而歸於緊箍一咒，能使心猿馴伏，至死靡他，蓋亦求放心之喻，非浪作也』數語，已足盡之。」〔四〕這種對《西遊記》宗旨的解說，是和產生這部神話小說的那個時代以心說法、求道於心的文化潮流相符合的。

然而《西遊記》絕不是對《心經》的拙劣的圖解，絕不是一部宗教文學。相反，它借用《心經》中一個「心」字，代替了對繁瑣而嚴密的教義教規的演繹，強化了人的包括信仰、意志和祛邪存在的道德感的主體精神。換言之，它在混合三教中解構了三教教義教規的神聖感和嚴密性，從而昇華出一種超越特定宗教的自由心態。沒有超宗教的自由心態，是很難設想會以詼諧的智性和遊戲的筆墨，去綜合宗教諸神和民間幻想而創造出這麼一部充滿奇趣的「新神話」的。

需要解釋的有兩點：其一，超宗教並非膜拜宗教，而是從宗教的神聖感中還原出一點人間性。觀世音是民間最信仰的救苦救難菩薩，第四十二回孫悟空向她借淨瓶水撲滅紅孩兒的三昧火，她卻說：「待要着善財龍女與你同去，你卻又不是好心，專一會騙人。你見我這龍女貌美，淨瓶又是個寶物，你假若騙了去，卻那有工夫又來尋你？」釋迦牟尼是佛教教主，但常在中國寺院中侍立在他的兩旁，與他組成「一佛二弟子」的阿難、伽葉向唐僧索取不到賄賂，只給唐僧無字經的時候，他沒有整頓佛門，卻以笑談辯解：「只是經不可輕傳，亦不可空取。向時眾比丘聖僧下山，曾將此經在舍衛國趙長者家與他誦了一遍，保他家生者安全，亡者超脱，只討得他三斗三升米粒黃金回來。我還説他們忒賣賤了，教後代兒孫沒錢使用。」佛祖、菩薩對人間財貨、美色的驀然回首，使之褪去了籠罩全身的靈光，沾染了一點塵世心理，或者人性的弱點。

其二，超宗教並非無宗教，而是汲收宗教的智慧加以點化，在跳出説教的樊籬中拓展主體的審美思維空間。在《西遊記》的世界中，佛教和道教諸神之間經常探親訪友，論道談禪，戮力同心。太上老君可以和燃燈古佛講道，觀音菩薩可以赴王母娘娘的蟠桃會，如來佛可以同玉皇大帝同慶「安天大會」，金頂大仙可以為靈山雷音寺守護山門。第八回如來佛的「盂蘭盆會」上，眾神奉獻的是充滿道教精神的福、祿、壽詩；第八十七回玉皇大帝因天竺外郡推倒齋天供奉餵狗而降下的天罰，卻用禮佛唸經作了補償。由此可見，小説汲取了中國一千餘年間宗教發展的智慧，以超宗教的自由心態「入乎其中，出乎其外」，從而開拓出何其開闊而神奇的神話思維空間，開發出何其豐富而綺麗的神話想像力。

「神話文化」是一個比原始神話信仰更寬泛的概念，它考慮到中國神話以及神話素的駁雜、散落和在民間信仰中的廣泛滲透性，歷代文字記錄的零碎性，明顯地具有與西方史詩神話不同的形態、命運和發展歷程。在早期的《山海經》時代，它黏附着山川地域的因緣，具有與史詩神話迥異的非情節的、而是片斷的，非英雄主義的、而是多義性的形態，具有更為充分的初民性和原始美。其後它又受儒家「不語怪、力、亂、神」的貶抑，散落於志怪書和民俗傳説之中，並在宗教潮流的裹挾下，參與建構神譜。誰又能夠想到在中國近古的「三教歸心」的潮流中，它又汲取了千年宗教發展的智慧而超越具體宗教的迷執，以超宗教的自由心態煥發出宏偉綺麗的神話想像力，並以《西遊記》代表了中國神話文化的大器晚成。自然，這裏的神怪還有一種佔山為王、霸洞為怪的習氣，還帶有《山海經》那種山川地域因緣，以致可以在某種意義上説，這是一部借唐僧取經為由頭而寫成的史詩式的新《山海經》。但是它在神話文化形態、結構方式和敘事謀略上，已非《山海經》時代所能比擬了。

二、個性神群體及其精神哲學隱喻

《西遊記》代表着中國神話文化的一次劃時代的轉型。創世神話和自然力神話已經失去了它們的位置，或降低了它們的品位，代之而起的是描繪鳥獸蟲魚的百物神話。並且由於受章回小說已有成就和心學、禪宗、內丹一類宗教潮流的啟發，作品加強了對諸神個性及其內在生命力的發掘，從而成了描繪個性神和生命力的神話文化的結構。《西遊記》的出現，以小說的形式把中國神話文化的形態面貌從根本上改寫了。

明代已是近古的文明社會，《西遊記》面對自然萬象之時，中間已隔了一層「文化」的厚霧。它已經不可能恢復人類童年時代的神話信仰狀態和思維方式，重構一個創世神話，儘管全書開卷詩接過了「自從盤古破鴻蒙，開闢從茲清濁辨」的話頭，但是盤古、女媧一類創世神在這個宗教諸神雲集的神話世界中已經沒有插足的餘地。為此，它借用《易經》、道論和術數之學解釋天地生成，形成一種沒有創世主的創世說。所謂「天地之數，有十二萬九千六百歲為一元」，就是把周天度數三百六十（準確一點應為三百六十五）自身相乘，又按十二地支把它等分，因為是天之數和地之數的會合，所以叫做「十二會」。乾坤陰陽之數已經具備，在其交合推移中也就引導出「天開於子，地闢於丑，人生於寅」。於是開天闢地、摶土造人這類有聲有色有主神的神話，變成了神秘的術數推演。

人們大體贊同孫悟空形象的創造受過唐代《嶽瀆經》記載的無支祁傳說的影響，這在猴神形象演變史上是有道理的。但是不要忘記，無支祁只是大禹治水時鎮伏的淮河水神，是附屬於洪水神話的；而大禹治水的遺蹟，在《西遊記》中只剩下一塊鎮海神珍鐵，成了孫悟空手中武器，即是說，洪水神話降格處理後附屬於孫悟空神話。不僅如此，就是前述的無創世主的創世神話，也是為了說明石猴的出世，是天荒地久地感受着「天真地秀，日精月華」而孕育了靈根。花果山頂上那塊仙石同樣以神秘的數字與天地相感相通，它以周天度數的三丈六尺五寸高度，感應着天；以二十四節氣數字的二丈四尺周長，感應着地。這就把猴神的身世來歷，升格到以天為父、以地為母的程度，成了名副其實的「齊天大聖」。從神話文化類型的升沉演進中可知，個性神已經取代創世神了。

這種個性神描寫具有神話思維所擅長的滲透性，滲透到其描寫對象的肖像形體的各個部分，滲透到其心理行為的枝枝節節。孫悟空已經被描寫成闖蕩天地、降伏妖魔、具有極大法力的「鬥戰勝佛」，或者最終修成佛門正果的鬥戰勝神了。但他不是橫眉怒目的金剛，而是一派猴模猴樣、猴腔猴性，渾身散發着令人開心一笑的喜劇氣味。他那雙能夠識別妖魔的「火眼金睛」，那把吹一口氣會變成百十個化身的毫毛，都與猴子的毛頭毛身、紅臉黃瞳有關。就連他腰裏帶着的瞌睡蟲，據說是「在東天門與增廣天王猜枚耍子贏的」，又說是「在北天門與護國天王猜枚耍子贏的」，但是當他把這些瞌睡蟲散在五莊觀仙童、或獅駝山小妖的臉上，鑽入他們的鼻孔，引得他們不住地打噴嚏和鼾鼾沉睡，我們就發現這些瞌睡蟲原來也「姓孫」。這種猴性甚至傳染給他的法寶和法術，比如那瞬間十萬八千里的觔斗雲，那「晃一晃碗口來粗」、要它小就小得如繡花針、「可以揌在耳朵上面」的如意金箍棒，無不令人聯想到猴子身上如小孩一般的頑皮。

你也許會說《西遊記》中，孫悟空大鬧天宮時與二郎神的變化鬥法，其後在借芭蕉扇時與牛魔王的變化鬥法，是受了佛教文學、比如《降魔變文》中舍利弗和六師設壇鬥法的影響。但是，在六師變化成寶山、水牛、水池、毒龍、惡鬼、大樹，舍利弗則變化成執寶杵的金剛、獅子、白象之王、金翅鳥王、毗沙門天王和風神而摧毀之的鬥法場面中，除了能感受到佛法廣大之外，是

反天宮諸神捉怪（錄自明天啟刊本《西遊記》）

感受不到鬥法者的個性的。而孫悟空變化的特點，不僅在於變得千姿萬態，令人眼花繚亂，而且在於變得有個性，令人對猴頭的狡黠又嗔又喜。當他變作花鴇，被二郎神一彈弓打下山崖，又就地變作土地廟，張口做廟門，牙齒變門扇，舌頭當菩薩，眼睛為窗櫺，想騙二郎神進來，一口咬住。「只有尾巴不好收拾，豎在後面，變做一根旗杆」，露出了猴性猴相的破綻。隨之又借變化耍猴，來了個「我變你」，變作二郎神到灌江口本廟中查點香火，弄得連「廟宇已姓孫了」。

鬧天宮（錄自清陳奕禧題《西遊記圖冊》）

神的個性，是在神話境界中融合着人間趣味。中國自古流行猴戲，這為猴神的創造增添了不少民間感。《禮．樂記》說：「今夫新樂，進俯退俯，奸聲以濫，溺而不止。及優侏儒，獶雜子女，不知父子。樂終不可以語，不可以道古，此新樂之發也。」鄭玄注：「獶，獼猴也。言舞者如獼猴戲也，亂男子之尊卑。」這種猴戲擾亂尊卑，衝犯禮防，是帶有宣洩性情的喜劇色彩的。宋代畢仲詢《幕府燕聞錄》記載：「唐昭宗播遷，隨駕伎藝人有弄猴者。猴頗馴，能隨班起居。昭宗賜以緋袍，號『孫供奉』。故羅隱有詩云：『何如學取孫供奉，一笑君王便着緋。』」這裏的猴戲主角也姓起孫來了。孫悟空個性中的天國、林野、人間的錯綜，以及神性、獸性、人性的融合，不僅表現在日常行為中，比如他偷吃王母的蟠桃後，變作二寸長的小人兒在枝葉濃處睡覺，偷老君葫蘆裏的金丹嚐新，「如吃炒豆相似」；而且表現在他作為鬥戰勝神，在險象叢生的相鬥相戰中，也不改猴的脾氣、猴的心計、猴的促狹、猴的瀟灑。在平頂山蓮花洞一難中，孫悟空在事隔二十餘回之後，又與太上老君面前的金爐童子、銀爐童子變成金角大王、銀角大王而偷來的這隻金丹葫蘆相遇。這一回可沒有那種吃金丹如吃炒豆的寫意，而是他一回答出自己的姓名，就會被吸進葫蘆內化成膿汁。他請天帝把天關閉半個時辰，拔一根毫毛冒充「裝天葫蘆」，騙換了這件寶貝。被妖魔奪回後，他即便顛倒姓名為「者行孫」、「行者孫」，也難逃吸進葫蘆之災。其後總算用毫毛變假葫蘆行了掉包之計，自稱手中的真葫蘆是雄性，妖魔手中的假葫蘆是雌性，害得妖魔跌腳捶胸地感歎：「天那！只說世情不改變哩！這樣個寶貝，也怕老公，雌見了雄，就不敢裝了！」猴神的心計和促狹在這場死活交關的鬥法中表現得何其淋漓盡致：又是「裝天葫蘆」，又是「者行孫」、「行者孫」，又是「寶貝怕老公」，把惡戰當遊戲，奇思妙想，舉重若輕，在匪夷所思的神話變幻中滲透着濃厚的民間幽默。

寫神而重個性的傾向，深刻地影響了取經師徒四眾的組合結構。那些把《西遊記》看作談禪修仙的「證道書」的前人沒有着眼於此，多把取經群體的結構附會於陰陽五行。比如西陵殘夢道人汪澹漪箋評《西遊證道書》，認為第二十二回唐僧收足三徒一騎是「小團圓」，然後才有一百回的「大團圓」：「取經以三藏為主，則三藏為中心之土無疑矣；土非火不生，故出門即首收心猿，是為南神之火；火無水不能濟，故次收意馬，是為北精之水；水旺則能生木，故次收八戒，是為東魂之木；木旺必須金制，故又次收沙僧，是為西魄之金。合而言之，南火北水，東木西金，總以衛此土，正是水、火、木、金、土之定位相配。」[五]這類說法，臆想居多，但也並非毫無因由。比如小說第十九回收伏豬八戒後，便「有詩為證」：「金性剛強能克木，心猿降得木龍歸。金從木順皆為一，木戀金仁總發揮。」以五行分指師徒四眾及白馬，可在行文中不時找到，具體所指雖不一定與評點家契合，但它畢竟給四眾一騎的取經群體的組合，蒙上一層與陰陽五行的宇宙結構模式相呼應的神秘主義色彩了。

然而作為個性神話文化，這個取經群體結構最有活力的地方，卻在於四眾的特徵各異，優勢互補，隱伏着矛盾，卻又能在相互制約中合作到底。觀音菩薩奉命從西天到長安，於千山萬水之中挑中了這四眾一騎，大概由於他們是取經群體的最佳組合。這個組合包含着三條原則：(一)主弱從強。這條原則也見於《三國》中劉備與諸葛亮、五虎將的群體，以及《水滸》中宋江一百單八將的群體，為章回小說寫群體形象的常見的模式。因為位與智、德與力的分離，給描寫留下許多迴旋的餘地。假若沒有唐僧端莊的儀表和那身據說吃了可以長生不老的肉，就不會引起那

雲棧洞悟空收八戒（錄自清順治刊本《西遊證道書》）

麼多妖魔的垂涎，就不可能出現八十一難。又假若沒有唐僧仁慈而不辨人妖，堅心求道而缺乏法力的性格特點，總是相信孫悟空的火眼金睛和如意金箍棒，就不可能在每次遇難時出現那麼多的曲折和驚險，也不可能顯示出孫悟空那種出生入死、化險為夷的大智大勇。「主弱」是招難之由，「從強」是破厄之術，正是在這一招一破之中，使整個取經行程波瀾起伏、險象叢生、奇境迭出，增加了描寫的曲折性和力度。(二)對比原則。四眾取經目標雖一，修煉程度各殊，或是墮入凡胎的金身，或是攪亂天國的野神，或是貶離上界的天將，身世、性情、脾氣相當懸殊，是四處牽合來的雜神群體。而豬八戒則是雜神中的最雜者，雜上了俗世諸多情慾，雜上了人性各種弱點。他本是上界的天蓬元帥，根據中國方術書，天蓬乃是北斗七星和輔佐二星組成的「九星」之首，[六]在神國的品位相當高。但是一經在群體中與孫悟空相對照，令人頓然明白聖徒中也有俗子。野神與俗神對比，使一部取經神話生色不少。豬八戒有凡夫俗子的傻力氣，充當取經途中挑擔子的「長工」，耙開八百里荊棘嶺，拱通八百里稀柿衕，不辭辛苦和污臭，確有點農耕者的笨勁。同時他也有凡夫俗子的貪饞、好色和懶惰的習性，號為「八戒」，實際上甚麼也不戒。他挑唆心慈耳軟的唐僧唸緊箍兒咒，治一治那位爭強好勝的猴頭，其實也不存甚麼歹心，只不過是自己的貪饞偷懶受阻而實行一點小小的報復。平心而論，那猴子也實在好捉弄人，「四聖試禪心」時他已看破黎山老母們的用心，卻讓色慾迷心的豬八戒去昏頭昏腦地「撞天婚」，被縛吊在樹上受了一夜苦。平頂山蓮花洞的魔王確實厲害，他卻讓豬八戒去巡山，當豬八戒偷懶在山坳睡覺時，又變啄木鳥啄豬八戒的嘴唇，害得豬八戒罵那隻鳥「一定不認我是個人，只把我嘴當一段黑朽枯爛的樹，內中生了蟲，尋蟲兒吃的，將我啄了這一下也。等我把嘴揣在懷裏睡罷」。野神和俗神的個性對比和碰撞，給漫長的取經行程增添了無窮的諧趣。那些激烈的降妖戰役和沉悶的山水行程，加進了他們相互捉弄打趣的味精，便奇蹟一樣地把各種味道都提升出來了。不過，物極必反。如果只有個性碰撞，一旦唐僧被攝走和孫悟空不明下落，豬八戒很可能早就回高老莊當回爐女婿了。為取經事業不致半途而廢，必須在群體性格結構中加進：（三）調節原則。不要看輕沙僧這個為唐僧牽馬、並不滿街賣嘴的角色。他不僅是降妖的好幫手，而且善於在二位師兄的衝突中周旋、撫慰、調解，講話在理，處事穩重，是這個群體不可缺少的潤滑劑和凝聚力。小說的匠心，就在於他不張揚個性的個性中，確定了他的價值和位置。

《西遊記》堪稱獨步的地方，是在個性神話中增加了「哲理—心理」的複調。它發掘着個性深層的精神意蘊，借神話故事思考着人的主體，思考着人的心性，思考着人的信仰、意志和生命力。即是說，它尋找着人的精神歷程的神話原型，使神話成了精神哲學（或心學）的隱喻。前人讀《西遊記》有過一種迷惑：既然孫悟空是大鬧天宮的造反派，何以又成了皈依佛門的投降派？對神話作過分簡單化的社會圖解，勢必造成對其深層精神密碼的誤譯。從精神現象的角度來看，大鬧天宮隱喻着野性生命力的爆發和宣洩，西天取經則隱喻着為了特定的信仰和理想，排除邪魔而進行心性的修煉和意志的磨練。它們代表着生命進程的兩個階段，兩個層面。並不是說野性無休無止地發洩便是生命的最高境界，反不如說，把這種蓬蓬勃勃的活力引向對人生理想信仰的百折不撓的追求，乃是生命的成熟，並最終達到生命的輝煌歸宿。然而，有所謂「沒有規矩，不成方圓」，生命進程的兩個階段、兩個層面的轉換，須有一種規範，或用《西遊記》的語言——須有一個「圈子」。《西遊記》有兩種「圈子」，都有神奇的功能。一個是太上老君的金剛琢，曾經擊倒過大鬧天宮的孫悟空，在取經行程剛好過半的時候，又被獨角兕大王偷到金嶋洞，套去了孫悟空的金箍棒、天兵天將的武器和火龍火馬，以及向如來佛借來的金丹砂。但是這個「白森森的圈子」屬於外功，另一個金燦燦的圈子則屬於內功，這就是套在孫悟空頭上的緊箍兒。這個圈子一套，孫悟空就不敢撒潑逞性，「心猿歸正」，野神轉化為真神。觀世音菩薩說，「緊箍兒咒」又名「定心真言」，可見它是約束心性，使之認定理想目標而矢志不渝的，到孫悟空得道成佛，圈子也就自然消失了。《西遊記》一百回，孫悟空戴着這個圈子八十六回。他本來一個觔斗雲十萬八千里，闖入天宮鬧個天翻地覆；但是同樣十萬八千里的取經路程，卻要用十四年而歷八十一難。可見要達到精神的最高境界，比起單純的野性發揚要艱難多少倍。這就是《西遊記》借個性神話作隱喻，達到了一種發人深省的精神成就。它寫成了一部精神世界的「天路歷程」。

三、神魔觀念重構及其拓展的幻想空間

《西遊記》以神話想像隱喻人類精神現象，既超越了具體的宗教，又別具一格地組構了神魔觀念。神與魔的界限在這裏不是絕對的、靜止的，而是相對的、變化的，存在着相互滲透、牽連和轉化的種種可能性。神變為魔，魔變為神的運作，使整個神話世界處於充滿活力的大流轉狀態。大鬧天宮的孫悟空似乎是「欺天罔上思高位，凌聖偷丹亂大倫」的「魔」，但他對官階森嚴、權術盛行的天宮的反抗，又散發着率真的正氣。豬八戒、沙僧被貶出天宮，到下界佔山霸水，興風作浪，吞食行人，強奪民女，由神變成貨真價實的魔，卻又在唐僧西行取經途中，和孫悟空先後被收為徒眾，加入神的行列了。神魔爭

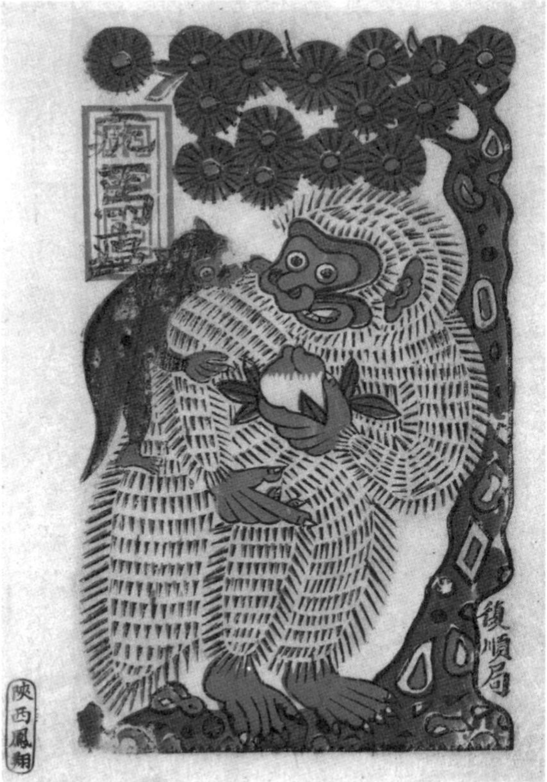

弼馬瘟（清代陝西鳳翔年畫，孫悟空曾被玉皇大帝封為弼馬溫，民間以此畫貼於馬棚以避馬瘟）

鬥，是包含着善惡邪正的。但是由於神中有魔，魔中有神，其間的善惡邪正也就打了或多或少的折扣，出現了某種因果報應的變形。千山萬水間的不少妖魔是菩薩、仙長的侍從和坐騎，甚至是按菩薩的暗示設難考驗師徒四眾的。因而神話成了魔匣，妖魔和仙佛也有不解的因緣。

從個性神話文化而言，這種神魔觀念可以改變神與魔性格的單一性，增加其豐富性、複雜性以及喜劇感、悖謬感。如果要探討一下這種觀念的文化哲學的淵源，那是不應忽視心學、禪宗和內丹對心性的某些闡釋的。《涅槃經》說：「一切眾生，皆有佛性。」把佛性如此普泛化，則令人不妨從另一方面設想：「一切眾生，皆有魔性。」在佛性和魔性的區分和轉化上，禪宗認為，心的覺悟是關鍵，即《壇經》所說：「悟則眾生為佛，不悟則佛為眾生。」神魔兩性的相對性，以及它們間的滲透、牽連和轉化，都可以從這類議論中找到它們的影子。心學有「滿街都是聖人」的驚人之論，它的一些觀點與禪宗異曲同工。所謂「良知之在人心，無間於聖愚，天下古今之所同也」；所謂「天下之人心，其始亦非異於聖人也，特其間於有我之私，隔於物慾之蔽，大者以小，通者以塞」[七]，均是以「致良知」代替禪宗之「悟」，從而溝通和轉化聖人及小人，或神性及魔性了。於是神與魔這些冰炭不能相容的兩端，只不過相隔一層紙，這層紙在禪宗是「悟」，在心學是「致良知」，它們把這層紙當作護身（實際上是護心）符。

問題在於這種神魔觀念的重構，深刻地影響了神話敘事的策略。一種新的觀念成了一種新的敘事策略的內在動力，首先是神話想像的空間和維度，變得更加開闊、豐富和錯綜複雜了。對應於三教合一的仙佛天國系統的，是一個非常豐富多彩的多元化妖魔系統。正如天國不屬於一個主神一樣，魔國不屬於一個主魔，它們往往像封建割據般的各自為政，而在各自為政中隱伏着與各界神靈的千絲萬縷的聯繫。大體而言，千山萬水間形形色色的妖魔可以分為兩大類：野性妖魔和神性妖魔。野性妖魔又有兩種，一種是野性中包含着毒性和邪氣，比如蜘蛛精、蠍子精（琵琶精）和蜈蚣精（千目怪），大概屬於中國民俗中「五毒」之類。又比如車遲國的虎力、鹿力、羊力三仙，都入了旁門邪道，毀佛滅法。也許這些是妖魔中的下下品，和仙佛沒有多少瓜葛，只有剿滅了事。另一種野性妖魔則在野性障蔽中尚知道修行養性。因而即便衝犯了取經四眾，最終還是入了神籍。黑風洞的熊精盜了唐僧的袈裟，但他學過養神服氣之術，「也是脱垢離塵，知命的怪物」，最後被觀音菩薩收去做守山大神。火雲洞的紅孩兒以「三昧真火」把孫悟空燒得焦頭爛額，但他曾在火焰山修行三百年，又是「五官周正，三停平等」的孩兒相，也像黑熊怪一樣被觀音菩薩用緊箍兒套住，帶回去當善財童子。

如果說魔性神（如孫悟空、豬八戒）是《西遊記》中最有生氣的神，那麼神性魔就是最有特色、最值得回味的魔了。神性魔也有兩種，一種是天上星宿動了凡人情慾，變幻到下界為妖。碗子山波月洞的黃袍老怪把寶象國的百花羞公主攝去做了十三年夫妻，被唐僧透露他的秘密時，又把唐僧變形為虎。黃袍老怪卻是二十八宿中的奎木狼，想和侍香玉女私通，便打發她投胎當公主，自己變妖了宿緣。《西遊記》借用和點化了古代占星術的星禽幻想，以五行和各種禽獸與二十八宿相配。奎木狼也就成了狼精，他在王宮飲酒取樂時，乘醉咬下一個宮娥的頭。二十八宿在天上為神將，也體現對應的禽獸的異能。在毒敵山琵琶洞，昴日星官（雞）啼叫兩聲就嚇死蠍子精；在黃花觀，昴日星官的母親毗藍婆（母雞）用繡花針破了千目怪（蜈蚣精）的金光；在天竺國金平府，二十八宿中的角木蛟、斗木獬、奎木狼、井木犴，降伏了三隻犀牛精。值得注意的是，這些星禽在孫悟空大鬧天宮之日皆非敵手，卻能降服連孫悟空也徒喚奈何的妖魔，這種神話思維是滲透着「一物降一物」的循環制約的原則的。它們已經不是屬於創世神話中的物種起源神話，而是近於維繫世界秩序的物種功能神話了。

另一種神性魔是佛陀、老君、菩薩、天尊的侍童、坐騎和在他們身邊聞經得道的飛禽走獸。

《通俗西遊記》，混世魔王和孫悟空（日本月岡芳年作於元治元年，公元一八六四年）

太上老君的金銀二童子，盜了葫蘆、淨瓶，到平頂山化為金角、銀角大王，要蒸食唐僧肉。他坐騎的青牛盜了金剛琢，變成金嶢山的獨角兕大王，把孫悟空折騰得精疲力竭。與如來佛牽連的妖魔有黃風怪，他是靈山下聽經得道的黃毛貂鼠，慣用「三昧神風」；有大鵬金翅雕，因與佛母孔雀大明王菩薩一母所生，孫悟空嘲笑佛祖是「妖精的外甥」。大鵬與文殊菩薩的坐騎青毛獅子、普賢菩薩的坐騎黃牙白象在獅駝山稱雄，危及取經四眾的生命。這樣，所謂佛教至尊的「華嚴三聖」都與妖魔有了瓜葛。文殊的青毛獅子還在烏雞國害命篡位；此外，彌勒佛的司磬黃眉童子假設小雷音寺，捉拿取經四眾；觀音菩薩的坐騎金毛犼也霸山為怪，奪去朱紫國金聖皇后。於是以大慈大悲為懷、在中國民間享香火最盛的佛陀、菩薩，也與妖魔犯上嫌疑。由於神魔之間存在某種因緣，取經途中的神魔之鬥就既有善惡邪正的一面，又更為內在地具有考驗取經者信仰意志的一面。每經一難，取經者的生命與天道的聯繫也就更緊、更深一層了。

古人揣測，施耐庵作《水滸》，懸掛一百單八將的畫像以日夕揣摩其神情，類似的揣測移於《西遊記》的作者，也許更合情理。《西遊記》作者對佛教和道教的寺觀塑像和仙佛畫卷，當是非常熟悉的，並且在逼視這類塑像畫卷的時候，產生某種神魔幻覺和暈眩，從仙佛的侍從、法寶和獰猛的坐騎幻見了隱顯閃爍的魔影。從「善財童子參拜觀音圖」，幻想出火雲洞的聖嬰大王紅孩兒。他被觀音拋出的金箍兒一化為五，套住頭頂、手腳之後，小說寫道：那童子「合掌當胸，再也不能開放，至今留了一個『觀音扭』」，於是「歸了正果，五十三參，參拜觀音」。即便是觀音取笑孫悟空，怕他拐走龍女，大概也因為觀音雕塑或圖像繪有另一位侍從龍女，不禁涉筆成趣。與觀音有瓜葛的妖魔，還有取經中點（行了七八年，已是五萬四千里）的通天河中的靈感大王。觀音擒拿他的時候說：「他本是我蓮花池裏養大的金魚。每日浮頭聽經，修成手段。那一柄九瓣銅錘，乃是一枝未開的菡萏，被他運煉成兵。不知那一日，海潮泛漲，走到此間。我今早扶欄看花，卻不見這廝出拜。掐指巡紋，算着他在此成精，害你師父，故此未及梳妝，運神功織個竹籃兒擒他。」觀音救苦救難是有種種化身的，觸發這裏幻想的，當是手提竹籃金鯉，身邊有荷花含苞未放的漁婦模樣的「魚籃觀音」，明代甘露寺石刻可資印證。

陷空山無底洞的鼠精掠取唐僧去成親，說她是托塔李天王的義女，大概是以「老鼠娶親」的民俗畫牽合毗沙門天王塑像而觸發神話想像的靈感的。前人對托塔李天王為佛教北方護法天王毗沙門，捏合初唐名將李靖的名字而成，考證甚詳。據說，毗沙門天王「右扼吳鉤，左持寶塔，其旨將以摧群魔，護佛事」〔八〕。玄奘《大唐西域記》記載，于闐王自稱是毗沙門天王後代，其地有神鼠，「大如蝟，其毛則金銀異色」。後世天王塑像，手上常有銀鼠。因此當孫悟空拿着無底洞裏供奉的「尊父李天王之位」、「尊兄哪吒三太子位」上天告狀之時，哪吒也只好承認，那鼠精「三百年前成怪，在靈山偷食了如來的香花寶燭，如來差我父子天兵，將她拿住。……當時饒了她性命。積此恩念，拜父王為父，拜孩兒為兄，在下方供設牌位，侍奉香火」。只不過孫悟空與她交戰，她以繡鞋變作化身迷惑對手，劫走唐僧；並且稱她「一對金蓮剛半折拃」，稱她「繡鞋微露雙鉤鳳」，則是把明代婦女的裹腳風習附會給女妖了。

神魔觀念的重構，不僅拓展了神話性想像的空間和神魔聯繫的廣泛程度，而且增加了神話想像的深度，以及神性、魔性和人的心性修養之聯繫的哲理意蘊。《西遊記》有詩：「靈台無物謂之清」（第五十六回）；「人有二心生禍災」（第五十八回）。有所謂「人身小天地」，這部小說在神話想像中把人心也當作神與魔交戰的小天地，而進行富有隱喻性的敘寫了。《李卓吾先生批評西遊記》的幔亭過客序，對這一點看得很透徹：「言真不如言幻，言佛不如言魔。魔非他，即我也。」真假猴王之鬥，採取了人心的神性與魔性相鬥的隱喻。因為這場神魔之鬥，是由取經師徒之間的猜忌離異、即所謂「二心」引起的。孫悟空濫殺翦徑強人，被唐僧責為傷了天地和氣，顛來倒去地唸緊箍兒咒，逐離取經行列。於是被六耳獼猴乘虛而入，變成假悟空，打倒唐僧，劫走包袱。而且還來了一個「大真假」，變出假唐僧、假八戒、假沙僧，要以假代真去取經。師徒異心，引出人間異相，寫異相即隱喻着寫異心。而且人心莫測，真假猴王打到觀音菩薩那裏、打到靈霄殿上、打到唐僧面前，都莫辨真假，地藏王菩薩的諦聽獸辨出來，卻不敢說穿。到如來佛辨出真假，發眾擒拿的時候，孫悟空以「真我」打殺「假我」，才使取經四眾團圓。這幾回的回目明白無誤地標示「神狂誅草寇，道迷放心猿」，「二心攪亂大乾坤，一體難修真寂滅」，如來佛也說這是「二心競鬥」，可見它是以神話的真真假假的奇詭想像，來隱喻人的精神現象的哲理意蘊了。

破心中妖魔的思路，貫穿着四眾取經的全部行程，其中反復出現的聖僧與色魔的情景悖謬，寫得至有特色。色障是明代人關注人性的一個重要焦點，它向唐僧為首的取經群體發起了八次挑戰和威脅：黎山老母等「四聖」化作母女四人，要招他們為偶；白骨夫人變化成美女、老嫗、老翁，迷惑他們；西梁女國的女王，想招唐僧為婿；琵琶洞的蠍子精，以色相攪擾唐僧的禪心；木仙庵的杏仙，向唐僧表示情愛；盤絲洞的七位蜘蛛女妖，臍孔吞絲，綁回唐僧，戲弄豬八戒；無底洞的鼠精掠走唐僧，安排婚筵；月宮的玉兔變成天竺國公主，以招親繡球打中唐僧，想成親後汲取他的元陽真氣，以成太乙上仙。佛教把色慾列入五惡、十戒，是把它視為心中之魔的。這些來自神（四聖）、人（西梁國女王）、左道（杏仙、玉兔）和妖魔（白骨精、蠍子精、蜘蛛精）的色試探和色誘惑，都是企圖挑動唐僧心中之魔，來敗壞其禪心的根本的。因此唐僧取經的艱難，不僅在男妖要食唐僧肉，而且在於女妖要滅唐僧心。行文既揶揄了唐僧的佛教禁慾主義的尷尬，又借豬八戒有時「淫心紊亂、色膽縱橫」，從而反襯了唐僧禪心的堅定。這就把取經的過程和修心的過程統一起來，或如孫悟空解釋《多心經》時的四句頌子：「佛在靈山莫遠求，靈山只在汝心頭。人人有個靈山塔，好向靈山塔下修。」（第八十五回）聖僧與色魔的情景悖謬，正是隱喻着這種精神哲學。

四、神秘數字和神奇情節相組合的結構體系

《西遊記》的「新神話」，包容着豐富、複雜而新異的文化內涵，在恢宏而奇麗、豪放而詼諧的神魔鬥爭之中，內之以心經為核心，外之以術數為筋脈。術數是以天象地脈、周易八卦、陰陽五行為基本元素而進行前邏輯的數理推衍的宇宙運行模式，它的滲透和組構作用，既為神話幻想和敘事提供了宏大細密的形式結構，又使這種形式結構散發着濃郁的靈氣、仙氣和玄學氣味。因此這種形式結構，是框架和氣味兼備的，也就和神話想像的內容血肉相連，渾融無間了。

《易．繫辭上》説：「一陰一陽之謂道。」天數為一、三、五、七、九，屬陽；地數為二、四、六、八、十，屬陰。因此，數字是有文化蘊涵的，分合陰陽，與天地之道相通。當《西遊記》把這種數字滲透到神話敘事的時候，它像一種神奇的味素，把神話的神秘感拔取出來了。一些看似平常的事物和行為，在神秘數字的作用下，令人感受到某種天道運行的超自然的力量。孫悟空被太上老君推入八卦爐中，以文武火燒煉七七四十九日，不僅沒有化為灰燼，反而煉出了「火眼金睛」，這就令人感到這位猴精確實具有「混元體正合先天，萬劫千番只自然」的神功。有趣的是，孫悟空跳出八卦爐時，從爐上落下幾塊尚有餘火的磚，化作火焰山，害得孫悟空在取經途中千辛萬苦才借得鐵扇公主的芭蕉扇滅火。「那芭蕉扇本是昆侖山後，自混沌開闢以來，天地產成的一個靈寶，乃太陰之精葉，故能滅火氣。」（第五十九回）它也是搧了七七四十九扇，取與天地相契合之數，才斷絕火焰山的火根的。這個神秘的數字，令人浮起了陽數與陰精相結合而驅風滅火的玄思。至於觀音借取托塔李天王的三十六把天罡刀，化作千葉蓮台捉拿紅孩兒；以及孫悟空、牛魔王七十二變，合地煞之數，豬八戒三十六變，合天罡之數——雖然這些變化是受了佛教「變化通力」理論的影響，但在數目上與其説是取於佛教的三十六獸、七十二天之類，不如説是取於《水滸傳》的三十六天罡星、七十二地煞星，更為直接。不過這些數字大概與十二地支，以及太歲方位、太陰方位一類占星擇吉之術有關，它們的總和一百零八，又合於佛教一百零八的煩惱數和數珠唸經數，因而它們融合着佛道方術對天地運行數理的體驗，體現着一種超理性的神秘意識。

《西遊記》的高明之處在於，神秘數字的運用並沒有削弱神話形象的具體可感性及其行為的能動性，反而強化了這些形象的特殊性及其濃郁的文化隱喻。顯然，孫悟空在老君八卦爐裏燒煉七七四十九日，孫悟空有七十二變，這是讀過《西遊記》的人都不會忘記的。而且人們已經把孫悟空「跳不出如來佛的掌心」，當作俗語來使用了。這也是得力於描寫中使用了一些對比鮮明的、誇張而神奇的數字。孫悟空宣稱「皇帝輪流做，明年到我家」，口口聲聲要奪天位。如來佛卻拿偌大一個天位作賭注，以孫悟空能否一觔斗打出他的手掌決輸贏。這簡直是開玩笑，因為這裏有兩個對比得不相稱的數：一觔斗雲十萬八千里，手掌方圓不滿一尺。可是這種數字玩笑，卻把孫悟空「開」進去了。他縱身一路雲光，無影無蹤去了，卻發現五根肉紅柱子撐着一股青氣，認為到了天盡頭。於是他以毫毛變筆，題字為記，還撒了一泡猴尿。翻觔斗回到原處，卻發現字題在如來佛手指上，還有些猴尿臊氣。十萬八千里和不滿一尺這類數字，在神力作用下竟然發生了如此不可思議的空間變幻，而且散發着令人拍案叫絕的幽默感。當孫悟空想再翻一個觔斗去查證此事之時，如來佛將五指化作金、木、水、火、土五座聯山，叫做「五行山」，將他壓了五百年，讓他飢餐鐵丸、渴飲銅汁了。從五指化五行中，似乎可以設想，中國古代以五行組構天地萬物的模式也是「近取諸身，遠取諸物」而概括出來的。把中國的五行借用以描寫佛祖的法力，從中也可以看出，小說是以超宗教、超時空的自由心態來驅遣那些神秘的數字了。

除了滲透於具體的想像之外，神秘的數字還對《西遊記》的結構方式起了關鍵作用，其中最重要的是九九八十一之數。明嘉靖年間的重臣曾作這種散發着道教術數味的對聯奉承皇帝：

> 洛水玄龜初獻瑞，陰數九，陽數九，九九八十一數，數通乎道，道合元始天尊，一誠有感；
>
> 岐山丹鳳兩呈祥，雄鳴六、雌鳴六、六六三十六聲，聲聞於天，天生嘉靖皇帝，萬壽無疆。〔九〕

其實早在《管子·輕重戊》中，已有「作九九之數，以合天道，而天下化之」的說法。宋代蔡沈《洪範皇極內篇》模仿周易八八六十四卦的體例，敷衍《洪範》為九九八十一疇，踵而為之者頗多，開了術數中的「演範派」。後之星相術士以此附會人事，推斷流年，預言吉凶，就更使這個數字廣泛流行、並蒙上神秘色彩了。

這個意蘊神秘、又廣為流行的數字，被《西遊記》點化為唐僧取經的歷難次數，便突出地標示出取經行程的漫長、曲折、艱難和凶險。一路寫來，真是難難相續，難前有難，難後還有難。小說根據民間傳說和宋元戲文，改寫了唐僧的身世來歷，他是「聖胎」：佛陀高足金禪子下凡，狀元和丞相小姐之裔。卻在父母赴江州州主之任時，遭強徒殺劫，才滿月就被拋在江中木板，把生命託付給流水。他被稱為「江流僧」，也可以說他的生命隨流水而來；而且他的舊生命最終隨流水而去。取經終點上靈山過凌雲仙渡，他坐的是「無底船」，只見上流漂來一具死屍，孫悟空笑說：「師父莫怕，那個原來是你。」在難前難和難終難的呼應中，在嬰孩和死屍的投胎、脱胎的對比中，八十一難隱喻着一個「生命與水」的神話原型。然而這還不是八十一難的全數，於是有取經回程中，老黿再馱他們過通天河，因唐僧忘記為他向佛祖問因果歸宿，而把他們和經卷抖落水中。通天河是取經途程的中點，這一難後之難，以中點代表全程。取經「乃是奪天地造化之功，可以與乾坤並久，日月同明」，因此「為天地不容，鬼神所忌，欲來暗奪之」，遂有風狂霧慘、電閃雷鳴的震撼乾坤的一幕。這就使八十一難的結穴點，顯得格外有力、格外發人深省了。

八十一難雖然只有四十左右的情節單元，有時一個情節單元包含數難；但是要使這四十左右的情節單元避免重複單調，而能奇中出奇，富於變化而饒有趣味，也是非大想像力、非大手筆不辦的。在這一方面，行文以取經四眾一線貫串之時，採取了「重複中的反重複」的敘事策略，尤為值得注意。觀音菩薩給取經四眾排難解厄七次，前人已看出次次有奇思，次次不落格套：

水月觀音像（敦煌北宋絹本畫，此像觀音做男相，朱唇邊有蝌蚪形小鬍髭）

> 有求之而不親來者，收悟淨是也；有不求而自至者，金毛犼是也；至於求而來，來而親為解難者，不過鷹愁澗、黑風山、五莊觀、火雲洞、通天河五處耳。五處作用各不同，其中最平易而最神奇者，無如通天河之漁籃，彼梳妝可屏，衣履可捐，而亟亟以擒妖救僧為事。其擒妖救僧也，亦不露形跡，不動聲色，頌字未脫於口，而大王已宛然入其籃中。此段水月風標，千古真堪寫照。〔十〕

孫悟空以鑽腹術破妖，把戰場鏖兵變作肚內搗亂，奇思妙想也合猴頭捉弄人的性格。六次鑽腹，種種鑽腹的方式又有不同。他可以變作仙丹，被黑熊怪吞下；可以變作熟瓜，給黃眉大王解饞。變蟭螺蟲隨茶末鑽進鐵扇公主腹中；再變蟭螺蟲伏在無底洞鼠精的酒沫中，卻被彈掉，只好變作花園中的桃子，讓唐僧虛情假意地摘桃表愛，才算得手。不須變化，原樣被稀柿衕的紅鱗大蟒吞下，只須在腹內以金箍棒戳個窟窿就算了事；在獅駝山被青獅大王吞下去，卻在腹內腹外演了一幕諧趣淋漓的鬧劇。孫悟空先是說要在獅魔肚過冬，支鍋煮雜碎吃，在頂門裏捌個窟窿當煙囪；繼而接飲魔王想藥殺他的藥酒，在肚裏摸爬滾打耍酒瘋；折騰得魔王向他求饒，稱他「外公」，答應抬轎送他師父過山，但他出來之前用金箍棒探路，把想咬住他的魔王迸得牙齦疼痛。最後受妖魔的激將法，從鼻孔被一個噴嚏打出來了，卻事先用毫毛變作長繩，拴住魔王的心肝。在群魔圍攻他時，扯繩把魔王從空中像紡車兒似的跌倒，在山坡上跌出二尺深的坑。害得小妖們高叫：「大王，莫惹他！……這猴兒不按時景，清明還未到，他卻那裏放風箏也！」小說以奇異的想像給吃人猛獸開了一個玩笑，把猴戲搬演到他的肚子裏去，使人但覺「好玩」，從而消解了神魔鬥爭的殘酷性和鑽腹術反復使用的單調性了。

觀音圖（二）（清金禮嬴作，觀音已如民間少婦，被世俗化了）

觀音圖（一）（清原濟作，觀音已是慈祥端莊之女相，帶山林且文士風，身邊有淨瓶柳枝寶物，趺坐於山石竹叢海濤間）

《西遊記》有一整套數字思路，除了用八十一難作為總構架之外，還有一系列數字與之呼應，組成一個舒展而嚴密的數字結構體系。它以天地運行之數開頭，以唐僧取回經卷之數結尾，有一種首尾呼應的數字機制。這些經目和卷數，大概是借用於某種宗教宣傳的書單，給人信口雌黃之感。取回佛經五千零四十八卷，不合玄奘得經五百二十夾、六百五十七部之數，卻符合《開元釋教錄．入藏錄》的佛經卷數。有意味的是，小說還把玄奘取經實際上用去十六年，改為十四年、並加上回程的八日，得出了與佛藏卷數契合的五千零四十八日。幾經改動，就把數字體系化了，從而也把取經行程和取經結果神聖化了。十四年行了十萬八千里，這個里程是一百零八的倍數，自有其神秘性。把總里程分解為小單元，又出現七處八百里：八百里黃風嶺，八百里流沙河，八百里通天河，八百里火焰山，八百里荊棘嶺，八百里稀柿衕，八百里獅駝嶺，五山二水，突出了行程的漫長和艱險。這些數字呼應於首尾，貫串於全程，相互關聯，又與天地相契合，它們是作為某種數字結構體系影響着全書的敘事操作的。

誠然，與數字結構體系相輔相成的，還有情節結構體系，否則就落入虛玄了。情節給數字所提供的神秘性、哲理性以形象的載體。正如沒有這類神秘數字的情節，很可能流為一般的小說故事一樣，沒有情節的神秘數字，大概也近乎方術咒語。《西遊記》的情節結構體系，有三個方面值得注意：

其一，人們從刻板的結構理論出發，以為「大鬧天宮」與「四眾取經」是兩個不甚協調的敘事單元。其不知全書開頭以孫悟空大鬧龍宮地府，大敗天兵天將，實際上提供了一個包羅佛道以及三界的神譜，為他其後在取經途中籲請和驅使天地神祇，降妖伏魔，作了威懾力和交往範圍方面的鋪墊。很難設想，沒有這個神譜、這種鋪墊、這番「不打不成交」，會那麼自自然然描寫起孫悟空被唐僧氣走

唐僧取經圖（甘肅省安西縣榆林窟西夏壁畫。唐僧身後已有猴行者）

後，順道到東海龍王那裏喝口香茶，聽龍王講「圯橋三進履」故事而回頭認師；會那麼繪聲繪色地描寫着孫悟空在車遲國鬥法時，神氣活現地以金箍棒指揮風婆婆、巽二郎、推雲童子、佈霧郎君、雷公、電母和四海龍王。正是由於有了這個神譜、這種鋪墊、這番「不打不成交」，才可能得心應手地寫托塔李天王、哪吒太子為孫悟空助陣，降伏牛魔王；才可能毫不勉強地寫孫悟空在碧波潭，邀請打獵路過的二郎神一道重創九頭怪；才可能入情入理地寫出孫悟空告發李天王是無底洞鼠精之父時，李天王暴發出的那份憤怒和惶遽。總之，「大鬧天宮」與「四眾取經」在結構上以外在的不協調，達到內在的大協調，打個比喻，就像一條神龍，頭如山峰突兀，身如長蛇蜿蜒，卻能相互呼應，形成神奇的生命。

唐朝玄奘取經圖（敦煌莫高真君復元碑刻拓片。《西遊記》發源於玄奘取經的傳說，卻在出入人間天國的神奇思維中盡變原型，成為以小說形式集神話文化之大成的傑作）

其二，觀音奉佛旨東來尋找取經人的途程，成了唐僧取經途程的逆向概觀。這條逆行線至少起了三種結構性作用：事先介紹了唐僧的三徒一騎的身世、來路和下落；同時由於觀音曾經舉薦二郎神成為孫悟空大鬧天宮時勢均力敵的對手，其後又成了取經四眾排難解厄的最得力者，又由於她把佛祖託付的錦斕袈裟、九環錫杖傳給唐僧，她的這番逆向行程也就成了大鬧天宮、唐僧出世與四眾取經等三個超級情節單元之間的騎縫線。最後，佛祖給她的三個緊箍兒成了後來收伏孫悟空、黑熊怪、紅孩兒的法寶，因而這條逆行線又拋出幾條分支線索，遙遙聯結着取經諸難。

其三，牛魔王家族也成了聯結大鬧天宮和取經諸難，而又與觀音線索（第三個緊箍兒）有所黏連的貫串線索。

《西遊記》的神魔多有家常禽獸，十二生肖之鼠、牛、虎、兔、龍、蛇、馬、羊、猴、雞、狗、豬應有盡有，除猴、豬之外，以牛最為突出。牛魔王原是花果山七兄弟之長，其後又是火焰山降雨滅火之關鍵，隱喻着農耕社會中對牛的尊崇和對風調雨順的渴思。牛魔王的家族倫常，除了無君無父之外，父子、妻妾、叔侄、朋友皆備。孫悟空在火雲洞與紅孩兒認叔侄而不受，對紅孩兒的收伏成為以後諸難中倫理情感的心理障礙。唐僧、豬八戒喝了子母河的水，腹疼成胎，孫悟空就到聚仙庵向如意真仙求取落胎泉水，卻被稱紅孩兒為舍侄的真仙百般留難，這位老叔責問那位「老叔」：「我舍侄還是自在為王好，還是與人為奴好？」三調芭蕉扇之役，是取經群體與牛魔王家族衝突的高潮。孫悟空聽聞鐵扇公主是牛魔王妻，連稱「又是冤家」，知道心理障礙又會作怪。這裏又寫了牛魔王喜新厭舊，以萬年狐王遺女玉面公主為妾，釀成妻妾猜忌，使孫悟空有隙可乘。於真真假假中騙扇和反騙扇，使牛魔王要在妻妾面前賣弄英雄主義，引起一場震天撼地的大搏鬥，又因牛魔王曾到亂石山碧波潭赴宴，孫悟空在那裏偷了辟水金睛獸，所以其後由祭賽國佛塔失寶而引起的與碧波潭萬聖龍王、九頭駙馬之戰，也成了與牛魔王家族交鋒的餘波。取經群體與牛魔王家族水水火火地交往和交鋒的四個情節單元，涉及取經八十一難中的十難，不僅自成系統，相互呼應，而且與大鬧天宮的總鋪墊、觀音東來的逆行程相互交織，更重要的是它們把神魔鬥爭家常化和人情化了。一部《西遊記》以神奇的形象和神秘的數字相交織，在超宗教的自由心態和遊戲筆墨中隱喻着深刻的精神哲學，從而以小說文體寫成了一部廣義上的「文化神話」和「個性神話」的典範之作。

注釋：

〔一〕《孟子．盡心》。

〔二〕張宇初：《道門十規》，收入明正統年間《道藏》正一部。

〔三〕（清）張書紳：《新說西遊記總批》，晉省書業公記藏版。

〔四〕魯迅：《中國小說史略》第十七篇「明之神魔小說（中）」，《魯迅全集》第九卷，人民文學出版社一九八一年版，第一六六頁。

〔五〕清道光刻本《西遊證道書》第二十二回回首汪批。

〔六〕《素問天元紀大論》有「九星懸朗，七曜周旋」，注曰：「九星謂：天蓬、天內、天沖、天輔、天禽、天心、天任、天柱、天英。」

〔七〕《答聶文蔚》、《答顧東橋書》，均見《王文成公全書》。

〔八〕《古今圖書集成．神異典》卷九一引唐盧弘正《興唐寺毗沙門天王記》。

〔九〕（明）沈德符《萬曆野獲編》卷二。

〔十〕（清）西陵殘夢道人汪澹漪箋評《西遊證道書》第四十九回批語。觀音為阿彌陀佛的左脅侍、「西方三聖」之一阿婆盧吉低舍婆羅（Ava—lokeśvara）的漢譯名，原譯觀世音，避唐太宗李世民諱而改此名。觀音三十三化身中，既有佛身、辟支佛身，也有長者婦女身，居士婦女身。佛教密宗還有千手千眼觀音、馬頭觀音、十一面觀音等異相。佛教把他描繪成大慈大悲的菩薩，遇難眾生誦其名號，「菩薩即時觀其音聲」，前往拯救解脫。觀音作為中國佛教四大菩薩之一，以普陀山為道場。女相觀音造像始於南北朝，盛於唐代以後。《南史》記載陳後主沈皇后，於隋唐之際到毗陵天靜寺為尼，名觀音。《遼史拾遺》引王鼎《焚椒錄》云，道宗蕭皇后，母夢月而生，端麗聰慧，小字觀音，暗示着在世人心目中，觀音已美女化了。

第六講　《金瓶梅》：世情書與怪才奇書的雙重品格

一、「世情——奇書」的審美旨趣悖謬雙構

中國古典小說給人帶來聚訟紛紜的「恐懼的誘惑」者，莫過於《金瓶梅》。儘管它蒙受淫穢之譏，魯迅還是把它列入「明之人情小說」，推崇它是「世情書」之最，並解釋道：「不甚言靈怪，又緣描摹世態，見其炎涼，故或亦謂之『世情書』也。」〔一〕後來的論者據此稱它是「中國第一部偉大的現實主義小說」。

近年隨着《金瓶梅》研究漸成顯學。人們把出版經和小說史料整理經同念，於是在明萬曆詞話本之外，重新看中了清康熙年間張竹坡評點的「第一奇書」本。誠然，小說之有「奇書」的概念和體制，是與《金瓶梅》的出現所引起的「奇快」、「驚喜」和「駭怪」之感（均沈德符《萬曆野獲編》語）分不開的。清順治刊本的《續金瓶梅》卷首，有西湖釣叟的「序」，謂「今天下小說如林，獨推三大奇書，曰《水滸》、《西遊》、《金瓶梅》」。李漁為他評點的《三國演義》作序，自然要推許本書，並且拉了馮夢龍作證，把「奇書」的數目由三變為四：「嘗聞吳郡馮子猶賞稱宇內四大奇書，曰：《三國》、《水滸》、《西遊》及《金瓶梅》四種。余亦喜其賞稱為近是。」〔二〕於是在金聖歎推崇《水滸傳》，把它與《離騷》、《莊子》、《史記》、杜詩、《西廂記》等子史詩文並列，組構「才子書系統」的同時，出現了純屬於章回小說的獨立的「奇書系統」。張竹坡評點《金瓶梅》之後，則把這部晚出的小說淩駕於它的前輩之上，稱為「第一奇書」，從而把《金瓶梅》的身價和「奇書」的名目，「炒」成了一種不可

迴避的文學史現象了。這就出現了滿文本《金瓶梅》序中這種說法：「如《三國演義》、《水滸》、《西遊記》、《金瓶梅》四種，固小說中之四大奇也，而《金瓶梅》於此為尤奇焉。」

然而「世情書」重在寫實，「奇書」重在出奇，二者之間是存在着明顯的審美旨趣差異的。論者評議《金瓶梅》，時而稱「世情書」，時而稱「奇書」，卻很少把二者聯繫為統一的整體加以深究。實際上「世情—奇書」這種審美旨趣的悖謬的雙構，使我們無論怎樣考證作者「蘭陵笑笑生」的姓名身世，都不應忘記他是一位曠世怪才，甚至鬼才。

二、文人小說對傳統文學的多層次戲擬

《金瓶梅》是純粹的文人小說，沒有如同《三國演義》、《水滸傳》那種由市井講說到文人寫定的創作過程，因此也就具有不同的審美追求和文化心態。它不同於瓦舍勾欄的說書人，在大庭廣眾中講述着一個古老的帶傳奇色彩的夢，而是由書齋窺視市井，窺視着說書人離之不算遠、卻難免有幾分隔膜的人情世界。它的心態因而不是神往的，而是諧謔的或諷喻的；不是遵從公眾的日常道德的，而是隱秘的和帶點玄學味的。由這種特殊心態帶來的新的敘事情調、謀略和角度，推進了中國章回小說文體的轉型。

首先值得注意的，是《金瓶梅》對傳統小說成規的戲擬（parody）。它以戲擬的謀略，對傳統成規實行承襲、翻新和突破，令人聯想到塞萬提斯的《堂．吉訶德》戲擬騎士文學的創新手腕。眾所周知，《金瓶梅》頭十回是借用了《水滸傳》中潘金蓮偷姦鴆夫的情節的，但借用中便有轉化和戲擬。在詞話本中，便有對潘金蓮身世的重構和鋪陳，使她由「大戶人家」的使女，變作曾在王招宣家學會「描鸞刺繡，品竹彈絲，又會一手琵琶」，轉賣給張大戶之後，又以其淫蕩害得「大戶得患陰寒病症，嗚呼哀哉死了」。這便豐富了這位女主角的文化儲備和淫邪尤物色彩，

也開始改變了寫潘金蓮是為了寫武二的描寫角度。十回中還插進了西門慶迎娶布販富孀孟玉樓的情節，使西門慶借色聚財和恃財獵色形成對照。最後讓武松在獅子橋下酒樓打死的不是西門慶，而是「替身」李外傳，則實在是讓這位打虎英雄，表演了一場誤把風車當魔鬼來大戰一場的滑稽劇了。

戲擬乃是對傳統敘事成規存心犯其窠臼，卻以遊戲心態出其窠臼。第一奇書本《金瓶梅》首回，把「景陽岡武松打虎」改為「西門慶熱結十兄弟」，一方面固然是照應全書以西門慶為敘事中心，另一方面，也可以看做對《三國演義》以桃園結義開篇，或對《水滸傳》以水泊聚義為紐結的戲擬。這一點只要讀一讀西門慶十人在玉皇廟昊天上帝座前焚燭跪拜開讀的疏文，就一清二楚了。疏文說：「伏為桃園義重，眾心仰慕而敢效其風……況四海皆可兄弟，豈異姓不如骨肉？」然而在這場跪拜結盟之前，已有應伯爵諸人在集資酬神的銀兩分量和成色上做了手腳，結盟之後即有西門慶對花子虛的佔妻謀財，有應伯爵在西門府繁華時的趨附揩油和敗落後的落井下石，最後還有西門大娘子（吳月娘）在兵荒馬亂中所作的雲守理霸佔了她、並殺死她的兒子的噩夢。這番戲擬，表明戲擬者對桃園結義、梁山泊聚義曾經有過的理想化體現，而玉皇廟拜疏又冠冕堂皇地重複的「生雖異日，死冀同時」，「安樂與共，顛沛相扶」的信念，在市井人情的衝擊下已經動搖破滅。這場「熱結」，實際上包含着以卑鄙嘲笑崇高的悖謬。

戲擬謀略的運用在《金瓶梅》中是多層次的，由於它有「文備眾體」的特徵，又是多文體的。比如唐人傳奇中有一個「進士與妓女」的母

俏潘娘簾下勾情（錄自清張竹坡評點《全像金瓶梅第一才子書》）

題，第四十九回西門慶宴請兩淮巡按御史蔡蘊，便對這個母題作了戲擬。蔡蘊是新科狀元、蔡京的假子，半年前省親路過時曾經打了西門慶白金百兩的秋風。這次西門慶安排兩位妓女在花園翡翠軒陪他作樂，並借用東晉謝安和王羲之攜妓遊賞之事，笑問蔡蘊：「與昔日東山之遊，又何別乎？」蔡蘊道：「恐我不如安石之才，而君有王右軍之高致矣。」於是月下與二妓攜手，不啻恍若劉阮之入天台。這些描寫，是帶點《世說新語》的韻味的。其後蔡蘊與妓女下棋聽曲，並為妓女題扇面，正面描寫洋溢着唐人般的文酒風流，但西門慶的這番「高致」卻是為了攀援權貴，由蔡蘊提早支放淮鹽三萬引以做投機生意。文酒風流一經戲擬，便使詩情市儈化，變作富賈勾結權貴的美人陣了。

《金瓶梅》似乎是一代怪才的恃才之作，在其不落格套、雲霞滿紙之處，難免留下一些缺乏修飾而不夠精緻之筆。戲擬謀略也不例外。比如第九十八回「陳經濟臨清開大店，韓愛姐翠館遇情郎」，便是戲擬《韓五賣春情》話本的。細按《古今小說》卷三中這則情節相近的話本，多次使用「說話的」一類話頭，又帶有宋元說書人喜歡說臨安的特點，當是早期話本。《金瓶梅》的情節當與之同源，只不過把韓金奴改作韓愛姐，再調整一下人物關係，就借用過來了——連「八老」（即「孛老」）為娼妓假父或僕役，不應成為四處流浪的韓愛姐「父、母、女」家庭結構中的一員，也沿用過來了。因此這段情節和頭十回某些借用《水滸》的情節一樣，沿襲多於點化，戲擬略嫌夾生。《金瓶梅詞話》第三十四回，西門慶向李瓶兒談論阮三與陳參政小姐幽會於尼庵而苟合喪生的案情，是借用於《清平山堂話本．雨窗集》中的《戒指兒記》的（《古今小說》嗣後編入卷四，題為《閒雲庵阮三償冤債》）。

西門慶結交蔡狀元（錄自明崇禎刊本《金瓶梅》）

不過，《金瓶梅》沒有陳小姐懷胎守志的後事，卻是西門慶在戲狎孌童之後，與李瓶兒談論王六兒叔嫂亂倫案件時順口提到這樁風流案的。由一個超級淫棍去評說和處置另外兩樁桃色案件，本身便是滑稽的事情，更何況後來西門慶服了胡僧藥，又在王六兒、潘金蓮身上縱慾暴卒，有點類似於他以鄙薄口吻談論及的阮三。《金瓶梅》這番戲擬，瓦解了《戒指兒記》中捨生求愛的貞潔，以及由守志而獲得「貞節牌坊」的曲終奏雅，還原出市井社會人慾橫流的生活原生態。這正是《金瓶梅》戲擬謀略所產生的藝術轉型的效應，它戲擬了早期章回小說的豪俠道義，戲擬了話本小說的兒女真情，戲擬了傳奇小說的文酒風流，從而還原了市井社會中銅臭熏天、人慾橫流的平凡世界，建構了世情書的敘事形態。

三、對正統哲學和世俗宗教的信仰危機

應該看到，戲擬謀略的採用乃是受現實生活的刺激，認清了舊敘事模式的不適用，因而在敘事模式和生活的錯位之間採取嘲諷心態。戲擬式的嘲諷是一種新鮮的智慧，但也是一種無可奈何的智慧，戲擬的主體同樣存在着新的內在的錯位。就《金瓶梅》而言，它存在着雙重的意蘊：一重是形而下的，它剖析了西門慶和他的六位妻妾的家庭，以及與之相聯繫的商行官府，提示了整個社會趨向市井化的生活方式、精神方式，包括行樂方式。另一重是形而上的，它從人的生活方式和精神方式中抽象出酒色財氣四種元素，以道家的清靜寡慾精神進行消解和評判，又以佛家的輪迴報應幻設進行勸戒和懲罰。這二重意蘊是存在着正反錯位的：它感慨於整個社會在金錢和權勢支配下的野獸化和市儈化，又不能免俗地渲染着獸化情慾和儈化奸巧；它深感禮制崩壞時勸戒的無能為力，卻又喋喋不休地用宗教的威懾進行勸戒。不可簡單地認為宗教思想只是給赤裸裸的情慾描寫加上一層保護色，實際上它折射着以輪迴報應的命定論形式出現的人性危機感和命運莫測感。產生《金瓶梅》的明代中晚期嘉靖、隆慶、萬曆年間，為陽明心

學熾盛時期。王陽明以「致良知」為理論核心，來闡釋儒家經典《大學》中代表的德治理想和實踐程序。而《金瓶梅》代表着文學與主潮哲學的歧途，它在戲擬傳統敘事文體的同時，也戲弄了主潮哲學。

《金瓶梅》是信仰危機的產物，它反映的信仰危機不是枝節的，而是全面的。這種危機不僅涉及哲學，而且涉及宗教。詞話本的卷首有《四貪詞》，勸人警戒酒、色、財、氣，用的似乎是道家清靜無為的思想，宣揚一種任天安排、隨分優遊的人生態度，以及「人能寡慾壽長年，從今罷卻閒風月，紙帳梅花獨自眠」的生活方式。但是第一奇書本已看出這種虛玄超逸的思想對於慾火而言，只是杯水車薪，「世上人營營逐逐，急急巴巴，跳不出七情六慾關頭，打不破酒色財氣圈子，到頭來同歸於盡，……只這酒色財氣四件中，惟有『財色』二者更為利害」。因此它改寫了卷首詞，除了作詩戒財戒色之外，又把《新橋市韓五賣春情》等話本中也出現過的說書人口頭禪，移到廣受民間信仰的純陽祖師呂洞賓口中作為當頭棒喝，改題《色箴》云：「二八佳人體似酥，腰間伏劍斬愚夫；雖然不見人頭落，暗中教君骨髓枯。」這就把道家的自然修養換作道教的生存威懾了。

但是，道教威懾似乎也沒有多少約束力量。西門慶自有西門慶的一套暴發戶加淫棍的哲學：「咱聞那佛祖西天，也只不過要黃金鋪地；陰司十殿，也要些楮鏹營求。咱只消盡這家私廣為善事，就使強姦了嫦娥，和姦了織女，拐了許飛瓊，盜了西王母的女兒，也不減我潑天富貴。」銅臭驅散了一切宗教的靈光，在狂妄的褻仙謗佛

李瓶姐隔牆密約（錄自明崇禎刊本《金瓶梅》）

中污辱了各種美的象徵和幻想，連同最美麗的三位仙女以及道教女仙領袖都被踐踏到淫蕩的泥坑中了。奉祀民間道教最高神的玉皇廟，儘管西門家不絕地在那裏設齋打醮，拜疏誦經，卻也沒有給這個家庭何等護祐。連在那裏寄過法名、穿過道服的官哥兒，也沒有應驗着領回的項圈靈符上刻寫的「金玉滿堂，長命富貴」，「太乙司命，桃延合康」的吉利話，經不得狗兒貓兒的恐嚇就夭折了。

饒有意味的是第一奇書本的玉皇廟結拜儀式種種。在玉皇上帝面前八拜締盟之前，西門慶一流人指點壁上的馬、趙、溫、黃四大元帥，滿口渾話地調侃道門諸神，甚不恭敬。如果說《漢武內傳》一類崇道書是神仙調侃人間帝王，那麼《金瓶梅》則是市井小人調侃神仙，仙凡的位置全然顛倒過來了。最後眼光集中到黑面騎虎的財神趙玄壇元帥。由調侃他騎的老虎引導出景陽岡上的吊睛白額老虎，再幾經曲折，引導出武松打虎以及潘金蓮調情。虎與虎之間的意象跳躍，若沒有中間「橫雲斷嶺」式的種種插敘，就有點像現代小說經常採用的電影蒙太奇手法了。據《三教源流搜神大全》卷三「趙元帥」條：趙玄壇「其位在乾，金水合氣之象也。其服色，頭戴鐵冠，手執鐵鞭者，金遘水氣也；面色黑而鬍鬚者，北氣也；跨虎者，金象也。故此水中金之義。」這就把財神崇拜，納入四儀八卦、五行生尅的宇宙圖式之中。由這裏「金水合氣之象」的金，引導出潘金蓮的「金」，其隱義是以財引色。據說以「玉」字稱上帝，如同「玉京玉清」、「玉闕玉樓」一樣，帶有純潔清淨之意，而這裏的玉皇廟卻成了西門慶一流人釋放酒色財氣一類妖魔的場所了。因此他們不僅褻瀆了道教女仙領袖，而且褻瀆了民間道教的最高神。

佛教的待遇似乎比道教略強。不僅西門家的主婦平日聽經宣卷，遇喪事則延僧作醮追薦，做善事則佈施印經修寺，而且普淨禪師救過吳月娘，十五年後又薦拔宿鬼，並點悟孝哥兒，致使全書籠罩着一層因果報應的濃霧。「官哥」、「孝哥」，大概是援據儒家義理：學而優則仕，孝為德之本。而道既未保其「官」，佛又去其「孝」。鬼猶求食，沒有子孫供飯，西門之鬼「不其餒而」？這自然是宗教的威懾，但是終日在酒色財氣的火坑中打筋斗的西門家男女，何嘗不因此滋長某種類乎末日意識的「一日主義」？龐春梅就對潘金蓮說過：「人生在世，且風流了一日是一日。」

《金瓶梅》描寫的佛教是世俗的佛教，往往是佛道不分的。比如西門慶在佛寺梵僧手中獲得房術奇藥，梵僧就說這種藥丸為「三次老君炮煉，王母親手傳方」。以梵僧師事道教祖師和仙長，以及傳授道教的房中秘藥，都是頗有反諷意味的。這裏描寫的佛教，又是婦人之教。第一奇書本頭回，勸人看破財色，就引用了《金剛經》六喻：「一切有為法，如夢幻泡影，如露亦如電」，以「參透了空色世界，打磨穿生滅機關」，「不向火坑中翻筋斗也。」可是，真正進入西門家的佛教，乃是薛姑子講説寶卷的佛教。她演頌《金剛科儀》時，自然也講了些有若「金剛六喻」的思想：「畫堂繡閣，命盡有若長空；極品高官，祿絕猶如做夢。黃金白玉，空為禍患之資；紅粉輕衣，總是塵勞之費。」這些演頌雖然能破吳月娘精神的寂寞，但更使吳月娘感興趣的不是人生幻滅感，而是薛姑子能使她妊娠的「一紙好符水藥」。從薛姑子叮囑要在「壬子日」服藥行房來看，她也是佛與道、甚至與巫術不分的。有諷刺意味的是，這樣「好不有道行」的姑子竟被西門慶揭發了她骯髒的底細，嘲笑她在地藏庵受賄安排阮三與陳參政小姐偷姦喪命，而且西門慶責問她「有道行一夜接幾個漢子」也非虛言，她在廣成寺賣餅時就與好多個和尚行童調情偷姦過。由身在酒色財氣火坑中的僧尼，來勸説世人跳出火坑，這本身就蘊涵着對佛教宣傳的失望。對儒、道、佛三教的信仰危機，使《金瓶梅》一再地探討着「情慾與死亡」的母題，展示了以市儈化和野獸化為基本特徵的市井人生。

四、「情慾與死亡」母題和人物「三絕」

信仰危機使理想追求幻滅和道德約束解紐，酒色財氣的人慾在缺乏理想疏導和道德約束的情形下瘋狂地泛濫。人性被浸酥了，被扭曲了，失去理性的市井人物既感受到生命價值的虛妄，便在無度的縱慾求歡中「實現」生命價值和毀壞生命價值。滿文本《金瓶梅》序所謂「凡百回中以為百戒，每回無過結交朋黨、鑽營勾串、流連會飲、淫黷通姦、貪婪索取、強橫欺凌、巧計誆騙、忿怒行兇、作樂無休、訛賴誣害、挑唆離間而已，其於修身齊家、裨益於國之事一無所有」。從社會學角度而言，是描摹世情，罵盡諸色；從精神現象的「本質直觀」而言，這種市井智慧的邪惡性運用，體現了信仰危機中的人生觀，重疊着俗濫人慾和死亡意識的雙重陰影。這便形成了《金瓶梅》作為奇書和世情書的特異的母題：情慾與死亡。

誠然，《水滸傳》中已經有了「情慾與死亡」的母題，諸如武松殺嫂、宋江殺惜、石秀楊雄殺潘巧雲，以及梁山泊軍攻陷大名府懲治盧賈氏都屬此類。但是這類「情慾與死亡」是外在的，處於從屬或陪襯地位。綠林好漢是以疏財仗義和不悅女色作為其基本品格的，當賤婦賊人的越軌情慾妨害這種品格時，綠林好漢就使情慾歸於死亡，而還自己的品格以崇高感。這是一種絕情色彩的「情慾與死亡」。

《金瓶梅》的「情慾與死亡」，從基本傾向而言，是內在的、佔有主導位置的，因而是《水滸傳》同類母題的一個反命題。即便是它所承襲的「武松殺嫂」情節，《金瓶梅》渲染了潘金蓮鴆夫的情慾目的部分，重構、拆裝和推遲武松復仇部分，在情節位置上使前者更為重要，更符合該書的基本情調和內在精神。甚至可以說，《金瓶梅》從文學傳統中觸發的最初靈感，是潘金蓮以死神開路的淫蕩，而不是武松借死神來完成的義勇。它所增寫的「燒夫靈和尚聽淫聲」，竟成了「情慾與死亡」的充滿荒謬感的「禮讚」。在《水滸傳》中，這不過是用潘金蓮設了武大靈牌之後，「每日卻自和西門慶在樓上任意取樂」一筆帶過。《金瓶梅》則借一場大雨，把武松阻隔在東京返鄉的途中，把這個死亡與情慾兼陳的儀式敘寫得淋漓盡

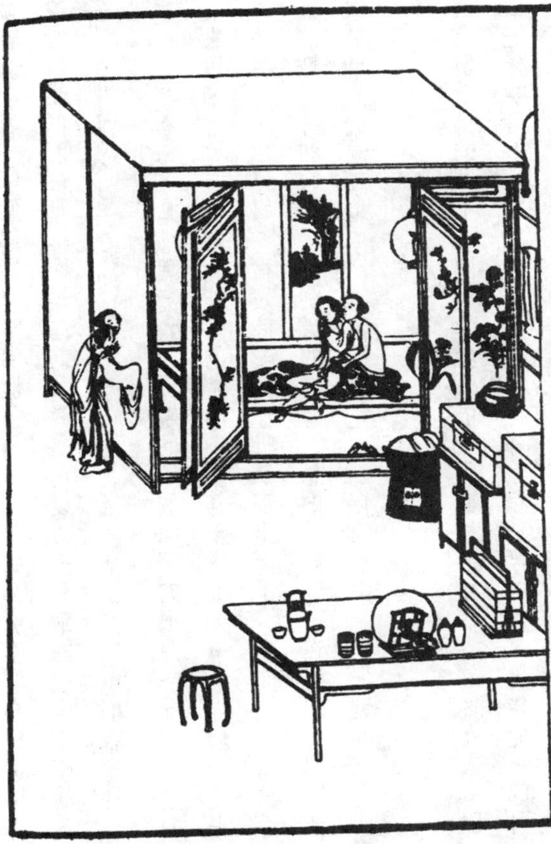

真夫婦明偕花燭（錄自明崇禎刊本《金瓶梅》）

致。它不惜佛頭着糞，寫誦經拜懺的和尚看見死者老婆，「一個個都昏迷了佛性禪心，一個個都關不住心猿意馬，都七顛八倒，酥成一塊」。小說正是以這種墮落的聖徒或情慾被壓抑而歪曲的和尚的角度，把莊嚴的超度亡靈的儀式和未亡人荒唐的淫樂交織起來，形成了一種褻聖的敘事結構，驚心動魄地展示了以死亡換取無度的情慾的荒謬性。

應該看到，封建主義的婚姻家庭制度和娼妓制度，是產生「情慾與死亡」母題的一個深刻的根源。一夫多妻的家庭組合，是以兩性的失衡來追求宗族延續的。丈夫以逞慾作為尊嚴和能力的證明，他甚至從妻妾爭風吃醋中獲得自尊感。這種性心理在失去道德約束而膨脹之時，嗜男色、佔僕婦、宿妓院一類怪行為都出現了。妻妾們則以情慾和生子作為爭寵固寵的手段，而寵愛的傾斜所帶來的性壓抑和寂寞，所刺激的曠怨、忌妒、傾軋，在道德戒律廢弛之時，便引出了姑婿、主僕之間的亂倫行為。中國最早的家庭小說，以「情慾與死亡」作為解剖家庭機制的母題，是具有相當深刻的社會學和心理學的根據的。

西門慶便是這種婚姻家庭機制釋放出來的一個為所欲為的魔王。這個暴發戶依恃權勢和金錢佔有許多女人，除了吳月娘等一妻五妾之外，淫過龐春梅等丫頭，姘過宋惠蓮、王六兒、如意兒等僕婦，包佔李娃姐、吳銀兒、鄭月兒等娼妓，還私通了林太太這種宦門孀婦。在一夫多妻的社會承諾，以及財勢姦污道德和法律的社會畸形下，他這種惡魔型的性佔有，表現了他「有能力」。由於有婚姻制度和變質了的道德法律的雙重保障，西門慶在「殺夫淫婦」之後，把潘金蓮在性寂寞中閒置一段，而明媒正禮，先娶了富商遺孀孟玉樓。在潘金蓮入門得寵之餘，又梳籠妓女李娃姐，導致潘金蓮重陷性寂寞之時私通童僕。其後西門慶垂涎於結拜兄弟花子虛的女人李瓶兒的財產和姿色，又迷戀於僕婦宋惠蓮的妖豔風流，這便危及潘金蓮爭奪專寵的優勢，使她懷着幾分危機感與女婿陳敬濟開始了亂倫的調情。隨之她把智慧用於情慾的角鬥，先是逼使宋惠蓮自縊，後又使李瓶兒母子雙雙成為情慾角鬥中的冤魂孽鬼。這種波詭雲譎的慾海波瀾，付出了一個個青春的、甚至幼小的生命，但是作為弄潮的主角西門慶似乎總是得手者。其實他也付出了生命的價值和生命的元氣，當他如獲至寶地使用梵僧藥，把慾海波瀾推向極致之時，也就油枯燈滅，最終沉沒了。小說也由此把「情慾與死亡」的分母題，彙集為總母題。

毛宗崗評《三國演義》有「三絕」：諸葛亮，關羽，曹操。《金瓶梅》也有「三絕」，它不屬於戰爭傳奇，而屬於市井世情，這就是：西門慶，潘金蓮，應伯爵。應伯爵不是「情慾與死亡」母題的主角，因為他把開綢絹舖的父親的遺產都嫖沒了，失去了當主角的資格。這種破落戶的身份，使他深通人情世故，善於揣摩財勢人物的行樂心理，再適當不過地成了「跟着富家子弟幫嫖貼食，在院中玩耍」的「幫閒」，成了一部善於用笑話化解可惡和可悲的事情的活的《笑林廣記》。因此他成了「情慾與死亡」母題的作料，這種作料別具風味，是混雜着甜酸苦辣各種味道的。他寒酸，幫閒常常是為了「幫食」，也會為人說項揩油，當妓女嘲笑他是「花子」之時，他會說出聰明的笑話，反嘲妓院見錢眼開。他不是不知深淺地嬉皮笑臉，他知道賣弄聰明要有分寸，甚麼時候該趁熱鬧，甚麼場合應識趣。李瓶兒在情海角逐中瓶碎簪折，西門慶呼天搶地茶水不進，應伯爵被請來勸解的時候，先講了一個富有想像力的夢，使生死由天的道理不說自明了。然後層層數說西門慶的家業、前程、妻小，以後善後所能做的事情，終於使西門慶在八仙桌上大盤大碗地吃飯。這位「幫閒」的某些笑話帶有民間趣味，比如他在內相花園宴請西門慶，講笑話說有個秀才把「江心賦」誤讀成「江心賊」，要求艄公把船開走，還狡辯說「賦便賦，有些賊形。」賦與富同音，這就未免有點對山東首富西門慶不恭。但他隨之說了一個自我貶損的笑話，以取悅主子：「一財主撒屁，幫閒道：『不臭。』財主慌的道：『屁不臭，不好了，快請醫人。』幫閒道：『待我聞聞滋味看。』假意兒把鼻子一嗅，口一咂道：『回味略有些臭，還不妨。』」這則笑話惟妙惟肖地畫出了見風使舵的幫閒嘴臉，也可以說是應伯爵本人極妙的自畫像。應伯爵的看家本領，就是從情慾的烈焰和死亡的陰影中尋找和製造出心安理得的笑聲來，同時也證明他的「白嚼」是應該的。

五、敘事語言系統的變革和意象性

《金瓶梅》之奇，還在於它一變《三國》《水滸》以來中國小說的敘事語言系統。《三國》的典雅，《水滸》的說書口吻的歷練，在這裏都被市井社會的一派村腔野調淹沒了。當它把筆伸向法紀廢弛、神魂迷亂的「情慾與死亡」母題的時候，最擅長的乃是充滿忌恨的妻妾之間的撒潑罵街、賭氣唧啾和指桑罵槐的嚼舌根兒。其間夾葷帶素的市井腔調，表明了敘事語言由市井進入書面所散發着的原生態活力。且不說潘金蓮的撒潑，應伯爵的調侃，是以往的書面語言體系難以容納，即便是孟玉樓，這位被卜龜卦的算命婆評說「你為人溫柔和氣，好個性兒。你惱那個人也不知，喜歡那個人也不知，顯不出來」的角色。她勸解與吳月娘潑醋對罵之後的潘金蓮的話，也在俗腔中顯示不俗之筆：

「你去到後邊，把惡氣兒揣在懷裏，將出好氣兒來，看怎的與她下個禮，賠個不是罷。你我既在矮簷下，怎敢不低頭。常言：『甜言美語三冬暖，惡語傷人六月寒。』你兩個已是見過話，只顧使性兒到幾時？人受一口氣，佛受一爐香，你去與他賠個不是兒，天大事都了了。」「我昨日不說的，一棒打三四人。就是後婚老婆，也不是趁將來的，當初也有個三媒六證，難道只恁就跟了往你家來！砍一枝，損百株。……有勢休要使盡，有話休要說盡。凡事看上顧下，留些兒防後才好。不管蜢蟲、蟋蟀，一例都說着。對着他三位師父、郁大姐——人人有面，樹樹有皮，俺每臉上就沒些血兒？他今日也常不好意思的。只是你不去，卻怎樣兒的？少不的逐日唇不離腮，還在一處兒。你快些把頭梳了，咱兩個一答兒到後邊去。」

勸解中有同情，同情中有挑撥，挑撥中有撫

傻幫閒趨奉華筵（錄自明崇禎刊本《金瓶梅》）

熨，真是妙語連珠。用口語折射人物心理的明與暗、擒與縱、乖巧而又穩練的微妙之處，確實做到用語豐富而妥帖了。

用市井俗腔衝擊已有的敘事語言體系，使《金瓶梅》在語言上具備世情書和奇書的雙重品格。衝擊是一種創新，但是成熟的創新不能無節制地衝擊，它必然對傳統的審美形式有所承襲、轉化和調節。《金瓶梅》原題「詞話」，考慮到關漢卿雜劇《救風塵》第三折有一句「那唱詞話的有兩句留文」，以及《元史．刑法志》有「演唱詞話，教習雜戲」之語，它與元代以來的韻散唱白的雜劇曲藝有着深刻的聯繫。這種縱向借鑒和橫向移植，使《金瓶梅》韻散交錯的文體獨具一格，已不完全是說話人口吻和「有詩為證」一類的詩行交錯，而是更具特色的市井腔調和小曲小令的交錯了。

小曲小令多用於妓女的堂會演唱，「聲」與「色」相得益彰，增添了文體情調的媚態。同時，小說增補了潘金蓮在王招宣府「習學彈唱」，「會一手好琵琶」的經歷，在蕩婦歌妓化的同時，以小曲小令深化人物的情慾心理的抒寫了。她彈琵琶唱小曲小令，較著名的有兩處：一處是她與西門慶淫通之後，西門慶冷落了她而娶孟玉樓。這裏的小曲小令凡三用，在她脫下紅繡鞋打相思卦時，以《山坡羊》小曲寫其心靈自語：「你怎戀煙花，不來我家？奴眉兒淡淡教誰畫？何處綠楊拴繫馬？他辜負咱；咱念戀他。」隨之她看見西門慶的貼身小廝玳安從門首經過，又用《山坡羊》向他吐露哀怨，還用《寄生草》小曲寫了一封情書。最後，她夜不能

潘金蓮雪夜弄琵琶（錄自明崇禎刊本《金瓶梅》）

寐，獨自彈着琵琶，連唱了四首《綿搭絮》小令，表現了悔恨、咒罵、渴戀和失落的曲折複雜的情緒波動。另一處彈琵琶唱小令，是母因子貴的李瓶兒奪去了她的寵倖，小說用了同樣的兩句話評說當時的氣氛：「銀箏夜久殷勤弄，寂寞空房不忍彈。」但是這裏的《二犯江兒水》小令，又有不同的彈唱方式。它把句與句拆開，顯得斷斷續續，從而插入環境氣氛的渲染，把人物的哀怨心理烘托得更為濃重。剛開始彈兩句，猛聽到房簷上鐵馬兒響，疑是西門慶赴宴歸來，卻是起風落雪了，於是唱起「聽風聲嘹亮，雪灑窗寮，任冰花片片飄」。第二回彈唱，打聽到西門慶回來，卻到李瓶兒房裏吃酒，於是怨恨之音隨琵琶聲陡然高揚：「論殺人好恕，情理難饒，負心的天鑒表！心癢痛搔，愁懷悶自焦。讓了甜桃，去尋酸棗。奴將你這定盤星兒錯認了。想起來，心兒裏焦，誤了我青春年少。你撇的人，有上稍來沒下稍。」

在敘事語言的變革上，《金瓶梅》以市井腔調推之，又以小曲小令挽之，形成了某種形態上的雅俗中和。同時，詞曲形式與文人趣味的交融，使《金瓶梅》語言極富意象性。中國文字以形表義，本來就以意象性見長，加上韻文崇尚比興，文人深厚的文化修養又能在字裏行間寄寓着豐富的聯想義，意象敘事的手法也就運用得更加頻繁了。首先，「金瓶梅」三字便是一個大意象，或者意象組合。表面上看，它是從潘金蓮、李瓶兒、龐春梅的名字裏各取一字組合成的。但是全書女性，包括奴妾、丫頭、娼優、三姑六婆總有百餘人，為何以這三人構成書名？只能說，她們是情慾最盛、死亡最慘、最充分地表達了「情慾與死亡」的母題。這種拆字重組的命題方式，充分體現了中國語「單字成義」的特點，譯成西文便只能譯音，加上「西門慶與其六妻妾奇情史」之類，或者乾脆把瓶、梅捨棄，只保留「金蓮」。然而這類變通的譯法，也同時捨棄了這三個字組合在一起的似可解、似不可解的另一層隱義：金瓶插梅，有金屋藏嬌之義，卻在豪華的裝飾性背面，失去生命的本原。正是捕捉着這層似可解、似不可解的隱義，張竹坡在《金瓶梅》第七回回評中說：

> 蓋言雖是一枝梅花，春光爛漫，卻是金瓶內養之者。夫即根依土石，枝撼煙雲，其開花時亦為日有限，轉眼有黃鶴玉笛之悲。奈之何折下殘枝，能有多少生意，而金瓶中之水，能支幾刻殘春哉？明喻西門慶之炎熱危如朝露，飄忽如殘花，轉眼韶華成幻景。

另一個引人注目的意象，是「金蓮」。《南史．齊東昏侯紀》說：「又鑿金為蓮花以帖地，令潘妃行其上，曰：『此步步生蓮花也。』」宋以後，因東昏侯故事，給婦女裹纏的小腳起雅號為「金蓮」。《水滸傳》寫宋事，已經寫到潘金蓮「尖尖的一雙小腳兒」和「繡花鞋」，那是王婆為西門慶設計勾引潘金蓮，西門慶在對飲時故意拂落筷子而發現的，只是一筆帶過。《金瓶梅》格外突出這一點，使之貫串潘金蓮一生的命運，反映了明人戀小腳的變態心理。先是把它與潘金蓮的名字聯繫起來：「纏得一雙好小腳兒，因此小名金蓮。」繼而作為她賣弄風情的手段：「只在簾子下嗑瓜子兒，一徑把那一對小金蓮做露出來」，勾引浮浪子弟。西門慶與她首回邂逅，就「往下看，尖趫趫金蓮小腳，雲頭巧緝山牙，老鴉鞋兒白綾高底，步香塵偏襯登踏」，因此「金蓮小腳」已成為她妖豔姿色的符號了。其後西門慶冷落她，去娶孟玉樓，她就「用纖手向腳上脫下兩隻紅繡鞋兒來，試打一個相思卦，看西門慶來不來」。於是小腳便深入一層地聯繫着她的命運。想不到她在小腳上也遇上勁敵，那就是小名也叫金蓮，因避諱改名的僕婦宋惠蓮。潘金蓮偷聽到她自誇腳兒比自己還小，就擔心這奴才淫婦要把她「撐下去」了。即便在宋惠蓮自縊之後，她那雙小腳還像幽靈一樣糾纏着潘金蓮。這裏連用了八十個「鞋」字，寫潘金蓮在葡萄架下與西門慶大鬧性遊戲，丟失了繡鞋，讓丫頭搜尋回的卻是宋惠蓮的鞋，觸動她心靈的舊創。其後陳敬濟獲得這雙「曲似天邊新月，紅如退瓣蓮花，恰剛三寸」的繡鞋，加深了與她的瓜葛。她又憤然把宋的鞋子剁成幾截，扔進茅廁，「叫賊淫婦陰山背後永世不得超生」。由於明人有戀小腳癖，「金蓮」在這裏幾乎成了女性美及其情慾和命運的象徵，可見意象的選擇是具有時代性的。

同時，意象的選擇又與文化傳統，以及對傳統的獨特甚至是怪異的理解，有着深刻的聯繫。比如貓在中國文化傳統中，除了《宣和畫譜》載有《蜂蝶戲貓圖》，因貓蝶與耄耋同音，含有祝人壽考之意外，它似乎從不是寵物，而是帶有幾分妖氣和巫婆氣的。《北史．獨孤信傳》記一「性好左道」的老婦，養「貓鬼每殺人者，所死家財物潛移於畜貓鬼家」。《新唐書．奸臣傳》說，李義府貌柔恭而陰賊褊忌，時號「笑中刀」，「又以柔而害物，號曰『人貓』」。《太平廣記》卷四百四十引《聞奇錄》：「進士歸繫，暑月與一小孩子於廳中寢。忽有一貓大叫，恐驚孩子，使僕以枕擊之，貓偶中枕而斃。孩子應時作貓聲，數日而殞。」中國十二生肖，首列鼠而摒棄貓，大概是否與把貓視為不祥物有關也未可知。

貓的意象是西門家由暴發到敗落的關鍵。它象徵着最凶險的情慾角逐，掃蕩了這個家庭本來就非常微弱的丈夫和妻妾間的溫情，以及家族延續的希望，使西門慶走上更加絕望和瘋狂的縱慾喪命的末路。小說把這個意象安排在全書百回的中段，即五十一回至五十九回，不是偶然的。它的出現早有預兆。官哥兒不能參加玉皇廟寄名儀式，西門慶解釋他是「小膽兒」，「家裏三四個丫環連養娘輪流看視，只是害怕。貓狗都不敢到他跟前」。貓意象的具體身份是潘金蓮的白獅子貓兒，它首回亮相是西門慶與潘金蓮交媾的猥褻場合，其後它似乎一度隱身了，出現了它的一個黑色的影子。潘金蓮受託付看管官哥兒，卻到山洞與陳敬濟調情，一隻大黑貓蹲在旁邊，嚇得官哥兒號啕大哭，見人來，一溜煙跑了。影子倏忽消逝之後，出現的是一個「反意象」：狗。潘金蓮在院子黑影中踩了一腳狗屎，拿大棍把狗打得死命怪叫，又用馬鞭子把婢女打得殺豬也似地號叫，嚇得官哥兒一雙眼只是往上吊吊的。潘金蓮的親娘來勸架，也被罵為「吃人家碗半，被人家使喚」，「單管黃貓黑尾，外合裏應，只替人說話」。當雪獅子貓兒正式登場之時，它已是一個令人毛骨悚然的謀害案的特殊殺手了。潘金蓮「終日在房裏用紅絹裹肉，令貓撲而撾食」，使之形成條件反射，一見官哥兒穿紅衫玩耍，便當做肉食撾撲，把他嚇得嚥氣抽搐，轉為急驚風死去。西門慶怒而把貓摔死後，潘金蓮還放恨此貓要在陰司索命。這種意象的出現，是散發着鬼氣或妖氣的。作者從時代趣味和文化傳統中選取貓和「金蓮」這類意象，思路怪異，可見是個感受奇僻的怪才。

潘金蓮懷嫉驚兒（錄自明崇禎刊本《金瓶梅》）

六、結構的「道」與「技」以及對生活原生態靠攏

《金瓶梅》之所以是怪才奇書，還在於它那種具有獨特的文化內涵和審美奇思的敘事結構。從中可以體驗到，這部奇書不僅僅把結構藝術當做「技」，而且更本質地當做「道」，這一點到了第一奇書本就體現得更加深切。一旦把首回改作「西門慶熱結十兄弟」，此書結構上「天人相應」的特徵被突出出來，「結構即是道」的意義也變得清晰了。《金瓶梅》的結構，是以西門家的宅院花園居中，而以玉皇廟和永福寺居於陰陽對應的兩極的。宅院花園以翡翠軒和藏春塢雪洞為中心，是西門慶尋歡作樂、情慾狂肆的地方。而道教、佛教的兩個寺廟，據張竹坡評點：「玉皇廟、永福寺是一部大起結」（四十九回回評）；「玉皇廟熱之源，永福寺冷之穴」（同回夾批）；又說：「玉皇廟發源，言人之善惡皆從心出。永福寺收煞，言生我之門死我戶也。」（一百回回評）

玉皇廟的宣疏結拜，為全書提供了最初的「人物譜」，實屬結構一部大書的匠心獨運之筆。有了這個「人物譜」，其後應伯爵等人幫嫖貼食而引出的官商煙花人物，花子虛牽連出李瓶兒，趙玄壇騎虎牽連出武松打虎和潘金蓮賣俏，都有了一個總的結構紐結。這就產生了張竹坡回評中所說的結構效應：「一部一百回，乃於第一回中如一縷頭髮，千絲萬絲要在頭上一根繩兒紮住；又如一噴壺水，要在一提起來，即一線一線同時噴出來。」玉皇廟重要的事情是西門結拜、官哥寄名、瓶兒薦亡，生生死死都還熱鬧。永福寺重要的事情是西門慶得胡僧藥，由於它是春梅後來改嫁的周守備家的香火院，遂成了潘金蓮、陳敬濟埋屍之所，又成了西門慶妻妾風流雲散後相遇，和普靜禪師幻度孝哥兒的地方。這裏的生生死死帶有魔幻式的荒謬和悲涼。尤其是第一百回，吳月娘戴孝哥兒逃兵亂，被普靜禪師一聲「還與我徒弟來」，留宿於永福寺。普靜當夜唸經薦拔幽魂孽鬼，使西門慶、陳敬濟、潘金蓮、李瓶兒、龐春梅一班血跡淋漓的鬼魂出來述罪轉生。又使吳月娘夢見投奔雲守理之後，被霸身殺子，從而點破她的迷津，同意孝哥剃度出家，把忠僕玳安改名西門安以承繼家業。這種以一宅院、二寺廟架設成的敘事結構，溝通了生死幽明、方內方外、人慾和天數，把酒色財氣熏天的市井社會籠罩在帶宗教色彩的空幻哲理之中。某種充滿生存危機感和宗

教虛幻感的「道」，成了滲透於全書敘事結構的精神內核。

結構之道是起統攝作用的，它需要一整套的結構之技加以具體的展示。首先值得注意的，是預言性敘事。這種敘事方式在全書中用了三次，最後一次是前述的普靜點醒吳月娘的夢境。她夢見據山為寇的雲守理對她霸身殺子，由於普靜點悟她「不消前去，你就去也無過只是如此，到沒的喪了五口兒性命」，就捨子剃度、回家安居，使這個預言成了沒有兌現的預言。而其他兩次預言都由於當事人執迷不悟，幾乎絲毫不爽地兌現了。第一次預言是第二十九回的「吳神仙冰鑒定終身」。這位神仙給西門慶和他的六位妻妾以及春梅看相，對每一位的命運都作了神秘主義的解說，重點是西門慶。對他無非講了兩條：「一生盛旺，快樂安然，發福遷官，主生貴子」；「八字中不宜陰水太多」，「不出六六之年，主有嘔血流膿之災，骨瘦形衰之病」。其時他處在暴發的勢頭上，事後揣摩也主要在於「他相我目下有平地登雲之喜，加官進祿之榮，我那得官來？」至於相出春梅「貴夫而生子」，「必戴珠冠」，乃是西門家破敗之後她嫁入周守備家的事，卻被西門慶誤認為自己福分，更深地陷入潘金蓮、龐春梅主僕的情慾陷阱。第二次預言敘事，是第四十六回「妻妾戲笑卜龜兒」。此時西門慶已加官得子，走到暴發的頂點，卻隱伏着物極必反的深刻危機。卜龜兒卦的老婆子給吳月娘、孟玉樓、李瓶兒卜卦，重點是李瓶兒，發現她的卦象「懷着個孩兒，守着一庫金銀財寶，旁邊立着個青臉獠牙紅髮的鬼」，警告她「有血光之災，仔細七八月不見哭聲才好」。但是妻妾們對這個將危及整個家庭命運的災難並無任何沉重的感覺，倒是沒有卜卦的潘金蓮講了一番不計前程的話：「隨他明日街死街埋，路死路埋，倒在洋溝就是棺材。」從社會學角度看，這些預言敘事都屬於看相卜卦一類巫術，不足為訓。但從審美角度看，它卻借用當時的一種世俗信仰，透過西門氏恃財傲世、甚至傲視彼岸世界的暴發戶心態，切入人對自我認識的盲目性和荒謬性的哲理層面，給市井社會逐財獵色、炙手可熱的生活埋下了某種神秘主義的危機感。它不僅在敘事時間上是預言，而且以預言方式指向蘊藏在全書結構深處的「道」，於預言及其兌現之間對盲目而荒謬的人生進行了不可勸戒的勸戒。它提供的絕望壓倒希望。

其次值得注意的，是重複中的反重複敘事方式。長篇小說總是以時間和空間的坐標，來整理、貫串眾多人事線索的順序和聯繫的。當空間位置重複，而時間推移使人文景觀發生今非昔比的深刻變化的時候，它所產生的審美效果乃是「反重複」。它給予人們如同孔夫子所謂「逝者如斯夫」的蒼涼感，或古希臘哲學家赫拉克利特之所謂「人不能兩次踏進同一條河流」的精神啟悟。比如「春梅遊玩舊家池館」，寫當了守備夫人的龐春梅在西門慶三周年祭時，重遊昔日尋歡作樂的舊宅花園。當她滿頭珠翠，向盛妝縞素的吳月娘「插燭也似拜」，就給人一種人事無常之感。走進花園，滿地都是青苔碧草，「狐狸常睡臥雲亭，黃鼠往來藏春閣」，連春梅想購買潘金蓮的床作為留念，也隨孟玉樓陪嫁易主了。第一奇書本的回首有一闋《青衫濕》詞：「人生千古傷心事，還唱《後庭花》，舊時王謝堂前燕子，飛向誰家？」在這種重複而反重複的敘事方式、連鎖而反連鎖的結構方式中，它何等感慨多端地吟味着天荒地老、人事蒼黃的「道」。

逞豪華門前放煙花（錄自明崇禎刊本《金瓶梅》）

清河縣有一條著名的街道：獅子街——

當年武松復兄仇時，就是在這裏打殺西門慶的替身李外傳的。血漬一乾，這裏成了西門慶包宿外遇的場所。先是花子虛初死，西門慶打着謀財娶婦的算盤之時，在元宵節送了酒餚禮品為李瓶兒做生日。滿街的花燈和滿樓的笑語，荒謬地裝點着花子虛的死和李瓶兒的生，燈市闌珊之時，西門慶潛來顛鸞倒鳳，淫慾無度，談論着李瓶兒的脫孝與過門。另一回的元宵，李瓶兒已過門，西門慶也加官得子，他代替前回的女眷，在獅子街設宴觀燈，並招王六兒到此過夜。他在門前放起了一丈五高的煙火樁，其景象正如西門慶的財勢一樣繁花似錦、烈焰沖天。這株煙花椿是作為西門慶財勢氣焰的象徵的，小說以駢文對之大肆渲染後，綴了一句危機的預言：「總然費卻萬般心，只落得火滅煙消成煨燼。」西門慶最後一個元宵節到獅子街之時，李瓶兒母子已死，他也貪慾得病。無心觀看燈市，在他為王六兒買下的獅子街房屋裏縱慾之後，在昏慘慘的街道上撞見鬼影。回家後被潘金蓮溉以過量的胡僧藥，一番淫蕩，精盡繼之以血，終於油枯燈盡，髓竭人亡。全書四度寫獅子街場面。有血漬，又有狂歡；有煙火，又有鬼影；有死裏逃生，又有貪慾致死。這種重複中的反重複，使章節之間相互呼應，結構嚴密，又因地同事異而產生強烈的對照，增強了對人事盛衰浮沉的敍寫力度。

在結構的縱切面上，存在着重複中的反重複；在結構的橫切面上，存在着多夾層的敍事方式。若以時間和空間的坐標軸來判斷，前者是同地異時，後者是共時異態。這是對《金瓶梅》的敍事結構和敍事方式進行分析時，應該注意的第三個特點。顯然，現實生活中千姿百態的人事行為線索是互相糾纏交織，所謂發展線索是存在着極大的模糊性的。採用「花開兩朵，各表一枝」的方式，使本來模糊的線索過分刪除枝葉而明晰化和巧合化，這是帶傳奇風的小說慣用的手法。《金瓶梅》作為一本傑出的世情書，它走了一條奇特的途徑，就是保持人事線索共時異態的多夾層性，使這些線索在相互糾纏中趨於相對模糊。因而比起前輩的戰爭傳奇和英雄傳奇，它更接近生活的原生態。

第七十二回到第七十四回，寫西門慶交結官僚異常繁忙的日子，但並不按下妻妾風波、外遇勾搭、妓院冷熱和幫閒貼食等各種線頭，而是使之與官場交往相互交織和映襯。西門慶上京接受正千戶提刑官的任命未歸，因吳月娘把守門戶甚嚴，致使潘金蓮不能與陳敬濟勾搭，遂借春梅洗衣向如意兒借不到棒槌之事，大耍雌威。西門慶回家與吳月娘寒暄後，置酒為接任副千戶提刑位置的何太監侄子接風，卻是應伯爵、周守備先來賀他的轉升之喜。與潘金蓮一夜荒唐，次日去給外遇林太太補做生日，臨出門卻有工部安郎中告知，蔡京在九江做知府的九子上京朝覲，須設席迎送。接受林太太兒子拜為義父回家，又有潘金蓮在枕席間訴述醋意。第三日收到安郎中為迎接蔡九知府的財禮，又有應伯爵寫帖請內眷去為孩子做滿月，並為俳優說情。第四日為孟玉樓上壽，聽到俳優唱「憶吹簫玉人何處」而引起對亡故的瓶兒的懷念，受到潘金蓮的嘲諷。其間安排了接待蔡九知府的筵桌廚役，又轉去與春梅尋歡，此時月娘房中薛姑子開講佛教寶卷。中間又經過潘金蓮的打婢、淫蕩、索要貂皮襖等等瑣事，才在第五日迎來蔡九知府飲酒聽曲。而同席的宋御史提出巡撫新升了太常卿，要借西門家設席餞行，從而露出一條更大的情節線頭了。在這五天的時間橫切面中，人事線頭多至數十，隨放隨收，時沉時浮，聚散成幾乎像生活本身那麼豐富複雜的無限煙波。它涉及官府與市井，世家與妓院，巡撫與婢僕，宴席與床第，一事有一事的形態，一人有一人的性情。許多事情似乎是走路時無意碰上的，帶有生活本身常見的偶然和瑣碎，卻在多夾層的敘事中以一種似乎沒有操縱的操縱，推進事件的發展、家庭的榮枯和人物命運的浮沉，達到了層次錯綜而氣脈貫通的審美效果。它把小說藝術從傳奇化向生活原生態推進了一大步。憑藉着結構之道與技互為表裏，以及時間與空間的自由操作，它展示了市井人生的平凡與怪誕、火爆與空幻，以世情書和怪才奇書的雙重品格，把傳統的敘事方式打破了。

注釋：

〔一〕《中國小說史略》第十九篇「明之人情小說（上）」，《魯迅全集》第九卷，人民文學出版社一九八一年版，第一七九頁。

〔二〕李漁：《三國志演義序》，《笠翁評閱繪像三國志第一才子書》清兩衡堂刊本。

第七講

李漁小說：程式化和個性化的審美張力

一、托缽山人、快樂浪子的複雜自我

明清之際印刷業把出版小說戲曲當熱門，深刻地影響了中國以話本的形式沿襲下來的小說藝術的內在素質和文體形態。話本小說開始擺脫了單純地與市井勾欄中的百藝爭長的口頭化階段，而進入了書面化和文人化階段。「三言二拍」時期，馮夢龍、淩濛初整理宋元舊本，或暢演古今雜事，奠定了話本小說書面化的範式，他們的口號是「仿效舊例」。李漁（一六一一—約一六七九年）則代表話本小說書面化的新的時期，促進這種文學形式由俗入雅，更加深刻地文人化和個性化了。他的口號是「隨時更變」。《閒情偶寄．演習部》說：「才人所撰詩賦古文，與佳人所製錦繡花樣，無不隨時更變。變則新，不變則腐；變則活，不變則板。」他認為創新求變，是關係到一種文體能否變陳腐為鮮活的生命力的。這種銳意創新的精神，也貫穿於他話本小說的寫作過程，他有一種自信：「若詩歌詞曲以及稗官野史，則實有微長：不效美婦一顰，不拾名流一唾，當世耳目為我一新。使數十年來，無一湖上笠翁，不知為世人減幾許談鋒，增多少瞌睡？」[一]他是以自己人生最得意的一筆，特許給包括話本小說在內的他不敢以「末技」視之的「末技」的，可以說，他是以生命和才華革新中國話本小說的最後的革新家之一。

李漁革新話本小說最引人注目的地方，是在這個曾經是市井技藝、因而高度程式化的文學體式中趣味盎然地投入了「自我」，由此引起了這種文學體式的內在文化素質和審美體制的一系列變化。他催使至為程式化的東西融合

了幾乎處在它的另一端的至為個性化的東西，從而造成了一種文學變體。那麼，李漁給話本變體增加了哪些個性化的要素？李漁論藝，對「我」字使用得相當頻繁：「未有真境之為所欲為，能出幻境縱橫之上者：我欲做官，則頃刻之間便臻榮貴；我欲致仕，則轉盼之際又入山林；我欲作人間才子，即為杜甫、李白之後身；我欲娶絕代佳人，即作王嬙、西施之元配；我欲成仙作佛，則西天蓬島即在硯池筆架之前；我欲盡孝輸忠，則君治親年，可躋堯、舜、彭籛之上。」[二]於此他的個性化要素，就是在藝術虛構的世界中，以主體自由想像消解和動搖現實社會中綱常倫理的嚴密而笨重的結構。即是說，虛構作品提供的審美可能性，使寫作主體可以憑着自己的慾望和趣味，與歷史、與社會、與人物、與天國進行自由的心靈對話，甚至角色認同。他自然也講究博學多識，但是知識的儲備也是為了涵養這個「自我」：「至於形之筆端，落於紙上，則宜洗濯殆盡。亦有偶於用着成語之處，點出舊事之時，妙在信手拈來，無心巧合，竟似古人尋我，並非我覓古人。」至於辭采技巧的運用，也以能夠自然而然地表現「自我」為高級的境界：科諢的使用不可強顏作笑，致失其真，「妙在水到渠成，天機自露，『我本無心說笑話，誰知笑話逼人來』，斯為科諢之妙境耳」。[三]只要聯想到李漁是把開心一笑作為他作品風格的基本標誌，「但有展閱數行而頤不疾解者，即屬贗本」[四]，就可以理會到笑得自然在他所表現的「自我」之中的位置了。由此不難體驗到，李漁為話本小說增添的個性化要素，一是自由，二是笑，追求着自由地笑，笑得自由。由於李漁把文體創新和個性表現結合起來，他創造了中國話本小說的「有我之境」，從他的不少小說中是可以窺見他的身影，窺見他的人生趣味和精神理想，他的自我辯解和內心告白的。

他的自由的笑，時或帶着艱澀，時或帶着悲涼。這就使我們有必要剖析一下他的主體精神結構。

他的話本小說集有《無聲戲》（後增補為《連城璧》），《十二樓》，長篇《肉蒲團》，以及署有「笠翁先生原本」字樣的《合錦回文傳》。當《無聲戲》衍變為《連城璧》的時候，編者為這個貴重的書名首列的小說是《譚楚玉戲裏傳情，劉藐姑曲終死節》，還把它改編為傳奇《比目魚》。這種特殊的待遇，意味着這篇小說折射了作者非常珍視的某種內心追求，隱含着他某種人格理想的典型，因而是剖析他主體精神結構的極好標本。這篇小說的前半部分，情節確實可以用「比目魚」三個字來概括，用一種奇特的魚比目而行、形影不離的典故，作為才子佳人愛情理想的象徵。它採用了李漁曾經當做職業的伶人生活為題材，描寫少年書生譚楚玉，就像「江南第一才子」唐伯虎為了秋香而賣身為奴一樣，放棄高雅的士人生活，而躋身於娼、優、隸、卒的賤人之列，為的是和女旦劉藐姑借戲文傳情，做一番戲台上的夫婦。豈料班主劉母把女兒當做搖錢樹，要她以色相勾引富家子弟，其後又把她許配給五旬富翁為妾。於是她與譚楚玉相約，借演出《荊釵記》奚落富翁之後，雙雙投水殉情。作品於此插入一首七絕輓詩：「一誓神前死不渝，心堅何必怨狂且。相期並躍隨流水，化作江心比目魚。」應該說，可以印證古書所謂「比翼之鳥死乎木，比目之魚死乎海」〔五〕的悲劇情節，至此已是相當完整了。

然而作品還安排了一段後敘事，使譚、劉二人復活，從而使作品由才子佳人的愛情歷程轉折為山人高士的精神歷程。人們知道，李漁雖然長期過着以詩書戲曲向達官貴人「打秋風」的生涯，但他還保留着一個內在分裂的、無可奈何、甚至羞於回首的山人高士的精神世界。他的精神世界的一半寄託在宋代詞人柳永的身上，自稱「予作一生柳七，交無數周郎」〔六〕，還專門填了《多麗·春風弔柳七》詞，稱讚「柳七詞多，堪稱曲祖」，「風流塚上」贏得「踏滿弓鞋」，甚至自稱「不同時，惱翻後學」，簡直把他當做風流多才的行業之神了。同樣的《多麗》詞牌，他又寫了一首《過子陵釣台》，在漢代高士嚴子陵的身上，寄託了他精神世界的另一半。他懺悔「仰高山，形容自愧；俯流水，面目堪憎。同執綸竿，共披蓑笠，君名何重我何輕？不自量，將身高比，才識敬先生。相去遠，君辭厚祿，我釣虛名」。〔七〕這就在一種帶有宗教式的虔誠的自抑心態中，膜拜着他精神人格的典型。有趣的是，《連城璧》首卷的那兩具殉情屍體，竟相抱着下漂三百里，到了李漁的精神故鄉——嚴州，被漁夫救活。後來譚楚玉中進士授官，四拜漁夫夫婦，要帶他們上任，但漁夫想享受嚴州的青山綠水、明月清風，怕聽坐審鞭撻之聲而不願隨行。譚楚玉任滿後重訪漁夫，被漁夫把幾句傲世的話，挫折了他的驕奢之色和利慾之心，遂買田結廬，與漁樵為友，「遠追嚴子陵的高蹤，近受莫漁翁的雅誨」。作品前半部敘述柳七式的風流，後半部抒寫嚴子陵式的高潔，二者奇特的結合，折射了作者「柳七—嚴子陵」或「戲台—釣台」的複雜的精神結構，折射了作者隱藏在瀟灑外表背後的內心的悲哀。譚楚玉是有豐厚的宦囊墊底才能追蹤嚴子陵的，作者做不到這一點，「雖不能至，然心嚮往之」，他只好借人物之死而復活來完成這個精神提升的模式了。

李漁在其戲曲小說風行時，擔心世人把虛構等同實事，對號入坐，「以無基之樓閣，認為有樣之葫蘆」，曾經撰有《曲部誓詞》云：「竊聞諸子皆屬寓言，稗官好為曲喻。……矧不肖硯田糊口，原非發憤而著書；筆蕊生心，匪託微言以諷世。不過借三寸枯管，為聖天子粉飾太平；揭一片婆心，效老道人木鐸里巷。既有悲歡離合，難辭謔浪詼諧。加生、旦以美名，既非市恩於有託；抹淨、丑以花面，亦屬調笑於無心。……是用瀝血鳴神，剖心告世，稍有一毫所指，甘為三世之瘖。」〔八〕清通流麗的誓詞背後，實際上蘊涵着許多難言之隱。生逢動亂易代之世，又面臨日益濃重的文字獄陰影，他難免要知趣地把怨憤嘲諷換作謔浪詼諧，在一片笑聲中表現自我和隱藏自我。他被視為一個快快樂樂的怪傑，說到底就是在這種表現和隱藏之間煞費苦心、而又機智地實現着一種生命形態。既是怪傑，他必然追求尖新的創造，但是尖新過了頭而被視為異端和悖逆，則只能帶來痛苦和災難。因此要快樂，就難免要遵從現行的社會規範和倫理規範，並從中變出新套數、新花樣，因為不變新就要迂腐呆板，也不是快樂之道了。《比目魚》傳奇的下場詩說：「邇來節義頗荒唐，盡把宣淫罪戲場。思借戲場維節義，繫鈴人授解鈴方。」讀李漁的小說，它似乎在宣揚教化，但它又在教化之外加進一點異味，從而使教化變形走樣，甚至解構了。這點異味的東西，就是他的懷疑主義。

李漁對小說有一種「無聲戲」的觀念，以此命名他的小說集，也在《拂雲樓》小說中請讀者「各洗尊眸，看演這齣『無聲戲』。」這不能僅僅看做是他對待小說、戲曲兩種文體之關係的觀念，認為小說是「無聲戲」，戲曲則是有聲的小說；而應該深入一層，發掘他對人生、對文學之本質的態度。「戲」作為一種歌舞技藝的形式，又引申出二義：一是遊戲的，追求娛樂；二是嘲弄的，導致懷疑或開玩笑。李漁不是以道學的面孔，而是以遊戲的眼光看世界、看文學，這種懷疑主義和享樂主義的態度，使小說（所謂「末」）脫離經史（所謂「本」）的附庸地位，脫離以綱常名教教化世道人心的正軌，增加了平民文化和名士趣味的含量，增加了敘事虛構的自由度。大概要檢驗一下小說家有多少道學氣，可以看一看他對愛情貞節和性慾採取何等態度。李漁對愛情、貞操、性慾的描寫，實在是同老氣橫秋的道學家開了一個不大不小的玩笑。《奉先樓》敘寫明末亂世的舒秀才在家廟中遍告族人，要妻子遇亂軍時寧可辱身，也得保存七世單傳的一線血脈，即所謂「守節事小，存孤事大」。後來他千里尋妻贖子，已經成了亂軍首領妻室的妻子，把兒子歸還他，就自縊了。將軍把她救活後，還她夫妻母子團圓，並且說：「你如今回去，倒是説前妻已死，重娶一位佳人，好替她起個節婦牌坊，留名後世罷了。」敘事者解釋他們終歸團圓的原因，是由於他們持齋好善，雖不能吃全齋，但不吃牛犬二件，「至於牛犬二物，是生人養命之原，萬姓守家之主」，也就算吃半齋了。但是作者更深的用心，不是齋戒上的「便宜之法」，而是對貞節的「便宜」態度。他抓住道學家貞節觀的漏洞，先是以子之矛陷子之盾，以孝壓倒貞節，又以對生命的愛心攻擊道學的殘忍，只好實行「亂世從權」了。這就是李漁式的懷疑主義，他似乎在修補傳統的道德觀念，卻在披露其漏洞和矯情中把它解構了。

還可以分析一下《無聲戲》第五回：《女陳平計生七出》。它描寫明末西安府的耿二娘為「流寇」所劫，裝出願與「流寇」小頭目結為夫妻而虛與周旋，裝作來月經，或用藥物使自己陰部和小頭目的陽物腫痛，使他始終不能沾身，最後引小頭目就擒，並起回他劫掠的財物。不必過分責備作者醜化「流寇」，因為在文字獄陰影下，作者寧可把他寫的故事推給明朝，也不會推給清朝，把一些變亂諉於流寇，也不會諉於清兵，他有時嘲笑皇帝與臣子爭風吃醋如《鶴歸樓》，也説是數百年前的宋徽宗。值得注意的倒是他的懷疑主義，不僅看出舊禮教的漏洞和矯情，而且也議論起舊禮教的真偽了。這篇小説的入話寫道：「話説忠孝節義四個字，是世上人的美稱，個個都喜歡這個名色。只是奸臣口裏也説忠，逆子對人也説孝；姦夫何曾不道義，淫婦未嘗不講節。所以真假極是難辨。」因此它以「女陳平」在節烈的夾縫裏打出一條生路，反顯得那種愚節愚烈的殘忍、虛偽、無能和毫無生氣了。在這裏，我們逐漸接近了李漁在教化中摻進了某種懷疑主義的異味，其實質是人間享樂主義，不過，這種享樂主義帶有濃厚的日常實用性。

把享樂主義實用性表現得至為充分的，是《三與樓》和《聞過樓》兩篇小説。《三與樓》的主人公虞素臣是個絕意功名、寄情詩酒的高士，他的名言是「人生一世，任你良田萬頃，厚祿千鍾，兼金百鎰，都是他人之物，與自己無干。只有三件器皿，是實在受用的東西，不可不求精美」。哪三件？——「日間所住之屋，夜間所睡之床，死後所貯之棺。」他的樓房建築，實在是他精神趣味的外化，樓分三層，最下一層匾曰「與人為徒」，用來待人接物；中間一層匾曰「與古為徒」，用來讀書臨帖；最上一層匾曰「與天為徒」，有道教經卷，可以避俗離囂；總名「三與樓」，意味着把人與天、古與今都羅列於胸襟了。《聞過樓》的顧呆叟又多了幾分名士氣，棄了功名不取，丟了諸生不做，只圖「清閒」二字，不為城市俗忙所擾，去城四十里買田結廬，以了他「耕雲釣月」之思。然而在作者看來：「古來所稱方外司馬、山中宰相其人者，都不是凡胎俗骨。這種眠雲漱石的樂處，騎牛策蹇的威風，都要從命裏帶來；若無夙根，則山水煙霞，皆禍人之具矣！」因此，「三與樓」主人賣樓之後，完璧歸趙的夢只好託付給兒子登科為宦，以及俠客朋友的疏財仗義。顧呆叟感到鄉居不便之後，只好等待名公巨卿的朋友築起「聞過樓」，在半村半郭的地方為他建一座別業，待他以「國士」之禮，請他來談詩決疑。從這兩篇小說以李漁本人的《賣樓》詩，和他在蘭溪故鄉做十年「山中宰相」所寫的《山齋十便》絕句作為入話來看，它們完全是作者借寓言的方式以自喻。從它們所提供的隱喻中可以體悟到，作者徘徊於廟堂和山林之間，徘徊於山人和清客之間的雙重人格。他的文學既不屬於廟堂文學，也不是純粹的山林文學，而是徘徊於二者之間的非官非民、亦雅亦俗的第三種文學。因此《聞過樓》中顧呆叟最後的別業被安置在離城不遠、入鄉未深，處於半村半郭之間，乃是對於一種人生形態和文學形態的極妙的象徵。

然而這種人生形態和文學形態是缺乏足夠深厚的現實社會基礎的，常常給人以浮萍無根的浪漫和浮薄之感，常常存在着「皮之不存，毛之焉附」的危機狀態。李漁一生有三處別業，早年變賣了的蘭溪伊園別業姑且不論，後來的金陵芥子園和杭州層園，包括他一家四五十口的相當講究的生活，乍看起來似乎如同《聞過樓》中顧呆叟的別業那樣，是達官貴人送上門來的憐才恤貧，實際上磚瓦衣物之中都包涵着他足跡遍於大半個中國的沿門托鉢的辛酸，包括以人格作為代價的辛酸。因此在他一些小說中以優伶乞丐自喻，為自己的人格作辯護。《連城壁》有一篇《乞兒行好事，皇帝作媒人》，寫明代山東知書識字的乞兒「窮不怕」。此人是「乞丐中的名士」，討來的錢經常施捨病丐和窮人，而且「每一分人家，終身只討他一次，這一次只討他一文，在我不傷其廉，在人不傷其惠」。這一點使人聯想到李漁自稱乞憐於人，受到滿朝朱紫半數的垂青顧盼，卻「為當世所擯」，因而「試問下交笠翁之人，曾受三者之累否？」[九] 其後「窮不怕」與太原一妓結為兄妹，並把嫖客所贈的一錠五十兩元寶用來救出一個賣身葬父的孝女，卻被縣衙誣判他是劫匪，多虧那嫖客是微服私訪的當朝天子，不僅把孝女配給他，而且在妓女封為貴妃之後，他也當了經常扮成乞丐的皇親國戚，私訪民間利弊。乞丐名士的雙重性，隱隱對應着山人清客的雙重性，其間似乎可以曲曲折折地感受到作者受人影射物議，欲辯解而不能，卻又急於辯解的痛苦心靈。有意味的是，這篇小說的入話大談「從來乞丐之中，盡有忠臣義士、文人墨客隱在其中」；「至於亂離之後，鼎革之初，乞食的這條路數，竟做了忠臣的牧羊國，義士的採薇山，文人墨客的坑儒漏網之處，凡是有家難奔、無國可歸的人，都託足於此」。這些話是不無悲憤的。尤其是它談了唐伯虎賦詩乞酒的故事，說唐伯虎在蘇州虎丘，裝成乞丐模樣直闖顯宦的雅宴，自稱有「斗酒詩百篇」的本事，喝一杯寫「一上」二字，連寫四個「一上」使顯宦竊笑之後，一氣呵成一首詩：「一上一上又一上，一上直與青天傍；等閒回首白雲低，四海五湖同一望。」使顯宦大驚之後，飄然而去，使同船出遊的名妓不能以「齊人乞食」的故事笑他，而留下「才人玩世」的佳話。這裏特地用了《孟子．離婁》篇中「齊人乞食墦間，驕其妻妾」的典故，是用心良苦的，它回答了世人對作者「托鉢」生涯的嘲笑，或者說得更直接一點，回答了吳梅村誇獎中含有微詞的這種詩句：「家近西陵住薛蘿，十郎才調歲蹉跎。江湖笑傲誇齊贅，雲雨荒唐憶楚娥。」(十)而且李漁在「江南第一風流才子」唐伯虎「賦詩乞酒」的傳說中，找到了自己精神人格的歸屬，不妨認為，他投射到小說中的自我，包含着一個「風魔解元」唐伯虎的情結。

從柳永至嚴子陵，再到唐伯虎，這種奇怪的精神構成意味着李漁的精神世界有三分之二的風流和變了味的三分之一的清高。因而他在清才妙筆地遊戲人生的同時，也無可奈何地遊戲了自我。

二、「三美俱擅」原則和「才貌風流」正反模式

李漁晚年為友人的傳奇作序，提出了「三美俱擅」的美學原則：

從來遊戲神通，盡出文人之手，或寄情草木，或託興昆蟲，無口而使之言，無知識情慾而使之悲歡離合，總以

極文情之變，而使我胸中磊塊唾出殆盡而後已。然卜其可傳與否，則在三事：曰情，曰文，曰有裨風教。情事不奇不傳；文詞不警拔不傳；情文俱備，而不軌乎正道，無益於勸懲，使觀者、聽者啞然一笑而遂已者，亦終不傳。

他接着總結一句：「三美俱擅，詞家之能事畢矣。」[十二]「三美俱擅」的原則以李漁獨特的方式，對應有真、善、美三原則。有裨風教之所謂「善」，是蘊涵着他從自己的精神結構出發所作的理解的，本文已在前面討論過了；以「文」對應於「美」的原則，將在後面討論他的小說敘事體制和語言風格中去談論。值得注意的是，他以「情」字對應於「真」的原則，強調「情事不奇不傳」，就用奇情來代替真實，這必導致他的作品尖新奇巧有餘，而質實深厚不足。他是用「人情物理」四個字來把「奇」和「真」加以兑換的，即所謂「幻無情為有情，既出尋常視聽之外，又在人情物理之中，奇莫奇於此矣」。在這種風教中求享樂，人情中求奇幻的美學原則之下，李漁在明末清初的才子佳人小說潮流中形成了他個人的描寫模式，其主要特點是「才貌風流」和「一男多女」。

李漁寫男女愛情是極重才貌的，但是「『才貌』二字雖然並稱，畢竟『才』字在『貌』字之前，是說有了才方重其貌」。才貌兼備是否萬事大吉了呢？則又大謬不然。「從古及今，有幾個才貌兼全的人能勾完名全節的？若還有才有貌，又能循規蹈矩，不做妨倫背理之事，方才叫做真正風流。風者，有關風化之意；流者，可以流傳之意。原是兩個正經字眼，為甚麼不加在道學先生身上，常用在才人韻士身上？只因道學先生做來的事，板腐處多，活動處少，與風流的字不甚相合，所以不敢加他。才人韻士做出事來，如風之行，如水之流，一毫沾滯也沒有，一毫形跡也不着，又能不傷風化，可以流傳，與這兩個字眼切而且當，所以拿來稱讚他。如今世上的人不解字義，竟把偷香竊玉之事做了『風流』二字的注腳，豈不可笑！」在李漁的語義學「詞典」中，才貌的分析和風流的新解，都別具一格地為他的「才貌風流」模式注入了特定的內涵。

以上說那番「才貌風流」的妙論，見於《連城璧》中的一篇小說《寡婦設計贅新郎，眾美齊心奪才子》。它描寫明代一個雜貨舖主人的兒子呂哉生，生得像粉糰捏就似的標致，從小就經常受到鄰婦的撲摟耍弄。幸得啟蒙先生以「我不淫人妻，人不淫我婦」規導他，才立定一個主意：要做風流才子，只好多娶幾房姬妾，隨我東邊睡到西邊，既不損於聲名，又無傷於陰騭。在認同一夫多妻制度的前提下，敘事者把風流和名節聯繫起來，從而論證了他描寫模式的另一方面，即「一男多女」的合理性，他所謂風流，是以男性為中心的，而且「風流」的重要性大於當時婚姻制度極為講究的「門閥」。因此當呂哉生第一次婚姻娶了顯宦醜女之時，不出一年就讓她暴病死去了。這種讓元配醜婦死去，以便才子擺脱羈絆，表演更多風流豔事，是李漁不只一篇小説中出現過的描寫方式。呂哉生把注意力轉向作為畸形的婚姻方式補充的另一個畸形領域，也是一個名節、風流兩不礙的領域。他一時選不上合意佳人，就逛逛妓院，這「還不十分損傷陰騭」。從這個生長點上，生長出李漁風流觀的最本質的東西，即那些堪稱「風雅功臣，紅裙知己」的地方。他以欣賞的態度，欣賞着呂哉生才貌的魅力和功能：男子不去嫖婦人，婦人倒來嫖男子。凡呂哉生賞鑒過的，就為名妓；伯樂失顧，即成駑馬，它以穠豔的亦詩亦文的筆墨，描繪着沈留雲、朱豔雪、許仙儔的飄逸儀態、豔麗肌膚和眉目風情，有若三房姬妾，輪流當夕。三位名妓又以自己的財和智為他撮合了一個非妒婦的、「賢慧絕倫」的小姐，又有一位少年寡婦處心積慮爭奪這個才子，並起用一個梳頭婆周旋於其間。最後呂哉生兼收五美和絕大的花園，登科為宦。在這番多角爭奪之中，幾個美女處在極其主動的位置，她們為了風流而幾乎不考慮財富利害。這就是作者的「風流第一」的情結，風流壓倒門閥，壓倒財富，還要兼收名節。所謂「無奇不傳」，就是他把風流奇幻化或神奇化了。

當李漁把風流奇情化的時候，他抽掉了禮教社會中男女交往和家庭婚姻方式在溫情脈脈掩蓋下濃重的悲劇情調和蒼涼的力度，從而把風流變成了一種紙紮的生命，變成了妻妾成群人家自我陶醉的無生命的「生命」。「一男多女」，尤其是「一男二女」的模式，最能激發李漁的寫作靈感，可以説，《十二樓》這個集子中最有詩意的小説都屬於這個模式。《合影樓》置於全書卷首，不愧是其間翹楚。它描寫元代廣東曲江縣的屠觀察和管提舉是一門之婿，卻因一個是風流才子，一個是道學先生，析宅而居，連後園兩座水閣之間也砌起牆垣。屠觀察的兒子珍生夏日在水閣納涼，忽見水中有兩個容貌相似的影子，對影自語：「你就是玉娟姐姐麼？好一副面容，果然與我一樣。為甚麼不合在一處做夫妻？」以合影證姻緣，和以離魂表思慕，是中國古典敘事文學中兩個極富有詩情的幻想。它以清奇雋妙之筆，寫下了兩個被高牆隔開的青春心靈在初度接觸時的永恆一瞬。珍生想赴水竊香，玉娟卻顧忌道學家父親的家法，以荷葉當郵筒傳遞詩箋，相約「把桑間之約換作冰上之言」。這樣又把風流韻事和禮法名節聯繫在一起了。

管提舉鄙視屠家的風流人格，拒絕了前來做媒的路子由的説辭。路子由卻發現珍生和自己的螟蛉之女錦雲同年同月同日同時生，有意招他為婿。卻因珍生癡情，非玉娟不娶，逼得路子由想出假假真真的計謀，使三美一齊拜堂，做成了這樁「無雙樂事，對半神仙」。作者在這裏使用了遊戲筆墨，於敘事之外談敘事，讓路子由跳出小説之外來評述這篇小説，充當「説夢主人」。他勸那位道學家：「人生一夢耳，何必十分認真？勸您將錯就錯，完了這場春夢罷。」他還評點這樁「合影姻緣」：「對影鍾情，從來未有其事，將來必傳。」其間「從來未有」一語，實際上是作者「不效美婦一顰，不拾名流一唾」這種審美追求的藉口代言。作者構思這場「人間春夢」倒是相當「認真」的，他把錦雲安排為路公的螟蛉之女，使二佳人的妻妾座次有了着落，又使錦雲與珍生八字巧合，把路公的詭計歸於天意了。

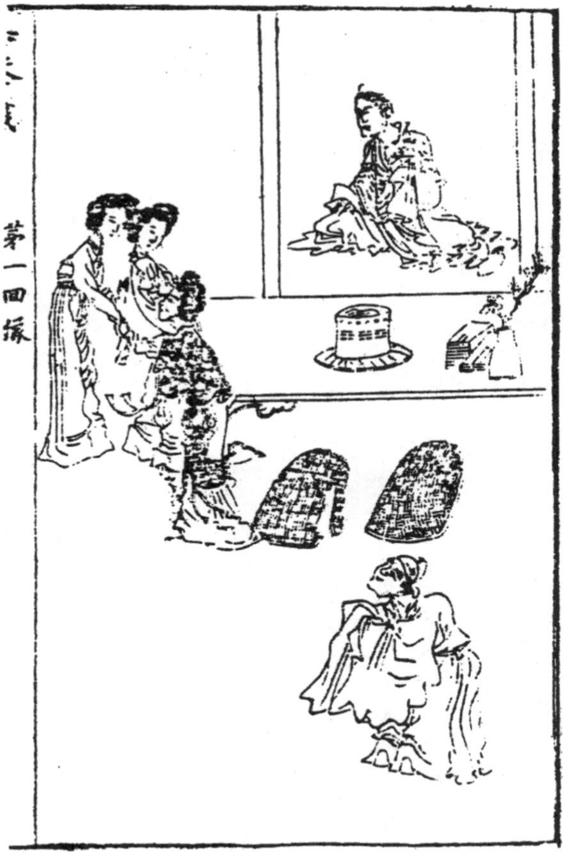

醜郎君怕嬌偏得艷（錄自清順治刊本《無聲戲》）

「才貌風流」和「一男多女」的模式，滲透着李漁式的享樂主義，但是當這種模式的一再重複，李漁式的懷疑主義也逐漸滋生了。因為在現實社會中，才貌往往不可兼得，用李漁的話來説是「一萬個之中選不出一兩個」；而且風流常常越出名節的規範，用李漁的話來説是才貌成了「喪德之具」。這就不能不導致李漁「才貌風流」的理想主義破滅的「反模式」的形成。這類反模式大體有三個蜕化的方向：一是才貌變作醜陋；二是異性才貌變作同性才貌；三是風流變作淫魔。在這三個方向上，作者採取了不同的敘事態度。對於第一種蜕化方向，敘事態度是嘲諷的。《無聲戲》的第一篇小説《醜郎君怕嬌偏得豔》，寫明代荊州財主闕里侯長相奇醜，五官四肢都有毛病，還有惡濁的狐臭。他用欺騙方法娶得兩房美貌的妻子，都因不堪忍受其醜其臭，躲進書房，分居唸佛去了。適值袁進士的髮妻想趁丈夫外出補官，打發掉兩個姬妾，他自慚形穢，挑了相貌平常的一個，卻因這一個自縊殉節，反娶了才貌雙全的一個。袁進士認定潑水難收，那才貌雙全的小妾無法，也就以「紅顏薄命」的道理説服闕里侯前頭的兩位美妻，共同負擔他的奇臭奇醜。這是一篇反才子佳人小説，它用「紅顏薄命」這句俗話把「才貌風流」的模式解構了。入話處用了一個陰曹判獄的故事，説閻羅王把極惡之人罰做絕標致的婦人，嫁一個極醜陋的男子，夫妻都活百歲，使其受終生的精神苦刑，比他變豬變狗變牛變馬只受一刀之苦，更加慘酷百倍。如此解釋「紅顏薄命」，是包含有李漁式的懷疑主義的，正如入話詩所説：「天公局法亂如麻，十對夫妻九配差。常使嬌鶯棲老樹，慣教頑石伴奇花。合歡床上眠仇侶，交頸幃中帶軟枷。只有鴛鴦無錯配，不須夢裏抱琵琶。」作者的男性中心意識在這裏也流露出來了，他借閻王判獄，對女性命運悲劇作了喜劇性的嘲弄。這一點也感染了它的評點者，睡鄉祭酒（杜濬）在眉批上説：「這等看來，如今的惡人都是將來的美女，該預先下聘才是。」

在異性才貌蜕變為同性才貌的方向上，作者採取了欣賞的態度。《無聲戲》有一篇《男孟母教合三遷》，描寫一位風流秀才娶了一個美童作續弦，美童為了解除他的離散之憂，竟自行閹割，在秀才死後，他又攜帶秀才前妻的遺孤三次搬家，使這個孩子避免當變童的命運，中舉為宦，在他與秀才合葬的墓前豎起「夫人之墓」的碑石。如果説這篇小説以「孟母三遷」的典故，來附會變童的教子有方，未免有些褻聖；那麼《萃雅樓》則把風雅、忠貞一類美名加在同性戀受侮辱者的變童身上，並且把他寫成誅滅權奸的功臣了。開着書舖、花舖和古董舖的三位風雅少年，彈唱銷魂，輪夜伴宿。卻被嚴世蕃把其中一個視為北京城內第一美童，要留他在書房裏當外妾，他卻以「烈女不更二夫，貞男豈易三主」為由，百般躲避。嚴世蕃一怒之下，讓太監把他閹割。他重入嚴府之後，把嚴氏父子日常作為記錄在案，終於使權奸罪證確鑿，被拿回斬首。這類小説以變態的性心理寫「才貌風流」，因而也把「才貌風流」的模式寫得變態了。作者對變態所隱伏的人性危機並非沒有自省，他在寫完《男孟母教合三遷》之後這樣告誡讀者：「如今的人，看到這回小説，個個都掩口而笑，卻像鄙薄他的一般，這是甚麼原故？只因這樁事不是天造地設的道理，是那走斜路的古人穿鑿出來的，所以做到極至的所在，也無當於人倫。」作者對「反模式」自立反論，其欣賞的態度中也雜有幾分反諷和懺悔了。

應該說前面兩種反模式尚屬淺層次的，它們反映了作者豐富或突破既有的模式，跳出自己窠臼的慾望。而第三種反模式，即風流蛻變為淫魔則是深層次，反映了作者出入於「才貌風流」、「一男多女」的模式和反模式之餘，發生了深刻的精神危機。《肉蒲團》是一部病態的風流悲劇，一部充滿着惡魔情調的反才子佳人書。未央生的人生追求是「要做世間第一才子」，「要娶天下第一佳人」。他向括蒼山的布袋和尚說：「弟子道心尚淺，慾念方深。從古以來『佳人才子』四個字，再分不開。有了才子，定該有佳人作對；有了佳人，定該有才子成雙。」可以說他最初的精神出發點，並沒有超出才子佳人書的範圍。甚至他自稱有潘安、衛玠的才貌，也是《連城璧》中《寡婦設計贅新郎，眾美齊心奪才子》的入話津津樂道的才貌雙全的典型。但是曾經在《連城璧》中點化呂哉生的「我不淫人妻，人不淫我婦」一語，卻未能點化未央生這塊頑石，因此布袋和尚只好讓這個大色鬼去尋找佳人，從肉蒲團上參悟禪理了。未央生先娶道學先生之女玉香為妻，以春宮冊子啟發和刺激她的淫興。其後託言出門遊學，結交神賊「賽昆侖」，又請術士用狗腎改造自己的陽物，勾引並霸佔了絲戶權老實的女人，隨之又和四位秀才、塾師的娘子和寡婦肆意宣淫。

李漁有一種見解，認為「行樂之地，首數房中」，這一點也寫入《肉蒲團》卷首的入話詩中了。但他又強調行樂須順乎天道，講求節制。他給老子「不見可慾，使心不亂」的說法下一個轉語，認為「常見可慾，亦能使心不亂」。「何也？人能屏絕嗜慾，使聲色貨利不至於前，則誘我者不至，我自不為人誘，苟非入山逃俗，能若是乎？使終日不見可慾而遇之一旦，其心之亂也，十倍於常見可慾之人。不如日在可慾之中，與此輩習處，則是『司空見慣渾閒事』矣」。因此他頗為得意地宣稱：「老子之學，避世無為之學也；笠翁之學，家居有事之學也。」〔十二〕根據這種不無通達的道理，方外和尚和道學丈人不能點化一個風流才子摒絕情慾，也在作者意料之中。由於道學先生使自己女兒「不見可慾」，造成性知識的空白，使未央生的性慾趣味受到障礙，又由於未央生以春宮冊子誘發其情慾，使其性飢渴「十倍於常見可慾之人」，一發不可收拾。後來權老實懷着復仇心理到未央生丈人家賣身為奴，勾引得玉香迫不及待地委身於他。直至被騙賣到妓院，學會妓院絕技，名動京師，招引得妻子姘了未央生的那兩位秀才去嫖宿，又招引得未央生入京獵豔，使她羞見原夫而自盡了。小說在「硬件」上採用了因果報應的框架，在「軟件」上實際輸入了性心理受到大壓抑之後發生了大變形的信息。未央生在肉蒲團上嘗盡了酸甜苦辣，終於重上括蒼山皈依布袋和尚在松樹上懸掛了幾年的皮布袋，並且自裁陽具，與權老實、賽昆侖同證正果。《肉蒲團》書末有評：「知我者其惟《肉蒲團》乎？罪我者其惟《肉蒲團》乎？」它以大量窮形極相的色情描繪勸人「遏淫窒慾」，陷入了一種難以超拔的自我悖謬之中。作者那種想與老子清心寡慾之學並列的、實用性享樂主義的「家居有事之學」，也在精神危機之中，被布袋和尚的皮布袋收進去了。

三、名士、戲曲家、園林嗜好者對話本體制的改造

既然李漁在至為程式化和個性化的兩個極點上，架設推進話本小說革新的槓桿，那麼當他把自己托缽山人和戲曲家的素質，把自己建構的描寫模式和反模式投入這個領域的時候，必然引起話本小說體制別具一格的調整和變動。李漁是對小說體制或文體格式非常重視的作家，他以「結構第一」來談論戲曲寫作，在某種意義上是當時的一個形式主義文論家。他談論到戲曲須恪守音律體制時，認為「情事新奇百出，文章變化無窮，總不出譜內刊成之定格」。他這樣推重「定格」，推重文體體制，並非為了自設窠臼，作繭自縛，恰恰是為了突破「定格」，知之愈深，突破得愈瀟灑自然。因此他又說：「千古文章總無定格。有創始之人，即有守成不變之人；有守成不變之人，即有大仍其意，小變其形，自成一家而不顧天下非笑之人。」〔十三〕 他把自己的詩文全集取名「一家言」，就是在熟知文體體制之中追求獨出機杼的創新精神的極好自白：

> 凡余所為詩文雜著，未經繩墨，不中體裁，上不取法於古，中不求肖於今，下不覬傳於後，不過自為一家，云

所欲云而止。如候蟲宵犬，有觸即鳴，非有摹仿、希冀於其中也。摹仿則必求工，希冀之念一生，勢必千妍萬態，以求免於拙；竊慮工多拙少之後，盡喪其為我矣。〔十四〕

面對着話本小說既有的體制，李漁已不是、也不屑於單純地模仿市井說書人講一個動聽故事的口吻，在他的敘事者角色中，已經加進了一些內在地影響了敘事體制的名士成分、戲曲家成分和園藝建築設計者的成分。首先考察一下敘事者的名士成分對敘事體制的影響。「得勝頭回」在宋元說話人那裏，是等待聽眾的熱場手段，有時多個話本通用一個頭回，大概比較粗糙。馮夢龍的「三言」，用頭回點破整個話本的主題，在小故事和大故事的牽合、照應和轉折之間，形成了話本小說的一個有機的體制成分。但在頭回和話本主體的組合上，只用了一些簡明的、已成世俗共識的道理，未免有些板重。李漁寫的得勝頭回，則化板重為靈巧，亦敘亦議，妙語解頤，常發些標新立異的言論，給人以名士清談的趣味。其中有的小說是雙頭回，有的小說卻把頭回消解了。比如《無聲戲》中的《變女為兒菩薩巧》，用的便是雙頭回。在發了一番釋夢的妙論之後，「我如今且說一個驗也驗得巧的，一個不驗也不驗得巧的，做個開場道末，以起說夢之端」。頭一個「不驗得巧的夢」說一個窮皮匠拜神求窖銀，夢見神人指點他去一處掘取「一世用不盡」的收穫，果然掘出一蒲包豬鬃，拿去穿線縫鞋，一世也用不完。另一個「驗得巧的夢」講的是三位舉人求神夢示應考結果，都得一個「卒」字，性急的一人當晚過河求道人詳解，道人說只有他中，其他二人都不中。這裏用了「卒過河則活」的棋理，發榜時果然如此。兩個夢一俗一雅，饒有趣味地互相映照，組成雙頭回。消解頭回的例子，有《連城璧》中的《譚楚玉戲裏傳情，劉藐姑曲終死節》。它開頭議論女伶的卑賤以及輕歌妙舞的迷人之後，接着寫女旦劉絳仙用圓通的手段籠絡富家子弟，掙起一份絕大家私，以反襯作為話本小說主人公的、她的女兒劉藐姑的癡情。這便形成了不是頭回的頭回，或如行文所交代：「別回小說，都要在本事之前另說一樁小事，做個引子；獨有這回不同，不須為主邀賓，只消借母形女，就從糞土之中說到靈芝上去，也覺得文法一新。」

李漁小說的頭回體制之靈活，不僅在其數量上的增添和消解，而且在其位置上的前置和倒裝。頭回本來就是前置的，比如《無聲戲》中的《美男子避惑反生疑》，先寫一個機智的知縣審巴斗，引出正文中獨斷專行的知府審理捕風捉影的「風流案」，在一正一反的接續映襯中發人深省。但這還是話本小說體制上的常套，到了《無聲戲》中的《失千金福因禍至》，則把頭回分成兩半，開頭發議論，結尾補敘小故事。主體故事講的是兩個相貌相似的儒商禍福互異、因禍得福的奇異經歷，先是議論相術的神秘性，最後又擔心情節過於奇異，被人看做勸世的謊言，便提供一個現實的故事作證據，「因是野史，不便載名」。這種頭回倒裝的做法，便屬話本小說的變體了。然而，最能反映作者才子和名士氣質的，還是那些以詩詞和史論作為入話的篇章。且不說《三與樓》和《聞過樓》以李漁本人的家居詩作充當入話，就是《夏宜樓》以蓮花喻美人，引導整個風流而純潔的故事，它借用作者早年所作《採蓮歌十首》中的六首，也有話本小說中罕見的風流倜儻。它們收入《笠翁一家言詩詞集》時，友人評點為「十首絕妙竹枝，賦手獨絕」，「十首寄託深遠，不僅豔麗為工」，當然也不是一般的市井說話人所能為了。

作為名士清談的好手，李漁善於對經史舊說做翻案文章，作出一種非正統的、洋溢着個人機智的闡釋。這和明清之際，宋明理學已顯得空疏和陳舊，而追求質實的清學尚在創立體系的過程中，文人心態在相對自由中不願失去自我有着內在的聯繫。《無聲戲》中的《妻妾抱琵琶，梅香守節》，以重新解釋曹操的臨終遺言充當頭回，充滿史論意味：

> 當初魏武帝臨終之際，分付那些嬪妃，教他分香賣履，消遣時日，省得閒居獨宿，要起慾心，也可謂會寫遺囑了。誰知晏駕之後，依舊都做了別人的姬妾。想他當初分付之時，那些婦人到背後去，那一個不罵他幾聲「阿呆」。說我們六宮之中，若個個替你守節，只怕京師地面狹窄，起不下這許多節婦牌坊。若使遺詔上肯附一筆道：「六宮嬪御，放歸民間，任從嫁適。」那些女子，豈不分香刻像去尸祝他，賣履為資去祭奠他。千載以後，還落個英雄曠達之名，省得把分香賣履四個字，露出一生醜態，填人笑罵的舌根。

這裏以名士灑脫去譏議英雄失曠達，於是也就用詼諧俊逸取代了話本頭回常見的勸懲說教之平庸了。

《肉蒲團》舊有「情死還魂社友」評點其主體情節從布袋和尚（即孤峰長老）入山修行和未央生上山謁見寫起，說：「未央生是一本戲的正生，孤峰乃末腳也。他人執筆，定將未央生說起，引孤峰作過客，此是小說家正派。此獨首敘孤峰，極其詳悉，使觀者疑孤峰後來或有淫行；誰料卻有不然，直到打坐參禪，才露出正意來，使人捉摸不定。此從來小說之變體，乃作者闢盡窠臼處。」這自然從小說結構上涉及敘事體制的問題。因為以布袋和尚開頭，全書就像一個具有濃郁佛教色彩的皮布袋，它起先沒有收納住情慾方熾的未央生，到他歷盡荒唐和現世報之後，才把他以及和他有關係的權老實、賽昆侖一一收納進皮布袋來。這種結構也就是中國小說中常見的圓形結構。《肉蒲團》敘事體制的另一個獨特之處，在於它用了第一回整回的篇幅，作為議論性的入話。它討論了男女之情的合理性，認為女色是人參附子一類大補之物，「只宜長服，不宜多服；只可當藥，不可當飯」。又辯解自己要維持風化，卻做起風流小說來，是由於「近日的人情，怕讀聖經賢傳，喜看稗官野史；就是稗官野史裏面，又厭聞忠孝節義之事，喜所淫邪誕妄之書」。它甚至引用孟子勸齊宣王行「王政」的典故，當齊宣王以「寡人有疾，寡人好色」婉辭之時，孟子不是像道學先生一般板着面孔教訓他，而有用「王如好色，與百姓同之」來疏導他，自稱「做這部小說的人，得力就在於此」。這種舊典新說，妙喻連珠，正是李漁的名士清談的風度。他一瞥嚴子陵時，感到自己精神的卑下；一引證孟子，卻導致自己「才貌風流」模式的崩潰，由此可見他並不是渾無深度精神痛苦的快樂浪子或風流名士。

作為一個傑出的戲曲家，李漁給話本小說帶來了「戲」或「無聲戲」的觀念，也帶來了喜劇性的體制。他的一些小說寫得尖新奇巧，在造物捉弄人、人捉弄造物之中，散發着陰差陽錯的喜劇味。《無聲戲》中的《改八字苦盡甘來》，寫理刑廳的皂隸蔣成，心慈不忍對犯人行刑，老實不會鑽刺勒索，黑錢弄不到半個，還捱了上司成千的屈棒，得了個「蔣晦氣」的諢名，同行告訴他：「要進衙門，先要吃一服洗心湯，把良心洗去；還

改八字苦盡甘來（錄自清順治刊本《無聲戲》）

要燒一分告天紙，把天理告辭，然後吃得這碗飯。」算命先生說，他的命從一歲看到百歲，沒有一日好運、一點好星。這實在是造化捉弄人，而作者又趁着這種造化捉弄，去嘲弄衙門成規和弊端。算命先生見他哭得可憐，就擅改八字，亂批好話。理刑廳長官在責罰他時，發現這張命紙：「看你這個教化奴才不出，倒與我老爺同年同月同日同時生。」他以「官同年」做了長官的心腹耳目，備受照拂，數年間積金買房、娶妻生子，還升為縣主簿。雖然敘事者解釋這是蔣成積善改變了命運，但讀者感受到的是人捉弄了造化，而作者又趁着這番人的捉弄，去嘲弄了官場結黨營私的關係學。其間的喜劇趣味，來自人的生存狀態的嘲弄性轉折和敘事體制的反諷性構成。

喜劇趣味的產生，還在於作者操縱敘事視角的障眼法。《連城璧》中的《貞女守貞來異謗，朋儕相謔致奇冤》，寫少年名士姜玄在文酒會友時嘲笑馬鏕「尊嫂陰冷，盛婢胸暖」，由於喝了冷酒，不幾天他得陰病死了。馬鏕懷疑妻子、婢女和姜玄有染，賣婢休妻。這是由於姜玄的死無對證，限制了視角，因而造成奇冤。知縣在審理這樁案件時，故弄玄虛，又以另一種方式限制了視角。他讓馬鏕帶着公文到城隍廟行陰，提取姜玄的陰魂來對證。馬鏕一夜無夢，但道士說昨夜城隍讓他轉交牒文，果然他的衣袋裏有冥犯姜玄筆跡的牒文，交代是看見馬鏕瘦弱的妻子坐在石板上搗衣，股部自然極冷；肥胖的婢女對着灶門燒火，胸前自然極熱。視角在限制和解除限制之間，令人感受到豁然大悟的閱讀愉悅。但它在解除了一層視角限制之後，又設置了另一層視角限制，使人在冥間牒文的神秘性面前感到迷惑了。馬氏夫婦恩愛逾前，連生二子之後重遊城隍廟，道士才說明那份牒文是知縣和他做的手腳。但是何以判事如見、筆跡亂真？直到馬鏕中了進士，問了供職吏部的前知縣，才知道他傳訊了賣身為娼的婢女，並且調閱姜玄生前的考卷，摹仿他的口吻和筆跡。小說隱退了敘事者的全知視角，換上了有若搬演戲劇一樣的角色視角，使每個角色各見其所能見，各道其所能道，處處使用障目法，最終才像無影燈一樣組成綜合視角。李漁說過：「凡說人情物理者，千古相傳；凡涉荒唐怪異者，當日即朽。」[十五]他卻在視角的分割和綜合中，把人情物理之事轉換成荒唐怪異之文，形成了別具一格的喜劇性敘事體制。

談論李漁小說的喜劇性敘事體制，不能迴避「團圓結局」問題。這也是受了戲曲的影響。他專門談論過戲曲格局中的「大收煞」，認為「此折之難，在無包括之痕，而有團圓之趣」；「務使一折之中，七情俱備，始為到底不懈之筆，愈遠愈大之才，所謂有團圓之趣者也」〔十六〕。他的小說改編為戲曲者有四種：《譚楚玉戲裏傳情，劉藐姑曲終死節》改編為《比目魚》，《醜郎君怕嬌偏得豔》改編為《奈何天》，《寡婦設計贅新郎，眾美齊心奪才子》改編為《凰求鳳》，《生我樓》改編為《巧團圓》，都採了團圓結局。這當然有李漁的享樂主義，或快樂情結的原因，即所謂：「傳奇原為消愁設，費盡杖頭歌一闋。何事將錢買哭聲，反令變喜成悲咽？惟我填詞不賣愁，一夫不笑是我憂，舉世盡成彌勒佛，度人禿筆始堪投。」〔十七〕李漁的戲曲和中國古代的許多戲曲一樣，是為富貴人家的祝壽慶婚、娛神悅人、家居消遣而寫的，與曠野劇場的演出有不同的功能，不能使活人見鬼，不能給人以不祥之兆。因此，團圓結局在很大程度上來源於藝術體制的功能性考慮，而這種考慮又深刻影響了李漁的小說體制。

李漁作為戲曲家，已是人所共知。但他自稱「生平有兩絕技」，除了撰寫詞曲、辨審音樂之外，就是自出心裁、置造園亭。他常說「人之葺居治宅，與讀書作文同一致」，而構造園亭之勝事，上焉者是「能自出手眼，如標新創異之文人」〔十八〕。他溝通了文章之學和居家園藝之學，把設計房舍園亭當成寫一篇自出手眼的文章，反轉過來，他自然也會把經營小說藝術體制當成設計一座標新創異的園亭樓閣，以建築學的匠心入小說體制，乃是李漁的一大創造，他的《十二樓》就是汲收樓房建築設計的靈感，形成了一系列小說的規模。在這個集子裏，他大大地抒發了一番建樓題匾的雅興，所謂「合影」、「奪錦」、「三與」、「夏宜」等一類樓名，都為每篇小說立定主腦、敲妥主題，又不講求排偶，如中國園林一樣錯落有致，一樓有一樓的風光，一處有一處的境界。有的樓名已成為小說中象徵性的角色，比如《合影樓》原是兩家後園池沼上的兩座水閣，一雙多情男女在這裏對影盟心，終成眷屬。當兩家互不相謀時，池面上壘起石柱，用牆垣分隔開來；當道學家拒絕說親之後，則在浮牆底下填上瓦礫，築起長堤，連一雙影子也分隔兩處，不得相親了；最後一男娶得雙美，就拆牆掘堤，把兩座水閣歸併為「合影樓」以做貯嬌金屋，中間還架起一座飛橋，使牛郎織女無天河銀漢之隔了。合影樓的分分合合，象徵着兩個家庭以及一男二女的分分合合，它似乎也有了生命，也染上了人間親疏和兩性風流的喜怒哀樂。

《合影樓》的結尾有一段超出小說敘事時空之外，在真實與虛構之間錯綜筆墨：「這段逸事出在《胡氏筆談》，但係抄本，不曾刊板行世，所以見者甚少。如今編做小說，還不能取信於人，只說這一十二座亭台，都是空中樓閣

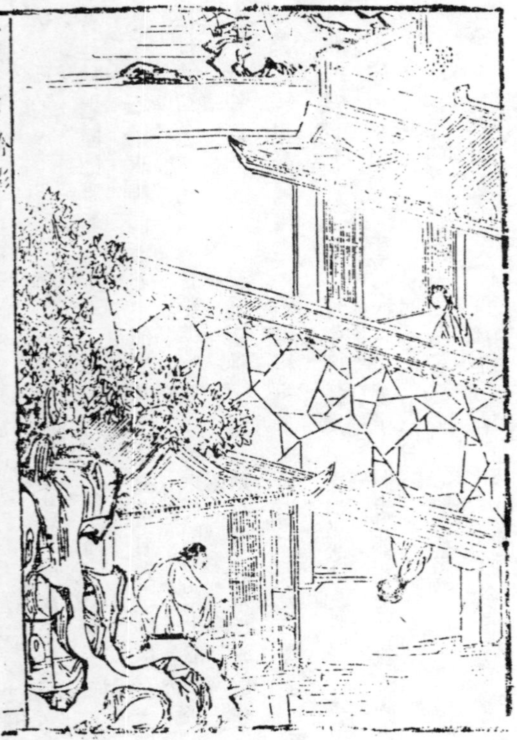

合影樓（錄自清順治刊本《十二樓》）

也。」其實當作者把自己的想像和趣味投入筆記材料之中，又以地支之數和園林建築學的匠心組織成一個完整的敘事機制，它們表現的只能是精神世界風光旖旎的樓閣群。比如《歸正樓》的樓名就散發着玄想味。它寫一個神機莫測的騙子改邪歸正，和一位妓女出家為道為尼。他們出家地的樓閣舊匾題「歸止樓」三字，原是一個仕宦歸隱後，題匾以示他「歸止於此，永不出山」。那位騙子買樓時，卻發現「止」字上面被燕子啣泥壘上一橫，成了「歸正樓」。他自思禽鳥無知，莫非是天地神明派它來點醒自己「改邪歸正」？這就借漢字結構特點來遊戲筆墨，用以暗喻人生玄理，純然是文人狡獪了。《鶴歸樓》寫兩位新科進士分別娶了一位大臣的女兒和侄女，被宋徽宗派到金邦繳納歲幣。其中一位與妻子難分難捨，結果在數年的精神折磨中妻死郎老。另一位則知道「惜福安窮」，臨別時把樓匾題上「鶴歸樓」，示以死別不歸之意。中途還作了一首詩：「文回織錦倒妻思，斷絕恩情不學癡；雲雨賽歡終有別，分時怒向任猜疑。」使妻子為他的寡情而安心樂意地守節，結果八年後重聚時倆人青春顏貌如初，享受久別賽新婚之樂。再把那首詩當回文詩反讀時，竟是一首深情的詩。「鶴歸樓」在這裏幾乎不是一個實體的存在，只不過是作者涉筆成趣，既隱喻生離死別，又點染些仙風道骨。它以對比的方式寫兩雙夫婦在相似的生存狀態之中，由不同的人生態度導致不同的命運形態。它啟發人們在動盪時世，應以名士的灑脫面對生離死別，善於在逆境中進行心理調適。其間是投射着作者多次離家遠遊、托缽豪門的心理體驗的。李漁在精神世界建樓十二座，一半建在才子佳人的溫柔鄉中，一半建在名士風流的雲水間。這些樓往往是作為一群男女、一個家庭或一則故事的出發點和歸宿，它們交相輝映，給清初的話本小說體制增添了幾分建築美。

四、「俗中求雅」和喜劇化語言風格

李漁走進話本小說領域的時候，他面對着馮夢龍、凌濛初等前輩作家所創造的一整套高度成熟的語言規範。這種語言規範融合着說話人的套數和世俗格言，長於描繪人情世態，富有生活的質感。從李漁把《十二樓》又命名為《覺世名言》來看，他是有意承傳「三言」的體制和語言遺產的。但從他一再表示「不拾名流一唾」，甚至在《無聲戲》中的《人宿妓窮鬼訴嫖冤》一篇，戲擬《賣油郎獨佔花魁》，寫一個篦頭待詔想重溫賣油郎的春夢而受騙，又可以看出，他的最終追求是要走出「三言二拍」的描寫模式和語言規範。在這種承傳和走出的張力之間，李漁尋找着街談巷語和個人心靈的契合點，把自己的感覺、體驗、趣味和情感投入到話本小說語言之中。他的語言風格體系雖然不如「三言」那麼凝重厚實，卻別有一番個人化的雅趣和靈氣，增強了語序關係的柔韌感和微妙性，因而也就更富有「文人文學」的意味。

首先影響這種文人文學的語言形態和領域的，是作者寫作時假設的讀者層面。當他假設給達官貴人和清閒文士一點文學野味，給明淨的書齋和香暖的閨閣一點案頭清玩的時候，他不願採取市井演說時那種過分火爆、質實而難免粗糙的，甚至被這個讀者層認為俗不可耐的套數和語言。他必須給人一種抵掌清談的名士風度，清新流麗，博雅風流，既識趣而又有才。像前面提到的《賣油郎獨佔花魁》中的「運退黃金失色，時來鐵也生光」，「情知不是伴，事急且相隨」一類說話人的口頭禪，他是不用，或少用的。他談論戲曲辭采時，反對使用「直書成句」的「填塞」行為，大概他也認為這種搬用口頭禪是填塞。甚至他把短篇寫成中篇而分出回目的時候，每回末了中止敘事，也很少使用「欲知後事如何，且聽下回分解」一類套話，而對之略作點化和變通。比如《拂雲樓》分成六回，第一回末：「奉屈看官，權且朦朧一刻，待下回細訪」；第二回末：「但不知後事如何，略止清談，再擎麈尾」；第三回末：「這番情節雖是相連的事，也要略斷一斷，說來分外好聽，就如講謎一般，若還信口說出，不等人猜，反覺索然無味也」；第四回末：「各洗尊眸，看演這齣『無聲戲』」；第五回末乾脆甚麼也不說，免了這番俗套。這就使得各回中

未央生、玉香（錄自清代寫春園刊本《肉蒲團》）

止敘事時間的方式錯落有致，流動清新，而且順筆交代作者的寫作態度有如「擎麈尾而清談」，希望讀者以看戲的態度來對待小說所描寫的風流韻事。這便在一定程度上把說話人說一回書，以外在時間限制而吊聽眾胃口的手段，轉化為案頭文學以中斷敘事時間的方式，製造情調和趣味了。

《肉蒲團》在同一敘事時間中，並列着布袋和尚、未央生和權老實三個敘事空間，需要更多的時空調度和線索穿插。每回中止敘事的方式雖不及《拂雲樓》來得俏皮，卻老老實實地騰出筆墨，在前後回之間調動敘事時空，交代組織情節線索的謀略。第二回寫完未央生和布袋和尚辯論一番，不歡而散之後，交代道：「後面只說未央生迷戀女色之事，不復容敘孤峰。要知孤峰結果，到末回始見。」第十二回未央生霸佔權老實的妻子，又與幾位秀才娘子神魂顛倒之後，又聲明要轉移敘事空間：「今且暫停，下面兩回另敘別事。少不得兩齣戲文之後，又是正生上台也。」其後第十四回開頭轉而敘述未央生妻子玉香，並作了這樣的呼應：「那玉香小姐有許多幽鬱之情，總因筆墨不閒不曾敘得，如今方才說起。」這回結尾講到玉香和權老實私奔，卻又截斷敘事時間：「但不知他走到何方，後來怎生結果，看到十八回才知下落。」隨之第十五回的開頭加以承接和轉折：「權老實報仇的因果按下慢表，如今且把未央生得意之事暢說一番。」作者用自己的語言化解了章回小說「欲知後事如何，且聽下回分解」一類套數，他不僅把故事交給讀者，而且把敘事謀略也交給讀者，實在是朋友縱談，不故弄玄虛的講述方式。一些痛詆李漁生性「齷齪」的筆記，說他除了用姬妾「隔簾度曲」之外，還「使之捧觴行酒，並縱談房中術，誘賺重價」〔十九〕，這裏難道不是依稀透出作為縱談底本的《肉蒲團》的朦朧面影？

李漁的小說語言，推崇「俗而不俗」的原則。前一個「俗」字，是指語言的字面意思，後一個「俗」字，是指語言背後的意義和趣味，他以此製造語言的能指和所指之間的張力，追慕俗中求雅的境界。他如此談論戲曲語言：「科諢之妙，在於近俗，而所忌者又在於太俗。不俗則類腐儒之談，太俗即非文人之筆。吾於近劇中，取其俗而不俗者，《還魂》而外，則有《粲花五種》，皆文人最妙之筆也。」〔二十〕在《萃雅樓》中，他把雅與俗的見解納入小說議論之中：

> 市廛乃極俗之地，花卉有至雅之名。「雅俗」二字，從來不得相兼。不想被賣花之人，趁了這主肥錢，又享了這段清福。……還有兩件貿易與他相似。那兩件：書鋪，香鋪。這幾種貿易合而言之，叫做「俗中三雅」。開這些鋪面的人，前世都有些因果。只因是些飛蟲走獸託生，所以如此，不是偶然學就的營業。是那些飛蟲走獸？開花鋪者，乃是蜜蜂化身；開書鋪者，乃蠹魚轉世；開香鋪者，乃香麝投胎。

其間談論因果，妙語解頤，竟是那麼通達俊逸。隨後又翻轉一層來說：「說便這等說，生意之雅俗，也要存乎其人。盡有生意最雅，其人極俗：在書史花香裏面過了一生，不但不得其趣，倒厭花香之觸鼻、書史之悶人者，豈不為書史花香之累哉？這樣人的前身，一般也是飛蟲走獸，只因他止變形骸，不變性格，所以如此，蜜蜂但知採花，不識花中之趣，勞碌一生，徒為他人辛苦。蠹魚但知蝕書，不得書中之味，老死其中，止為殘編殉葬。香麝滿身是香，自己聞來不覺，雖有芬臍馥卵可以媚人，究竟是它累身之具。這樣的人，不是『俗中三雅』，還該叫他做『雅中三俗』。」這段話可以看做李漁以俗為雅、俗中求雅的宣言。它充滿着隱喻，在談論蟲獸因果之處，暗藏着俗雅轉化的契機，在於「趣」、在於「味」、在於「覺」。有高雅的感覺和趣味，俗就可以轉化為雅；沒有高雅的感覺和趣味，雅也會淪落為俗。而且從這段語言自身的風格來看，它妙用隱喻，把枯燥的道理談得極有精神，把似乎毫不相干，而且頗為常見的蟲獸俗物，與別有會心的「俗雅論」聯繫起來，從中散發出相當濃郁的「理趣」。自然，李漁把這種俗中之雅與龍陽之好相牽扯，在當時士大夫中也許是「雅趣」，但由於趣味的畸形，今日看來已變得庸俗不堪了。這說明雅俗轉化是一個歷史過程，雖然支配着語言風格，卻已經超出語言分析的範圍了。

俗中求雅的轉化契機是作家主體的感覺和趣味，而俗中求雅的審美效果則是把主體感覺和趣味自自然然地、不落痕跡地轉化出來的「機趣」。李漁認為：「『機趣』二字，填詞家必不可少。機者傳奇之精神，趣者傳奇之風致，少此二物，則如泥人土馬，有生形而無生氣。」〔二十一〕《鶴歸樓》介紹兩位青年士子，沒有「貌如潘安，才比宋玉」一類騈四驪六，甚至連他們的長相也沒有多少描繪，專門寫他們的性情和志趣：段玉初「自幼聰明，曾噪神童之譽。九歲入學，直到十九歲，做了十年秀才，再不出來應試」。人問何故，他說：「少年登科是人生不幸之事，萬一考中了，一些世情不諳，一毫艱苦不知。任了癡頑性子魯莽做去，不但上誤朝廷，下誤當世，連自家的性命也要被功名誤了，未必能夠善終。不如多做幾年秀才，遲中幾科進士，學些才術在胸中，這日生月大的利息，也還有在裏面。所以安心讀書，不肯躁進。」這番談論之所以有機趣，就因為它脫俗。它於「少年科甲」的俗世福祿觀之外另闢思路，以新穎奇警的言論闡述了他個人的「惜福」觀。他的同學郁子昌的性情趣味，是和他對比着展示的，「他於功名富貴看得更淡」，「覺得做官一年，不如做秀才一日，把焚香揮麈的受用，與簿書鞭撲的情形比並起來，只是不中的好。獨把婚姻一事，認得極真，看得極重。」他認為：

> 人生在世，事事可以忘情，只有妻妾之樂、枕席之歡，這是名教中的樂地，比別樣嗜好不同，斷斷忘情不得。我輩為綱常所束，未免情興索然，不見一毫生趣。所以開天立極的聖人明開這條道路，放在倫理之中，使人散拘化腐。況且三綱之內沒有夫妻一綱，安所得君臣父子？五倫之中少了夫婦一倫，何處盡孝友忠良？可見婚娶一條，是五倫中極大之事，不但不可不早，亦且不可不好。美妾易得，美妻難求。畢竟得了美妻，才是名教中最樂之事；若到正妻不美，不得已而娶妾，也就叫做無聊之思。身在名教之中，這點念頭也就越於名教之外了。

如此談論名教，在正統儒家看來實在是野狐禪。但它妙就妙在這個「野」字，把道貌岸然的名教談野了，野到有了人情物理，野到有了名士風流，野到人物的個性氣質凸現出來了。在人所共知的道理中翻轉出一篇似是而非的新道理來，語言的這種佯謬感正是他的機趣所在。讀者也許會從郁氏夫婦的老死和段氏夫婦的惜福得福的結局中，認為作者是揚段抑郁的，但他們二人奇警的言論，實際上反映了作者從秀才到山人，因妻妾滿堂而流浪遊食的人生體驗的兩個側面。作者已把立德立功之心化作家居納福之想，不像《野叟曝言》作者夏敬渠把個人狂想投影為「揮毫作賦，則頡頏相如；抵掌談兵，側伯仲諸葛」，終至拜相封爵的文素臣；也不像《花月痕》作者魏子安把個人性情分別投影為懷才不遇的韋癡珠，以及立功封侯的韓荷生。他在郁子昌的求福得禍和段玉初的惜福得濟中，以佯謬方式寄託自己半是名士、半是清客的自足和彷徨。

深得李漁小說語言的機趣者，是喜劇風格的語言。李漁一生以遊戲筆墨、娛樂人生為職責，他寫過一首五言古詩：「學仙學呂祖，學佛學彌勒。呂祖遊戲仙，彌勒歡喜佛。神仙貴灑落，胡為尚拘執。佛度苦惱人，豈可自憂鬱。我非佛非仙，饒有二公癖。嘗以歡喜心，幻為遊戲筆。著書三十年，於世無損益。但願世間人，齊登極樂國。縱使難久長，亦且娛朝夕。一刻離苦惱，吾責亦云塞。還期同心人，種萱勿種檗。」前面說到，李漁把儒學名教加以名士化的解釋，在這裏他又把仙佛作了瀟灑無憂的解釋，總之，作為中國文化之主流的儒、道、佛三家都染上了李漁式的人間享樂主義和文學喜劇主義的色彩了。

他使語言喜劇化的方式是非常豐富的。首先，是對一些常用的詞語、成語，或常見的詩句、典故略作變更和增減，賦予別開生面的解釋，使人在打破成見的詫異中爆發出笑聲。他的戲曲《風箏誤》的「逼婚」一齣的尾聲，寫主人公誤把美婦認為醜婦，不願與她成親共宿，唱道：「醜婦，醜婦！我教你做個臥看牽牛的織女星。」這就把杜牧著名的絕句《秋夕》中「臥看牽牛織女星」一句，增加數字，改變了句式結構和意蘊，顯得非常詼諧而雋妙了。《連城璧》中有一篇小說《妒妻守有夫之寡，懦夫還不死之魂》這樣談論懦弱的丈夫：「世間懼內的男子，動不動怨天恨地，……定要選個強硬的婦人來欺壓我。一日壓下一寸來，十日壓下一尺來，壓到後面，連寸夫尺夫都稱不得了，那裏還算得個丈夫？」這是利用漢字的多義性，進行偷樑換柱式的錯位，從而啟動其喜劇性的功能。丈夫的「丈」，本有「長者」的意思，是男性中心社會中對成年男子的尊稱，其後轉義為與妻子對稱的名詞。但「丈」字又是由十尺進位而成的度量單位，作品正是利用這種歧義錯位，達到幽默效果的。

其次，情境的錯認也是李漁小說喜歡使用的喜劇性手段。《三與樓》講了唐堯見兒子不肖，把天大產業白送給虞舜作為入話，主體故事卻講明代一位唐姓財主只置田產，不起樓房，粗衣糲食，有「唐堯家風」而覬覦虞姓名士的園亭樓房。虞姓名士暮年得子，怕兒子不肖，自己過讓了樓房，他還借祖先故事自嘲：「唐、虞二族比不得別姓人家，他始祖帝堯曾以天下見惠，我家始祖並無一物相酬。如今到兒孫手裏，就把這些產業白送與他，也不為過，何況得了價錢。決不以今日之小嫌，抹煞了先世的大德。」明代財主、名士的嫌隙，卻要拉儒家的遠古聖王來陪綁，這便在古今雜糅和聖俗錯位中令人歎息世風日下，散發着酸澀的喜劇味。名士以褻聖來表現自己的瀟灑，在《無聲戲》中的《變女為兒菩薩巧》則以褻瀆佛菩薩的方式出現。這是那位信士求子的禱告：「弟子皈依你二十年，日子也不少了，終日燒香禮拜，頭也磕得夠了；時常苦告哀求，話也說得煩了。就是我前世的罪多孽重，今生不該有子，難道你在玉皇上帝面前，這個小小分上也講不來？如今弟子絕後也罷了，只是使二十年虔誠奉佛之人依舊做了無祀之鬼，那些向善不誠的都要把弟子做話柄。說某人那樣志誠，尚且求之不得，可見天意是挽回不來的。則是弟子一生苦行，不唯無益，反開世人謗佛之端，絕大眾皈依之路，弟子來生的罪業，一發重了。還求菩薩捨一捨慈悲，不必定要寧馨之子、富貴之兒，就是癡聾喑啞的下賤之坯也賜弟子一個，度度種也是好的。」其間佛道混同（轉求玉皇上帝），人佛混同（講情分），以及貌似懺悔地對菩薩脅逼，脅逼之後的哀憐，都令人在信士的如簧巧舌之間有一種神聖之境和俗世之情的誤認，從而產生了對信士之「信」的滑稽感。名士寫信仰，一寫就塗上大花臉，使信仰變得滑稽而鬆弛了。

兩種情境之間的錯認，是互為悖謬；還有一種自我情境錯認，即自為悖謬，同樣也充滿

人宿妓窮鬼訴嫖冤》錄自清順治刊本《無聲戲》

着喜劇情調。《無聲戲》中的《人宿妓窮鬼訴嫖冤》，就是以這種自為悖謬，進行語言上的調侃。篦頭待詔王四看了《佔花魁》新戲，便動了風流興頭，到妓院篦頭以儲蓄雪娘的身價，兼做一些烏龜忙不來的事務，人稱「王半八」。王四之「四」是八的半數，王半八又是王八之半，即半個烏龜，這是借語意雙關的形式進行調侃。豈料他錯認了情境，把妓院當信用社，被吞沒篦頭存款之後，還受奚落：「我若肯從良，怕沒有王孫公子，要跟你做個待詔夫人！」他於是央請一個才子做一張駢體冤單背在身上，天天在妓院門口呼冤。才子欺他不識字，所作的冤單又陷他於情境悖謬之中，句句説鴇兒之惡，又句句笑他自己之呆。所謂「日日喚梳頭，朝朝催挽髻，以彼青絲髮，繫我綠毛身」；又籲請義士仁人「或斷雪娘歸己，使名實相符，半八增為全八；或追原價還身，使排行復舊，四雙減作兩雙。若是則鴇羽不致高張，而龜頭亦可永縮矣」，這種申冤文字處處自認為半個王八，把自己置於自為悖謬的惡作劇之中。作者以名士風度嘲諷道德的淪喪時，卻沒有認真地把握住不應淪喪的道德。他以自己的喜劇性語言，對人間的玩笑開了第二度玩笑，往往使其雋妙的語言陷於為歡喜而歡喜的尷尬之中，缺乏一點沉重的道德感和人格力量。這一點而決定了李漁小説的文學史命運：他以自己的審美個性，包括自己創造的描寫模式、敘事體制和喜劇性語言風格，投入了被當時正統文壇視為「末技」、而他不以「末技」待之的話本小説領域，給它帶來了一股清新舒暢的空氣，但由於其間缺乏足夠的人格力量，其作品是悦世之姿有餘，而傳世之生命力則顯得有些底氣不足的。

注釋：

〔一〕《笠翁一家言文集》卷三《與陳學山少宰》。

〔二〕《閒情偶寄》卷二《詞曲部下．語求肖似》。

〔三〕《閒情偶寄》卷一《詞采第二．貴顯淺》；卷二《科諢第五．貴自然》。

〔四〕《笠翁一家言文集》卷三《與韓子蘧》。

〔五〕《呂氏春秋．遇合》篇。

〔六〕《閒情偶寄》卷二《授曲第三》。

〔七〕《笠翁一家言全集．耐歌詞》。

〔八〕《笠翁一家言文集》卷二《誓詞》。

〔九〕《笠翁一家言文集》卷三《與陳學山少宰》。

〔十〕《梅村家藏稿》卷十六《贈武林李笠翁》。

〔十一〕《笠翁一家言文集》卷一《〈香草亭傳奇〉序》。

〔十二〕《閒情偶寄》卷六《頤養部．節色慾第四》。

〔十三〕《閒情偶寄》卷一《音律第三．恪守詞韻》；卷二《賓白第四．詞別繁減》。

〔十四〕《〈一家言〉釋義》，即《笠翁一家言全集》自序。

〔十五〕《閒情偶寄》卷一《結構第一．戒荒唐》。

〔十六〕《閒情偶寄》卷二《格局第六．大收煞》。

〔十七〕《風箏誤》傳奇的下場詩。

〔十八〕《閒情偶寄》卷四《居室部．房舍第一》。

〔十九〕董含（閬白）：《蒓鄉贅筆》，亦見於康熙三十六年後的《三岡識略》卷四。

〔二十〕《閒情偶寄》卷二《科諢第五．忌慾惡》。

〔二十一〕《閒情偶寄》卷一《詞采第二．重機趣》。

第八講

《聊齋志異》充滿靈性的幻想和敘事方式

一、蒲松齡尋找精神系統

《聊齋志異》在中國古典文言短篇中，稱得上真正意義上的「第一才子書」。這是重規疊矩已經僵化了的科舉制藝無法牢籠的充滿生命活力的俊逸之才。這是中國文學史上以傳奇之筆志怪的最輝煌的一章。應該看到，蒲松齡的藝術生命是在封建文化規矩至為稀薄、因而也就允許最活躍的藝術創新的領域迸發出來的。這是十七世紀中國文學界值得記載的另闢蹊徑的「世紀盛事」。

直至晚年，蒲松齡似乎也意識到他的真正價值所在。在請人繪成的着清代公服、左手拈鬚、端莊椅坐的矜持肖像之上，自作題誌，謂此肖像「作世俗裝，實非本意，恐為百世後所怪笑也」。他已經預感到「百世後」的聲名，同時又鄭重聲明自己的「本意」，不是穿戴清

蒲松齡寫作圖（今人姚有多作）

代公服的世俗裝，走進那個規矩繁密的文學界的。讀《聊齋》中幾百則「異史氏曰」，彷彿在傾聽着中國古老鄉村中一位飽歷滄桑、深閱世相的智者，懷着無端的悲憤在述説着衙門虎狼和人際倫理。由此也可窺見作家相當充分的自由創作心態，他已滌去了正統士大夫文人不思自拔的「公服氣」，而在文學思維中還原出鄉井趣味和個性聖嬰。正是在這種滌去與還原之間，他能夠「自鳴天籟」，無須投人所好地擇取「好音」，因而在清初社會中他只能尋找「知我者」於「青林黑塞」的鄉井間，而不必期待於巍闕巨門的公服之輩了。

自然，作家也在尋找自己在文學史上的精神系統，尋找的結果是把自己的審美精神維繫於屈原、干寶、李賀和因烏台詩案貶官黃州的蘇東坡。一若《聊齋自志》所説：「披蘿帶荔，三閭氏感而為騷；牛鬼蛇神，長爪郎吟而成癖。……才非干寶，雅愛搜神；情類黃州，喜人談鬼。」他所推崇的都是命運坎坷、才情奇詭、充滿着不入俗套的創新精神的曠世奇才。尤其是貶官黃州的蘇東坡，已經成為蒲氏心目中落魄文人的精神類型。蒲氏青年時代南遊揚州府寶應縣為幕賓，作《途中》詩：「青草白沙最可憐，始知南北各風煙。途中寂寞姑言鬼，舟上招搖意欲仙。」他想到了強人説鬼、姑妄言之的蘇東坡，這大概是他撰述《聊齋》的最初的心理動因。在《聊齋》書成後，王士禛題七絕云：「姑妄言之姑聽之，豆棚瓜架雨如絲。」蒲氏依韻和之，再次申訴了東坡情趣：「十年頗得黃州意，冷雨寒燈夜話時。」文學靈感總是在塊壘鬱結於胸間時迸發出最燦爛的光芒，蘇東坡「謫居於黃，杜門深居，馳騁翰墨，其文一變」，[一]出現了他文學生涯上最輝煌的一頁。正是這種山林趣味。和顛躓寂寞中釀就的不落格套的靈感，使《聊齋志異》在「漁搜聞見，抒寫襟懷」中，達到了株守正統文學樊籬的士大夫文人所不能企及的敘事境界。

二、顛倒的世界和沉重的幻想

生活困頓和科場蹉跎，使蒲松齡長時間難以在人間世界獲得精神平衡。「遍遊滄海，知己還無；屢問青天，回書未有。惟是安貧守拙，遂成林壑之癡；偶因納稅來城，竟忘公門之路。漫競競以自好，致落落而難容。膏火燒殘，欲下牛衣之淚；唾壺擊缺，難消驥櫪之心。」〔二〕又因科考屢挫，便「覺千瓢冷汗沾衣，一縷魂飛出舍，痛癢全無。癡坐經時總是夢……」於是王敦用鐵如意擊打唾壺以發洩牢愁的意象又浮現腦際：「悶裏傾樽，愁中對月，欲擊碎王家玉唾壺。」〔三〕這種人生焦慮和幻滅感，使作家企圖超越為封建禮法和仕途所規範的現實世界，在狐鬼世界的審美想像中重構一個高卑優劣別具尺碼的價值體系。這就形成了《聊齋志異》基本的敘事特徵；真幻錯綜，以幻寫真，在幻想的狐鬼世界背後隱藏着焦灼而犀利的人間省視，它以五彩紛呈的幻象寫下了對人間價值的重新理解，以幻象增加敘事自由度。

一介寒士的《聊齋》作者，面對一個以媸為妍、美醜顛倒的現實世界，為此歷盡精神折磨，痛心疾首。他只好在世俗信仰的冥間或無從尋蹤的異域，尋找奇聞異事，對人世間作嘲諷性的象徵，作為精神的發洩與補償。《羅剎海市》寫滄海中羅剎國，其國所重「不在文章，而在形貌」，卻以崢嶸怪異者為上卿。「美如好女，因復有『俊人』之號」的中國商賈少年反而被視為怪物，躲避唯恐不及。於是只得用煤灰塗成張飛臉，才被驚歎為「何前媸而今妍」，委任為大夫。這顯然是借海外奇聞對人間美醜判斷反常的鬧劇式的象徵，文末的「異史氏曰」特地點破：「花面逢迎，世情如鬼。嗜痂之癖，舉世一轍」，正直的、胸懷美德的人也就哭訴無門了。可見它是傾吐憤世之情的作品，連這個幻想世界的笑聲都是艱澀而沉重的。

《席方平》是一篇「鬼公案」，以鬼世界隱喻官場社會，簡直成了以怪異之筆寫成的聲討黑暗吏治的檄文。六朝以來的志怪多把冥間等同地獄，集中處理報應和輪迴事務，另外還有一些各有專職的地誅府君，像《席方平》那樣把陰曹分作城隍、郡司、冥王等級，在行賄徇私中治理民（鬼？）政的還不多見。顯然，《聊齋》是把陰曹的政治體制人間化了。席方平入冥，不是由於陰曹誤拘，返陽後以其所見所歷宣揚因果報應，而是由於他主動地以離魂的方式，到陰間為父申冤，這也是以往的志怪小說所鮮見的。城隍受了父親仇人的賄賂，不受理他的投訴，他便逐級上告郡司和冥王，在含冤受刑時還憤激地說：「受笞允當，誰教我無錢也！」冥王怕事情鬧大，答應為其父雪冤，讓他投胎到富貴人家。但他還是不妥協，終於越過冥府的範圍而告到二郎神那裏，使仇敵和冥府貪官都受到處置。

席方平（錄自清光緒刊本《詳注聊齋志異圖詠》）

小說在這種「死而又死，生而復生」的離奇幻想中，實際上已動搖了因果報應絲毫不爽的蒙昧信仰。所謂「金光蓋地，因使閻摩殿上盡是陰霾；銅臭熏天，遂教枉死城中全無日月」，實際上以陰陽互為對應的幻想形式，把人間的金錢扭曲王法的積弊在冥間世界淋漓盡致地複製出來了。

科舉弊端，對作家更有切膚之痛。由胸間塊壘宣洩出來的象徵性幻想，多有作家的情感投射，顯得極為豐富多彩和才情煥然。這一主題的作品在《聊齋》中有十幾篇，主人公多是「才名冠一時，而試則不售」這種命運偃蹇的類型，似乎作家在借以夫子自道。《賈奉雉》寫主人公秋闈落榜，惶惑悒鬱，已經得道成仙的郎秀才笑他「文章雖美」，但考官都是以拙劣的八股文進身的，不可能「另換一副眼睛肺腸」閱卷。於是教他收羅「闒茸泛濫、不可告人之句」為文，三年後竟然高中經魁。使他重讀科場考卷之時，反而冷汗淋漓，重衣盡濕，歎息這是「以金盆玉腕貯狗矢，真無顏出見同人」，遂遁跡山林了。作者以諧謔之筆勾勒了一個以醜為美的科場世界，揭示了考官無文、文章誤我的歷史悖謬。對這種價值顛倒、歷史悖謬寫得最有特色的，當推《司文郎》。它記錄了一個怪異的場面：王平子和餘杭生拿文卷請瞽僧評判優劣時，瞽僧有一種特殊的能力，以鼻代目，能從他們焚稿的氣味中聞出高低來。聞到古文大家的文章，連稱「妙哉！此文我心受之矣。」聞到王平子文章，說「君初法大家，……我適之以脾」。餘杭生文章卻嗆得他連聲咳嗽，「格格而不能下，強受之以膈；再焚，則作惡矣」。然而令人作嘔的文章卻高中了，差強人意的文章反而受黜，瞽僧只好歎息道「僕雖盲於目，而不盲於鼻；簾中人（考官）並鼻盲矣」。其後瞽僧又從眾多考官文章中聞出餘杭生老師的文字，向壁大嘔，下氣如雷，說「此真汝師也！初不知而驟嗅之，刺於鼻，刺於腹，膀胱所不能容，直自下部出矣！」古人認為萬物皆蘊積有陰陽精靈之氣，因而要把祭告文字送達神宮陰曹之時就須焚稿，《司文郎》便是根據這種氣化說展開奇特幻想的。又根據人體各個臟腑接納氣之清濁的不同，把焚稿精氣的優劣分別由心、脾、膈、膀胱來接受，並認為那些「並鼻盲矣」的考官文章連膀胱也不能接受，只配與「直自下部出」的「屁」同列。這是作家備嘗科場顛躓苦味，因而借痛詆科場弊端以自我解嘲。這簡直不是把墨卷燒灰，而是把自己的生命價值燒灰揚煙，以求天地間的一份公道。

然而封建社會全然以科舉為本位，去衡量一個士人的價值的，即便已著出不朽之書、文名滿天下的蒲松齡也不能跳出這個三年一度的、期待與幻滅相循環的怪圈。蒲松齡求售科場的不死之心，終於凝結為《葉生》。它描寫一位「文章詞賦，冠絕當時；而所知不偶，困於名場」的秀才，在飲恨而終之後，竟隨對他有知遇之恩的縣令遠去關東，於三四年間教其子弟中了進士，自己也中了舉人，實現了他「借福澤為文章吐氣，使天下人知半生淪落，非戰之罪也」的願望，然後才魂歸故里，在自己靈柩前面撲地而滅。這類靈魂離舍的幻想，是滲透着作家不可彌合的精神創傷的心血的。價值顛倒的人間世界無法宣洩的怨恨，借鬼世界以泣血痛陳，因此鬼世界與人世界有若一個銅幣的陰陽兩面，是相互對應、相互反襯的。蒲松齡所以稱《聊齋》為「孤憤之書」，因為鬼世界只是銅幣的一面，翻開這一面就等於揭示了人世的底。那些千奇百怪、撲朔迷離的幻想，充滿着對現實社會美醜、善惡和人才優劣等一系列價值標準的象徵性和暗示性。

三、靈魂幻想的鄉野氣息和靈秀不俗

蒲松齡的狐鬼幻想不僅洋溢着胸間之氣，而且洋溢着民間之氣，散發着濃郁的民間趣味。鄒弢《三借廬筆談》寫蒲氏著書時，攜帶茶壺煙包坐在大道旁，「見行道者過，必強執與語，搜奇說異，隨人所知，渴則飲以茗，或奉以煙，必令暢談乃已」，雖然不足徵信，但它卻以小說的筆調渲染了一位小說家的鄉野味，一種不同於紀昀《閱微草堂筆記》之官邸味的令人神往的審美趣味。它也許不及《閱微草堂筆記》來得典重，卻有其難以望塵的自由。它的幻想，不板不俗，充滿靈性。它不必礙着孔子「不語怪力亂神」，與宋儒爭論着格物致知的是非，才在「六合之外，聖人存而不論」的縫隙中找到志怪小說存在的合理性。它盡可以依憑村夫野老津津樂道的「靈魂不滅」的原始信仰，在出入於人與鬼、軀殼與靈魂之間不斷觸發審美靈感，從而形成《聊齋》的另一個敘事特徵，即靈魂幻想的新穎感和豐富性，把中國志怪小說對鬼魂、生人魂和魂體錯位的描寫，推向開闊而絢麗的境界。

作家以清麗委婉、瀟灑脫俗的傳奇筆墨寫了一批美麗的鬼魂、它（她）們可以擺脫世間禮法的束縛，出入於人間、冥界、夢境，在品德、才華和志趣上兼備人、仙、鬼的多種因素，在鬼魂的堪親堪敬之間顯示了鄉野趣味。《連鎖》寫幽居二十年的芳魂，在月痕草影中吟詩抒懷，因一位風雅君子續成她的詩章，便現形相會。兩人剪燭西窗，成了詩文良友。這種鬼魂才與情兼備，以情投意合為擇偶標準，是不可能在禮法繁密的閨閣中尋找的。她自知是「夜台枯骨」，不願以片刻

清人繪《聊齋圖》

幽歡，促良人壽數，又帶幾分東方女性的善良溫婉。當她受冥間野鬼欺凌時，便請求人間良友入夢魂遊，前來搭救，於是在小說溝通人與鬼、與夢三個境界的幻想中，人鬼戀深化為患難交了。他們其後的結合乃是生命的結合，當士子以「生人精血」滴入鬼魂體內，使她復活之時，她又叮嚀士人延醫祛除邪氣。這份體貼使緣分變成將心比心的情分，因而譜成了一則既不須「父母之命，媒妁之言」，又不落鑽穴逾牆之譏的美麗的愛情故事。作者借助靈魂幻想，把兩性愛情置於情趣、患難和生命的層層深入的考驗之中，既不失好事多磨的人間趣味，又獲得了為禮法社會難以容忍的多情成眷屬的美好結局。在這曲愛神戰勝死神的頌歌中，作者特意安排了芳魂復活結合前，為了「受生人氣」而倆人交合的一幕，這簡直給道學家們的禮法開了一個絕大的玩笑！

自六朝劉義慶《幽明錄》中的《龐阿》，到元代鄭光祖的《倩女離魂》雜劇，志怪、傳奇和雜劇中以離魂方式追求真摯愛情者，多為少女。《聊齋》卻寫了癡男子的離魂，賦予離魂幻想以新穎的形式，同時由於角度轉換，作者實際上推重了女性在兩性愛情中的地位。《阿寶》寫生有駢指的名士孫子楚，羞於狎妓，人稱其癡。託媒求婚於大賈家，其女阿寶戲說當除去駢指，他就用斧頭砍除，痛得幾乎死去。清明踏青時，看見阿寶娟麗無雙，就癡立如醉，魂隨阿寶回家，坐臥狎戲。被巫師招回魂魄之後，他又把魂魄依附在鸚鵡身上，飛到阿寶的寢室。阿寶說：「深情已篆中心。今已人禽異類，姻好何可復圓？」這鸚鵡回答：「得近芳澤，於願已足。」其後阿寶誓死相從，它（他）才銜回一隻繡履，返魂後，終於實現了迎婚成禮的願望。蒲松齡的深刻之處，不是把愛情廉價地等同情慾，而是鄭重地把愛情當做生命的本性來體驗，正如他所說：「性癡則其志凝。」堅貞的情感和意志凝聚成的精魂，在作者筆下終於超越了貧富和禮防諸重障礙。離魂，實際上是怪異的手法寫成的生死與之的相思病，它把一種心理現象化作奇詭的形相變異和出格的行為，形成了審美想像對應於現實、又超越了現實的奇觀。其後孫子楚病逝（他有司馬相如之貧，也染了司馬相如染過的消渴症而卒，作者顯然聯想到發生在漢代的那樁千古風流韻事的），阿寶自縊以殉，終於感動冥王，使之雙雙復活，而孫子楚連科高中，點了翰林。這裏的離魂幻想已溝通了陰間與陽世、人類與禽鳥，在幾乎是隨心所欲的想像中，卻一處有一處的風光，一變有一變的情致，顯示了以怪異幻想描繪人際悲歡的卓越的藝術表現力。

顯示出蒲松齡靈魂幻想更為出色的創新性的，是形神換置、你我錯位的方式，靈魂換了軀體，似乎是喪失了自我，但附着於另一軀體「以我觀我」，反而更看清了自我的真面目。《成仙》寫成生看清周圍是「強梁世界」，「今日官宰半強寇不操矛弧者」，勸知交周生不要與官宦人家計較是非。周生不聽，終於釀成大獄，經成生捨命奔走，才得開釋。《聊齋》也有慕仙之作，但多是以看透人間黑暗作為邏輯起點，這種慕仙與其說是清極隱遁，不如說是無可奈何的憤世嫉俗。數年後成生得仙，勸周生棄妻孥入山。周生難以割棄世情，成生便在他熟睡之時，對換了靈魂和軀殼。周生次晨取鏡自照，發現自己多髭的面孔換了面目，驚呼：「成生在此，我何往？」他似乎喪失自我了，以致到勞山去追尋成生時，當面也認不出自己的原來面目。他俗念未除，無意留連山間仙境，成生趁他睡熟，使靈魂、形體換回原位，送他回家。他逾牆入室，發現妻子與僕人通姦，得成生幫助而斬決了姦夫淫婦。周生醒來，發現還在勞山臥榻，連稱「怪夢」。成生讓他看劍頭血漬，笑說「夢者兄以為真，真者乃以為夢」。成生與他結伴回家，發現妻子果然被殺，便一道求仙去了。這裏自然滲入了「人生如夢」的宗教觀念，造成真幻迷離的審美效果。作者對於周生，他也只有經過這番形神換位，才在喪失自我中發現自我的本來境遇，發現官府的兇橫和妻子的背叛。作者是在非現實的靈魂幻想中，深刻地透視現實的真情的。

《長清僧》可以看做《成仙》的姊妹篇，它以靈魂易體的幻想方式，把人物置於兩個決然不同的世界之中。道行高潔的長清僧圓寂後遊魂不散，附着在墜馬而死的豪紳公子身上。被隨從扶歸後，面對粉白黛綠，錦衣玉食，申辯則被視為神志不清，惟有閉目不語。稍想安靜都不可得，奴僕們拿着錢糧賬簿，鬧嚷嚷要他拿主意。後來逃回佛寺，弟子不願相認，以三十歲的人講述七十年的僧侶生活後，才獲得僧眾的信任，而夫人早已派遣輿馬金帛等在寺院門口了。這裏的靈魂幻想是獨到而奇妙的，屬於兩個世界的高僧和飛鷹走犬的闊少生活方式的巨大反差，使人物陷入靈魂與環境分裂的尷尬境遇之中。作者對此有明顯意識，異史氏曰：「余於僧，不異之乎其再生，而異之乎其入紛華靡麗之鄉，而能絕人以逃世也。若眼睛一閃，而蘭麝熏心，有求死而不得者矣。況僧乎哉！」於現實無法重合，而在幻想中重合的兩種人生方式的反差，給作品增添了意味獨具的戲劇性和幽默感。

既然靈魂不滅，又能自如地出入不同的軀殼，那麼人的靈魂寄附在異物身上，而依然保留着人的感覺，就有點

促織（錄自清光緒刊本《詳注聊齋志異圖詠》）

類乎西方現代文學的變形記了，實際上它還是中國式的寄形術。《促織》是揭露皇宮徵斂，貪官暴吏逼使平民以兒子生命作貢品的一篇傑作，早已有人把它和西方的《變形記》聯繫起來了。不過，即便相信成名九歲的兒子撲死蟋蟀，懼而投井，復蘇後不再提到他，乃是他的靈魂附着於那頭鬥技出神入化的小蟋蟀，那麼它也只是一種寄形術，而且它沒有仔細描寫人的靈魂寄居其間的特殊感覺。《三生》則寫出了寄形於犬馬過程中人的感覺。一位縉紳死後見冥王，暗自潑掉了迷魂湯。因生前行為多玷，罰作牡馬，被騎得兩肋發痛，見鞭影就逃跑。絕食而死後，因罰限未滿，被押去當狗，「見便液亦知穢；然嗅之而香，但立念不食耳」。於是故意咬傷主人而被打死，冥王怒其兇橫，罰去當蛇，就立志不殺生，只吃果實，後來故意臥在車道上被壓死。因其一念為善，再投生就成了舉人老爺了。靈魂轉生的幻想是汲取了佛教的輪迴觀念的，但小說在轉生過程中卻免去了一盞迷魂湯，使靈魂處在能記憶前生的狀態，並請主人公現身說法，便造成人的意識感覺與畜類蟲類環境行為的有趣味的反差。儘管主人公的講述是以佛教思想勸人為善的，但作品卻以靈魂的輾轉寄形，使縉紳與犬馬長蟲之間的距離只隔一層薄紙，或如異史氏曰：「毛角之儔，乃有王公大人在其中；所以然者，王公大人之內，原未必無毛角者在其中也。」這種借助靈魂幻想而造成的人獸雜陳，名為勸善，實際上隱藏着濃郁的反諷意味。

四、花妖狐魅的笑影和詩情

靈魂幻想在《聊齋》中幾乎是一種無所不在的審美思維形式，寫鬼怪精靈、花妖狐魅，離開靈魂幻想是不可思議的。萬有皆靈這類民俗觀念，攜帶着蒲松齡的靈感穿越了陰陽、物種、人我諸界限，從而創造了一個民俗觀念人情化和詩情化的審美世界。但靈魂是如煙似夢、虛無飄渺的東西，還須以意象加以包裹、賦予形質。《聊齋》一批佳作極具魅力的一個敘事特徵，就是它選取的意象非常新鮮、靈秀而且精妙，在怪異的聯想中交融着人情物理。無論狐的詼諧、鬼的調皮，抑是狐精花魅的多情繾綣，都形貌逼真，意緒深長，着一會心獨到的意象，就若髮穎豎，別具一番神采。

時人曾把《聊齋》比擬為宋人洪邁的《夷堅志》，比如蒲氏老友張篤慶康熙甲戌年《歲暮懷人詩》說：「談空誤入《夷堅志》，說鬼時參猛虎行。」〔四〕但《夷堅志》充滿生命危機感和對狐鬼世界的陰鬱恐懼情調，而《聊齋》作者卻有超絕群俗的詩人胸襟，以悲憤的眼光面對世道科途，以通達的眼光面對花妖狐魅，使他所選擇的意象帶有鄉野的清新氣息和明朗絢麗的格調。他的小說也是詩，甚至比不少詩人的詩更有詩的味道。可以毫不勉強地說，蒲松齡是古典文言小說中寫「笑」的聖手。《連城》就是以「笑」作為核心

狐嫁女(天津楊柳青清代年畫，藏於俄羅斯)

意象的。少負才名的喬生，傾慕知書工繡的史孝廉之女連城，為連城的繡錦題詠，甚至把胸頭肉割下來為連城治病，卻因貧寒未能獲得史孝廉的擇婿允諾。聽到媒婆代連城剖白而視連城為知己之後，他惟一的願望是：「相逢時，當為我一笑，死無憾！」這一願望到底實現了——他們邂逅於途，「女秋波轉顧，啟齒嫣然」。就為了這一笑，在連城因另配引發肺癆而死時，喬生前往臨弔，一慟而絕。死後還追尋連城的魂魄，得到亡友的幫助，而復活成親。篇末的「異史氏曰」是專門讚揚「一笑之知，許之以身」的，作者感歎道：「顧茫茫海內，遂使錦繡才人，僅傾心於蛾眉之一笑也，亦可慨矣！」中國古代喻美人笑之難得，為一笑千金，作者為美人取名「連城」當也有此意，即古詩所謂「再顧連城易，一笑千金買」。而且它在美人一笑中，竟支付了肝膽才士的全部生命。

《連城》寫笑的妙處在於專一精粹，《嬰寧》寫笑的妙處在於搖曳多姿。二者魏紫姚黃，各具千秋，而前者笑得典重，後者笑得瀟灑。〔五〕《嬰寧》寫人狐之戀，而這種渣滓悉去的戀情是展開於一派天真爛漫的笑的世界中的。嬰寧的初次露面，就成了笑的化身。她「容華絕代，笑容可掬」，見上元郊遊的王子服目不轉瞬，就戲說「個兒郎目灼灼似賊」，遺梅花於地，笑語而去，她的笑與花同在，成了青春的象徵。當王子服為伊憔悴，懷着一派癡心到叢花亂樹的南山谷尋芳，再見到她時，便換了一種花、一種笑：她執杏花自簪，「舉頭見生，遂不復簪，含笑拈花而入」。披閱這篇作品，當能真切地理會到世界上沒有兩種相同的笑，笑的品種幾乎與花的品種一樣繁多。狐媼

嬰寧（錄自清光緒刊本《詳注聊齋志異圖詠》）

喚嬰寧待客，戶外即有嗤嗤笑聲，入門故作矜持，又來個忍笑而立。幾句寒暄，即笑得不可仰視；返身出門，笑聲始縱。其後在後花園的樹上，她狂笑欲墮，當王子服向她追求「夫妻之愛」時，她竟在老母面前洩露「大哥欲我共寢」的秘密，並報以一絲微笑。在少年男女相待時的種種笑聲妙語中，人們感受到的乃是渾無禮教陰影的曠野氣象和青春氣象，即便燕爾新婚，嬰寧也無視新婦規矩，「室中吃吃皆嬰寧笑聲」，忍笑、濃笑、大笑、憨笑、花樣翻新，卻能使家門中的憂怒煩愁，一笑而解。直到因笑惹禍，招致西鄰之子對她覬覦，並在惡作劇中使對方死亡，才出現了笑的反面：「矢不復笑」，而且因狐母的荒山岑寂，對丈夫垂淚。但作品結尾又對笑作了呼應：嬰寧生子「見人輒笑，亦大有母風」，可知笑又有傳人了。作者對嬰寧之笑是頗為心儀的，竟稱「我嬰寧殆隱於笑者」。何為「隱」？也就是隱去禮教的束縛，還原出自然人性和青春之美。暱稱「我嬰寧」，表明作者有深摯的感情投入，正是這一點使作者靈感欲醉，妙筆生花，把笑的意象寫得千姿萬態，於筆鋒的騰挪跌宕之間換來滿卷的天真爛漫。

《聊齋》中最有詩情畫意的意象，當推第十卷和第十一卷中出現的美麗而多情的花精。從它們在第十二卷本排次着眼，可能是《聊齋》後期作品，而且折射着作者明朗的心情。這令人聯想到作者設帳淄川畢府，常到畢氏石隱園避暑，生活也比較安定的時期。《聊齋詩集》收有《和畢盛鉅石隱園雜詠》，其間一首為詠「牡丹徑」；又收有《辛未九月至濟南，遊東流水，即為畢刺史物色菊種》，有小引云：「只因愛菊陶令，羨綠野之風流；遂使看竹子猷，通黃花之聲氣。」從這些詩行中，多少可以窺見花精意象來源的蛛絲馬跡，甚至可以設想為作者和他稱做「花魂逸骨」的畢刺史一道避暑時的怡情之作。他寫出了花的靈性、詩趣和生命，他是花精世界的功臣。

《黃英》把菊花的意象精靈化，從中體味出高士雅潔和名士風流。王子服從金陵物色佳菊回來，途中遇見陶姓少年和他坐在油碧車中的姐姐黃英，便邀至家裏南圃居住。少年菊藝甚精，使平凡的殘枝也能開出佳妙的蓓蕾。他以賣菊為生，漸至富足，並不以為這是以市井氣辱沒菊花，理由是「自食其力不為貪，販花為業不為俗」。王子服喪偶後，續娶黃英，她解釋自己售菊，並非貪鄙，因為「不少致豐盈，遂令千載下人，謂淵明貧賤骨，百世不能發跡，故聊為我家彭澤解嘲耳」。菊的意象是高潔而淡泊的，這裏加上售菊致富，又增添了幾分豁達。陶姓姊弟皆有陶淵明的清逸風度，陶弟又把陶淵明「性樂酒德」的一面發展為名士的放達。直至醉倒畦邊，現形為菊，成為菊花的著名品種「醉陶」。值得注意的是，菊精意象中已有作者的情感投入。清貧困窘的蒲松齡深知：貧寒並非做名士、高士或隱士的條件。因此他改寫了陶淵明「採菊東籬」的意象，使之具有清雅與富足並行不悖的雙重意蘊了。

在以名花為意象的物種傳奇中，描寫牡丹精的《葛巾》重情，側重於抒寫色相柔情，與《黃英》之重理，側重理蘊趣味，顯示了相互不同的敘事旨趣。花精的名字取自名貴的牡丹品種：葛巾、玉版。作品採取限制性的敘事角度，使人懷疑他們是豔美驚世的仙子，卻在字裏行間暗示着他們作為牡丹精的物種特性。比如用這類詞語寫葛巾：宮妝豔豔，異香竟體；纖腰盈掬，吹氣如蘭；玉肌乍露，熱香四流。甚至那碗送給常大用治相思病的藥湯，雖被桑精老嫗戲稱為「鴆湯」，卻也藥氣香冷，飲之遂覺肺膈寬舒，頭顱清爽。這就使得她們的繾綣柔情籠罩在氤氳的香氣之中。其後，葛巾、玉版均歸洛陽常大用兄弟，無意間洩露自己「魏姓，母封曹國夫人」。遂被常大用訪知曹州並無魏姓世家，而「曹國夫人」乃是題壁詩贈給牡丹的稱號，懷疑她們是花妖。二女秘密被窺破後，把兩個兒子擲到地上，生出兩株花大如盤的牡丹，她們也自此蹤影杳然。《聊齋》作者的靈感為國色天香的名花觸動，他以一支靈秀委婉、搖曳多姿的筆，牽合着物種掌故和男女戀情，既令人體會到「懷之專一，鬼神可通」，疑及知己，將抱憾終身的愛情哲學。作者有一筆多義的傑出藝術表現力，往往能夠賦予他的意象以多重意蘊，並從中抽繹出奇麗動人的故事。他寫花的意象，能清雅則清雅，能華美則華美；他寫笑的意象，需凝重則凝重，需天真無邪則天真無邪，形成了一個多姿多彩的審美世界，顯示了氣象萬千的藝術包含力。

葛巾（錄自清光緒刊本《詳注聊齋志異圖詠》）

五、以生命精華激發敘事體制活性

人在追求着自我實現。當蒲松齡科場路斷時，他蘊積着一種悲鬱的逆反情緒，偏要以《聊齋》顯示卓爾超群的才華，以證明落第非「戰之罪」。他投入了最珍貴的才情和生命，融合着胸間之氣和民間之氣，融合着民俗玄思和文人詩心，務使小說在文備眾體、辭采飛揚方面使那些科場墨卷黯然失色。從才華類型而言，他不屬於怪才，是社會迫使曠世清才用於怪異。他把小說創作當作生命和才華的較量，絕不像那些仕途得意者把小說當成消閒解悶的點綴。這就使他的小說無論在敘事文體、角度或意興方面，都務求匠心獨運，從而形成了為以往的街談巷語、殘叢瑣語所無法比擬的敘事特徵。他投入了生命的精華，全面地激發了文言短篇小說機制的活性。

在文備眾體方面，他對中國的史學才華別具會心。他在史傳的完整性之中加進幻想的奇詭性，使花妖狐魅、畸人鬼怪都具有相當完整的音容笑貌、行狀和命運。文末的「異史氏曰」也點化司馬遷的「太史公曰」，以抒寫胸懷。最足以體現《聊齋》使小說文備眾體的把握能力的，是把詩詞駢文間插在散文敘事之間，以駢散或韻散交織來宣發才子逸興。比如《八大王》寫馮生向漁者買巨鱉放回河，後來夜行，遇醉醺醺的八大王邀至府中設筵豪飲。臨別，口吐一寸多長的小人納入馮生臂中，八大王化鱉入河後，才知道這是「鱉寶」。自此馮生的眼睛能看見地底寶藏，財富能與王公相比。不久又得到一個鳳紐寶鏡，能照攝美人倩影，並且攝回肅王府三公主的音容笑貌，日日窺其顰笑，終至喜締良緣。作品寫了醉鱉知恩報恩的故事，諷喻人間交友之道。結尾處卻抓住一個「醉」字，節外生枝，意興淋漓地作了一篇《酒人賦》。既頌揚了酒可以宴會嘉賓，可以作為「釣詩鉤」、「掃愁帚」的德性。又轉而揭示「酒固以人傳，而人或以酒醜」的禍福相伏的辯證法，對於那些以酒為兇的無品酒客，只能「縶其手足，與斬豕等」，用木棒捶其臀部，「捶至百餘，豁然頓醒」。作者以起承轉合、跌宕有致的駢體文字，馳騁於典故和人情之間，寓無羈的才情於滑稽突梯的運筆之中。其間翻了俗語所謂「醒則猶人，而醉則猶鱉」的案，指出醉鱉勝於忘恩負義的醒人，從而使駢體賦和散體敘事之間貌離而神合，不失藝術的完整性。

《絳妃》採取第一人稱敘事角度，也是駢散結合的逞才之作。作者自述設帳於畢刺史家時，遊賞花木，倦而晝寢。忽有絳妃邀至高接雲漢的殿閣上設宴招飲，請作聲討風神的檄文，文思若湧，片刻脱稿，醒後錄下並補足檄文。這是一篇難得的奇文，用志怪思維方式把千古有關於風的典故聚於一爐，想像雄奇詭譎，文氣激揚浩蕩。它指斥封氏（風神）「飛揚成性，忌嫉為心」，是因為曾得到舜帝楚王、漢高漢武的賞識，「從此怙寵日恣，因而肆狂無忌」，摧殘人間春色和草本生機，因此這些花神要佈成蛾眉之陣，「殺其氣焰，洗千年粉黛之冤；殲爾豪強，銷萬古風流之恨！」檄文處處扣住風的特點，筆筆盪漾着同仇敵愾的意氣，遊戲文字，大有可觀。這《為花神討封姨檄》和前述的《酒人賦》，都曾獨立成篇，收入蒲氏一些行世的詩文集裏，〔六〕可見作者是賦予他的小説和他的詩文同樣得意的才情的。作者雖生活於清初，但他寫小説的心態卻近乎唐人作「溫卷」，以小説顯示史才、詩筆、議論。

作者把最珍貴的才華投入的地方畢竟是小説，而非高頭講章，因而往往恃才傲物，遊戲筆墨。這種才情蕩漾的筆墨遊戲，及於歷史，也及於作者自我。他的小説常常有以前小説所未見的、或無法規範的妙筆。《青鳳》寫耿去病與狐女青鳳幽豔曲折的相悦相戀，因狐叟自稱乃「塗山氏之苗裔」，初次會面，就讓耿大談「塗山外傳」，粉飾多詞，妙緒泉湧地歷述「塗山女佐禹之功」。這是把古籍記載大禹巡視名山大澤，於塗山娶九尾白狐之女，使王業昌盛的話柄，隨手拈來，涉筆成趣，在給講究信實的歷史開個玩笑之處，點染出耿去病的名士狂生風采。

《狐夢》中的遊戲筆墨，把作者和他的朋友（敘事者）也遊戲進去了。這位真姓真名的朋友畢怡庵讀《聊齋》中的《青鳳》，恨不得有狐女之遇，便有狐女三娘前來侍寢。這位朋友「貌豐肥，多髭」，作者便拿其體貌特點開玩笑，讓三娘子笑説：「肥郎癡重，使人不堪。」並讓三娘子把畢怡庵招致夢境，與姊妹行一道宴飲。席間，她們取笑小時與三娘子嬉鬧，願她將來「嫁多髭郎，刺破小吻，今果然」。又以繡花鞋裝酒把畢怡庵灌醉。而畢怡庵也給作者蒲松齡開了個玩笑，把他拉進小説中來，讓三娘説：「聊齋與君文字交，請煩作小傳，未必千載下無愛憶如君者。」最後作者現身説法，講明故事來由：「康熙二十一年臘月十九日，畢子與余抵足綽然堂，細述其異。余曰：『有狐若此，則聊齋之筆墨有光榮矣。』遂志之。」行文靈活地調動作者、故事講述者和故事中人物的關係，在真與幻、虛構與實相的折射映襯之間，令人隱隱窺見作者與友人以文字相交，詼諧笑謔的生活情趣。這篇小説站奇幻深處嘲諷真實存在的人物，它採取的立場與所謂「元小說」相反，不妨稱之為「反元小說」。

神奇的幻想一經這種恃才遊戲的筆墨點化，小說的時空結構就變得組接隨心，出入自如，變異多端。壁畫是平面的，但《畫壁》中的書生為佛殿壁畫的散花天女吸引得神搖意奪，就可走進壁畫的空間，演出一幕有笑鬧、有驚惶的人神之愛。到友人尋找他時，他還在畫面上傾耳佇立，若有所察，「飄忽自壁而下」。《鳳仙》寫狐女鳳仙因夫婿卑寒，在岳父席間受奚落，拂袖而去，贈鏡子一面給夫婿。凡夫婿刻苦讀書時，就可在鏡中看見她的正面，盈盈欲笑；每當廢學，鏡中鳳仙便慘然若涕，以背對之。其後苦讀中榜，鏡中人對他

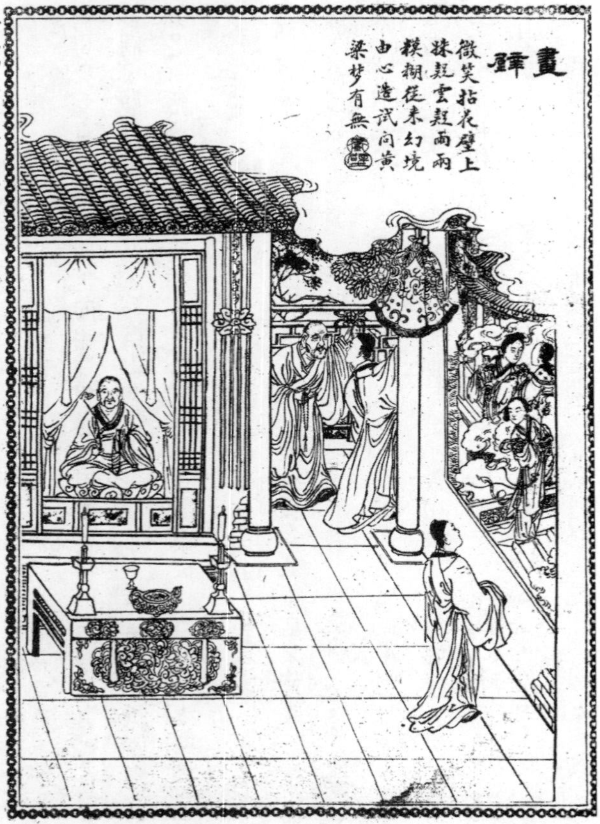

畫壁（錄自清光緒刊本《詳注聊齋志異圖詠》）

笑說：「『影裏情郎，畫中愛寵』，今之謂矣。」翩然從鏡中下來團聚。二維空間（平面）和三維空間（立體）可以在這裏隨意轉換，因一念之動，現實人可以步入壁畫；因轉悲為喜，鏡中影可以走入現實。空間維度的變化皆能通過誠心和真情去操作，在這些地方作者創造了屬於他個人的敘事謀略。

空間變異不僅在維度，而且在伸縮大小。《鞏仙》中的道人能操縱時間變異，「顛倒四時花木為戲」，但更為神奇的，是以一襲道袍，能變化出「袖裏乾坤」。魯王請他作劇，他能從袖中請出王母娘娘、董雙成、許飛瓊，還請織女獻上一襲天衣，魯王索觀後，他譏笑濁氣污染天衣，舉火燒掉。魯王霸佔了尚秀才心愛的曲妓，他便請尚秀才入袖，其間「光明洞徹，寬若廳堂；几案床榻，無物不有」。又在與魯王對弈時，把曲妓拂入袖中，與秀才團聚。

倆人在壁上聯句，秀才寫上「袖裏乾坤真個大」，曲妓續上：「離人思婦盡包容」。後來才知題句在道人袖裏，字細如蟣卵。而且在袖裏生子，取名「秀生」，也就是袖裏生的意思。一袖之間，包容了人間仙境，其空間的變異可謂極致。作者也在炫耀這種遊戲筆墨，異史氏曰：「袖裏乾坤，……中有天地、有日月，可以娶妻生子，而又無催科之苦，人事之煩，則袖中蟣蝨，何殊桃源雞犬哉！」袖裏乾坤到底也是用以嘲諷人際乾坤的。

遊戲筆墨並非為遊戲而遊戲，而要遊戲出人情鬼態，遊戲出作者的才情和趣味。幻想可以無邊無際，但《聊齋》卻給幻想加上限制，創造某種「留下缺陷的幻想」模式，似乎作者參悟到有缺陷的幻想才是有趣味的幻想。《畫皮》中的惡鬼能變成美女，把受迷惑者裂腹抉心，可謂精通於變形欺世之術，但它那張皮也得鋪在床上，「執彩筆而繪之」，終於露出馬腳。《賈兒》中的狐妖雖然善於變化，糟蹋人婦，但總變不掉那條狐狸尾巴，終被賈兒窺見破綻，以鼠藥入酒剿滅爾類。留下一點缺陷，便給故事轉折伏下契機，也在恐怖的事件中透出一絲幽默的微光。

幻想的缺陷中往往包含人間趣味，它可以使非人間的變化與人間的情態相互映襯，於不和諧中生發出不能一笑了之的意蘊。《胡氏》中狐精，向東家之女求婚，不從而興師動眾，但坐騎乃是蟈蟈，刀槍無非高粱葉，連東家翁上廁所時，射在其臀部的箭都是些蒿梗。它以有缺陷的幻想嘲弄那些虛張聲勢之輩，指出其結果往往事與願違，「賠了夫人又折兵」，狐精求婚不成，反以妹子配給東家之子了。《種梨》中的道士要懲罰吝嗇的賣梨者，可以在市場上埋下一顆梨核，使之俄頃結出滿樹碩果，分發給眾人。但人散後才發現梨樹是賣梨者的車把，分發的梨也是車中的梨。這種幻想的限制性，比起無邊無際地寫梨樹實來自野山仙島，具有更深刻的現實調侃意味。也就是說，幻想有缺陷，便能夠從缺陷處散發出人間煙火氣。它暗示了積貨貪財反而導致貨去財空的人間哲理，顯示了作者操縱幻想與人情世態發生干涉的出色才華。《聊齋》作者在小說創作中投入了最有創造性的才能，使小說達到文備眾體，而敘事方式、時空意識都不同凡俗的境界。蒲松齡畢竟是大才：精誠的才華投入並沒有把他壓迫得過度拘謹，反而能以遊戲筆墨賦予才華以更開闊的境界；但遊戲筆墨沒有使他的幻想不知約束，反而能在精心約束中深化了幻想的哲理暗示力。才華固然可貴，但知道在施展和約束的張力中加以錘煉的才華，方稱得上高級意義上的才華。

六、在博取傳統和投射作家心靈光影之間

《聊齋》的成功，是繼承前代、又超越前代的結果。前面已分析過，蒲松齡在中國悠久的文學傳統中尋找精神系統。他對傳統的借鑒是複式借鑒，兼取百家，以期厚積薄發。他自稱「異史氏」，自稱作品為「狐鬼史」，是以干寶被稱為「鬼董狐」的故事來自嘲。這主要涉及他的取材範圍和一些幻想方式。至於意象聯想和敘事形式，則更多地汲取唐傳奇以後的文學養分。

紀昀《閱微草堂筆記》自稱做小說，「不描摹才子佳人如《會真記》」，實際上是影射《聊齋》取法唐傳奇的。《聊齋》的《白秋練》，寫賈人子與水妖之戀，水妖初見時，即令賈人子吟詠《會真記》（即元稹《鶯鶯傳》）中的詩句：「『為郎憔悴卻羞郎』，可為妾詠。」《鳳仙》中鏡中人鳳仙對夫婿說的「『影裏情郎，畫中愛寵』，今之謂矣」，用語又出自由《會真記》衍變而成的《西廂記》。可見，對於紀昀鄙視和冷漠的唐傳奇的言情筆墨，《聊齋》作者卻以極大的熱情展開詩意的聯想。這種聯想的活躍性，在《香玉》的一首詩中體現得相當充分。書生看見花精渺然飄逝時，題詩樹上：「無限相思苦，含情對短釭。恐歸沙吒利，何處覓無雙？」後一聯竟用了唐傳奇的兩個典故，一出於《柳氏傳》，一出於《無雙傳》。此外，《絳妃》中代花神作討封姨檄文，取典於唐傳奇《崔玄微》；《竇氏女》、《武孝廉》寫女鬼和狐婦對薄情郎的復仇，聯想到唐傳奇《霍小玉傳》，都是把唐人小說作為典故源泉，無所介懷地拈來，隨意驅遣的。

《聊齋》寫人與水妖之戀的篇什，都隱隱然有點唐傳奇《柳毅傳》的影響，其中尤以《織成》至為明顯。它寫柳生被洞庭君掠去，在船上啃了織成的襪子，招致殺身之虞，便辯解道：「聞洞庭君為柳氏，臣亦柳氏；昔洞庭落第，今臣亦落第；洞庭得遇龍女而仙，今臣醉戲一姬而死：何幸不幸之懸殊也！」文末還對「洞庭君為柳氏」一語作了詮釋，相傳柳毅遇龍女，洞庭君以為婿，其後遜位於柳毅。因而這篇《織成》也可以當做《續柳毅傳》來讀了。正

式把一個「續」字套到唐傳奇故事頭上的，是《續黃粱》。它寫曾孝廉中進士後，被星卜之士預言有「二十年太平宰相」之命。得意忘形之際，在禪院老僧榻前入夢。夢中位至太師，手握國柄，為所欲為。後被彈劾解職，發配途中被冤鬼殺死，到陰司備受油鼎刀山之刑。轉生為乞丐女後，又蒙冤被淩遲處死。曾孝廉噩夢醒來，榮祿之心蕩然，入山不知所終。小說借用唐人《枕中記》的夢幻形式，更為痛切地揭示了官迷的夢魂繫於私慾，在暴露官場黑暗的同時，輔以極其不堪的地獄報應。作者在這裏發揮了《枕中記》意猶未盡之處，因此異史氏曰：「黃粱將熟，此夢在所必有，當以附之邯鄲之後。」

對於前代小說傳統，蒲松齡的借鑒自然不限於唐傳奇，對宋元以來的話本章回並非無所會心。《仙人島》寫「屢冠文場，心氣頗高」的王勉在仙人島賦近體詩：「一身剩有鬚眉在，小飲能令塊磊消。」即被仙女嘲諷為「上句是孫行者離火雲洞，下句是豬八戒過子母河也」。可知作者對《西遊記》非常精熟，隨手拈來其間的故事以充遊戲筆墨。至於《齊天大聖》寫閩賈不信孫悟空為神靈，招至病災，後因耿直受到寬恕，信奉齊天大聖倍於流俗後，從商獲利十二分。其間雖然可見作者對《西遊記》之熟悉，但它主要是寫世間濫信神祇的陋俗，與《聊齋》中屢次寫到的北方信狐仙，吳中信五通神，「江漢之間，俗事蛙神最虔」，可以等同視之，屬於民俗信仰對小說的滲透。其餘如《考城隍》中關羽參與考核陰司官員，《公孫夏》中關帝巡視冥土，《桓侯》中張飛宴客買馬，都應看做《三國演義》影響了清代民俗，而這種民俗傳說又不時地流注到蒲氏筆底。

雖然《聊齋》以文言敘事，屬於志怪傳奇一類文人小說的系統，但它一些記人記事的篇什，又不乏話本小說的市井趣味。比如《王桂庵》寫世家子弟在江舟中，擲以金釧與鄰舟少女定情，其後幾經曲折，發現少女門第相稱，納采成禮，卻因一句戲言，使少女投江後，才在民舍中避雨而重逢。這類金釧定情、悲歡離合的情節，洵屬宋元以來書會才人的拿手好戲。《大男》寫妒婦逼走丈夫，妾之子行乞尋父，被人收養課讀登第。丈夫棄儒從商後，買妻，乃是原先流落的妾；買妾，卻是後來淪落的妻。又因小人告他逼妻作妾，受理案件的縣令竟是前妾（今妻）之子，名分遂定，一家團圓。這類以善善惡惡而顛倒人倫，妻妾易位，並用來勸孝誡妒，也是話本的套數，其構思方式和世俗倫理觀念也是以往的志怪和傳奇所少見的。即便那篇著名的《胭脂》，也許它有些現實的素材根據，也許在明人筆記中可以發現類似的故事，但它以細緻綿密的筆觸，以一隻繡履作為貫穿意象，展示一樁巧中復巧、冤外有冤的案件，又以一位賢明官員的勘察推理，辨析真偽，盡發沉冤。其間紛繁的線索穿插、隱伏和剔抉的功夫，是與宋元以來《錯斬崔寧》一類公案話本，以及後來興起的包龍圖公案有着氣脈相通之處的。或者竟可以說，它是這類公案小說中的傑作了。

毫無疑問，傳統文學的豐富養分是通過蒲松齡心靈的過濾、融合和轉化，才能發生作用的。《聊齋》多寫人與花妖狐魅的愛情，體現了作者不苟同於宋明理學的倫理態度。它又相當關注科舉、悍婦一類問題，其間折射着作者的心靈陰影，這或隱或顯地牽制着審美靈感的釋放。《聊齋》專門寫妒悍的作品有六篇，《珊瑚》、《江城》都改寫成俚曲，用以「參破村農之迷，而大醒市嫗之夢」。〔七〕《江城》寫新婦入門，先是夫婦反目啁啾，繼而鬧得翁姑析居，最後親戚鄉里都在詛咒和杖擊之下。雖然借助佛力，老僧一口清水噴射之，使她若換肝肺，但作者在「異史氏曰」中還心有餘悸地歎息：「每見天下賢婦十之一，悍婦十之九。」《馬介甫》寫奇悍之婦鞭撻丈夫，奴役家翁，雖有狐仙馬介甫使用幻術剖取悍婦心，用「丈夫再造散」重振乾綱，但都因丈夫的庸懦溺愛，不能制其雌威。直攪得家破人亡，悍婦再配屠夫，備受淩虐而流落為丐。作者慨歎「懼內，天下之通病也」，並仿效《妙音經》作長篇駢文，述說悍婦為禍之甚。作者嘲諷和鞭撻妒悍之婦的文字

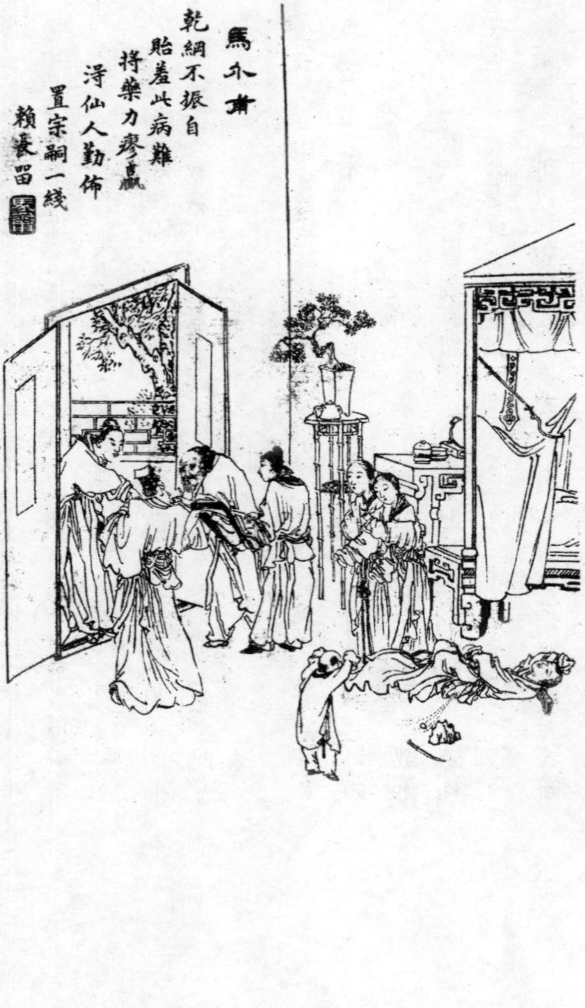

馬介甫（錄自清光緒刊本《詳注聊齋志異圖詠》）

極具激情，使人不能不懷疑他的心靈中留有陰影，一種與作者本人家庭變故有關聯的心靈陰影。檢閱《聊齋文集》，果然，他在《述劉氏行實》中透露：妻子「入門最溫謹，……姑董謂其有赤子之心，頗加憐愛，到處逢人稱道之。冢婦（大嫂）益恚，率娣姒若為黨，疑姑有偏私，頻偵察之；而姑素坦白，即庶子亦撫愛如一，無瑕可蹈也。然時以虛舟之觸為姑罪。呶呶者競長舌無已時，處士公曰：『此烏可久居哉！』乃析箸」。不惜違犯行實的體例和「家醜不可外揚」的禁忌，把冢婦的妒悍寫入亡妻的行實之中，不刻骨銘心是不至於此的。大概作者與亡妻生前在更深人靜之時是少不了私議此事的。

當我們透過蒲松齡的人間處境和文化儲備，重新審視《聊齋志異》的敘事特徵之時，便真切地感受到這是一本「說不盡」的《聊齋》。

注釋：

〔一〕蘇轍：《東坡先生墓誌銘》，《欒城集》四部叢刊本。

〔二〕《上健川汪邑侯啟》。《蒲松齡集》，上海古籍出版社一九八六年版，第一九〇頁。

〔三〕《大聖樂．闈中越幅被黜，蒙畢八兄關情慰藉，感而有作》，《蒲松齡集》，第七三六頁。

〔四〕張篤慶：《昆侖山房集》屢稱《聊齋》為「談空說鬼」。如「丁卯」卷《寄留仙、希梅諸人》：「聊齋且莫競談空」；「癸酉」卷《寄蒲留仙》：「談空談鬼計茍違。」

〔五〕其實笑乃詩的酵素。《詩經．周南．桃夭》：「桃之夭夭，灼灼其華。」《說文．女部》：「𡝩：巧也。詩曰『桃之𡝩𡝩，女子笑貌。』」這大概取義於「三家詩」。後來艸頭變成竹頭，訞也就變成笑。李白《古風》：「桃李開東園，含笑誇白日。」李商隱《即目》：「夭桃唯是笑，舞蝶不空飛。」依然把桃花與笑聯繫而釀造詩情，這種釀造實際上把人的心理行為和生命感覺移植給花樹了。笑字的構造，既是竹下有夭，因此詩人也就借文字拆卸以遊戲為詩。如蘇軾《笑笑先生贊》：「竹亦得風，天然而笑。」此說可參看錢鍾書《管錐編》第一冊《毛詩正義八》。

〔六〕今見於路大荒編輯的《聊齋文集》卷十、卷一，上海古籍出版社出版。

〔七〕蒲箬：《柳泉公行述》，收入上海古籍出版社《蒲松齡集》為附錄。

第九講

《儒林外史》的時空操作與敘事謀略

一、百年文化反思和「葉子」式結構體制

《儒林外史》似乎是中國最偉大的幾部古典長篇小説中至為清澈透明的一部了。它對八股取士制度下的士人社會以及官紳市井社會的社會相的窮形盡相的描寫，它的諷刺藝術在深刻中浸潤着幾分憐憫，它的語言在明淨的已基本洗去説話人套數的口語中飽含着精粹的表現力，都令人歎為觀止，推崇為中國古代甚至是惟一夠得上高品位諷刺文學的傑作。但是對於它的結構，人們到底不能沒有遺憾。魯迅的話還是客觀的現象描述：「惟全書無主幹，僅驅使各種人物，行列而來，事與其來俱起，亦與其去俱訖，雖云長篇，頗同短制；但如集諸碎錦，合為帖子，雖非巨幅，而時見珍異，因亦娛心，使人刮目矣。」(一) 在「惟」、「亦」、「雖」、「而」一類虛詞之間，推崇處也流露一點遺憾。胡適則直接點明「《儒林外史》的壞處在於體裁結構太不緊嚴，全篇是雜湊起來的」，又因憤慨於晚清小説的效顰，起了一個專門的名稱，即「那沒有結構的『《儒林外史》式』」。(二) 由於五四新文學運動先驅者專注於對誤解《儒林外史》的晚清文學空氣的批評，這部書超出常態的結構藝術以及它不同凡響的時空操作和敘事謀略方面的智慧，被歷史推到幕後去了。

關鍵在於提供一個與《儒林外史》的敘事結構相貼合的獨特的視角。《儒林外史》不是一般意義上的社會小説，而是對八股取士的科舉制度進行百年沉思，因而充滿着世紀悲涼的文化小説。它的卷首詞寫道：「百代興亡朝復暮，

江風吹倒前朝樹。……獨酒三杯沉醉去，水流花謝知何處。」它的終卷詞又寫道：「共百年易過，底須愁悶？千秋事大，也費商量。江左煙霞，淮南耆舊，寫入殘編總斷腸！」敘事者對他所描寫的、已被科舉功名的富貴勢利浸泡過的士紳社會作百年鳥瞰，滿懷着朝暮倏忽、殘編斷腸的悲涼感受，具有濃郁的時間意識。這種百年鳥瞰的時間意識，使敘事者辛辣地嘲諷了在科舉仕途中未曾「看得破」的同行者，而又在「百年易過」的歷史行程中自省到這種嘲諷的無可奈何。這種時間意識乃是作者的生命、作者的肝氣膽汁凝結而成，它意味着作者作為八股取士制度的失敗者和批判者雙重身份的生命投入，如同《紅樓夢》的通靈寶玉意象是作者的生命結晶，意味着他作為詩禮簪纓的大家族的失樂園者和叛逆者雙重身份的生命投入一樣。

百年反思的時間意識，左右着小說觀照八股取士制度下士紳社會的獨特視角。很難設想它還有可能以一個家庭或幾個主要人物，去展開對百年文化厄運進行批判性沉思的審美命題，它最佳的選擇，也許就是把一大群秀才（還有少量進士、翰林）和名士放逐到百年流浪的曠野上。《儒林外史》主體部分，描寫了明朝成化末年（一四八七）到嘉靖末年（一五六六）這八十年間的四代儒林士人。第一代是生活在成化末年的周進、范進，以及年歲略小的嚴貢生、嚴監生，他們是八股取士制度的熱衷者和社會基礎，爬上去的，精神已被蛀空，沒有爬上去的，精神也塞滿了貪婪、勢利、嗇吝和齷齪。第二代是活動於正德末年和嘉靖前期的相國公子婁琫、婁瓚，以及制藝選家馬純上。貴介公子已對八股舉業滿腹牢騷，借禮遇假名士來

吳敬梓像（今人程十髮作）

表示他們的離心傾向；寒酸的選家還要靠舉業謀取飯碗，甚至歪解孔夫子來闡明文統；但是比他們年輕得多的匡超人、牛浦郎已經借舉業和名士頭銜進行坑蒙拐騙，宣告這些行當的道德破產了。第三代是生活於嘉靖後期的杜慎卿、杜少卿，以及余特、余持兄弟。他們是這幾代士人中最有聲色的一代，或則在梨園選美盛會中抒發名士風流，或則與年紀略大的虞博士、莊紹光祭祀古賢，追求與八股取士制度相對立的禮樂理想，但是他們中的多數都在勢利的風俗中離鄉別井了。第四代是生活在嘉靖末年的陳木南，以及比他略早的湯由、湯實。他們實在是一蟹不如一蟹，已用儀徵豐家巷妓院和南京十二樓教坊取代了杜少卿們的先賢祠，向妓女談論科場和名士風流了。

對於八股制藝的結構方式，清人說過：「昔人論佈局，有原、反、正、推四法：原以引題端，反以作題勢，正以還題位，推以闡題蘊。」〔三〕不知是文章之道的暗合，還是作者的有意戲擬，《儒林外史》從不同的心態和品格層面上描寫八十年間四代士人，也內在地具備原、反、正、推的結構程序。第一回的「楔子」，寫元末畫家王冕在山清水秀之間自由自在的生存境界，藉以敷陳大義和隱括全書，在結構上屬於原題部分。第二回至第七回寫第一代的周進、范進以及與之有牽連的一班人，卻從反面入筆，與原題部分形成了八股取士制度的焦點之內和之外的巨大反差，積蓄着結構組合之間的巨大張力。從第八回第二代的蘧景玉和二婁公子出場，結構程序逐漸返回正位，但是由於二婁公子所遇非人，以及陸續出現馬純上、匡超人和牛浦郎的曲折，直到第三十回杜慎卿在南京莫愁湖舉辦選美盛會，還處在返其正而居其偏的階段。第三十一回屬於第三代的杜少卿出場，他結交遲衡山、莊紹光、虞育德，使結構程序回歸到與原題部分相呼應的正中之正，而在莊嚴肅穆的泰伯祠祭典中達到頂點。第三十八回以後，無論是寫孝行、寫武功、寫遊俠，以及寫第四代陳木南等人的妓院沉淪，都是對題旨在不同方向上的推衍，形成充溢着悲涼感的無限煙波。這種原、反、正、推的敘事程序，它所組成的乃是一種文理性，或者敘事情調性的結構。其結構形態有點類乎中國唐宋舊籍裝幀形制中的「葉子」，如歐陽修《歸田錄》卷二所述：「唐人藏書皆作卷軸，其後有葉子。其制似今策子。」這種形制也稱「旋風裝」，以長幅之紙反復摺疊，有若原、反、正、推的文章理路一樣，往復迴旋，是相當嚴謹而舒展自如的。進而言之，《儒林外史》採取連八股文也難以逃避的文章體式來批判八股取士制度，其結構體制就是非常有反諷意味的。

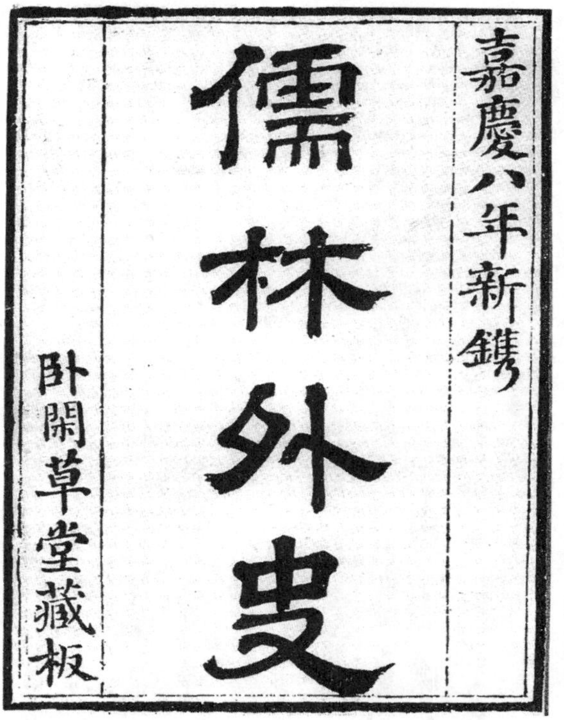

百年反思的「葉子」式長篇結構體制，是中國古典小說發展史上的一個創造，它從豐富的層面和角度，展示了八股取士制度造成的社會情境壓迫和內在心理驅力，亦剛亦柔地迫使數代士人不顧「文行出處」而追逐「功名富貴」，從而導致了精神荒謬和荒蕪的人間悲喜劇。八股斫傷人性，是《儒林外史》的母題。斫傷所致的精神的荒謬是俯拾皆是的，只需看一看嚴監生的兩位舅爺，也是用中國傳統道德中最崇高的字眼取名的王德、王仁的所作所為，也就令人啼笑皆非了。這兩位舅爺只因得了嚴監生的二百五十兩銀子，便「義形於色」地把即將嚥氣的胞妹的正室名分拱手讓給嚴監生的妾，並且氣壯如牛地宣稱：「我們唸書的人全在綱常上做工夫，就是做文章，代孔子說話，也不過是這個理。……

清嘉慶臥閒草堂刊本《儒林外史》

但這事須大做……備十幾席，將三黨親都請到了，趁舍妹眼見，你兩口子同拜天地祖宗，立為正室，誰人再敢放屁！」從「綱常」說到「放屁」，兩位以德、以仁起名的舅爺就這樣把扶正宴席和胞妹的死耗，荒謬地扭結在一起了。

至於精神的荒蕪，也是觸目驚心的。舉人出身的張靜齋竟然信口雌黃地爭論着本朝開國元勳劉基在洪武三年開科取士時考了第三名，還是第五名，胡謅出他由於受賄而貶為青田縣知縣賜死的天方夜譚，而且這番口若懸河的談論竟弄得同席的進士、舉人「不由得不信」。中了舉人、欽點了山東學道的范進，竟然弄不清明代的四川學差「不見蘇軾來考，想是臨場規避」是常識性笑話，莊重地說：「蘇軾既文章不好，查不着也罷了。」在秀才歲考中取了一等第一、貢入太學肆業的匡超人，吹噓曾經選過九十五種制藝選本，風行海內，連「外國都有」(想來外國也以八股取士)，北方五省讀書人都禮拜「先儒匡子之神位」，被當場揭破他不懂得「先儒乃已經去世之儒者」。翰林該是飽學的清貴了吧，高翰林嘲笑馬純上注《春秋》、莊紹光注《易》，為「只把一個現活着的秀才來解聖人的經，這也就可笑之極了」。他被當場揭穿不知文王、周公的事蹟之後，改口說「小弟專經是《毛詩》，不是《周易》，所以未曾考核得清」，彷彿《周易》講的是文王、周公的史實。可見八股取士制度中的精神荒蕪，遍及於經學、史學，以及包括蘇軾這等的詩文大家在內的詩文之學。匡超人自稱「先儒」，大概是他看到孔廟裏有先儒程子、朱子的神位，想忝居配享從祀之列。至於不知劉基的經歷，簡直是不知本朝從何而來，也不知八股取士制度從何而來了。劉基（伯溫）不僅是運籌帷幄，料事如神，輔佐朱元璋平定天下，因而被朱元璋稱為「吾子房也」的勳臣；而且他還是明代科舉取士制度的制定者。《明史．選舉志》說：「科目者，沿唐、宋之舊，而稍變其試士之法，專取四子書及《易》、《書》、《詩》、《春秋》、《禮記》五經命題試士。蓋太祖與劉基所定。其文略仿宋經義，然代古人語氣為之，體用排偶，謂之八股，通謂之制義。」[四]八股取士制度的熱衷者以子虛烏有的奇談，對八股取士制度的祖師爺作人格上的貶損，這也夠有反諷意味了。由於這種精神的荒謬和荒蕪，遍及士林的各個層面以及文史的各個領域，若採用幾個主要人物貫穿始終的結構方式，勢必造成某種箭垛式的笑料集成。這裏採用八十年間四代士人的「葉子」式結構，就顯得嘲諷的層面和角度豐富，而且錯落有致，分寸感非常得體了。

《儒林外史》取名為某種形態的「史」，與這種百年反思的「葉子」式結構有着深刻的聯繫，或者說百年反思的「葉子」式結構是它作為「外史」的基本特徵。閒齋老人《〈儒林外史〉序》說：「夫曰『外史』，原不自居正史之列也；曰『儒林』，迥異玄虛荒渺之談也。其書以功名富貴為一篇之骨，有心豔功名富貴而媚人下人者；有倚仗功名富貴而驕人傲人者；有假託無意功名富貴自以為高，被人看破恥笑者；終乃以辭卻功名富貴，品地最上一層為中流砥柱。」[五]所謂「外史」，乃是以審美的形式寫成的文化的、風俗的和人心的歷史。在清朝初年黃宗羲著《明儒學案》、萬斯同修《明史稿》之後，吳敬梓把歷史意識與審美形式相結合，假託明事，觀照了正史「儒林傳」的背面和底裏。他透視了八股取士這種人才選舉制度的流弊從根本上毀滅了人才，造成了人才的非「人」化和非「才」化，在獵取功名富貴中變得道德墮落和才性枯槁，給數代士人帶來了精神荒謬和荒蕪的厄運。

二、把清事推至明朝後的「帝都情結」和「精神家園」

在《儒林外史》的四代士人中，其原型和作者關係最密切者是第二代、尤其是第三代。與全椒吳氏有姻親關係的金和為這部小説作跋語説：

書中杜少卿乃先生自況，杜慎卿為青然先生。其生平所敬服者，惟江寧府學教授吳蒙泉先生一人，故書中表為上上人物。其次則上元程綿莊、全椒馮粹中、句容樊南仲、上元程文，皆先生至交。書中之莊徵君者程綿莊，馬純上者馮粹中，遲衡山者樊南仲，武正書者程文也。……他如平少保之為年羹堯，鳳四老爹之為甘鳳池，牛布衣之為朱草衣，權勿用之為是鏡，……或象形諧聲，或廋詞隱語，全書載筆，言皆有物，絕無鑿空而談者。若以雍乾間諸家文集細繹而參稽之，往往十得八九。〔六〕

這個説法已為魯迅部分採用，也為其後學人所充實、補充和訂正，幾乎成了學界共識。《儒林外史》另一個引人注目的時空操作方式，就是把清代雍正、乾隆年間士人行為的一些素材，經過審美幻化，移到明代成化至萬曆年間，前移了二百年左右。難道這僅僅是如論者所強調為了避免清代文字獄的迫害，或者加上為了避免作者身邊的人事糾纏嗎？從消極方面看，未嘗不可以這樣講，但是作為小説敘事的一種基本的時空操作方式，它應該存在着更為積極和深刻的匠心。

首先，它何以不上推到明朝初年、而偏偏上推到成化末年以後，讓元朝末年的王冕歎息「天可憐見，降下這一夥星君去維持文運，我們是不及見了」？顯然這是為了從歷史上尋找文化風氣和文化精神的契合點。顧炎武《日知錄》説：「經義之文，流俗謂之八股，蓋始於成化以後。股者，對偶之名也。天順以前，經義之文，不過敷衍傳注，或對或散，初無定式。其單句題亦甚少。成化二十三年（按：即成化末年，一四八七）會試《樂天者保天下》文，起講先提三句，即講樂天四股；中間過接四句，復講保天下四股；復收四句，再作大結。弘治九年（一四九六）會試《責難於君謂之恭》文，起講先提三句，即講責難於君四股；中間過接二句，復講謂之恭四股；復收二句，再作大結。每四股之中，一反一正，一虛一實，一淺一深。其兩扇立格，則每篇之中各有四股，其次第之法亦復如之。故今人相傳謂之八股。」〔七〕這就是說，八股文的徹底程式化是明朝成化末年以後的事。《儒林外史》選取八股文定形化過程中這個有界碑意義的年份，作為其敘事主體的時間開端，就是要考察科舉制度中這座精緻的文字形式的迷宮，如何採用前有功名利祿的誘餌，後有窮愁落魄的壓力，驅使一代代士人在毫無文化積累價值的競爭中耗費生命的。

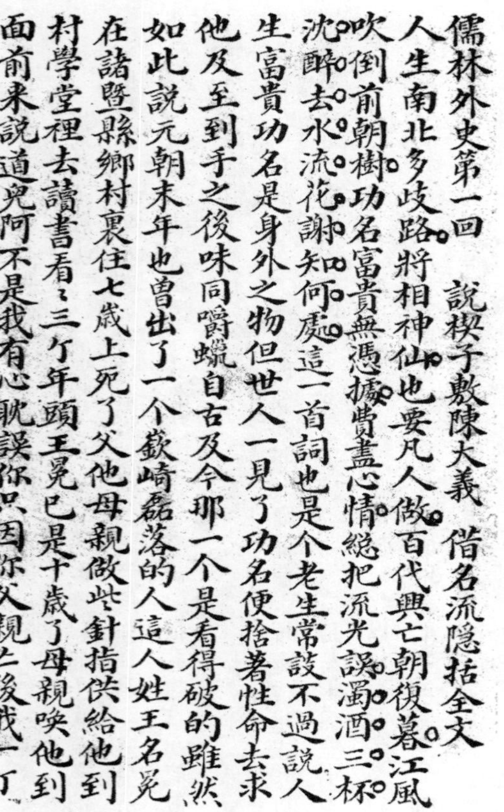
儒林外史第一回　說楔子敷陳大義　借名流隱括全文

人生南北多歧路。將相神仙。也要凡人做。百代興亡朝復暮。江風吹倒前朝樹。功名富貴無憑據。費盡心情。總把流光誤。濁酒。三杯沈醉。去水。流花。謝。知。何處。這一首詞也是個老生常談不過說人生富貴功名是身外之物但世人一見了功名便捨著性命去求他及至到手之後味同嚼蠟自古及今那一个是看得破的雖然如此說元朝末年也曾出了一个嶔崎磊落的人這人姓王名冕在諸暨縣鄉村裏住七歲上死了父他母親做些針指供給他到村學堂裡去讀書看看三个年頭王冕已是十歲了母親喚他到面前來說道兒阿不是我有心耽誤你只因你父親亡後我一个

《儒林外史》第一回（蘇州潘氏清抄本）

其次再反過來看，作家是以個人的切膚之痛和歷史的超越性，去進行這二百年時間推移的審美操作的。清朝沿襲了明朝八股取士的制度，以開科取士來籠絡人才和窒息民智，造成了任何途徑出身都不能與「科第出身」相媲美的社會情勢。這種情勢在清初大師凋謝、乾嘉大師未起的文化波谷時期，即《儒林外史》主要素材來源的雍正元年到乾隆十幾年，尤為窒息文化生機。略晚於吳敬梓的史學家章學誠說的很沉痛：

前明制義盛行，學問文章遠不古若，此風氣之衰也。……其後史事告成，館閣無事，自雍正初年至乾隆十許年，學士又以四書文義相為矜尚。僕年十五六時，猶聞老生宿儒自尊所業，至目通經服古謂之雜學，詩古文辭謂之雜作。士不工四書文（即八股文）不得為通——又成不可藥之蠱矣！〔八〕

二百年的時間一經這麼推移和聯結，就使作者超越了個人身世的感傷主義體驗，達到了對明清時代八股取士制度對

人才的箝制、異化和毀滅的總體把握。時空操作，實際上是作者文化視野和審美心靈擴展和昇華的體現。

人們可以看到，由於有了這種大幅度的時空推移，作者對自己投射到小說中的影子已經能夠作出理性的體認，豪邁瀟灑，卻在自我表現中滲入了歷史的嘲諷。他在杜少卿微黃的臉皮上畫上了兩撇豎劍似的「關夫子眉毛」，寫這位大老官輕財好士、卻交人不慎，揮金如土處自然是不趨慕功名富貴了，卻在頃刻之間敗掉了祖宗也是在科舉仕途中積蓄下來的遺產。現實生活中冬日苦寒，繞城歌吟暖足的寒酸行為不再提起；杜少卿卻乘醉拿着金杯，攜着娘子的手，大笑着在南京清涼山走一里多路，有一種惹得「背後三四個婦女嬉嬉笑笑跟着，兩邊看的人目眩神搖，不敢仰視」的超世俗的風流。現實生活中的真病，已換作小說中杜少卿託病，不應博學鴻詞科的徵召，以顯示其卓爾不群的精神境界。杜少卿解說《詩經》的妙論，自然取材於作者著述的《詩說》，而且讓他發表一番超出當時經學家（更不用說八股先生）的通達之論：「朱文公（熹）解經，自立一說，也是要後人與諸儒參看。而今丟了諸儒，只依朱注，這是後人固陋，與朱子不相干。」

然而杜少卿這個形象一旦創造出來，他就不僅屬於作者的自我，而且更屬於歷史了。他被置於比書中任何人更有爭議的地位，置於眾口鑠金的社會環境之中。他給讀者的第一印象，是他的堂兄杜慎卿提供的：「他是個呆子……紋銀九七他都認不得，又最好做大老官，聽見人向他說些苦，他就大捧出來給人家用。」這種評論的可信程度，自然與杜慎卿不願破財濟人的行為相關。同時又有豪爽的韋四太爺的二杜比較論：「慎卿雖是雅人，我還嫌他尚帶着些姑娘氣；少卿是個豪傑。」這番比較論是相當尖銳的，因為它有顏元（習齋）評論八股取士制度下的士人素質的話作為價值體系的背景：「白面書生，微獨無經天緯地之略、兵農禮樂之才，率柔脆如婦人女子，求一豪爽倜儻之氣亦無之。」〔九〕至於杜府義僕婁煥文臨去遺言，稱杜少卿「品行文章是當今第一人」，又點醒「你不會當家，不會相與朋友，這家業是斷然保不住的了！……像你這樣做法，都是被人騙了去，沒人報答你的。雖說施恩不望報，卻也不可這般賢否不明」。對於這類勸戒，不僅杜少卿，即便作者執筆為文之時，也當於心戚戚焉。現任翰林院侍讀的高大老爺自然代表着八股文化價值體系，他指責「這少卿是他杜家第一個敗類」，「混穿混吃，和尚、道士、工匠、花子都拉着相與」，閒常教子侄們以他為戒，在書桌上貼着「不可學天長杜儀」的字條。作者在處理自我的審美投影時，並沒有迴避受八股先生的「正經」社會嘲罵和鄙夷，並沒有迴避「田廬盡賣，鄉里傳為子弟戒。年少何人，肥馬輕裘笑我貧」(十)的尷尬處境。他只不過借遲衡山之口，說高翰林「罵少卿，不想倒替少卿添了許多身份」，「少卿是自古及今難得的一個奇人」，以此自嘲，並表示一種「道不同不相為謀」的孤傲和曠達。當作者把歷史時間從身邊推前二百年之後，它產生的心理效應就是現實的自我和審美的自我發生了相當大幅度的距離，把個人的恩恩怨怨、毀毀譽譽消解在對八股取士制度以及和它相聯繫的功名富貴心理的歷史理性把握之中。因此魯迅說《儒林外史》諷刺時弊而「秉持公心」，乃是秉持歷史理性的「公心」。

既然能夠在時空操作中出入古今，超越我執，那麼作家就可以進一步擴張這種自由的審美心態，在更深邃的歷史中和更廣闊的人世間尋找自己的精神原型。除了傳統的小說戲劇結構形式的影響之外，這大概是該書的楔子把時間上推百餘年到元末，尾聲下延三十年左右到萬曆年間，出現了時間跳躍的心理動力。時間的跳躍，可以產生審美上超越的驚異的效應。楔子重塑了元朝末年的詩人和畫家王冕，使之有若一枝淩波高舉的「苞子上清水滴滴」的荷花一般清新和高逸，從而更加切合作家所追求的精神原型。尾聲的琴棋詩畫四士，除了那位會彈琴寫字的裁縫荊元，可以在清朝康熙、乾隆間的雜史方志所記載的「衣工」吳亨（字荊園）身上找到某種蹤跡之外，其餘三士都音信渺茫。作者借一成四，以對應琴棋書畫四藝，以象徵《周易》之所謂「繼明照於四方」，以隱喻禮失於衣冠而求之於草野的意蘊。這種時空操作使整部《儒林外史》的結構，首如荷花出水一般清新明麗，尾如方鼎四足一般穩固堅實，形成了好像把主體部分的「葉子」式結構置於封面、封底精裝之間，或者像一把摺扇，兩梗挺硬，扇面摺疊隨心。

順便探討一下楔子重塑王冕的微觀時空操作，也是饒有意味的。如果說尾聲的琴棋詩畫四士象徵四方，帶有一種空間性的虛設；那麼王冕形象則帶有歷史的預言意味，屬於時間性虛設。時間是單向的，所以只需着重寫一人；空間是有東南西北四向的，所以必須寫四士，於此也可看出作者的精細和用心之苦。小說刪掉了歷史人物的王冕屢應科舉不中的經歷，使他超越於科舉制度之外，保存着牧牛畫荷的自然人性。它也對王冕「恒着高簷帽，衣綠蓑衣，躡長齒屐，擊木劍」，以及「迎其母至會稽，駕以白牛車，冕被古冠服，鄉里小兒皆訕笑」(十一)的狂怪行為，加以淡化而歸於自然，並且做出新的解釋。說王冕「在《楚辭圖》上看見畫的屈原衣冠」，才高冠博衣，用牛車載着母

王冕牧牛苦讀（錄自明刊本《瑞世良英》卷二）

親，在花明柳媚時節漫遊村鎮湖畔，這就把作者追求的精神原型的系統上溯了千幾百年，由王冕而連接上屈原了。而且行文還作了一些空間移位，把江西金谿的翰林危素移作浙江諸暨人，與王冕攀成了同鄉，從而強化了他們之間的文化人格對比。危素既然成了鄉紳和知縣趨炎附勢的對象，王冕在衙役的威逼和知縣的屈敬下不去與他攀交，就顯得更加高逸難能了。由此，王冕和危素成了隱括全書的兩種人格類型。更有深意的是王冕卒年的改動。《明史．文苑傳》說：「太祖（朱元璋）下婺州，物色得之，置幕府，授諮議參軍，一夕病卒。」他當死於朱元璋取婺州、諸暨不久的元至正十九年（一三五九）。然而小說寫朱元璋提兵破方國珍，號令全浙之後，武巾戰袍騎馬私訪王冕，聽了他「以仁義服人，何人不服」的高論，一道吃了韭菜烙餅。並且讓王冕多活了十幾年，直到洪武四年（一三七一）看了邸報載有「禮部議定取士之法：三年一科，用《五經》、《四書》八股文」，歎息道：「這個法卻定的不好！將來讀書人既有此一條榮身之路，把那文行出處都看輕了。」這裏把到明朝成化年間以後才逐漸形成定式的「八股文」三字提前使用了百餘年，把王冕卒年後推了十餘年，形成了一個時間錯綜的扭結，從而使作者追慕的這個精神原型成為八股取士制度下文人厄運的歷史預言者。這段在煞費苦心的時間紐結上的話，可以當做作者批判八股取士制度的宣言來讀，它作為思想線索貫穿全書。

時間的大跨度移位，為廣闊幅員的空間操作提供了內在需求和用武之地。《儒林外史》人物多帶漂泊感，彷彿他們是時間和空間的雙重旋轉中的匆匆過客。這種空間操作以江淮地區為中心而及於東西南北，行文沒有在一個城市或縣份逗留三回以上不作轉移的，四十三回的主體部分空間轉移達到四十次之多。空間轉移的重心明顯地分為兩個階段：北京階段和南京階段，中間還存在一個小小的過渡，臨時重心在嘉興和杭州。這些地點的轉移都帶有某種象徵意蘊。楔子以後的頭七回，無論寫周進的山東汶上縣、范進的廣東南海縣、嚴貢生兄弟的高要縣，或是王惠的南昌府和南贛道，都由於這些人物是八股取士制度的熱衷者，他們的功名富貴之心都向當時的帝都北京傾斜。直到王惠在南贛依附寧王叛逆，才使這種「帝都情結」象徵性地破毀了。應該強調，這七回作為全書的反面點題。有着舉足輕重的作用，不僅由於它們寫得極為精彩，而且由於這裏的主要人物後來退居全書人際關係的背景，他們所追逐的八股取士制度也成了全書人物的性格和命運的社會文化背景。

如果說帝都北京是由科場到官場的象徵，那麼人文薈萃的南京則是真假儒、真假名士的精神家園和演戲的舞台。南京作為全書敘事空間的焦點，是通過一系列的鋪墊而推至前台的。第八回婁相國公子出場，就是通過嘲諷把帝都由南京移到北京的明成祖，而消解「帝都情結」的。他們認為：「寧王此番舉動，也與成祖差不多。只是成祖運氣好，到而今稱聖稱神，寧王運氣低，就落得個為賊為虜，也要算一件不平的事。」這種議論是充溢着離心力和異端性的。但是二婁公子並沒有找到新的精神家園，他們主持的鶯脰湖大會，以及一批斗方名士的杭州西湖宴集，都只不過是南京城中杜慎卿們的莫愁湖盛會，尤其是杜少卿們的泰伯祠祭典的陪襯。南京正式成為全書的空間焦點，是由人品高出於許多秀才、名士的戲子鮑文卿返鄉帶出來的。一開始就隱隱然擺出一副南京與北京相較量的派頭：

這南京乃是太祖皇帝建都的所在……人煙湊集，金粉樓台。城裏一道河，東水關到西水關足有十里，便是秦淮河。水滿的時候，畫船簫鼓，晝夜不絕。城裏城外，琳宮梵宇，碧瓦朱甍，在六朝時是四百八十寺，到如今何止四千八百寺……

全書對北京景色幾乎不寫，對杭州景色通過馬二先生隔膜的眼光去寫，對蘇州景色通過王玉輝淒淒惶惶的眼光去寫，惟有南京景色是用敘事者正面的眼光去展示它的舊都氣派和六朝風流的。眼光的選擇和調整，折射着作家潛在的文化立場。由於採用正面的眼光，可見南京是作為一個斯文舊都，還有人講究文行出處的舊都，與北京作為一個八股取士的帝都、群相競逐功名富貴的帝都互相對峙而存在，從而構成小說敘事空間的南北互異的雙焦點的。以南京為焦點，小說自第二十四回以後出現了形形色色的士人和真儒向周圍蘇、浙、皖三省的聚散和對流，地點涉及揚州、儀徵、蘇州、安慶、天長、五河諸縣市，形成一個人流運轉的大漩渦。其間有三度對流，濺射到極遠的帝都與邊陲之地：莊紹光應徵入京，蕭雲仙由成都而建功青楓城，湯奏將軍在貴州野羊塘鎮壓叛亂，但這些人物最終還是回歸其精神故鄉南京的。

在以南京為焦點的流離和回歸之間，主要人物是不斷更換的，「事與其來俱起，亦與其去俱訖」；但是次要人物卻絲縷相連。楔子後的頭七回的主要人物退居遠背景，而這些次要人物則作為近環境而存在，共同構成了特定時代和地域的人文氣氛。比如牛布衣曾是范進的幕客，其後當了二婁公子的座上賓和蘧公孫的媒人，在航船上與匡超人邂逅之後，客死於蕪湖甘露庵。他的名號卻被牛浦郎假冒頂替，招搖撞騙於南京、儀徵、揚州和安東縣，在真真假假、斷斷續續之間綿延了十五回（第十回至第二十四回）。江西術士陳和甫曾在周進設帳教書的觀音庵中掛牌扶乩，後又到北京為王惠、荀玫扶乩判命，南下嘉興在婁公子的鶯脰湖名士大宴上打諢說笑，這都是前十幾回的事，到了第五十四回卻有算命瞎子重提他二十年前在南京奪了自己的生意，他的不爭氣的兒子與人爭論鶯脰湖唱和詩的真偽，並且休妻出家當和尚名士了。為數幾十的官師、儒者、名士、鹽商、戲子、娼妓、武將、術士等各種人物，在以南京為中心的江淮土地上來往聚散，攀交覓食，時時可以窺見熟悉的面孔和故人蹤跡，使人感到「世界真小」。他們的點綴呼應，在主要人物斷續轉換的情節推移中，埋下了細密的人事關聯，形成了形散而氣不斷的結構效果。

三、瞬息煙塵中的真儒理想和名士風流

排山倒海而又細密糾結的時空操作，在作者和他的敘事對象之間推開了心理距離，那裏既有自己的生命投入，又處處有恍若隔世之感。全書結尾詞的結尾句寫道：「江左煙霞，淮南耆舊，寫入殘編總斷腸！從今後，伴藥爐經

卷，自禮空王。」百年反思得愈透徹愈深入，愈能引發蒼涼感和空幻感。在空間的頻繁流轉和時間的倏然閃擊之下，人的生存狀態發生躁進、傾斜和失落，總之缺乏安穩感。范進老母窮苦一生，發現新房子和細瓷碗盞、銀鑲杯盤「這都是我的了」，大笑而痰迷心竅，嗚呼哀哉。魯編修等不及肥差，告假返鄉，因女婿無意舉業而跌倒中風，忽聞升了侍讀，痰病大發而死。牛布衣離家千里，客死蕪湖，想遺下兩部詩集傳世，痰響一陣死後，留下的卻是同姓少年冒名行騙的孽根。鮑文卿得到向知府的知遇，為義子納媳，以贈金購房辦戲班，卻在媳婦難產死後，自己也得痰火症而終。在那個八股取士的世界裏，人們似乎鬱氣上沖，濕熱滯結，多因痰火症喪命。周進在貢院撞號板，范進聞中舉而發瘋，那口痰也幾乎奪去其性命。人們也許會責怪這種手法的重複，其實在那個痰迷心竅經常可見的世界裏，人們受時間倏忽的閃擊，似乎不配或不能享有安穩的生活。

《儒林外史》思路的獨特處在於，感受着時間閃擊和空間流轉的不安穩性和空幻性，依然直面人性和執著人生，而且由於時空感受的獨到，它對人的生存狀態的考察也更加透徹。它思考着人的生存狀態中的瞬間與永恆，滑稽與崇高，展示了人文理想的抒情性，以及對世俗成規、功名追逐的嘲諷性。應該說，《儒林外史》深刻的諷刺意味，以及其悲喜劇相交融的深層情調，都是以它「百年易過」的空幻感和「千秋事大」的執著精神的異構交融作為心理學的基礎的。

這裏的人文理想是一個複雜的混合體，簡明地說來，就是真儒名賢的理想和六朝名士風流相混合。它以真儒名賢理想，提升六朝名士風流的人格品位；又以六朝名士風流，沖淡真儒名賢理想的刻板和迂腐，追求一種道德和才華互補兼濟的人生境界。其間的真儒名賢理想是和清初顏李學派推崇原始儒學，把孔孟和程朱加以區分，借復古旗號來打破程朱理學的統治有着內在的聯繫的。顏元說過：

入其齋而干戚羽籥在側，弓矢玦拾在懸，琴瑟笙磬在御，鼓考習肄，不問而知孔子之徒也；入其齋而詩書盈几，著解講讀盈口，闔目靜坐者盈座，不問而知其漢宋佛老交雜之學也。(十二)

在摒棄宋明儒學而回歸原始儒學的過程中，他提倡實用學問：「如天不廢予，將以七字富天下：墾荒，均田，興水利。以六字強天下：人皆兵，官皆將。以九字安天下：舉人才，正大經，興禮樂。」〔十三〕《儒林外史》中遲衡山的話：「而今讀書的朋友，只不過講個舉業，若會做兩句詩賦，就算雅極的了，放着經史上禮、樂、兵、農的事，全然不問！我本朝太祖定了天下，大功不差似湯武，卻全然不曾製作禮樂。」這番議論是暗合顏李學派的文化理想的。第三十六回「常熟縣真儒降生，泰伯祠名賢主祭」，在回目上標示真儒名賢理想，祭泰伯祠也是本着孔子的意思：「子曰：泰伯其可謂至德也已矣，三以天下讓，民無得而稱焉。」〔十四〕遲衡山與杜少卿商量，「要約些朋友，各捐幾何，蓋一所泰伯祠，春秋兩仲用古禮古樂致祭，借此大家習學禮樂，成就出些人才，也可助一助政教」，這番祭典把全書的真儒名賢理想推向了高潮。

「南京修禮」借重於吳泰伯，不僅因為泰伯是吳地「古今第一個賢人」，帶有鄉土因緣，而且因為泰伯禮讓天下的「千秋讓德」，與本書鄙視功名富貴、而講究文行出處的思想有一脈相通之處。這就把禮樂文化和八股取士的文化對立起來了。談《儒林外史》與顏李學派的關係，不能不談書中人物莊紹光。他的生活原型程綿莊是顏李學派後期的健將，讀了顏元《存學篇》之後，稱顏元排斥宋明害道之儒，是「五百年間一人而已，其功倍於孟子」。〔十五〕此人對《儒林外史》作者交誼至契，影響相當深，但他的學術思想除了出入於顏李，還參照着黃宗羲、顧炎武，即是說他除了講究實用精神和禮樂兵農之外，還注意博學多識，富有文化批判精神。對於只講程式、不顧實學的八股取士文化的

泰伯像（攝自江蘇無錫市泰伯祠）

批判，在此有着深刻的關係。至於祭泰伯祠之後，把敘事筆鋒不遠千里地伸向西蜀邊陲，寫蕭雲仙智取青楓城的武功，以及他植樹、興農、築城、開水利、辦學堂的一系列舉措，當又體現了顏李學派禮樂與兵農並舉的思想了。

然而更有審美意味的是六朝名士風流。小說也如其人，「敏軒生近世，而抱六代情。風雅慕建安，齋栗懷昭明」[十六]，這種情懷在小說中也有濃重的投影。很難設想，如果不感受六朝風流，杜少卿能夠指斥娶妾之事「最傷天理」，發一番「人生須四十無子，方許娶一妾；此妾如不生育，便遣別嫁」的、在當時確屬「風流經濟」的妙論。同樣很難設想，如果不感受六朝風流，在舉杯賞牡丹時，斗方名士提議「對名花，聚良朋，不可無詩」，要「即席分韻」，杜慎卿卻能夠以雋語笑對：「這是而今詩社裏的故套，小弟看來，覺得雅的這樣俗，還是清談為妙。」這類雋語妙詞都是錦心繡口，言必己出，於瀟灑風流之處蘊涵着清雅的人生趣味。

對六朝風流的追慕，必然促使人皈依山水，因為正是在六朝時代中國人開始把自然山水當做獨立的審美對象形成詩的感覺。這種詩的感覺是可以被八股文化所閉塞的，馬二先生遊了「天下第一真山真水的景致」的西湖，只看見酒店裏的魚肉饅頭和來來往往的女客，把西湖上的打魚船看成是「小鴨子浮在水面」，望見錢塘江，搜索枯腸才搜出《中庸》裏的一句話：「真乃『載華嶽而不重，振河海而不洩，萬物載焉』！」這種被閉塞的對自然山水的詩感覺，在游離八股文化的二婁公子的心靈中又蘇醒過來，且看他們告別表叔蘧太守，坐船歸來的一幕：

> 看見兩岸桑陰稠密，禽鳥飛鳴，不到半多路，便是小港，裏邊撐出船來，賣些菱、藕，兩弟兄在船內道：「我們幾年京華塵土中，那得見這樣幽雅景致？宋人詞說得好，『算計只有歸來是』。果然！果然！」

小港、桑陰、禽鳥、菱藕，帶有點六朝江南民歌的情調，用宋詞來形容內心感受，這在八股文化中是被視為雜學的。對於那些傾慕六朝風度的名流來說，山水趣味是與科場、官場滋味雅俗不相融的，山水世界成了他們逃離科場、官場煩惱的精神家園。杜少卿裝病不應博學鴻詞科徵闢，對娘子這樣說明理由：「放着南京這樣好頑的所在，留着我在家，春天秋天同你出去看花吃酒，好不快活！」莊紹光應徵落選，賜居元武湖，同娘子憑欄看水，笑談「這些湖光山色都是我們的了！我們日日可以遊玩，不像杜少卿要把尊闈帶了清涼山去看花」。真儒名賢信念和六朝名士風流混合而成的人文理想模式，使本書的正面人物進則講究禮樂兵農，退則看花吃酒，吟詠山水，這就是他們所謂的

「文行出處」了。然而這種文行出處，看似是永恆的東西，但在時間閃擊和空間運轉中，它們也終歸成了瞬息煙塵。杜慎卿在莫愁湖盛會中風流了一陣，到底沒有進入修禮演樂的境界，最後沿着八股道路「銓選部郎」，再也沒有興趣嘲笑斗方名士「雅的這樣俗」了。二婁公子受偽名士俠客的欺騙，早已意興闌珊，關門謝客，徒然讓蘧駪夫歎息：「我婁家表叔那番豪舉，而今再不可得了。」至於曾經有過禮樂祭典盛事的泰伯祠，也屋牆倒塌，庭院荒蕪，「虞博士那一輩子也有老了的，也有死了的，也有四散去了的，也有閉門不問世事的。花壇酒社，都沒有那些才俊之人；禮樂文章，也不見那些賢人講究。」時間閃擊下，對永恆的某種尋求，到頭來尋到的是空幻，這就使小說深層潛伏着蒼涼的悲劇感。

《儒林外史》的敘事藝術使其自身陷於似非而是的佯謬之中：它在大幅度的時空操作中尋求永恆，尋到的是空幻；它同時在大幅度的時空操作中嘲諷世俗的瞬間，嘲諷的結果卻達到了審美上的某種永恆。它的諷刺性比起它的抒情性，更有審美力度，二者的結合，形成了悲喜劇交融的境界。其實，時間倏忽和空間流轉的不安穩感，乃是對八股取士制度下生存狀態的一種特殊的時空感覺——因為八股取士制度可以使大多數人終生蹉跎，也可以使極少數幸運者一夕暴發。它是一種以生命和才智為籌碼的超級賭博，令人在希望和絕望的精神播弄中，還神魂顛倒地追逐着一個「朝為田舍郎，暮登天子堂」的幻象。

周進在長期的科舉失意中受到了三重的人格屈辱。一重來自卑微已極的地方官府勢力，承管百十戶賦稅勞役的身穿油簍一般衣服、手拿趕驢鞭子的夏總甲，可以隨意召之揮之，左右着他的社會位置，還要從他每年館金十二兩銀子中掠取「承謝」。他簡直不如夏總甲騎的那匹驢，還有「卸了鞭子，將些草餵的飽飽的」待遇。第二重來自科舉途中的捷足先登者。應該屬於他學生輩的少年秀才梅玖，在給周先生接光的宴席上說「老友是從來不同小友序齒的」，奚落周進未嘗秀才，鬍子花白也只能稱「小友」，就像做妾的人頭髮白了，也不能稱「太太」，只能稱「新娘」一樣。這就更怪不得新科舉人王惠大模大樣地飲酒吃肉，讓只用老菜葉進飯的周進昏頭昏腦地打掃他「撒了一地的雞骨頭、鴨翅膀、魚刺、瓜子殼」。周進的地位已在妾小和奴僕之間。第三重人格屈辱來自民間心理。王惠說夢見和七歲的荀玫是同科進士，人們反說這是周進捏造出來奉承有幾個錢的荀老爹，以便多賺取荀家的麵筋、豆腐乾之類，這就把一個老實的士人扭曲為阿諛奉承的小人了。這三重人格屈辱，涉及道德、身份和經濟各個方面，因此周進撞貢院號板一幕可以當做一種「叩閽」儀式來看，所謂「凡吏民冤屈得詣闕自愬者曰叩閽」(十七)，他是代表八股取士制度下一代士人以生命來申訴冤抑的，行文連用十個「哭」字來宣洩，寫得何等淋漓盡致。顯然，小說在辛辣的諷刺背後灌注了對一代文人厄運的深摯的悲憫，這無疑增加了它作為諷刺書的力度和分量。

如果把人在社會結構中的位置也當做某種空間，那麼就可以發現，《儒林外史》常常以空間的倒轉來加強諷刺力度。俗話說，「換個位置看看」，在社會位置的升降沉浮中最能看出世態炎涼。周進中了進士，任了國子監司業之後，他當年設帳的觀音庵被村人供奉起長生祿位，梅玖自認為門生不算，還教把寫的舊對聯當做珍貴的手澤裱糊保存。社會位置的變化把人的輩份、臉孔和價值尺碼都改變了。這種社會空間變換程度之大，使當事人承受了巨大的精神閃擊，發生眩惑怔忡。范進很難置信他插上草標，拿生蛋母雞去換錢買米下鍋的世界，和他被人當成舉人老爺奉承田產店房的世界有何等宿命性的聯繫。當鄰居向他報喜時，他還責怪別人哄騙他，「莫誤了我賣雞」。因此當他確信這個消息不誤的瞬間，只好拍手大笑：「噫！好了！我中了！」用昏死和發瘋的方式，來實現在這兩個天差地別的世界之間的靈魂超度。沒有這番靈魂超度，是很難把胡屠戶罵他「尖嘴猴腮」，埋怨「把個女兒嫁與你這現世寶窮鬼」的世界，和把他當做「才學又高，品貌又好」的「賢婿老爺」的世界看做是一個統一的世界的。正是在這種社會空間的顛倒、破裂和拼合的瞬間，作者叩開了通向諷刺藝術的永恆的門戶。

大幅度的時空操作，挾帶着諷刺的利刃，把人物身世行狀切割得相當零碎。它把漫長的歷史變成瞬間的片斷，從中選取人生最有動態感和生命感的一段。即是說，時空切割使諷刺藝術趨於精粹化了。《儒林外史》雖有「外史」名號，但它的人物離史傳至遠，除了楔子中的王冕和作為全書上上人物的虞育德，其餘人物都有「臨場發揮」的意味。不過，臨場發揮得好，他的瞬間行為就以全個生命為潛台詞。周進出場時六十開外，范進出場時五十有四，他們一旦以花白的頭顱去撞號板、哭號板，或覥着黃瘦的老臉為中舉而狂呼亂竄，就驚心動魄地展示了幾十年科場磨難的精神創傷，以行為的瞬間達到藝術的永恆。對這類包含着巨大的文化容量和生命代價的瞬間的敏銳把握，乃是《儒林外史》諷刺藝術的一個絕招。嚴監生臨死時伸着兩個指頭不嚥氣，其間包含着何種文化的和生命的信息？作者

范進中舉(程十髮《儒林外史》插圖)

嚴監生伸出兩個指頭不嚥氣
(程十髮《儒林外史》插圖)

並不立即點破，他讓讀者和書中人一道猜謎：是兩個親人不曾見面？是兩筆銀子沒有交代？是兩處舊產沒有處理？中間還要截斷敘事，來個「且聽下回分解」。這種使瞬間的時間凝固化的手段，目的在於積蓄瞬間的文化含義的爆發力。最後由他新扶正的妾點破：「爺，只有我能知道你的心事。你是為那燈盞裏點的是兩莖燈草，不放心，恐費了油。我如今挑掉一莖就是了。」嚴監生於是點頭垂手，登時嚥氣。只需寫這一瞬，就寫到了人的生命深處。嚴監生是一個「日逐夫妻四口在家裏度日，豬肉也捨不得買一斤，每當小兒子要吃時，在熟切店內買四個錢的哄他就是了」，因而積攢到「家有十多萬銀子」的鄉紳，但是把他四五十年間的吝嗇行為平展開來描寫，也許還不及抓住臨危瞬間的特異現象來描寫，更能擊中人物生命價值的要害。一方面展開大幅度的時空推移，一方面把握住最有文化意義和生命意義的瞬間，這就是《儒林外史》善於操縱時空兩極的敘事原則。

四、「瞬間百年」時空操作中的悲喜劇和智性美

「百年」與「瞬間」的兩極性時空操作，給中國古典小說文體帶來了深刻的變革。它可以在時空舒捲中使行文變得非常疏放，又可以在時空凝止中使行文變得極其尖刻，從而把具有文化批評家素質的這位小說家的狂傲清奇之氣，充分地滲透於冷峻的白描筆墨之中。《儒林外史》是洋溢着智性美的。它名為「外史」，實際上對史家筆墨極盡調侃之能事。時空的推移穿插已經攪亂了編年體系，人物的藏閃伏應也瓦解了史傳的完整性。它嘲諷八股，行文自然不願沾染八股的腐氣，因而也順理成章地不會把說話人的程式當做通俗八股，它把說話人口吻的使用降低到以前和同期章回小說的最低限度，從而使白話文字出現了一種清雅的品位。它的開頭，並沒有由於掛着「史」的招牌，就從三皇五帝說到唐宋元明；它的結尾也拋棄了「大團圓」結局。人們早就懷疑第五十六回的「幽榜」是妄人的狗尾續貂，與全書風格不協調，願意承認全書是以市井間四位奇人作結的，因為「作者本意以不結之結，悠然而往」〔十八〕。可見只有一個開放型的結尾，才能擔得起全書文體變革的意義，才能配得上「百年」與「瞬間」的兩極性時空操作的匠心。這種意義和匠心在於，它提供了新的文學價值追求，提供了新的文學視境和趣味。

《儒林外史》變革傳統小說的敘事方式，而提供新的文學視境和趣味的地方，首先在於它的非傳奇化。從明代中葉到清代中葉，最傑出的小說推進非傳奇化敘事方式大體遵循着兩種途徑：一是從《金瓶梅》到《紅樓夢》這類家庭小說，以千姿百態的家庭瑣事使故事線索模糊化，而回歸生活的原生態；二是《儒林外史》這種文化小說，以大幅度的和兩極性的時空操作使故事線索片斷化，而滲入文化批評的智性。因此，《儒林外史》提供的主要審美趣味不是傳奇故事的完整性，而是文化人生的深刻性。這種審美趣味沒有被它的評點者和補作者完全理解。比如小說有一個片斷為郭孝子千里尋父，只因郭父「曾在江西做官，降過寧王，所以逃竄在外」，評點者就反問王惠更姓改名，「豈即更姓為郭邪？」而且斷言「王惠乃有此兒」。由此引起另一位評點家的質疑：「王惠、郭力父子事，惠，汶上人；力，長沙人。作者本寫得支離，嘯山評語似粘滯。」〔十九〕其實，王惠於第二回上場，在成化末年（一四八七）已

經三十多歲；中進士後，於第八回正德十四年（一五一九）附寧王反叛，已是「鬚髮皓白」；到三十七回嘉靖三十六年（一五五七）以後郭孝子尋父，王惠當已超過百歲，不僅籍貫不同，年歲也難相續，而且作者無意借助長生術把人事線索傳奇化。郭孝子尋父，倒令人聯想到顏元在父親被清兵擄走幾十年後，於五十一歲出關尋父，艱難轉徙，終於負骨歸葬的孝行。作者大概想說明，禮樂不僅要在祭典上演習，而且要在日常人倫中實踐。由郭孝子引出講究兵農的豪傑蕭雲仙，雖然郭孝子勸他「出來替朝廷效力，將來到疆場，一刀一槍博個封妻蔭子」，有點落入舊小說俗套，但其後寫蕭雲仙在廣武山阮公祠賞雪，憑弔阮籍登廣武山觀楚漢戰場，歎息「時無英雄，使豎子成名」的遺蹟，已對郭孝子的勸勉作了反諷，而且充滿歷史悲涼感了。因此，這些敘事片斷的設置，並非要使某個人事線索變得完整，而是要對禮樂兵農文化的實踐和失落，進行歷史的沉思。

並不是說《儒林外史》沒有機會發展傳奇性情節，關鍵在於它缺乏這方面的興趣。比如沈瓊枝的父親是蕭雲仙在青楓城勸農興教時聘用的儒生，他調任江淮衛守備之後，又在押糧途中遇見沈氏父女，並由此引出沈瓊枝被鹽商騙娶作妾，設計裹走鹽商的金銀珠寶，逃到南京賣詩過日子。在傳奇小說家眼中，這位風雅的儒將和這個奇異的才女當是天造地設的一對，他們可以一見鍾情，而把裹逃行為解釋為婚姻和愛情的矛盾，這是不難做出一篇風流文章的。但是作者沒有這種脂粉氣的風流眼光，他出人意料地使沈瓊枝從此再也不曾和蕭雲仙有何瓜葛，沈瓊枝的出逃乃是士人家風對商賈俗物的鄙視，正如杜少卿所稱讚的：「鹽商富貴奢華，多少士大夫見了就銷魂奪魄；你一個弱女子，這就可敬的極了！」沈瓊枝的特異之處，是她在儒士和奸商文化衝突中作出了尊重自我人格的選擇。光緒十四年（一八八八）上海鴻寶齋石印的「增補齊省堂本」不理解和尊重原作者的文化意向，補入四回，寫沈瓊枝押解江都縣之後，捨身救父，委身鹽商，又在尼庵密室種下「仙種」而被扶正。在丈夫死後，又勾結官府，建築花園，組織詩會，最終家產毀於一夜大火。在抨擊官、商和士流的沆瀣一氣中，以浮露的辭鋒羅列話柄，已用晚清小說的某些風氣使原書的文化反思變味了。

《儒林外史》給中國古典小說藝術增添的東西，最重要的乃是諷刺描寫的世態化，而非話柄化。第三回寫胡屠戶對女婿范進前倨後恭，妙筆聯篇，令人歎賞叫絕，窮形極相地寫出了八股文化所造成的勢利心理對市井人倫的滲透。

今存最早的臥閒草堂本回末總評道：「慎毋讀《儒林外史》，讀竟乃覺日用酬酢之間無往而非《儒林外史》。」這是對此書諷刺描寫的世態化的極妙評述，惺園退士為齊省堂增訂本作序，也贊同此說：

《儒林外史》一書，摹繪世故人情，真如鑄鼎象物，魑魅魍魎，畢現尺幅；而復以數賢人砥柱中流，振興世教。其寫君子也，如睹道貌，如聞格言；其寫小人也，窺其肺肝，描其聲態，畫圖所不能到者，筆乃足以達之。評語尤為曲盡情偽，一歸於正。其云「慎勿讀《儒林外史》，讀之乃覺身世酬應之間無往而非《儒林外史》」，斯語可謂是書的評矣。

要使諷刺藝術世態化，就不能停留在掉話柄或說笑話的層面，它必須深入一層，深入到歷史的潛流和人性的底蘊，以藝術的深度來換取人間涵蓋面的廣度。這種深的意義上的諷刺藝術的謀略，首先值得注意的是對流行文化的戲擬（parody）。明清之際才子佳人書流行，《儒林外史》寫季葦蕭就是戲擬才子佳人文化的。他在揚州重娶外室。是以風流自賞的，招親敞廳對聯寫道：「清風明月常如此，才子佳人信有之。」他招親的費用是靠打秋風得來的，還向自己的連襟誇口：「我們風流人物，只要才子佳人會合，一房兩房，何足為奇！」其後他又到南京恭喜杜慎卿納寵：「才子佳人，正宜及時行樂。」他又以同樣的理由稱讚杜少卿「絕世風流」，「鎮日同一個三十多歲的老嫂子看花飲酒，也覺掃興」，勸他「何不娶一個標致如君，又有才情的，才子佳人，及時行樂？」因而引出杜少卿嚴詞批駁：「豈不聞晏子云：『今雖老而醜，我固及見其姣且好也？』況且娶妾的事，小弟覺得最傷天理。」把好色裝點成風流的才子佳人論調，作者是以天理人情為根據進行嘲諷了。

對才子佳人文化諷刺得更深刻的，是「魯小姐制義難新郎」，從回目便知，這是戲擬話本小說「蘇小妹三難新郎」的。蘇小妹、秦少游婚事屬於小說家言，但它已成為明清時代家喻戶曉、聚訟紛紜的風流佳話。然而蘇小妹可以和乃兄蘇東坡詩文戲謔，對王安石之子和秦少游衡詩擇婿，處在詩化的自由境界之中。當《儒林外史》掃除這種詩化幻覺，返回散文化的現實的時候，魯編修已經用八股文化重造「才女角色」了：「八股文章若做的好，隨你做甚麼東西，要詩就詩，要賦就賦，都是一鞭一條痕，一摑一掌血。若是八股文章欠講究，任你做出甚麼來，都是野狐禪，邪魔外道！」正是遵從這麼一套文化價值標準，魯小姐把蘇小妹那套野狐禪，諸如《千家詩》、東坡小妹詩話之類讓給侍女，閒暇教她們謅幾句詩以為笑話。自己卻把一部部八股文章擺在梳妝枱和刺繡床上，逐日蠅頭細批，記熟了三千餘篇。因此當她與蘧駪夫成婚，「才子佳人，一雙兩好」之日，她用來為難新郎的就不是蘇小妹式的詩謎和對句，而是八股制藝。這就導致新郎說小姐「俗氣」，小姐埋怨「我只道他舉業已成，不日就是舉人、進士。誰想如此光景，豈不誤我終身？」這番戲擬，令人觸目驚心地窺見八股文化如何無孔不入地滲入家庭、滲入閨門、滲入夫妻母子之間，把人從社會到家庭的裏裏外外的生活趣味、包括才子佳人的精神人格都通通異化了，連同人間最富有溫柔情感的地方也變得冰冷和僵硬。由這番戲擬而創造的「八股小姐」，是可以和「選家馬二」並列，成為具有廣泛人間涵蓋性的文化典型的。

另一種諷刺謀略是揭破人間面具。人是很難赤裸裸地與世界直接對話的，他必須面對種種面具，而且有意無意地自己也選擇和戴上一副文化面具，在面具背後來隱藏、壓抑和表現自己。王玉輝所戴的文化面具是古代中國最具有傳統勢力的禮教，而且是帶有宋明理學色彩的禮教。當他的女兒要為新死的丈夫殉節時，公婆尚且驚得淚下如雨，而他卻多方勸勉：「我這小女要殉節的真切，倒也由着她行罷」，「這是青史上留名的事」。他是把一副文化面具看得比一個骨肉至親的青春生命還要重要、還要有價值的。他由此真誠地壓抑和扭曲自己的天性，指責為絕食而死的女兒哭得死去活來的妻子是「呆子」，讚歎「她這死的好，只怕我將來不能像她這一個好題目死哩！」仰天大笑「死的好！死的好！」待到這副文化面具終於戴定，烈女入祠建坊的時候，他反而覺得面具的空虛，「轉覺傷心」，不肯參加入祠宴席。其後外出旅遊散心，在一路水色山光之間可以暫時卸下面具回復人性了，於是「悲悼女兒，淒淒惶惶」，在蘇州「見船上一個少年穿白的婦人，他又想起女兒，心裏哽咽，那熱淚直滾出來」。這裏寫出了某種文化面具表裏兩層的笑聲與淚痕，波動着一種不忍諷刺的諷刺，不勝悲憫的悲憫。它不是以諷刺給人們提供茶餘飯後津津樂道的話題，而是在揭穿某種文化面具的時候，展示了傳統成規與人類本性互相錯位的充滿悲喜劇意味的人間生存形態。

《儒林外史》的一些諷刺之所以散發着智性美，就是因為它既是犀利的，又是有度量的，可以使你吟味出深厚的文化意蘊，又昇華出富有幽默感的會心一笑。它往往把崇高和滑稽、莊嚴和俳諧組合在一起，使崇高像皮球一樣洩氣，使佻健在尴尬中現形。第四十七回寫五河縣鹽商送老太太入節孝祠，滿街是詩禮仕宦人家的牌仗，滿堂有知縣、學師設祭，實在是莊嚴排場、冠冕堂皇。但是鹽商和賣花牙婆伏在欄杆上看執事的時候，那牙婆「拉開褲腰捉蝨子，捉着，一個一個往嘴裏送」，只這麼一個輕佻的細節，就是滿紙的莊嚴化作一幕滑稽劇。又比如第三十五回寫莊紹光應博學鴻詞科徵闢，上殿對策，卻覺得頭頂心裏一點疼痛，着實難忍。回到住處摘下頭巾，發現是一隻蠍子作怪，歎息「我道不行」，於是上本「懇求恩賜還山」。在莊嚴的朝見儀式中，以蠍子充當阻塞賢路的「臧倉小人」，既有幽默感，又有象徵性，讓人感慨於「黃鐘毀棄，瓦釜雷鳴」竟成了某種宿命。把這種會心的微笑或苦笑，變作哄堂大笑的，是蘧公孫的婚禮筵席。彩燈巨燭，鼓樂演戲，何等風光的場面，偏偏在蘧公孫要點「三代榮」戲的時候，乒乓一聲響，樑上一隻老鼠掉在燕窩碗裏，又跳出碗來，把新郎簇新的大紅緞補服弄油了。作者興猶未盡，又寫廚役看戲，兩隻狗搶吃盤子裏倒下的粉湯，他蹺起一腳踢狗，卻把趿着的釘鞋踢到客人的點心盤裏，客人一驚，衣袖又潑倒了湯碗。確實如評點者所說，這一波未平一波又起的可笑可怪場面，顯示了作者「精神才力之富」，「樑上老鼠，小使釘鞋，山人衣袖，皆尋常之物，一經點綴，便覺光怪陸離，千古如見」(二十)。它把俗眼看來是才子佳人的喜慶場面，進行了恣意的戲謔，使之成為充滿驚愕感和詼諧感的、籠罩着不祥陰影的鬧劇了。

與充滿活性的時空操作和諷刺謀略相適應，《儒林外史》的語言也散發着智性美，明淨而內含着遒勁的風骨，犀利而外飾以灑脱的風貌，帶有文人散文清通的魅力。自然景物的描繪已脱下了章回小説長期沿襲的駢四儷六的華麗衣裝，而更加貼近自然趣味。楔子寫王冕眼中的雨後荷塘，那種帶印象派光色敏感的皴染，那種「人在畫圖中」的詩化情調，久已為眾所樂道了。即便第三十三回寫杜少卿幾位好友在江船上烹茶閒話，憑窗看江，「太陽落了下去，返照着幾千根桅杆半截通紅」；第四十一回杜少卿留友在河房看新月，「那新月已從河底下斜掛一鉤，漸漸的照過橋來」。這些看似毫不經意的筆墨，都有一種心與日月精華偶然相值，隨手拈來，別有妙趣的魅力。同回的開頭寫秦淮風物，也浸潤着如詩似夢的感受，散發着美文的意味：

南京城裏每年四月半後，秦淮景致漸漸好了。那外江的船，都下掉了樓子，換上涼篷，撐了進來。船艙中間放一張小方金漆桌子，桌上擺着宜興沙壺，極細的成窯、宣窯的杯子，烹的上好的雨水毛尖茶。那遊船的備了酒和餚饌及果碟到這河裏來遊，就是走路的人，也買幾個錢的毛尖茶，在船上煨了吃，慢慢而行。到天色晚了，每船兩盞明角燈，一來一往，映着河裏上下明亮。自文德橋至利涉橋、東水關，夜夜笙歌不絕。又有那些遊人買了水老鼠花在河內放。那水花直站在河裏，放出來就和一樹梨花一般，每夜直到四更時才歇。

除了寫景語言之外，敘述語言和角色語言也富有新鮮的個性，絕少用說書人的套數來搪塞。從敘述語言來看，作者跳出說話人口吻而恢復一個完整的自我了，第四十七回寫道：「五河的風俗，說起那人有品行，他就歪着嘴笑；說到前幾十年的世家大族，他就鼻子裏笑；說那個人會做詩賦古文，他們就眉毛都會笑。問五河縣有甚麼山川風景，是有個彭鄉紳；問五河縣有甚麼出產稀奇之物，是有個彭鄉紳；問五河縣那個有品望，是奉承彭鄉紳；問那個有德行，是奉承彭鄉紳；問那個有才情，是專會奉承彭鄉紳。」運用排比語式，在重複中推進，語氣如行雲流水。先是一「說」一「笑」，對奉承暴發戶而不講文化品位的五河風俗，勾勒出其傲慢的嘴臉。隨之以一「問」一「答」，在答和問的荒謬錯位中，嘲諷了對暴發戶換傲為諛的媚態，用語平易，卻有一種雋妙的機趣，是很有智性美的個性的。

角色語言，卻又很能進入角色，顯示了小說家獨具的看家本領。作者善於揣摩諸色人物的口吻和心計，無論寫腐儒或名士，翰林或屠夫，媒婆或妓女，都有其恰如其分的腔調、談風和語彙領域。比如眾人要平日強橫潑賴的胡屠戶以一搧耳光，把聞中舉而發瘋的范進搧醒過來的時候，胡屠戶竟作難道：「雖然是我女婿，如今卻做了老爺，就是天上的星宿。天上的星宿是打不得的！我聽得齋公們說：打了天上的星宿，閻王就要拿去打一百鐵棍，發在十八層地獄，永不得翻身。我卻是不敢做這樣的事！」這些話切合人物粗鄙的個性，又切合這種個性在翁婿關係發生根本變異的特定情景中，依據市井信仰對自己行為的調節。所謂角色語言，就是把握住人物個性、特定情景和文化信仰的結合點的對話用語，它是小說語言最有色彩的一個領域。《儒林外史》就是以這種非常明淨的、充滿智性和個性的語言，進行着大幅度的時空操作，在類乎古籍「葉子」式裝幀的結構中，對八股取士的科舉制度進行百年沉思和諷刺，從而成為中國古典小說史上第一部傑出的文化小說。

注釋：

〔一〕魯迅：《中國小說史略》第二十三篇《清之諷刺小說》，《魯迅全集》第九卷，人民文學出版社一九八一年版，第二二一頁。

〔二〕胡適：《建設的文學革命論》、《五十年來中國之文學》，收入《胡適文存》一、二集。

〔三〕劉熙載：《藝概》卷六《經義概》。

〔四〕《明史．選舉志》第六冊，中華書局校點本，第一六九三頁。

〔五〕見《儒林外史》清嘉慶八年臥閒草堂刊本。

〔六〕金和：《儒林外史跋》，見《儒林外史》清同治蘇州書局刊本。

〔七〕顧炎武：《日知錄》卷十六《試文格式》。

〔八〕《章氏遺書》卷四《答沈楓墀論學書》。

〔九〕鍾金若輯：《習齋紀餘》卷一《泣血集序》。

〔十〕《文木山房集》卷一《減字木蘭花》。

〔十一〕朱彝尊：《曝書亭集》卷六十四《王冕傳》。

〔十二〕李塨：《習齋先生年譜》。

〔十三〕同上。

〔十四〕《論語．泰伯第八》。

〔十五〕《皖志列傳稿》卷三《程廷祚傳》。

〔十六〕程晉芳：《寄懷嚴東有》，收入《勉行堂詩集》卷五《白門春雨集》。

〔十七〕（清）閔齊伋《六書通．閹》。

〔十八〕張文虎：《天目山樵識語》，載寶文閣刊本《儒林外史評》。

〔十九〕張文虎（嘯山）：《儒林外史評》第八、三十七回評語；平步青《霞外攟屑》卷九《小棲霞說稗》。

〔二十〕張文虎：《儒林外史評》第十回夾批。

第十講

《紅樓夢》：人書與天書的詩意融合

一、「天、人」奇書品格與複合視角

這裏存在着一個有待開發的深刻命題：把《紅樓夢》當做人類審美智慧偉大的獨創性體系對待，而不是簡單地從中尋找社會史料和作家個人的傳記材料。這就需要回到《紅樓夢》之所以為《紅樓夢》的文本深層。古往今來，能有幾部作品像《紅樓夢》那樣展示了數以百計的音容神韻可以呼之欲出的人物形象和人生場合，提供了如此雄麗深邃的人間性和神話性、生活原生態和幻覺神秘感的錯綜？然而慚愧得很，我們一些人滿足於把它的思想藝術納入一些現成的、拐彎抹角終歸是舶來的理論框架之中，甚至把某些不能容納於這類框架的獨創性加以貶低，而未能形成一整套從文本自身感悟出來的文學精神和敘事原則，用以總結屬於中國的審美思維和豐富人類的審美智慧。曹雪芹在寫作緣起中有詩：「滿紙荒唐言，一把辛酸淚。都云作者癡，誰解其中味？」竟成了這本書自身命運的預言。

只要忠於閱讀的第一感覺，就不難體味到：《紅樓夢》是以自己獨特的方式，去感覺內在的和外在的世界、實在的和空幻的人生的。它有自己的眼光和感應神經，這就是中國「天人感應」文化哲學的審美化。它體現着十八世紀中葉中國文學對人的理解的新境界和新深度，並在難以拂去的人間焦慮中叩開了也已經詩化了的神話大門。首先，《紅樓夢》是一部「人書」，它不是以某個理念、或某個故事，而是以人的生存狀態和精神狀態、現實關係和生命形

曹雪芹（近人劉凌滄作）

式、矛盾衝突和命運的可能性。作為基本的敘事命題。而且它是在歷史文化的動態中思考着人，因此對舊的崩潰有一種無可奈何的眷戀，對新的生成又有一種難免乖張的朦朧，呈現出幾乎像生活原生態一樣複雜而深刻的真實。它作為「人書」，在中國古典小說中達到了無以復加的程度。在歷史文化動態中，賈寶玉是一個異數，他展示了一種新的人生方式的可能性，這種人生方式是力圖掙脫和超越古舊中國的社會規範、家族規範和人生規範的。正因為在異數和常數的對比和撞擊中，人才可能在自我審視中覺醒。賈寶玉疏離經濟仕途，厭惡時文八股，痛詆沽名釣祿，都反映着他所追求的人生形態、境界、方式，與古舊社會文化成規的齟齬。即便他所說的「女兒是水做的骨肉，男人是泥做的骨肉，我見了女兒便清爽，見了男子便覺濁臭逼人」這些類乎創世神話的妙喻，也是對男性中心社會的禮教成規的反撥。因此，第三回嘲賈寶玉的《西江月》詞所謂「潦倒不通世務，愚頑怕讀文章」，「天下無能第一，古今不肖無雙」，乃是兩種人生規範衝突中的反諷性話語。舊的人生規範已為賈赦、賈珍們所腐化，已為賈政、賈代儒們所僵化，儘管鳳姐、探春們以權術加以維持，但寶玉附從舊規範而不願、追求新規範而空渺，一個世代簪纓的舊家族「樹倒猢猻散」的大勢已經不可挽回了。

在盤根錯節的社會人生困境中，《紅樓夢》採取了某種意義，或某種形式的對自然人生的回歸。「天上人間諸景備」的大觀園，雖然曾是元妃的省親別墅，散發着濃郁的貴族氣息，但它畢竟是寧榮二府中禮儀制約最為稀薄的所在。對賈寶玉而言，櫳翠庵的「白雪紅梅」和史湘雲的「醉眠芍藥茵」，也許是人與自然相融洽的最明麗的境界。

因為它們在物我兩忘、適意隨心中達到了自我實現的輝煌瞬間。這種人生追求於新鮮中包含着古老，它內在地聯繫着莊子哲學和禪宗機鋒，同時《西廂記》的前半部也給它注入了真摯微妙的情感表達方式。然而這種自然人生的實現的瞬息感背面，隱伏着嚴重的危機感。到了《紅樓夢》續補的第一百十八回賈寶玉中舉、出家前夕，他還仔細玩味《莊子·秋水》篇，並以莊子思想和佛學來解說孟子的「不失其赤子之心」：「那赤子有甚麼好處？不過是無知無識、無貪無忌。我們生來已陷溺在貪、嗔、癡、愛中，猶如泥污一般，怎能跳出這般塵網？如今才曉得『聚散浮生』四字……既要講到人品根柢，誰是到那太初一步地位的？」太初一詞在《莊子》中，既可解釋為天地未分之時的混沌之氣，又可解釋為道家所謂「道」的本源。莊子思想成為賈寶玉從自然人生的新鮮境界轉向「聚散浮生」的空幻境界的心理橋樑了。

其次，《紅樓夢》又是一部「天書」，是中國古典小說中存在着最多天地之謎和人間之謎的書。於掙脱禮教規範、追求自然人生中產生的空幻感，使《紅樓夢》籠罩在悲涼的「天書」式的夢魘之中。它由此變得高深莫測，糾纏着那麼奇麗精妙的神話隱喻和命運預感，糾纏着女媧補天的神話和太虛幻境的夢話。以致刪去這類神話和夢話，就失去了《紅樓夢》的神韻，失去了它的文化特質和敘事神理。它的創作緣起借青埂峰下那塊無才補天、幻形入世的石頭，表白它意欲問世傳奇的文字，「其間離合悲歡，興衰際遇，俱是按跡循蹤，不敢稍加穿鑿，至失其真」。這種似乎是寫實主義的話語，出現在大荒山無稽崖的石兄之口，正如志怪小說借鬼

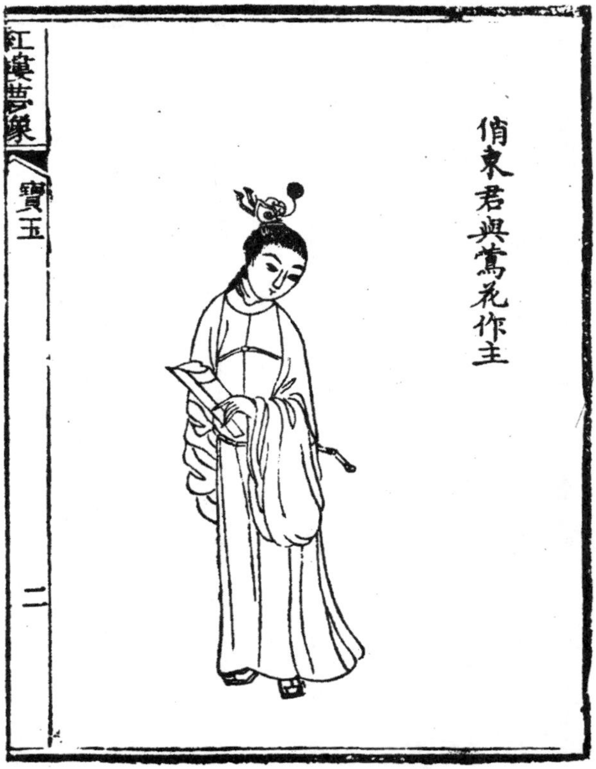

賈寶玉（錄自清道光刊本《紅樓夢》）

物之口談論無鬼論一樣，本身就包含着對人間寫實到了極點而出現的高度幻化。因此，實與幻、真與假，成為《紅樓夢》敘事謀略中極有哲學意味的命題。或如護花主人王希廉所說：「《石頭記》一書，全部最要關鍵是『真假』二字。」[一] 由此《紅樓夢》形成了「人書＋天書」的複合品格，並由這種品格派生出有若昆蟲複眼式的敘事視角。空空道人聽了「石兄」前面所講的這番話——

> 因見上面大旨不過談情，亦只實錄其事，並無傷時淫穢之病。方從頭至尾抄寫回來，問世傳奇。從此空空道人因空見色，由色生情，傳情入色，自色悟空，遂改名情僧，改《石頭記》為《情僧錄》。至吳玉峰題曰《紅樓夢》，東魯孔梅溪則題曰《風月寶鑒》。後因曹雪芹於悼紅軒中，披閱十載，增刪五次，纂成目錄，分出章回，又題曰《金陵十二釵》。

這便出現了《紅樓夢》書題的複名性和作者的多元性之謎。大可不必由此而製造查無實據的著作權公案，因為既然承認石兄、空空道人是子虛烏有，那麼吳玉峰、孔梅溪、曹雪芹也可以看成作者真真假假的分身術。甲戌抄本眉批早已告訴讀者：「若云雪芹披閱增刪，然後開卷至此這一篇楔子又係誰撰？足見作者之筆，狡猾之甚。後文如此處者不少。這正是作者用畫家煙雲模糊處，觀者萬不可被作者瞞蔽了去，方是巨眼。」所謂「狡猾」和「煙雲模糊處」，乃是一種敘事謀略。它借作者的五化身，把文本推向一個包括天與人、僧與俗、京師與外省的宏大的空間距離，而真實的作者只不過是這部「天書＋人書」辛辛苦苦的秘書了。作者的多元性引來了書題的複名性，實際上是借書題複名，隱括敘事者審視和體驗天地人生的多元視角。分而言之，所謂「石頭記」，是借按周天之數補天的靈石們的一個落選兄弟的人間閱歷，設置了一個出入於人天之間的視角。所謂「情僧錄」，是把情與非情之僧匪夷所思地扭結在一起，彷彿是空空道人的因空見色、由色生情，又何嘗不是隱喻着賈寶玉的傳情入色、自色悟空，這便形成了一個對人間情感充滿悖謬感和空幻感的視角。在「金陵十二釵」這個題目下署了作者真姓名，無非是未能忘情於「我半世親見親聞的這幾個女子」；但它已是「紅樓」一「夢」，成了「那昌明隆盛之邦，詩禮簪纓之族，花柳繁華之地，溫柔富貴之鄉」的朱門裏面一個沉重的夢魘了。至於「風月寶鑒」，正如第十二回所寫，正照是勾魂攝魄的美人，反照是骷髏，具有色與空互為表裏的隱喻性視角。託名東魯孔氏為作者，大概是想借重聖裔，寄警世之意蘊；卻又以跛足道人贈鏡，叮嚀「千萬不可照正面，只照他的背面，要緊，要緊！」給人以一種非儒非道、援道濟儒的顛倒迷離的荒謬感。

《紅樓夢》的複合視角，是一種具有豐富層次感、穿透力和幻設性的多元視角。它既能進入社會人生的豐富複雜的深層，又在對社會人生的渴求、焦慮、憂患和懺悔中，昇華出超驗的詩意境界，走到了神話邊緣。《紅樓夢》的準神話，乃是小說敘事中詩人式的想像，它借奇麗而具象的神話外衣，以把握人類的生存狀態、情感形式和命運歸宿。在通靈寶玉和太虛幻境的霧影光痕之間，是很難兑現真實歷史人物存在的可能性的。也就是說，它也許以深含隱痛的自傳性人生閱歷為寫作起點，但是由於複合視角所調動的一系列敘事謀略，竟然走到了一個天人契合的反自傳性的藝術終點，一個綜合着天書與人書雙重品格的藝術終點。

「人書＋天書」的複合品格和多元視角，不是互相割裂的，而是要形成一個博大渾融的藝術生命整體。應該看到，儘管全書未完曹雪芹便「淚盡輟筆」，但他在《紅樓夢》八十回中所創造的天書與人書相融合的品格，以其豐富精微的暗示性、強大嚴密的詩意邏輯和美學趨勢，在程高本續補的後四十回中被相當程度成功地承續下來了。起碼二百餘年的《紅樓夢》傳播史，證明它是比任何續書都更為差強人意的續補。肯定這一點是具有批評史意義的，因為這在《紅樓夢》的文本閱讀中，不僅可以還其詩意邏輯的完整性，而且也從一個角度證明了曹雪芹創造的詩意邏輯具有強大驅動力和生命力。二十世紀二十年代，以胡適、俞平伯為代表的「新紅學」派區分了曹著高補的優劣，高度評價了曹雪芹的才華以及作家傳記材料在書中的某種位置，掀開了《紅樓夢》接受史上新的一頁。但是過分強調傳記性和割裂曹著高補，又給完整地深入地理解《紅樓夢》的創造性品格和詩學邏輯體系，帶來了不小的心理障礙。高鶚的才華當然比曹雪芹遜色，比如生蹦活跳的鳳姐連承歡說話也顯得有些口拙，賈寶玉的瘋癲和詩社的星散，雖然展示了人物的另一側面，卻到底也是藏拙的筆墨。高補與曹著的最大差異，是它對傳統文化規範有更多的回歸，尤其是賈政的復世職和沐天恩之類。續補者熱衷於寫舉業制藝，與原著者熱衷於談詩論曲，相映成趣。第八十二回以「後生可畏」和「吾未見好德如好色者也」為題，令厭惡時文八股的賈寶玉開筆為文，使人彷彿聽到功名熱心人的續補者和人生徹悟者的原著者的心靈對語。但是續補部分畢竟在抄家的沉重陰影下完成了寶黛的愛情悲劇，至於其他次要人物的歸宿與十二釵冊子略有出入，卻算不上甚麼大弊，因為天書與人書的雙重品格本來就存在着空幻感，給這些冊子來點空幻中的空幻，也許能增加一些命運的莫測感。「蘭桂齊芳，家道復初」，只是空幻人物甄士隱的預言性片言隻語，視為蛇足即可。不然的話，由於全書強大的詩學邏輯的存在，也可以看做另一番「好便是了」命運怪圈的開頭。說到賈寶玉的中舉、遺裔、爾後出家，自然包含有續作者對傳統規範回歸的因素，但是連佛陀在出家之前，也娶妻得子，以承傳淨飯王王位，這種人間因緣又何嘗不可以構成另一種人生模式？人們自可以談論曹著高補的長短得失，但所有的長短得失，都不應妨礙我們把它們作為基本完整的文本，以考察其作為人書與天書相融合的敘事學系統。

二、生活原生態和對比原則的張力

《紅樓夢》作為人書，也就是它的人間寫真手腕之高明，早已有口皆碑。問題在於這部人書是有天書作為潛在的背景，並形成特殊審美張力的。它的敘事視角既是自人看人，又是自天看人。由此而形成的人間寫真的基本情調，不僅把人當作天地的鍾靈毓秀，對其情感生活和命運簸弄充滿理解、質疑和悲憫；而且把一些人間活動看得如同群蟻擾攘，多是渾然不省自己命運，甚至經歷一再的夢幻示警依然沒有醒悟的「無事忙」。它寫出了「貴族中國」的一群男女，一生下來便無法擺脫的命運，這種命運就是祖宗遺留下來的禮俗規範和人生方式，似乎他們形而下的幸福權利和形而上的詩意探詢，都逃不過有若「無可奈何花落去」的天道循環。任何想跳出這套既成的規範、方式和命運的青春追求，幾乎都不能如願以償，終至形成了既屬於青春追求者的、也屬於命運製造者的雙重社會悲劇——既是「樹倒」，也是「猢猻散」。

自人觀人和自天觀人的視角雙重性，打破了情節小說「無巧不成書」的設計方式，而以還原出生活原生態的平凡性為其基本的敘事特徵。它並不崇尚情節的簡捷、巧合和驚險，而追求一種非情節的情節。每一情節線索的延伸，都隨時可能受到來自另外諸多方向的情節的衝撞和糾纏，從而發生情節線索的偏斜、兼併、分叉和中斷，組成了或顯或隱、或疏或密的人生行為網絡。人間的種種悲歡離合，以及閒談取笑、作癡撒嬌、拿大壓眾、撒潑罵街等瑣細情態，連同人各一面的栩栩如生的性格，都在這些網絡相互掩映地顯現出來了。脂硯齋評點《紅樓夢》除了透露作者吉光片羽的生平資料和創作動機之外，至有價值的也許是對這種非情節之情節的敘事特徵的捕捉。比如甲戌本第七回批語的「順筆便墨，間三帶四」，「得空便入，一支筆作千百支用」，「用畫家三五聚散法寫來，方不死板」；十四回批語的「慣能忙中寫閒，曲筆錯綜」；庚辰本十六回眉批的「千頭萬緒合筍貫連」[二] 等等，都是頗能道出其間的化解情節、重在呈現的敘事特徵的妙處的。

第三回寫林黛玉初進榮國府，論情節的重要性應該首推寶、黛的第一次見面。但它偏偏把這畫龍點睛的一筆深藏起來，讓這位蘇州姑娘在京華巨族繁瑣的會客禮儀中，會見前輩和表姐妹人等，透露出她「外祖母家與別家不同，因此步步留心，時時在意，不敢輕易多說一句話，多行一步路」的孤雛客居心理。敘事的延耽使筆墨有迴旋的餘地，使它從外在深入到內在，增加了描寫的渾厚程度。敘事善於在生活的平凡性中，醞釀眼光的新鮮感和情感的層次感。林黛玉是以陌生人的眼光來觀察寧、榮二府的方位格局和貴族氣派的，在林黛玉看外祖母家諸人，以及外祖母家諸人看林黛玉的眼光對流中，同樣也帶有這種陌生人的新鮮感，連同第一印象的主觀投入。當賈母摟着黛玉「心肝兒肉」地叫着大哭，已經令人心弦顫動；但它深藏着鳳姐，她未見其人、已聞其聲地出場的時候，便極為精明地把賈母的倫理情感置於她承歡邀寵的智慧之中。她稱讚黛玉「這通身的氣派，竟不像老祖宗的外孫女，竟是個嫡親的孫女」，起到了誇黛玉的容貌而恰如其分、博賈母的歡心而不露形跡的雙重效果。在賈母、鳳姐攪動倫理的和交際的兩個情感層次之後，總該直趨寶、黛見面的第三個情感層次，即兩性情感了吧，可是它不，它偏要設置兩重障礙；一重是王夫人數説寶玉是「孽根禍胎」、「混世魔王」的心理障礙；一重是開晚飯時的禮儀周旋的行為障礙。障礙的設置，刺激了人們閱讀的期待心理，既要看看寶玉是如何表演，敘事者是如何表現，又在精彩程度上如何超過賈母、鳳姐場面的多重期待心理。同時由於障礙的壓抑功能，寶、黛見面的奇特處，就更增添了幾分爆發性。先是黛玉看見放學歸來的寶玉，吃驚「倒像是那裏見過的，何等眼熟」；次是寶玉換了冠服之後，細看黛玉，笑道「這妹妹我曾經見過。……雖然未曾見過她，然而看着面善，心裏倒像是舊相認識，恍若遠別重逢的一般」。這便是天人契合、兩心交融的「永恆的一瞬」，它帶有令人參悟不透的神秘性心理深度。可見超越情節的巧合性而還原生活的原生態，乃是對敘事藝術具有革命性的挑戰。它必須把敘事的外功轉化為敘事的內功，轉換看世界的眼光，從外在看到內在，從而把情節線索消融在行為心理層次之中。這種內在發掘到了至美至真的境界之時，它已經觸及謎一樣的「天人合一」的永恆性了。

林黛玉（錄自清光緒刊本改琦繪《紅樓夢圖詠》）

非情節化的描寫，使生活線索趨於它自然狀態的平淡和模糊。但藝術總是要點醒生活的，這就需要敘事中的對比原則，以顯現生活中的人人事事未嘗缺少的個別性，做到「淡中出彩」。中國章回小說的回目用對，在發揮漢語言的特殊功能的同時，也鍛煉了作家的對比和對稱的思維。《紅樓夢》的對比思維是豐富、內在而精微的，隱顯濃淡恰到好處，顯示了生活本身的立體感和鮮活感。借用古詩格律術語，這是一種「流水對」，在流動中不落痕跡地不對而對，對得你中有我，我中有你，美不避醜，醜也兼美，確實是比得自然然，比出了差異，又比出了滋味。對比的形態是多姿多彩的，在《紅樓夢》中，起碼有玄思性對比，多義性對比、放射性對比諸形態。甄士隱和賈雨村、賈家和甄家，是以諧音形式進行真真假假的玄思性對比；賈家的四位小姐元春、迎春、探春、惜春，既呼應了三春時序，又與「原應歎息」諧音，而且「元」為長為始，狀其華貴；「迎」為接為受，隱其懦弱；「探」為求為取，顯其果斷；「惜」為吝為哀，形其孤寂——這便組成了多義性對比。另外又有連環性對比，比如探春既有前述的姊妹行中的對比，又以女強人的特點和鳳姐構成對比，而鳳姐則以家庭中的位置，和李紈、秦可卿組成妯娌嬸侄的對比，與平兒、尤二姐組成妻妾主婢間的對比，與賈璉組成妻強夫弱的對比，這就使對比在一個焦點上形成放射性了。

林黛玉和薛寶釵作為金陵十二釵之首，她們的對比具有更為深刻的文化內涵、鮮活的性格光彩和廣泛的人生類型價值。林黛玉是一首靈性的詩，薛寶釵是一篇華美的散文。當林黛玉父母雙亡，客居賈府的歲月，她是以感傷詩人式的孤高敏慧，去感受着她周圍熱鬧的世界，感受着她自己無所依棲的心。在賈母把她視為「心肝兒肉」的時日，她在姊妹行中所受待遇並不菲薄，但她對命運焦慮太深，以紅銷香斷的落花自喻，感受到的竟是「一年三百六十日，風刀霜劍嚴相逼」。她把愛情看得無比珍貴，珍貴到愛情本身也有點承擔不起，時時露出危機。她在寄人籬下和終身無人做主的境遇中，以「小性兒」來證明自己的存在、尊嚴和價值。儘管寶玉連做夢也呼喚「甚麼是金玉姻緣！我偏說是木石姻緣！」但她還是從《西廂記》一類戲曲中汲取濃縮了的愛情表達方式，以焦灼的心情，通過自己或貼身慧婢放出一些試探愛情，卻又怕說破愛情的表裏不一致的「誤信號」，從而在「三日好了，兩日惱了」的複雜微妙的感情顫動中，體驗着愛情之苦味的珍貴。相對而言，薛寶釵顯得穩重和平、賢淑大方，她把愛情納入傳統的禮儀規範，「任是無情也動人」，把愛情的功夫做在愛情之外，她並非沒有詩才，但她在正統的女性角色自認之中，把詩才強自壓抑了。她這樣勸「詩瘋子」史湘雲：

> 詩題也不要過於新巧了。……若題目過於新巧，韻過於險，再不得好詩，終是小家子氣。詩固然怕說熟話，然亦不可過於求生，只要頭一件主意清新，措詞就不俗了。究竟這也算不得甚麼，還是紡績針黹，是你我的本等。

她是排斥「過於」、返回「本等」，按傳統規範做人的。同樣的意思，她對「冷月詩魂」林黛玉就說得更加痛切：「咱們女孩兒家，不認字的倒好。……連做詩寫字等事，這也不是你我分內之事……男人們讀書明理，輔國治民，這更好了……至於你我，只該做些針線紡績的事才是，偏又認得幾個字。既認得了字，不過揀那正經書看看也罷了，最怕見那些雜書，移了性情，就不可救了。」這就難怪黛玉嘲她「膠柱鼓瑟，矯揉造作」；寶玉責她「好好的一個清淨潔白的女子，也學得沽名釣譽，入了國賊祿蠹之流」了。禮儀規範的壓抑，甚至扭曲了人性，出現了薛寶釵在金釧兒投井後，安慰王夫人「不過多賞她幾兩銀子」；尤三姐自刎、柳湘蓮出家後，用設席酬謝經商夥計，轉移母親的哀思。黛與釵代表着敏慧或賢淑兩種少女類型，但是由於不同的文化趣味、文化規範的濡染和認同，或者流於感傷，或者變得冷情了。賈府老少三代對她們的選擇，以及後人對她們的論衡，都是反映着深刻的社會文化內涵的。這些對比是在生活中自自然然地流出來的，它本無心對比，你要尋找對比卻發現處處是對比。這就是無對之對，是《紅樓夢》對到無對自高明之處了。

三、「影中影」描寫術和悖謬性扭結

對比原則施於不同的社會層次和人物品位之時，產生了形影對應的審美效果，這便形成了《紅樓夢》獨具魅力的影子描寫術，或稱之為敘事上的影是形的投射，卻又似形非形的對應原則，一種「以影應形」或「以影應影」的對應原則。金陵十二釵有正冊、副冊、又副冊的幻設，實際上就是寫各種人物類型在另一個品位層次的影子，以及影子的影子。這種幻設不像西方自然主義推崇遺傳學那麼拘泥，在《紅樓夢》中很難發現其父其祖的心理素質，在其子其孫的身上有何等遺傳；倒是時常可以感受到這個人物的精神氣質在那個人物身上有所對應，令人聯想到佛學所謂自性身、受用身、變化身（即佛之「三身」）一類玄思。這類描寫正副相應，有如引鏡窺影，參差變幻，互為闡釋，是很能觸發人的審美悟性和幻覺的。

襲人和晴雯是釵、黛的影子，已為眾所共認，她們與釵、黛在精神氣質上有相互對應的地方，但在做人方式和遭際命運上又有歧出和互補的地方。一些在大家閨秀身份上需要拿腔作態的事情，她們都以禮不苛責庶人的方式作了相當直捷和充分的表現。榮國府最俏麗的丫頭晴雯心高命薄，慧舌尖利，而寶玉酒後可以求她同浴，可以為之撕扇子千金買笑；她可以在病中為寶玉織補灼壞的雀金裘，倆人廝守通宵。她後來因美麗獲罪，被當成「妖精似的東西」逐出大觀園，卻能招致寶玉探病於寒室，解下貼身紅綾小襖轉穿，宣稱寶玉「今日這一來，我就是死了，也不枉擔了虛名」。她的生與死、愛與恨，都帶有幾分奴隸的野性，比起黛玉焚稿斷癡情後，臨危只說出半句「寶玉，寶玉，你好……」，要來得更為風流和瀟灑了。寶玉把她作為花神來祭奠的《芙蓉女兒誄》，堪與黛玉的《葬花吟》並為雙絕，這是黛玉死後，已經瘋癲癡呆的寶玉寫不出來的。黛玉在行花名籤酒令時拈得「風露清愁」的芙蓉花，可知這篇誄文也是提前祭黛玉了。更何況寶、黛在談論誄文修改時，說出了令黛玉變色的「茜紗窗下，我本無緣；黃土隴中，卿何薄命」的句子，竟成黛玉魂歸離恨天的讖語。

晴雯（錄自清光緒刊本改琦繪《紅樓夢圖詠》）

比起晴雯這首才華發露的詩，襲人充其量是一篇文從字順的散文。她有寶釵式的溫柔和順、體貼周到和順世阿俗，除了規勸寶玉的乖張之外，她的特殊作用是制約同房丫頭的胡鬧，又滿足寶玉的情慾，使寶玉走出「意淫」的幻境，把靈和肉聯繫在一起了。王夫人合掌唸佛，稱她的話「和我的心一樣」，嘔言「我的兒！……我就把他（寶玉）交給你了。」她的身份變化，預示着賈府文化規範中的釵黛之擇，非釵莫屬。寶玉出走後，她的名分難定，又配給優伶而「嫁雞隨雞，嫁狗隨狗」了，這種與寶釵的命運歧異，也反映了中國的貞節觀念在不同社會階層之懸殊。

影子的影子離中心的人和事，遠隔了一層，但它對中心的人和事的內在動機和因果關係，依然以對應原則，發揮着似乎不是闡釋的闡釋作用。這種關係是非常隱微的，但是一經發現，就能體會到一種在閒棋中發現妙招的智慧的喜悅。第五十八回「杏子蔭假鳳泣虛凰」，寫戲子藕回官在大觀園杏樹蔭下燒紙錢，受到管園婆子責罵時，獲得寶玉的回護。原來藕官在戲中扮小生，與扮小旦的藥官假戲真做，恩愛如夫妻，在她亡故後每節為她燒紙錢。如今小旦補了蕊官，一樣和她親熱，這是否得新忘舊呢？這位戲子有個解釋：「不是忘了，比如人家男人死了女人，也有再娶的，只是不把死的丢過不提，就是有情分了。」寶玉聽了這呆話，獨合了他的呆性，不覺又喜又悲，又稱奇道絕。這就是回目的對句所謂：「茜紗窗真情揆癡理。」這對於寶玉和十二釵的命運，似乎是閒得不可再閒的筆墨。但是只需聯想到第九十八回以後寶玉聞黛玉的噩耗，悲痛欲絕，卻「又想黛玉已死，寶釵又是第一等人物，方信金石姻緣有定」，「又見寶釵舉動溫柔，也就漸漸的將愛黛玉的心腸，略移在寶釵身上」；其後又在外間睡覺三夜，求黛玉入夢而不得，方才與寶釵「如魚得水，恩愛纏綿」了——只需這麼一聯想，就會驚悟到「假鳳泣虛凰」這一幕，早在四十回前就為寶玉婚後感情由黛而釵，不着痕跡地埋下了心理轉換的契機了。這兩回書本是曹作高續，出自不同之手。但是原作的感應原則是如此強大，連續作也難逃被感應的命運。藝術的內在邏輯，實在是一隻不容逃避的無形之手。

這種形影映照的對應原則，令人聯想到中國近古以來流行於民間的影戲或皮影戲。它以燈照影，於疑似朦朧間別有一番情趣。《紅樓夢》也有這種影戲的影子，第六十五回尤三姐痛斥賈璉：「提着影戲人子上場兒——好歹別戳破這層紙兒。」紙人、皮人已是幻，紙人、皮人的影子更是幻中幻了。影戲作為百戲伎藝的一種，宋代已有記載。高承《事物紀原》說：「仁宗時，市人有能談三國事者，或採其說，加緣飾作影人，始為魏、吳、蜀三分戰爭

皮影戲《人面桃花》（清代陝西藝人製作）演唐代書生崔護，郊遊遇桃花茅舍之少女的故事。影戲既可參《紅樓夢》影中影敘事策略，其間的生死戀情也與《紅樓夢》因緣精神相通。

之像。」〔三〕到了吳自牧《夢粱錄》，影人的材質由白紙改進為羊皮：「弄影戲者，元汴京初以素紙雕簇，自後人巧工精，以羊皮雕形，用以彩色妝飾，不致損壞。」〔四〕此藝流傳民間，清代尤盛，深入王府，流佈鄉野。清乾隆時浙江海寧人吳騫《拜經樓詩話》說：「影戲或謂仿漢武帝時李夫人事。吾州長安鎮多此戲。查岩門《古監官曲》：『豔說長安佳子弟，熏衣高唱弋陽腔。』蓋緣繪革為之，熏以辟蠹也。」〔五〕這裏把民間伎藝與方士幻術使漢武帝遙見已死的李夫人於張帳明燭中的故事聯繫起來，引發了人們古老的奇幻的思維。燈影人生，俗中有詩，真已成幻，這是不妨與《紅樓夢》「人書＋天書」的思維方式相參照的。

對比原則可以在順的方面上擴展為形影對應原則，進行引鏡窺影、變幻參差的描寫，又可以在逆的方向上轉向為悖謬原則，映照出人間悲喜榮枯的荒謬性。在這本人間寫真的大書中，充滿着顛倒錯綜的命運感、失落感和悲涼感，最純情的（寶黛）卻成空，最冷情的（寶釵）卻成真，早試肉慾的（襲人）卻公子無緣，精明強幹的（鳳姐）卻力拙，福壽幾全的（賈母）卻身後淒涼——一切花團錦簇的場面，似乎都貫注着一種「好便是了」的扭轉變形之力。開卷以兩個浩大場面，寫賈府繁花着錦、烈火烹油的貴族派頭：一為秦可卿的出殯，一為賈元妃的歸省，生死榮華並陳，成了悖謬性的雙峰對峙。而且還從寶玉的視角點染這兩個場面：這位癡情公子為秦可卿的死訊，急火攻心而吐血；又因好友與水月庵女尼的風流案而愁悶，對元春晉封賢德妃這樣天大的喜事置若罔聞。「賈母等如何謝恩，如何回家，親友如何來慶賀，寧、榮兩府近日如何熱鬧，眾人如何得意，獨他一個皆視有如無，毫不介意。」這種悖謬視角所產生的審美扭力也為評點者感受到了，甲戌本第十六回夾批云：「大奇至妙之文，卻用寶玉一人連用五『如何』，隱過多少繁華勢利等文。試思若不如此，必至種種寫到，其死板拮据瑣碎雜亂，何不勝哉。故只借寶玉一人如此一寫，省卻多少閒文，卻有無限煙波。」更令人感慨不已的是，這兩個場合的主角都是寧、榮二府敗落的警告者。秦可卿以「樹倒猢猻散」的俗語夢警鳳姐，是很馳名的，第八十六回賈元春也託夢勸戒賈母：「榮華易盡，須要退步抽身。」這樣，行文以生死榮華的對峙，以及寶玉的特殊視角，主角的兩度夢警，分三個層面和步驟把悖謬性敘事的內在扭力，釋放得非常充分了。

《紅樓夢》後半部（包括續補四十回）之所謂寫得大變迭見，在很大程度上在於悖謬性敘事節奏加密、色彩加濃和力度加強。第九十七回合寫「林黛玉焚稿斷癡情」以及「薛寶釵出閨成大禮」，有若對《紅樓夢》主要人物和賈府的氣運進行最後審判一樣，聚集紅白二樁「喜事」，形成一個強大的悖謬性扭結。它所蘊藏的震撼人心的內在扭力，是分別交代黛玉之死、寶釵之婚的描寫方式不可同日而語的。這裏獨特的審美特徵，在於悖謬所導致的人類生存狀態的變形。封建貴族家庭規範使鳳姐、賈母用掉包計，安排金玉姻緣，為失玉而癡迷的寶玉沖喜。可是掉包的對象林黛玉卻神差鬼使地於不意中聽到這個消息，如聞疾雷，癡迷咯血，惟求速死，於是用焚燒自己與寶玉定情詩稿的方式，為自己行祭禮。這就是說，一個機關算盡的掉包計，竟以扭曲和摧折寶玉、黛玉、寶釵三人的感情和生命作為婚禮祭壇上的「大三牲」供品，從而形成錯中錯、誤中誤的變形扭結。然而扭結沒有因為黛玉生命之弦即將繃斷而稍為延緩，黛玉的丫頭雪雁（先是請紫鵑未果）又被借去充當婚禮祭壇上的「小三牲」供品，給寶玉造成喜娶黛玉的恍惚迷離的假象，終至揭去蓋頭布幕發現是寶釵，使寶玉在神出鬼沒的氣氛中，「口口聲聲只要找林妹妹」而昏沉不省。婚禮上沒有林黛玉，但寶玉的心中眼中處處有一個林黛玉。黛玉的幻象，給宮燈細樂裝點得別有洞天的婚禮，增添了一種有如陰魂般悲涼壓抑的扭結力。其後是寶玉、寶釵婚禮的「回九之期」，依然沒有來得及描寫和婚禮同時發生的黛玉之死。這是作者筆拙嗎？不是。敘事的延宕，或敘事時間的微妙的調度，意味着黛玉之死已被擱置在榮國府熱鬧場的關注焦點之外，那個沉重的死對於榮國府的盛衰已輕如芥末，人們顧不上了。秦可卿有喪禮，是荒唐；林黛玉沒有喪禮，也是荒唐。大概只有寶釵想用黛玉死耗刺激寶玉，使之「神魂歸一，庶可治療」，人們才感到有重提黛玉之死的價值吧——她的死的悲哀，竟然在死之外，因為她的死徒然被利用於曾經結下金蘭契的姊妹的精神治療術。但是死時的林黛玉似乎也有一點小小的報復，她氣絕之時「聽遠遠一陣音樂之聲，側耳一聽，卻又沒有了」。實際上她借用寶釵婚姻大禮上的音樂作為自己的喪禮儀式了。這種悲悲喜喜的互相闡釋，觸及到人的生存狀態和命運狀態的顛倒錯綜的反差，使《紅樓夢》的悖謬敘事原則體現了深刻的文化的和審美的內涵。

四、神話素之意象和預言敘事的多維性

《紅樓夢》的人間寫真，以最悲涼的虛無回答最熱切的期待，以極冷酷的否定回答極深切的詢問。這種現實的悖謬和困惑，產生了另一種執著，即超現實的執著。可以說，它的超現實敘事，乃是深刻的現實敘事在幻象世界的深化。《紅樓夢》的作者是把這部大書當做詩來寫的，它比許多平庸的詩更有詩的意蘊和味道，而正是現實世界和幻象世界的照應滲透，以及天書和人書的雙重品格的建立，給了它的敘事筆墨以無窮無盡的詩的靈感。

意象經營為中國古詩詞之長，小說中也不乏意象敘事的手腕。《紅樓夢》的特點是在平凡不過的意象中加進某種神話素，宛若點石成金，使這種自然物和神話素相綜合的意象，成了關連天道與人事的具有濃郁的象徵性、甚至神秘色彩的審美構件。石頭是最平凡不過的自然物，但是大荒山無稽崖的那塊鮮瑩明潔的石頭，幻形入世，成了貴族公子口銜而生的命根子，這便成了具有高度獨創性的神思妙想。它突破了舊小說中神仙思凡的俗套，令人聯想到早期神話中「玄鳥墮其卵，簡狄取吞之，因孕生契」[六]一類異生現象。這塊頑石在添加神話素之時，就凝聚着「女兒情結」。如果說《西遊記》那塊化生石猴的花果山仙石和盤古開天闢地相聯繫，順着父系開闢神的系統，順理成章地幻化出「鬥戰勝神」的雄威；那麼這一塊頑石則與女媧煉石補天相聯繫，順着母系開闢神的系統，事出有因地幻化成大觀園中「混世魔王」的癡情了。這就是帶神話素的意象所蘊涵着的非邏輯的邏輯。

能夠溝通天人之際、具有更為深刻的哲理和審美內涵的是，這塊並非法力無邊的寶物，乃是複合着亦善、亦非善的對立因素的生命結構。它具有「頑石」和「靈玉」的雙重品格，即所謂頑靈兼雜、癡慧參半，既具備人為萬物靈長的性質，又具有真實人性未經純化的弱點和缺陷。這就使賈寶玉的性格在這塊頑石靈玉上獲得了恰如其分的象徵：雖然聰明靈慧，略可望成；到底稟性乖張，性情怪譎，在所謂「意淫」中尋找人性人情的復歸，追求着超越傳統禮儀規範的人生方式。毋庸置疑，小說也是以一個生命體來對待這位「石兄」的。第八回以圖畫的方式為這頑石

描繪了一幅比全書任何人物都更顯目和詳備的「肖像」，並且作詩嘲之：

女媧煉石已荒唐，又向荒唐演大荒。
失去幽靈真境界，幻來新就臭皮囊。
好知運敗金無彩，堪歎時乖玉不光。
白骨如山忘姓氏，無非公子與紅妝。

這就幻出了「石頭記」，反過來「記石頭」，頗有點西方之所謂「元小説」的意味了。脂硯齋於此處的評點也頗為俏皮，當薛寶釵把此玉托在溫柔的手掌上賞鑒，甲戌本便夾批道：「試問石兄，此一托比在青埂峰下猿啼虎嘯之聲何如？」同時據甲戌本記載，這塊頑石因感得靈性，聽一僧一道談論紅塵中榮華富貴，才打動凡心，懇求攜它入世，去經歷瞬息樂事的。正如第二十五回癩頭和尚歎通靈寶玉：「只因煅煉通靈後，便向人間惹是非。」這就應合了一個沉重的神話母題：為通靈性而失樂園。

花的意象在《紅樓夢》中不可謂少見，如第六十三回拈花名籤酒令中，寶釵拈得牡丹，探春拈得杏花，李紈拈得老梅，湘雲拈得海棠等等，都是以花喻人，意象貼切。但是美人如花，已成文學俗套，惟有加進一點神話素，才能點醒其精神。這就是「絳珠還淚」的仙話。靈河岸上的絳珠草屬於花卉草木之類，因受那頑石幻化的神瑛侍者的甘露灌溉，脱胎成為女體，表示「自己受了他雨露之惠，我並無此水可還，他若下世為人，我也同去走一遭，但把我一生所有的眼淚還他，也還得過了。」所謂「木石前盟」的這則故事，簡直清新美麗到可以醉人。它可能受了張華《博物志》所載「南海水有鮫人，水居如魚，不廢織績，其眼能泣珠」的某些啟發。對於《博物志》這個故事，李商隱點化以明月，曹雪芹點化以仙草，所謂「滄海月明珠有淚，藍田日暖玉生煙」這對律句，與「絳珠還淚」的幻想，都是意象經營的清才妙筆。以淚報恩，難道眼淚也是有價的嗎？這無價之價，卻包含着林黛玉的真情、感傷、悲苦和生命。她的出場就是帶着癩頭和尚「總不許見哭聲」的警告，她的生活方式的一個特點就是「此間日中只以眼淚洗面」，她的死亡已是「一點淚也沒有了」。她的哭聲淚痕似乎有一種不可思議的神秘力量，第二十六回寫道：

這林黛玉秉絕世姿容，具稀世俊美，不期這一哭，那附近柳枝花朵上宿鳥棲鴉，一聞此聲，俱忒楞楞飛起遠避，不忍再聽。正是：花魂點點無情緒，鳥夢癡癡何處驚。因有一首詩道：

顰兒才貌世應稀，獨抱幽芳出繡闈。

嗚咽一聲猶未了，落花滿地鳥驚飛。

「絳珠還淚」似乎是因果報應，實際上它以純潔的眼淚，洗去福善禍淫的俗套，以一線真情牽引出超因果報應的詩化思維。

太虛幻境乃是神話素意象的擴充和體系化。「太虛」一詞，源於《莊子．知北遊》：落於形跡而問道的人「不過乎昆侖，不遊乎太虛」。唐成玄英疏：「昆侖是高遠之山，太虛是深玄之理。」〔七〕也就是說，太虛幻境無非是與人間世界相對應的蘊藏着深玄之理的虛幻境界。這裏說是對應，是因為它與人間世界並非二元對立的實體，而是相對稱、相交融的天道運行過程的兩個方面。它沒有以神仙世界的無邊法力，去干預人間的生存形態和行為方式，它只是以夢幻的形式似乎點破、實在沒有點破地預示着天地運行的法則和人間不可逃避的命運。它引人注目的是把一群人間男女的生命軌跡記錄在案，那般美麗清妙的仙子似乎都是些抱着無為無不為態度的檔案管理員。離開甄士隱和賈寶玉的夢境，她們是不存在的。

從人書的角度看，太虛幻境是假，但在天書的立場上它又自認為真，並且以石牌對聯反諷人間「假作真時真亦假，無為有處有還無」。同時它又自為悖謬，警幻仙姑自稱「司人間之風情月債，掌塵世之女怨男癡」，「訪察機會，散佈相思」，似乎是愛神；卻又把「金陵十二釵」歸入薄命司，嘲諷「春恨秋悲皆自惹，花容月貌為誰妍」，把愛情視為多餘，並歸於虛無。她曾經受榮寧二公之託付，要警醒寶玉的癡頑，「使彼跳出迷人圈子，入於正路」；卻把自己乳名兼美、表字可卿，「其鮮豔嫵媚有似乎寶釵，風流裊娜則又如黛玉」的妹子，與寶玉配合，愛其「乃天下古今第一淫人」，陷其於夢裏亂倫的迷圈，致使「警幻所訓之事」成了性行為的代用語。在續補的後四十回中，太虛幻境是衍化成「真如福地」，換了一副獨斷的對聯「假去真來真勝假，無原有是有非無」了。但那些進入福地的幽靈已失去人間性情，晴雯不承認是晴雯，黛玉不再是黛玉，總之「我非我」才是「福」，只因寶玉說了一句「妹妹在這裏，叫我好想！」便被判為非禮逐出。預知和悖謬、清虛和猥褻、多情和絕情，這就是太虛幻境的矛盾構成，它的自我確認和自我否定。幻不可警，可警則失其為幻，因此警幻成了充滿迷惑的荒唐言。如同石頭兼具頑性和靈性，暗示了人性的分裂一樣，警幻之荒唐在一定程度上觸及了人的生存危機。

人間寫真受到超現實的神話素意象和夢幻境界的干涉滲透，便產生預言和應驗之間撲朔迷離的錯綜。所謂預言敘事，便是在時間和事件發展狀態的錯位中，暗示某種預兆和機緣。《紅樓夢》的預言敘事有明、暗兩種形態。《好了歌》以及太虛幻境的《金陵十二釵》圖冊判詞和《紅樓夢十二曲》，以禪門機鋒，或者拆字、諧音、隱語、詩謎等方式，給全書以主題曲和哲學精魂，並預示了一個家族和一群異樣女子的命運。它們綜合的和集中的形態，表明自己是明預敘，給全書以一種「忽喇喇似大廈傾，昏慘慘似燈將盡」，「好一似食盡鳥投林，落了片白茫茫大地真乾淨」的悲劇預感。第八回賈寶玉、薛寶釵交換鑒賞通靈寶玉和辟邪金鎖，則屬於暗預敘。通靈寶玉正面鐫刻有「莫失莫忘，仙壽恆昌」的篆文，寶釵的丫頭鶯兒嘻嘻的笑道：「我聽這兩句話，倒像和姑娘項圈上的兩句話是一對兒。」因為辟邪金鎖正反面鏨有：「不離不棄，芳齡永繼」八個字，連賈寶玉也承認「姐姐這八個字，倒與我的是一對兒」了。「一對兒」是雙關語，「仙壽」對「芳齡」則暗示着金玉締緣之後寶玉的出家。「一對兒」不出於寶釵，而出於鶯兒之口，表現了寶釵大方得體的閨秀之風和鶯兒嬌憨慧黠的丫頭做派，至於寶玉隨口應之，則是貴族公子的癡心了。所謂暗預敘，乃是把預敘納於日常性格行為的傳神寫照之間，從而出現預敘和非預敘之間的不落形跡的狀態。這就是甲戌本眉批所說的「花看半開，酒飲微醉」這種靈變含蓄的伏筆了。

預言敘事不僅有形態上的差別，而且內在地有表意方向和方式上的差別。在本書中，起碼有正向、反向和多義性三種不同的表意機制。黛玉埋花於塚和作《葬花吟》自然是抒寫感傷情懷的筆墨，但那些「未若錦囊收豔骨，一抔淨土掩風流。質本潔來還潔去，強如污淖陷泥溝」的句子，無不影影綽綽地暗示着她的孤潔淒涼的身世和淚枯早夭的命運。甲戌本第二十七回回末總評說的「埋香塚葬花乃諸豔歸源，《葬花吟》又係諸豔一偈也」，就包含着這個意思。到第三十五回瀟湘館廊上鸚哥長歎一聲，竟大似黛玉素日吁歎音韻，接着唸道：「儂今葬花人笑癡，他年

黛玉葬花（清費丹旭作）

葬儂知是誰？」這是由於黛玉日夕吟哦，竟連鸚哥也學熟了，同時其間正向預言敘事的不祥感也令人心弦顫動了。

反向預言敘事是指預言和應驗之間存在着表裏錯位，具有反諷效果。第五十四回寫賈府元宵筵席上令説書女兒講殘唐五代故事《鳳求鸞》，金陵名門公子王熙鳳上京赴考，途中與鄉紳房東的女兒李雛鸞相悅相戀。因主人公與鳳姐同名，引得哄堂大笑，賈母借題發揮，批評佳人才子書陳腐舊套，這還算不上預言敘事。到了第一百零一回接過《鳳求鸞》的話頭，寫賈府被抄家前夕，鳳姐到散花寺求得「上上大吉」的神籤「王熙鳳衣錦還鄉」，籤詩曰：「去國離家二十年，於今衣錦返家園。蜂採百花成蜜後，為誰辛苦為誰甜？」這個預言到第一百十四回應驗時，竟是鳳姐在抄家後失勢、染重病，臨死時滿口胡話，「要船要轎的，説到金陵歸入冊子去」。這種神籤靈應，也許只有從太虛幻境的角度，才能説「上上大吉」吧。「衣錦還鄉」竟然是她的靈櫬被送回金陵，這對於貪財好貨、心計精明、連男人也「萬不及一」的賈府管事少奶奶而言，卻是反諷性的命運裁決。

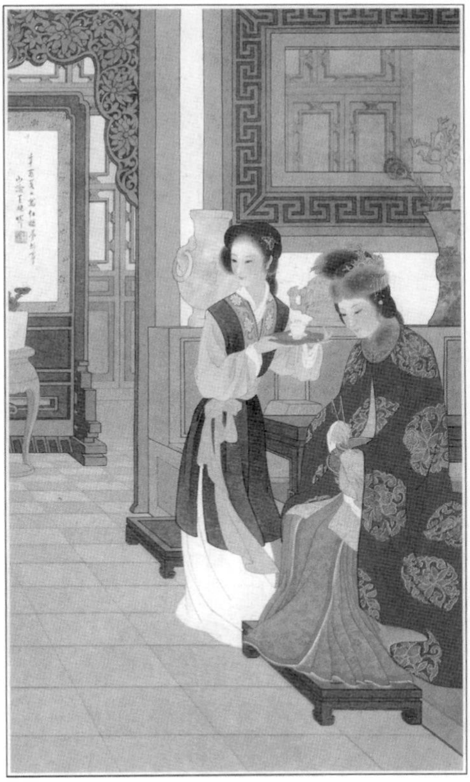

王熙鳳（近人王叔暉作《紅樓夢人物》之一）

許多預言帶有天機不可洩露的神秘色彩，這就形成了對其解釋的多義性。這種多義性隱伏着命運莫測感，也折射着解釋者不同的性格、識見和心理動機。第九十四回寫怡紅院枯萎的海棠，冬行春令，在十一月開花。李紈奉承賈母，認為「必是寶玉有喜事來了，此花先來報信」。探春憂慮家族命運，思量「草木知運，不時而發，必是妖孽」。黛玉則應和李紈，舉出田家兄弟分而復合感應得紫荊樹枯而復榮的故事，把思路引向寶玉的喜事，因為她誤信賈母要在寶玉婚事上「親上作親」，指的是自己。其餘如賈赦相信妖邪，斷定是花妖作怪，主張砍去；賈政則恪守理學，堅持「見怪不怪，其怪自敗，不用砍它，隨它去就是了」——這都是一筆帶過的。賈母設宴賞花，讓孫輩作詩助趣，寶玉則聯想到晴雯死時花枯，如今花開，人卻不能復生了。鳳姐畢竟是管家少奶奶，善於場面張羅，送來兩匹紅綢包裹花樹，說這花開得奇怪，掛了紅就應在喜事上了，喜得賈母誇她做事「叫人看着又體面又新鮮，很有趣兒」。筆墨是非常周到靈活的，借一預兆性事件把危機四伏的賈府中人們六神無主、強顏作笑的尷尬氣氛，寫得有板有眼、淋漓盡致了。然而這是一個沉默的預言，誰也說不清它昭示甚麼。總之它預示着整個賈府的敗落，從此通靈丟失、寶玉瘋癲，元妃薨逝，寧府抄沒，賈母鳳姐相繼病亡。以花報喜是正常之筆，以花兆凶是反常之筆，行文正是以反常出多義，把人們沉浸在命運不安感之中了。

五、真幻雅俗錯綜的時空結構及其人文化

人間寫真和超現實幻象的錯綜，深刻地影響了小說敘事的時空形態和結構。時間和空間既是世界存在的方式，也是人感知世界的秩序形態。人書和天書的雙重敘事品格作為《紅樓夢》感知世界的方式，必然使時空結構在詩化過程中發生變形。細心的讀者當會發現，這部大書存在着一些人物年歲的齟齬和地理方位的紊亂。這一方面固然是由於作品數經增刪，未及最終核準釐定；另一方面也不能排除作者別具匠心，對時空作了主觀性的或幻覺性的處理。

第一回開宗明義對此便有所交代，空空道人挑剔石頭記述的故事「無朝代年紀可考」，石頭笑答道：「我師何太癡也。若云無朝代可考，今我師竟假借漢、唐等年紀添綴又有何難？但我想歷來野史皆蹈一轍，莫如我這不藉此套者反倒新奇別致。不過只取其事體情理罷了，又何必拘拘於朝代年紀哉！」(據甲戌抄本)其後秦可卿喪禮的水陸道場榜文這樣記地點：「四大部州至中之地，奉天永建太平之國」；寶玉的《芙蓉女兒誄》這樣記時間：「太平不易之元，蓉桂競芳之月，無可奈何之日。」在一開筆就從「女媧氏煉石補天之時，於大荒山無稽崖……」寫起的大視野而言，人間一二十年，佔大半條街的府第，實在是瞬息塵影，不必過於認真。看來更重要的，還是這種時空態度、對時空操作的方式以及由此產生的意義。

在空間設置上，《紅樓夢》講究真與幻、雅與俗的交錯和反差。「天上人間諸景備」的大觀園，在泛舟遊樂之時似乎變得大一些，在人倫兩性頻繁交往之時又似乎變得小一些。自然空間似乎隨着人物的遊興和親情一類心理空間，而作了一些幻覺性的伸縮變異。它的房屋結構，如火炕設備，是北方的風物；自然景象，如雪裏梅林，又宛若江南景觀，這都是詩的感覺對環境空間進行牽合和匯聚。在作了這麼一番心理的和詩情的空間滲透之後，它的怡紅院、瀟湘館、蘅蕪院、稻香村，它的一草一木，似乎都帶上靈性、情調和氣氛，和居處其間的少男少女於風晴雨雪中進行着微妙的心靈交流。比如黛玉「愛那幾竿竹子，隱着一道曲欄，比別處幽靜」，選中瀟湘館居住。這就暗合着她那種「喜散不喜

薛寶釵（近人王叔暉作《紅樓夢人物》之一）

聚」的交際哲學，以及孤潔敏慧的逸才仙品的人生情調。其後寶玉眼中瀟湘館「鳳尾森森，龍吟細細」，黛玉心中的「竹影參差，苔痕濃淡」；以及襯托絳珠還淚的「疏竹虛窗時滴瀝」，「已教淚灑紗窗濕」等一系列的「雨滴竹梢，更覺淒涼」；直至後四十回中那個感秋悲往之夕，「只聽得園內的風，自西邊直透到東邊，穿過樹枝，都在那裏唏溜嘩喇不住的響。一回兒簷下的鐵馬，也只管叮叮噹噹的亂響起來」。這錯落有致的竹影苔痕、風聲雨點，形成了一個詩意空間，在這種人化了、也詩化了的空間之中，人的生存形態、情感方式和命運走向都與自然的動靜，進行着幽深玄遠的交流。

大觀園的總體圖像，是以流動的詩化眼光描繪出來的偉大的園林。由於它描繪眼光的流動性和詩化特徵，後人作《大觀園圖》都是各人有各人的理解和幻覺，幾乎無一雷同。第十七回「大觀園試才題對額」，是借曲徑庭院、山光水色寫人的文采風流；又借寶玉的妙才、賈政的古板和清客的逢迎之間的張力，順順逆逆、錯落有致、無一重複地為山水庭院勾出眉目、點醒精神。它不是靜態的客觀寫實，而是在寫一種充溢着詩的生命的空間和胸襟。沒有這種詩的生命和山水精神的交融，是無法設想脂硯齋在庚辰本夾批中所謂：「大觀園係玉兄與十二釵太虛玄鏡（境）。」同時，大觀園與太虛幻境之間真幻掩映這一點，在本文中也得到印證。出了蘅芷清芬，轉至園中正殿，「寶玉見了這個所在，心中忽有所動，尋思起來，倒像在那裏見過的一般，卻一時想不起那年月的事了」。這實際上是他對神遊太虛幻境的朦朧回憶，或如太平閒人的評點：「太虛幻境，太虛元境，茫茫渺渺，警幻、可卿一齊都到，通靈既失，故想不起。而寫一時恍惚，恰好。」[八] 續補的第一百十六回「得通靈幻境悟仙緣」，寶玉夢遊已衍變為「真如福地」的太虛幻境，只見已經自縊殉主的鴛鴦站在那裏招手叫他，寶玉想道：「我走了半日，原不曾出園子，怎麼改了樣子了呢？」遊大觀園彷彿夢入太虛幻境，夢入太虛幻境又彷彿沒有走出大觀園，這便是描寫空間的二重構造：一個是詩化的現實空間，一個是與之映照和疊影的夢幻空間。究實而論，在大觀園那麼戔戔小世界裏，彙集了如此多的詩翁才女，而且幾乎無時不在詩國裏討生活，這在以詩稱盛的中國數千年歷史也難得一睹。從敘事者點化曹子建、唐伯虎等奇品逸才，甚至使他們女裝，安置在自己心中園子裏，可以這樣推想：他把一個已經失落了的少年時代的樂園詩化和夢幻化了。

在這兩個詩化和夢幻化的空間構成之外，還存在着劉姥姥的世俗空間，它以陌生的、驚奇的、欽羨的眼光觀看到那個詩與夢的空間，造成另一種意義上的反差感。法國有位作家認為，為了發現美學上的現實，必須置身現實之外，例如學會用外省人的口吻談論巴黎。劉姥姥就是以鄉下人的經驗和智慧，去參酌一個貴族家庭的做派、禮教、排場和裝飾的。她為賈府帶來了曠野風光，帶來了棗子、倭瓜、野菜，帶來了歇馬涼亭上標致女鬼的傳説，也帶來了鄉里老嫗自嘲自虐的逗樂。處在詩與夢的另一世界的林黛玉稱她為「母蝗蟲」，而劉姥姥則乘着醉意，闖入小姐繡房般的怡紅院，扎手舞腳地仰臥在寶玉的床上，鼾聲如雷，弄得滿屋酒屁臭氣。雅俗兩個世界的片刻交叉，爆發出別有一番滋味的喜劇感。帶點泥土味的世俗世界，比起那個貴族氣的詩與夢的世界，雖然卑微，卻具有更為堅韌的生命力。

任何敘事角度都是有局限的，知局限而對視角進行限制，對敘事空間進行調度和操作，才可能出現焦點和非焦點之別。《紅樓夢》對敘事空間進行操作的一種常見方式，是以人事的離合調動空間的趨避和轉移。比如第四十七、四十八回呆霸王薛蟠向柳湘蓮調情遭打，想外出做生意躲羞，便轉換出香菱入大觀園向黛玉學詩的敘事空間，把大觀園雅集吟詩的事體逐漸推向高潮。第五十一回襲人母親病逝暫離大觀園，就轉換出描寫晴雯的空間，出現了病補雀金裘這樣閃爍着生命光焰的情節。第五十五回鳳姐小產臥病，便轉換出探春協理家政的空間，顯示了十二釵中另一位女強人駕馭奴僕、整理家務的才能。

這種一避一趨的敘事空間操作至關全局者，是第三十七回到第七十一回賈政離京赴任學差。這項歷時三四年、歷書三十四回的空間調度，調走了賈政的理學禮儀空間，調來了賈寶玉的「任意縱性遊蕩」的自由空間。他離京的同一回，即有寶玉與群芳締結海棠詩社，把大觀園推向一個詩的世界；他回京後的兩三回，即發生了抄檢大觀園的巨變，促使大觀園走向詩社雲散、群芳零落的蕭條境地。很難設想在略交優伶就要笞撻幾死的那條鞭影下，會有「琉璃世界白雪紅梅」那種審美靜觀，會有「脂粉香娃割腥啖膻」那種名士瀟灑，會有「不了情暫撮土為香」那番閒心，會有「壽怡紅群芳開夜宴」那番熱鬧。後四十回也有過類似的空間操作，比如第九十七回至第一百零二回賈政外放江西糧道，但續補者到底較熱衷於功名和仕途，讓賈政辭行時叮囑「明年鄉試務必叫他（寶玉）下場」，又追蹤賈政到糧道任上窺視官場弊端，這就減弱了前八十回的灑脱和空靈。空間操作上一趨一避、一虛一實，在敘事技巧的表層下面，實際上隱藏着文化心理的趨避和選擇，它在本質上把空間人文化了。

時間在《紅樓夢》，也具有濃郁的人文色彩。它有意無意地混亂了某些時間的自然刻度，增加了時間的自由度，從而使時間這個無情的命運製造者，與大觀園人物進行有情的碰頭。大觀園人物的歲數有點恍惚和矛盾。尤其寶、黛、釵等主要人物，以及賈母、巧姐這一老一少。揆諸常理，主要人物和至老至少者，應該年歲最有準頭才是，問題偏出在這裏，就不能簡單地以紕漏視之。賈母初見劉姥姥，自稱對方的七十五歲「比我大好幾歲呢！」這是以稱讚對方硬朗和自歎「老廢物」的方式，而從對方奉承自己福壽雙全中獲得貴族式的精神滿足。其後不到兩年，賈政從學差任上回京復命，已是賈母的八旬大慶了。這是牽合賈政回京和賈母祝壽所攝下的「全家福」影像，既給前面線頭紛紜的敘事以一個扭結，又借壽禮的排場奢華，鳳姐偷押賈母金銀傢伙應付虧空，隱示着賈府的末運。在敘事者心目中，人情世態、家族命運和詩學情趣的位置，是遠高於時間刻度的準確性的。這種時間態度，必然導致時間的自由化和人文化。

《紅樓夢》對時間的人文化或人文時間的重視，主要表現在兩個方面：一是歲時風俗，二是生日聚會。歲時風俗在第十八回的元宵省親，第三十一回的端陽賞午，第五十三回的除夕祭祖，第七十五回的中秋拜月，都有所點染。但寫得最有詩趣的是第二十七回芒種餞花神：「尚古風俗，凡交芒種節的這日，都要設擺各色禮物，祭餞花神。言芒種一過，便是夏日了，眾花皆謝，花神退位，須要餞行。閨中更興這件風俗，所以大觀園中之人，都早起來了。那些小孩子們或用花瓣柳枝編成轎馬，或用綾錦紗羅疊成干旄旌幢的，都用彩線繫了。每一棵樹、每一枝花上，都繫着這些物事。滿園裏繡帶飄搖，花枝招展。更兼這些人打扮的桃羞杏讓，燕妒鶯慚，一時也道不盡。」正是在以歲時風俗使人與自然結緣中，出現了滴翠亭薛寶釵揮扇追撲玉色雙蝶，埋香塚林黛玉泣祭落花而成《葬花吟》這些人與詩交融的瞬間永恆。

生日描寫，成了《紅樓夢》中青春的慶典，落筆搖曳多姿。庚辰本第四十三回脂批道：

看他寫與寶釵作生日後，又偏寫與鳳姐作生日。阿鳳何人也，豈不為彼之華誕大用一回筆墨哉。只是虧他如何想來，特寫於寶釵之後，較姐妹勝而有餘；於賈母之前，較諸父母相去不遠。一部書中，若一個個只管寫過生日，復成何文哉。故起用寶釵，盛用阿鳳，終用賈母，各有妙文，各有妙景。

做生日是能顯示人的生存狀況的，比如寶釵的十五歲生日，鳳姐揣摩到賈母喜她穩重和平，就操辦得比林黛玉的例多增些，這都可以看出人物地位、身份、恩寵的高低和微妙變化。然而這則脂評忽略了堪稱一時盛事的寶玉生日。探春等人數説賈府諸人的生日，竟然寶玉、薛寶琴、平兒、邢岫煙同一生日，黛玉、襲人的生日與花神同生於二月十二日，即花朝。這種生日的巧合，顯然是以人文趣味支配了時間刻度。同時每個生日少不了一番宴飲遊樂，寶玉等人的生日先是在紅花圃拈鬮行酒令。寶玉向寶釵唸出舊詩「敲斷玉釵紅燭冷」，已是不祥之兆，更何況香菱又補了一句古詩「寶釵無日不生塵」。晚間在怡紅院抽花名籤酒令，寶釵抽得牡丹、黛玉抽得芙蓉花等等，已象徵了人物的風姿、命運，豈料又收到「檻外人」妙玉的拜帖，談論到「檻外人」之號，是由於她認為自漢、晉、唐、宋以來皆無好詩，只有「縱有千年鐵門檻，終須一個土饅頭」兩句好。當生日慶典沉浸在人倫交際，古詩曲解和命運暗示中的時候，人生時間刻度就轉化為一種人文時間了。

時空組構上真與幻、虛與實、主觀與客觀的相互交叉推移，給《紅樓夢》的敘事結構提供了無論人生視境的廣度上還是哲理思考的深度上都極富彈性的框架。這個框架所釋放出的一些結構性人物，同時也具有哲學的意蘊。甄寶玉作為核心人物賈寶玉相對應的幻象性人物的意義，當然比他作為結構性人物更為重要。但是自從第二回賈雨村和冷子興談論榮國府時，提到他頑劣廢學、又聰敏文雅的品性，在其後的一些回目中他若隱若顯地作為一個神秘的存在，與賈寶玉幻中弄幻，影中弄影。尤其是第五十六回江南甄家進宮朝賀，來訪時説到兩位寶玉模樣、性情相仿，其後賈寶玉夢入甄家花園，卻聽見甄家公子説自己夢入京師賈府花園，被賈府丫頭罵為「臭小子」。這種夢中夢，實在是把任何時空框架都打破了。續補的第一百十五回讓甄、賈寶玉見面，賈自稱是至濁至愚的頑石，請甄講超凡入聖道理以洗俗腸，不料聽到的是為忠為孝、經濟文章的説教，遂認為「這樣人可不是個祿蠹麼？只可惜他也生了這樣一個相貌。我想來有了他，我竟要連我這個相貌都不要了」。如此安排，不一定符合原作者的意思。但它別具匠心地對比着兩種人生模式，使寶玉與其影子分裂，倒也不無護花主人評點的「深合『我相非相』妙義」的意味。

這種形影真幻之間分則相合、合則相分的顛倒錯綜，形成了一條貫穿《紅樓夢》結構的中軸線。

結構意義和哲學意義同樣重要的兩個人物，是甄士隱和賈雨村。根據開卷第一回的「作者自云」，甄士隱即「真事隱去」，賈雨村即「假語村言」，乃是本書創作原則的諧音性象徵。然而他們在與賈府若即若離的糾葛中，卻成為有哲理意蘊的結構性人物。賈雨村代表着賈府與官場的聯繫，走了賈家門路出任金陵應天府，頭一件事就是把薛蟠搶奪香菱的人命案判成了葫蘆案；其後又為賈赦訛詐名貴扇子，弄得扇子主人傾家蕩產；但是當賈府事發之時，他為了洗刷自己，下井投石，促成了賈府被抄沒家產。如果說賈雨村是聯繫着賈府興衰之威勢的俗物，那麼甄士隱就是闡釋着賈府興衰之玄理的高士。甄士隱自從第一回參悟和注解了跛足道人《好了歌》，為《紅樓夢》留下主題旋律之後，他就飄然離去了那個「亂烘烘你方唱罷我登場」的凡俗世界，他留在這世界的惟一痕跡便是女兒英蓮流落薛家，成了大觀園中的「詩呆子」（即香菱）。但是在續補的第一百零三、第一百二十回，他又一派仙風道骨在急流津覺迷渡口草棚與賈雨村聚首，談論寶玉的情迷與豁悟，「從此夙緣已了，形質歸一」。於是由甄士隱夢見茫茫大士、渺渺真人攜帶寶玉到太虛幻境掛號下世，到甄士隱重入太虛幻境，見那一僧一道攜寶玉重歸青埂峰下，這在全書形成了一個嚴密的反鎖結構，一個契合天地循環結構的偉大的「圓」。其後又是小說外的小說，空空道人帶石頭奇文找賈雨村，賈雨村讓他找悼紅軒的曹雪芹。空空道人擲下石頭奇文，仰天大笑：「果然是敷衍荒唐，不但作者不知，抄者不知，並閱者也不知，不過遊戲筆墨，陶情適性而已。」這便在天與人之間，在真真假假的推移和荒唐辛酸的幻想中，把結局推到與開卷相呼應的準神話的境界。它成了小說結構的完成，又成了小說結構的消解。於是《紅樓夢》的人書與天書的詩意融合，既成了一個偉大的完成，又隱含着一個偉大的未完成：原作者未完成，補作者為之完成；原作補作在完成中包含着未完成，有待於一代復一代的讀者在一種永不能說完成的狀態中追求完成。

注釋：

〔一〕《護花主人總評》，《紅樓夢（三家評本）》，上海古籍出版社一九八八年版，第十三頁。

〔二〕〔法〕陳慶浩編著：《新編石頭記脂硯齋評語輯校增訂本》，中國友誼出版公司一九八七年版，第一五八、二四八、二七九頁。

〔三〕高承：《事物紀原》卷九「影戲」條。

〔四〕吳自牧：《夢粱錄》卷二十「百戲伎藝」條。

〔五〕吳騫：《拜經樓詩話》卷三。

〔六〕《史記·殷本紀》第一冊，中華書局點校本，第九十一頁。

〔七〕《莊子集釋·知北遊》，《諸子集成》第三冊，中華書局一九五四年版，第三三〇頁。

〔八〕太平閒人張新之第十七回夾評，《紅樓夢（三家評本）》，上海古籍出版社一九八八年版，第二五九頁。

第十一講

《紅樓夢》與五四小說

一、在「神聖施、曹，土芥歸、方」思潮中

《紅樓夢》是中國古典小說中最偉大的一部，它以空前的藝術高度，巨大的魄力和才情，寫下了中國封建社會和封建世家的衰敗史，寫下了封建階級的一代叛逆者的哀痛欲絕的愛情悲劇。作為一個藝術里程碑，《紅樓夢》是中國古典現實主義的皇冠，代表着中國小說的光榮，也影響了後世小說的命運。

它是這樣一部奇書：由於它巨大的藝術成就，引起後世學者興趣不衰的研究和後世作家層出不窮的仿效。可以說，在中國小說史上很難找到第二部書像《紅樓夢》這樣聚訟紛紜和影響深遠。也許作者早有預感吧，他在該書的寫作「緣起」中便寫下這樣惆悵的話：「滿紙荒唐言，一把辛酸淚。都云作者癡，誰解其中味？」一個半世紀以後，魯迅這樣概括後人對《紅樓夢》的態度：「單是命意，就因讀者的眼光而有種種：經學家看見《易》，道學家看見淫，才子看見纏綿，革命家看見排滿，流言家看見宮闈秘事……」[一]一部偉大作品對後世的影響，固然起因於作品本身的思想和藝術，同時又取決於後人的文學眼光和當時的文化思潮。《紅樓夢》問世以後，中國封建社會已進入末世。士大夫階級的才子們胸中填塞着一種頹廢沒落之感。他們雖然用了《紅樓夢》的筆調，去寫優伶和妓女的悲歡離合，纏綿悱惻，使人情小說得以延續，但其審美趣味日趨卑下，不知愛情之中尚有神聖的光亮，一味以溫情脈脈的詞藻去點綴顛倒迷離的性色，形成一股自狹邪小說至鴛鴦蝴蝶派小說的創作頹流。自《紅樓夢》一變而為狹邪

小說，再變而為鴛蝴派小說，反映了中國小說的現實主義精神的異化。魯迅對此頗有感慨，說「人情小說的末流至於如此，實在是很可以詫異的」〔二〕。這些末流小說家拚命地與《紅樓夢》攀親戚，把他們的小說起名為《品花寶鑒》、《青樓夢》之類，又把其中的主人公稱為「怡紅後代」，但是他們只是取其枝節而加以惡化，把《紅樓夢》的主旨和精神棄如敝屣了。

五四小說的出現，代表着《紅樓夢》現實主義傳統的復歸。魯迅說過：「自從十八世紀末的《紅樓夢》以後，實在也沒有產生甚麼較偉大的作品。」〔三〕五四小說以其革命精神和藝術探索，力挽清末民初那股異化《紅樓夢》現實主義的狂瀾，打破了中國文學的這種長期不景氣的局面，堪稱「文起百年之衰」。自然，五四時代與《紅樓夢》的時代大不相同了。如果說，清代以《紅樓夢》為代表的一批傑出小說是中國封建末世，一些擅長思考，富有才情的社會力量，雖然被嚴酷的反動政權禁錮着，卻正好在受壓制較少的文藝領域內找到了出路；那麼五四小說則是中國民主革命的轉折期，精力蓬勃的時代在文藝領域找到了噴火口，發出輝煌的火焰。時代為五四時期的小說家們提供了重新理解《紅樓夢》的新的歷史條件。可以說，從來沒有一個小說家像魯迅等作家那樣深刻地把握了《紅樓夢》的現實主義實質和它的創新精神。我們只需讀一讀梁啟超的《譯印政治小說序》，其中說「述英雄則規畫《水滸》，道男女則步武《紅樓》，綜其大較，不出誨盜誨淫兩端」，就可以知道，晚清這些把小說抬舉到「文學之最上乘」的人物，對《紅樓夢》何等的不理解。同時可以反證出，五四新文學運動的優秀作家們是《紅樓夢》精神的真正知音和繼承者。

五四文學革命的倡導者往往喜歡把這場文學運動類比為歐洲的「文藝復興」，儘管這種比擬有所偏頗，但它給人兩個突出的印象，即一，他們要打破傳統文學的限制，開創一部新的文學歷史；二，他們要重新估定以往文學的價值，把那些長期為人貶抑的真文學的精神「再生」起來。因此，一代名著的《紅樓夢》就不能不為眾所矚目。五四文學革命者重新評價《紅樓夢》，大體可分為兩個階段，第一個階段為一九一七年到一九二〇年，他們提倡新文學，反對舊文學，提倡白話文，反對文言文，因此《紅樓夢》也就被視為白話文學的白眉和圭臬，作為他們「白話勝於文言」的重要例證。胡適在《文學改良芻議》中說：「今人猶有鄙夷白話小說為文學小道者。不知施耐庵、曹

紅樓夢怡紅院(天津楊柳青年畫)

雪芹、吳趼人皆文學正宗，而駢文律詩乃真小道耳。」陳獨秀在《文學革命論》中也把曹雪芹稱為「蓋代文豪」，重複了同樣的意見：「吾惟以施耐庵、曹雪芹、吳趼人為文學正宗。」錢玄同也同意這一點：「弟以為舊小說之有價值者不過施耐庵之《水滸》，曹雪芹之《紅樓夢》，吳敬梓之《儒林外史》三書耳。」〔四〕當時的文學革命論者多有崇尚西洋文學，輕視傳統文學的偏頗，惟獨對《紅樓夢》等古典小說的讚揚是一致的，甚至有一種「神聖施（耐庵）、曹（雪芹），而土芥歸（有光）、方（苞）」的趨向。這種傾向主要是從肯定白話文學的傳統上着眼的。胡適後來把這一點發揮得更為清楚：「試問我們今日居然能拿起筆來做幾篇白話文章，居然能寫得出好幾百個白話的字，可是從甚麼白話教科書上學來的嗎？可不是從《水滸傳》《西遊記》《紅樓夢》《儒林外史》等書學來的嗎？這些白話文學的勢力，比甚麼字典教科書都還大幾百倍。……我們今日要想重新規定一種『標準國語』，還須造無數國語的《水滸傳》《西遊記》《儒林外史》《紅樓夢》。」〔五〕正因為他們多從語言形式看問題，所以對《紅樓夢》的論述多與《水滸》等古典名著並列，籠統道之，並沒有對作品的思想藝術成就進行深入的探究。只有周作人從人文主義的角度，指出《紅樓夢》是「夠資格」的「平民文學」。他認為：「在中國文學中，想得上文所說理想的平民文學，原極為難。因為中國所謂文學的東西，無一不是古文。被擠在文學外的章回小說幾十種，雖是白話，卻都含有遊戲的誇張的分子，也夠不上這資格。只有《紅樓夢》要算最好，這書雖然被一班無聊文人學壞成了《玉梨魂》派的範本，但本來仍然是好。因為他能寫出中國家庭中的喜劇悲劇。」〔六〕可以說，周作人早期對中國古典小說的態度比胡適等人更為苛刻，他把不少小說都歸入「非人的文學」加以反對，如把《封神傳》《西遊記》等歸入「迷信的鬼神書類」，把《聊齋志異》等歸入「妖怪書類」，把《水滸》等歸入「強盜書類」，把《三笑姻緣》等歸入「才子佳人書類」，認為都是人間本位上「不合格」的文學，在「主義」上加以排斥。惟獨對《紅樓夢》（可能還有《儒林外史》）另眼看待，認為它在「人間本位主義」上有與新文學相同的東西〔七〕。總的說來，早期新文學的倡導者對《紅樓夢》的偉大成就是推崇的，但他們的所見多在語言形式，加上當時的小說家為數寥寥，所以《紅樓夢》對創作的影響是不多的，這種情況在一九二〇年以後才有了根本的變化。

一九二〇年底、一九二一年初，新文學界對《紅樓夢》的理解進入新的階段。魯迅從一九二〇年起在北京大學等高等學校講授中國小說史課程。同年，吳宓發表了《紅樓夢新談》，佩之發表了《紅樓夢新評》，以一個「新」字為題，標誌着論者的標新立異，也表明西方學術思想和文藝思潮進入《紅樓夢》研究領域。次年，胡適發表了著名的《紅樓夢考證》，對《紅樓夢》的作者、家世、版本諸問題作了較有系統的考證工作，成了「新紅學派」的開山。到一九二三年俞平伯出版《紅樓夢辨》，顯示了「新紅學派」的實力。在創作界，一九二一年以後，中國新文學的各種社團，如文學研究會和創造社，紛紛成立，各流派的小說家也成倍出現。《紅樓夢》的思想、藝術營養，也就為各派的新小說家所吸收，促進了新文學的成熟和發展。其中，與當時文學思潮聯繫最為密切的，有三種觀點。第一，魯迅從本質上闡述了《紅樓夢》現實主義的特點，指出：「至於說到《紅樓夢》的價值，可是在中國小說中實在是不可多得的。其要點在敢於如實描寫，並無諱飾，和從前的小說敘好人完全是好，壞人完全是壞的，大不相同，所以其中所敘的人物，都是真的人物。總之自有《紅樓夢》出來以後，傳統的思想和寫法都打破了。」〔八〕這樣魯迅就為新文學的現實主義找到了一個古老的典範，確定了一套基本的原則。魯迅小說的創作原則和他對《紅樓夢》的這些論述在精神上是一致的，這一點我們以後再詳加論證。第二，五四時期一些作家基於對人生的探索，寫了不少「問題小說」，他們也從《紅樓夢》得到一些藝術啟發。佩之的《紅樓夢新評》說：「一部《紅樓夢》，他的主義，只有批評社會四個大字。」他指出，這部小說提出了許多社會問題，諸如「婚姻問題，納妾問題，子女教育問題，弄權納賄問題，作偽問題」等等〔九〕。這些問題正是五四小說所異常關注的。茅盾在時隔半個多世紀以後，還高度評價了《紅樓夢新評》以「批評社會」四個大字去概括《紅樓夢》的主旨，認為「這篇論文的立場、觀點，與『禮拜六派』（當時《小說月報》的主要撰稿者）完全相反。這篇論文對《紅樓夢》的分析，簡明扼要，精闢新穎，在當時可說是空前的。」〔十〕第三，把《紅樓夢》看做「自敘傳」的作品。這本是「新紅學派」的核心觀點，胡適在《紅樓夢考證》中說：「《紅樓夢》明明是一部『將真事隱去』的自敘的書」，曹雪芹即是《紅樓夢》開端時那個深自懺悔的「我」。俞平伯在《紅樓夢辨》進一步論證了這個觀點。自然，胡、俞的實驗主義的研究方法是非科學的，他們的結論也帶有極大的偏頗，但是把小說視為「自敘傳」的觀點也是與五四文學思潮相聯繫的。五四時代是一個抒情氣氛很濃的時代，許多作家的小說都表現出主觀抒情的色彩，他們多在小說中寫自身的經歷的內心的感受，因此他們對「自敘傳」式的小說很易發生共鳴。外國的自敘傳小說如盧梭的《懺悔錄》、哥德的《少年維特的煩惱》、屠格涅夫的《初戀》，都引起一些小說家的狂熱喜愛和模仿，在這樣一種風氣之下，他們也就對那種把《紅樓夢》當做作者的「自敘傳」的說法表示同感。由此可見，五四時期的作家是從不同角度來吸取養分的，其中的大多數人並非把《紅樓夢》作為一種學問來進行全面、科學的研究，而只是從中獲得藝術的啟示和修養。

還有一點值得注意的是。五四新文學運動是在外國進步的文學思潮的推動下發生的。許多作家都自覺學習西方的優秀文學作者，如魯迅之於果戈理、契訶夫，冰心、王統照之於泰戈爾，郁達夫之於盧梭、屠格涅夫，郭沫若之於歌德、惠特曼，都有許多重要的論述供我們研究。相反，他們對於中國傳統文學的吸收往往帶有自發性，他們生活在民族傳統文學的環境之中，許多人自小便喜讀說部，對舊學造詣頗深，執筆為文，也就自然而然地帶有傳統文學的印痕。但是，除了魯迅明確談到《儒林外史》對他的影響，郁達夫談到《花月痕》《西湖佳話》對他的影響，廢名談到唐詩對他小說的意境和用筆的影響之外，許多作家很少談到古典小說對自身創作的直接影響。他們對《紅樓夢》的意見也多是零零碎碎，《紅樓夢》對他們小說的影響也深淺不一。但是由於各人的個性不同，趣味殊異，把這些零零碎碎的意見集中起來，幾乎涉及《紅樓夢》思想藝術的各個側面。由此我們便可以知道，這部古典名著對五四小說的影響是何等廣泛而千姿百態了。

二、「正因寫實，轉成新鮮」和悲劇文學形態

《紅樓夢》這部自稱本着「按跡循蹤，不敢稍加穿鑿，至失其真」的寫實精神的曠世傑作，向後世文學提供了一個光輝的典範：描寫作家熟悉的平凡生活場面，能夠達到巨大的歷史深度。《紅樓夢》以前的長篇小說，多寫英雄豪傑，即半神化的人物，其中的佼佼者如《三國演義》是歷史英雄的史詩，《水滸傳》是綠林好漢的史詩。《紅樓夢》改變了人們的文學觀念，它寫平平常常的人，寫封建貴族，寫叛逆者，也寫丫鬟奴僕，卻深刻地反映了整個時代的社會變遷和心理情緒，成了獨具一格的社會生活的史詩。五四時期以魯迅為代表的一批作家，正是沿着這個方向推進了現實主義文學的發展，把下層人民生活的真實描寫與現實主義的深化結合起來的。可以說《紅樓夢》是從描寫半神半人的古典小說發展到描寫真實的民眾的現代小說的一個中間環節。

《紅樓夢》第一回寫道：本書「並無大賢大忠理朝廷治風俗的善政」，所寫的只是「我這半世親見親聞的幾個女子」，它不隨意拔高任何人物，也不把誰臉譜化，「只是按自己的事體情理，反倒新鮮別致」。正是在這一點上，魯迅高度讚揚《紅樓夢》「敘述皆存本真，聞見悉所親歷，正因寫實，轉成新鮮。」[十二] 魯迅是堅持這條現實主義原則的。他的《吶喊》《彷徨》中的人物故事，多取材於親見親聞的平凡人生，並且經過多年的潛觀默察，思考消化，然後本其真，寫其實，寫出一個個平凡而真實的人物，寫出一篇篇耐人咀嚼、傳世不衰的藝術珍品。無論《社戲》中的阿發，《故鄉》中的閏土，《在酒樓上》的呂緯甫，《孤獨者》中的魏連殳，《孔乙己》中那個迂腐窮酸的老童生，《阿Q正傳》中那個精神勝利的浮浪者，都可以從作者的友人、親屬、鄰居、甚至作者自身找到某些影子。他的作品從來不「謀虛逐妄」，不「稍加穿鑿」，而是處處依照現實生活的客觀邏輯，按跡循蹤，以求其真，顯示出一個偉大的現實主義作家對生活的高度真誠。他本來對唐代的歷史和文化已有深刻的研究，對歷史小說《楊貴妃》也打好了腹稿，但到西安實地考察小說的環境，看了曲江灞橋，碑林雁塔後，把「原有的一點印象也打破了」，終於不願再寫這部小說。三十年代他很想寫一部反映紅軍生活的《鐵流》式的中篇，但也因為沒有處於戰鬥生活的漩渦

而擱筆。魯迅總是把藝術上的創新和描寫平凡的親歷的題材聯繫起來的，《紅樓夢》所提供的「正因寫實，轉成新鮮」的經驗，是貫穿《吶喊》《彷徨》的基本的藝術原則。他小說中的人物總是把真實性、平凡性和普遍性結合在一起的，正如曹雪芹寫出高度真實的賈寶玉、林黛玉，就打動了千百多情的男女一樣，阿Q、閏土、祥林嫂、孔乙己是永遠使人難忘的典型。當時就有人說：魯迅小說中「有的只是些極其普通極其平凡的人，你天天在屋子裏在街上遇見的人，你的親戚，你的朋友，你自己」〔十二〕。自然，魯迅和曹雪芹時代不同了，他對人生的觀察也隨時代的發展而前進了，他探索了辛亥革命後的農民、知識分子和革命者，眼光比曹雪芹更為接近下層，更富批判性和更具有革命性。但是，曹雪芹以絕世的才華寫出封建世族上至老爺公子、下至丫鬟奴僕的真實而平凡的生活，魯迅以無比的深刻寫出農村社會和知識階層的真實而平凡的人生，他們都揭示了時代潛流的必然趨勢，他們的小說都帶有社會史詩的價值，成為我們民族不可或缺的典籍。

由於《紅樓夢》本着描寫平凡人生之真相的新觀念，它在此基礎上所形成的悲劇形態對五四作家也有深刻的啟示。魯迅的悲劇觀在淵源上說，自然和果戈理的小說有密切關係，他曾經稱讚果戈理小說所寫的是「幾乎無事的悲劇」〔十三〕。同時，我們也可以說魯迅小說的悲劇觀是與《紅樓夢》一脈相承的。王國維曾經說過，《紅樓夢》是悲劇之中的最上乘者，它的悲劇結局是「由於劇中之人物位置及關係而不得不然者，非必有蛇蠍之性質和意外之變故也」〔十四〕。「有蠍蛇之性質和意外之變故」，是一種奇特的悲劇；「由於人物位置及關係而不得不然」，是一種平常的悲劇。所以魯迅說：「《紅樓夢》中的小悲劇，是社會上常有的事。」〔十五〕何以《紅樓夢》能夠寫出這種真正的社會悲劇呢？魯迅認為：「其要點在敢於如實描寫，並無諱飾。」〔十六〕這就和魯迅反對「瞞和騙」的文學，要求作家取下假面，真誠地，深入地，大膽地看取人生並且寫出它的血和肉來相一致了。正是由於曹雪芹毫無諱飾地描寫了封建階級叛逆者的「離合悲歡」，封建世族的「興衰際遇」，也就打破了以往才子佳人小說的「團圓主義」結局，把中國古典小說的悲劇藝術提高到一個新的水平。魯迅小說是以深廣的憂憤作為基本格調的，其中那些最優秀的篇章寫的是正常悲劇。趙太爺不許阿Q姓趙，並非和阿Q有甚麼宿世冤仇；假洋鬼子不許阿Q革命，也不是因為他有甚麼特別的「蛇蠍性質」。他們的所作所為完全是他們在社會關係中的地位使然的。有未莊這種宗法制的農村，就必然有上至趙太爺、下至村民們的門閥觀念；有辛亥革命某種「換湯不換藥」的革命缺陷，就必然使假洋鬼子這樣的沉渣泛起，而不能把沉滓盪滌盡淨。阿Q的悲劇乃是一種封建關係盤根錯節的農村社會在一場流產了的革命中的必然產物，更勿論阿Q自身的精神勝利法使他身在悲劇之中而渾然不自省了。《祝福》中的祥林嫂踏實，勤謹，能以耐苦的精神承擔生活的負荷，感情溫厚而不多愁善感，是舊中國農村大量存在的婦女典型。正是這種普遍性的性格，在舊中國通常的生活秩序中，一步一步地完成它正常的悲劇發展。魯四老爺並非歹徒，恰是這個社會的道德化身；柳媽也不是奸險人物，恰是這個社會中典型的「善女人」。他們是「有其主必有其僕」，寫其僕是為了寫其主的。柳媽所講的陰司故事，表現出主僕間「不淨觀」的一致性。不是另設的奸邪人物，恰是這種社會環境形成一種與祥林嫂根本對立的敵對的強大體制力量、風俗力量和精神力量，摧毀了她的一切物質生活條件，也摧毀了她的各種精神生活防線。祥林嫂不僅被視為與魯四老爺不同的下賤之物，而且被視為與柳媽不同的「不乾不淨」的女人，終於帶着人生的不幸與靈魂的不幸離開人世，甚至在離開人世後仍被視為不祥的「謬種」。由此可見，魯迅小說的人物與《紅樓夢》是不同的，阿Q不是賈寶玉型，祥林嫂不是林黛玉型，但其小說的悲劇藝術與《紅樓夢》有許多共同點：一，它們都不把悲劇的成因歸於個人的謬誤，而歸於社會歷史性的謬誤；二，這種悲劇都不是單重的，而是雙重或多重的；三，這種悲劇的世界是一個嚴肅的世界，它教導人們睜了眼睛正視現實，正視社會的醜惡現象和複雜的矛盾，正視改造世界的必要性和痛苦性。這種深刻而莊嚴的悲劇藝術，乃是只有少數幾個世界藝術大師才能達到的境界。因此，魯迅對舊中國農村下層關係的刻畫，堪與《紅樓夢》對封建末世貴族生活的刻畫，從「並無諱言」地如實描寫上，並列為中國小說史上的「雙絕」。

魯迅對《紅樓夢》的創新精神極為重視，他縱觀中國古典小說的歷史發展，做出了這樣具有高度歷史感和科學性的結論：「自有《紅樓夢》出來以後，傳統的思想和寫法都打破了。」五四時代是一個革舊鼎新的大時代，創新精神是五四時代的基本精神之一。魯迅的這種結論不僅具有歷史感，也具有時代感，他在一篇宣言性的文藝論文中說：「沒有衝破一切傳統思想和手法的闖將，中國是不會有真的新文藝的」，「早就應該有一片嶄新的文場，早就應該有幾個兇猛的闖將！」〔十七〕聯繫該文對《紅樓夢》原作者和續作者的軒輊，可以說魯迅在呼喚出現幾個現代的曹雪芹。魯迅是真正的創新論者，一方面他繼承了《紅樓夢》的成功經驗，包括它衝破傳統的「瞞和騙」，敢於如實描寫人生真相；它衝破傳統文學的「團圓主義」，敢於寫常見的社會悲劇；它衝破傳統文學畸善畸惡的「性格單一化」的傾向，描寫多樣而複雜的「真的人物」。魯迅是真正的創新論者，另一方面他取《紅樓夢》的創新精神而不拘泥於枝枝節節的手法，而是大膽地在新的生活土壤上創造出新的藝術，從而成了現代小說之父。他不像清末民初那些末流作家那樣，學《紅樓夢》只學言情，他雖然寫過一篇愛情小說《傷逝》，旖旎和纏綿之處足以步武《紅樓夢》，但他並沒有讓心中人逝去的涓生出家當和尚，而是讓他「用了遺忘給子君送葬」，「向着新的生路跨進第一步去」。而且他把真實而平凡的農民引進小說創作的中心位置，不僅是《紅樓夢》的時代所沒有的事，而且晚清一千餘種小說中也「竟沒有一本反映農民生活的書」〔十八〕。魯迅小說對中國傳統的社會結構和心理結構的批判是空前深刻的，他小說格局的獨創、表現的真切和格調的沉鬱，也是以往的短篇小說中所未曾有的。從藝術創新上說，魯迅確實是把曹雪芹的事業，在新的時代要求下大大推進一步了。

三、個性思潮的解讀和汲取

《紅樓夢》是一個世界，對於這個世界的認識，是隨時代思潮和文學風氣的不同而有所變化的。五四時期的許多作家都曾聚集在個性解放的旗幟下，他們提倡「有個性的新文學」，認為「真的文學」是「能表現自己的文學」〔十九〕；他們斷言「五四運動，在文學上促生的新意義，是自我的發見」〔二十〕。在這種風氣之下，有人搜錄中國歷代作家的自敘文字，俞平伯重刊沈三白的《浮生六記》，稱之為「簡潔生動的自傳文字」；柳亞子父子集印《曼殊全集》，謂「說部《斷鴻零雁記》，世稱玄奘（蘇曼殊）自傳，雖寓言十九，亦頗資節取」，並從小說中考證蘇曼殊的身世。因此，五四時期的一些作家在《紅樓夢》中發現曹雪芹的「自我」，把它當做曹雪芹的「自懺自悔」的自敘傳來讀，也是時風使然。這種現象是不會出現在清末民初的。晚清的梁啟超等人從日本接受了「政治小說」的概念，這種「政治小說」是以啟發民眾的政治覺悟和宣傳政黨的理想為目的的，因而由職業政治家執筆是它很大的特色。受這種風氣的影響，蔡元培在《石頭記索隱》中，稱《紅樓夢》為「康熙朝的政治小說」，把書中人物通通附會為前清的皇帝或大臣、文人，遂使悼紅軒裏的曹雪芹也頗有一點政治家色彩了。因此，用「自傳說」代替猜謎式的「政治小說」的看法，乃是《紅樓夢》研究中的一種進步，魯迅在《中國小說史略》中肯定了這一點，曹雪芹把自己「身前身後」的某些經歷和見聞作為小說素材，使《紅樓夢》具有一定程度的自敘傳的色彩，這正是這部小說在中國小說史上別開生面的地方。只不過「新紅學派」把小說化了的情節等同曹氏家世的「實錄」，並把小說中的故事列入作者的年表，從而置《紅樓夢》巨大的社會思想意義和奇特的審美幻設而不顧，造成新的謬誤和「附會」了。這一點是不能與五四作家引《紅樓夢》為自敘傳小說的同調混同起來的，因為五四作家首先是適應時代的要求而創作，並從古典名著中借鑒藝術經驗的。

在五四作家中，創造社的主要分子大多主張個性的發展，內在的要求，強調文學「表現」自我的原則，排斥文學「再現」現實的原則。郁達夫說：「至於我的對於創作的態度，說出來，或者人家要笑我，我覺得『文學作品，都是作家的自敘傳』這一句話，是千真萬確的。」〔二十一〕他的大部分小說都具有濃厚的「自敘傳」色彩，大膽地描寫自己在日本留學時期受壓抑的性的苦悶心理與憂心故國命運的哀思，沉痛地申述自己歸國以後受經濟壓迫的痛苦和對社會金錢勢力的詛咒。在他的作品裏，我們常常看到作者穿着「香港布洋服」的身影和如同「喪失了夫主的少婦」一般悲戚的面容。自然，郁達夫的自敘傳小說更多的是受了盧梭、屠格涅夫作品和日本「私小說」的影響，但並不是與中國傳統文學毫無因緣。他所喜愛的《西湖佳話》就頗有抒情的筆調，而且在小學畢業後，「家裏的一隻禁閱書箱開放了，我從那隻箱裏，拿出了兩部書來，一部是石頭記，一部是六才子」〔二十二〕。《紅樓夢》的營養連同他早年所讀的一千來部外國小說一樣，養成了他日後創作小說的深厚根柢。創造社的主將郭沫若主要成就在新詩的創作，也寫過一些自敘傳小說，如《漂流三部曲》中的愛牟便是作者的化身。他和由戀愛結婚的日本妻子曉芙經濟拮据，窮愁難遣，在國內受舊家庭和髮妻的糾纏，到日本又受異民族的歧視，如失巢瓦雀，無處容身。他的小說主要受外國文學的影響，對於中國古典小說，他回憶道：少年時期，「《水滸傳》、《西遊記》、《石頭記》、《三國演義》都不曾讀完，讀完且至兩遍的只一部《儒林外史》」〔二十三〕。但這也不能說明他是自外於古典小說的滋養的。他說過：歌德「可以稱為德意志的賈寶玉」，而且「我從前做過的一些古事劇或小說，多是借着古人的皮毛來說自己的話，這層也就是西洋賈寶玉所給與我的惡影響了」〔二十四〕。這是他思想轉變後說的帶有批判意味的話，但是他把自己最崇拜的一個外國作家比作「西洋賈寶玉」，也可以從某些側面透露出他與《紅樓夢》的關係了。

廬隱是文學研究會的成員，「她的作品帶着很濃厚的自敘傳的性質」。這位女作家對《紅樓夢》評價很高，認為這部小說「足與《水滸》《西遊》相頡頏。實際上《西遊記》極幽玄奇怪之思，《水滸傳》富豪大博宏之致，《紅樓夢》饒華麗豐贍之趣，可配為天、地、人三者，誠足鼎爭學霸」。又說：「此書滔滔九十萬言，給古今東西一部人情小說的大著作，其描寫的方面，異《水滸》的智勇，別於《金瓶梅》的淫險，乃寫中國上流社會的方面，發揮兩性愛戀，及悲歡離合、嬉笑怒罵的心理狀態，並且極富個性的色彩。」在學術觀點上，她肯定舊紅學索隱派，認為「要以蔡氏之說為近情理，富證據」〔二十五〕；在小說創作上，她實際接近於把《紅樓夢》當做具有一定自敘傳色彩的作品予以師法。廬隱的一生是異常不幸的，走上人生道路之後，歷盡夫喪、兄亡、母逝、友凋之悲，家庭生活既不如意，愛情生活也幾遭波折。她自己的命運就是一首哀豔的詩歌，她自認為是「一齣悲劇中的主人公」，因此，《紅樓夢》作者在書中所滴下的辛酸淚，引起她強烈的共鳴。時人曾經指出：廬隱的作品「很濃厚的呈顯着中國舊詩詞舊小說的情調。在她早年的小說裏，她時常把這位女主角比林黛玉，把那位女主角比薛寶釵，可知《紅樓夢》這一類的書，對於廬隱的影響是很大的。這種色彩，在《海濱故人》裏最濃厚，在她以後的作品裏，才一天天地淡了」〔二十六〕。

四、對婦女和婚姻愛情問題的妙悟與誤認

《紅樓夢》除了在寫實文藝觀和自敘傳文學體式上給予五四小說以總體的影響之外，還在思想和藝術的一些具體問題上潤澤於五四小說。《紅樓夢》是一首富有哲理的真實而新穎的詩。儘管產生它的時代與五四時代遙遙然相隔一百餘年，而且是社會急劇發展的一百餘年，但是由於中國封建主義傳統的根深蒂固，《紅樓夢》所提出的社會、家庭、人生諸問題在一個多世紀後依然沒有完全過時。魯迅說：「北極的遏斯吉摩人和非洲腹地的黑人，我以為是不懂得『林黛玉型』的；健全而合理的好社會中人，也將不能懂得。」[二十七]而半殖民地半封建社會中反對封建禮教、爭取個性解放的「五四」兒女們，是理解賈寶玉和林黛玉的思想、品性以及他們的悲劇處境的。尤其是《紅樓夢》那種新穎的反傳統的戀愛觀和婦女觀，給了五四小說家反對封建禮教以深刻的啟示。

封建社會是男性中心的社會，婦女除了受社會、階級的壓迫之外，還受家庭和婚配的壓迫。因此五四時期反封建的新文學，首先注意的是婦女題材。易卜生的一齣《傀儡家庭》成了五四時期影響最大的外國戲劇，它所提出的婦女地位和個性解放問題立即引起五四文壇的強烈反響，當時探究人生究竟的「問題小說」，大量的是探索婦女地位和命運。現實主義作家魯迅寫了《明天》和《祝福》，葉聖陶寫了《一生》，揭示了政權、神權、夫權重重枷鎖下勞動婦女的悲慘命運。五四時期婦女問題的探索，是與同情弱者的人道主義、反對封建枷鎖的個性解放主

牡丹亭豔曲警芳心（天津楊柳青年畫）

義相聯繫的。《紅樓夢》這首中國古典小說最熱情、最有才情的婦女頌，自然成了五四作家擷取民主思想和人道主義精神的寶庫。五四時期最著名的女作家冰心，一貫關心婦女的命運，後來寫了小說散文集《關於女人》，卷首有一篇《抄書代序》，便是錄《紅樓夢》第一回的大段話：「……風塵碌碌，一事無成。忽念及當時所有之女子，一一細考較去，覺其行止識見，皆出我上。……（中略）我雖不學無文，又何妨用假語村言，敷衍出來，亦可使閨閣昭傳，復可破一時之悶，醒同人之目，不亦宜乎……」這段引語，可以說是全書的主旨所寄。不要忘記，冰心少年時期並不喜愛《紅樓夢》，曾經說過：「到了十一歲，我已經看完了全部《說部叢書》，以及《西遊記》、《水滸傳》、《天雨花》、《再生緣》、《兒女英雄傳》、《說嶽》、《東周列國志》等等。其中我最喜歡的是《封神演義》，最覺無味的是《紅樓夢》。」(二十八)這裏講的是一個十歲左右的孩子的欣賞趣味，不足為奇。值得注意的是，她日後竟然大段引用《紅樓夢》，可見其中的婦女觀是如何深深地印入她的心中，引起強烈的共鳴。《關於女人》集，作者署名「男士」以一個中年男性的眼光，寫作者「半世親見親聞」的十四個女人的事蹟，歌頌中國女性的慈愛、聰明和艱苦，熱情地肯定她們在中華民族圖存救亡中的地位。用筆遒勁，一往情深。作者在寫完全書以後，又說：「世界上若沒有女人，這世界至少要失去十分之五的『真』、十分之六的『善』、十分之七的『美』。」(二十九)作者把世界上的真、善、美一大半歸於婦女，這和賈寶玉認為冰雪聰明的女子是「人上之人」，是天地間「精華靈秀」所生，簡直是如出一轍了。

由於中國封建帝制的覆滅和封建世家的崩潰，到了五四時期，像《紅樓夢》中那種「兩府佔去半條街」的「詩禮簪纓之族」和「千紅聚於一窟」的「花柳繁華之地」已不復存在了。田園派小說家廢名便把眼光轉向宗法制的寧靜的鄉村。他以「十年成一書」的功夫寫成的長篇小說《橋》，許多地方都留有《紅樓夢》影響的痕跡。大觀園的館院亭榭已經變成史家莊的茂林瓦舍。這裏雖然也有一個史家奶奶，她也一樣疼愛兒孫輩，但已經沒有賈母式的權威。程小林是《橋》中的賈寶玉，他多情泛愛，與父執的女兒史琴子訂有婚約，但在內心裏卻更愛史琴子的表妹，秀美、潑辣、且富有詩情的細竹。小說一層一層地美化細竹，使「她一舉一動總來得那麼豪華，而又自然的有一個非人力的節奏」，卻也同時使她一點一點地失去農家少女的本色，成了飄舉不群的世外仙妹。這三個鄉間少年男女的戀愛關係，令人很容易想到《紅樓夢》的寶、黛、釵。《紅樓夢》裏那種祝壽、結社的豪舉是沒有了，卻又多了中國內地農村重九登高、清明折柳的樸野風俗，賈府裏花幾千銀子治喪的場面也變成了鄉村夜色裏送死人進村廟的燈籠火把。小說的開頭講了一則海外故聞作引子，類似於《紅樓夢》在主體故事之前，先寫青埂峰下一塊「無才補天」的頑石的來蹤去跡。小說結尾，程小林在讚美少女美之後，又說：「我每逢看見了一個女人的父和母，則我對於這位姑娘不願多所瞻仰，彷彿把她的美都失掉了。尤其是知道了她的父親，越看我越看出相像的地方來了，說不出道理的難受，簡直的無容身之地，想到退避。」這種觀念和賈寶玉的喜少女、厭嫗嫗的習性，以及他所說的「女兒是水做的骨肉，男人是泥做的骨肉。我見了女兒便清爽，見了男子便覺濁臭逼人」一樣，包含着對長期「男尊女卑」傳統觀念的反撥。但是任何思想觀念都只能依其時代環境來論定意義，賈寶玉的話在他的時代如電光燭火，光亮照人，程小林只是讚美農夫的女兒，而覺得勞苦終年的農夫「難受」，又多少帶有厭惡勞動人民的傾向了。

戀愛和婚配，是五四時期個性解放問題的一個大側面。描寫自由戀愛，成了五四作家的公意；討論婚姻問

紅樓夢藕香榭吃螃蟹(天津楊柳青年畫，今藏俄羅斯)

題，成了五四作家的一個熱門。詩人宗白華說過，他和郭沫若、田漢寫《三葉集》中的書簡，「提出一個重大而急迫的社會和道德問題」，「這個問題是甚麼呢？這個問題範圍很大：簡括言之，就是『婚姻問題』；分開言之，就是：（一）自由戀愛問題；（二）父母代定婚姻制問題；（三）在這父母代定婚姻制下底自由戀愛問題；（四）從這父母代定婚姻和自由戀愛兩種衝突產生的惡果，誰負其責的問題」[三十]。在這種社會思潮底下，不僅西方的亞猛和茶花女，維特和綠蒂，受到青年男女的熱烈歡迎；寶黛的愛情以及這種愛情受到封建家長的阻撓而造成的悲劇，也依然引起人們的深切同情。王統照早年多寫愛情小說，他也是《紅樓夢》的熱心讀者。他說：「《石頭記》是讀了又讀的小說，自從看此書以後，《封神演義》早已放在我住居的窗台上不動了。這部書有更繁複的人物，有種種的對話，動作，有巧妙的穿插，與照應的筆墨，我那時哪能都看明白。然而對於它的人物，話，擺設，與變化引起我驚異的讚歎！——並不是對於作者的讚歎，雖然是年齡小，卻也知道對於其中的人物予以同情。」[三十一]這裏所講的同情，顯然是對寶、黛的悲劇遭際的同情。他在另一篇文章中，又這樣分析道：「曹雪芹的人生觀，簡單的說，就是追懷既往，而不希望將來，以為一切快樂，在將來都是要破裂的。悲哀的成分，在人生上必不可免。他這種人生觀在《紅樓夢》中表現得非常的清楚。所以凡好的文學作品，必須有他的人生觀加入在作品以內。」[三十二]對曹雪芹人生觀的這種看法是有偏頗的，但作者的這種感受是從賈府盛衰和寶黛的悲歡中得來的。王統照最早的中篇小說《一葉》，就充滿着這種悲哀和迷惘的情緒。主人公天根的描寫融有作者的某些經歷。他出身於一個破落中的官宦人家，童年時混在姊妹群中，常在花園中聽「一些少女的清談」。他與少年女友伍慧相依相戀，講故事，避戰亂，感情日深，兩心相應。但是這種如新月一樣清明的愛情，卻被伍慧以清朝遺老自居的父親所破壞。伍慧為反對家長之命而自殺，天根也抱恨離家，浪跡江湖。小說歌頌少年男女的真摯愛情，反對封建家長對這種愛情的阻撓和破壞，與《紅樓夢》有相似的思想傾向，天根所謂「甚麼是花，是光，是愛，皆是眼中的一瞬」的悲觀厭世情緒，也是同作者對《紅樓夢》的感受相通的。在短篇小說《遺音》中，我們又看到，由於封建家長從中作梗，造成青年男女婚愛相違的痛苦。中學的一個教員和一位天真未鑿的少女戀愛，並扶持這位少女上學。但少女母親死後，村人對他散佈流言，使他失去教職。家長又強令他與不曾相愛的女子結婚，遂使情人雙雙出走，天各一方。《紅樓夢》裏的愛情悲劇在五四兒女身上重演，五四時期的一些進步作家在描寫自由戀愛題材時，引曹雪芹為知音，為先行者，也是理所必然的。

後代作家雖然為《紅樓夢》中的愛情描寫所感動，但並不是每一個作家都對《紅樓夢》中寶黛愛情的真諦有真正理解。魯迅說過，《紅樓夢》的續作者和原作者相較，「比類人猿和原人之差還遠」[三十三]。這句話對清代後期的狹邪小說家、民國初年的鴛蝴派小說家是適用的，對於五四時期個別審美趣味卑下的作家也沒有失去意義。張資平是寫三角、四角戀愛的專家，他早期的小說如《飛絮》、《苔莉》，文筆清軟纏綿，思想傾向上批判封建禮教，主張自由戀愛，尚有某種程度的進步意義；但這時的戀愛描寫，已缺乏思想的光亮和哲理的深度，過多地從肉慾着眼，過多地寫人的動物性，陷入自然主義的歧途。後來的小說如《糜爛》、《愛的錯綜》和《結婚的愛》等，更是人慾橫流，色性滿紙，成了資產階級、小資產階級淫蕩男女的起居注了。張資平也是讀過《紅樓夢》的，但是他從這部古典名著中，只見纏綿，只見兩性關係。他在《上帝的兒女們》中，高呼：「不可不讀《紅樓夢》啊！這部書是中國的第一部小說。」但是他從《紅樓夢》看到了甚麼？他這樣回憶道：「嗣後便繼續讀《天雨花》，《小五義》，《紅樓夢》，《花月痕》，《今古奇觀》，《品花寶鑒》，《水滸》等。我還記得當我十二三歲時，喜歡模仿寫小說。讀《三國》《水滸》時，模仿『交馬不三合，一槍刺某於馬下』的章回體小說。讀了《再生緣》，《天雨花》，《紅樓夢》後，便模仿着寫些『遺帕遺扇惹相思』一類的章回體小說。」[三十四]《紅樓夢》的主題是以戀愛故事和貴族家庭生活兩部分為骨幹而交織成的，既寫了寶、黛、釵之間的「離合悲歡」，又寫了賈、史、王、薛四大家族的「興衰際遇」；但是張資平一個變戲法，使它只剩下了愛情故事。《紅樓夢》中寶、黛的愛情是以叛逆者的兩心相通為基礎，並閃爍着哲理光輝的；但是張資平又一個變戲法，使它只剩下「遺帕遺扇惹相思」。張資平的一個文藝觀點是：「在青年時期的聲譽慾，智識慾，和情慾的混合點上面的產物，即是我們的文學的創作。」[三十五]因此，他既讚揚《紅樓夢》，也欣賞狹邪小說《花月痕》和以淫書馳名的《留東外史》，在他眼中：《紅樓夢》＝《花月痕》＝《留東外史》＝「遺帕遺扇惹相思」。這乃是把《紅樓夢》的影響引導向末流文學的故道，是與五四文學革命的精神根本不相容的。

五、描寫手法的模仿、點化和轉型

人們的藝術追求，如同社會理想的追求一樣，是具有時代性的。五四小說家的一個注意焦點，是採取外國近代小說的手法，打破傳統章回小說和筆記體小說的藝術格局，把中國小說引向更適於表現現代人的生活和心理的境界。在這種潮流下，有人主張歐化主義，有人把西方新浪漫派作家的一些藝術手法看做最先進的手法，從而對祖國寶貴的文學遺產存在不同程度的漠視。崇洋抑中，乃是當時不少作家的藝術傾向。平心而論，《紅樓夢》可以毫無遜色地被視為中國文學史和世界文學史上第一流的藝術珍品，它在結構上的渾然天成、人物塑造上的個性鮮明和細節描寫上的纖微畢現，在世界範圍內也找不出幾部作品與之媲美。但是五四時期的不少人卻對這一點顯然估價不足，俞平伯說：「《紅樓夢》在世界文學中底位置是不很高的。這一類小說，和一切中國底文學——詩，詞，曲——在一個平面上。」〔三十六〕劉大傑也同意這種說法，雖說《紅樓夢》是中國文學中「一塊無瑕的美玉」，但依然「不能把它，同世界上第一等的文學作品，相提並論」〔三十七〕。一些作家批評他人的作品，一見有舊小說的痕跡，就力加貶斥；一些作家在談論作品的淵源時，也總是去攀援外國文學名流。文學家的這種帶有一定時代性的心理，是很值得注意的。五四作家藝術探索精神和藝術創新的衝動很強，這是值得稱讚的。但一些人只見「新」字就認為一切皆好，未免有點浮躁，或落於小家子氣。同時，五四作家大多數缺乏曹雪芹那樣的大家風度，學《紅樓夢》有時落了痕跡，把創造變成模仿，也是不足取的。儘管有這些原因，但《紅樓夢》的巨大藝術投影，還是可以在五四小說中看到的。魯迅等人吸收《紅樓夢》等古典小說的傑出手腕，對於自己小說的民族化和成熟化，起了良好的作用。五四小說創作的歷程依然證明這一點：《紅樓夢》是我們民族文學的巨大的藝術寶庫，它澤被後世，功不可沒。

吸取古典文學的營養，應該如蠶吃桑，吃進去的是綠葉，吐出來的是白絲，另具一番腸肚，不落絲毫痕跡。這裏需要消化，需要作家有一副健康的「腸胃」。楊振聲的《玉君》是五四時期有影響的中篇小說，它吸收西方近代心理學的成果，描寫夢境以揭示人物的潛意識，作了成功的探索；在吸收《紅樓夢》等古典小說的影響時，也有成功之處，如文筆的雅潔而有情致，甚是可讀，但個別地方卻未盡消化。這部小說描寫封建家庭中的新女子周玉君違反父母的意志，自擇配偶。而且在自擇配偶過程中，鄙視那種只愛「我的皮膚」的人，而傾慕於那種能愛「我的靈魂」的人。為了達到自己的理想，不惜棄家出走，以死反抗家庭的阻撓。「我要離開家庭，跑到社會裏，自己去造生活」，反映了五四女兒反對惡勢力，爭取婚姻自主的個性解放的要求。但是小說在借鑒《紅樓夢》等小說的藝術手法時，尚未能完全消化，成為自己的血肉，《玉君》問世不久，就有人指出：「此書描寫一存和玉君固然不錯，而寫興兒與琴兒（書中兩個陪襯人物）的事情也另有一番工力。但此等處，大有被《紅樓夢》暗示的樣子，最明顯不過的是興兒用一塊火石向車板上畫兩個人頭，女人頭寫了十七，男人頭寫了二十二，固然是表現興兒心事，但你能說也不像『齡官畫薔』嗎？即以玉君言之，她的風格，也有許多借影於林黛玉，所不同的地方，只是比較『近代化』些而已。興兒的期期言語。也是受《紅樓夢》影響，或者你還記得起《紅樓夢》裏一個口吃的小廝麼？」[三十八] 這些人物和細節的描寫，是受了《紅樓夢》的影響並有所點化的，我們尚不應過於苛求。但是小說讓玉君投水又為漁翁所救；為舊日的情人所誤會，終於同理想的情人、當年青梅竹馬的林一存相結合，多少是落了舊小說的窠臼了。

齡官畫薔（天津楊柳青年畫）

許地山是五四時期獨具風格的傳奇小說作家，他借鑒《紅樓夢》藝術手法的角度也與眾不同。當時的評論家佩之曾認為，《紅樓夢》「最大的缺點，是太虛幻境的幾段神話」，它的存在，使人

「覺得近於神秘派的小說，不是實有價值的書」〔三十九〕。許地山作為一個浪漫主義的作家，眼光與此決然不同，他的處女作《命命鳥》的夢境描寫取用了「賈寶玉神遊太虛境」的手法。小說描寫世家子弟迦陵與優伶之女敏明同學而戀愛。但是敏明的父親反對他們的婚事，僱用忠師破壞他們的感情。敏明憂傷無度，神情恍惚，在附近佛塔的金光底下，酣然入夢。她由一個引路使者，引進一個山明水秀的彼岸世界，使者向她解釋佛理：所謂「性」，所謂「色」，都是污濁和虛幻的。並指示她看樹上的「命命鳥」，雄性向雌性信誓旦旦，轉眼又向另一雌鳥獻媚傳情。敏明醒後，達到了六根清淨的境界。在涅槃節前夕，與迦陵攜手赴水，以解脫肉體的障礙。許地山對敏明夢境的描寫，是摻進近代心理學的因素了，但是這種夢境從內容到形式都同警幻仙姑帶賈寶玉走進太虛幻境，對他稍洩天機，用「色即是空」的佛理，來警其癡頑，是極為相似的。另一篇小說《換巢鸞鳳》寫一個綠林好漢與一位知州的女兒的愛情。他們在州衙的花園裏以詩射覆，多用《千家詩》和「唐詩」的名句，也能因所用的詩句見出其才情、胸襟、性格和心境，這和《紅樓夢》中行酒令、結詩社的描寫具有相類似的藝術手法。正如沈從文所指出的那樣：許地山的小說「用的是中國的樂器，是我們最相熟的樂器，奏出異國的調子」，其「語言的伶俐，形式上，或以這為規範，是有一小部分出之於《紅樓夢》中賈哥哥同林妹妹的體裁的」〔四十〕。

然而，並不是每一個作家借鑒《紅樓夢》都落了痕跡，都可以眺山見雲、臨樹摘葉，一一剔出。「冰心體」是五四時期獲譽很高的文體。她的文字，的確是她自己所提倡過的「中文西文化」，「今文古文化」的文字，清麗委婉，言必己出，斷非《紅樓》《水滸》的筆法。但她以詩人的情致和筆致寫瑣碎的家庭生活，寫女性的稚弱、慈愛、優美的靈魂，筆觸典雅簡潔，清美安閒，巧妙地融合了古典詩詞和新體散文的詞彙，達到一種「滿蘊着溫柔，微帶着憂愁」的藝術境界。可以說，沒有《紅樓夢》等古典小說在先，是無憑產生那樣冰雪晶瑩的「冰心體」的。《紅樓夢》作者二百週年忌日的時候，冰心寫過一篇名為〈《紅樓夢》寫作技巧一斑〉的論文〔四十一〕，專談這部古典名著中的對比手法，即「兩山對峙」的手法。這並非新鮮見解，甲戌本第一回有一條脂硯齋的朱色眉批，就提到《紅樓夢》有一條「秘法」是：「雲龍霧雨，兩山對峙。」俞平伯作《紅樓夢辨》也講到：「書中釵黛每每並提，若兩峰對峙雙水分流，各極其妙莫能相下，必如此方極情場之盛，必如此方盡文章之妙。」謝、俞同是周作人的高足，冰心所說「在作者筆下，釵黛這兩位姑娘，常常是被人相提並論，加以評比的」，自然也包括俞平伯在五四時期的那部論著。值得注意的是，冰心的文章並非泛泛的論文，她是「作為一個喜愛《紅樓夢》的讀者，作為從事寫作、希望從祖國的古典名著裏得到教益的人」來談論《紅樓夢》的技巧的，因此這篇文章包含有她的某些體會最深切的感受，我們也是可以從中尋找《紅樓夢》對她作品影響的蛛絲馬跡的。冰心早期的小說屬於啟蒙主義的「問題小說」，這些小說常用對比的手法揭示生活的哲理，以期引起人們對社會弊病的警覺。《兩個家庭》對比地描寫兩戶人家的主婦、傭人、孩子、家政，寫出了不幸的家庭為何不幸，幸福的家庭為何幸福，問題由前者提出，答案也在後者點明了。《斯人獨憔悴》也可以說是對比寫法，它寫了父子雙方，父方身為軍國要人，卻整天打牌、吸鴉片，妻妾成群，生活腐化，認為青島理應歸日本人，反對學生干政。子方是熱血的青年，參加五四時期的學生運動，奔走呼號，要求收回青島。但是由於守舊勢力的頑固和愛國青年的軟弱，兒子們被囚禁在家中，只好吟起唐人的詩句「冠蓋滿京華，斯人獨憔悴」了。冰心的對比手法，使哲理顯明，易於鼓動一時的人心，但手法過於簡單，道理也較為顯淺，因此不及《紅樓夢》那樣圓熟、豐贍，也就缺乏《紅樓夢》那種「一聲兩歌，一手兩牘」的深沉堅實了。

五四時期，新體中長篇小說尚處在探索階段，藝術上遠未成熟。最早的中長篇如張資平的《沖積期化石》和王統照的《一葉》，用主人公作為主要線索，串聯起許多生活片斷，似一串念珠，結構簡單而鬆散。如《紅樓夢》那樣，以雄渾和諧的結構寫出異常龐大而複雜的人生圖畫的

劉姥姥一進榮國府（錄自清光緒版《金玉緣》）

作品，是沒有的。但並不是說，《紅樓夢》結構作品時那種草蛇灰線，絲縷交織，千皴萬染，筆似游龍的結構手法，在五四作家那裏毫無會心。魯迅說，他後來的小說筆法「較為圓熟」，這也是同他把古典小說中的一些藝術手法，出神入化地運用於其間分不開的。魯迅的《祝福》是精心結撰的小說，其中的衛老婆子對整篇小說的結構具有舉足輕重的意義。沒有這個穿針引線的衛老婆子，我們很難設想《祝福》能夠用回憶性的生活片斷連綴而成，很難設想整篇小說的結構是如此又經濟，又靈活，又渾然天成。衛老婆子第一次上場，介紹了祥林嫂的身世。第二年新正上場，介紹了祥林嫂被嫁進深山野嶴後交了好運。另外一年秋季，衛老婆子重新帶來祥林嫂的時候，她又介紹了祥林嫂的喪夫、失子的重重悲劇。衛老婆子也是有性格的，嘮叨、村俗、諳熟世故人情；但她的出現，更重要的是用來介紹情節，結構篇章，她主要的是一個結構性的人物。她在《祝福》中的地位，有點近似於劉姥姥在《紅樓夢》中的地位。自然，《紅樓夢》寫劉姥姥是一筆多意的，劉姥姥也如衛老婆子那樣嘮叨、村俗、善於體察世故人情，是一個性格鮮明的人物。她三入賈府，使人看到了貴族社會中的人物如賈母、鳳姐、黛玉等對另一世界中的人物的種種態度。但她在全書結構中也有明顯的意義。一入榮國府，掀開了這個貴族世家窮奢極慾的帷幕；二入榮國府，對這個貴族世家的內部作了面面觀；三入榮國府，接受了鳳姐託孤，成為這個貴族世家由榮至衰的悲劇的見證人。魯迅寫一個衛老婆子，把祥林嫂的悲劇色彩層層皴染得極為濃厚；曹雪芹寫一個劉姥姥，把賈府的興衰遭際層層剖析得淋漓盡致，這兩個老嫗對兩部傑作的結構有着異曲同工之妙。誠然，我們不能武斷地說，《祝福》中的衛老婆子直接脫胎於《紅樓夢》中的劉姥姥，作家本人並沒有作這樣的告白；但是縱觀魯迅對《紅樓夢》等古典名著的崇高評價和深刻研究，我們可以說，魯迅的這番神來之筆，是受賜予他在《紅樓夢》等古典名著的研究中的深厚根柢了。

《紅樓夢》產生於中國古典小說高度成熟的年代，五四小說則產生於中國現代小說草創和探索的時期。它們的時代性上有許多不可比的因素，藝術形態上也有許多迥然不同之處，而且五四時期畢竟也沒有產生《紅樓夢》那樣的鴻篇巨著。但是，任何前代的藝術大樹，都會給後人留下豐碩的果實和富有生命力的種子的。五四小說的創作經驗表明：《紅樓夢》已經成為中國人民的一份重要的文化精神財富，成為中國作家創造出高水平的作品的一個不可多得的借鑒品。《紅樓夢》顯示了中國文學的大國風度，任何想拋棄小家子氣的有作為的作家都應該認真地讀一讀它。因此，研究《紅樓夢》對後代文學的影響，也成了我們不容忽視的課題了。

注釋：

（一）《〈絳洞花主〉小引》，《魯迅全集》第八卷，人民文學出版社一九八一年版，第一四五頁。

（二）《中國小說的歷史的變遷》第六講，《魯迅全集》第九卷，第三三九頁。

（三）《且介亭雜文．〈草鞋腳〉（英譯中國短篇小說集）小引》，《魯迅全集》第六卷，第二十頁。

（四）錢玄同：《寄陳獨秀》，見一九一七年《新青年》第三卷第一號「通信欄」。

（五）胡適：《建設的文學革命論》，載一九一八年《新青年》第四卷第四號。

（六）仲密：《平民文學》，載一九一九年《每週評論》第五號。

（七）參看周作人：《人的文學》，載一九一八年《新青年》第五卷第六號。

（八）《中國小說的歷史的變遷》第六講，《魯迅全集》第九卷，第三三八頁。

（九）佩之：《紅樓夢新評》，載一九二〇年《小說月報》第十一卷第六、七號。

（十）茅盾：《革新〈小說月報〉的前後》，載一九七九年五月《新文學史料》第三輯。

（十一）《中國小說史略》第二十四篇，《魯迅全集》第九卷，第二三四頁。

（十二）張定璜：《魯迅先生》，一九二五年一月《現代評論》。

（十三）《且介亭雜文二集．幾乎無事的悲劇》，《魯迅全集》第六卷，第三七〇頁。

（十四）王國維：《紅樓夢評論》，《中國近代文論選》下冊，人民文學出版社一九八一年版，第七五四頁。

（十五）《墳．論睜了眼看》，《魯迅全集》第一卷，第二三九頁。

（十六）《中國小說的歷史的變遷》第六講，《魯迅全集》第九卷，第三三八頁。

〔十七〕《墳．論睜了眼看》，《魯迅全集》第一卷，第二四一頁。

〔十八〕阿英：《晚清小說史》第十三章，人民文學出版社一九八〇年版，第一七八頁。

〔十九〕仲密：《隨南錄一〇六．個性的文學》，《新青年》第八卷第五號；冰心：《文藝叢談》，《小說月報》第十二卷第四號。

〔二十〕郁達夫：《五四文學運動之歷史的意義》，載一九三三年七月《文學》創刊號。

〔二十一〕《五六年來創作生活的回顧》，收入《達夫全集》第三卷《過去集》。

〔二十二〕同上。

〔二十三〕《海濤集．離滬之前》，見《郭沫若文集》第八卷，第二八一頁。

〔二十四〕《創造十年》，見《郭沫若文集》第七卷，第六十九、七十頁。

〔二十五〕以上引文均見廬隱：《中國小說史略》，載一九二三年九月北京《文學旬刊》第十、十一號。

〔二十六〕劉大傑：《黃廬隱》，收入香港一新出版社《現代作家傳略》。

〔二十七〕《花邊文學．看書瑣記》，《魯迅全集》第五卷，第五三一頁。

〔二十八〕《冰心小說集．自序》，上海北新書局一九三三年初版。

〔二十九〕《關於女人．後記》，重慶天地出版社一九四三年初版。

〔三十〕《三葉集．宗白華序》，上海亞東圖書館一九二〇年初版。

〔三十一〕《我讀小說與寫小說的經過》，收入《片雲集》，上海生活出版社一九三四年初版。

〔三十二〕《文學觀念的進化及文學創作的要點》，載一九二三年九月十一日北京《文學旬刊》第十一號。

〔三十三〕《墳．論睜了眼看》，《魯迅全集》第一卷，第二三九頁。

〔三十四〕《我的創作經過》，載上海樂華圖書公司一九三三年版《資平自選集》。

〔三十五〕同上。

〔三十六〕《紅樓夢辨．〈紅樓夢〉底風格》，上海亞東圖書館一九二三年版。

〔三十七〕劉大傑：《紅樓夢新談》。

〔三十八〕張友鸞：《幽默的〈玉君〉》，載一九二五年三月十四日北京《文學週刊》第十二期。

〔三十九〕佩之：《紅樓夢新評》，一九二〇年《小說月報》第十一卷第七號。

〔四十〕《沫沫集·論落華生》，上海大東書店一九三四年版。
〔四十一〕載《人民文學》一九六三年十一月號。

第十二講《閱微草堂筆記》的敘事智慧

一、以王充、應劭雜說改造志怪文體

論者常把《閱微草堂筆記》(一)看作與《聊齋志異》相對峙的作品，認為它有反《聊齋》的意味。從小說史的發展過程來比較清代這兩大志怪書的審美異趣，並非沒有道理。但是，僅僅如此論定《閱微草堂筆記》的創作旨趣，卻未免有些以偏概全。《聊齋》儘管已經名重當時，但作為一代文宗的紀昀不可能不顧身份地把自己著書的宗旨，局限於與一個前代寒士計較短長。他更多地從古今文章源流的角度確認自己的著述位置。《姑妄聽之》的弁言就講得很清楚：

今老矣，無復當年之意興，惟時拈紙墨，追尋舊聞，姑以消遣歲月而已。……緬昔作者，如王仲任、應仲遠，引經據古，博辨宏通；陶淵

紀昀像(錄自《清代學者像傳》第一集第三冊)

明、劉敬叔、劉義慶，簡淡數言，自然妙遠。誠不敢妄擬前修，然大旨期不乖於風教。

比起奉旨編纂《四庫全書》，紀昀追尋異聞成私家著作之時，心境要恬淡得多。雖然孔子「不語怪力亂神」，但歷盡宦海、退而養性的紀昀，卻在蘇東坡「黃州說鬼」中發現了與自己相契合的精神類型。《觀弈道人自題》詩中說：「平生心力坐銷磨，紙上煙雲過眼多。擬築書倉今老矣，只應說鬼似東坡。」又有《舊瓦硯歌》：「銅雀台址頹無遺，何乃剩瓦多如斯？文士例有好奇癖，心知其妄姑自欺。」這種特殊心態，使《閱微草堂筆記》形成了怡悅性情和著述傳世，抒寫胸懷和寄寓勸懲相交織的複雜品格。

六朝志怪於是成了紀昀靈感的一個源泉。但有意味的是，他獨不提寫《搜神記》的干寶。據《四庫全書總目》，舊題陶淵明的《搜神後記》「文詞古雅」；劉敬叔《異苑》「詞旨簡淡，無小說家猥瑣之言……有裨考證亦不少」；劉義慶《世說新語》中的「軼事瑣語，足為談助」。這其間可看出是包含有《閱微草堂筆記》在文體和旨趣上的追求的。然而紀昀作為進退百家、窮源究委的大學問家，是不會滿足於稗官小道的。因而，他又推崇王充和應劭。《四庫全書總目》稱：應劭《風俗通義》「因事立論，文辭清辨，可資博洽，大致如王充《論衡》」。二書皆歸入子部雜家類雜說，「雜說之源，出於《論衡》。其說或抒己意，或訂俗訛，或述近聞，或綜古義。後人沿波，筆記作焉。大抵隨意錄載，不限卷帙之多寡，不分次第之先後。興之所至，即可成編」。這裏的「筆記」，大概也沒有排除《閱微草堂筆記》。可以說，紀昀採用了王充、應劭的一些趣味來改造六朝志怪。因而他的「筆記」乃是學者志怪書，而非《聊齋》式的才士（以傳奇筆）志怪書。

紀氏筆記頗有些記述見聞、訂正訛誤的條目，筆意近於「雜說」，可以起到廣見聞、資考證的作用。他曾因洩露機密，由翰苑謫戍烏魯木齊，有機會留意漢、唐交通西域的歷史遺跡。《槐西雜誌》記喀什噶爾山洞的漢代壁畫，以及吉木薩爾李衛公所築唐北庭都護府古城遺址，都留下了邊地歷史的悲涼印痕，可供修「西域志」者參考。作者對古籍涉獵既廣，記述今事之時往往能探索源流，考辨古物之時又能揭剔世俗的謬誤，在舉重若輕的筆底，閃爍着博學的眼光。《灤陽續錄》記載當時對聯的趣聞，便追溯「門聯唐末已有之，蜀辛寅遜為孟昶題桃符，『新年納餘慶，嘉節號長春』二語是也」。《槐西雜誌》記載開通元寶錢治骨折的奇效，特作注解：「此錢唐初所鑄，歐陽詢

桃符換彩（天津楊柳青年畫，今藏俄羅斯）

所書。其旁微有偃月形，乃進臘樣時，文德皇后誤掐一痕，因而未改也。其字當回環讀之。俗讀為開元通寶，以為玄宗之錢，誤之甚矣。」這些都屬於對聯和錢幣發展史上極有趣味的掌故。

最能顯示「雜説」筆墨神采的，是《姑妄聽之》記述河中求石獸一則。佛寺石獸沉入河中十餘年，人們按常識順流尋找，毫無蹤影。設帳寺中的「講學家」批評人們「不究物理」，斷言石堅沙鬆，石獸愈沉愈深，當在原地尋找。一位老河兵根據多年經驗，認為「凡河中失石，當求之於上流」，因為河水沖激石獸的反作用力帶走石頭前方的沙土，石獸反復輾轉，必然溯流逆上。果然，在上游一里外找到了石獸。作者曾花過不少筆墨批評「講學家」株守程朱成見以「格物致知」，這則記述當也有類似的弦外之音。他嘲諷那種「但知其一，不知其二」的臆斷，把石、沙、水流三種因素進行動態的綜合考察，隱隱顯示了一種辯證的思維。這也許是此書步武《論衡》的地方。

即便記述怪異，談鬼説狐，作者也往往保持學問家的派頭，經常可以看到他把委巷之言拉扯到古代經籍的大雅之堂，造成一種雅俗交錯的敘事境界。《灤陽消夏錄》説鬼，引《左傳》新鬼大、故鬼小之言，印證今人未見伏羲、軒轅時候的鬼的道理。《灤陽續錄》説夢，引《世説新語》衛玠、樂令談夢的起因，又引《周禮》、《詩經》占夢的記載，最後還議及唐傳奇《謝小娥傳》中亡靈託夢的不可解之處，運筆行文出入於六經和小説之間。《如是我聞》談狐，排比《史記·陳涉世家》篝火狐鳴，《西京雜記》塚中狐化成老翁託夢報冤，《朝野僉載》「無狐魅，不成村」的諺語，從而勾勒出狐魅意象在古籍中由託狐為怪—到狐幻化為人—再到民間祀奉狐神的衍變過程。作者馳騁翰墨，聯想牽合，極力借經史記載來解釋和深化世間傳言，從而達到借子部雜家來改造小說家言的目的——要想談論《閱微草堂筆記》作為大學問家志怪書的審美特徵，都不應該漠視作者的這番苦心。

二、陷入開明的迂腐和困惑的固執的文化怪圈

博學家著書，面對的是一部思想史和文學史。他必須在辨析百家得失中，有所揚棄和選擇。假若說，以後漢雜說改造六朝志怪，是紀昀在文體上提高「筆記」的嘗試，那麼把志怪與風化相聯繫，「大旨要歸於醇正，欲使人知所勸懲」，則是紀昀面對複雜的文化和文學思潮，以教世苦心力圖使末道小技依附於儒學正統。誠如《灤陽消夏錄》所說：「儒者著書，當存風化，雖齊諧志怪，亦不當收悖理之言。」這種著書宗旨和文體的選擇，使他面對思想史和文學史的兩個強勁的對手：一是既要志怪說鬼，就不能不對宋儒的理氣心性、格物致知有所議論；一是既要以漢晉筆法記異，也不能不對唐傳奇的綺麗想像，以及《聊齋》以傳奇筆墨志怪的巨大成功有所反省。

《閱微草堂筆記》的文化構成，帶有「是非不悖於聖人」的雜家色彩。《觀弈道人自題》詩承認：「傳語洛閩門弟子，稗官原不入儒家。」他不願以程朱理學的面孔苛求稗官小說，不失為開明；卻又常常在小說中夾進議論，申說儒家為本，到底也有主見。《槐西雜誌》寫道：「道家言祈禳，佛家言懺悔，儒家則言修德以勝妖：二氏治其末，儒者治其本也。」他企圖溝通儒釋道三教，以箝制和疏導世俗人心，《灤陽消夏錄》借佛教守經神之口談論：

> 儒以修己為體，以治人為用。道以靜為體，以柔為用。佛以定為體，以慈為用。其宗旨各別，不能一也。至教人為善，則無異。於物有濟，亦無異。……此其不一而一，一而不一者也。蓋儒如五穀，一日不食則餓，數日則必死。釋道如藥餌，死生得失之關，喜怒哀樂之感，用以解釋冤愆、消除怫鬱，較儒家為最捷；其禍福因果之說，用

以悚動下愚，亦較儒家為易入。

因此他主張三教並存互用，無須互相訴厲，各修其本業可矣。他是肯定「先王神道設教」之功的，因為沒有神鬼報應的監督，人們可能在無人覺察之處肆意胡為，這是無真正法律觀念時代給人心套上的戒律。但他也看到，毀壞這些戒律的首先是那些謀利計功的教徒，因而指斥「儒者沽名，佛者漁利，流弊之深」，認為「神仙必有，然非今之賣藥道士；佛菩薩必有，然必非今之説法禪僧」這種説法，是「千古持平之論」[二]。這裏既要以愚民方式治民，又無法避免宗教徒借民之愚以售其術，遂使作者實際上陷入開明的迂腐和困惑的固執的文化怪圈之中。

紀氏筆記於怪圈中尋找的出路，是譏貶宋儒和講學家。這種譏貶或直接或隱晦，或訴諸靈怪或訴諸人事，情形異常複雜。大抵涉及三個方面：（一）空談性天；（二）各立門戶；（三）臆斷無鬼。《姑妄聽之》借「狐之習儒者」之口，評説「聖賢依乎中庸，以實心勵實行，以實學求實用。道學則務語精微，先理氣，後彝倫，尊性命，薄事功，其用意已稍別。聖賢之於人，有是非心，無彼我心；有誘導心，無苛刻心。道學則各立門戶，不能不爭；既已相爭，不能不巧詆以求勝。以是意見，生種種作用，遂不盡可令孔孟見矣」。《如是我聞》也借狐鬼之口，痛詆「洛閩諸儒，無孔子之道德，而亦招聚生徒，盈千累百，梟鸞並集，門戶交爭，遂釀為朋黨，而國隨以亡」。

至為窮形見相的，是寫狐鬼嘲弄追隨宋儒作風的講學家，揭露他們空談性天，不恤民生，道貌岸然而男盜女娼的虛偽性。作者在這裏施展了借狐鬼嘲世的諷刺藝術手腕。《灤陽消夏錄》記「以道學自任」的某公在佛寺講宋學，忽聞閣上有怒叱聲：「時方饑疾，百姓頗有死亡。汝……乃虛談高論，在此講民胞物與。不知講至天明，還可作飯餐，可作藥服否？」隨之有巨磚飛下，擊碎杯盤几案。某公倉皇逃走時還歎息：「不信程朱之學，此妖之所以為妖歟！」這裏活畫出一副耽於空談、不究事功的道學面孔，尤其是此公狼狽而逃時還把正言忠告視為妖邪，更有喜劇意味。另一則記述「以道學自任」的兩位塾師會同講學，正在「辯論性天，剖析理慾，嚴詞正色，如對聖賢」之時，微風把紙片吹到生徒們的面前，乃是二人陰謀侵吞寡婦田產的密札。雖然作者認為這是「煢嫠苦節，感動幽冥」所致，但行文已通過強烈反差的場面，嘲諷了道學家以嚴正言詞掩飾醜惡私慾的虛偽性。

作為「瑣記搜羅鬼一車」的志怪之作，《閱微草堂筆記》與宋儒辯論的另一個題目，是鬼之有無和形態。它引經據典以闡明「先王神道設教之深心」，認為「《六經》具在，不謂無鬼神」[三]。《灤陽消夏錄》援引世間習俗和怪異見聞，並且抬出聖人助陣：「『六合之外，聖人存而不論。』然六合之中，實亦有不能論者。……宋儒於理不可解者，皆臆斷以為無是事，毋乃膠柱鼓瑟乎？」另一則記述西藏懸崖無路處，石上有天生梵字大悲咒，「字字分明，非人力所能，亦非人跡所到」。因而得出結論：「天地之大，無所不有。宋儒每於理所無者，即斷其必無。不知無所不有，即理也。」作者大抵把鬼神的有無，付於不知而闕如的領域，他反對斷言無鬼神，而造成「恃無鬼神而人心肆」的狀態。可以說，對於鬼神之有無，他在認識論上安於不可知的狀態；在倫理學上則持「寧可信其有，不可信其無」的主張。正是在這種混沌迷惑中，他在審美心理上為志怪小說留下一片有倫理法則約束的幻想空間。

三、以博學老者晚秋氣象識評傳奇小說青春氣息

對於唐傳奇及其流亞，《閱微草堂筆記》多有微詞。《灤陽消夏錄》借乩仙之口評說唐傳奇《步非煙》，謂「大凡風流佳話，多是地獄根苗」，雖然不必視為作者的直接見解。但在寫完《灤陽續錄》時，作者卻直申自己的主張：

所見異詞，所聞異詞，所傳聞異詞，魯史且然，況稗官小說。……惟不失忠厚之意，稍存勸懲之旨，不顛倒是非如《碧雲騢》，不懷挾恩怨如《周秦行紀》，不描摹才子佳人如《會真記》，不繪畫橫陳如《秘辛》，冀不見擯於君子云爾。

這裏引用由唐代到明代的四部傳奇小說，說明兩個問題。其一是創作宗旨是否醇正。《碧雲騢》舊題宋代梅堯臣撰，《直齋書錄解題》早已斥其「所記載十餘條，公卿多所毀訐，雖范文正亦所不免」。《周秦行紀》是中唐牛李黨爭的產物，李黨韋瓘託名牛僧孺，以第一人稱寫冥遇前代后妃的異事，對當朝皇上和前朝太后頗不恭敬。如果

離開其挾怨構陷的創作居心進入本文，作者和託名的敘事者的錯綜，前代后妃之遇的題材，以及第一人稱的敘事角度都有其獨特之處，但紀氏似乎並沒有把它當做敘事藝術品來讀。

其二是藝術描寫方式。《會真記》（即《鶯鶯傳》）雖然被考證出是元稹自敘初戀的作品，並對「始亂之，終棄之」的過失進行文飾，但它已是唐傳奇中寫男女幽會情感的代表作，並經《西廂記》的改編而名滿天下。《漢雜事秘辛》是明代楊慎偽託漢人之作，敘寫漢桓帝選美女入宮，並冊立懿德皇后的過程，其間對美女的體格檢驗，是漢代小說未嘗出現過的美女裸體畫，無疑流露了明人的趣味。《四庫全書總目》指出：「其文淫豔，亦類傳奇，漢人無是體裁也。」上述四部作品雖不足以代表傳奇系統的小說成就，但已從不同角度反映了紀昀對傳奇小說的態度：他不屑以傳奇筆墨描寫男女愛情豔跡，只憑忠厚的勸世之心記錄異聞。因此《閱微草堂筆記》也就排除了小說中傳奇系統的青春氣息，而顯示了一個博學老者的晚秋氣象了。

紀氏對《聊齋》的非議，乃是他對唐以來傳奇之作的態度的延伸。當《聊齋》把古小說的兩個系統融合在一起，以傳奇筆志怪，它就擾亂或突破了紀氏編纂《四庫全書》時的目錄學框架。《閱微草堂筆記》本文對《聊齋》的非議往往閃爍其詞，較系統的意見是通過門人之口說出來的，這似乎是講究禮儀規格的中國人故意安排的降格處置的方式。紀氏門人盛時彥在《姑妄聽之．跋》中寫道：

> 先生嘗曰：「《聊齋志異》盛行一時，然才子之筆，非著書者之筆也。虞初以下，干寶以上，古書多佚矣。其可見完帙者，劉敬叔《異苑》、陶潛《續搜神記》，小說類也；《飛燕外傳》、《會真記》，傳記類也。《太平廣記》事以類聚，故可並收。今一書而兼二體，所未解也。小說既述見聞，即屬敘事，不比戲場關目，隨意裝點。……今燕昵之詞，媟狎之態，細微曲折，摹繪如生。使出自言，似無此理；使出作者代言，則何從而聞見之？又所未解也。留仙之才，余誠莫逮其萬一；惟此二事，則夏蟲不免疑冰。」

這裏儼然以《四庫全書》總纂官的權威口吻，來評騭《聊齋》文體和描寫方式的得失。其不知文體乃是一個歷史過程。《聊齋》正是在融合傳奇和志怪兩個文體系統中，突破舊程式，開拓出新的審美境界的。至於漠視虛構和想像在小說創作中的本質價值，或者只允許傳聞異詞的虛構性，而取消小說作者想像裝點的虛構性，也只能說是文體保守主義者把小說等同實錄的成見。

《閱微草堂筆記》直接嘲諷《聊齋》的本文，有《槐西雜誌》記述東昌書生夜行的一則。這位書生稔熟《聊齋》青鳳、水仙諸事，希望有狐仙豔遇。忽有寶馬香車載着妙麗如神仙的狐女經過，追隨入門，又享受到豐美的酒餚。心旌搖動之際，卻被老翁安排為婚儀上的儐相。作者接着講了另一個故事：一位赴京謀食的窮漢，遇到一個騎驢少婦，調笑一番之後，扔給他一條手帕。他拿手帕裏的首飾到當舖換錢，正好是當舖失物，結果自投羅網。故事背後隱藏着戒色戒貪的教訓。蒲松齡筆下散發着青春氣息的狐魅意象，到這裏已變得寡情慾而多心計了。它勸戒人們莫作非分之想，它提供的是狐魅的另一類型。

四、借幽怪以閱世和歸隱於心的孤獨感

紀昀雖為名儒顯貴，一生卻幾經宦海浮沉，他教人立身之道時，卻不能忘卻人世立身維艱。如果說《聊齋》洋溢着一個中年才士對人間的悲憤和憎愛，那麼《閱微草堂筆記》已滲透了一個老年智者對人間的省悟和悲涼。這是一部借幽怪以閱世的書，借狐鬼情狀來抒寫感慨之時，往往能洞見人間的內情和心計，顯得老辣而圓融。

《姑妄聽之》曾經引述梁簡文帝《與湘東王書》中的古諺：「山川而能語，葬師食無所；肺腑而能語，醫師面如土。」作為閱盡宦海的過來人，紀氏對熱中仕宦者和老於幕府者的機心行徑了然於心，當他採取山川能語、肺腑能語的方式揭破隱情之時，往往能切中世人習而不察的要害。可以說，他是清代盛世靈光下官場陰影的冷峻的嘲諷者。《灤陽消夏錄》借文昌司祿神之口，道出仕宦熱中者的精神變態：「仕宦熱中，其強悍者必怙權，怙權者必狠而愎；其孱弱者必固位，固位者必險而深。……流弊不可勝言矣，是其惡在貪酷上」，因此以冥謫削減其壽祿。把官場躁競相軋、黨同伐異的禍害看得比貪酷更重，是曾受官場朋黨排擠者的痛心之言，其間也給熱中祿位者兜頭潑了一盆

冷水。

作者把更尖刻的嘲諷，投向吏役舞弊和裙帶攀附。《姑妄聽之》借陰司鬼魂對話，揭露吏佐「救官不救民，救大不救小」一類辦案哲學，以及老於幕府者深文羅織、顛倒黑白的判訟手腕。作者對此類人物必欲投之於地獄最黑暗的地方，可見其痛心疾首之甚。《灤陽消夏錄》寫天竺老僧入冥，看見地獄獰鬼為諸天魔眾挑選罪人為糧，所挑選都是「最為民害者，一曰吏，一曰役，一曰官之親屬，一曰官之僕隸。是四種人，無官之責，有官之權。官或自顧考成，彼則惟知牟利，依草附木，怙勢作威，足使人敲髓灑膏，吞聲泣血。是以清我泥犁，供其湯鼎。以白皙者、柔脆者、膏腴者充魔王食，以粗材充眾魔食」。作者寓勸誡於暴露和鞭撻，筆底並非渾無火氣。但他到底也給這四種人留了一條出路：「其權可以害人，其力即可以濟人。靈山會上，原有宰官；即此四種人，亦未嘗無逍遙蓮界者也。」應該說，《閱微草堂筆記》對官場風氣和世態人情是不無憤懣的，它披上「神道設教，使人知畏，亦警世之苦心」的外衣，以個中人揭其內幕，使人窺見官場吏界群醜圖的一角。

但這並不能從根柢上改變《閱微草堂筆記》內在的官邸氣，一種不同於《聊齋》鄉野氣的特殊氣息。只不過是說，作者畢竟是官邸間的耿介之士，不堪官場吏界的蠅營狗苟，多少還想呼吸一口山野間的清新空氣。《灤陽消夏錄》以戴東原口述的異聞，寫了一位鬼界隱者。這是一位耿介的鬼，在明代萬曆年間當縣令時，厭惡官場爭權奪利、互相傾軋的風氣，棄職歸田了。死後請求閻羅王不要把他輪迴到人間，就當了陰間官員。不料陰間同樣充滿傾軋，只好棄職歸墓。墓居期間，又不堪群鬼嚚擾，不得已移居到深山岩洞中，「雖淒風苦雨，蕭索難堪，較諸宦海風波，世途機阱」，簡直就像生活在佛教的三十三天上了。想像異常奇特，以陰陽兩界的雙重歸隱，寫盡了耿介之鬼備嘗兩界官場世途苦況之後，竟把淒風苦雨的孤獨感，作為靈魂的解脫和歸宿。在厭世與憤世的情緒交錯中，作者寫了一篇陰鬱悲涼的鬼世界的「桃花源記」。

作者既然對宦海世途的風波和陷阱多有所窺，那麼他對處世立身的哲學和方法也就勤於探究，務得其中三昧。他的一些作品實在可以當做世故寓言來讀。《灤陽續錄》寫一位周旋於文酒之會的狐精，只聞其聲而不現其形。請求他現形，他就問你覺得他應是何種形狀，覺得應當「龐眉皓首」，他就現老人形；覺得應當「仙風道骨」，他就現道士形；覺得應當「星冠羽衣」，他就現仙官形；甚至戲他應當像莊子說的「姑射神人」，他就現美人形。惟獨不願現出真形，笑說：「天下之大，孰肯以真形示人者，而欲我獨示真形乎？」這裏冷嘲着人世間交往不出自真誠，而以假面具虛與委蛇的社會相，其間似乎隱隱透露了作者晚年領略了人不以真形示我、我孰獨以真形示人的孤獨感。

這種心理狀態是極易與道家思想找到契合點的。紀氏的一些作品，包含有以道濟儒的意味。《姑妄聽之》稱：「先師陳白崖先生，嘗手題一聯於書室曰：『事能知足心常愜，人到無求品自高。』斯真探本之論，七字可以千古矣！」這種知足無求的人生哲學，使作者在《灤陽續錄》中借狐精之口說出：「以氣凌物，此非養德之道，亦非全身之道也。」另外作者還選錄了已故門生的寓言《如願小傳》。據《初學記》十八和《太平御覽》四百七十二所引《錄異傳》，如願是水神青洪君贈給歐明的婢女，「所欲輒得之，數年大富」。後來驕橫不再憐愛，結果人去財空。紀氏門生由此生發，想像如願處處皆有，有四人同訪水府，每人都得到龍神賜予的一個如願。第一人貪求無饜，結果肆慾身亡。第二人所求非分，如願辭去。第三人有所求、有所不求，如願相隨不去。第四人「雖得如願，未嘗有求。如願時為自致之，亦蹙然不自安」，因而道高福厚，天地鬼神都保祐他，「無求之獲，十倍有求」。這裏的四個人代表着四種人生哲學，或四種人生境界，其最完美的境界是寓如願於無求之中的，在功成名就而晚年安享尊榮的作者看來，大概也稱得上深得吾心的。紀氏轉錄門生的這則寓言表明，他對官場吏界的弊端頗多感慨和嘲諷，甚至憤激到設想鬼也為此隱遁、狐也為此不願現真形，但他在孤獨空幻之餘，並沒有歸隱到淒風苦雨的山洞，而是歸隱到自己知足無求的心中了。

五、學問家筆下的「狐鬼」和狐鬼中的「學問家」

紀昀借筆記論世，於感慨中難免落入空幻，而他最感到充實、並知道可以留下身後名的，惟有學問。這一點折射到筆記中，就出現了不少博洽儒雅的狐鬼。他們是狐鬼中的「學問家」，也是學問家眼中的「狐鬼」。如果說最能代表《聊齋》特色的，是一批富有情與才的花妖狐魅，那麼最能反映《閱微草堂筆記》趣味的，就是一批有學問、講德行的狐鬼了。它們為志怪文學提供了意味互異的描寫對象類型。

讀過六朝劉義慶《幽明錄》的人們知道，它寫漢代的老狸，能與董仲舒說經；寫晉代的公雞，能與州刺史談玄。這都折射着漢人崇經、晉人清談的文化空氣。志怪小說歷代都有作者，但其式樣趣味的翻新，都與不斷嬗變的文化空氣的滲透有着內在聯繫。清代乾隆之世，空談義理的宋學動搖，考據之學昌盛。《槐西雜誌》寫一個溫雅的鬼與塾師談論《孝經》，引證《呂氏春秋．審微篇》，來評說今文古文之爭，就有考據意味。其後偶爾談及太極無極之說，這個鬼就非常倒胃口，認為「《六經》所論皆人事，即《易》闡陰陽，亦以天道明人事也。捨人事而言天道，已為虛杳；又推及先天之先，空言聚訟，安用此為？」因此這個鬼再不願向趣味不合的塾師求食，拂袖而去。鬼的這番議論，顯然是針對從宋代理學前驅周敦頤《太極圖說》開始的以「無極而太極」解《易》的，因而這個鬼也感受了清代中葉厭惡和非議宋學的文化風氣了。

自然，鬼的學問也有等級，並非個個都是碩學通儒。因此當人與鬼以學問交友之時，就出現一些人以學問折鬼，或鬼以學問折人的小喜劇。《灤陽消夏錄》寫儒者和隱士在城郊樹下談《易》，卻被一位自稱崔寅的鬼魅嘲笑他們談的是「術家《易》，非儒家《易》」。他隨之剖析易學源流，認為「聖人以陰陽之消長，示人事之進退，俾知趨避而已，此儒家之本旨也」；而禪家之《易》、道家之《易》以及管輅郭璞的術家之《易》，都是「忘其本始，反以旁義為正宗」。當二人喜歡他的文雅詞致，問他可是「儒而隱者」，他便嘲笑：「果為隱者，方韜光晦跡之不暇，安得知名？果為儒者，方反躬克己之不暇，安得講學？世所稱儒稱隱，皆膠膠擾擾者也。吾方惡此而逃之。先生休矣，毋污吾耳。」說完長嘯一聲，失其所在。這位博學的鬼魅真可謂「當着和尚罵禿驢」，既揭穿儒者隱者背離儒宗陷入歧途，又嘲諷他們聚徒為黨、欺世盜名而玷污儒隱名號的行徑。如此辛辣的諷刺文學，到底也散發着濃郁的書卷氣。

人以學問折鬼，則有《灤陽續錄》蔡中郎祠的鬼。這個鬼與夏夜散步的士人相遇時，自稱是東漢蔡邕，因「祠墓雖存，享祀多缺；又生叨士流，歿不欲求食於俗輩」，求士人賜予野祭。但士人和他談論漢末歷史，他「依違酬答，多羅貫中《三國演義》中語」；「詢其生平始末，則所述事蹟與高則誠《琵琶記》纖悉曲折，一一皆同」。這顯然是借寫鬼，以嘲諷世間攀附名人，欺世求食；以及淺學之輩，把小說戲劇情節混同於歷史。因而士人沒有上當，反而笑說：「惟有一語囑君：自今以往，似宜求《後漢書》、《三國志》、中郎文集稍稍一觀，於求食之道更近耳。」這類諷刺小品，把世俗形相隨手拈來，製造出陰陽交錯、古今雜糅的審美效果，談言微中，也足解頤。

蔡中郎、趙五娘（錄自明萬曆刊本《琵琶記》）

紀昀「久在館閣，鴻文巨制，稱一代手筆」[四]，對世間的治學門徑、文章作風多所習見，感慨多端。因而借鬼語來嘲諷人間文風、學風之時，鬼語即是正論，人間反現鬼相，造成人鬼邪正悖反的審美情趣。《槐西雜誌》記舊家子夜行深山，投宿於岩洞，遇見前輩某公的鬼魂。問他為何不安居於墓穴，鬼魂答道：自己一生功過平平，但墓前巨碑，螭額篆文寫的是自己的官階姓名，但所述的行狀都言過其實，「我一生樸拙，意已不安；加以遊人過讀，時有譏評；鬼物聚觀，更多姍笑」，只好離墓避居到山洞裏來了。舊家子安慰他，這是孝子一片心，也是墓誌銘的慣例，「蔡中郎不免愧詞，韓吏部亦嘗諛墓」。鬼魂卻申述虛詞招謗，於心也愧，就拂袖而去了。真所謂「肺腑而能言，醫師面如土」，由鬼魂現身說法，來評說那些諛墓之詞時，所謂「孝心」、「古例」都無處立足了。作者把對人間文風的嬉笑怒罵寓於鬼魂的彷徨悲哀之中，設身處地地從鬼魂角度評論諛墓風氣，實在是匠心獨具，新穎別致。

對於學問文章，紀昀反對泥古而愚，主張有點性靈。《灤陽消夏錄》曾引一則師訓：「滿腹皆書能害事，腹中竟無一卷書，亦能害事。國弈不廢舊譜，而不執舊譜；國醫不泥古方，而不離古方。故曰：『神而明之，存乎其人。』又曰：『能與人規矩，不能使人巧。』」因而他辛辣地嘲諷被重規疊矩堵塞心竅的糊塗學究作風。同書另一則記載，一位老學究夜行，遇到他的亡友。亡友稱鬼神能夠從屋頂的光芒，辨認屋主的學問文章，「凡人白晝營營，性靈汩沒。惟睡時一念不生，元神朗澈，胸中所讀之書，字字皆吐光芒，自百竅出，其狀縹緲繽紛，爛如錦繡。學如鄭、孔，文如屈、宋、班、馬者，上燭霄漢，與星月爭輝。次者數丈，次者數尺，以漸而差，極下者亦熒熒如一燈，照映戶牖」。老學究有意炫耀自己，就問：「我讀書一生，睡中光芒當幾許？」鬼囁嚅良久，才說：「昨過君塾，君方晝寢。見君胸中高頭講章一部，墨卷五六百篇，經文七八十篇，策略三四十篇，字字化為黑煙，籠罩屋上。諸生誦讀之聲，如在濃雲密霧中。實未見光芒，不敢妄語。」其間雖然也暗示了科場文章的價值，遠不及經、史、辭賦，但更重要的是嘲諷學究讀書，汩沒性靈，把應發光芒的東西，化作一團黑煙。鬼「囁嚅良久」，大概是礙於情面，終於「大笑而去」，也反映作者讓他發這番議論時的充實。作者對學界流弊，多有省察，並且長久鬱積於胸間，借鬼論文，實際上是自抒懷抱。鬼物之有學者氣，乃是作者以怪異手法作心靈自語的緣故。

六、敘事功力和反虛構之間的張力

淵博的學養內在地充實着作者的敘事功力，對傳奇體的偏見又外在地約束着作者的想像能力，《閱微草堂筆記》正是處於這種內在充實和外在約束的審美張力中，尋找自己的敘事方式，建立自己簡淡而不失雍容的藝術風格的。它既作繭自縛，又不息地追求着從繭裏孵化出新的生命。

作者對虛構存在偏見，又不能拒絕某些虛構的存在。他非議《聊齋》的虛構，指責那些摹繪如生的燕昵之詞、媟狎之態，不可能出於當事者自言，也就沒有理由勞作者代言。但在《灤陽消夏錄》中，他又以「理所宜有」，寬容了虛構的合理性：「余謂幽期密約，必無人在旁，是誰見之？兩生斷無自言理，又何以聞之？然其事為理所宜有，固不必以子虛烏有視之。」在這種兩難處境中，作者以博學濟其窮，把虛構理性化或可信化。《灤陽續錄》寫老儒在燈下寫家書，忽有風致嫻雅的女子出現，心知是鬼，卻指使她剪燭。女鬼滅燈作怪，他就用手蘸滿墨汁，打在她的臉上。自此人們再見此鬼在月下走過庭院時，就發現她掩面急走，擔心人們看見她那張墨污狼藉的臉。作者相信有鬼，但懷疑鬼有形無質，何以能沾染墨汁？於是他的博學派得上用場了。他援引《酉陽雜俎》記郭元振在精魅臉盤上題詩，後來發現詩句題在數斗大的白木耳上，這也就證明鬼魅可以借有質之物來幻形了。在這種博學多聞和不願讓虛構留下漏洞之間，作者破壞了單一故事的圓形結構，而採取了連綴敘事、議論、引證多種成分的串珠結構。

對於熟悉大量的古老怪異故事的人，關鍵在於以胸間的一點靈性，對固有的幻想形式進行創造性的點化，幻中出幻，別闢蹊徑。《如是我聞》記書生於鄱陽湖步月，邀人對酒談鬼，其中一人談到，他在京師豐台花匠家，遇到一位士子和他談論「鬼亦有雅俗」，這位士子曾在西山和一鬼論詩，鬼詩中有「空江照影芙蓉淚，廢苑尋春蛺蝶魂」一類佳句。但這個遇鬼的士子也是鬼，一笑而隱。書生聽了這人的談論。就戲說：「此稱奇絕，古所未聞。然陽羨鵝籠，幻中出幻，乃輾轉相生，安知說此鬼者，不又即鬼圖耶？」那個說鬼的「人」一被揭穿底細，也化作薄霧輕煙消散了。《陽羨書生》是六

弈棋仕女圖（新疆吐魯番茄市阿斯塔那一八七號墓出土的屏風畫）比起紀氏筆記中那位遺囑把博具置棺中的可憐蟲，富貴人家對死後「生活」安排得更周到了。

朝吳均《續齊諧記》中一篇幻想奇特的作品，鵝籠中書生能吐出美婦共飲，美婦乘他醉臥時，又吐出外遇取樂。《如是我聞》也是採取這種連環套式的幻想方式，鬼可遇鬼，被遇的鬼又談到他曾遇鬼。在鬼鬼相遇中，作者已刪去了鵝籠書生幻想中的風流韻事，而使這些鬼吟詩摘句，變得瀟脫儒雅了。

在溝通陰陽的幻想中，《閱微草堂筆記》善於順勢推演，把人鬼的某個特徵推到極致，造成強烈的審美效果；又善於自為悖謬，把人鬼的某種行為翻轉一面，散發出濃郁的嘲諷意味或幽默感。這類順逆抑揚，是深得辯證的文章章法之妙的。有一人嗜河豚，終於中毒而死，這已是可怕的癖性。但他死後還要託夢給妻子，責問：「祀我何不以河豚耶？」這已是把人物的癖性隨勢推演，直至死而無悔的程度了。然而接着還要講一個類似的故事：有人因賭博破家，臨終要求兒子「必以博具置棺中。如無鬼，與白骨同為土耳，於事何害？如有鬼，荒榛蔓草之間，非此何以消遣耶！」這則故事與前一則沒有太大區別，可以看做重複推演。但此人的兒子卻不顧「死葬非禮」的眾議，以「事死如事生」的孝心把賭博用具放進棺材中了。人的癖性不僅累其身家，不僅至死不悔，而且制約着後人的行為，這種順勢推演的審美效果是相當強烈的。這兩個以類相從的故事，見於《槐西雜誌》。

自為悖謬的敘事方式更見才華，它在煞有其事的敘寫之後，陡然逆轉，令人在驚愕之餘品味到諧趣。《灤陽消夏錄》寫兩位老儒散步到了墳地，擔心遇鬼。即有一個老人扶杖而來，和他們傾談程朱學說的高明，排斥有鬼的論調：「世間安有鬼，不聞阮瞻之論乎？二君儒者，奈何信釋氏之妖妄。」魏晉名士阮瞻持無鬼說，鬼是現形和他辯駁的，這裏的扶杖老人也是鬼，卻反而附和宋儒，贊同阮瞻，昌言無鬼。鬼而持無鬼說，自為悖謬，到他倏然而滅的時候，自然也就產生了出人意料的幽默感。

與「自為悖謬」相對立的，還有「他為悖謬」，即一種妄念由於某種外在因素的介入，發生了陰差陽錯，導向具有嘲諷意味的反面。《灤陽消夏錄》寫一個士人想入非非，請求擅長幻術的僧人對瓦片施咒語，使可以劃開牆壁，潛入別人閨閣。僧人答應他的要求，囑咐他不要說話，一說話就會幻術無效。他果然劃開一處牆壁，緘默不語地與婦人上床狎暱，一覺醒來，卻發現睡在妻子的床上。雖然僧人以小術相戲，無傷大德，但陰司已錄下他萌動邪念的過失，削減其祿籍了。士人的妄念因僧人幻術的介入而得以實現，但是形式上的妄念實現卻包含着反妄念的實質，於顛倒錯綜之間閃爍着犀利的嘲諷鋒芒。

由於真與幻、陰與陽相交錯，以陰界描寫延長陽間的因果鏈條，把陽間的善惡邪正在陰間進行怪異的變形，《閱微草堂筆記》許多帶嘲諷意味的描寫也就具有濃郁的象徵性。它有別於以往某些志怪小說，不甚熱心於正面描寫地獄，說明作者與佛教地獄設想存在着心理距離。它多寫遊魂散鬼，以及地獄邊緣，因而更富於人間形相的暗喻性。《姑妄聽之》寫鄉人遊了一處陰間鬼魂的流放地。看見一個無口鬼，因為他生前「巧於應對，諛詞頌語，媚世說人」；又看見一個屁股朝上、腦袋朝下、五官長在肚皮、以手行路的鬼，因為他生前「妄自尊大」，要罰他不能仰面傲人；還有一個「指巨如椎，踵巨如斗」的鬼，因為他生前「高材捷足，事事務居人先」，罰他走不動路；最後遇到的鬼「兩耳拖地，如曳雙翼，而混沌無竅」，因為他生前懷忌多疑、喜聞蜚語，只好把他變成一個大耳聾子了。這些顯然都是把人間種種卑劣的品格習性賦予畸形的鬼相，加以怪異化的。它比起對惡貫滿盈者施以湯鼎刀鋸一類地獄酷刑的描寫來，更稱得上是一面返照人世的鏡子。作者寫花妖狐魅遠不及《聊齋》，至於寫鬼，雖然談不上多大的典型概括力，但與人間形相多有關聯，類型上五花八門，手法上揶揄嘲諷，也稱得上蔚為大觀的。

七、複式視角和「元小說」

《閱微草堂筆記》對傳奇體小說虛構想像的成見，不僅影響到自身的幻想方式，而且左右着自身的敘事角度。作者說，自己的書使用的不是才子之筆，而是著書者之筆，換言之，就是他的筆記也講究無一語無出處，哪怕這出處存在於街談巷議或剪燭抵掌之間。這就在行文中造成了故事人物、講述者和作者交錯出現的情景，作者的尊長戚友經常出面評估其間的人與事，作者本人更是引經據典，大發議論或畫龍點睛。這就和《聊齋》大異其趣：《聊齋》雖然有時記錄講述者姓名，文末多有「異史氏曰」，但正文的幻想世界是相對完整的；《閱微草堂筆記》則常常讓真實人物干涉着和出入於幻想世界，它也許是最不講究敘事角度統一性和幻想世界完整性的一部書。

《灤陽續錄》有一則講滄州酒，即王士禎（阮亭先生）所謂的「麻姑酒」。它先談名酒難得，岸上肆中所賣者多是贋品，當地人提防當局徵求無饜，相戒不以真酒應官。次談製酒工藝之精，舊家世族代相授受，取水和儲藏都非常講究，轉運即變味。接着插入作者亡父對名釀的評論：「飲滄酒禁忌百端，勞苦萬狀，始能得花前月下之一酌，實功不補患；不如遣小豎隨意行沽，反陶然自適。」隨之，作者又恢復了掌故興致，講述名酒之真偽、新陳的鑒別方法。最後才講到故事本身：董曲江前輩的叔父董思任，最嗜飲，當滄州長官時遍訪名釀，因當地人不肯破壞禁約而不可得。罷官後再到滄州，住在李進士家中，盡飲其家藏名釀，乃歎息道：「吾深悔不早罷官。」作者收筆時加了一句評點：此雖一時之戲謔，亦足知滄酒之佳者不易得矣。董思任訪名釀的故事，頗得《世説新語》名士趣味。但作者既不拘泥於故事的完整性，也不滿足於六朝軼事式的簡約，而是聚風俗掌故、家君評點、名士軼聞於一爐，從容着墨，搖曳多姿，用現代語言來説，就是把小説散文化了。即便那些寫狐鬼怪異的文字，也每每把狐鬼幻變、人世是非，以及講述者的誠實或狡獪，都置於作者的眼光和親友的評説之下，落筆不計程式，時有雋思妙語，甚至可以窺見他們仿效黃州説鬼時的詼諧灑脱。

多視角的或者説有如蜻蜓複眼的敘事方式，是極富有調整的餘地和彈性的。當作者把他本人和評議者安排到遠離故事中心時，中心故事的敘事角度就可以作出獨立的設計。《如是我聞》記翰林院一位官員從征伊犁，血戰突圍，身中七矛，死後兩晝夜復蘇，疾馳一晝夜歸隊。這完全是客觀的外視角寫法。但是當作者（「余」）和同事在翰林院向那位官員仔細詢問經過時，作品用「自言被創時」一語，把敘事角度轉向主觀的內視角。他被創時毫不感到痛楚地沉睡，漸有知覺後，魂已離體，在茫茫沙海中也明白自己已死——

倏念及子幼家貧，酸徹心骨，便覺身如一葉，隨風漾漾欲飛。倏念及虛死不甘，誓為厲鬼殺賊，即覺身如鐵柱，風不能搖。徘徊佇立間，方欲直上山巔，望敵兵所在；俄如夢醒，已僵臥戰血中矣。

這簡直是某種意識流寫法，把人處於生死邊緣上迷離恍惚的意識滑動，寓於靈魂離體後的倏忽徘徊。最後作品又退回外視角，讓一道聽聞這番陳述的同事歎息說：「聞斯情狀，使人覺戰死無可畏。然則忠臣烈士，正復易為，人何憚而不為也！」作品別具匠心地操縱着作者、講述者和評議者的位置，使文筆輪番出入於內外兩種視角之間，顯示了非常高明的審美創造力。

《灤陽消夏錄》有一則老嫗視鬼的故事，在操縱敘事角度上同樣高明，它以人視鬼，以鬼視人，視角幽明錯綜，誠然別具肚腸。開頭交代故事來源，是外祖母聽老嫗論冥事；結尾是作者發感慨，歎息「人在而情在，人死而情亡」，強調「先王神道設教之深心」，倒也是作者敘事的通常套式。然而，當能視鬼的老嫗講述一位中年病逝的男子鬼魂，依戀未亡人時，卻以人鬼錯綜的角度，寫得癡情可掬，淒婉動人。鬼聽到妻哭兒啼、兄嫂詬罵，在窗外側耳竊聽，神情淒慘。其後媒人登門，聽到議婚不果，就稍有喜色；議婚告成，就惶惶不安。送聘之日，坐樹下，對着妻子房間落淚。嫁前一夕，時而倚柱哭泣，時而低頭沉思，徹夜不得安寧。又追隨迎娶的隊伍，躲在後夫家的牆角，望着妻子行婚禮；狼狽逃回家中，聽到兒子哭着要母親，扼腕頓足，一派無可奈何情形。作者為了使癡情之鬼的種種行為顯得「並非杜撰」，特意交代老嫗被邀當未亡人的女伴，歎息過「癡鬼何如是」，還做了「吾視之不忍，乃徑歸，不知其後何如也」一類解釋。這就另開生面地從鬼的角度感受着未亡人寡居、受兄嫂欺淩、被迫再醮諸類炎涼世態、冷暖人情，並且從人（老嫗，講述者）的角度體察着鬼的癡心、悲愴和靈魂痛苦，在這種人鬼互感的雙向視角中，把鬼的心理狀態寫得入木三分。這裏寫鬼心理，和前述類乎意識流的寫法，堪稱《閱微草堂筆記》的兩大奇筆。

由於作者以出色的功力不拘格套地調動敘事角度，他就時或使自己和評議者越出虛構敘事的邊界，站在界外挑剔指點界內的小說套數，從而把自己的筆記變成了關於小說的小說。《如是我聞》記載一個真實的故事：有乞食流民病歿前，把幼女賣給作者祖母為養女，取名「連貴」。連貴只記得家在山東，門臨驛路，距此有一個多月路程。自稱曾聘給對門胡家，胡家也外出乞食了。十幾年後，連貴被配給紀府的馬夫劉登，劉登自稱原姓胡，家離這裏一個多月路程，在山東驛路之旁，小時聞父母為娶一女。這確實是一個破鏡重圓故事的好素材，但作者沒有把它編織成傳奇，反而請出他的親友發了一番反傳奇的議論。他的叔父說：「此事稍為點綴，竟可以入傳奇。惜此女蠢若鹿豕，惟知飽食酣眠，可恨也。」但他的朋友邊隨園又不以為然：

……史傳不免於緣飾，況傳奇乎？《西樓記》稱穆素暉豔若神仙，吳林塘言其祖幼時及見之，短小而豐肌，一尋常女子耳。然則傳奇中所謂佳人，半出虛說。此婢雖粗，儻好事者按譜填詞，登場度曲，他日紅氍毹上，何嘗不鶯嬌花媚耶？先生所論，猶未免於盡信書也。

作者的本意是嘲諷傳奇。第一個議論是講現實並不像傳奇那麼完美，第二個議論是講傳奇可以把有缺陷的現實完美化。他提醒人們認清虛構，他自己也就站在虛構的邊緣之外。他用真實的理性，去剖析了傳奇小說的創造過程。他離開小說成品去考究成品生產的程序，從而把小說之為小說加以「解構」了。這種「關於小說的小說」，和現代西方世界議論紛紛的「元小說」（metafiction）是否有相似相通之處？這也是值得研究的。

明萬曆刊本《西樓記》插圖

注釋：

〔一〕《閱微草堂筆記》是紀昀的志怪小説總集，包括《灤陽消夏錄》、《如是我聞》、《槐西雜誌》、《姑妄聽之》和《灤陽續錄》。本章引文參照上海古籍出版社一九八〇年版。

〔二〕參看《槐西雜誌》；《如是我聞》。

〔三〕參看《槐西雜誌》；《灤陽消夏錄》。

〔四〕鄭開禧：《閱微草堂筆記·跋》。

結論

中國敘事學：邏輯起點和操作程式
——對兩千年小說敘事的綜合考察

一、文化對行原理與易行、道行圖譜

敘事學研究必須如實地承認存在着一個獨特的中國文化生成系統，以便使研究者的眼光回歸和集注於這個系統內在的深層。在兩三千年綿延不絕而又自成格局的社會文化行為和審美文化環境中，中國敘事文學以豐富的經驗和輝煌的成就，形成了自身具有顯著特色的體制、模式、趣味和評價系統。這個體系儘管由於包含有人類共性而與西方體系存在着重疊互證之處，但更帶有本質意義的，是它攜帶着自己的文化傳統而與西方體系存在着偏離和異質，相互間構成了對峙而又互補的張力。這就使得我們的研究面臨兩難的處境：一方面既要深入地理解具有充分的現代意識和嚴密的理論體系的西方敘事學建樹，使之成為隨時啟迪我們的理論靈感的參照系；另一方面又要清醒地隨時準備着超越它，以免在生搬硬套中使中國敘事傳統違心就範，削足就履，造成對中國敘事文學的核心和精髓有令人遺憾的盲點。這就要求我們的研究工作實行開放性和自主性的統一。

關鍵在於「找回自我」，尋找到自己的邏輯起點，尋找到自己進行邏輯演繹的基本思路。這個起點和思路找到了，就能建立高屋建瓴的思維定勢，以現代意識重新體驗中國文化智慧的生成方式與形態，使研究工作由「我有迷魂招不得」的昏昏然的境界，進入「雄雞一唱天下白」的昭昭焉的境界。

中國有兩句已經獲得著作界共識的話，就是：意在筆先；以心運文。這就承認了心中意下的體驗參悟，是一篇作品先入的存在和內在的驅動力。帶點神秘色彩的所謂「意君」、「心王」一類概念，就表明「意」和「心」對各種行為規範、包括敘事行為規範，具有先行、運作，甚至君臨、主宰的功能。這種「意」和「心」是帶有中國文化行李的，它要求在敘事立言之時，首先要究天地之際、通古今之變、達造化之妙、體人倫之微，從而達到敘事立言中主體和客體的融合。這就是蘊涵着深厚的經驗、智慧和生命的「文化原我」。中國敘事的這種心理學渾融着文化學的生成方向，是與西方傳統中從「模擬」到「靈感」的方向互為逆反的。因此我們進入敘事學研究的「地獄之門」時，也應該與之相適應地採取對行的路向。在西方敘事學攜帶着語言學的思路跨入敘事學的門檻，從中離析出最小的敘事單位，採取由內向外擴張的思路的時候，中國敘事學應該反其道而行之，攜帶着文化學的行李，體悟出宏觀的宇宙論和生命論的構架，採取由外向內收斂的思路。這種思路對行是文化學的重要的動態原理，對行的結果，西方敘事學的體系在這裏被「解構」和重構了。

敘事研究的學術史已經給了我們這類思路對行的啟示。二十世紀六七十年代，法國的羅蘭．巴特（Roland Barthes）和茲維坦．托多羅夫（Tzventan Todorov）分別從功能、行為、敘述等層次，以及語義形態、語域及動詞形態，總之由較小、較低的層次向較大、較高的層次展開論述，從而建立了結構主義敘事學。而中國明末清初，也就是十七世紀的金聖歎、毛宗崗、張竹坡諸人，則採取了由幾本「才子書」或「奇書」的序言、讀法，直至回評和眉批、夾批的方法，總之由宏觀及於微觀地破譯着中國敘事作品的觀念、結構、表現方式上的密碼，從而建立了評點派敘事批評的範式。理論範式之別，基於中、西方不同的宇宙時空意識。中國人講時空往往由巨及微，採取年月日時，以及郡縣鄉村的順序；西方人則往往由微及巨，採取時日月年，以及村鄉縣郡的順序，二者的思路是對行的。甚至敘事作品，神魔小說由盤古開天闢地、歷史小說由夏商周列朝寫起，也與西方小說由一人一景的特寫鏡頭寫起迥異其趣。與時空意識相對應的這種評點派批評，儘管由於年代較早，尚不可能具備完整意義上的現代理論體系，但只要找到一個高層的邏輯起點，循着與西方敘事學對行的思路進行研究，大概是可以發現一個為西方敘事學所陌生的異常豐富而深邃的敘事學世界。這就是說，中國敘事學研究策略，有兩個關鍵詞：文化原我，智慧對行。

那麼，何處存在着這個邏輯起點？意在筆先、以心運文的「意」和「心」，又具有甚麼文化內涵？這就是「文化原我」的問題，它迫使我們不能不回到先秦時代對中國人的精神方式進行宏觀的哲學概括的典籍《易經》和《道德經》中去。作為儒學第一經和道家第一經，這兩部書存在着中國人精神結構的原型。《道德經》這樣描述「道」的運行：

有物混成，先天地生。寂兮寥兮，獨立不改，周行不殆，可以為天下母。吾不知其名，字之曰道，吾強為之名曰大。大曰逝，逝曰遠，遠曰返。〔一〕

這裏描述了作為天下之母的道，圍繞着圓周運行不息的軌跡。考慮到語義學上，大和遠配對，逝和返配對，道行軌跡應該包括大、逝、遠、返四個階段。以標示其萬物自化和歸根復命的複雜形態。

道的周行不殆的軌跡，與《易經》「隨時交易，以從道也」的意念是一脈相通的。《易．繫辭下》說：「為道也屢遷，變動不居，周流六虛，上下無常，剛柔相易，不可典要，唯變所適。」這裏也講了一種圓形運動形態，把《道德經》中的「周行」換稱為「周流」。至於運行的階段，《易．繫辭》上也分為四個階段，即「易有大極，是生兩儀。兩儀生四象，四象生八卦」。又有所謂「易有四象」，舊釋為少陽、老陽、少陰、老陰，對照於春、夏、秋、冬四時。於是易的運行和道的運行，具有相似的圓形軌跡，這就是中國人宇宙論和生命論的動態原型：

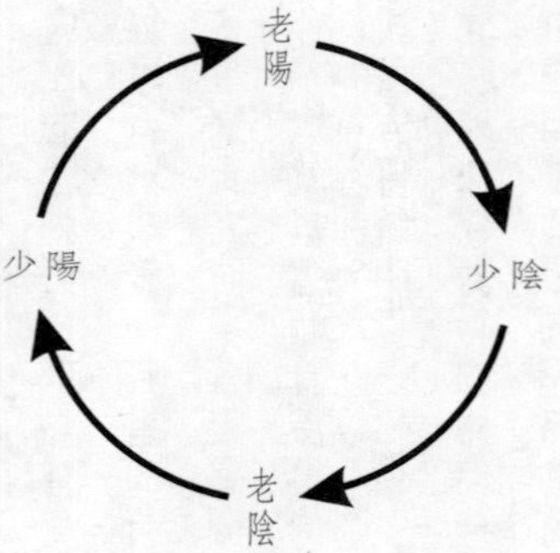

易行圖譜

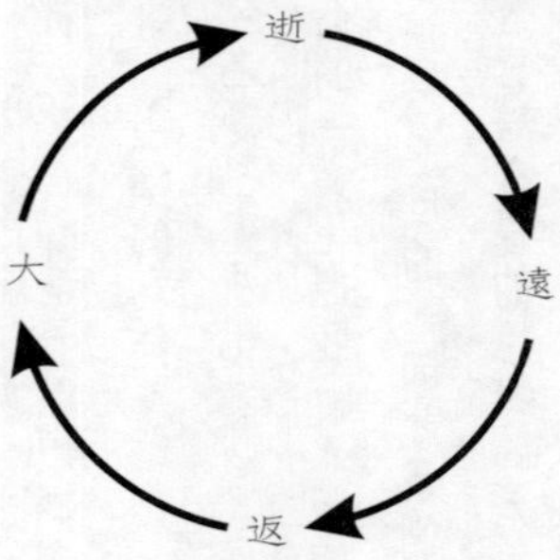

道行圖譜

圓形思維是一種融合着理性和非理性的悟性直覺，它總攬萬象而又超越萬象，以逍遙自在的精神狀態，直指萬物變化的根源。它從天象（日月星辰的運行）、時序（春夏秋冬的運行）、歷史（盛衰治亂的轉換）、人事（禍福吉凶的推移）、物理（山川草木的久暫）等等千百次經驗中，以一種超常狀態的玄想，抽繹出一種超驗而又百驗的通則。它不像西方「原子論」那樣叩問着萬有的存在本質，探詢着「What」；它也把世界的物質形態歸結為「氣」，但並不過多地過問「氣」的內在結構，而過問氣與理或與道的結合。它以「道論」統合着一與萬、有與無，叩問着天人間變化的大法，探詢着「How」。因而它達到的是一種非實證而多玄思的融通境界，一種「人法地，地法天，天法道，道法自然」的超越具體物質形式的融通境界。中國的「道論」與西方的「原子論」，體現着人類探索宇宙根本的兩條對行的思路。

古中國人對宇宙、社會、歷史、人生的這種圓形運行機制和生滅法則的靈性直覺，具有極大的普泛性，滲透於人倫物理、九流百藝之中，沉積成為民族的群體潛意識。甚至連一些外來文化也受其浸潤。佛教的一些神妙境界也蒙上圓形的光環，出現了諸如圓融、圓滿、圓妙、圓寂一類概念。「圓覺」成了如來藏、真如、佛性、一真法界的別名；圓通大士成了觀世音的別號；連佛教徒參禪，在地上或空中畫一個圓圈，也叫做「圓相」，這是與基督教以縱橫相交成「十字架」形狀極其不同的宗教儀式。

理論研究應該高度重視東西方思維方式的對行性，及其接觸宇宙人類意義的不同層面的特點。應該看到，貫穿儒道釋三教、泛化於天地萬物的富有動感的圓形結構，必然也深刻地滲透到中國人的詩性智慧之中。因此，中國敘事學的邏輯起點和操作程式，帶點宿命色彩的是與這個奇妙的「圓」聯結在一起了。是否可以在一定意義上這樣說：中國歷代敘事文本都以千姿百態的審美創造力，在畫着一個歷久常新的輝煌的「圓」？

二、潛隱圓形結構對應於審美理想及其適應性和涵容力

從這個「文化原我」的邏輯起點上進一步分析就不難發現，中國比較完整的敘事作品的深層，大多運行着這個周行不殆的「圓」。也就是説，中國人情不自禁地把自己文化心理的深層結構，投射到敘事作品的潛隱結構上了。

首先，潛隱的圓形結構之廣泛存在，是由於它對應着中國人的審美理想。既然對於宇宙和生命的體驗，傾向於天地交泰、天人合德，傾向於人與自然宇宙的圓融和諧的相處，具有一種「趨圓性」，那麼與之相契合，敘事作品往往尋找着、追求着超拔而圓融的藝術境界。審美理想是一種價值取向的極致，當人們在敘事構想中以審美理想建立思維定勢，其苦心經營的故事就會長出新的根鬚和藤蔓，去領受那個參究融通天地古今之變的「圓」所發出的夢一般的誘惑。

這裏不妨借用六朝陸機和劉勰主要不是針對虛構敘事的話作旁證。《文賦》首句是「佇中區以玄覽」。「玄覽」典出《道德經》，河上公釋之為「心居玄冥之處，覽知萬物」。佇立宇宙的中區，以玄冥心態覽知萬物，自然是「周覽」，自然採取圓形的視角，因而能夠達到瞬間感悟，「觀古今於須臾，撫四海於一瞬」。《文心雕龍·體性》篇把文章風格分為四對八體，已經構成一種圓形的分佈，因而要達到它，也只有「沿根討葉，思轉自圓，八體雖殊，會通合數，得其環中，則輻輳相成」[一]。這就把風格的熔鑄和會通，採取圓形或環狀的軌跡，並轉喻為輪式的結構了。這種玄覽會通、思轉自圓的審美思維方式，使敘事作品在橫向組合種種情節的時候，發生思維取向的旁出和曲變，從而在一個縱深凝聚的潛隱的圓形結構上獲得智慧的昇華、意義的引申和境界的圓滿。對稱性思維，在有中心點的轉動中，必然形成旋轉之圓。

初唐王度的《古鏡記》屬於六朝志怪到唐代傳奇的過渡性作品，它本是以一面絕世寶鏡在人間的遊歷為線索，貫穿種種除妖滅怪的故事片斷。王度從侯生手中得鏡，曾經誅殺狸精、蛇怪，驅除癘疾。由其弟王績帶去漫遊山水，

又誅滅了龜、猿二精，井底鮫精，以及為祟民宅的雞精鼠怪之類。最後又回到王度手中，在匣內如龍咆虎吼般悲鳴之後，失其所在。寶鏡在王度手中得之失之，已構成了一個顯性的圓形結構，更何況它又旁出了三次「亞敘事」：侯生贈鏡時，推測這是黃帝按照「滿月之數」鑄成的十五面鏡中的第八鏡；家奴豹生補述此鏡曾在蘇綽手中得而復失，證明「天地神物，動靜有徵」；王績還鏡時，又告知廬山蘇處士「洞明易學，藏往知來」，預言此「天下神物，必不久居人間」。這些「亞敘事」的旁出，指向天地循環的「易道」，指向一個圓形的潛隱結構，從而使人間世界的種種怪異現象，以及亂世初定的鎮妖情結，在一個以黃帝鑄鏡為始端的神話世界中獲得神秘主義的説明。

即便中國二十世紀的敘事作品，顯層意識已有了來自西方的進化論一類的參照系，但其深層結構中還不時可以依稀感受到那個奇幻迷離的「圓」。一種建築在民族群體潛意識之上的審美理想和思維定勢，並非那麼輕而易舉地歸於消失，它往往能夠在顯層參照系上獲得新的開放性的動力和生機。比如魯迅是相信進化論，而對傳統敘事的團圓主義深惡痛絕的。但《故鄉》在蒼黃的天底下坐篷船回鄉尋夢，而在閏土和豆腐西施的兩種強烈對比的人生方式中失去了夢，畢竟又在坐篷船離鄉時寄希望於下一代「為我們所未經生活過的」新的生活，寄希望於那輪朦朧了的海邊碧綠沙地上金黃的圓月。這篇被外籍人士譽為「偉大的東方敘事詩」的作品，畢竟屬於東方，畢竟在人跡往來和世事蒼涼中完成一種圓融悲遠的境界，概言之，它畢竟是以中國人對宇宙生命體悟出的奇妙的「圓」為潛隱結構的。

其次，圓形潛隱結構具有豐富的變化無窮的適應性。「道之為物，唯恍唯惚」，它並非本體性

蕭史、弄玉（錄自明萬曆刊本《有像列仙全傳》）

的，而具有聯繫各種本體的功能性。因而它是一種敘事的「軟件」。假若把它當做「硬件」，它有可能使一些作品陷入單調的宿命的怪圈，比如一些平庸的專門講述因果報應的作品便是。假若把它視為「軟件」，它便可以變化出各種程序，攜帶着感悟宇宙人生的豐富信息，若有形、若無形地滲透和穿行於敘事作品各種表層結構和典型經驗之間，增添許多玄遠的聯想和深層的密碼。

同屬出入夢境的唐代傳奇，由於潛隱的圓形結構附着和滲透於獨特的人間意象之上，它們所提供的宇宙人生密碼就顯得異常豐富、獨到和玄妙。沈既濟的《枕中記》和李公佐的《南柯太守傳》把榮華富貴到了極點的人生史倒影在夢境之中，使人在出入枕端一竅或槐下蟻穴的滑稽行為中體悟着人生空幻感。因而那個奇妙的「圓」提供的宇宙人生密碼，是帶有令人感慨繫之的哲理和宗教味的。沈亞之的《秦夢記》則把「吳興才子怨春風」（詩人李賀稱沈亞之語）的性慾「里比多」（Libido），化作秦穆公墓前一夢，寫自我形象在夢中續娶千年前騎鳳成仙的秦公之女弄玉，又因弄玉病逝而被送回唐朝。圓形結構使人物似乎穿行於時間隧道，又在時間隧道的一端（醒後）自問「弄玉既仙矣，惡又死乎？」在帶荒謬感的自嘲自諷中化解戀仙情結，因而結構軟件的密碼帶有心理學的深度了。

其三，圓形結構還具有巨大的包羅萬象的生活涵容力。一個結構要行之久遠，並非一味空靈玄遠就可以奏效。還須具有組構各種人間的和超人間現象的雄渾沉厚的涵容功能，圓形結構則是兼備這二端的。《道德經》說：「道生一，一生二，二生三，三生萬物。」它從發生學的角度貫通了一與萬，這種祖孫譜系使天地萬象都獲得了道的本性的遺傳。既然「一」的大宇宙可以派生出「萬」的小宇宙，它們之間的相生相應使得圓形結構具有大小相包容、相充實的多層性。大宇宙、大圓圈的每個階段的運行，都給若干小宇宙、小圓圈的運行提供互相呼應的具象和千姿百態的可能性選擇，從而使敘事作品對它們的描繪產生種種邏輯性的或非邏輯性的意義。

多層性圓形結構，在中國古典長篇小說中是屢見不鮮的。比如《三國演義》總體是一個大圓。流行的寫定本之所以把《元至治新刊全相三國志平話》開頭的司馬仲相斷陰獄，發付漢初蒙冤的韓信等三傑，轉世為曹操等三雄以三分劉氏天下的情節，刪改為「青山依舊在，幾度夕陽紅」的卷首詞，以及「天下大勢，分久必合，合久必分」的歷史循環的開篇哲理，就是為了增強這個大圓的完整性。而且這個一分為三、三合為一的歷史大圓，又包含着魏、蜀、吳三家由創業到滅亡的相互對峙而又相互交叉的三個中等的圓，以及董卓、袁紹、袁術、呂布、劉表等來去匆匆的較小的圓，在這種圓圓相續相套之間波瀾壯闊地展示了中國三世紀周流不殆的政治外交謀略和戰爭傳奇。其間魏蜀交叉處是漢中和岐山，魏吳交叉處是合肥和石亭，蜀吳交叉處是荊州和猇亭。而三個圓重疊交叉之處則是荊州，因此全書百二十回有七十回涉及荊州，十回專門寫荊州。赤壁之戰和關羽鎮守、失陷荊州，成為全書最有聲色的篇章，顯示了圓圓相套和圓圓切割交接之處的巨大的審美能量。

《水滸傳》則顯示了圓圓相套的另一種較為鬆散的形態。從龍虎山伏魔殿誤走妖魔，到宋江等人神聚蓼兒窪，全書形成了一百單八天罡地煞降世、完聚到離散的大圓。在這個大圓的涵蓋下，由山林間眾多的小聚義到梁山泊大聚義，以到挫敗童貫、高俅後受招安，構成了以聚義廳英雄排座次為頂點的前置圓，以「替天行道」為旗幟，佔書八十二回；又於受招安後，以征遼為戰功的頂點，以征方臘為眾兄弟陡亡離散的黑洞，構成了後置圓，樹起「順天護國」的旗幟，佔書十八回。《水滸傳》版本的演變，實際上意味着對多層次的圓形結構的操作。比如天都外臣《忠義水滸傳序》提到，古本有《燈花婆婆》故事作為「引首」。但是以燈花幻變的妖婆為禍一家內室的故事作為巨著的引子，是尾大不掉的，因而被改為「誤走妖魔」的天人感應情節，而使圓形結構完善化了。至於增加征田虎、王慶情節而成百二十回本，只是擴展了後置圓的周長，對整個多層的圓形結構是沒有本質的價值的。值得注意的是金聖歎截取前七十一回成新本（託名古本），它大體上是不甚完整地截取了前置圓，並加了盧俊義驚噩夢，以幻設的形式使圓形結構完善化了。同時，他又在評點中強化了「三石碣」的意象，一是誤走妖魔時伏魔殿的石碣，二是七星聚義劫生辰綱時石碣村的石碣，三是聚義廳排座次時，從天而降的石碣。這就像路標一樣強化了圓形運轉的軌跡，便於自評自歎「一部大書以石碣始、以石碣終，章法奇絕」了。

由此可知，《水滸傳》和《三國演義》的多層性圓形潛隱結構是各具匠心和神采的，它們能夠涵容數百年間說話人和文人作家千姿百態的創造，並達到了多樣性和渾厚感的高度統一。

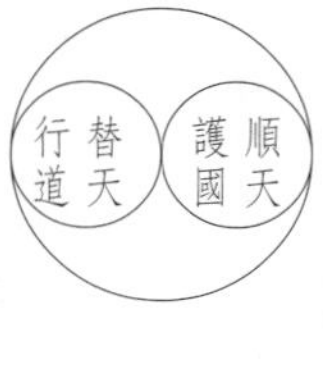

《水滸》潛隱結構圖

《三國》潛隱結構圖

三、圓的破裂與參數敘事

這裏有必要排除一種誤解：我們說圓形結構廣泛存在，並非等於說世間事物總是那麼「圓滿」。相反，圓滿乃是一種靜態的圓，圓滿和缺陷共存或者說於缺陷中追求圓滿，才能產生傾斜的勢能，才能產生動態的圓。同時，圓形運動並非總是完整地進入人的視野或敘事作品的視野。敘事作品往往截取宇宙人生圓形行程中最有典型意義的一段，或者擷取眾圓相摩相蕩瞬間爆裂出來的碎片。寫蒼鷹飛翔，不一定寫它環空盤旋，更有動感的也許是寫它振翅欲飛的一瞬。寫圓形運行，不一定寫它升沉往復的全過程，能夠捕捉到眾圓交叉的一點而寫出其多種可能的「欲圓性」，也許是極為深刻和精彩的。這便導致了圓的破毀。破毀是由圓向非圓的轉化，它也是以那個奇妙的圓作為邏輯起點的。

《易．繫辭上》說：「參伍以變，錯綜其數。通其變，遂成天下之文；極其數，遂定天下之象。」孔穎達疏曰：「參，三也；伍，五也。或三或五，以相參合，以相改變。」[三] 這個互相參合變化的道理，是適合於圓破毀之後，形成多條曲線相互錯綜影響、相互參合闡釋的情形。這就是下面將要說明的「參數敘事」。

參數敘事在正常的敘事之外、之中或之旁，增加某種異質、異樣的敘事附加物，使正與異之間發生互相干涉、互相對質、互相闡釋和互相補充的審美效應，從而指向着或暗示着新的更深的意義可能性、審美可能性和敘事角度的可能性。因而參數敘事是一種拓展可能性的敘事策略和敘事方式，它在不同層面上提供新的美學可能。就我的研究所及，至少可以發現三種參數敘事的形態：結構參數形態；文體參數形態；視境參數形態。

首先，結構參數形態在結構變異上做文章，在正、異結構的獨特組合中，生發某種潛哲學意義的可能。這種參數敘事形態的例證，最明顯的莫過於話本小說的前面加有一則「得勝頭回」。如果我們把話本小說的正文視為一個「圓」，那麼「得勝頭回」就成了圓外的凸起，它破壞了「圓」的完整性，而給正文敘事以一個別有意味的參數了。

「得勝頭回」在宋代說話人那裏，是熱場和等待聽眾的一種手段。但是我懷疑那時的「得勝頭回」是比較隨意和簡陋的，或者採取一些小說演史講經「並可通用」（參見《醉翁談錄．小說引子》注）的段子，因此《清平山堂話本》輯錄的二十七篇宋元至明初的話本，只有兩三篇尚存「得勝頭回」的痕跡。這種情形到馮夢龍編定「三言」時大為改觀，它得到補足和加強，幾乎成了話本小說的固定儀式，可見其對敘事參數的推重了。

比如《警世通言》第六卷《俞仲舉題詩遇上皇》，就改編了《清平山堂話本》中的《風月瑞仙亭》充當「得勝頭回」。正話寫的是南宋成都府的窮秀才俞仲舉到臨安應試，落榜後窮得連房租都付不起，到酒樓買醉時把發牢騷的詩詞題在壁上。適值當了太上皇的宋高宗不甘心「樹老招風，人老招賤」，就拿着壁上詩詞壓服孝宗皇帝封他為成都太守，衣錦還鄉。離鄉求售，衣錦榮歸，始而落魄窮愁，繼而平步青雲，正話是一個圓形結構的荒謬劇。與之組接的「得勝頭回」《風月瑞仙亭》卻帶有正劇色彩，寫卓文君私奔到成都鬻酒，因司馬相如的賦為皇上賞識而發跡變泰的故事。因此，圓與圓外凸出發生了人物形態和敘事情調的「有意味的錯位」。這種錯位發生了參數效應，以偏正相參互釋的方式指向某種潛在的人生哲學，令人致慨於歷代文才之士的命運取決於高踞禁城之內的一人的變幻莫測的喜怒，於是正劇也沾染了荒謬，荒謬才是真正的深刻。

這種破毀了圓而產生「有意味的錯位」的參數敘事形式，是飽含着豐富的信息量而足以激發讀者廣闊的聯想的。可惜二十世紀的中國小說似乎對此較少會心。值得一提的是，京派前驅者廢名的長篇小說《橋》。它在講述城鎮學童程小林與農村少女史琴子嬉戲於山光水色和歲時民俗之間的溫馨愛情之前，以「第一回」的形式講了一個遠方海國的故事：夜間失火，男童與少女逃離火區，因少女憂慮她的Doll被焚燬，男童便返回給她找來了。這個洋味引子和正文世外桃源式的中國故事的錯位組接，產生了令人心靈似有所悟的參數效應，相當灑脫空靈地傳達了人類的兒女非常純潔的初戀之情，無論東方和西方。

其次是文體參數敘事形態。小說本來就以「文備眾體」著稱，它具有巨大的文體包容量。自覺地開發這種文體包容量提供的可能，使多樣文體相互干涉和交織，當會產生新的美學價值、情調和滋味。自唐代變文以降，中國虛構敘事作品盛行韻散交錯的文體形式。先秦時代的古人就以詩歌作為周旋於政治外交場面的手段，一部興、觀、群、怨的詩歌總集竟成了儒家的百世經典，這也是世界文化史上特異的事。戰國時代的《穆天子傳》便有韻散交錯的萌芽，但那裏的詩歌屬於代言體，穆天子西行見西王母，相互酬唱的三首詩，多用「汝」、「子」、「予」、「我」一類第一人稱和第二人稱代詞，透露了一種微妙的男女之情。變文以後的話本小說和章回小說的韻語，則較為程式化和通俗化，它們介入散文敘事的圓融自足的境界中，在破毀了圓的完整性之時，附加上許多參數值：（一）調節敘事的節奏和聲情，以吸引讀者；（二）醒目悅耳，對相關的情節加以強調；（三）中斷散文敘事的時間順序，引發讀者的思考和聯想；（四）使用格言箴語，宣講世俗哲理。

比如宋人話本《志誠張主管》寫東京開線鋪的張員外六旬鰥居，託媒人去說合一位人才出眾、有十萬貫妝奩的少婦，中間就驟然截斷散文敘事，插入一段評論媒人的駢文：

> 開言成匹配，舉口合姻緣。醫世上鳳隻鸞孤，管宇宙單眠獨宿。傳言玉女，用機關把臂拖來；侍案金童，下說詞攔腰抱住。調唆織女害相思，引得嫦娥離月殿。

《西遊記》寫孫悟空想翻出如來佛的掌心，是洋溢着幽默情調的。這位猴王在撐着一股青氣的五根肉紅柱子上，拔毫毛題字，還撒了一泡猴尿。但當他再度翻騰，被佛祖以五行山壓住的時候，卻插入這樣一首詩：「當年卵化學為人，立志修行果道真。萬劫無移居勝境，一朝有變散精神。欺天罔上思高位，凌聖偷丹亂大倫。惡貫滿盈今有報，不知何日得翻身。」這就化解了原來的幽默情調，換作一派嚴峻的、甚至道貌岸然的面孔了。它在四回大肆鋪陳的大鬧天宮，使玉帝神仙、天兵天將威風掃地之後，站在對立面來評議猴王的無法無天，從而把前面的敘事題旨自我解構了。由此可知，韻散交錯文體提供的參數，本質上在於散文敘事產生臨境效果，韻文介入產生間離效果，從而使讀者不斷調整心理距離，出入於情感和理智之間了。

其三是視境參數敘事形態。在文本的固有視境之旁，設置另一個「旁視境」，使之虛實、冷暖、俗雅、輕重互異，在相互闡發和質疑中，蕩漾出宇宙意識、人間意識的哲理意味。在參數敘事中，前述「得勝頭回」和韻散交錯，屬於儀式化的或常規化的類型。另外還有一種非儀式化的、原創性的類型。這也是通過超越、裂變或破毀敘事主體的圓形結構，旁設一個敘事複體，把兩個或兩個以上處在不同層次、卻又可以互相強化或異化的敘事單位組合在一起，構成複式敘事的宏觀視境。其表層特徵，一仍「得勝頭回」之以正話故事為主體，以入話故事為複體；一仍韻散交錯之以散文敘事為主體，以韻文敘事為複體。其內在功能卻似乎在敘事主體之旁，添置一盞燈火，返照出主體部分恍惚迷離的影子；又似乎在敘事主體之旁添設一種旁觀的、陌生的、有時是冷峻的眼光，返觀主體部分未嘗自我省悟的形態、命運和生存景觀。這種借他燈自照、借旁眼自觀，就是複式敘事視境所提供的參數值。

儒道釋三種文化信仰和宗教共構互補，為借他燈自照、借旁眼自觀的敘事方式準備了文化心理依據。達以兼濟，窮則獨善，有為無為，入世出世，因真入幻，由幻求真，中國士大夫在不同情景進行心理調適的方式，畢竟也折射到敘事作品的宏觀視境中了。《三國演義》在總體上是入世的，他的揚劉抑曹，以某種方式汲收了朱熹《通鑒綱目》中改寫從《三國志》到《資治通鑒》以曹魏為正統的道統思想，因而毛宗崗《讀三國志法》開宗明義就講「正統閏運僭國之辨」。然而小說的卷首詞「滾滾長江東逝水」，卻早已埋下了對龍爭虎鬥的紛紛世事採取冷眼旁觀態度的基因，並由此形成一條時隱時現的複式敘事的潛流。諸葛亮將出草廬之時，即有司馬徽極力舉薦他的才能可比姜尚、張良，隨後仰天大笑；「臥龍雖得其主，不得其時，惜哉！」關羽水淹曹軍，爾後麥城殞命，靈魂飄至荊州玉泉山，高呼「還我頭來」，即有普靜禪師喝問「雲長何在」，點破迷津。劉備為報關羽之仇，興師伐吳之時，即有青城山老叟李意作兵馬器械畫而撕毀，畫大人臥地被掩埋，以預示劉備的喪師崩駕。這些敘寫，借或隱或僧或道的參透天機的冷眼，觀照征戰殺伐的如棋世局，透露出「有心扶漢，無力回天」的歷史悲涼感。這也就是毛宗崗《讀法》所謂「三國一書，有寒冰破熱，涼風掃塵之妙」了。

古中國的靈魂幻想又為這種參數敘事，提供了構設另一個視境的手段。王充《論衡》「紀妖」篇，曾經記述「夢為魂行」之說，靈魂既然可以離開肉體出行，它也就可以處在旁設的位置，來返觀自我的生存形態了。《聊齋志異》中的《長清僧》寫一位道行高潔的僧人，圓寂後游魂不散，附着在墜馬而死的豪紳公子身上。他被隨從扶歸後，整日受到粉白黛綠、錦衣玉食，以及奴僕們拿來的錢糧賬簿的攪擾，心神不得安寧。這便匠心獨具地以高僧的靈魂痛苦地審視着屬於另一個決然不同世界的肉體。靈魂與肉體的錯位組合，既考驗着高僧的志行，又針砭了豪門公子紛華靡麗的生存方式，其參數意味是非常豐富的。

寶玉隨警幻仙姑到太虛幻境（錄自清萃文書屋刊本《紅樓夢》）

一旦勾魂攝魄的寫實巨筆與精魂痛苦地入世出世的幻想相遇合，《紅樓夢》便把一幕「貴族中國」的殘破了的繁華夢和失落後的懺悔錄，寫成了一部浮世神話。它是浮世的，以本色得幾乎無以復加的浮世寫真作為敘事主體；它又是具有神話原型價值的，它以浮世寫真為出發點，上天入地地尋找中國神話的複體，並以神話複體作為睿智而空幻的眼睛，返觀人世榮枯和兒女至情，提供一種帶有永恆魅力的審美參數。那一僧一道攜一頑石到詩禮簪纓之族一遊，實際上是釋道空幻和詩禮儒風，以及人間性情互為參數而發生因緣的極妙象徵。一切都似乎產生了真幻互映的恍惚感，太虛幻境不是出現在離絕塵囂的神國裏，而出現在賈寶玉珠帳寶榻的夢境中，此岸彼岸間不知誰屬真、誰屬幻。「金陵十二釵」正、副、又副冊的翻閱，把人物命運率先隱藏在詩與畫的玄機中，卻始終帶着象徵詩一般的密碼效應，追隨着讀者的整個閱讀過程。不等於它已經廉價地告訴你一切，它實際上只交給你一種百思難得其解的參數密碼，使你在急切感和困惑感當中不放過字裏行間細微的暗示。讀者其實也和賈寶玉一樣對初露的玄機無法同步頓悟，只有和那塊通靈寶玉一道歷盡奢華和憂患之後，才具備解讀密碼的可能。新制「紅樓十二曲」也是「提前」演唱了，它本應演唱於悲劇的結尾，卻把悲劇的預感安排在開頭。這無非也是為了提供一種敘事參數，要讀者在欣賞烈火烹油、鮮花着錦的繁華之時，也難以拂去「忽喇喇似大廈傾，昏慘慘似燈將盡」，「好一似食盡鳥投林，落了片白茫茫大地真乾淨」的陰森森的幻影。此外如釵黛合傳的詩畫，絳珠仙草對神瑛侍者還淚的許諾，都為解讀全書提供了非刻板的寫實所能提供的玄奧精美的神話參數。總之，《紅樓夢》的偉大，不僅在於它偉大的寫實造詣，而且在於它卓絕的神話幻設，在於它的「浮世—神話」或者「人書—天書」千載一遇的異常深刻而奇妙的參數組合，它由此提供了談不盡的出入於人事與神話的高深話題。

四、陰陽兩極共構的敘事動力學及其四種表現形式

圓形結構的運轉和破毀，實際上是由陰陽兩極共構提供內在的驅動力的。由於有了兩極，圓就有了前趨和回歸的雙向弧形運動，而當兩極失衡的時候，就產生了圓的變形和破裂。同時，兩極性的構想，最初是與男女兩性關係相聯繫的，或者說是男女兩性關係在天地萬象中的泛化。有了主體自認的人，設想自身居於天地萬象的中心，而這個中心是陰陽雙構、並與天地萬象相感應的。

人按自身的性質構成去解釋天地，卻又顛倒了這種學理發生學的過程，用天地的性質構成來解釋人自身，從而以顛倒所增加的神秘感而形成信仰。《易經》反映了半原生、半顛倒的過程，它宣稱「一陰一陽之謂道」，「乾道成男，坤道成女」（《繫辭》上）。它時或透露了原生態：「男女構精，萬物化生。」時或陷入了混沌：「子曰：乾坤，其《易》之門耶？乾，陽物也；坤，陰物也。陰陽合德，而剛柔有體。」（《繫辭》下）這種宇宙和人的體悟為陰陽家和道教引申扭曲，成為玄虛的信仰了。但它作為審美要素滲透到敘事操作中，卻能在一分為二的裂變和合二而一的重組中，給操作過程輸入對立、衝突、中和、轉化的內蘊活力。如果把兩極視為兩個性質迥異的動態質點，那麼它們的空間位置，就構成了相離相對、相接相間、相含相蘊、相聚相斥四種形式。

首先，是相離相對。兩極的位置是分離和對等的。形成對比、映照，意蘊的互相闡發，並可能最終導致敘事階段的推移。

《金瓶梅》的故事以玉皇廟始，以永福寺終。道教的玉皇廟和佛教的永福寺處在相離相對的兩極，分別象徵着生

與死，色與空，以及敘事情調上的冷與熱。或如張竹坡在第四十九回評和夾評中所說：「玉皇廟、永福寺是一部大起結」，「玉皇廟熱之源，永福寺冷之穴也。」康熙本《張竹坡批評第一奇書金瓶梅》的首回，就是「西門慶熱結十兄弟」，講西門慶與應伯爵、謝希大、花子虛等十人，到玉皇廟焚紙拜疏，結為酒肉兄弟。從疏文有「伏為桃園義重，眾心仰慕而敢效其風」一類文句，可以把它看做是對早期章回小說的「桃園三結義」和「梁山泊聚義」的市井性戲擬(Parody)。這一戲擬不要緊，連道教的現世納福傾向也被戲擬或誇張扭曲成無節制的色慾了。酒肉兄弟的幫閒，刺激了西門慶出入妓院的趣味。花子虛引出李瓶兒，道廟掛畫上趙玄壇座下之虎引出武松打虎，也就間接地引出潘金蓮，進而演出了金、瓶縱慾爭寵的大觀。玉皇廟的另一盛事是西門慶加官得子、雙喜臨門之後，為官哥兒拜表寄名，從而刺激了失寵的潘金蓮由妒而恨的變態心理，導致官哥兒、李瓶兒的喪生。玉皇廟象徵着人間的福祿追求和色慾變態，而這種變態則由於永福寺梵僧的淫藥而趨於不可收拾，結果是西門慶的縱慾暴亡。由於永福寺是周守備的香火院，西門慶妻妾風流雲散之時，春梅成了守備家的當家奶奶，從而把全書色慾最重的潘金蓮和最荒唐的陳敬濟收葬在這裏。全書最後一回，吳月娘帶領孝哥兒避金兵之亂，於永福寺遇普靜長老薦拔西門慶、潘金蓮、李瓶兒、龐春梅等孽鬼冤魂，並點化孝哥兒皈依佛門了。永福寺作為玉皇廟相離相對的另一極，它給予玉皇廟牽引出來的一批精力過剩、色眼迷離，張揚個性而又在污泥上打滾的靈魂，以一個總的交代，總的歸宿。這便形成了《金瓶梅》宣洩本能、展覽本能而又壓抑本能的扭曲了的內道外佛的警世意蘊。

其次，是兩極相接相間，形成互相轉換、起伏跌宕的波式節律。這裏有必要引進「剛」與「柔」這對表達文章風格的範疇。《易經．說卦》道：「昔者聖人之作《易》也，將以順性命之理，是以立天之道曰陰與陽，立地之道曰柔與剛，立人之道曰仁與義。……分陰分陽，迭用柔剛，故《易》六位而成章。」也就是說，剛柔是對應於陰陽的兩極性範疇，剛以高揚，柔以深婉，二者前後接續轉換，便產生敘事的彈性感以及波浪式的敘事節律。清人姚鼐有感於此，把文章風格類型分為陽剛之美和陰柔之美，他並不否認各人的才性文章有所偏致，但其理想在於剛柔的並行互補：

> 吾嘗以謂文章之原，本乎天地。天地之道，陰陽剛柔而已。苟有得乎陰陽並行而不容偏廢，有其一端而絕亡其

一，剛者至於僨強而拂戾，柔者至於頹廢而暗幽，別必無與於文者矣。〔四〕

漢人小說《燕丹子》是汲收了「太子丹賓養勇士，不愛後宮美女，民化以為俗」的「燕丹遺風」（《漢書·地理志》）而成的復仇書，自然是偏於陽剛之美的。但是在陽剛之美達到最高點，也就是荊軻行刺秦王而捉住他的衣袖的千鈞一髮之際，敘事風格突然出現了陰柔之美的變奏。秦王向荊軻「乞聽琴聲而死」，在悠婉的琴音中，秦王聽到脫險的隱語暗示，終於掙裂袖子、超越屏風走脫，並返身以劍斬斷荊軻的雙手。這裏的美姬琴聲，使陽剛得有些「過」的敘事風格，得到了來自另一極的陰柔的調節，成為全書最有戲劇性魅力的一筆。

剛柔相濟的敘事節奏的調劑，在中國敘事文學史幾乎俯拾即是，其內在潛能的充分釋放，是可以造成風格轉換激盪的奇觀的。金聖歎在《水滸》第二十三、二十六回回評中，對武松打虎之後轉為武松遇嫂，武松殺嫂祭兄之後轉為武松以迎奸賣俏的風流話捉弄孫二娘一類的風格轉折，極為讚賞。認為「寫武二遇虎，真乃山搖地撼，使人毛髮倒卓，忽然接入此篇寫武二遇嫂，真又柳絲花朵，使人心魂盪漾也」；「前篇寫武松殺嫂，可謂天崩地塌，鳥駭獸竄之事矣，入此回，真是強弩之末勢不可穿魯縞之時」，「於是便隨手將十字坡遇張青一案，翻騰踢倒，先請出孫二娘。寫孫二娘便加出無數笑字。寫武松便幻出無數風流話，於是讀者但覺峰回谷轉，又到一處勝地」。金評可以引發兩種聯想：（一）剛柔有正體、變體之別，或真確的剛柔和偽裝的剛柔之別。武松的風流話屬於「幻出」，當是一種變體的、偽裝的柔。但它與正體的剛相組接，依然具有「峰回谷轉」的轉換敘事情調的功能。（二）當一種敘事情調處於「強弩之末」，用盡其勢能之時，可以通過轉換敘事情調而在新的方向上形成新的勢能。陽剛的頂點和陰柔的深處形成勢能的巨大落差，這可以作為一種尺度，衡量作家審美地把握世界的延展性。《水滸》是在操作剛柔落差的巨大延展性中，顯示了大手筆風範的。

其三，兩極因素的相含相蘊，形成了表裏複合的敘事構成。這種形式用以寫行為，便顯示行為的多義性和超常性；用以寫人物形象，便顯示人物形象的複雜性和立體感。顯而易見，兩極複合構成給文本增加闡釋的歧義和細讀的趣味了。

讀者不會忘記《三國志演義》寫關羽溫酒斬華雄的一幕，這是以討伐董卓的十八鎮諸侯挫盡銳氣作為陪襯的，被譽為「威震乾坤第一功」。然而這種以眾餒襯一強的筆法，卻關聯着一部關羽形象形成史。從《元至治新刊全相三國志平話》到《三國志演義》，描寫重心有一個由突出張飛到突出關羽的深刻變化。元刊平話極寫張飛的勇猛，稱之為天下「第一槍」。虎牢關三英戰呂布之後，又有「張飛獨戰呂布」，寫得「張飛如神，呂布心怯」。其後徐州之役，張飛引十八騎撞陣，生擒呂布，被曹操稱為「勇冠天下。」《三國志演義》截去了張飛獨戰和生擒呂布的描寫，卻把史載屬於孫堅的斬華雄之功，記在關羽名下。描寫重心的轉移，是由於關羽兼備神威和儒雅的兩極品格，他手中那本《春秋左氏傳》得到進一步強調，逐漸上升為忠義蓋世、儒兵兼修的武聖人了。他的品格是複合型的，內儒外兵，以儒學的忠義原則賦予兵學的剛猛以道德的權威性。複合品格的存在，使關羽描寫出現了「超常規性」。關羽的神威儒雅，不僅體現在斬顏良、文丑的戰場得意，而且體現在他於逆境中「降漢不降曹」的堂堂正正的投降，以及由此引出來的秉燭待旦、掛印封金和千里走單騎一類唯忠唯義、不為財色名利所動的道德感。此外，華容道義釋曹操，超越了將令常規；單刀赴會，超越了主將臨陣的常規；刮骨療毒，超越了醫術常規；連玉泉山顯聖，也可視為超越了生死界限的常

關羽擒將圖（明商喜畫）

規。這些與水淹七軍一類常規性描寫，都來自他兩極複合的性格結構向不同方向映射的特異功能。因此，諸葛亮在調解關羽要入川與馬超比武時說的話，「孟起雖雄烈過人，亦乃黥布、彭越之徒耳。當與翼德並驅爭先，猶未及美髯公之絕倫超群也」，可以看做對關羽複合性格的極妙論定。

其四，是兩極因素的相聚相斥。有別於相含相蘊意味着融合，相聚相斥意味着聚而不合，相互排斥而發生裂變，它製造了兩難選擇的境遇，令靈魂騷動不安，推衍出一種禍兮福兮、變幻莫測的命運。

這裏想集中分析意象敘事。中國古代詩歌是以意象豐富取勝的，小說中也頗多意象敘事的佳品。比如《世說新

語》的「鱸膾菰羹」，宋人話本的「戒指兒」，明人擬話本的「珍珠衫」，《金瓶梅》中的「金蓮」（小腳），直到現代小說中的「羅漢錢」，都以獨特的意象牽連着、甚至播弄着人的命運。但均不及《紅樓夢》中的「通靈寶玉」來得奇幻精深，因為它是一個頑靈相聚、石性和玉性相斥的帶神話原型意味的「千古一意象。」

這塊石頭在神話世界中，就已經具有頑中之靈、靈中之頑的自我內在的排斥性了。它因此無才補天，契合了一個驚心動魄的神話母題：為通靈而付出「失天國」的代價。性靈一通，便有了慾望，為一僧一道談論的「紅塵中榮華富貴」所動，乞求攜它入世，「在那富貴場中、溫柔鄉裏受享幾年」（此處據《脂硯齋甲戌抄閱再評石頭記》第一回）。它隨着賈寶玉含玉而生，進入凡塵，把自己的頑石和靈玉的雙構性投射到人物品性上。從而構成了賈寶玉聰俊靈秀、且又「僻性乖張」的二重性格，既有溷跡閨幃的「富貴閒人」的紈絝氣，又有討厭峨冠禮服、鄙視科場沽釣、冷淡仕途經濟的叛逆性。在他的愛情婚姻選擇上，存在着一個孤標傲世、不甘冷漠自然人性的「冷月詩魂」林黛玉和一個端莊賢惠、充滿傳統道德感的薛寶釵。因而似乎是對應於石頭的頑、靈二相，形成了帶點宿命色彩的「木石前盟」和「金玉良緣」的兩難選擇。最後維持和重振貴族家業的需要，棄木取金，通靈寶玉在略盡人事之後，重歸大荒山無稽崖了。這塊通靈寶玉，即來自大荒、歸於大荒的頑石，乃是整部《紅樓夢》的「核」。它從核心人物的心性開始，向外投射着自己的靈頑二性。投射到以寶、黛為首的「金陵十二釵」的靈秀獨鍾的世界，投射到整個大觀園，最終投射到混沌蒼涼的神話世界。在往復投射中，人在石頭上找到了生命信物，石頭在人上找到了生命歷程，石頭既作為敘事的客體又作為敘事的主體而存在着。

五、視角的群體流動性、層面跳躍性和玄學性

結構和操作採取周行不殆的「圓」和陰陽共構互動的方式，也牽動了敘事作品的視角不可能是凝止的、單一的。

實際上，結構和操作本身就包含着視角，它與西方的定點透視不同，往往採取流動的視角或複眼映視式的視角。

對於這種視角形態，魯迅已從繪畫上有所覺察：「中國畫是一向沒有陰影的，我所遇見的農民，十之九不贊成西洋畫及照相，他們說：人臉那有兩邊顏色不同的呢？西洋人的看畫，是觀者作為站在一定之處的，但中國的觀者，卻向不站在定點上，所以他說的話也是真實。」〔五〕這裏包含着民族欣賞習慣心理。倒不是說中國敘事者自視為全知全能的上帝，他們不敢如此僭越。他們在敘寫人生經驗和抒發積悃才情之時，往往採取群性創造心態，這就習慣成自然地使其敘事視角具有群性特徵。這種心態和特徵可以分為兩類，或者說它們的群性認同趨於兩個方向：一是縱向的。小說作為獨立文體，是從傳統的子、史兩種文體，以及它所仰慕的六經、它所夢魂縈繞的怪異書（如《山海經》）中分化出來的。它也必然地汲收了六經、子史以及怪異書的某些思維方式和把握世界的視角。這是面向傳統的縱向認同，不僅文言文的筆記、傳奇，即便後來的話本和章回小說也時時流露出「為六經國史之輔」，或「佐經書史傳之窮」的心態。二是橫向的，也就是對現實社會讀者的認同。尤其是早期白話小說的伎藝性，說話人面對眾目睽睽、洗耳恭聽的聽眾，他不可能採取在寂寞寒齋拂紙執筆的方式，從一己的小洞去窺視朦朧的時空。他必須訴諸眾目視物，講究敘事對象的清楚明晰、入耳即解。他手執警木摺扇，指手畫腳，常常進入角色，擺開模擬架勢，要求口到、手到、神到，發揮熱鬧的、能夠招徠聽眾的場面效應。這就要求他採取群性的、流動的敘事視角，而且這種視角也為文人擬話本和章回創作加以變通地接受了。

流動視角之所謂流動，就是敘事者帶着讀者與書中主要人物採取同一視角，實行「三體交融」以設身處地地進入敘事境界，主要人物變了，與之交融的敘事者和讀者也隨之改變視角，讀《水滸》的人可能有一個幻覺，你讀宋江似乎變成宋江，讀武松似乎變成武松，這便是視角上「三體交融」的效應。中國古代句式不時省略主語，更強化了這種效應。比如武松大鬧快活林，事先約定每過一處酒望子都要喝三碗酒，所謂「無三不過望」。約莫吃過十來處酒肆，施恩看武松時，不十分醉。金聖歎夾評：「此句非武松面上無酒，只是寫施恩心頭有事」，他擔心武松醉了誤事。以下的視角就屬於武松了。

隨着武松一路行進，遠遠看見一處林子。搶過林子背後，才見一個金剛大漢在槐下乘涼。武松自忖這一定是蔣門神了。又三五十步到丁字路口，才看見大酒店簷前立着望竿，酒望子上寫着「河陽風月」四個大字。轉到門前綠欄杆才看見兩把銷金旗上寫着「醉裏乾坤大，壺中日月長」的對聯。西方小說往往離開人物從另一視角操作環境描寫，細及它的細枝末節、歷史沿革，以便給人物活動預支一個場合，如雨果的《巴黎聖母院》在描繪那座偉大的建築時，就預支了數十頁篇幅。而這裏的視角則幾乎寸步不離地隨武松的行跡眼力游動，武松看不到的東西，讀者也無從看到。隨之，武松已到店門口，看見兩壁廂擺着紅白兩案的家生，裏面擺着三隻小酒缸，正面櫃檯上坐着小婦人，也就是蔣門神的妾。於是武松上前捉弄小婦人，激發打鬥，把小婦人和兩個酒保倒栽到酒缸裏去了。游動視角不僅緊隨人物眼光，也投射了人物性情——這只能是武松的眼光，他豪俠中不失精細，看清環境才動手，換作李逵是未看清酒缸、家生和對手的方位，就板斧一揮圖個痛快淋漓了。這就把敍事視角角色化了，成為流動的角色化視角。

流動視角有時也採取圓形軌跡。由於敍事者（或說話人，講究進入角色，那麼當他環視周圍注視他的眼光之時，這些眼光是呈圓形流轉的。假如設想一下當年瓦舍勾欄說書的情景，這種圓形的流動視角，就會給人如臨其境的感覺。《水滸》中楊志、索超大名府比武，採取由外向內聚焦的圓形視角；梁山泊軍隊攻陷大名府，採取由內向外輻射的圓形視角。楊、索比武本身着墨不多，卻寫月台上梁中書看呆了；兩邊眾軍官喝彩不迭；陣面上軍士們竊議多年征戰，未見這等好漢廝殺；將台上李成、聞達不住聲叫「好鬥！」諸色人物各具身份神態，像回音壁一般反響着兩雄逞威鬥勇。金聖歎的眉評甚妙：「一段寫滿教場眼睛都在兩人身上，卻不知作者眼睛乃在滿教場人身上也。作者眼睛在滿教場人身上，

武松醉打蔣門神（近人關良作）

快活嶺（蘇州桃花塢清代年畫）

遂使讀者眼睛不覺在兩人身上。真是自有筆墨未有此文也。」流動視角妙處在於：看客反成被看客，着墨不多自風流。

楊志比武的描寫，是在單純中求灑脱；大名府陷落的描寫，則要在複雜中求專注了。翠雲樓上時遷舉火為號，吳用事先調遣好的二十六將、十一路人馬同時舉事，城陷於瞬間，千頭萬緒由何處着手寫起？敘事者心靈手捷，一下子捉住了梁中書遑遑然如喪家犬的身影眼光，舉一綱而收攏千絲萬縷。梁中書見翠雲樓上烈焰衝天，出門查看，即被李應、史進截住廝殺；逃往南門，又聞魯智深、武松殺入城來；急回州衙，目睹劉唐、楊雄打殺太守；回馬奔向西門，又為王矮虎、一丈青等四路兵馬堵住去路；得部將的保護轉向南門，又為關勝諸將殺退；躲到北門，遇林沖、花榮，轉到東門又遇穆弘，最後衝出南門，沿途受李逵、呼延灼、秦明諸路人馬的截殺。行文沒有讓梁中書輕易脱險，而讓他在逃遍東南西北四門和三闖南門的過程中，由內往外地輻射出圓形的視角，把瞬間遍及滿城的戰火統一於一人的眼光之中，真可謂牽一髮而動全身，屬於舉重若輕的大手筆。而滿城戰火的殘酷性，也在一城之主喪魂落魄的逃難中，渲染得淋漓盡致了。

流動的視角是極有活性的視角形態，這似乎應合着「水流則活」那句老話。視角可以分為內視角、外視角和旁視角等處在不同層面上的類型。視角的流動，可以在同一層面上採取對位的、波浪狀的或者圓形的種種流動方式；也可以在不同層面上採取跳躍的或者台階式的流動方式。比如《紅樓夢》第一回，便跳躍於作者、石頭、空空道人以及甄士隱、賈雨村等多種敘事層次，以外、內視角以及玄視角，出入於神話、夢幻和現實，其具體的視角功能，這裏不及備談。令人驚奇的是，清代紀昀的《閱微草堂筆記》有一篇二百餘字的故事，竟把這三種各具功能的敘事角度組合在一起，形成猶如蜻蜓複眼一般的複式視角。它先用外視角，寫翰林院一位官員從征伊犁，突圍時身中七戈而死，兩晝夜後復蘇，疾馳歸隊。隨之，「余」（作者）和翰林院一位同事問起他的經歷，採取他「自言被創時」的方式轉向內視角。他受傷後靈魂離開肉體，明白自己已死在茫茫沙海。突然想到子幼家貧，心中酸楚，便覺身子輕如樹葉。又想到化厲鬼殺敵，覺得身子穩如鐵柱。正想上山偵察敵情時，突然驚醒在血泊中。內視角把人物在生死邊緣上迷離恍惚的意識滑動，寓於靈魂離體後的倏忽徘徊，簡直是某種意識流的寫法。最後作品又退回到旁視角，讓一道聽聞這番陳述的同事歎息說：「聞斯情狀，使人覺戰死無可畏。然則忠臣烈士，正復易為，人何憚而不為也！」複式視角的運用，使小小文本具有多重功能：情節功能，深度心理功能和口碑功能。因而這篇筆記簡直成了視角及其功能的小小實驗室。

視角的流動，隱伏着視角解構的危機。應該認識到，流動的視角並不安分，它可以在單一平面上流動（第一級），也可以在複合平面上跳躍（第二級），還可以脱離任何的虛構層面，出現脱軌流動（第三級，或「無級」，因為前兩級都是「有級」）。這便是自居於虛構外的元小説（Metafiction）。《閱微草堂筆記》有一則，記載作者家中先後十幾年間，收容男女兩位流民為養女，為馬夫。從他們分別談起的家鄉里程和幼年定聘的情形推測，他們的匹配可能是破鏡重圓。作者沒有把它編織成傳奇，而是保留那一點「可能」的疑竇，保留生活素材的「原生狀態」，並且援引親友發了一番反傳奇的議論。作者的叔父説，可惜此女「蠢若鹿豕」，不然可以點綴為傳奇。作者的朋友卻舉出傳奇頗多「緣飾」、「半出虛説」的例證，認為「此婢雖粗，倘好事者按譜填詞，登場度曲，他日紅氍毹上，何嘗不鶯嬌花媚耶？」[六] 作者就這樣把視角推出虛構的邊緣之外，形成一種超越小説的「返視角」。這就從不同的（比如説，歷史學的）思維體系來反視小説虛構的思維體系，從而把虛擬而成的小説成品「解構」為自外於虛擬的小説創造過程的分析了。

如此説來，視角的流動多端和層面超越，是相當有效的發揮視角之為視角的功能了。它既可以流動和超越到瓦舍勾欄，書齋案頭，也可以超越和流動到思想文化、宗教哲學的義理之中。中國視角藝術在哲學和宗教的「有」「無」範疇的影響下，發揮過極其豐富、玄妙的聚焦功能，不僅可以聚焦於「有」，而且可以聚焦於「無」。六朝玄學追求意在言外，催生了聚焦於「無」的萌芽。比如《世説新語》寫鄭玄撻婢，兩個婢女用《詩經》的句子酬對解嘲，

武侯高臥圖（明朱瞻基作）

就以「不寫之寫」的方式，把鄭府經學風氣之盛顯示於「有意味的空白」中了。

最得聚焦於「無」的妙諦的，還是《三國志演義》的「三顧草廬」。毛宗崗在三十七回回評中寫道：

> 此卷極寫孔明，而篇中卻無孔明。蓋善寫妙人者，不於有處寫，正於無處寫。……孔明雖未得一遇，而見孔明之居，則極其幽秀；見孔明之童，則極其古淡；見孔明之友，則極其高超；見孔明之弟，則極其曠逸；見孔明之丈人，則極其清韻；見孔明之題詠，則極其俊妙。不待接席言歡，而孔明之為孔明，於此領略過半矣。

妙趣就在於不須諸葛亮出面，就提供了一個屬於他的精神人格世界。其精神人格無所不在地附着於臥龍岡的自然人文景觀上，不僅附着於擇居處的山水秀色，不僅附着於「淡泊以明志，寧靜以致遠」的草堂對聯，而且已浸潤了臥龍岡人的靈魂，附着於他們的談風、行為和歌喉。劉備未遇諸葛亮，已聞歌五首。一前一後是田夫歌和黃承彥吟出的「梁父吟」，都説明為諸葛亮所作。一以隱士高眠對應世局變幻如棋，一詠瑞雪寒梅的瀅潔獨標，抒情言志，都透露了諸葛亮遺世獨立的清亮胸襟。中間三首為石廣元、孟公威和諸葛均所吟，格調較為激越，或詠史以讚頌古代名臣風雲際遇、功業垂世；或刺世以針砭奸雄弄權、災祥屢見；或抒情，以表達躬耕隴畝、寄情琴書、以待天時的心跡。這三首並未點明為諸葛亮所作，但體其意味，與他自比管仲樂毅，甚至為友人方之為呂尚張良，其濟世苦心相通，至少可以看做他的借體代言。於是諸葛亮未出現，他那有若「萬古雲霄一羽毛」般高揚的、具有隱逸和濟世雙構的精神世界，已經瀰漫於臥龍岡的山水人文，帶着鮮活的生命感蕩漾於字裏行間了。也就是説，聚焦於「無」，屬於比聚焦於「有」更帶超越感的審美層面，它能夠獨具神采地建構一個充滿詩化靈氣的文化人格世界。

中國文化博大精深的獨特品格，決定了中國敘事學應該有一個屬於它自己的思路和體系。惟有如此，才能為人類智慧貢獻出中華人文精神風韻。面對着跨世紀的中華民族全面振興的事業，是應該設想這類文化歷史命題了。

注釋：

〔一〕《老子道德經》上篇二十五章，王弼注本，《諸子集成》（三），中華書局一九五四年版。

〔二〕《文心雕龍．體性》，范文瀾注本，人民文學出版社一九八五年版，第五〇六頁。

〔三〕《周易正義》卷七，《十三經注疏》，中華書局一九七九年版，第八十一頁。

〔四〕姚鼐：《海愚詩鈔．序》，清嘉慶原刊本《惜抱軒文集》卷四。

〔五〕《且介亭雜文．連環圖畫瑣談》，《魯迅全集》第六卷，人民文學出版社一九八一年版，第二十七——二十八頁。

〔六〕《閱微草堂筆記．如是我聞（三）》，上海古籍出版社一九八〇年版，第一七九——一八〇頁。

附錄一

台灣版《中國歷朝小說與文化》序言

《中國歷朝小說與文化》繼《二十世紀小說與文化》之後在台灣出版，使我欣慰的內心，難以排解那幾分惴惴不安。因為作為姊妹篇的這兩本書，面對一個東方文明古國二千餘年間如此複雜紛紜的文學、文化現象，要憑一人之力理清其來龍去脈和勾勒其風貌神采，每有力不從心之處，也是不言自明。

惟有一點可以告慰讀者：作者學術態度是認真的。燈下窗前，嘔心瀝血，從不敢懈怠，不敢存絲毫僥倖和投機取巧的心理。

我把主要精力轉而研治古典文學，已屆不惑之年，儘管我幼年讀過一些古代詩文，青年時代尤嗜史學和子書，在研究現代文學那些年，為探源溯流而披閱過不少古典文獻。轉換研究領域的一個原因，乃是不惑之年的新的迷惑。現代文學的研究文字讀過不少了，自己也塗鴉過十幾部。但其間似乎潛伏着一種自五四以來就認為天經地義的文學進化觀，似乎凡是現代作品都比古書高明，現代文學在觀念和文體上每前進一步，都是對古典的超越和突破。

問題果真像一個直角三角形的斜邊，如此直線向上嗎？我不屬復古派，我也相信未來更好，也追求觀念更新。但我懷疑這是用新文學自己的尺碼來衡量新文學，在一個靜止點上總覽大千世界，缺乏充足的包括古代和現代、東方和西方的參照系。這大概與太史公所謂「究天人之際，通古今之變，成一家之言」，存在着不短的距離吧。正如靜點觀山，總覺得愈近愈高，一旦把靜點換作動點，就會發現山外有山，雖不能說愈遠愈高，但總不能棄其千姿百態而不睹。且莫空談甚麼「超越自我」，走出自己的學科門限，建立一種宏觀的、動態的評價標準和參照系統，乃是超越自我的第一步。因此，現代文學研究者不妨在學有餘力之時，一探西洋文學和古典文學之堂奧。它對你研究現代文學所獲得的觀念和知識，會發生新的學術效應，而且不是數學級數的補充效應，而是某種意義上的幾何級數的昇華效應。

當然，超越自我不等於泯滅和毀棄自我，反而是在更高的層次上肯定自我。我做學問的這十幾年，逐漸形成了自己的治學方略，即是「利用原有優勢，拓展新的優勢」。我研究生期間是治魯迅小說的，循文學史轉型期巨人研究乘便把晚清到五四時代變化紛紜的文學脈絡加以細心的梳理了。因此我從事專業的文學研究伊始，便順理成章地提出了中國現代小說史的專題。對於原有的學術優勢，一要利用，二要拓展。不做利用而漫無邊際地以過大幅度跳躍到新的領域，勢必失去學術研究中非常值得珍視的堅實和渾厚；不做拓展而過長過久地在狹窄的領域躊躇滿志，也會失去學術研究中屬於新的境界的博洽和會通。基於上述的一孔之見，我在完成三卷本《中國現代小說史》之後，並不急於好大喜功地提出一個研究古典文學和文化的聳動人心的計劃，而是出偏師於古典小說，從特定的側翼進入這個異常浩瀚的領域。因為有以往十幾年的研究成果作見證，似乎頗有些人不再懷疑我對小說這種文體的鑒賞眼光和闡釋能力了。

我之研究文學，非常推崇悟性。眾皆知曉，禪宗是以悟為妙諦的，妙諦旁滲，使中國近千年來論詩衡文都是以一個「悟」字作為溝通天人與真幻的心理契機，即所謂「欲參詩律似參禪，妙趣不由文字傳。個裏稍關心有悟，發為言句自超然」（戴復古《論詩十絕》）。如此論悟，似乎有點虛玄。但若能以悟觀文，由文出悟，則是古中國文論中足以同西洋分析文論並峙的一種審美心理優勢。若能悟與析兼用，大概是可以拓出文學評論和研究的新境界的。我曾經說過，我研究文學史力圖把握兩頭：最原始的材料，以及盡可能開闊的現代意識。經過多年實踐，我深深體會到：悟，乃是溝通這兩頭的心理橋樑。離開了悟，材料是死材料，觀念是空觀念。悟的投入就是自我的投入，一旦有了研究者充滿悟性的自我投入，材料和觀念都蘇醒起來，一若陰陽相值，衍生出新的生命。

請不要懷疑我是古老的玄悟的衛道者，我是主張由悟入析，悟析兼濟的。這裏存在着研究者面對原始材料的心理操作程序：材料→感悟→分析→理論。自然這個程序鏈條表述得過於簡單了，因為每兩項之間都存在着互動、滲透和跳躍諸類豐富複雜的狀態和形式。不過，鏈條的每個環節都不容簡單地擯棄的，尤其失去了悟，就失去了對文學之為文學，美之為美的真切洞察。比如，唐人傳奇的作品多讀幾種，就可感悟到其間存在着一種「進士與妓女」的潛隱母題。反過來又從《通典》、《續通典》和《北里志》等文獻中尋找材料，當會進一步感悟到進士和妓女處在唐代社會的榮華和屈辱的兩極。兩極相遇，乃是唐人風流的象徵。再推究以當時的婚姻制度，就可以分析到這種風流中存在着一定程度的感情可選擇性以及命運的不可選擇性。這就造成了大喜大悲的感情波瀾和聚散離合的悲劇結局。復考究傳奇作者不少人出身進士，因而悟知他們寫這個母題不含儇薄之意，倒含有幾分風流自賞，並藉言情悲劇尋「詩」，尋找唐人至為心折的精神生活方式。這種出入文本、反復會通的闡釋方式，離開悟、析兼用的心理過程是很難達到的。

中國文學源遠流長、形態萬端，許多領域是尚未充分發掘和進行深度現代化轉化的原礦。且容我斗膽預言：浩如煙海的中國文學文獻的充分發掘和深度現代化轉化，勢必引起人類文學觀念的巨大拓展、甚至深刻革命。這是跨越二十世紀和二十一世紀的偉大的歷史命題。近時常見一些文學論著，撏扯西洋文學觀念的皮毛，牽強附會或隔靴搔癢地給中國事例貼標籤，自以為這樣做就是現代化轉化了。我並不排洋，我向來認為西洋文學研究的不少思路，能給我們以深刻的啟示，能給我們提供非常廣闊的參照系，更何況人類的審美心靈本來就存在着許多靈犀相通之處？

然而深度現代化轉化，並不等於標籤的西洋化。中國文學有自己獨立的漫長的歷史，有自己獨特的語言形式和文體表現方式，所有這一切，並不是那些基本根據西洋文學歷史和現狀而抽象出來的理論所能完全涵蓋得了的。中西文心之雙圓的這種重合處和偏離處所產生的張力，理應成為我們文學研究的驅動力，所謂同中求異，正是創造性研究的出發點。如果研究如此博大精深的中國文學的結果，只是給西洋理論體系提供一些例證，那是非常可悲的。中國文學要建立自己的可以同西洋體系相互對峙、相互比照、相互補充、相互完善的理論體系和評價體系，就必須對自己浩如煙海的原始文獻進行廣泛深入的感悟和分析，從中昇華出理論形態的東西。顯然，只有我們提供具有中國現代特色的體系，而不是簡單地補充幾個例證，我們才能為人類的文學理論作出別人無以代替的貢獻。

比如神話理論。古希臘羅馬神話有複雜的情節和史詩的規模，若用它們的標準來衡量中國神話，當然會自慚形穢。但是，中國神話的基本特徵恰在於它的非情節性，以及與此相聯繫的神秘性和多義性。我們與其像西洋結構主義那樣把複雜的情節肢解成片斷的單元，或與其把片斷的材料組合成完整的故事（這在通俗化方面也許有價值），毋寧從中國神話非情節性、神秘性和多義性的本色出發，以亦悟亦析的方法，揭示其精神原型、思維模式和衍變脈絡，並逐漸形成自己的理論體系。若不然，單純地套用西洋標籤，也許會把中國女神描述成金髮女郎，也許會責備中國美人何以沒有碧眼聳鼻。不建立中國特色的文藝學體系和評價體系，毫無主見地以西洋體系來越俎代庖，必然會或深或淺地導致這類迷誤。

悟與析兼用的操作程序要運用得得心應手，就既要有開闊的西洋文論作為參照系，又要有豐富扎實的中國文史修養作為根柢。我向來主張「多元互補」的研究方法，即在以文本作為研究的中心點進行審美悟析之時，針對文本的不同特點，輔以歷史學、文獻學、文化學、宗教學、民俗學、心理學、文字學以及考據學等多種手段，以深入地探究文本的結構功能奧秘及其文化生命。這種研究方法是對研究者的悟性和分析能力是否出入無滯的考驗，也是對研究者全部知識儲備的非常嚴峻的挑戰。也許我在其間涉足十幾年的現代文學研究領域尚能應付，一旦轉換到古典文學研究領域，就難免為知識的飢渴症所困擾了。

我對古典文學的研究，是從文言小說開始的。古人操觚於這個領域，並沒有把它當做純粹的小說藝術對待。究其創作動機，或是方術之士自神其教，或是碩學鴻儒私家雜說，或是應試學子進身之具，或是落魄秀才炫才之學，或是寂寞文士好奇之所為，如此等等，總之它是以虛構敘事為共同特徵的綜合性文化現象。對這類作品的研究，尤其需要多元互補的研究方法，和與之相聯繫的豐富的文史知識。比如，如果不瞭解《詩經》中人稱代詞的使用方式，不瞭解先秦人以毛色辨馬的習慣，就無法使用語言分析的方法，破譯《穆天子傳》中穆王見西王母時吟詠酬對隱藏着男女之情的密碼，也無法揭示穆王八駿以八種顏色象徵着的世界圖式。

作者與文本之間隱秘的微妙的關係，也是今人和古人進行心靈對話的饒有趣味的話題。如果對作家傳記及其留下的其他文獻無心寓目，也就無從使用心理分析方法，窺破作家如何通過作品獲得心靈補償。讀《聊齋》的人都知道蒲松齡擅長寫妒悍之婦，如果由此只認定蒲氏善於描寫典型人物，那麼結論於普泛之處難免空疏。只有讀到他為亡妻寫的《述劉氏行實》之時，窺見蒲氏描述家變和張揚家醜時的內心傷痕，才對《聊齋》寫妒寫悍的潛隱意識豁然省悟了。即便是白話小說系統，比如敦煌變文，沒有足夠的歷史學、宗教學和文體學的知識，也很難論定它成為獨立文體的年代，以及由於佛陀音影和世俗趣味的交織和消長所導致的文體嬗變。而清理這類文體發展的軌跡，乃是一個文學史家義不容辭的責任。

我對古典文學的探索和中國特色文藝學的思考，充其量只能算是開了個頭，期待着高明賜教和同道協力。或許這也是一個跨世紀的課題，對於我自己。但願今後能少一點惴惴不安，多一點自信，誰又知道這能不能？

附錄二

台灣版《中國古典白話小說史論》自序

我是一個由中國現代文學轉而治古典文學的人。我總覺得，作為轉型期的二十世紀中國文學要形成大家風範，除了對外來文學思潮進行廣泛的吸收之外，至為關鍵者，是對本民族古典文學進行深度的現代化轉化。這就需要對博大精深的中國古典小說做兩個方面的工作：一是原原本本地回歸到古典小說的本體；二是通過富於靈感的體悟，給古典小說的解讀以一個充溢着現代意識的理論框架。理想的研究狀態，是具備深厚的古典文學學者的造詣和新銳的現代文學學者的眼光，古今貫通，溫故知新，形成不落俗套的理論操作體系。本書對此雖不能至，然心嚮往之。

進入這個新的學術領域，我首先關注的問題是建立古典小說的本體論和文體發生發展論。中國古典小說發端於戰國，由兩漢之際一批淵博的古文獻學者進行精到的語義學辨析和選擇，確定了「小說」名目。神話、子書、史籍均為「小說之祖」，在「多祖現象」中形成了志怪、志人、雜史等豐富的小說形態，到唐代與文人詩心相融合，出現了傳奇。古典白話小說本是口傳文學，在曹植那時稱「俳優小說」，隋朝稱「俳優雜說」，唐朝稱「人間小說」、「市人小說」，數百年間形影彷彿，形成與史籍「藝文志」著錄的小說書分庭抗禮的潛在的民間文學形態。

中國古典小說關係到其命運形態的第二次變革，發生在由唐入宋時代。這就是自六朝以來的「俳優小說」或「市人小說」，受佛教變文的撞擊而離析重組，出現宋代「說話四家數」，即除了小說自身被豐富為煙粉、靈怪、傳奇、公案諸門類之外，還有講史、說經和其他滑稽娛樂的伎藝。這場歷時數百年的小說文體變革，導致白話小說取代文言小說，成為小說文體的主幹，進而導致明清小說燦爛輝煌到了成為時代性文體，有點後來居上地和唐詩、宋詞、元曲等時代性文體並列。明末清初金聖歎提出「才子書系統」，把《水滸傳》與《莊子》、《離騷》、《史記》、杜詩、《西廂記》並列為古今文學史的正宗和精華。李漁等人建構「奇書系統」，把《三國》、《水滸》、《西遊》和《金瓶梅》列為「四大奇書」，與《今古奇觀》的話本精品選本相呼應，組成了小說以「奇」傳世的獨具神采和魅力的世界。

由於中國古典白話小說有自己獨特的生命歷程、表現形態和敘事智慧，因而它應有自己獨立的解讀和評價體系，西方體系只能作為參照，參照是不應鳩佔鵲巢，實行文化殖民主義的。《儒林外史》把作者見聞所及的清前期士林人物上推二百年至明中期，在獨特的時間距離和心理距離中，反省和嘲諷明成化年間定型以來的八股取士制度，《紅樓夢》把作家的身世之感糅合在女媧補天時棄而不用的一塊「頑石——靈玉」幻形入世遊歷之中，又把「詩書簪纓之族，溫柔富貴之鄉」的大觀園和太虛幻境相對應，形成天書與人書的雙重審美品格——這種卓爾不群的敘事謀略，離開中國特色的敘事學體系能解釋得通嗎？

人人在讀古典小說名著，各有各的領會。本書作者也是讀者，只不過帶有更多一點歷史感、文化感和敘事學感覺讀之，另得一份解讀名著之謎的喜悅，願與眾人共享之。

附錄三

台灣版《中國古典白話小說史論》前言
——白話小說由口傳走向書面

大概是距今一千二百年前後，也就是中唐時代吧，一批風流倜儻的文士興致勃勃要寫小說。他們或者家居清閒，尋找樂趣，或者遠途旅行，需要破除寂寞，於是就談論着、交流着各種各樣的進士和妓女、少年和妖精的奇異的故事。他們的態度是好奇的、娛樂的、欣賞的，不必擺出道貌岸然的面孔。他們說的話自然也是日常白話，沒有必要像《鏡花緣》的淑士國的酒保那樣滿口「酒要一壺乎，兩壺乎？菜要一碟乎，兩碟乎？」沒有必要操着咬文嚼字的酸文調。

這裏涉及唐人傳奇中的幾篇作品。一篇是《李娃傳》。元稹《酬白學士代書一百韻》詩：「翰墨題名盡，光陰聽話移。」元氏自注道：「(白) 樂天 (居易) 每與余遊，從無不書名屋壁。又嘗於新昌宅說『一枝花話』，自寅至巳，猶未畢詞也。」根據《醉翁談錄》，「一枝花」是長安名妓李娃的別名。因此這個故事是講長安平康里的妓女李娃，依鴇母的計謀拋棄滎陽生之後，又以俠肝柔腸收容和調教他，使他中榜封官。後來白居易的弟弟白行簡講給另一個傳奇小說家李公佐聽，李公佐催促他寫成《李娃傳》。這是進士與妓女的故事。另一篇是少年與妖精的故事，沈既濟交代，建中二年（七八一年），他從長安被貶官到吳地。坐船沿着潁水、淮河行進，同行的有四五個官員朋友，「晝宴夜話，各徵其異說」。他講了《任氏傳》中那個狐女對貧寒的公子充滿柔情和忠貞的奇麗而淒豔的傳聞，並被朋友敦請寫出這篇傳奇小說。

作者確實是把自己的歷史敘事和詩人抒情的才華，虔誠地投入到作品中了，從而使這兩部作品成為唐人傳奇中最有魅力的藝術品之一。但是，這裏存在着一個非常值得深思的問題：白居易講「一枝花話」，「自寅至巳」講了七八個小時，用白話直錄，起碼有好幾萬字；沈既濟和朋友講奇聞，從陝西講到浙江，最有趣味的議題「任氏傳」，也不是三天兩夜收得住的，寫成白話也得幾萬字。可是白行簡和沈既濟用文言代替白話，以三四千字寫出來，就是非常細膩而有神韻了。

從這種白話口頭文學到文言書面文學的形態轉變中，人們可以聯想到三個方面的原因：

(一)任何文體的革新，必然受文學傳統所形成的思維定勢的制約。唐人傳奇是中國小說文體自覺、獨立和成熟的巨大的一步，但是這種進步除了描寫題材的平民化和世俗化之外，主要是以唐人難以企及的詩歌才能融合了史傳和子書的精彩的敘事經驗及議論風範。也就是說，它是傳統文化智慧和唐人的審美趣味實行歷史性遇合的結晶。宋人趙彥衛《雲麓漫鈔》卷八稱：「唐之舉人，先借當世顯人以姓名達之主司，然後以所業投獻。逾數日又投，謂之溫卷。如《幽怪錄》、《傳奇》等皆是也。蓋此等文備眾體，可以見史才、詩筆、議論。」所謂「文備眾體」，就是對傳統文化多種智慧的創造性融合。當時尚無文人白話文學傳統，文人不可能直接進行比較成熟的白話文學創造。至於中唐元和年間以後，溫卷制度流行，就更不可能拿自己的功名富貴去冒險了。

(二)白話文學的產生和流行，還受到書籍形制和印刷技術的制約。我曾經考察過，根據《漢書．藝文志》所載的小說目錄和先秦文獻，中國小說當發端於戰國。但是那時的書，是寫在竹簡、木牘和縑帛上的，《莊子．天下篇》所謂「惠施多方，其書五車」，大概這「五車」書的字數，也不及《三國演義》和《水滸傳》。受書寫材料的限制，那時的文章應該是盡量簡約的文言文。《漢書．藝文志》是按年代排列書目的，前面從《伊尹說》到《黃帝說》的九種二百五十四篇，都是不標時代的「依託」之作，又以「篇」來標明篇幅，當是戰國時代的竹木簡冊的形制。到了東漢末年，「董卓之亂，獻帝西遷，圖書縑帛，軍人皆取為帷囊。所收而西，猶七十載。兩京大亂，掃地皆盡。」(《隋書．經籍志》)上述的小說簡冊，大概也屬於「掃地皆盡」之列了，不然的話，中國遠古小說資料會是相當豐富的。唐人寫傳奇的條件有所變化，大抵是寫在縑帛或紙上了。再加上文學智慧的發展，也就可以寫得更詳盡一些。

這時已經出現雕版印刷，但是根據晚唐柳玭《柳氏家訓》的記載，印的多是一些陰陽、相宅、占夢之類的民間信仰書，敦煌莫高窟發現的晚唐印品，也是《金剛般若波羅蜜經》。到了五代，又有後唐明宗的宰相馮道、後蜀宰相毋昭裔等人倡刻的儒學九經。由此可知，位居微末的小說若要雕版印刷，乃是難以接受的奢侈之事，更不用說把長上幾倍的口傳白話文學付梓了。

（二）文言或白話小說的流行，也受到社會讀者選擇和文化市場需求的制約。唐人寫傳奇，既然是為了表現自己的性情和才華，是為了作為溫卷和朋友間的相互鑒賞，那就採用他們目見能詳、訓練有素的史傳筆墨，融入他們駕輕就熟、風流倜儻的詩歌才情，也許是最為恰當的表現方式。並不是說唐代尚沒有口傳白話小說的市場，而是說它還沒有出現書面白話小說的文人作者和市民讀者。段成式《酉陽雜俎續集》四《貶誤》中記載：

> 予太和末因弟生日觀雜戲，有市人小說，呼扁鵲作褊鵲字，上聲。予令任道升字正之。市人曰：二十年前嘗於上都齋會設此，有一秀才甚賞某呼扁字與褊同聲，云世人皆誤。

口傳小說已經作為「雜戲」的一種流行於市場了，但文人對它的興味只是糾正它的音訓，並沒有想到要把它直錄或轉錄下來。唐人似乎很少躺在祖宗的光榮簿上，他們對自己所生活的那個世界更有興趣和信心。他們也寫怪異，但多採取一種好奇、同情、欣賞以及對妖邪有信心制服的開放心態。《任氏傳》就把那個狐女寫得非常純潔、溫柔和敏慧。和沈既濟寫《任氏傳》之前，在旅途中「晝宴夜話，各徵其異說」有點類似，李公佐寫《廬江馮媼傳》的素材也是得於從江淮到京師的途中，與朋友會於傳舍，「宵話徵異，各盡見聞」。這篇作品寫亡妻對生夫另娶的悲哀，充滿着一種幽明相通而不可滅的感情，卻沒有多少道學氣。李公佐另一篇更有名的小說《古嶽瀆經》，寫水中神猿無支祁的神威，洋溢着唐人的雄奇想像。它的寫作緣由，是「貞元丁丑歲，隴西李公佐泛瀟湘蒼梧。偶遇征南從事弘農楊衡，泊舟古岸，淹留佛寺，江空月浮，徵異話奇」。可見唐代文人普遍存在着一種經由「宵話徵異」而把生活藝術化的行為方式的，十幾年後李公佐又在餞別朋友時，談起神猿的故事，「環爐會談終夕焉」。這番終夕會談的故事，若用白話直錄，大概也要比《古嶽瀆經》的文言篇幅六百多字，多上十來倍的。

之所以在為白話小說史論寫前言時，談了如此多的不屬於白話系統的唐人傳奇的寫作情境，只是為了說明中國小說的發展存在着文言和白話兩個系統，而在上、中古文言小說表面是獨立發展的背景上，始終存在着一股口傳白話文學的潛流。唐人正好走到了白話和文言小說交叉轉換的一個十字路口。同時，儘管書面文言小說和口傳白話小說長期並存、交互作用，但是要使白話小說從口傳走向書面，它必須克服上述分析唐人傳奇所談到的三種制約力量，必須在文化傳統、印刷技術以及文人參與、市場需求諸方面具備足夠的離心力。這一點，已為中國小說兩千年的發展歷史所證明。

中國「小說」概念的形成和變遷，已有二千年的歷史。西漢末年，劉向父子總校「積如丘山」的國家藏書，寫成目錄學著作《七略》，在《諸子略》區分出「小說」類別。《漢書．藝文志》繼承了劉向父子的成果，解釋道：

> 小說家者流，蓋出於稗官。街談巷語，道聽途說者之所造也。孔子曰：「雖小道，必有可觀者焉，致遠恐泥，是以君子弗為也。」然亦弗滅也。閭巷小知者之所及，亦使綴而不忘。如或一言可採，此亦芻蕘狂夫之議也。

這裏有的是對小說的輕視，以及輕視中的撫慰。它到底也透露了小說和街談巷語、道聽途說的聯繫，這等於說，小說的原生形態是口語或者白話。然而劉向父子和班固對小說的貢獻，最突出的乃是創造了和認定了「小說」這個概念。從語義學上說，「小」字有兩重意義：一是「小道」，二是短小。「說」字的意義有三重：一是故事性，或講故事，這可參看前人對《韓非子．說林》和劉向《說苑》的題目的解釋。二是顯淺性，或通俗性，《說文解字》的「說，釋也」，就是這重意思。三是娛樂性，段玉裁注《說文》，謂「說釋，即悅懌」，「說釋者，開解之意，故為喜悅」，他顯然聯想到《詩經》中的句子：「既見君子，庶幾說懌。」不管劉、班諸人在創造「小說」這個術語時，是否全面地意識到它所包含的這些含意和特性，而這個概念所具有的語義學內涵，對中國小說的發展是有着潛在的影響的。

小說名目的確定，深刻地影響了中國人的文體觀念。名目確定之前，與劉向幾乎同時的一位博士褚少孫補寫《史記》，在司馬遷的《滑稽列傳》後面，補寫了「好古傳書，愛經術，多所博觀外家之語」的東方朔等人，補寫者也自稱「好讀外家傳語」，因此「復作故事滑稽之語六章」，「以示後世好事者讀之，以遊心駭目」。這裏講的是與小說多少有點關係的人和書，但是用以表達的都是「外家傳語」、「故事滑稽之語」一類不規範的詞語。《論衡》的作者王充雖然見過劉向父子的《七略》，稱說「《六略》之錄，萬三千篇」（《案書篇》），但他對小說名目似乎並不經意，把《呂氏春秋》、《淮南子》、《韓詩外傳》、《說苑》直到《燕丹子》一類書，統稱為《世間傳書》，也沒有看到小說和史書、子書之間不同文體的滲透，籠統地批評「世間傳書諸子之語，多欲立奇造異，作驚目之論，以駭世俗之人，為譎詭之書，以着殊異之名」（《書虛篇》）。當然，由於小說的名分低下，魏晉南北朝人寫小說，也不自稱為小說，而冠以「記」、「傳」、「志」、「說」一類名目，除非那本輯錄舊籍中不實之談的《殷芸小說》。唐人也幾乎不以小說稱自己的傳奇的，用得最多的還是「傳」、「記」和「錄」一類名目。直接用「小說」二字名篇，可以查證的只有《劉餗小說》、《柳氏小說舊聞》了。

意外的收穫是，小說的名目竟然滲透到口傳的民間藝術形式中來了。《三國志·魏志》卷二一《王粲傳》裴松之注引《魏略》說：

太祖（曹操）遣（邯鄲）淳詣（曹）植，植初得淳甚喜，延入坐，不先與談。時天暑熱，植因呼常從取水自澡訖，傅粉，遂科頭拍袒，胡舞五椎鍛、跳丸、擊劍、誦俳優小說數千言訖，謂淳曰：「邯鄲生何如耶？」於是乃更着衣幘，整儀容，與淳評說混元造化之端，品物區別之意。然後論羲皇以來賢聖名臣烈士優劣之差，次頌古今文章賦誄及當官政事，宜所先後，又論用武行兵倚伏之勢。

「俳優小說」這個詞語的出現，具有實質性的意義。它表明一種講滑稽故事的民間伎藝向目錄學術語「小說」的認同，但它又要與文言書面小說相區別，在小說前面加上「俳優」二字。標明是口頭表演的性質，而且是長達「數千言」的白話。於是一種與目錄學的小說類別相聯繫，而又以口傳文學形態出現的藝術形式，便作為小說史的一種潛在的文體存在着了。只不過它既然屬於口傳，形式就不可能穩定和完整，常常與民間的跳丸、擊劍一類「百戲」同台演出，或混雜在一起，因而又有一個「俳優雜說」的名號。比如《隋書》卷五八《陸爽傳》附述侯白：「好學有捷才，性滑稽，尤辯俊。舉秀才，為儒林郎，好俳優雜說，人多愛狎之。所在之處，觀者如市。」用「雜說」二字代替小說，表明口傳小說與其他伎藝血肉相連，還處在雜生狀態，甚至還是一種雜交的藝術。考諸《太平廣記》卷二四八引《啟顏錄》所載隋朝侯白的事跡，他的本事除了會講故事之外，還擅長於說笑話、謎語和文字遊戲。其中有一則說：

（侯）白在散官，隸屬楊素，愛其能劇談，每上番日，即令談戲弄，或從旦至晚始得歸。後出省門，即逢素子玄感，乃云：「侯秀才可以（與）玄感說一個好話。」白被留連不獲已，乃云：「有一大蟲欲向野中覓肉，見一刺蝟仰臥，謂是肉臠……」

其間楊玄感的話近於白話，侯白自然也是用白話來講故事的，他的話有白話轉述為文言的痕跡。比如，稱老虎為「大蟲」，當是那時的口語，《搜神記》卷二說：「扶南王范尋養虎於山，有犯罪者，投與虎，不噬，乃宥之。故虎名大蟲。」而且介詞結構「向野中覓肉」，而不說成「覓肉於野」，也是口語轉文言的痕跡。這裏把講小說，稱為「說話」，也是口傳白話小說潛流中一個非常值得注意的跡象。

沿着曹植的「俳優小說」和侯白的「說話」下來，唐代出現了前述《酉陽雜俎》的「市人小說」以及「人（民）間小說」這個術語系列。《唐會要》卷四記載：「元和十年……韋綬罷侍讀。綬好諧戲，兼通人間小說。」把小說前面的「俳優」二字，換作「市人」和「人間」，說明這種口傳白話文學已經具有更多的民間市場了。唐代還有一條發人深思的材料，就是郭湜《高力士外傳》所載：「上元元年（七六〇年）七月，太上皇（玄宗）移仗西內安置。每日上皇與高公（力士）親看掃除庭院，芟薙草木，或講經論議，轉變說話，雖不近文律，終冀悅聖情。」把「轉變（變文）和「說話」（口傳小說）聯成一個詞組，這裏隱含着一個重大的小說史事件，它既意味着把「轉變」視為「說話」的一個門類，又意味着「轉變」給予「說話」深刻的影響。

二十世紀初以來發現的敦煌莫高窟文獻表明，唐、五代時期就存在着由佛教寺院中的「俗講」記錄和轉變來的「變文」，比如《降魔變文》、《目連變文》，並且逐漸波及歷史故事和民間傳說等領域，出現了《伍子胥變文》、《孟姜女變文》一類作品，並且雜有《廬山遠公話》、《韓擒虎話本》等在題目上就和「說話」、「話本」相聯繫的作品。從唐人的記載中即可看出，變文已經趨於相當程度的市場化。晚唐《才調集》卷八收有吉師老的詩《看蜀女轉昭君變》，記述女藝人配圖演唱《昭君變》，市場已經遠達蜀中：

妖姬未着石榴裙，自道家連錦水詮。
檀口解知千載事，清詞堪歎九秋文。
翠眉垂處楚邊月，畫卷開時塞外雲。
說盡綺羅當日恨，昭君傳意向文君。

即使京師名僧的俗講，也染上相當濃厚的市場化色彩。《因話錄》卷四說：「有文淑僧者，公為聚眾譚說，假託經論，所言無非淫穢鄙褻之事。不逞之徒轉相鼓扇扶樹。愚夫冶婦樂聞其說，聽者填咽寺舍，瞻禮崇奉，呼為『和尚教坊』，效其聲調以為歌曲。」教坊為唐代掌管歌舞伎的官署，把和尚與它相聯搭配，在似乎是牛頭不對馬嘴的佯謬中，嘲諷了俗講或變文的市場化。

變文對口傳白話小說的推動，具備兩個方面的力量：一是從佛教文獻來的韻散交錯的文體和宏麗的想像力；二是它在市場化的過程中開始贏得「愚夫冶婦樂聞其說，聽者填咽寺舍」的世俗接受者。這兩點無疑是給白話小說發展以充沛的文體活力和廣闊的未來前景的。但是，它在促使白話小說由口傳到書面的轉變上，還缺乏兩個條件：一是印刷術的足夠支持，二是高文化修養的文人的參與。敦煌變文基本上是抄卷，諸如《伍子胥變文》之類，敘述語言既很粗糙，間插的詩詞也平庸得猶若打油調，而且它竟然違背歷史常識地虛構了伍子胥對楚王碎屍滅後，立漁父之子為楚帝，這類缺陷若有高文化修養的文人參與，是必然會加以彌補和修飾的。可以說，原始形態的變文是缺乏作為藝術品的傳世能力的，它在敦煌洞窟中保存了八百年而成為稀世之寶，乃是一種天幸。

然而，正是這種粗糙的、卻能以其綺麗的想像和獨特的文體吸引民眾的變文，引起了口傳白話小說敘事領域和敘事方式的質的變動。在變文風雲一時之際，連受它影響的歷史戰爭小說、家庭婚姻小說，都受其同化，都叫做變文。到了宋代朝廷明令禁止變文，而勾欄瓦肆的說話伎藝獲得更巨大的發展之後，人們重新考慮口傳白話小說的分類學，不再把歷史戰爭、家庭婚姻這些門類附屬於變文了，反而因為它們的發展遠遠地超過了佛教的講經，因此出現了新的分類系列。這就是宋代「說話」的四家數。耐得翁《都城紀勝》記載：

說話有四家。一者小說，謂之銀字兒，如煙粉、靈怪、傳奇。說公案皆是搏刀趕棒及發跡變泰之事。說鐵騎兒謂士馬金鼓之事。說經謂演說佛書。說參請謂賓主參禪悟道等事。講史書講說前代書史文傳興廢爭戰之事。最畏小說人，蓋小說者能以一朝一代故事頃刻間提破。合生與起令隨令相似，各占一事。商謎舊用鼓板吹【賀聖朝】，聚人猜詩謎、字謎、戾謎、社謎，本是隱語。

口傳白話小說內部已經變得形態多端、路數豐富、活力充沛，具有多種發展的可能性。具體分析可以看到，說經和說參請是變文的餘波及變異，但它們已經萎縮為非常次要的門類；講史門類雖然排得靠後，但它極有潛力，孟元老《東京夢華錄．市瓦伎藝》已經記載了北宋汴京瓦肆中有講史、說三分、五代史等科目。小說這一門類最為發達，它可以看做是延續「俳優小說」、「市人小說」、「人間小說」這個源遠流長的傳統的，但是受唐、五代變文的衝擊，已經分離出合生、謎語一類遊藝性的片段，而留在小說門類之內的科目卻變得豐富多彩，涉及男女愛情、生死幽明、斷獄禦邊和江湖發跡多種領域。也就是說，變文的一度衝擊，以及市場的長期影響，已經使得口傳白話小說展示了一個豐富多彩、有聲有色的局面。

口傳白話小說的書面化，於此已經到了「萬事俱備，只欠東風」的時分。它的書面化和高度藝術品化，還有待兩個條件：印刷術的介入，以及高文化修養的文人的參與。《新編五代史平話》、《大唐三藏取經記》（及《取經詩話》）、《宣和遺事》，以及元至治年間建安虞氏刊行的《全相平話》五種（即《武王伐紂書》、《樂毅圖齊七國春秋後集》、《秦併六國平話》、《平話前漢書續集》、《三國志平話》）的出現，說明了宋元時代印刷術已經開始對白話小說的相當規模的介入。這種介入在明代，又以洪楩編刊的《六十家小說》（殘本今輯為《清平山堂話本》）至為馳名。印刷術的介入，為其後的文人參與，提供了方便，也為後世的小說史研究留下了彌足珍貴的文獻。然而應該強調的是，沒有高文化素質的文人的整理、修飾和大幅度的創造，這些小說史文獻是不具備資格作為真正的藝術品流傳廣遠的。只要把《三國演義》、《水滸傳》與《三國志平話》、《宣和遺事》片段相比較，其差距之大，無異於萬里長城與山壑中的磚石。（《三國演義》屬於白話口傳小說向書面文言小說轉化的典型，在口傳向書面轉化的初期使用文言，對於提高小說的藝術品位，是有意義的。因此作為一個特殊現象放在本書論述。）以其著名的「三言」在書面白話小說發展中作出傑出貢獻的馮夢龍，曾經談及文人參與對小說藝術品位提高的關鍵作用：

若通俗演義，不知何昉？按南宋供奉局，有說話人，如今說書之流。其文必通俗，其作者莫可考。泥馬倦勤，以太上享天下之養，仁壽清暇，喜閱話本，命內璫日進一帙，當意，則以金錢厚酬。於是內璫輩廣求先代奇跡及閭里新聞，倩人敷演進御，以怡天顏。然一覽輒置，卒多浮沉內庭，其傳於民間者，什不一二耳。然如《玩江樓》、《雙魚墜記》等類，又皆鄙俚淺薄，齒牙弗馨焉。暨施、羅兩公，鼓吹胡元，而《三國志》、《水滸》、《平妖》諸傳，遂成巨觀。（綠天館主人《古今小說敘》）

南宋高宗當太上皇時，採閱話本，故事可信程度如何不及考證，總之是很有趣的。寫進話本，當是口傳小說的初步書面化。但是把這類「鄙俚淺薄，齒牙弗馨」的粗糙作品變成精品或「巨觀」，則是以施耐庵、羅貫中為先驅者的數代文人借助說話人成果而建立的歷史功勳。自此以後，吳承恩、蘭陵笑笑生、馮夢龍、凌濛初、李漁、吳敬梓、曹雪芹、李汝珍等一大批傑出的文人參與了白話小說的開發工程，從而使白話小說成了明清時代成就最大的藝術部門了。它們所蘊涵的敘事學智慧，乃是有待進一步開發的最有魅力的人類智慧之一。